Van Dave Eggers verscheen eerder bij Lebowski Publishers:

Een hartverscheurend verhaal van duizelingwekkende genialiteit
U zult versteld staan van onze beweeglijkheid!
Hoe hongerig wij zijn
Wat is de Wat
Zeitoun
Een hologram voor de koning

Dave Eggers

DE CIRKEL

Vertaald uit het Amerikaans door Gerda Baardman,
Lidwien Biekmann, Brenda Mudde en Elles Tukker

Lebowski Publishers, Amsterdam 2015

Eerste tot en met elfde druk, november 2013 tot april 2015
Twaalfde druk, mei 2015

Oorspronkelijke titel: *The Circle*
Oorspronkelijk uitgegeven door: McSweeney's Books en Alfred A. Knopf

Omslagontwerp: Dog and Pony, Amsterdam
Omslagbeeld: Jessica Hische
Foto auteur: © Michelle Quint
Typografie: Perfect Service, Schoonhoven

ISBN 978 90 488 2909 5
ISBN 978 90 488 1864 8 (e-book)
NUR 302

www.decirkel.eu
www.mcsweeneys.net
www.lebowskipublishers.nl
www.overamstel.com

OVERAMSTEL
uitgevers

Lebowski is een imprint van Overamstel uitgevers bv

‘Er kwam geen einde aan, er was geen grens aan de toekomst. En dan zal een mens zijn geluk niet meer op kunnen.’
John Steinbeck – *Ten oosten van Eden*

Mijn god, dacht Mae. Dit is het paradijs.

De campus was immens en grillig, een explosie van Stille Oceaankleuren, en toch tot in het kleinste detail zorgvuldig overwogen, door de meest expressieve handen vormgegeven. Op een stuk land waar ooit een scheepswerf had gezeten, toen een drive-inbioscoop, toen een rommelmarkt, toen drie keer niks, bevonden zich nu zachtgroene heuvels en een fontein van Calatrava. En een picknickterrein met in concentrische cirkels opgestelde tafels. En tennisbanen, gravel én gras. En een volleybalveld waarop de peuters van de bedrijfscrèche gillend ronddartelden, meanderend als waterstroompjes. Te midden van dit alles was ook nog plek om te werken: anderhalve vierkante kilometer geborsteld staal en glas, het hoofdkantoor van het machtigste bedrijf ter wereld. De hemel erboven was strakblauw.

Dit alles passeerde Mae toen ze van de parkeerplaats naar het hoofdgebouw liep en erg haar best deed eruit te zien alsof ze daar thuishoorde. Het wandelpad kronkelde om citroen- en sinaasappelbomen heen en de steenrode kinderkopjes waren hier en daar vervangen door tegels met dwingende, inspirerende teksten. 'Droom', stond er op een, het woord was er met een laser ingebrand. 'Doe mee', stond er op een andere. Het waren er tientallen: 'Zoek de overeenkomsten'. 'Wees creatief'. 'Fantaseer'. Ze stapte bijna op de hand van een jongen in een grijze overall; hij was bezig een nieuwe steen te plaatsen met de tekst 'Adem'.

Op een zonnige maandag in juni stond Mae voor de hoofdingang, recht onder het glas waarin het logo was geëtst. Hoewel het bedrijf nog geen zes jaar bestond, hoorden de naam en het logo –

een cirkel om een raster van verstrengelde lijnen met een kleine c in het midden – al tot de bekendste ter wereld. Er werkten hier, op de grootste campus, meer dan tienduizend mensen, maar de Cirkel had overal op de aardbol kantoren en nam iedere week honderden briljante jonge geesten aan. Vier jaar op rij was het uitgeroepen tot het meest bewonderde bedrijf ter wereld.

Mae wist dat ze zonder Annie nooit de kans zou hebben gekregen om op zo'n plek te werken. Annie was twee jaar ouder en ze hadden tijdens hun studie drie semesters een kamer gedeeld in een lelijk gebouw dat ze leefbaar hadden gemaakt door hun bijzondere band, een als tussen vriendinnen, als tussen zussen of nichtjes die wilden dat ze zusjes waren en dus een reden hadden om nooit uit elkaar te gaan. De eerste maand dat ze samenwoonden, had Mae op een avond haar kaak gebroken toen ze in de eindexamenperiode grieperig en met een lege maag van haar stokje was gegaan. Annie had gezegd dat ze in bed moest blijven, maar Mae was naar de 7-Eleven gelopen voor een dosis cafeïne en op de stoep onder een boom wakker geworden. Annie had haar naar het ziekenhuis gebracht en gewacht terwijl haar kaakbreuk werd gezet, was bij haar gebleven, had de hele nacht in een houten stoel naast haar geslapen en haar daarna thuis dagenlang met een rietje gevoerd. Zoveel intense betrokkenheid en daadkracht had Mae nog nooit bij iemand van haar leeftijd of daaromtrent gezien en sindsdien was ze zo loyaal als ze nooit voor mogelijk had gehouden.

Terwijl Mae nog aan Carleton studeerde en van de ene studierichting naar de andere zwalkte, van kunstgeschiedenis naar marketing naar psychologie – en doorging met psychologie zonder van plan te zijn ooit iets op dat gebied te gaan doen – was Annie afgestudeerd, had haar master bedrijfskunde aan Stanford afgerond en was door iedereen benaderd, in het bijzonder door de Cirkel, waar ze een paar dagen na haar afstuderen was terechtgekomen. Nu had ze daar een imposante functie – Directeur Veiligstelling Toekomst, grapte ze zelf – en had erop aangedrongen dat Mae kwam solliciteren. Dat deed Mae, en Annie beweerde dat ze zich er niet mee had bemoeid, maar

Mae wist zeker van wel en was haar daar oneindig dankbaar voor. Een miljoen, een miljard mensen zouden zielsgraag zijn waar Mae op dit moment was, bij de ingang van dit atrium, tien meter hoog en badend in Californisch licht, op haar eerste dag bij het enige bedrijf dat er echt toe deed.

Ze duwde de zware deur open. De grote hal was zo lang als een promenade, zo hoog als een kathedraal. Bovenin zag ze overal kantoren, aan beide kanten vier verdiepingen hoog, alle wanden waren van glas. Ze werd even duizelig, keek naar beneden en zag in de smetteloos glanzende vloer haar eigen gezicht weerspiegeld met een zorgelijk trekje erop. Ze krulde haar lippen tot een glimlach en voelde dat er iemand achter haar stond.

'Jij bent vast Mae.'

Mae draaide zich om en zag een mooi, jong gezicht dat boven een vuurrood sjaaltje en een witte zijden blouse zweefde.

'Ik ben Renata,' zei ze.

'Hoi Renata. Ik ben op zoek naar...'

'Annie. Dat weet ik. Ze is onderweg.' Er kwam een geluid, een digitaal druppeltje, uit Renata's oor. 'Eigenlijk is ze...' Renata keek Mae aan maar zag iets anders. Retinale interface waarschijnlijk, dacht Mae. Weer zo'n innovatie die hier was geboren.

'Ze zit in het Wilde Westen,' zei Renata en ze focuste weer op Mae, 'maar ze is onderweg.'

Mae glimlachte. 'Dan hoop ik dat ze voldoende proviand bij zich heeft en een paard met veel uithoudingsvermogen.'

Renata glimlachte beleefd maar lachte niet. Mae wist dat het bedrijf de gewoonte had om elk gedeelte van de campus naar een historisch tijdperk te noemen; het was een manier om een gigantisch terrein minder onpersoonlijk, minder bedrijfsmatig te maken. Het was leuker dan Gebouw 3B-Oost waar Mae hiervoor had gewerkt. Haar laatste dag bij het nutsbedrijf in haar geboorteplaats was nog maar drie weken geleden – ze waren stomverbaasd geweest toen ze haar baan had opgezegd – maar ze kon zich nu al niet meer voorstellen dat ze daar zo'n groot deel van haar leven had verspild. Opgesodemieterd met die goelag en alles waar hij voor stond, dacht ze.

Renata's oortje bleef signalen geven. 'O, wacht,' zei ze, 'nu zegt ze dat ze daar nog steeds niet weg kan.' Ze keek Mae stralend aan. 'Zal ik je dan maar naar je bureau brengen? Ze zegt dat ze je daar dan over een uurtje treft.'

Bij die woorden, *je bureau*, voelde Mae iets van opwinding en moest ze meteen aan haar vader denken. Hij was trots. *Zo trots*, had hij op haar voicemail ingesproken; hij moest het berichtje om vier uur 's ochtends hebben achtergelaten. Ze had het beluisterd toen ze wakker werd. *Zo ontzettend trots*, had hij met verstikte stem gezegd. Twee jaar na haar afstuderen stond ze hier dan, voor een mooi salaris in dienst van de Cirkel, met haar eigen zorgverzekering, haar eigen appartement in de stad; haar ouders hadden al genoeg zorgen, maar zij was hun in ieder geval nu niet meer tot last.

Ze volgde Renata het atrium uit. Op het gazon, op een kunstmatige heuvel in het gefilterde licht, zaten een paar jonge mensen gepassioneerd te praten met een soort doorzichtige tablet in hun handen.

'De Renaissance is die kant op,' zei Renata terwijl ze naar de andere kant van het gazon wees, naar een gebouw van glas en geoxideerd koper. 'Daar zit iedereen van *Customer Experience*. Ben je hier al eerder geweest?'

Mae knikte. 'Ja. Een paar keer, maar niet in dat gebouw.'

'Dan heb je dus het zwembad en het sportterrein gezien.' Renata gebaarde in de richting van een blauw parallellogram en een hoekig gebouw dat daarachter verrees, de sportschool. 'Verderop zit een studio voor yoga, crossfit, pilates, massage, spinning. Ik heb gehoord dat je aan spinning doet? Daarachter liggen de bocciabanen en de nieuwe *tetherball*-plek. De kantine is net aan de andere kant van het grasveld...' Renata wees op het sappige, golvende groen waarop een handjevol jonge mensen, strak in het pak, als zonaanbidders languit lagen. 'Hier is het dan.'

Ze stonden voor de Renaissance, ook een gebouw met een atrium van twaalf meter hoog, waar in de nok een mobiel van Calder langzaam ronddraaide.

'O, ik ben dol op Calder,' zei Mae.

Renata glimlachte. 'Dat weet ik.' Ze keken er samen naar op. 'Deze hing vroeger in het Franse parlement. Of zo.'

De wind die hen naar binnen was gevolgd, draaide de mobiel zo dat een van de armen naar Mae wees als om haar persoonlijk welkom te heten. Renata nam haar bij de elleboog. 'Klaar? Hier omhoog.'

Ze stapten een glazen lift in, licht oranje getint. Er begonnen lampjes te flikkeren en Mae zag op de wanden haar naam verschijnen, samen met haar foto uit het schooljaarboek. WELKOM MAE HOLLAND. Er ontsnapte een klank aan Mae's keel, een soort snik. Ze had die foto al jaren niet meer gezien en was blij geweest met zijn afwezigheid. Dit moest Annie op haar geweten hebben, dat ze hier weer mee werd geconfronteerd. Het was wel degelijk Mae op de foto – haar brede mond, haar dunne lippen, haar olijfkleurige huid en haar zwarte haar, maar op deze foto, meer dan in het echt, gaven haar hoge jukbeenderen haar een strenge blik, haar bruine ogen lachten niet, waren alleen maar klein en koud, klaar voor de strijd. Sinds die foto – ze was toen achttien, boos en onzeker – was Mae wat hoognodige kilootjes aangekomen, en had ze een zachter gezicht en rondingen gekregen, rondingen die de aandacht trokken van mannen van alle leeftijden met allerhande motieven. Ze had sinds de middelbare school geprobeerd om opener te zijn, meer te accepteren, en het zien van deze foto, dit document uit lang vervlogen tijden, toen ze van de wereld weinig goeds verwachtte, raakte haar. Net toen ze er niet meer tegen kon, verdween de foto.

'Ja, alles reageert op sensoren,' zei Renata. 'De lift leest jouw ID en zegt dan hallo. Die foto hebben we van Annie. Jullie moeten wel heel close zijn, dat ze schoolfoto's van je heeft. Hoop trouwens dat je het niet erg vindt. We doen het vooral voor bezoekers. Die zijn meestal onder de indruk.'

Terwijl de lift omhoogging, verschenen de speciale activiteiten van die dag op de wanden waarbij de plaatjes en de teksten van het ene paneel naar het andere schoven. Elke aankondiging ging vergezeld van video's, foto's, animaties en muziek. Rond het middaguur was er een vertoning van *Koyaanisqatsi*, om één uur een demonstratie zelfmassage, om drie uur een training voor de rompspieren. Een Congreslid van wie Mae nog nooit had gehoord, grijs maar jong, leidde om halfzeven een openbare bijeenkomst. Op de liftdeur stond hij op een podium ergens anders een toespraak te houden met wapperende vlaggen achter zich, de mouwen van zijn overhemd opgestroopt en zijn handen tot eerlijke werkmansvuisten gebald.

De deuren gingen open, zodat het Congreslid in tweeën werd gedeeld.

'Daar zijn we dan,' zei Renata, en ze stapte een smalle loopbrug van stalen roosters op. Mae keek naar beneden en voelde haar maag ineenkrimpen. Ver onder zich zag ze de begane grond, vier verdiepingen lager.

Mae zei zo luchtig mogelijk: 'Ik neem aan dat jullie mensen met hoogtevrees niet zo hoog plaatsen.'

Renata hield stil en keek ongerust naar Mae. 'Natuurlijk niet. Maar in je profiel stond...'

'Nee, nee,' zei Mae. 'Het gaat wel.'

'Ik meen het. We kunnen je best op een lagere verdieping zetten als...'

'Nee, nee. Echt. Het is goed zo. Sorry. Grapje.'

Renata was zichtbaar van slag. 'Oké. Maar laat het me wel weten als er iets niet in orde is.'

'Doe ik.'

'Echt? Want Annie wil vast dat ik daarop let.'

'Ik beloof het,' zei Mae. Ze glimlachte naar Renata, die zich herstelde en verder liep.

De loopbrug kwam bij de daadwerkelijke verdieping uit: breed, volledig van glazen ruiten voorzien en door een lange gang in tweeën gedeeld. De kantoren aan weerskanten waren afgedekt met volledig glazen voorwanden waardoor je de mensen binnen kon zien. Ieder had zijn of haar ruimte uitgebreid maar smaakvol ingericht – in het ene kantoor hingen zeilattributen aan de kale balken, zodat ze door de lucht leken te zweven, een andere kamer was opgeluisterd met bonsaibomen. Ze passeerden een keukentje met kastjes en planken van glas en magnetisch bestek dat in een strak raster op de koelkast was geplakt, alles verlicht door een gigantische handgeblazen kroonluchter met oranje, zachtroze en fuchsiakleurige armen en veelkleurige lampjes.

'Oké, hier is het.'

Ze stopten bij een hokje, grijs, klein en bekleed met een soort synthetisch linnen. Mae sloeg de schrik om het hart. Het was vrijwel identiek aan het hokje waarin ze de afgelopen anderhalf jaar had gewerkt. Dit was het eerste wat ze bij de Cirkel zag dat niet opnieuw was doordacht, wat overeenkomsten met het verleden vertoonde. De stof waarmee de wanden van het hokje waren bekleed, was – ze kon het niet geloven, het leek onmogelijk – jute.

Mae wist dat Renata op haar lette en dat haar eigen gezicht iets van afschuw prijsgaf. *Glimlachen*, dacht ze. *Glimlachen*.

'Is dit oké?' vroeg Renata, terwijl haar ogen razendsnel Mae's hele gezicht aftastten.

Mae dwong haar mond enige mate van tevredenheid uit te drukken. 'Prima. Ziet er goed uit.'

'Oké. Dan laat ik je nu even aan je nieuwe werkplek wennen. Denise en Josiah komen je zo rondleiden en wegwijs maken.'

Mae vertrok haar mond weer tot een glimlach en Renata draaide zich om en liep weg. Mae ging zitten; ze merkte dat de rugleuning van de bureaustoel een beetje kapot was en dat de wieltjes allemaal muurvast leken te zitten. Op het bureau stond een computer, maar het was een oeroud model zoals ze nergens anders in het gebouw had gezien. Mae was verbijsterd en haar stemming zakte snel in totdat ze het peil van de afgelopen paar jaar weer had bereikt.

Werkten er echt nog mensen bij een nutsbedrijf? Hoe was Mae daar terechtgekomen? Hoe had ze het daar uitgehouden? Als iemand vroeg waar ze werkte, had ze nog liever gelogen dat ze werkloos was.

Zou het minder erg zijn geweest als dat bedrijf niet in haar geboorteplaats had gestaan?

Nadat ze dat gat een jaar of zes had gehaat en haar ouders had vervloekt omdat ze daar waren gaan wonen zodat zij met die beperkingen werd opgezadeld, dat gebrek aan vrijwel alles – vermaak, restaurants, verlichte geesten –, was ze onlangs met iets van genegenheid aan Longfield gaan terugdenken. Het was een klein plaatsje tussen Fresno en Tranquillity, in 1866 door een boer gesticht en van een fantasieloze naam voorzien. Nu, 150 jaar later, was het inwonertal tot net onder de tweeduizend zielen gestegen, de meesten werkzaam in Fresno, dertig kilometer verderop. Longfield was goedkoop om in te wonen en de ouders van Mae's vrienden waren veiligheidsbeambte, onderwijzer of vrachtwagenchauffeur en hielden van jagen. Van de eenentachtig scholieren in het laatste jaar van Mae's middelbare school was zij één van de twaalf die een vierjarige universitaire opleiding gingen volgen en de enige die verder naar het oosten trok dan Colorado. Het vrat aan haar, en ook aan haar ouders, dat ze eerst zo ver weg was gegaan en zich zo diep in de schulden had gestoken, alleen om daarna terug te keren en bij het plaatselijke nutsbedrijf te gaan werken. Maar haar ouders zeiden alleen dat ze er goed aan deed zo'n mooie kans te grijpen en haar studieschuld af te gaan lossen.

Het gebouw van het nutsbedrijf, 3B-Oost, was een treurig blok beton met smalle verticale sleuven als ramen. Binnen waren de meeste scheidingsmuren uit betonblokken opgetrokken, allemaal geverfd in een ranzige kleur groen. Alsof je in de kleedkamer van de sportzaal werkte. Ze was veruit de jongste in het hele gebouw, zelfs de dertigers kwamen uit een andere eeuw. Ze stonden versteld van haar computervaardigheden, al kon ze niets bijzonders wat haar kennissen niet konden. Maar haar collega's van het nutsbedrijf wisten niet wat ze zagen. Ze noemden haar de Zwarte Bliksem, een of andere flauwe verwijzing naar haar haar, en zeiden dat haar 'een heel mooie toekomst' bij het bedrijf wachtte als ze het goed aanpakte. Over vier, vijf jaar kon ze hoofd IT zijn, van de hele afdeling! Haar frustratie kende geen grenzen. Ze had niet voor 234.000 dollar elitair hoger onderwijs genoten om hier terecht te komen. Maar het was werk en ze had het geld nodig. Haar studieschuld verslond al haar geld en moest elke maand worden bijgevoerd, dus nam ze de baan en de salarisstrook aan en keek ondertussen uit naar graziger weiden.

Haar directe chef was een zekere Kevin, die zogenaamd technisch directeur was, maar vreemd genoeg niets van technologie wist. Hij wist wel iets van kabels en splitters; hij had in zijn kelder met een bakkie moeten gaan spelen in plaats van leiding aan Mae te geven. Elke dag, elke maand droeg hij hetzelfde overhemd met korte mouwen en dezelfde roestkleurige stropdassen. Hij was een aanslag op de zintuigen met zijn altijd naar ham stinkende adem en zijn wollige, weerbarstige snor die als twee pootjes in zuidwestelijke en oostelijke richting uit zijn eeuwig opengesperde neusgaten ontsproot.

Dat alles, hoe walgelijk ook, zou niet zo erg zijn geweest als hij er maar niet van overtuigd was geweest dat dit baantje Mae werkelijk interesseerde. Hij geloofde dat zij, afgestudeerd aan Carleton, droomster van ongewone, hemelbestormende dromen, toegewijd was aan het gas- en elektriciteitsbedrijf en het erg zou vinden als hij haar prestaties ooit ondermaats zou achten. Ze werd er knettergek van.

De keren dat hij haar binnenriep, zijn deur dichtdeed en op de hoek van zijn bureau ging zitten, waren een marteling. 'Weet je waarom ik je heb laten komen?' vroeg hij dan, alsof hij van de verkeerspolitie was en haar naar de kant van de weg had gedirigeerd. Andere dagen, als hij tevreden was over wat ze die dag ook maar had gedaan, deed hij iets wat nog erger was: hij préés haar. Hij noemde haar zijn protegee. Hij hield van dat woord. Zo stelde hij haar aan bezoekers voor, met de woorden: 'Dit is mijn protegee, Mae. Ze is behoorlijk kien, meestal' – en dan gaf hij haar een knipoog alsof hij de kapitein was en zij zijn eerste stuurman, beiden gepokt en gemazeld door menig driest avontuur en voor eeuwig aan elkaar toegewijd. 'Als ze zichzelf niet in de weg zit, wacht haar hier een stralende toekomst.'

Ze kon er niet tegen. Alle achttien maanden dat ze daar werkte, vroeg ze zich elke dag af of ze het kon maken om Annie een gunst te vragen. Ze was nooit het type geweest om zoiets te doen: gered worden, opgetild worden. Het was een soort behoeftigheid, opdringerigheid – 'aanklamperigheid', noemde haar vader het, waarmee ze niet was opgevoed. Haar ouders waren bescheiden mensen die anderen niet in de weg wilden staan, trotse, bescheiden mensen die van niemand iets aannamen. En Mae was ook zo, maar door die baan werd ze vervormd tot iemand anders, iemand die alles deed om weg te komen.

Het was om te kotsen, alles daar. De groene betonblokken. De waterkoeler. De prikkaarten. De heuse 'brevetten van verdienste' voor mensen die iets hadden gedaan wat bijzonder werd gevonden. En de werktijden! Letterlijk van negen tot vijf! Het voelde allemaal aan als iets uit een ander tijdperk – een terecht vergeten tijdperk – en Mae kreeg het gevoel dat ze niet alleen haar eigen leven verspilde, maar dat het hele bedrijf levens verspilde, dat het ieder potentieel de nek omdraaide en daardoor het draaien van de aardbol tegenhield. Het hokje in dat oord, háár hokje, was het distillaat van dat alles. De lage wanden om haar heen, bedoeld om haar te helpen zich volledig op haar taak te concentreren, waren bekleed met jute, alsof elk ander materiaal haar zou afleiden, zou zinspelen op exotischer manieren om de dag door te brengen. En dus zat ze anderhalf jaar in een kantoor waar men van mening was dat jute, van alle door de natuur en de mens voortgebrachte materialen, het enige was wat het personeel dag in dag uit van vroeg tot laat moest aanschouwen. Een smerig soort jute, een grovere soort jute. Bulkjute, armeluisjute, budgetjute. O god, dacht ze, toen ze daar wegging had ze gezworen dat spul nooit meer te zien, het aan te raken of er zelfs maar aan te denken.

En ze had ook niet verwacht het ooit nog te zien. Hoe vaak kom je – buiten een winkel uit de negentiende eeuw – nog jute tegen? Mae was ervan uitgegaan dat het haar nooit zou overkomen, maar nu was het hier opeens overal om haar heen op deze nieuwe werkplek bij de Cirkel, en toen ze ernaar keek en de muffe geur rook, schoten de tranen haar in de ogen. 'Kutjute,' mompelde ze in zichzelf.

Achter zich hoorde ze een zucht en toen een stem: 'Misschien was dit toch niet zo'n goed idee.'

Mae draaide zich om en zag Annie met gebalde vuisten staan: in de houding van een mokkend kind. 'Kutjute,' zei Annie, haar gemok imiterend, en barstte toen in lachen uit. Toen ze daarmee klaar was, wist ze uit te brengen: 'Dat was ongelofelijk. Ontzettend bedankt daarvoor, Mae. Ik wist dat je het monsterlijk zou vinden, ik wilde zien hoe erg je het vond. Maar je moest bijna huilen, sorry. Jezus.'

Nu keek Mae naar Renata, die haar handen ter overgave hoog in de lucht had gestoken. 'Niet mijn idee!' zei ze. 'Annie heeft me opgestookt. Niet kwaad op mij worden!'

Annie zuchtte van genoegen. 'Ik heb dat hokje verdorie bij Walmart moeten kopen. En die computer. Het heeft me eeuwen gekost om die online te vinden. Ik dacht dat we dat soort spul gewoon ergens in de kelder hadden staan of zo, maar op de hele campus was helemaal niks te vinden wat oud en lelijk genoeg was. O god, je had je gezicht moeten zien.'

Mae's hart bonsde. 'Wat ziek, zeg!'

Annie keek quasiverwonderd. 'Ziek? Ik? Nee, hoor. Ik ben geweldig.'

'Niet te geloven dat je zoveel moeite hebt gedaan om me van streek te maken.'

'Ja dus. Zo ben ik gekomen waar ik nu ben. Allemaal een kwestie van plannen en organiseren.' Ze gaf Mae een vette knipoog, waarop ze ongewild in de lach schoot. Annie was gestoord. 'Nou, kom op. Je krijgt een complete rondleiding van me.'

Terwijl Mae achter haar aan liep, moest ze zichzelf eraan herinneren dat Annie niet altijd een hooggeplaatst leidinggevende bij een bedrijf als de Cirkel was geweest. Nog maar vier jaar geleden was Annie een studente geweest die zowel naar college als naar etentjes en afspraakjes een flanellen mannenpyjamabroek droeg. Annie was wat een van haar vriendjes – en ze had er veel, maar altijd monogaam, altijd netjes – een 'mafkees' noemde. Maar dat kon ze zich veroorloven. Ze kwam uit een nest met geld, generaties lang geld, en zag er schattig uit, met kuiltjes, lange wimpers en zulk blond haar dat het wel echt moest zijn. Iedereen vond haar een bruisende meid, ogenschijnlijk niet in staat om langer dan een paar seconden over iets in te zitten. Maar ze was ook een mafkees. Ze was slungelig, zwaaide tijdens het praten wild en gevaarlijk met haar handen en neigde naar bizarre gespreksonderwerpen en vreemde obsessies – grotten, zelf parfum maken, doowopmuziek. Ze bleef bevriend met al haar exen, alle scharrels, alle docenten (ze kende hen allemaal persoonlijk en stuurde ze cadeautjes). Ze was betrokken bij of verantwoordelijk voor vrijwel alle clubs en goede doelen van de universiteit en vond toch de tijd om zich volledig in te zetten voor haar studie – voor alles, eigenlijk – en om ondertussen op bijna ieder feestje degene te zijn die zichzelf voor schut zette om iedereen in de juiste stemming te brengen, en de laatste die wegging. De enige rationele verklaring hiervoor moest wel zijn dat ze niet sliep, maar dat was niet zo. Ze sliep zelfs acht tot tien uur per dag, heel decadent, en kon letterlijk overal slapen – tijdens een autoritje van drie minuten, aan tafel in een smerige snackbar in de stad, bij mensen thuis op de bank, op elk willekeurig moment.

Dit wist Mae uit eigen ervaring omdat ze op lange ritten door Minnesota, Wisconsin en Iowa, onderweg naar talloze en merendeels zinloze landelijke wedstrijden, voor Annie als chauffeur had gefungeerd. Mae had een gedeeltelijke hardloopbeurs voor Carleton gekregen en zo had ze Annie leren kennen, die twee jaar ouder was, goed presteerde zonder er moeite voor te hoeven doen en zich maar heel af en toe druk maakte of zij of het team zou winnen of verliezen. Bij het ene toernooi ging Annie er helemaal voor, bespotte de tegenstanders en beledigde hun uniformen of studieresultaten, om de keer daarop totaal niet in de uitslagen geïnteresseerd en alleen fysiek aanwezig te zijn. Op die lange ritten in Annies auto – waarin ze liever Mae liet rijden – stak Annie haar blote voeten omhoog of uit het raam, weidde eindeloos uit over het landschap en speculeerde urenlang wat zoal gebeurde in de slaapkamer van hun coaches, een echtpaar met identiek, bijna militair gemillimeterd haar. Mae lachte om alles wat Annie zei en werd daardoor afgeleid van de wedstrijden die zij, in tegenstelling tot Annie, wel moest winnen of waarin ze in ieder geval goed moest presteren om de beurs waar te maken die de universiteit haar had gegeven. Ze kwamen telkens maar een paar minuten vóór de wedstrijd aan en Annie wist nooit welke afstand ze moest lopen en of ze eigenlijk wel wilde lopen.

Dus hoe was het mogelijk dat dit ongeleide projectiel, deze belachelijke figuur, die nog steeds met een stukje van haar babydekentje in haar zak rondliep, binnen de Cirkel zo snel zo'n ongekende hoogte had bereikt? Ze was nu een van de veertig belangrijkste denkers binnen het bedrijf – de Bende van Veertig – en deelgenoot van de geheimste plannen en data. Hoe kon zíj er zo moeiteloos voor hebben gezorgd dat Mae werd aangenomen en hoe had ze, toen Mae eindelijk haar trots opzij had gezet en het botweg had gevraagd, alles zomaar binnen een paar weken geregeld? Dat getuigde van wilskracht, van een raadselachtig, wezenlijk gevoel van bestemming. Zo op het oog vertoonde Annie geen tekenen van een brandende ambitie, maar Mae wist zeker dat iets in Annie haar hiertoe dreef en dat ze, waar ze ook vandaan had moeten komen, hoe dan ook op deze post terechtgekomen zou zijn. Zelfs als ze in een herdersgezin op de Siberische toendra blind ter wereld was gekomen, dan nog zou ze het hier nu gemaakt hebben.

'Dank je wel, Annie,' hoorde ze zichzelf zeggen.

Ze waren langs een paar vergaderzalen en foyers gelopen en staken nu de nieuwe galerie van het bedrijf door waar een stuk of zes Basquiats hingen, net aangeschaft van een bijna failliet museum in Miami.

'*Whatever*,' zei Annie. 'En het spijt me dat je bij Customer Experience zit. Ik weet dat het lullig klinkt, maar je moet wel weten dat ongeveer de helft van de leidinggevenden van het bedrijf daar is begonnen. Geloof je dat?'

'Jawel.'

'Mooi, want het is waar.'

Ze verlieten de galerie en liepen de kantine op de tweede verdieping binnen – 'Het Glazen Eethuis, ik weet dat het een verschrikkelijke naam is,' zei Annie –, zo ontworpen dat de gasten op negen verschillende niveaus konden eten, met alle vloeren en muren van glas. Op het eerste gezicht leken de honderd mensen die er zaten te eten door de lucht te zweven.

Ze liepen door de Leenkamer, waar van alles gratis aan alle werknemers werd uitgeleend, van fietsen tot telescopen en hanggliders, en gingen verder naar het aquarium, een project met een van de Cirkeloprichters als drijvende kracht. Ze stonden voor een display, even hoog als zijzelf, waarop kwallen zonder aanwijsbaar patroon of doel spookachtig en traag opstegen en daalden.

'Ik houd je in de gaten,' zei Annie, 'en elke keer dat je iets geweldigs doet, zorg ik ervoor dat iedereen het te weten komt zodat je daar niet al te lang hoeft te blijven. Vrijwel iedereen maakt hier carrière en we werven zoals je weet bijna uitsluitend intern. Doe je werk dus gewoon goed en trek niet te veel de aandacht, dan zul je versteld staan van hoe snel je bij Customer Experience weg bent en aan de slag kunt met iets uitdagends.'

Mae keek Annie in haar ogen, die glansden in het aquariumlicht. 'Maak je geen zorgen. Ik ben hier blij met elke plek.'

'Beter onder aan een ladder die je wilt beklimmen dan halverwege de een of andere ladder die je niet op wilt, toch? Een of andere waardeloze shitladder gemaakt van shit?'

Mae lachte, puur van de schrik om uit zo'n lief mondje zulke ruwe taal te horen. 'Was je vroeger ook al zo grof in de mond? Daar staat me niets van bij.'

'Alleen als ik moe ben, wat eigenlijk altijd het geval is.'

'En je was zo'n lief meisje.'

'Sorry. Tering, sorry, Mae! Jezus, Mae! Oké. Laten we nog meer bekijken. De Kennel!'

'Gaan we vandaag niet meer aan het werk?' vroeg Mae.

'Werk? Dit ís werk. Dit is je opdracht voor de eerste dag: het bedrijf en de mensen leren kennen, acclimatiseren. Je weet wel, net als wanneer je thuis een nieuwe houten vloer legt...'

'Nee, dat weet ik niet.'

'Nou, als je dat doet, moet je de planken eerst tien dagen laten rusten om het hout te laten acclimatiseren. Pas dan ga je ze leggen.'

'Dus in deze vergelijking ben ik het hout?'

'Jij bent het hout.'

'En dan word ik gelegd.'

'Ja, dan leggen we jou. We gaan tienduizend piepkleine spijkertjes door je heen slaan. Je zult het heerlijk vinden.'

Ze bezochten de kennel, een geesteskind van Annie. Haar hond, Dr. Kinsmann, was net overleden, maar hij had hier een paar heel gelukkige jaren doorgebracht, nooit ver van zijn bazinnetje. Waarom zouden duizenden werknemers hun hond thuislaten als ze die hier konden brengen, waar hij te midden van mensen en andere honden verzorgd kon worden en niet eenzaam was? Dat was Annies logische gedachtegang geweest, die snel was omarmd en nu als visionair werd beschouwd. Ze bekeken de Nachtclub – overdag vaak gebruikt voor iets wat 'extatische dans' werd genoemd, volgens Annie een waanzinnige work-out – en ze bekeken het grote amfitheater buiten en het kleine theater binnen – 'er zijn hier wel een stuk of tien groepen die aan komisch improvisatietheater doen' – en toen ze dat allemaal hadden gezien, gingen ze in de grotere kantine op de eerste verdieping lunchen waar, op een klein podium in de hoek, een man gitaar zat te spelen die op een singer-songwriter leek waar Mae's ouders naar luisterden.

'Is dat niet...?'

'Ja,' zei Annie zonder de pas in te houden. 'Er zit hier iedere dag iemand. Muzikanten, komedianten, schrijvers. Dat project is echt Baileys ding, om ze hierheen te halen en ze onder de aandacht te brengen, vooral omdat ze het daarbuiten zo moeilijk hebben.'

'Ik wist wel dat er soms iemand kwam, maar wil je beweren dat het iedere dag gebeurt?'

'We boeken ze een jaar van tevoren. We moeten ze ons van het lijf slaan.'

De singer-songwriter zong vol overgave, zijn hoofd scheef, het haar voor zijn ogen, zijn vingers koortsachtig tokkelend, maar veruit de meeste mensen in de kantine namen nauwelijks of geen notitie van hem.

'Ik kan me niet voorstellen wat dat moet kosten,' zei Mae.

'O god, we betálen ze niet. O wacht, deze jongen moet je even ontmoeten.'

Annie hield een man aan die Vipul heette en binnenkort, volgens Annie, het hele fenomeen televisie opnieuw zou uitvinden, een medium dat meer dan alle andere in de twintigste eeuw was blijven steken.

'Maak daar maar negentiende van,' zei hij in zorgvuldig, plechtig Engels met een licht Indiaas accent. 'Het is de laatste plaats waar cliënten niet, nooit krijgen wat ze willen. Het laatste bastion van de feodale verhoudingen tussen maker en kijker. Wij zijn geen vazallen meer!' zei hij, en hij verontschuldigde zich dat hij ervandoor moest.

'Die jongen zit op een ander niveau,' zei Annie toen ze hun weg door de kantine vervolgden. Ze bleven even bij vijf of zes andere tafeltjes hangen en ontmoetten fascinerende mensen, allemaal bezig met iets wat door Annie werd omschreven als 'wereldhervormend' of 'grensverleggend' of 'vijftig jaar zijn tijd vooruit'. Het werk dat werd gedaan was verbijsterend divers. Ze ontmoetten een vrouwenduo dat aan een verkenningsduikboot werkte die de mysteriën van de Marianentrog zou ontraadselen. 'Ze gaan hem, net als Manhattan, helemaal in kaart brengen,' zei Annie, en de twee vrouwen protesteerden niet eens tegen deze hyperbool. Ze bleven bij een tafel stilstaan waar een drietal jonge mannen naar een in de tafel ingebed scherm zat te kijken met 3D-schetsen van een nieuw type goedkope huizen, eenvoudig in alle ontwikkelingslanden te bouwen.

Annie greep Mae bij de hand en trok haar naar de uitgang. 'Nu gaan we de Okergele Bibliotheek bekijken. Weleens van gehoord?'

Dat had Mae niet, maar dat wilde ze niet hardop zeggen.

Annie keek haar samenzweerderig aan. 'Het is eigenlijk niet voor jouw ogen bestemd, maar ik vind dat we het gewoon moeten doen.'

Ze stapten een lift van plexiglas en neon in, gingen door het atrium omhoog en konden op weg naar de vijfde etage iedere verdieping en ieder kantoor zien. 'Ik begrijp niet wat dat soort dingen voor de bedrijfsresultaten doet,' zei Mae.

'O god, dat weet ik ook niet. Maar het gaat hier niet alleen om geld, zoals je nu toch wel weet. Er zijn genoeg inkomsten om de liefhebberijen van de gemeenschap te ondersteunen. De jongens die met duurzame huisvesting bezig zijn, waren vroeger programmeurs, maar een paar van hen hadden bouwkunde gestudeerd. Dus schreven ze een voorstel en de Wijzen waren wild enthousiast. Vooral Bailey. Hij vindt het geweldig om de interesses van briljante jonge geesten te stimuleren. En zijn bibliotheek is waanzinnig. We zijn er.'

Ze stapten vanuit de lift een lange gang in, ditmaal een die was ingericht met donker kersen en walnoot, een rijtje robuuste kroonluchters verspreidde een zacht amberkleurig licht.

'Klassiek,' merkte Mae op.

'Je weet toch hoe Bailey is? Hij houdt van dit soort ouderwetse shit. Mahonie, koper, gebrandschilderd glas. Dat is zijn smaak. In de andere gebouwen heeft hij verder niks in te brengen, maar hier mag hij zijn gang gaan. Moet je dit zien.'

Annie stond stil voor een groot schilderij, een portret van de Drie Wijzen. 'Afzichtelijk, toch?' vroeg ze.

Het was een klungelig schilderij, iets wat een middelbare scholier had kunnen maken. Afgebeeld waren de drie mannen, de oprichters van het bedrijf, neergezet in piramidevorm, elk in de kleding die men van hen kende en met gezichtsuitdrukkingen die hun karakters nogal karikaturaal weergaven. Ty Gospodinov, de visionaire wonderboy van de Cirkel, droeg een onopvallende bril en een enorm wijde hoody, keek naar links en glimlachte; hij leek ergens helemaal in op te gaan, in zijn eentje, afgestemd op een totaal andere golflengte. Het gerucht deed de ronde dat hij een twijfelgevalletje asperger was en het schilderij scheen dat te willen benadrukken. Met zijn donkere, onverzorgde haar en zijn gladde gezicht leek hij niet ouder dan vijfentwintig.

'Ty maakt een afwezige indruk, hè?' vroeg Annie. 'Maar dat kan hij onmogelijk zijn. Niemand van ons was ooit zover gekomen als hij niet ook een fucking briljante managementgoeroe was geweest. Laat me je het krachtenveld schetsen. Je zult snel genoeg opklimmen, dus ik zal het even uitleggen.'

Ty, doopnaam Tyler Alexander Gospodinov, legde Annie uit, was de allereerste Wijze en werd door iedereen altijd gewoon Ty genoemd.

'Dat weet ik,' zei Mae.

'Onderbreek me nou niet. Je krijgt de riedel die ik ook altijd voor staatshoofden paraat heb.'

'Oké.'

Annie ging door.

Ty besefte dat hij op z'n zachtst gezegd sociaal onhandig was en op z'n ergst een complete intermenselijke ramp. Dus nam hij, krap zes maanden voor de beursgang, een heel wijs en rendabel besluit: hij nam de twee andere Wijzen in dienst: Eamon Bailey en Tom Stenton. Deze stap nam alle zorgen van de investeerders weg en verdrievoudigde ten slotte de geschatte waarde van het bedrijf. De beursgang bracht drie miljard dollar op, ongehoord maar niet onverwacht, en met alle geldzorgen achter zich, en Stenton en Bailey aan boord, was Ty vrij om te freewheelen, onder te duiken, te verdwijnen. Naarmate de maanden verstreken, werd hij steeds minder op de campus en in de media gezien. Hij trok zich almaar verder terug en om hem heen hing meer en meer een waas van geheimzinnigheid. De Cirkelwatchers vroegen zich af: waar is Ty en wat is hij van plan? Die plannen werden tot het moment van onthulling geheimgehouden en met iedere innovatie van de Cirkel werd onduidelijker welke van Ty zelf kwam en welke het product was van de steeds grotere groep uitvinders, de beste ter wereld, die inmiddels in de schoot van het bedrijf waren opgenomen.

De meeste waarnemers gingen ervan uit dat hij er nog steeds bij betrokken was en sommigen hielden vol dat iedere belangrijke innovatie van de Cirkel zijn handelsmerk droeg, zijn vermogen om oplossingen te bedenken die universeel, elegant en oneindig variabel waren. Toen hij een jaar op de universiteit zat, had hij zonder enig verstand van zakendoen en zonder duidelijk doel het bedrijf opgezet. 'We noemden hem Niagara,' zei zijn kamergenoot in een van de eerste artikelen over hem. 'De ideeën komen zomaar bij hem op, met miljoenen tegelijk, iedere seconde van iedere dag, onophoudelijk en overdonderend.'

Ty had het allereerste systeem bedacht, Het Universele Systeem, dat alles samenbracht wat de gebruikers voorheen her en der ongeordend online hadden staan – hun sociale mediaprofielen, betaalsystemen, diverse wachtwoorden, e-mailaccounts, gebruikersnamen, voorkeuren, alle tools, al hun interesses. De oude manier – voor iedere site, voor iedere aankoop een andere transactie, een ander systeem – was net zoiets als voor iedere boodschap in een andere auto stappen. 'Je zou geen zevenentachtig verschillende auto's nodig moeten hebben,' zou hij zeggen nadat zijn systeem het web en de wereld had overgenomen.

In plaats daarvan bracht hij alles, alle behoeften en tools van elke gebruiker, onder in één bak en ontwikkelde TruYou – iedereen één account, één identiteit, één wachtwoord, één betalingssysteem. Geen gehannes meer met wachtwoorden en verschillende identiteiten. Je gadgets wisten wie je was en jouw ene identiteit – de onveranderlijke, niet te maskeren TruYou – was degene die betaalde, zich inschreef, reageerde, keek en besprak, zag en werd gezien. Je moest je echte naam gebruiken en die was verbonden met je creditcards en je bank, en het was dus heel simpel om ergens voor te betalen. Eén enkele knop voor je hele verdere onlinebestaan.

Om de tools van de Cirkel te mogen gebruiken – en dat waren de beste, de meest toonaangevende, universeel en gratis –, moest je jezelf zijn, je ware zelf, je TruYou. Het tijdperk van valse identiteiten, identiteitsdiefstal, meerdere gebruikersnamen, ingewikkelde wachtwoorden en betalingssystemen was voorbij. Elke keer dat je iets wilde zien, wilde gebruiken, wilde kopen of ergens op wilde reageren, zat het onder één knop, één account, alles met elkaar verbonden, traceerbaar en simpel, alles te bedienen met je mobieltje, laptop, tablet of retinale interface. Als je eenmaal die ene account had, bracht die je naar alle uithoeken van het web, alle portals, alle betaalsites, overal waar je maar heen wilde.

In minder dan een jaar wist TruYou het complete internet te veranderen. Hoewel sommige sites eerst wat huiverig waren en de voorvechters van vrij internetgebruik het recht om anoniem online te zijn met veel stampij verdedigden, bleek TruYou onstuitbaar. Elke tegenstand van betekenis werd de kop ingedrukt. Het begon met de commerciële sites. Waarom zou een site, zolang er geen porno op stond, anonieme gebruikers willen hebben als ook precies viel te achterhalen wie die bezoekers waren? Van de ene op de andere dag waren alle fora beschaafd, was iedereen die iets had *gepost* aanspreekbaar. De *trolls* die het internet min of meer hadden overgenomen, werden het duister weer ingedreven.

En iedereen die de onlinebewegingen van consumenten wilde of moest traceren, was in het walhalla beland: de werkelijke koopgewoonten van echte mensen waren nu uitstekend in kaart te brengen en te meten, en de marketing kon met chirurgische precisie op die echte mensen worden toegesneden. De meeste gebruikers van TruYou, te weten: de meeste gebruikers van internet die simpelweg iets eenvoudigs, iets efficiënts en een smetvrije, rimpelloze ervaring wilden hebben, waren dolenthousiast over de resultaten. Ze hoefden niet meer twaalf identiteiten en wachtwoorden te onthouden; ze hoefden niet langer de gekte en de woede van de anonieme hordes te tolereren; ze hoefden niet langer genoegen te nemen met het soort lukrake marketing dat met een beetje geluk minder dan anderhalve kilometer naast hun echte behoeften zat. Nu waren de berichten die ze kregen gericht en nauwkeurig en meestal zelfs welkom.

En Ty was min of meer bij toeval op dit alles gestuit. Hij was het zat om identiteiten te onthouden, wachtwoorden en creditcardgegevens in te voeren, dus bedacht hij een code om het allemaal te vereenvoudigen. Had hij met opzet de letters van zijn naam in TruYou gebruikt? Hij zei dat hij zich het verband pas later had gerealiseerd. Had hij enig besef van de commerciële aspecten van TruYou? Hij beweerde van niet en de meeste mensen gingen er dan ook van uit dat de andere twee Wijzen Ty's uitvindingen in harde valuta vertaalden, degenen met genoeg ervaring en verstand van zakendoen om ze te realiseren. Zij waren het die TruYou rendabel wisten te maken, die manieren ontdekten om Ty's uitvindingen kapitaal te laten ophoesten en zij waren het die het bedrijf lieten uitgroeien tot de macht die Facebook, Twitter en Google opslokte, en ten slotte ook Alacrity, Zoopa, Jefe en Quan.

'Tom ziet er niet op zijn voordeligst uit,' merkte Annie op. 'Zo haaiig is hij nou ook weer niet. Maar ik heb gehoord dat hij het een geweldig schilderij vindt.'

Links onder Ty stond Tom Stenton, de CEO met de wereld in zijn zak, in zijn eigen woorden: de Optimus Prime van de kapitalisten – hij was dol op de Transformers –, gekleed in een Italiaans pak en met net zo'n grijns als de wolf die de grootmoeder van Roodkapje verslond. Zijn haar was donker met grijze plukjes bij de slapen, zijn ogen waren uitdrukkingsloos, ondoorgrondelijk. Hij was meer het type Wall Street-jaren-tachtig: ongegeneerd rijk en single, agressief en mogelijk gevaarlijk. Hij was een geld verkwistende gigant van net in de vijftig die ieder jaar machtiger leek te worden en onbevreesd zijn geld en invloed liet gelden. Hij was niet bang voor presidenten. Hij liet zich niet afschrikken door gerechtelijke stappen van de Europese Unie of bedreigingen door Chinese hackers die door hun regering werden gesteund. Niets was zorgwekkend, niets was onbereikbaar, niets ging zijn salarisstrook te boven. Hij bezat een NASCAR-team en een zeiljacht of twee en hij bestuurde zijn eigen vliegtuig. Hij was het anachronisme binnen de Cirkel, de poenige CEO, en hij zorgde voor gemengde gevoelens bij veel van de utopische jonge Cirkelaars.

Zijn opzichtige consumptiepatroon was opvallend afwezig in het leven van de andere twee Wijzen. Ty huurde weliswaar een paar kilometer verderop een bouwvallig tweekamerappartement, maar niemand had hem eigenlijk ooit de campus zien betreden of verlaten, zodat men ervan uitging dat hij er woonde. En iedereen wist waar Eamon Bailey woonde – in een uiterst bescheiden huis met drie slaapkamers, dat moeiteloos te vinden was: het stond in een voor iedereen toegankelijke straat op tien minuten van de campus. Maar Stenton had overal huizen – in New York, Dubai, Jackson Hole. Een verdieping boven in de Millennium Tower in San Francisco. Een eiland bij Martinique.

Eamon Bailey, die naast hem op het schilderij stond, leek in het gezelschap van deze mannen volledig op zijn gemak, opgewekt zelfs, hoewel hun waarden, ogenschijnlijk althans, volkomen haaks op de zijne stonden. Zijn portret, rechts onder Ty, toonde hem precies zoals hij was: grijs haar, blozend gezicht, guitige ogen, opgewekt en oprecht. Hij was het publieke gezicht van het bedrijf, de figuur die iedereen met de Cirkel associeerde. Als hij lachte, wat hij bijna onafgebroken deed, lachte zijn mond, lachten zijn ogen, leken zelfs zijn schouders te lachen. Hij was ironisch. Hij was grappig. Hij had een manier van praten die tegelijk lyrisch en aards was, en schotelde zijn publiek de ene keer schitterende formuleringen voor en dan weer welgemeend gezond verstand. Hij kwam uit Omaha, uit een übernormaal gezin met vier kinderen, en over zijn verleden viel eigenlijk niets opvallends te vermelden. Hij had aan Notre Dame gestudeerd en was getrouwd met zijn vriendinnetje van Saint Mary's, een meisje dat verderop in dezelfde straat woonde, en samen hadden ze nu vier kinderen, drie meisjes en een jongen, die bij de geboorte een hersenverlamming bleek te hebben. 'Hij is aangeraakt,' waren de woorden die Bailey had gebruikt om de geboorte aan het bedrijf en de wereld bekend te maken. 'Daarom zullen we nog meer van hem houden.'

Van de drie Wijzen was Bailey degene die je nog weleens op de campus tegenkwam, die tijdens de talentenjacht van het bedrijf dixielandmuziek op de trombone speelde, die in talkshows de Cirkel vertegenwoordigde en dan grinnikend over het een of andere onderzoek van het Commissariaat voor de Media vertelde – of er zijn schouders over ophaalde – of een handige nieuwe functie of een doorbraak in de technologie onthulde. Hij wilde het liefst 'oom Eamon' genoemd worden en als hij over de campus beende, deed hij dat zoals een geliefde oom het zou doen, toegankelijk en authentiek. 'Zoals Bill Murray door het Pebble Beach Resort loopt,' zo had Stenton hem ooit beschreven, 'geliefd bij iedereen, en ik geloof echt dat dat wederzijds is.' Gedrieën vormden zij, zowel in werkelijkheid als op dit schilderij, een vreemd boeket van niet bij elkaar passende bloemen, maar het leed geen twijfel dat het werkte. Iedereen wist dat het werkte, dit model van een driekoppig management, en het kreeg later navolging van andere bedrijven uit de Fortune 500, met wisselend resultaat.

'Oké, maar waarom konden ze zich geen echt portret van een professional veroorloven?' vroeg Mae.

Hoe langer ze ernaar keek, hoe vreemder ze het vond. De kunstenaar had ze zo neergezet dat elk van de Wijzen een hand op de schouder van een ander had. Het sloeg nergens op en de armen bogen en strekten zich op de onwaarschijnlijkste manieren.

'Bailey vindt het hilarisch,' zei Annie. 'Hij wilde het in de hal van het hoofdgebouw hebben, maar daar heeft Stenton zijn veto over uitgesproken. Je weet toch dat Bailey verzamelaar is? Hij heeft er echt een neus voor. Ik bedoel, hij komt over als een gezellige kerel, een doorsneevent uit Omaha, maar hij is ook een echte kenner en nogal fanatiek bezig het verleden te conserveren – zelfs de slechte kunst uit het verleden. Wacht maar tot je zijn bibliotheek ziet.'

Ze belandden bij een enorme deur die middeleeuws oogde en dat waarschijnlijk ook was, bedoeld om de barbaren buiten te houden. Op borsthoogte stak er een stel gigantische deurkloppers uit in de vorm van waterspuwers, en Mae kopte hem erin.

'Flinke joekels.'

Annie proestte en zwaaide met haar hand langs een blauw scherm in de muur, waarop de deur openging.

Annie keek even om. 'Holy fuck, toch?'

Het was een bibliotheek van drie verdiepingen rond een atrium, alles uitgevoerd in hout, roodkoper en zilver, een symfonie van gedempte kleuren. Er stonden zeker tienduizend boeken, de meeste in leer gebonden, netjes gerangschikt op hoogglanzend geverniste planken. Tussen de boeken stonden strenge bustes van notabelen: Grieken en Romeinen, Jefferson, Jeanne d'Arc en Martin Luther King. Aan het plafond hing een model van de Spruce Goose – of was het de Enola Gay? Er stonden een stuk of tien antieke globes die van binnenuit werden verlicht met een boterzacht schijnsel dat menig verloren land verwarmde.

'Heel veel van dit spul heeft hij gekocht toen het geveild zou worden of verloren zou gaan. Dat is zijn missie, weet je. Hij gaat naar landgoedeigenaren in nood, mensen die ieder moment gedwongen kunnen worden om hun kostbaarheden met een enorm verlies van de hand te doen, en dan betaalt hij daar de marktwaarde voor en geeft de oorspronkelijke eigenaren onbeperkt toegang tot hun spullen. Die zie je hier vaak, van die oudjes die langskomen om te lezen of hun spullen aan te raken. O, dít moet je echt zien. Hiervan ga je uit je dak.'

Annie ging Mae voor, de drie trappen op, die allemaal met ingewikkelde mozaïekpatronen waren betegeld – reproducties, naar Mae aannam, van iets uit het Byzantijnse Rijk. Terwijl ze de trappen op liep, hield ze de koperen leuning vast en het viel haar op dat daar geen enkele vingerafdruk, geen enkel vlekje op zat. Ze zag donkergroene leeslampen, kriskras opgestelde telescopen van glanzend koper en goud, die op de vele schuin aflopende ramen stonden gericht – 'O, kijk eens omhoog,' zei Annie, en toen ze dat deed, ontdekte ze een plafond van gebrandschilderd glas met een zinderende weergave van ontelbare, in kringen gegroepeerde engelen. 'Dat komt uit een kerk in Rome.'

Ze waren nu op de bovenste verdieping van de bibliotheek aangekomen en Annie leidde Mae door nauwe gangen tussen boeken met bolle ruggen, sommige net zo groot als zij – bijbels en atlassen, geïllustreerde werken over oorlogen, radicale omwentelingen, lang vergane naties en volkeren.

‘Oké. Moet je dit zien,’ zei Annie. ‘Wacht. Voor ik het je laat zien, moet je een mondelinge geheimhoudingsverklaring afleggen, goed?’

‘Prima.’

‘Nee, serieus.’

‘Ik ben serieus. Ik neem dit heel serieus.’

‘Goed dan. Als ik nou dit boek beweeg...’ zei Annie, die een grote band getiteld *The Best Years of Our Lives* verschoof. ‘Moet je zien,’ zei ze en ze deed een paar stappen achteruit. Langzaam begon de muur, met daarin wel honderd boeken, opzij te schuiven, zodat de geheime kamer daarachter werd onthuld. ‘Super *nerdy*, toch?’ zei Annie. Ze stapten naar binnen. De kamer was rond en de muren gingen schuil achter rijen boeken, maar de aandacht werd vooral getrokken door een gat in het midden van de vloer waaromheen een koperen balustrade liep; dwars door de vloer heen, naar onbekende domeinen daarbeneden, reikte een paal.

‘Blust hij branden?’ vroeg Mae.

‘Weet ik veel,’ zei Annie.

‘Waar komt dat ding uit?’

‘Voor zover ik weet bij Baileys parkeerplek.’

Er wilde Mae geen enkel bijvoeglijk naamwoord te binnen schieten. ‘Ben je weleens langs die paal naar beneden gegleden?’

‘Nee, het was al link om het mij te laten zien. Dat had hij nooit mogen doen. Dat zei hij nog. En nu laat ik het aan jou zien en dat is stom. Maar je ziet hieraan wel hoe hij denkt. Hij kan alles krijgen, en wat wil hij? Een brandweerpaal van zeven verdiepingen tot in de garage beneden.’

Uit Annies oortje kwam het geluid van een druppel en ze zei ‘oké’ tegen de persoon aan de andere kant. Tijd om te gaan.

* * *

‘Zo,’ zei Annie in de lift onderweg naar de etages beneden waar het merendeel van het personeel zat, ‘ik moet weer aan het werk. Het is tijd voor de planktoninspectie.’

'Tijd voor de wát?' vroeg Mae.

'Je weet wel, van die kleine start-ups die hopen dat de grote walvis – dat zijn wij – hen smakelijk genoeg vindt om op te slokken. Een keer per week hebben we een paar ontmoetingen met dat soort jongens, Ty-wannabe's, en die proberen ons er dan van te overtuigen dat we hen moeten overnemen. Nogal treurig, want ze doen niet eens meer alsof ze inkomsten hebben of dat ze die ooit zullen genereren. Maar luister, ik draag je over aan twee vertegenwoordigers van het bedrijf. Die nemen allebei hun werk doodserieus. Je moet zelfs een beetje oppassen voor hun gedrevenheid. Zij zullen je de rest van de campus laten zien en dan pik ik je daarna op voor het zonnewendefeestje, oké? Dat begint om zeven uur.'

De liftdeuren gingen op de tweede etage open, vlak bij het Glazen Eethuis, en Annie stelde haar voor aan Denise en Josiah, alle twee achter in de twintig, alle twee met dezelfde openhartige blik, alle twee in een simpele overhemdblouse in een verfijnde kleur. Ze pakten Mae's hand met beide handen vast en leken bijna een buiging te maken.

'Zorg ervoor dat ze vandaag niet aan het werk gaat,' waren Annies laatste woorden voordat ze weer in de lift verdween.

Josiah, een magere jongen met veel sproeten, richtte zijn knalblauwe ogen, waarmee hij nooit knipperde, op Mae. 'Wat ontzettend fijn om jou te ontmoeten.'

Denise, lang, slank en half-Aziatisch, glimlachte naar Mae en sloot haar ogen alsof ze even van het moment wilde genieten. 'Annie heeft ons alles over jullie verteld, dat jullie elkaar al zo lang kennen en zo. Annie is het hart en de ziel van dit bedrijf, dus prijzen we ons heel gelukkig dat we jou hier nu hebben.'

'Iedereen is dol op Annie,' voegde Josiah eraan toe.

Hun ontzag gaf Mae een ongemakkelijk gevoel. Ze waren beslist ouder dan zij maar gedroegen zich alsof ze een of andere hotemetoot was die op bezoek kwam.

'Ik weet dat het misschien dubbelop is,' zei Josiah, 'maar als je het goed vindt, willen we je graag de volledige rondleiding voor nieuwkomers geven. Is dat oké? We beloven dat het niet saai wordt.'

Mae lachte, stond erop dat ze haar rondleidden en liep mee.

De rest van de dag was een waas van glazen ruimtes en korte, onwaarschijnlijk hartelijke kennismakingen. Iedereen die ze tegenkwam was druk, op de grens van overspannenheid, maar desondanks opgetogen haar te ontmoeten, zo blij dat ze er was, alle vrienden van Annie... Ze deden een rondje door het gezondheidscentrum en maakten kennis met de leidinggevende, Dr. Hampton, met dreadlocks. Ze deden een rondje langs de eerstehulppost en de Schotse verpleegkundige, die verantwoordelijk was voor de opnames. Een rondje biologische tuinen, vierentachtigduizend vierkante meter, waar twee fulltime boeren een praatje stonden te houden voor een grote groep Cirkelaars, die ondertussen de vers geoogste wortelen, tomaten en boerenkool keurden. Ze deden een rondje langs het midgetgolfterrein, de bioscoop, de bowlingbanen en de supermarkt. Toen ze eindelijk belandden in wat volgens Mae een uithoek van de campus moest zijn – verderop kon ze het hek en de daken van de hotels van San Vincenzo zien waar de bezoekers van de Cirkel logeerden – liepen ze nog even het campushotel binnen. Mae had er iets over gehoord van Annie, die zei dat ze soms op de campus bleef slapen en die kamers inmiddels prettiger vond dan haar eigen huis. Toen ze door de gangen liep en de keurige kamers zag, allemaal met een blinkend keukenblok, een bureau en mooi gestoffeerde bank en een goed bed, moest Mae toegeven dat ze er meteen helemaal weg van was.

'Er zijn nu honderdtachtig kamers, maar dat worden er snel meer,' zei Josiah. 'Met zo'n tienduizend mensen op de campus, heb je altijd een bepaald percentage dat tot laat werkt of overdag gewoon even een tukje moet doen. Deze kamers zijn altijd gratis, altijd schoon – je hoeft alleen maar even online te kijken welke beschikbaar zijn. Ze zijn nu nog heel snel weg, maar het is de bedoeling dat er binnen een jaar of wat minstens een paar duizend zijn.'

'En na zo'n feestje als vanavond zitten ze altijd vol,' zei Denise met een poging tot een samenzweerderig knipoogje.

De rondleiding nam de rest van de middag in beslag en werd even onderbroken om wat hapjes te proeven bij een culinaire workshop die op die dag werd gegeven door een beroemde, jonge vrouwelijke chef-kok die erom bekendstond dat ze alles van het dier gebruikte. Mae kreeg van haar een gerecht voorgezet dat geroosterde varkenskop heette; ze ontdekte dat het naar vette bacon smaakte, erg lekker. Tijdens hun rondgang over de campus kwamen ze andere bezoekers tegen: groepen studenten, hordes verkopers en, zo leek het, een senator met zijn campagneleiders. Ze liepen langs een gokhal vol vintage flipperkasten en een overdekte badmintonbaan waar volgens Annie een oud-wereldkampioen onder contract stond. Tegen de tijd dat Josiah en Denise haar weer naar het centrum van de campus hadden teruggebracht, begon het al te schemeren en was het personeel bezig Tiki-fakkels in het gras te prikken en aan te steken. Een paar duizend Cirkelaars begonnen zich in het schemerdonker te verzamelen en toen ze zo tussen hen stond, wist Mae dat ze nooit meer ergens anders wilde werken, nooit meer ergens anders wilde zijn. Haar geboorteplaats en de rest van Californië, de rest van Amerika, leken opeens ontwikkelingsgebieden vol chaos. Buiten de muren van de Cirkel was alles herrie en strijd, missers en morsigheid. Maar hier was alles geperfectioneerd. De beste mensen hadden de beste systemen gebouwd en de beste systemen hadden kapitaal opgeleverd, eindeloos veel kapitaal, dat dit mogelijk had gemaakt: de beste plek om te werken. En dat was niet meer dan logisch, dacht Mae. Utopia werd door utopisten gesticht, dat sprak toch vanzelf?

* * *

'Dit feestje? Dit is nog niks,' verzekerde Annie Mae toen ze langs het dertien meter lange buffet schuifelden. Het was al donker en de lucht werd koeler, maar de campus bleef onverklaarbaar warm en baadde in het amberkleurige licht van honderden toortsen. 'Dit heeft Bailey bedacht. Niet dat-ie een soort Moeder Aarde is of zo, maar hij heeft iets met de sterren en de seizoenen, dus dat zonnewendegedoe is van hem. Hij komt straks vast langs om iedereen te verwelkomen – dat doet-ie tenminste meestal. Vorig jaar droeg hij een soort T-shirt zonder mouwen. Hij is erg trots op zijn armen.'

Mae en Annie stonden op het welige gazon, schepten hun bord vol en gingen toen een plekje zoeken in het stenen amfitheater dat in een met gras begroeide heuvel was ingegraven. Annie vulde Mae's glas nog eens met de riesling die volgens haar op de campus was gemaakt – een of ander brouwsel met minder calorieën en extra alcohol. Mae keek naar de rijen sputterende toortsen aan de andere kant van het grasveld en zag dat elke rij de feestgangers naar een andere activiteit leidde – limbo, *kickball*, linedancen – waarvan geen enkele iets met de zonnewende te maken had. De ogenschijnlijke willekeur en het ontbreken van een verplicht programma zorgden voor een feestje dat weinig verwachtingen wekte, maar die ver overtrof. Binnen de kortste keren was iedereen stomdronken en raakte Mae eerst Annie en daarna ook de weg kwijt, maar vond ten slotte de bocciabanen, die door een klein groepje oudere Cirkelaars, allemaal boven de dertig, werden gebruikt om met cantaloupemeloentjes te kegelen. Ze liep terug naar het grasveld, waar ze meedeed aan een spelletje dat de Cirkelaars 'Ha' noemden en niets anders leek in te houden dan met je armen of benen of beide kruiselings over die van anderen op de grond te gaan liggen. Als degene naast je 'Ha' zei, moest jij het ook zeggen. Het was een achterlijk spel, maar Mae had het even nodig omdat haar hoofd tolde en ze zich horizontaal beter voelde.

'Moet je zien hoe sereen deze eruitziet.' Het was een stem van dichtbij. Mae realiseerde zich dat de stem, die van een man, het over haar had en deed haar ogen open. Ze zag niemand boven zich. Alleen de hemel, bijna helemaal helder, met grijze wolkenpluimpjes die snel over de campus in de richting van de zee dreven. Mae's ogen voelden zwaar en omdat ze besefte dat het nog niet laat was, in ieder geval niet later dan tien uur, en dat ze niet wilde doen wat ze zo vaak deed, namelijk na twee of drie drankjes in slaap vallen, stond ze op om Annie of meer riesling of allebei te zoeken. Ze vond het buffet en trof er een bende aan, een door beesten of Vikingen geplunderd feestmaal, en liep naar de dichtstbijzijnde bar, die geen riesling meer had en nu een of andere mix van wodka met een energiedrankje schonk. Ze liep door en vroeg willekeurige voorbijgangers naar de riesling tot ze een schaduw voor zich langs voelde gaan.

'Hier is nog meer,' zei de schaduw.

Mae draaide zich om en zag een blauw licht weerkaatsende bril die boven op de wazige gestalte van een man rustte. Hij draaide zich om en maakte aanstalten om weg te lopen.

'Loop ik achter je aan?' vroeg Mae.

'Nog niet. Nu sta je stil. Maar je moet wel meelopen als je nog wat van die wijn wilt.'

Ze volgde hem over het grasveld en onder een bladerdak van hoge bomen waar het maanlicht in honderd zilveren lansen doorheen priemde. Mae kon de schaduw nu beter zien. Hij droeg een zandkleurig T-shirt en daaroverheen een soort vest van leer of suède – een combinatie die Mae al een tijdje niet meer had gezien. Toen hield hij stil en hurkte bij een waterval neer, een kunstmatige waterval die langs de zijgevel van de Industriële Revolutie neerkletterde.

'Ik heb hier een paar flessen verstopt,' zei hij, met zijn handen diep in de vijver die het neervallende water opving. Toen hij niets vond, knielde hij verderop neer, stak zijn armen tot zijn oksels in het water totdat hij er twee glanzende groene flessen uit viste, stond op en keerde zich naar haar om. Eindelijk kon ze hem goed zien. Hij had een zacht, driehoekig gezicht dat eindigde in een kin waarin zo'n subtiel kuiltje zat dat het haar nog niet eerder was opgevallen. Hij had de huid van een kind, de ogen van een veel oudere man en een opvallende neus, scheef en krom, maar die op de een of andere manier, zoals de kiel van een schip, van belang was voor het evenwicht in de rest van zijn gezicht. Zijn wenkbrauwen waren dikke strepen die rechtstreeks naar zijn grote, ronde, babyroze oren liepen. 'Wil je terug naar de spelletjes of...?' Hij leek te laten doorschemeren dat het 'of' weleens veel leuker zou kunnen zijn.

'Oké,' zei ze, en ze besefte dat ze hem helemaal niet kende, niets over hem wist. Maar omdat hij die flessen had en omdat ze Annie was kwijtgeraakt en omdat ze iedereen binnen de muren van de Cirkel vertrouwde – ze voelde op dat moment zóveel liefde voor iedereen binnen die muren waar alles nieuw en toegestaan was – volgde ze hem terug naar het feest, nou ja, de buitengrenzen ervan, waar ze op een hooggelegen cirkelvormige trap met uitzicht op het grasveld gingen zitten en naar de onder hen rondrennende, gillende en vallende silhouetten keken.

Hij maakte beide flessen open en gaf er een aan Mae, nam een slok uit de zijne en zei dat hij Francis heette.

'Niet Frank?' vroeg ze. Ze pakte de fles aan en schonk haar mond vol met de suikerzoete wijn.

'Zo proberen ze me weleens te noemen en dan... dan vraag ik of ze dat niet willen doen.'

Ze lachte, hij lachte ook.

Hij was ontwikkelaar, zei hij, en werkte al bijna twee jaar bij het bedrijf. Daarvoor was hij een soort anarchist, een provocateur geweest. Hij had deze baan gekregen door het systeem van de Cirkel grondiger dan wie ook te hacken. Nu zat hij in het beveiligingsteam.

'Dit is mijn eerste dag,' zei Mae.

'Dat meen je niet.'

En toen besloot Mae, die eigenlijk 'ik neem je niet in de maling' had willen zeggen, om iets creatievers te bedenken, maar tijdens haar verbale creatieproces verhaspelde ze het een en ander en sprak de woorden 'ik neem je niet' – en wist vrijwel onmiddellijk dat ze deze woorden nooit zou vergeten en zichzelf nog jarenlang voor haar kop zou kunnen slaan.

'Je neemt me niet?' vroeg hij doodleuk. 'Dat klinkt nogal definitief. Jij neemt je beslissingen op basis van wel heel weinig informatie. Je neemt me niet. Wow.'

Mae probeerde uit te leggen wat ze had willen zeggen, hoe zij, of een gedeelte van haar hersens, had bedacht om de uitdrukking een beetje te kantelen... Maar het was niet erg. Hij lachte nu, hij wist dat ze gevoel voor humor had en zij wist dat ook van hem, en op de een of andere manier gaf hij haar het gevoel dat ze veilig was, dat ze erop kon vertrouwen dat hij er nooit meer over zou beginnen, dat haar verschrikkelijke uitglijer hun geheim zou blijven, dat ze alle twee wisten dat iedereen fouten maakt en dat die fouten vergeten mochten worden, als iedereen maar inzag dat we allemaal mensen zijn en allemaal onze tekortkomingen hebben en geneigd zijn onszelf wel duizend keer per dag voor schut te zetten.

'Eerste dag,' zei hij. 'Nou, gefeliciteerd. Proost.'

Ze klonken met hun flessen en namen een slokje. Mae hield haar fles tegen de maan omhoog om te zien hoeveel er nog in zat; de vloeistof kreeg een buitenaards blauwe tint en ze zag dat ze al op de helft zat. Ze zette de fles neer.

'Je hebt een mooie stem,' zei hij. 'Heeft-ie altijd zo geklonken?'

'Laag en krakerig?'

'Ik zou hem 'gerijpt' noemen. Ik zou hem 'bezield' noemen. Ken je Tatum O'Neal?'

'Ik heb van mijn ouders wel honderd keer naar *Paper Moon* moeten kijken. Om wat zelfvertrouwen te krijgen.'

'Ik vind het een geweldige film,' zei hij.

'Ze dachten dat ik een soort Addie Pray zou worden, een schattig straatschoffie. Ze hoopten op een wildebras en lieten mijn haar net zo knippen als dat van haar.'

'Mooi hoor.'

'Jij houdt van bloempotkapsels?'

'Nee. Je stem. Dat is voorlopig het leukst aan jou.'

Mae zweeg. Ze had het gevoel alsof ze een klap in haar gezicht had gekregen.

'Shit,' zei hij. 'Klonk dat gek? Ik probeerde je een compliment te geven.'

Er viel een ongemakkelijke stilte; Mae had een paar heel vervelende ervaringen achter de rug met mannen die te welbespraakt waren en diverse stappen oversloegen om dan met totaal misplaatste complimentjes op de proppen te komen. Ze keek hem aan om bevestigd te zien dat hij niet was wat ze dacht dat hij was – gul, ongevaarlijk – maar in feite verknipt, niet goed bij zijn hoofd, asymmetrisch. Maar toen ze naar hem keek, zag ze hetzelfde gladde gezicht, die blauwe bril, oude ogen. Hij zag er getergd uit.

Hij keek naar zijn fles, alsof hij die de schuld kon geven. 'Ik wilde gewoon zeggen dat je trots op je stem moet zijn. Maar blijkbaar heb ik nou de rest van jou beledigd.'

Mae dacht daar even over na, maar haar door riesling benevelde brein werkte traag en stroperig. Ze hield haar poging om zijn opmerking of bedoelingen te analyseren voor gezien. 'Ik vind jou raar,' zei ze.

'Ik heb geen ouders,' zei hij. 'Is dat een excuus om me een klein beetje te vergeven?' Toen realiseerde hij zich dat hij te veel prijsgaf en zei ten einde raad: 'Je drinkt niet.'

Mae besloot dat het oké was dat hij van onderwerp veranderde. 'Ik heb meer dan genoeg gehad,' zei ze. 'Ik ben behoorlijk aangeschoten.'

'Het spijt me echt. Soms komen mijn woorden er in de verkeerde volgorde uit. Ik voel me het lekkerst als ik niet hoef te praten.'

'Jij bent echt raar,' zei Mae weer en ze meende het. Ze was vierentwintig en had nog nooit iemand zoals hij gezien. Met haar dronken hoofd bedacht ze dat dat wel moest bewijzen dat God bestond, of niet soms? Dat ze in haar leven tot nu toe duizenden mensen had ontmoet, veel die op elkaar leken, veel die maar beter snel vergeten konden worden, en dat dan opeens zo iemand opdook, nieuw en bizar en met een bizarre manier van praten. Iedere dag ontdekten wetenschappers wel een nieuw soort kikkers of waterlelies, wat ook op een goddelijke hand leek te wijzen, een hemelse uitvinder die nieuw speelgoed voor ons neerzette, op een geheim plekje, maar ook weer niet zo geheim, en precies daar waar we erover konden struikelen. En deze Francis was iets totaal anders, een nieuw soort kikker. Mae draaide haar hoofd om hem aan te kijken en overwoog hem te kussen.

Maar hij was druk bezig. Zijn ene hand gebruikte hij om zand uit zijn schoen te strooien. Van de andere hand was hij zo te zien het grootste deel van een nagel aan het afbijten.

Daar eindigde haar dromerij, ze dacht aan haar huis en haar bed.

'Hoe komt iedereen straks thuis?' vroeg ze.

Francis keek naar een hoopje mensen die een piramide leken te willen vormen. 'Je kunt natuurlijk naar het campushotel. Maar ik durf te wedden dat dat al is volgeboekt. Er staan ook altijd een paar pendelbussen klaar. Dat hebben ze je waarschijnlijk wel verteld.' Hij zwaaide met zijn fles in de richting van de hoofdingang, waar Mae de daken van de minibusjes ontwaarde die ze 's ochtends bij binnenkomst al had zien staan. 'Het bedrijf laat overal een kostenanalyse op los. En er hoeft maar één personeelslid te zijn dat te moe of te dronken naar huis rijdt... Nou ja, pendelbussen zijn op termijn veel goedkoper. Zeg nou niet dat je hier niet voor de pendelbussen bent gekomen. Die bussen zijn echt waanzinnig. Vanbinnen zijn het net zeiljachten. Heel strak, met allemaal compartimenten en hout.'

'Strak? Strak?' Mae kneep Francis in zijn arm en wist dat ze flirtte, wist dat het idioot was om meteen haar eerste avond al met een collega-Cirkelaar te flirten, dat het stom was om haar eerste avond al zoveel te drinken. Toch deed ze het en ze voelde zich er goed bij.

Er kwam een gedaante naar hen toe zweven. Mae keek er vagelijk nieuwsgierig naar en kreeg in de gaten dat het een vrouw was. En vervolgens dat het Annie was.

'Valt deze man je lastig?' vroeg ze.

Francis schoof snel bij Mae vandaan en verstopte zijn fles achter zijn rug. Annie lachte.

'Francis, wat doe jij schichtig?'

'Sorry, ik dacht dat je iets anders zei.'

'O jee, iets op je geweten. Ik zag hoe Mae jou net in je arm kneep en een grapje maakte. Maar heb je iets op te biechten? Wat was je van plan, Francis Garbanzo?'

'Garaventa.'

'Ja, ik weet hoe je heet.' Annie liet zich onhandig tussen hen in zakken. 'Francis,' ging ze verder, 'ik moet je iets vragen als gewaardeerd collega én als vriend. Mag dat?'

'Tuurlijk.'

'Mooi. Kun je me even met Mae alleen laten? Ik moet haar echt even vol op de mond zoenen.'

Francis lachte, maar verstarde toen hij merkte dat Mae en Annie niet meelachten. Geschrokken, in de war en duidelijk door Annie overdonderd liep hij vrijwel meteen de trap af en stak het grasveld over, de feestgangers ontwijkend. Halverwege het gazon stopte hij, draaide zich om en keek omhoog alsof hij zeker wilde weten dat Annie van plan was hem die nacht als Mae's gezelschap te vervangen. Toen hij zijn vrees bewaarheid zag, liep hij onder de overkapping van de Middeleeuwen door. Hij probeerde de deur te openen, maar slaagde daar niet in. Hij duwde en trok, maar kreeg er geen beweging in. Omdat hij wist dat ze naar hem keken, liep hij de hoek om en verdween uit het zicht.

'Hij zegt dat hij in de beveiliging werkt,' zei Mae.

'Zegt hij dat? Francis Garaventa?'

'Dat had hij misschien niet mogen doen.'

'Nou ja, het is niet zo dat hij letterlijk in de beveiliging werkt. Hij zit niet bij de Mossad. Maar heb ik jou gestoord bij iets wat je op je eerste avond hier absoluut niet zou moeten doen, idioot?'

'Je hebt me nergens bij gestoord.'

'Ik denk van wel.'

'Nee. Niet echt.'

'Wel waar. Dat weet ik gewoon.'

Annies oog viel op de fles naast Mae's voeten. 'Ik dacht dat we daar al uren geleden doorheen waren.'

'Er lag nog wijn in de waterval – bij de Industriële Revolutie.'

'O, dat is waar ook. Daar verstoppen ze dingen.'

'Ik hoorde mezelf net zeggen: "Er lag nog wijn in de waterval bij de Industriële Revolutie."'

Annie liet haar ogen over de campus gaan. 'Ik weet het. Shit. Ik weet het.'

Eenmaal thuis, na de pendelbusrit, na de *jello shot* die ze onderweg van iemand had gekregen, na geluisterd te hebben naar de droefgeestige verhalen van de chauffeur over zijn familie, zijn tweeling en zijn vrouw die jicht had, lukte het Mae niet in slaap te vallen. Ze lag op haar goedkope futon in haar piepkleine kamertje in het smalle appartement dat ze met twee nagenoeg vreemden deelde, allebei stewardess en zelden thuis. Haar appartement lag op de tweede etage van een voormalig motel en was niet om aan te zien en daarbij niet schoon te krijgen; het stonk nog steeds naar de wanhoop en het gore eten van de vroegere bewoners. Het was een treurige plek, vooral na zo'n dag bij de Cirkel waar alles met zorg, liefde en visie was gemaakt. Mae sliep een paar uurtjes in haar armoedige lage bed, werd wakker, overdacht de vorige dag en avond, dacht aan Annie en Francis en Denise en Josiah, de brandweerpaal, de Enola Gay, de waterval en de Tiki-toortsen, allemaal dingen die je uit vakanties en dromen kent, vluchtig en kortstondig, maar toen drong het tot haar door – en dat was wat haar wakker hield, waardoor ze lag te stuiteren, zo opgewonden als een kind – dat ze weer naar die plek zou terugkeren waar al die dingen gebeurden. Ze was daar welkom, ze werkte daar.

Ze ging er weer vroeg naartoe. Maar toen ze om acht uur aankwam, realiseerde ze zich dat ze nog geen bureau toegewezen had gekregen, tenminste geen echt bureau, en dus nergens heen kon. Ze stond al een uur te wachten onder een bord met de tekst WE DOEN HET! WIJ DOEN ALLES! tot Renata binnenkwam en haar naar de tweede verdieping van de Renaissance bracht, naar een grote ruimte, formaat basketbalveld, waarin een stuk of twintig bureaus stonden, allemaal anders, allemaal organisch gevormde desktops van lichtgekleurd hout. Ze waren van elkaar gescheiden door glazen wanden en neergezet in groepjes van vijf, zoals de blaadjes van een bloem. Er was er niet een bezet.

'Jij bent de eerste,' zei Renata, 'maar je zult niet lang alleen zijn. De plekken voor de nieuwkomers zijn bij Customer Experience meestal snel bezet. En je zit niet ver van de mensen hogerop.' Ze zwaaide met haar arm naar een tiental werkkamers rondom de open ruimte. Door de glazen wanden kon je goed zien wie daar zaten;

supervisors van ergens tussen de zesentwintig en de tweeëndertig die net aan hun dag waren begonnen en er relaxed, bekwaam en verstandig uitzagen.

'De ontwerpers zijn wel dol op glas, hè?' vroeg Mae met een glimlach.

Renata bleef staan, fronste haar voorhoofd en dacht na over die veronderstelling. Ze streek een haarlok achter haar oor en zei: 'Ik denk het wel. Ik kan het navragen. Maar ik zal je eerst de opstelling uitleggen en je vertellen wat je van je eerste echte werkdag mag verwachten.'

Renata liet haar de mogelijkheden van het bureau, de stoel en het scherm zien, allemaal ergonomisch geperfectioneerd en aan te passen als je staand wilde werken.

'Je kunt je spullen neerzetten en je stoel instellen en... O, ik geloof dat er een welkomstcomité voor je is. Je hoeft niet op te staan,' zei ze. Ze deed een stap opzij.

Mae volgde Renata's blik en zag een drietal jonge gezichten haar kant op komen. Een kalende man van achter in de twintig stak zijn hand uit. Mae schudde die en hij legde een bovenmaatse tablet voor haar op het bureau.

'Hoi Mae, ik ben Rob van de salarisadministratie. Je zult wel blij zijn om mij te zien.' Hij glimlachte en begon toen te schateren alsof hij zich nu pas de gevatheid van die opmerking realiseerde. 'Oké,' zei hij, 'we hebben dit allemaal ingevuld. Jij hoeft alleen nog maar op deze drie plekken te tekenen.' Hij wees naar het scherm waarop gele vakjes knipperend om haar handtekening vroegen.

Toen ze klaar was, pakte Rob de tablet weer terug en schonk haar een bijzonder warme glimlach. 'Dank je wel en welkom aan boord.'

Hij draaide zich om en vertrok. Een rubensiaanse vrouw met een gave, koperkleurige huid nam zijn plek in.

'Hoi Mae, ik ben Tasha, de notaris.' Ze hield haar een groot boek voor. 'Heb je je rijbewijs bij je?' Mae gaf het haar. 'Mooi. Ik heb drie handtekeningen van je nodig. Vraag me niet waarom. En vraag me niet waarom het op papier moet. Voorschrift van de overheid.' Tasha wees drie opeenvolgende vakjes aan. Mae tekende driemaal.

'Dank je wel,' zei Tasha, en ze hield haar nu een blauw stempelkussen voor. 'En nu daarnaast jouw vingerafdruk. Maak je geen zorgen, deze inkt vlekt niet. Kijk maar.'

Mae drukte haar duim op het kussentje en toen in de vakjes naast haar drie handtekeningen. De inkt verscheen op het papier, maar toen Mae naar haar duim keek, was die helemaal schoon.

Tasha's wenkbrauwen gingen omhoog toen ze Mae's verrukking zag. 'Zie je wel? Het is onzichtbaar. Je kunt het alleen in dit boek zien.'

Daar was Mae voor gekomen. Hier was alles beter. Zelfs de inkt voor de vingerafdruk was geavanceerd, onzichtbaar.

Toen Tasha wegging, werd haar plaats ingenomen door een magere man in een rood shirt met een rits. Hij gaf Mae een hand.

'Hoi, ik ben Jon. Ik ben degene die je gisteren heeft gemaild of je je geboorteakte wilde meebrengen.' Hij drukte zijn handen als in gebed tegen elkaar.

Mae haalde de akte uit haar tas en Jons ogen begonnen te stralen.

'Je hebt hem bij je!' Hij klapte snel en stil in zijn handen en ontblootte een rij hele kleine tanden. 'Niemand denkt daar de eerste keer aan. Jij bent mijn nieuwe favoriet.' Hij nam de akte aan en beloofde hem te retourneren zodra hij er een kopie van had gemaakt.

Achter hem stond een vierde personeelslid, ditmaal een gelukzalig ogende man van een jaar of vijfendertig, veruit de oudste persoon die Mae die dag had ontmoet.

'Hé Mae, ik ben Brandon en heb de eer om jou je nieuwe tablet te geven.' Hij hield een glanzend, doorschijnend voorwerp vast waarvan de randen zo zwart en glad als vulkanisch glas waren.

Mae was stomverbaasd. 'Deze zijn nog niet eens uitgebracht!'

Brandon grijnsde breed. 'Hij is vier keer zo snel als zijn voorganger. Ik heb al de hele week met de mijne zitten spelen. Het is echt een cool ding.'

'En ik krijg er een?'

'Je hebt hem al,' zei hij. 'Jouw naam staat erop.'

Hij draaide de tablet een kwartslag om te laten zien dat Mae's volledige naam erin gegraveerd stond: MAEBELLINE RENNER HOLLAND.

Ze kreeg hem aangereikt. Hij woog niet meer dan een papieren bord.

'Ik ga ervan uit dat je zelf ook een tablet hebt.'

'Ja. Nou ja, een laptop eigenlijk.'

'Een laptop. Wow. Mag ik hem even zien?'

Mae wees ernaar. 'Ik krijg nu het gevoel dat ik hem bij het grofvuil moet mieteren.'

Brandon trok wit weg. 'Nee, niet doen! Je moet hem op zijn minst recyclen.'

'Nee joh. Dat was maar een grapje,' zei Mae. 'Ik hou hem waarschijnlijk gewoon. Al mijn dingen staan erop.'

'Mooi bruggetje, Mae! Dat is de volgende reden waarom ik hier ben. We moeten al jouw dingen op de nieuwe tablet overzetten.'

'O, dat kan ik zelf wel.'

'Mag ik het doen? Hier heb ik mijn hele leven naar toegewerkt.'

Mae schoot in de lach en schoof haar stoel opzij. Brandon knielde bij haar bureau en legde de nieuwe tablet naast haar laptop neer. Binnen een paar minuten had hij al haar gegevens en accounts overgezet.

'Oké. Nu je telefoon. Ta-da.' Hij dook in zijn tas en haalde een nieuwe telefoon tevoorschijn die de hare een aantal belangrijke stappen vooruit was. Net als bij de tablet stond haar naam al in de achterkant gegraveerd. Hij legde beide telefoons, de oude en de nieuwe, naast elkaar op het bureau en zette alles snel en draadloos van de ene naar de andere over.

'Oké. Alles wat je op je andere telefoon en je harde schijf had staan, is nu via de tablet en je nieuwe telefoon toegankelijk, het is ook geback-upt in de cloud en op onze servers. Je muziek, je foto's, je berichtjes, je gegevens: die kun je nooit meer kwijtraken. Als je deze tablet of telefoon verliest, kost het precies zes minuten om alles op te halen en op de volgende te zetten. Of dat nou volgend jaar is of de volgende eeuw.'

Ze keken naar de nieuwe apparaten.

'Ik wou dat ons systeem tien jaar geleden al had bestaan,' zei hij. 'Ik heb toen twee harde schijven opgeblazen en dan is het net alsof je huis met al je bezittingen is afgebrand.'

Hij stond op.

'Dank je wel,' zei Mae.

'Graag gedaan,' zei hij. 'En nu kunnen we je updates voor de software en de apps en zo sturen, en dan weten we zeker dat je bij bent. Iedereen bij CE moet van alle software dezelfde versie gebruiken, zoals je je wel kunt voorstellen. Dat was het, geloof ik...' zei hij achteruit schuifelend. Toen bleef hij staan. 'O, en het is echt heel belangrijk dat alle apparaten van het bedrijf met een wachtwoord worden beschermd, dus heb ik er eentje voor je aangemaakt. Hier.' Hij gaf haar een strookje papier met daarop een serie cijfers, getallen en obscure typografische symbolen. 'Ik hoop dat je het vandaag nog uit je hoofd kunt leren en dit dan weggooit. Deal?'

'Ja. Deal.'

'We kunnen het later veranderen als je wilt. Laat maar weten, dan krijg je een ander. Ze worden allemaal door de computer gegenereerd.'

Mae pakte haar oude laptop en schoof hem in de richting van haar tas.

Brandon keek ernaar alsof het om een ongewenste exoot ging. 'Wil je dat ik je ervan afhelp? Wij doen dat heel milieuvriendelijk.'

'Morgen misschien,' zei ze, 'ik wil er nog even afscheid van nemen.'

Brandon glimlachte toegeeflijk. 'O, ik snap het. Oké dan.' Hij boog en vertrok. Achter hem zag ze Annie staan, met haar hand onder haar kin en haar hoofd scheef.

'Daar heb je mijn kleine meisje, ze wordt eindelijk groot!'

Mae stond op en sloeg haar armen om haar heen.

'Dank je wel,' zei ze in Annies nek.

'Joh.' Annie probeerde weg te komen.

Mae drukte haar nog steviger tegen zich aan. 'Nee, echt.'

'Het is al goed.' Annie wist zich eindelijk los te maken. 'Rustig maar. Of eigenlijk: ga maar door. Het begon net sexy te worden.'

'Nee, echt. Dank je wel,' zei Mae met trillende stem.

'Nee, nee, nee,' zei Annie. 'Geen gehuil op je tweede dag.'

'Sorry. Ik ben gewoon zo dankbaar.'

'Hou op.' Annie stapte naar voren en hield haar weer vast. 'Stop. Stop. Jezus. Wat ben je toch een rare.'

Mae ademde diep in tot ze weer rustig was. 'Ik heb het geloof ik onder controle. O, en mijn vader zegt dat-ie ook van je houdt. Iedereen is zo blij.'

'Oké. Wel raar, hij heeft mij nog nooit ontmoet. Maar zeg maar tegen hem dat ik ook van hem hou. Hartstochtelijk veel. Is het een lekker ding? Een zilverharige stouterik? Een swinger? Misschien kunnen we iets afspreken. En kunnen we hier nu eindelijk aan de slag?'

'Yep, yep,' zei Mae. Ze ging weer zitten. 'Sorry.'

Annie trok ondeugend haar wenkbrauwen op. 'Ik heb het gevoel alsof de school weer gaat beginnen en we net hebben ontdekt dat we in dezelfde klas zitten. Heb je een nieuwe tablet gekregen?'

'Ja, net.'

'Laat eens zien.' Annie bekeek hem. 'O, dat graveren is een leuk detail. Wij gaan samen echt heel veel kattenkwaad uithalen, ja toch?'

'Ik hoop het.'

'Oké, hier komt je teamleider. Ha Dan.'

Mae veegde snel haar gezicht droog. Achter Annie zag ze een knappe man aan komen lopen, stevig gebouwd en aantrekkelijk, met een bruine hoody en een innig tevreden lach.

'Hé Annie, hoe gaat het?' vroeg hij terwijl hij haar de hand schudde.

'Goed, Dan.'

'Zo mag ik het horen.'

'Je hebt hier een goeie aan, ik hoop dat je dat weet,' zei Annie, die Mae bij haar pols vastpakte en erin kneep.

‘O, ja, dat weet ik,’ zei hij.

‘Let een beetje op haar.’

‘Zal ik doen,’ zei hij, en hij keek van Annie naar Mae. Zijn tevreden lach straalde nu volledige overtuiging uit.

‘En ik let op jóú om te zien of je op háár let,’ zei Annie.

‘Goed om te weten,’ zei hij.

‘Ik zie je bij de lunch,’ zei Annie tegen Mae en ze was weg.

Iedereen behalve Mae en Dan was nu verdwenen, maar zijn glimlach bleef dezelfde – de glimlach van een man die niet voor de show glimlachte. Het was de glimlach van een man die precies was waar hij wilde zijn. Hij trok een stoel bij.

‘Fijn dat je er bent,’ zei hij. ‘Ik ben zo blij dat je ons aanbod hebt aangenomen.’

Mae zocht in zijn ogen naar iets wat op onoprechtheid wees, want iedereen met een beetje gezond verstand zou het wel uit zijn hoofd laten een aanbod af te slaan om hier te komen werken. Maar ze vond geen spoortje. Dan had drie sollicitatiegesprekken met haar gevoerd en telkens volkomen oprecht geleken.

‘Dus de hele papierwinkel en de vingerafdrukken zijn achter de rug?’

‘Volgens mij wel.’

‘Zin in een ommetje?’

Ze liepen door een honderd meter lange glazen gang en een paar hoge dubbele deuren naar buiten. Ze beklommen een brede trap.

‘We zijn net klaar met het dakterras,’ zei hij. ‘Ik denk dat je het wel leuk zult vinden.’

Van boven bleek het uitzicht spectaculair. Vanaf het dak kon je bijna de hele campus, de stad San Vincenzo eromheen en de baai daarachter zien. Mae en Dan lieten het allemaal op zich inwerken, en toen keek hij haar aan.

‘Mae, nu je hier aan boord bent, zou ik je een paar van de kernwaarden van dit bedrijf willen bijbrengen. Nummer één is dat wij ons werk hier – hoe belangrijk ook – niet belangrijker vinden dan dat jij de ruimte krijgt om hier ook mens te zijn. We willen natuurlijk dat dit een werkplek is, maar het zou ook een ménsplek moeten zijn. En dat wil zeggen dat we gemeenschapszin moeten kweken. In feite hóórt dit een gemeenschap te zijn. Dat is, zoals je misschien wel weet, een van onze slogans: *De gemeenschap gaat vóór*. En je hebt de borden gezien waarop staat: HIER WERKEN MENSEN – daar blijf ik op hameren. Dat ligt mij na aan het hart. We zijn geen machines. Het is hier geen sweatshop. Wij vormen een groep van de knapste koppen van onze generatie. Generatíés. Hier een plek creëren waar ons menszijn wordt gerespecteerd, onze mening wordt gewaardeerd, onze stem wordt gehoord – dat is net zo belangrijk als winst, aandelenkoersen of alles wat hier wordt ondernomen. Klinkt dat heel erg klef?'

'Nee, nee,' zei Mae haastig. 'Zeker niet. Daarom ben ik hier. Het idee dat de gemeenschap vóórgaat vind ik geweldig. Vanaf haar eerste dag hier heeft Annie me erover verteld. In mijn vorige baan communiceerde eigenlijk niemand goed. Het tegenovergestelde van alles hier.'

Dan keek weg naar de heuvels in het oosten, pluizig zacht en groen gevlekt. 'Ik vind het vreselijk om zoiets te horen. Met de huidige technologie hoeft communicatie nooit een probleem te zijn. Wederzijds begrip moet altijd binnen bereik liggen en glashelder zijn. Dat is wat we hier doen. Je zou zelfs kunnen stellen dat het de missie van dit bedrijf is – het houdt mij in elk geval heel erg bezig. Communicatie. Begrip. Helderheid.'

Dan knikte nadrukkelijk, alsof zijn mond net uit eigen beweging iets had gezegd wat zijn oren heel diepzinnig vonden.

'In de Renaissance zijn wij, zoals je weet, verantwoordelijk voor Customer Experience, CE, en sommige mensen zullen denken dat dat de minst sexy afdeling van het hele bedrijf is. Maar ik ben net als de Wijzen van mening dat die juist de basis vormt van alles wat hier gebeurt. Als wij de klanten niet die bevredigende, menselijke en *menswaardige experience* geven, dan krijgen we geen klanten. Dat is vrij elementair. Wij vormen het bewijs dat dit een menselijk bedrijf is.'

Mae wist niet wat ze moest zeggen. Ze was het er volledig mee eens. Haar vorige baas, Kevin, kon zo'n verhaal niet houden. Kevin had geen filosofie. Kevin had geen ideeën. Kevin had alleen lichaamsgeurtjes en een snor. Mae stond als een gek te grijnzen.

'Ik weet zeker dat je het hier fantastisch zult doen,' zei hij en hij strekte zijn arm naar haar uit alsof hij zijn hand op haar schouder wilde leggen, maar bedacht zich toen. Hij liet zijn arm langs zijn zij vallen. 'We gaan weer naar beneden, dan kun je aan de slag.'

Ze verlieten het dakterras en liepen de brede trap af. Toen ze bij haar bureau terugkwamen, zat daar een man met kroeshaar.

'Daar is-ie,' zei Dan. 'Te vroeg, zoals altijd. Hoi, Jared.'

Jared had een sereen, rimpelloos gezicht en handen die geduldig en stil in zijn ruime schoot lagen. Hij droeg een kaki broek en een overhemd dat een maat te klein was.

'Jared gaat je inwerken, hij wordt je belangrijkste contactpersoon hier bij CE. Ik hou toezicht op het team en Jared op de unit. Onze namen zijn de twee belangrijkste om te onthouden. Jared, klaar om Mae op gang te helpen?'

'Ik ben er klaar voor,' zei hij. 'Hallo Mae.' Hij stond op en stak Mae zijn hand toe, vlezig en zacht als van een cherubijn.

Dan zei gedag en vertrok.

Jared grijnsde en haalde een hand door zijn haar. 'Tijd om je in te werken. Ben je zover?'

'Absoluut.'

'Wil je koffie of thee of iets anders?'

Mae schudde haar hoofd. 'Ik hoef niets.'

'Oké. Ga zitten.'

Mae ging zitten en Jared pakte zijn stoel erbij.

'Oké. Zoals je weet, doe je voorlopig alleen de rechttoe rechtaan klantenservice voor de kleinere adverteerders. Zij sturen Customer Experience een berichtje en dat wordt dan naar een van ons doorgestuurd. Eerst willekeurig, maar zodra je vaker met een bepaalde klant te maken krijgt, wordt die vanwege de continuïteit voortaan naar jou doorgestuurd. Als je de vraag binnenkrijgt, ga je op zoek naar het antwoord en schrijft dan terug. Dat is de essentie. In principe heel simpel. Duidelijk zover?'

Mae knikte, waarop Jared de twintig meest gebruikelijke verzoeken en vragen doorliep en haar een menu met standaardantwoorden liet zien.

'Dat wil niet zeggen dat het gewoon een kwestie is van het antwoord erin plakken en terugsturen. Je moet iedere reactie persoonlijk en specifiek maken. Jij bent een mens en zij ook, dus gedraag je niet als een robot en behandel hen niet als robots. Snap je wat ik bedoel? Hier werken namelijk geen robots. We willen klanten nooit het idee geven dat ze te maken hebben met een entiteit zonder gezicht, dus je moet altijd het menselijke element in het proces brengen. Klinkt dat aannemelijk?'

Mae knikte. Dat klonk goed: *Hier werken geen robots.*

Ze liepen nog een stuk of tien oefenscenario's door en Mae schaafde haar antwoorden steeds iets verder bij. Jared was een geduldige trainer en nam stap voor stap iedere mogelijke situatie met haar door. Als ze echt op een probleem mocht stuiten, dan kon ze de vraag naar zijn eigen wachtrij doorsturen en zou hij hem afhandelen. Dat is wat hij het grootste deel van de dag deed, zei Jared – de probleemgevallen van de nieuwe medewerkers van Customer Experience overnemen en oplossen.

'Maar dat zal niet vaak voorkomen. Je zult er versteld van staan hoeveel vragen je meteen al kunt ondervangen. Laten we er eens van uitgaan dat je de vraag van een klant hebt beantwoord en dat die tevreden lijkt. Dat is het moment waarop jij een onderzoekje stuurt dat hij dan invult. Het zijn wat snelle vragen over jouw dienstverlening en zijn algehele ervaring, met op het eind het verzoek een cijfer te geven. Hij stuurt jou de antwoorden en dan weet jij onmiddellijk hoe je het hebt gedaan. De beoordeling springt hier in beeld.'

Hij wees naar de hoek van haar scherm, waar heel groot het cijfer 99 stond, en daaronder een raster met andere cijfers.

'Die grote negenennegentig is de laatste beoordeling van een klant. De klant zal je waarderen op een schaal van, drie keer raden, één tot honderd. De meest recente beoordeling verschijnt hier in beeld en wordt dan in het vak daaronder gemiddeld met de scores van de rest van de dag. Zo weet je altijd hoe je het doet, zowel op het moment zelf als in het algemeen. Ik weet wat je nu denkt: oké, welk gemiddelde is gemiddeld? Het antwoord daarop luidt: als het onder de vijfennegentig zakt, moet je misschien even afstand nemen om te zien wat je kunt verbeteren. Misschien kun je het gemiddelde bij de volgende klant opkrikken, misschien zie je hoe je het zou kunnen verbeteren. Als de neergaande lijn zich voortzet, moet je misschien even met Dan of een andere teamleider om de tafel gaan zitten om de meest effectieve methodes door te nemen. Goed idee?'

'Zeker,' zei Mae. 'Ik waardeer dit echt, Jared. In mijn vorige baan had ik tot, zeg maar, de driemaandelijkse evaluatie geen idee wat ze van me vonden. Ik kreeg daar de zenuwen van.'

'Nou, dan zul je dit geweldig vinden. Wanneer ze aan het onderzoekje meedoen en een beoordeling geven – en bijna iedereen doet dat – dan stuur je hun nog een bericht. Daarin worden ze bedankt voor het meedoen aan het onderzoek en aangemoedigd om hun experience met jou via een van de sociale-mediatools van de Cirkel met een vriend te delen. Idealiter *tingen* ze het ten minste even of sturen je een *smile* of een *frown*. In het beste geval krijg je ze zover dat ze op een andere klantenservicesite erover tingen of schrijven. Als de mensen over hun geweldige klantenservice-experience met jou gaan tingen, dan hebben wij daar allemaal baat bij. Duidelijk?'

'Duidelijk.'

'Oké, laten we d'r eentje live doen. Klaar?'

Dat was Mae niet, maar dat kon ze moeilijk zeggen. 'Klaar.'

Jared klikte een vraag van een klant aan en snoof na het lezen om aan te geven hoe simpel die was. Hij koos een standaardantwoord, paste dat een beetje aan, wenste de klant een fantastische dag. De uitwisseling nam zo'n negentig seconden in beslag en het scherm bevestigde twee minuten later dat de klant de vragenlijst had beantwoord en toen verscheen de score: 99. Jared leunde achterover en draaide zich naar Mae toe.

'Dat is goed, toch? Negenennegentig is goed. Toch vraag ik me af waarom het geen honderd was. Eens even kijken.' Hij klikte in het onderzoekje de antwoorden van de klant open en ging er snel doorheen. 'Nou, niets wat er duidelijk op wijst dat de experience niet helemaal naar tevredenheid was. De meeste bedrijven zouden nu zeggen: wow, negenennegentig van de honderd punten; dat is bijna perfect. En dan zeg ik: precies, het is bíjna perfect. Maar hier bij de Cirkel blijft dat ontbrekende punt aan ons knagen. Laten we daarom eens kijken of we dit tot op de bodem kunnen uitzoeken. Hier is een follow-up die we versturen.'

Hij liet haar een ander onderzoek zien, korter ditmaal, waarin de klant werd gevraagd wat aan de interactie had kunnen worden verbeterd en hoe. Ze stuurden het naar de klant.

Al na een paar seconden kwam het antwoord. *Het was helemaal goed. Sorry. Had je 100 moeten geven. Bedankt!!*

Jared tikte op het scherm en stak zijn duim op naar Mae.

'Oké. Soms kun je gewoon iemand treffen met weinig gevoel voor schaalverdeling. Dus is het goed om het na te vragen, om het in ieder geval helder te krijgen. Nu zitten we weer op een perfecte score. Klaar om er zelf een te doen?'

'Ja hoor.'

Ze downloadden een nieuwe klantenvraag en Mae scrolde door de sjablonen, vond het juiste antwoord, maakte het persoonlijker en verzond het. Toen het onderzoek terugkwam, was haar beoordeling 100.

Jared leek even beteuterd. 'Meteen de eerste keer al honderd, wow,' zei hij. 'Ik wist wel dat je goed was.' Al snel hervond hij zijn evenwicht. 'Oké, dan ben je er nu wel aan toe om wat meer op je te nemen. Maar eerst nog wat andere dingen. We zetten je tweede scherm aan.' Hij zette een kleiner scherm rechts van haar aan. 'Dit is om binnen het bedrijf te messagen. Alle Cirkelaars sturen hun berichtjes via jouw belangrijkste feed, maar die verschijnen op het tweede scherm. Dat is om duidelijk te maken hoe belangrijk de berichten zijn en jou te helpen onderscheid te maken. Soms zul je hier berichtjes van mij zien, gewoon om me even te melden of met wat aanpassingen of nieuws te komen. Oké?'

'Duidelijk.'

'Denk eraan dat je alle probleemgevallen naar mij doorstuurt, en als je een pauze nodig hebt en wilt praten, geef dan een seintje of kom even langs. Ik zit hier verderop in de gang. Ik verwacht van jou dat je de eerste paar weken vrij vaak contact zult zoeken, op welke manier dan ook. Dan kan ik zien of je het onder de knie krijgt. Aarzel dus niet.'

'Dat zal ik niet doen.'

'Heel goed. Kortom, je bent klaar om het voor 't echie te doen?'

'Ik ben er klaar voor.'

'Oké. Dan ga ik nu de sluizen openzetten. En als ik die stortvloed over je heen laat komen, krijg je je eigen wachtrij en ben je de komende twee uur, tot de lunch, onder de pannen. Klaar?'

Mae dacht van wel. 'Ja.'

'Zeker weten? Oké dan.'

Hij activeerde haar account, deed alsof hij salueerde en ging ervandoor. De sluizen gingen open en ze beantwoordde in de eerste twaalf minuten vier vragen, haar score was 96. Ze zat flink te zweten, maar kreeg er een enorme kick van.

Op haar tweede scherm verscheen een berichtje van Jared. *Prima tot nu toe! Eens kijken of we daar straks 97 van kunnen maken.*

Doe ik! schreef ze.

En stuur follow-ups naar iedereen onder de 100.

Oké, schreef ze.

Ze verstuurde zeven follow-ups en drie klanten schroefden de score op tot 100. Om 11.45 uur had ze nog eens tien vragen beantwoord. Nu stond haar totaal op 98.

Er verscheen een ander berichtje op haar tweede scherm, deze keer van Dan. *Geweldig werk, Mae! Hoe voel je je?*

Mae was stomverbaasd. Een teamleider die zich bij jou meldde, zo vriendelijk, en dat op de eerste dag?

Prima. Dank! antwoordde ze en ze klikte de volgende klantenvraag aan.

Er verscheen weer een berichtje van Jared, onder het eerste.

Kan ik iets voor je doen? Vragen die ik kan beantwoorden?

Nee, dank je! schreef ze. *Dat is nog niet nodig. Dank, Jared!* Ze ging terug naar het eerste scherm. Op het tweede dook een nieuw berichtje van Jared op.

Denk eraan dat ik je alleen kan helpen als jij zegt waarmee.

Nogmaals dank! schreef ze.

Tegen lunchtijd had ze zesendertig vragen beantwoord en was haar score 97.

Er kwam een berichtje van Jared tussendoor. *Goed gedaan! Laten we een follow-up doen bij iedereen die nog onder de 100 zit.*

Doe ik, antwoordde ze, en ze stuurde degenen die ze nog niet had benaderd follow-ups. Ze wist een paar 98-jes naar 100 te brengen en zag toen een bericht van Dan: *Goed gedaan, Mae!*

Een paar tellen later verscheen op het tweede scherm, onder dat van Dan, een ander bericht, nu van Annie: *Volgens Dan ga je als een tiet. Goed zo meisje!*

En toen kreeg ze een berichtje waarin stond dat haar naam op Ting was genoemd. Ze klikte erop om het te lezen. Het was geschreven door Annie. *Newbie Mae gaat als een tiet!* Ze had het naar de hele Cirkelcampus gestuurd – 10.041 mensen.

De ting werd 322 keer geforward en kreeg 187 reacties. Ze verschenen in een steeds langer wordende sliert op haar tweede scherm. Mae had geen tijd om ze allemaal te lezen, maar scrolde er snel doorheen en die enorme waardering voelde goed. Aan het eind van de dag was Mae's score 98. Er kwamen berichtjes met felicitaties binnen van Jared, Dan en Annie. Er volgde een hele reeks tings om te verkondigen en te vieren wat Annie *de hoogste score van een CE newb ooit lekker puh* noemde.

Haar eerste vrijdag had Mae 436 klanten geholpen en alle standaardantwoorden uit haar hoofd geleerd. Ze keek nergens meer van op, hoewel het om een duizelingwekkende verscheidenheid aan klanten en bedrijven ging. De Cirkel was echt overal en dat wist ze intuïtief al jaren, maar nu ze al die mensen en bedrijven hoorde die erop vertrouwden dat de Cirkel de naamsbekendheid van hun producten vergrootte, hun digitale impact bijhield en wist door wie en wanneer hun goederen werden gekocht, werd het pas echt concreet. Ze had contact met klanten uit Clinton in Louisiana, en Putney in Vermont; uit Marmaris in Turkije en uit Melbourne, Glasgow en Kyoto. Zonder uitzondering waren hun vragen beleefd – het resultaat van TruYou – en hun beoordelingen hoffelijk.

Halverwege de vrijdagochtend was haar totaalscore voor die week 97 en iedereen in de Cirkel zei dat ze goed presteerde. Het werk was veeleisend en bleef toestromen, maar varieerde net voldoende en werd genoeg gewaardeerd om haar in een prettig ritme te brengen.

Net toen ze een nieuwe vraag wilde beantwoorden, kreeg ze een sms'je. Het was van Annie: *Ga mee lunchen, gek.*

Ze gingen op een heuveltje zitten met twee salades tussen hen in, af en toe kwam de zon vanachter de trage wolken tevoorschijn. Mae en Annie keken naar drie bleke jongemannen, gekleed als technici, die een rugbybal probeerden over te gooien.

'Zo, dus jij bent nu al een ster. Ik voel me net een trotse mama.'

Mae schudde haar hoofd. 'Helemaal niet. Ik moet nog zoveel leren.'

'Natuurlijk. Maar nu al een zevenennegentig? Dat is waanzinnig. Ik kwam de eerste week niet boven de vijfennegentig. Je bent een natuurtalent.'

Er vielen twee schaduwen over hun lunch.

'Mogen we kennismaken met de newbie?'

Mae keek op, haar hand boven haar ogen.

'Tuurlijk,' zei Annie.

De schaduwen gingen zitten. Annie prikte met haar vork in hun richting. 'Dit zijn Sabine en Josef.'

Mae gaf beiden een hand. Sabine was blond, stevig en scheel. Josef was mager en bleek en had een lachwekkend slecht gebit.

'Ze zit nu al naar mijn tanden te kijken!' kermde hij terwijl hij naar Mae wees. 'Het is een obséssie voor jullie Amerikanen! Ik voel me net een paard op de veemarkt.'

'Maar jouw tanden zíjn slecht,' zei Annie. 'En onze tandheelkundige zorg is nog wel zo goed.'

Josef pakte een burrito uit. 'Volgens mij zijn mijn tanden een broodnodige verademing bij al die griezelige perfectie hier.'

Annie hield haar hoofd scheef en bekeek hem aandachtig. 'Ik vind écht dat je er iets aan moet laten doen, zo niet voor jezelf dan toch voor het moreel van de mensen in dit bedrijf. Je bezorgt hun nachtmerries.'

Josef pruilde theatraal met een mond vol *carne asada*. Annie gaf hem een klopje op zijn arm.

Sabine sprak Mae aan. 'Jij zit dus bij Customer Experience?' Mae zag nu pas de tatoeage op Sabines arm, het symbool voor oneindigheid.

'Klopt. Mijn eerste week.'

'Ik zag dat je het tot nu toe behoorlijk goed hebt gedaan. Ik ben daar ook begonnen. Net als bijna iedereen.'

'En Sabine is biochemicus,' voegde Annie toe.

Mae was verbaasd. 'Ben jij biochemicus?'

'Ja.'

Mae had nog niet eerder gehoord dat er biochemici bij de Cirkel werkten. 'Mag ik vragen waar je aan werkt?'

'Of je het mag vrágen?' antwoordde Sabine met een glimlach. 'Je mag alles vragen. Maar ik hoef je niks te vertellen.'

Ze zuchtten allemaal even, maar toen zei Sabine: 'Nee, serieus, ik kan het je niet vertellen. Tenminste, nu nog niet. Gewoonlijk hou ik me bezig met biometrie. Je weet wel, irisscanning en gezichtsherkenning. Maar nu ben ik met iets nieuws bezig. Al zou ik graag...'

Annie keek Sabine indringend en waarschuwend aan. Sabine propte haar mond vol sla.

'Trouwens,' zei Annie, 'Josef zit bij Educational Access. Hij probeert tablets te introduceren op scholen die daar nog geen geld voor hebben. Hij is een wereldverbeteraar. Hij is ook bevriend met jouw nieuwe vriendje Garbonzo.'

'Garaventa,' corrigeerde Mae.

'Ah. Dat weet je blijkbaar nog. Heb je hem nog een keer gezien?'

'Deze week niet. Ik heb het veel te druk gehad.'

Josefs mond hing nu open. Er was hem net iets gaan dagen. 'Ben jij Mae?'

Annie kromp in elkaar. 'Dat zeggen we toch net. Natuurlijk is dit Mae.'

'Sorry. Ik hoorde het niet goed. Nou weet ik wie je bent.'

Annie snoof. 'Wat? Hebben de twee kleine meisjes het met elkaar over de nacht van Francis' leven gehad? Heeft hij Mae's naam in zijn dagboek geschreven met allemaal hartjes eromheen?'

Josef slaakte een toegeeflijke zucht. 'Nee, hij zei alleen dat hij iemand had ontmoet die hij heel leuk vond en dat ze Mae heette.'

'Ach, wat lief,' zei Sabine.

'Hij heeft haar verteld dat hij in de beveiliging zat,' zei Annie. 'Waarom zou hij dat nou zeggen, Josef?'

'Dat heeft hij niet gezegd,' benadrukte Mae. 'Dat heb ik ervan gemaakt.'

Dat kon Annie blijkbaar niets schelen. 'Nou ja, je zou het denk ik wel beveiliging kunnen noemen. Hij zit in de kinderveiligheid. Hij is in feite de drijvende kracht achter het volledige programma tot preventie van ontvoeringen. Het zou hem best kunnen lukken.'

Sabine, weer met een volle mond, zat hevig te knikken. 'Natuurlijk lukt het hem,' zei ze, ondertussen sliertjes sla en vinaigrette in het rond sproeiend. 'Dat staat nu al vast.'

'Wat staat vast?' vroeg Mae. 'Gaat het hem lukken om alle ontvoeringen te voorkomen?'

'Dat zou best kunnen,' zei Josef. 'Hij is buitengewoon gemotiveerd.'

Annies ogen werden groot. 'Heeft hij je over zijn zusjes verteld?'

Mae schudde haar hoofd. 'Nee, hij heeft niet gezegd dat hij broers of zussen had. Wat is daar dan mee?'

De drie Cirkelaars keken elkaar aan alsof ze zich afvroegen of het verstandig was het verhaal op dat moment te vertellen.

'Een vreselijk verhaal,' zei Annie. 'Zijn ouders hebben er een puinzooi van gemaakt. Ik geloof dat ze vier of vijf kinderen hadden en dat Francis de jongste of op een na jongste was; hoe dan ook, de vader zat in de gevangenis, de moeder was aan de drugs en de kinderen werden daarom van hot naar her gestuurd. Ik geloof dat een broer naar zijn oom en tante is gegaan en zijn twee zusjes naar een of ander pleeggezin, en daar zijn ze ontvoerd. Er waren vermoedens dat ze – je weet wel – weggegeven of verkocht waren aan de moordenaars.'

'De wat?' Mae voelde zich helemaal slap worden.

'God, ze zijn verkracht en in kasten opgesloten en hun lichamen zijn later in een of andere verlaten raketsilo gegooid. Echt een verschrikkelijk verhaal. Hij heeft het aan ons verteld toen hij dat kinderveiligheidsprogramma pitchte. Shit, moet je je gezicht zien. Ik had het niet moeten vertellen.'

Mae kon niets uitbrengen.

'Het is belangrijk dat je het weet,' zei Josef. 'Daarom is hij zo gedreven. Ik bedoel, zijn programma zou de mogelijkheid vrijwel uitsluiten dat zoiets ooit weer gebeurt. Wacht. Hoe laat is het?'

Annie keek op haar telefoon. 'Je hebt gelijk. We moeten rennen. Bailey gaat iets onthullen. We hadden al in de Grote Zaal moeten zijn.'

De Grote Zaal bevond zich in de Verlichting en toen ze de ruimte binnenliepen, een spelonk met vijfenderttighonderd zitplaatsen die was ingericht met warme houttinten en geborsteld staal, klonk daar een verwachtingsvol rumoer. Mae en Annie vonden een paar laatste vrije stoelen op het tweede balkon en gingen zitten.

'Dit is pas een paar maanden geleden opgeleverd,' zei Annie. 'Vijfenveertig miljoen dollar. Bailey heeft die strepen afgekeken van de Duomo in Siena. Mooi hè?'

Mae's aandacht werd naar het podium getrokken waarop een man onder donderend applaus naar het perspex spreekgestoelte liep. Het was een lange man van rond de vijfenveertig met een klein buikje, maar niet ongezond, gekleed in een spijkerbroek en een blauwe trui met v-hals. Nergens viel een microfoontje te ontdekken, maar toen hij begon te praten, klonk zijn stem versterkt en duidelijk verstaanbaar.

'Hallo allemaal. Ik ben Eamon Bailey,' zei hij tegen de volgende golf applaus die hij in de kiem smoorde. 'Bedankt allemaal. Ik ben blij iedereen hier te zien. Sinds mijn vorige praatje, een volle maand geleden, hebben we een paar nieuwkomers bij het bedrijf. Willen de newbies even opstaan?' Annie stootte Mae aan. Mae ging staan, keek het auditorium rond en zag dat een stuk of zestig mensen waren opgestaan, de meesten van haar leeftijd – allemaal wat timide ogend, allemaal modieus gekleed –, die gezamenlijk elk ras, elke etniciteit en, dankzij de inspanningen van de Cirkel om de visumregels voor buitenlandse personeelsleden te versoepelen, een duizelingwekkende variëteit aan nationaliteiten vertegenwoordigden. Het geklap van de overige Cirkelaars, vergezeld van hier en daar wat kreten, was oorverdovend. Ze ging weer zitten.

'Het staat schattig als je bloost,' zei Annie.

Mae liet zich diep in haar stoel zakken.

'Newbies,' zei Bailey, 'jullie staat iets speciaals te wachten. Dit wordt "Droomvrijdag" genoemd. Op die dag presenteren we iets waaraan momenteel wordt gewerkt. Vaak doet een van onze ingenieurs, ontwerpers of visionairs dat en soms ben ik het maar. Vandaag zullen jullie het met mij moeten doen. Daarvoor alvast mijn excuses.'

'We houden van je, Eamon!' klonk een stem uit het publiek. Er werd gelachen.

'Nou, bedankt,' zei hij. 'Dat is wederzijds. Ik hou van jullie als het gras van de dauw, als een vogel van zijn nest.' Hij liet een stilte vallen die Mae de kans gaf op adem te komen. Ze had deze lezingen online gezien, maar nu ze hier zelf aanwezig was, Baileys brein in actie zag en hem zo vlot uit de losse pols hoorde vertellen, was ze nog meer onder de indruk dan ze ooit voor mogelijk had gehouden. Hoe zou het zijn om zo iemand te zijn, dacht ze, welbespraakt en inspirerend, zo op je gemak tegenover een duizendkoppig publiek?

'Ja,' ging hij verder, 'het is een volle maand geleden dat ik op dit podium stond en ik weet dat mijn vervangers niet hebben voldaan. Het spijt me dat ik jullie mezelf heb onthouden. Ik besef dat ik onvervangbaar ben.' De grap deed de hele zaal lachen. 'En ik weet dat velen van jullie zich hebben afgevraagd wat ik in vredesnaam heb uitgevoerd.'

Voor in de hal schreeuwde iemand: 'Surfen!' en de hele hal grinnikte.

'Nou, dat klopt. Ik heb wat gesurft en dat is deels waar ik het over wil hebben. Ik ben dol op surfen en als ik wil surfen, moet ik weten wat voor golven er zijn. Ooit was het de gewoonte om 's ochtends als je opstond de plaatselijke surfwinkel te bellen en naar de branding te vragen. En daar namen ze al snel de telefoon niet meer op.'

Het contingent ouderen in de zaal liet een lach van herkenning horen.

'Toen er steeds meer mobieltjes kwamen, kon je je vrienden bellen die misschien al op het strand lagen. Totdat zij ook niet meer opnamen.'

Weer een lachsalvo van het publiek.

'Even serieus. Het is onhandig om iedere ochtend twaalf telefoontjes te plegen, en kun je andermans mening over de weersomstandigheden wel vertrouwen? Surfers hebben geen behoefte aan nog meer lijven op de weinige golven die we hier hebben. En toen kregen we internet en werden er hier en daar door een paar genieën camera's op het strand gezet. We konden inloggen en een paar onscherpe plaatjes van de golven van Stinson Beach binnenhalen. Dat was bijna nog erger dan de surfwinkel bellen. De technologie was primitief. De streamingtechnologie is dat nog steeds. Of was. Tot vandaag.'

Achter hem zakte een scherm naar beneden.

'Oké. Zo zag het er vroeger uit.'

Op het scherm werd de display van een standaardbrowser getoond en buiten beeld tikte een hand de URL in voor een website die SurfSight heette. Er verscheen een armzalig vormgegeven site met in het midden een piepklein venstertje met een streamingvideo van de kustlijn. De pixels waren duidelijk zichtbaar en het speelde lachwekkend traag af. Het publiek giechelde.

'Zo goed als waardeloos, toch? Zoals we weten is streamingvideo de afgelopen jaren veel beter geworden, maar nog steeds langzamer dan het echte leven, en de beeldkwaliteit is nogal teleurstellend. Daarom hebben we het afgelopen jaar de kwaliteitsproblemen opgelost. Laten we de pagina eens verversen om te bekijken hoe de site eruitziet met ons nieuwe videosignaal.'

Nadat de pagina was ververst, verscheen de kustlijn *full-screen* en in perfecte resolutie op het scherm. Overal in de zaal klonken bewonderende kreten.

'Ja, dit is live video van Stinson Beach. Dit is Stinson nu, op dit moment. Ziet er best goed uit, toch? Misschien had ik vandaag beter daarheen kunnen gaan!'

Annie boog zich naar Mae toe. 'Wat nu komt is onvoorstelbaar. Let op.'

'Velen van jullie zijn nog steeds niet erg onder de indruk. Zoals we allemaal weten, kunnen veel apparaten streamingvideo in hoge resolutie aanleveren, veel van jullie tablets en telefoons ondersteunen dat al. Maar hier spelen nog meer aspecten mee. Ten eerste hoe we dit beeld ontvangen. Zou het jullie verbazen als ik zei dat dit niet van een grote camera afkomstig is, maar gewoon van zo eentje?'

Hij had een apparaatje in zijn hand dat niet alleen leek op een lolly maar ook even groot was.

'Dit is een videocamera en het is precies dit model dat deze ongelooflijke beeldkwaliteit levert. Een beeldkwaliteit die dit soort vergrotingen aankan. Dus dat is het eerste geweldige nieuwtje. We kunnen nu een resolutie van HD-kwaliteit realiseren in een camera ter grootte van een duim. Nou ja, een hele grote duim dan. Het tweede geweldige nieuwtje is dat deze camera, zoals jullie zien, geen snoertjes nodig heeft. Dit beeld wordt via de satelliet verzonden.'

De zaal dreunde van het applaus.

'Wacht. Heb ik al gezegd dat hij op een lithiumbatterij loopt met een levensduur van twee jaar? Nee? Nou, dat doet-ie dus. En we zijn maar een jaar verwijderd van een model dat helemaal op zonne-energie loopt. En hij is waterbestendig, zandbestendig, windbestendig, dierbestendig, insectenbestendig, bestand tegen álles.'

Weer rolde het applaus door de zaal.

'Goed, ik heb dus vanochtend die camera opgesteld. Ik heb hem aan een paal getapet en die paal in het zand gestoken, in de duinen, zonder vergunning, niks. Niemand weet dat-ie daar staat. Dus vanochtend heb ik hem aangezet en ben toen naar kantoor teruggereden, heb ingelogd op Camera Een, Stinson Beach, en ik kreeg toen dit plaatje. Niet slecht. Maar ik ben er nog lang niet. Ik heb het vanochtend eigenlijk best druk gehad. Ik heb een rondje gereden en ook een camera op Rodeo Beach opgesteld.

Het eerste plaatje, van Stinson Beach, werd kleiner en schoof naar een hoek van het scherm. Er verscheen een nieuw kader met daarin de golven van Rodeo Beach, een paar kilometer zuidelijker langs de Stille Oceaan. 'En nu Montara. En Ocean Beach. Fort Point.' Bij elk strand dat Bailey noemde, verscheen een ander live beeld. Er was nu een raster met zes stranden, allemaal live, haarscherp en schitterend van kleur.

'Bedenk wel: niemand ziet deze camera's. Ik heb ze behoorlijk goed verborgen. De meeste mensen zullen denken dat het zeewier is of een stok. Of zoiets. Niemand zal er acht op slaan. Vanochtend heb ik dus in een paar uur tijd een glasheldere videoverbinding opgezet met zes locaties, die me helpt om mijn dag in te delen. En alles wat we hier doen, is gericht op het kennen van het voorheen onbekende, toch?'

Er werd geknikt. Een klein applausje.

'Oké, dus nu denken velen van jullie: ach, dit is net zoiets als camerabewaking in combinatie met de technologie van streaming en satellieten en zo. Prima. Maar met de bestaande technologie zou dat voor de gemiddelde particulier veel te duur zijn, zoals jullie weten. Maar als dit alles nu eens toegankelijk en betaalbaar zou zijn? Het ziet ernaar uit, vrienden, dat deze cameraatjes al over een paar maanden voor negenenvijftig dollar per stuk in de winkel liggen.'

Bailey stak de cameralolly naar voren en wierp hem iemand in het publiek toe. De vrouw die hem ving, hield hem omhoog en draaide zich vrolijk lachend naar het publiek om.

'Als je er met kerst tien koopt, dan heb je opeens non-stop toegang tot wat je maar wilt: thuis, werk, de verkeerssituatie. En iedereen kan ze installeren. Binnen vijf minuten. Stel je voor wat dat betekent!'

Het scherm achter hem werd gewist, de stranden verdwenen, er verscheen een nieuw raster.

'Dit is het uitzicht op mijn achtertuin,' zei hij, en hij liet een live feed van een aangeharkte, bescheiden achtertuin zien. 'En dit is de voortuin. Mijn garage. Hier eentje vanaf een heuvel met uitzicht over Highway 101 waar het tijdens de spits helemaal dichtslibt. Hier eentje bij mijn parkeerplek om er zeker van te zijn dat niemand anders daar parkeert.'

'En dat zijn alleen nog maar míjn camera's. Door eenvoudigweg Camera Eén, Twee, Drie, Twaalf, whatever, in te tikken, krijg ik tot elke camera toegang. Simpel. Maar als we nu gaan delen? Dat wil zeggen, stel dat mijn vriend wat camera's heeft opgesteld en mij toegang wil verschaffen?'

En nu werd het raster op het scherm verdubbeld, van zestien vakjes naar tweeëndertig. 'Dit zijn de beelden van Lionel Fitzpatrick. Hij is helemaal into skiën en heeft de camera's daarom zo neergezet dat hij de weersomstandigheden op twaalf verschillende locaties rond Tahoe kan volgen.'

Op het beeldscherm stonden twaalf live plaatjes van bergen met witte toppen, diepblauwe dalen, bergkammen getooid met donkergroene naaldbomen.

'Lionel kan beslissen tot welke camera hij me toegang geeft. Het is net zoiets als iemand bevrienden, maar nu met toegang tot al hun live feeds. Vergeet kabel-tv. Vergeet die vijfhonderd kanalen. Als je duizend vrienden hebt met ieder tien camera's, dan kun je nu uit tienduizend mogelijkheden aan live beelden kiezen. Als je vijfduizend vrienden hebt, beschik je over vijftigduizend mogelijkheden. En je zult al snel in staat zijn om met miljoenen camera's, overal ter wereld, verbinding te maken. Nogmaals, stel je voor wat dat betekent!'

De schermen verschrompelden tot duizenden minischermpjes. Stranden, bergen, meren, steden, kantoren, huiskamers. De menigte applaudisseerde als een gek. Toen werd het scherm leeg en kwam uit het zwart een wit vredesteken naar voren.

'Stel je nu eens voor wat dit voor de mensenrechten kan betekenen. Demonstranten in de straten van Egypte hoeven niet langer een camera omhoog te houden in de hoop een schending van de mensenrechten of een moord vast te leggen om vervolgens die beelden op een of andere manier die straat uit te krijgen en online te zetten. Nu hoef je alleen nog maar een camera op een muur te plakken. Dat hebben we dan ook pas gedaan.'

Een verbluft stilzwijgen daalde over het publiek neer.

'Camera Acht graag, in Caïro.'

Er verscheen een live shot van een straat op het beeldscherm. Er lagen spandoeken op de grond en in de verte stonden twee politiemannen in gevechtsuitrusting.

'Zij weten niet dat wij hen zien, maar we zien hen. De hele wereld kijkt mee. En luistert. Zet het geluid eens wat harder.'

Plotseling hoorden ze een goed verstaanbaar gesprek in het Arabisch tussen twee nietsvermoedende voetgangers die vlak langs de camera liepen.

'De meeste camera's kunnen natuurlijk met de hand of met stemherkenning worden bediend. Let maar op. Camera Acht, ga naar links.' De camera met het uitzicht op de straat in Caïro draaide naar links. 'Nu naar rechts.' Hij draaide naar rechts. Hij liet hem omhoog, naar beneden en diagonaal bewegen, allemaal opmerkelijk soepel.

Het publiek klapte opnieuw.

'Vergeet niet: deze camera's zijn goedkoop, makkelijk te verbergen en draadloos. Het is dus niet moeilijk geweest om ze overal achter te laten. Laat Tahrir maar zien.'

Het publiek hield zijn adem in. Op het scherm verscheen een live shot van het Tahrirplein, de bakermat van de Egyptische Revolutie.

'We hebben onze mensen in Caïro de afgelopen week camera's laten plaatsen. Ze zijn zo klein dat het leger ze niet kan vinden. Ze weten niet eens waar ze moeten zoeken. Laat de andere inkijkjes maar zien. Camera Twee. Camera Drie. Vier. Vijf. Zes.'

Er waren zes shots van het plein, elk zo scherp dat je het zweet op de gezichten kon zien en met gemak de naamplaatjes van alle soldaten kon lezen.

'Nu Zeven tot Vijftig.'

Er verscheen een raster met vijftig plaatjes die het hele plein leken te beslaan. Opnieuw bulderde het publiek. Bailey hief zijn handen op alsof hij wilde zeggen: nog niet. Er komt nog veel meer.

'Het is nu rustig op het plein, maar stel dat er iets gebeurt? Dan hebben we meteen de verantwoordelijke. Elke soldaat die geweld pleegt, wordt onmiddellijk vastgelegd voor het nageslacht. Hij zou vervolgd kunnen worden voor oorlogsmisdaden, noem maar op. En zelfs als ze alle journalisten van het plein vegen, dan staan de camera's er nog steeds. En hoe vaak ze ook zullen proberen de camera's uit te schakelen, ze zullen, juist vanwege hun kleine formaat, nooit helemaal zeker weten waar ze zijn en wie ze wanneer heeft neergezet. En die onwetendheid zal machtsmisbruik voorkomen. Kunnen jullie je voorstellen dat een gewone soldaat zich nu zorgen maakt dat hij voor eens en altijd door een stuk of tien camera's wordt vastgelegd terwijl hij een vrouw door de straat sleurt? Nou, hij heeft alle reden om zich zorgen te maken. Hij moet zich zorgen maken over deze camera's. Hij moet zich zorgen maken over SeeChange. Zo hebben we ze genoemd.'

Het applaus barstte los en werd luider op het moment dat bij het publiek de dubbele betekenis van de naam begon te dagen.

'Goedgekeurd?' vroeg Bailey. 'Oké, dit is natuurlijk niet alleen van toepassing in gebieden die kampen met sociale onrust. Probeer je maar eens een willekeurige stad met dit soort dekking voor te stellen. Wie zou een misdaad plegen in de wetenschap dat je altijd en overal gezien kunt worden? Mijn vrienden bij de FBI denken dat we in steden waar we voldoende dekking realiseren, de misdaadcijfers met zeventig, tachtig procent kunnen terugbrengen.'

Het applaus werd nog luider.

'Maar laten we voorlopig nog even teruggaan naar de plaatsen in de wereld waar we die transparantie het meest nodig hebben maar zo zelden krijgen. Hier volgt een compilatie van locaties, overal ter wereld, waar we camera's hebben neergezet. Stel je eens voor wat voor impact deze camera's in het verleden gehad zouden hebben en in de toekomst zullen hebben als zich soortgelijke gebeurtenissen mochten voordoen. Hier zijn de vijftig camera's op het Plein van de Hemelse Vrede.'

Het scherm werd gevuld met live shots die iedere hoek van het plein toonden en de mensen in de zaal begonnen weer te joelen. Bailey onthulde dat een tiental autoritaire regimes van Khartoem tot Pyongyang werd gevolgd en dat de autoriteiten van die landen geen idee hadden dat ze in Californië door drieduizend Cirkelaars werden bekeken – niet beseften dat ze bekeken kónden worden, dat deze technologie mogelijk was of ooit zou worden.

Toen maakte Bailey het scherm weer leeg en deed enkele stappen in de richting van het publiek. 'Jullie weten toch wat ik wil zeggen? In dit soort situaties ben ik het eens met Den Haag en met mensenrechtenactivisten waar ook ter wereld: alle autoriteiten moeten verantwoording afleggen. Tirannen kunnen zich niet langer verstoppen. Wat nodig is, wat ook zal komen, is bewijsmateriaal en de mogelijkheid om mensen ter verantwoording te roepen, en het is aan ons om te getuigen. En met dat doel voor ogen eis ik dat alles wat gebeurt openbaar moet zijn.'

Op het scherm verschenen de woorden:

ALLES WAT GEBEURT MOET OPENBAAR ZIJN.

'Jongens, we staan aan de vooravond van de Tweede Verlichting. En dan heb ik het niet over een nieuw gebouw op de campus. Ik heb het over een tijdperk waarin we niet langer toestaan dat het merendeel van het menselijk denken, handelen en succes wegsijpelt als uit een lekke emmer. Dat is al eerder gebeurd. Dat noemden we de middeleeuwen, de duistere middeleeuwen. Als de monniken niet hadden bestaan, zou alles wat de wereld had geleerd, verloren zijn gegaan. En als wij het merendeel van wat we doen, zien en leren verloren laten gaan, dan leven we in net zo'n periode. Maar zo hoeft het niet te gaan. Niet met deze camera's en niet met de missie die de Cirkel op zich heeft genomen.'

Hij draaide zich weer naar het scherm om, las wat daar stond en nodigde zo het publiek uit om zich de tekst in te prenten.

ALLES WAT GEBEURT MOET OPENBAAR ZIJN.

Hij wendde zich weer naar het publiek en glimlachte.

'Oké, ik wil het nu dichter bij huis brengen. Mijn moeder is eenentachtig. Ze is niet meer zo goed ter been als vroeger. Een jaar geleden is ze gevallen en heeft haar heup gebroken en sindsdien maak ik me zorgen over haar. Ik heb haar gevraagd een paar veiligheidscamera's te laten installeren waar ik via een gesloten circuit bij zou kunnen, maar dat vond ze niet goed. Maar ik kan nu gerust zijn, want vorig weekend, toen ze een tukje deed...'

Er golfde gelach door de zaal.

'Het spijt me! Het spijt me!' zei hij. 'Ik had geen keus. Ze had het anders nooit goedgevonden. Ik ben dus naar binnen geglipt en heb in elke kamer een camera opgehangen. Ze zijn zo klein dat ze haar nooit zullen opvallen. Ik zal het jullie even heel snel laten zien. Kunnen we de beelden van de camera's Eén tot Vijf in het huis van mijn moeder laten zien?'

Op het scherm verscheen een raster met beelden waaronder een van zijn moeder, die gehuld in een badhanddoek op blote voeten door een verlichte gang liep. Er werd gebulderd van het lachen.

'Oeps. Doe maar snel uit.' Het beeld verdween. 'Hoe dan ook, het gaat erom dat ik weet dat ze veilig is en dat geeft mij een gevoel van rust. Zoals we hier bij de Cirkel allemaal weten, leidt transparantie tot gemoedsrust. Ik hoef me niet langer af te vragen: hoe gaat het met mijn moeder? Ik hoef me niet langer af te vragen: wat gebeurt er in Myanmar?'

'Van dit model produceren we er nu een miljoen en ik voorspel dat we binnen een jaar tijd een miljoen toegankelijke livestreams hebben. En binnen vijf jaar vijftig miljoen. Binnen tien jaar twee miljard camera's. Uiteindelijk blijven er maar heel weinig bewoonde gebieden over waar we niet via het beeldscherm in kunnen.'

En weer juichte het publiek. Iemand riep: 'We willen het nu al!'

Bailey ging door. 'In plaats van op het web te zoeken en alleen maar een gemonteerde video van belabberde kwaliteit te vinden, ga je voortaan naar SeeChange en voer je "Myanmar" in. Of je tikt de naam van je vriendje op de middelbare school in. De kans is groot dat iemand ergens in de buurt een camera heeft geplaatst, toch? Waarom zou jouw nieuwsgierigheid naar de wereld niet bevredigd mogen worden? Je wilt Fiji zien maar kunt er niet heen? SeeChange. Je wilt even zien hoe het met je kind op school gaat? SeeChange. Dit is de ultieme transparantie. Zonder filter. Alles zien. Altijd.'

Mae boog zich naar Annie. 'Dit is ongelofelijk.'

'Ja, precies,' zei Annie.

'Moeten die camera's altijd op dezelfde plaats blijven?' vroeg Bailey met een bestraffend vingertje. 'Natuurlijk niet. Ik heb op dit moment toevallig op diverse plekken in de wereld een stuk of tien assistenten met een camera om hun nek rondlopen. Zullen we ze een bezoekje brengen? Mag ik Danny's camera?'

Op het scherm verscheen een plaatje van Machu Picchu. Het leek wel een ansichtkaart die van grote hoogte een blik op de oude ruïnes bood. En toen begon het te bewegen, naar beneden, in de richting van de archeologische vindplaats. Iedereen in de zaal hield zijn adem in en begon vervolgens te juichen.

'Dit is dus live beeld, maar dat was waarschijnlijk wel duidelijk. Hoi Danny. En nu gaan we naar Sarah op Mount Kenya.' Op het grote scherm verscheen een ander beeld, dit keer van de hoog op de berg gelegen schalievelden. 'Kun je ons naar de top draaien, Sarah?' De camera werd omhoog gericht en toonde de top van de berg, gehuld in mist. 'Kijk, dit maakt visuele stand-ins mogelijk. Stel je voor dat ik bedlegerig ben of te zwak om zelf de berg te verkennen, dan stuur ik iemand met een camera om haar nek naar boven en kan ik het allemaal in realtime meemaken. Laten we dat eens op een paar andere plaatsen doen.' Hij toonde live beelden van Parijs, Kuala Lumpur, een pub in Londen.

'Laten we een beetje experimenteren en dit allemaal tegelijk gebruiken. Ik zit thuis. Ik log in en wil wat van de wereld proeven. Laat me het verkeer op de 101 zien. De straten van Jakarta. De surfers bij Bolinas. Het huis van mijn moeder. De webcams van iedereen met wie ik op de middelbare school heb gezeten.'

Bij iedere opdracht verschenen nieuwe beelden, totdat minstens honderd livestreams gelijktijdig op het scherm te zien waren.

'We zullen alziend worden, alwetend.'

Het publiek gaf een staande ovatie en het applaus dreunde door de ruimte. Mae legde haar hoofd op Annies schouder.

'Alles wat gebeurt, zal geopenbaard worden,' fluisterde Annie.

'Je straalt helemaal.'

'Ja, je straalt echt.'

'Ik straal niet.'

'Alsof je zwanger bent.'

'Ja, ik snap wel wat jullie bedoelen. Hou op.'

Mae's vader reikte over de tafel en pakte haar hand. Het was zaterdag en haar ouders trakteerden haar op een etentje ter gelegenheid van haar eerste week bij de Cirkel. In dit soort sentimenteel gedoe vervielen ze altijd – de laatste tijd tenminste. Toen ze jonger was, het enige kind van een echtpaar dat de mogelijkheid om kinderloos te blijven lang open had gehouden, was het thuis veel ingewikkelder geweest. Door de week was haar vader er zelden. Hij beheerde gebouwen op een bedrijventerrein in Fresno, werkte veertien uur per dag en liet thuis alles aan haar moeder over, die drie diensten per week in een hotel-restaurant draaide, door alle stress om het minste of geringste kon ontploffen en dat dan vooral op Mae afreageerde.

Maar toen Mae tien was, kondigden haar ouders aan dat ze net buiten het centrum van Fresno een parkeergarage van twee verdiepingen hadden gekocht en die hadden ze vervolgens een paar jaar om en om bemand. Mae vond het vernederend als de ouders van haar vrienden zeiden: 'Hé, ik zag je moeder in de garage.' Of: 'Bedank je vader nog maar eens voor die keer dat hij me heeft gematst.' Maar hun financiële situatie was wel snel verbeterd, zodat ze een paar jongens konden inhuren. Toen haar ouders soms een dagje vrij konden nemen en verder dan een paar maanden vooruit konden kijken, werden ze wat relaxter en veranderden in een rustig, irritant snoezig, bejaard stelletje. Het was net of ze in een jaar tijd van overspannen jonge ouders in trage, hartelijke grootouders waren veranderd die geen flauw idee hadden wat hun dochter eigenlijk wilde. Toen ze voor haar eindexamen was geslaagd, waren ze met haar naar Disneyland gereden omdat ze niet snapten dat ze daar veel te groot voor was en dat er in je eentje – met twee volwassenen betekende in feite in je eentje – hoe dan ook niets aan was. Maar ze bedoelden het zo goed dat ze geen nee kon zeggen en uiteindelijk had ze meer lol gehad dan ze met ouders voor mogelijk had gehouden. De sluimerende wrok die ze nog tegen hen mocht koesteren vanwege de emotionele strubbelingen in het begin van haar leven, werd geblust door de stille, koele wateren van hun vroege ouderdom.

En nu waren ze naar de baai gereden om een weekend door te brengen in de goedkoopste bed and breakfast die ze hadden kunnen vinden, dertig kilometer van de Cirkel; het zag eruit alsof het er spookte. Nu zaten ze te eten in zo'n restaurant dat tevergeefs probeerde chic te zijn en dat ze van horen zeggen kenden, en als iemand zat te stralen, dan waren zij het. Ze zaten te glunderen.

'Dus? Het was geweldig?' vroeg haar moeder.

'Absoluut.'

'Ik wíst het wel.' Haar moeder leunde achterover en sloeg haar armen over elkaar.

'Ik wil nooit meer ergens anders werken,' zei Mae.

'Wat een opluchting,' zei haar vader. 'Wij willen ook niet dat je ergens anders gaat werken.'

Haar moeder dook naar voren en pakte Mae bij haar arm. 'Ik heb het Karolina's moeder verteld. Je kent haar wel.' Ze rimpelde haar neus – veel beledigender kon ze niet worden. 'Ze keek alsof iemand een scherp voorwerp in haar achterste had gestoken. Ze zag groen van jaloezie.'

'Mam.'

'Ik liet even vallen wat je verdient.'

'Mám.'

'Ik zei alleen maar: "Ik hoop wel dat ze kan rondkomen van een salaris van zestigduizend dollar."'

'Dat heb je haar toch niet echt verteld?'

'Het is toch waar, niet dan?'

'Het is eigenlijk tweeënzestig.'

'O jee. Dan zal ik haar moeten bellen.'

'Nee, dat doe je niet.'

'Oké, dan niet. Maar het was erg grappig,' zei ze, 'ik liet het heel terloops in het gesprek vallen. Mijn dochter werkt bij het hipste bedrijf ter wereld en heeft volledige tandartsdekking.'

'Alsjeblieft, zeg. Ik heb gewoon geluk gehad. En Annie...'

Haar vader leunde naar voren. 'Hoe gáát het met Annie?'

'Goed.'

'Zeg maar tegen Annie dat we van haar houden.'

'Zal ik doen.'

'Kon ze vanavond niet?'

'Nee. Ze heeft het heel druk.'

'Maar je hebt haar wel gevraagd?'

'Jawel. Ze doet jullie de groeten. Maar ze maakt lange dagen.'

'Wat doet ze precies?' vroeg haar moeder.

'Van alles eigenlijk,' zei Mae. 'Ze zit in de Bende van Veertig. Ze is een van de mensen die alle grote beslissingen nemen. Ik geloof dat ze zich vooral bezighoudt met de regelgeving in andere landen.'

'Ze heeft vast veel verantwoordelijkheid.'

'En aandelen!' zei haar vader. 'Ik kan me nauwelijks voorstellen wat zij waard moet zijn.'

'Pa. Stel het je maar niet voor.'

'Waarom werkt ze eigenlijk nog, met al die aandelen? Ik zou op het strand gaan liggen. En een harem nemen.'

Mae's moeder legde haar hand op de zijne. 'Hou op, Vinnie.' Toen tegen Mae: 'Ik hoop dat ze ook nog tijd heeft om ervan te genieten.'

'Dat heeft ze wel,' zei Mae. 'Ze is nu waarschijnlijk op een campusfeestje.'

Haar vader glimlachte. 'Ik vind het geweldig dat jullie het "campus" noemen. Dat is zo cool. Wij noemden dat vroeger "kantoren".'

Mae's moeder keek bezorgd. 'Een feestje, Mae? Had jij daar ook niet heen gewild?'

'Jawel, maar ik wilde jullie zien. Er zijn zat feesten.'

'Maar in je eerste week!' zei haar moeder met een gepijnigde blik. 'Misschien had je moeten gaan. Nu voel ik me bezwaard. Wij hebben je ervan afgehouden.'

'Geloof me. Feestjes zijn er om de haverklap. Ze zijn daar nogal sociaal. Geen enkel punt.'

'Je hebt toch nog geen lunchpauze genomen, hè?' vroeg haar moeder. Daar had ze ook op gehamerd toen Mae bij het nutsbedrijf was begonnen: neem de eerste week nog geen lunchpauze. Dan wek je de verkeerde indruk.

'Maak je geen zorgen,' zei Mae. 'Ik ben niet eens naar de wc gegaan.'

Haar moeder draaide met haar ogen. 'Nou ja, ik wil alleen maar zeggen hoe trots we op je zijn. We houden van je.'

'En van Annie,' zei haar vader.

'Zeker. We houden van jou en van Annie.'

Ze aten vlug omdat ze wisten dat Mae's vader snel moe werd. Hij had erop gestaan dat ze uit eten gingen, maar deed dat thuis eigenlijk nooit meer. Hij was altijd moe en kon daar plotseling zo hevig door worden overvallen dat hij bijna in elkaar zakte. Bij dit soort uitjes was het belangrijk om snel weg te kunnen en dat deden ze dan ook, nog voor het dessert.

Mae ging mee naar hun kamer en daar, te midden van tientallen toekijkende poppen, her en der neergezet door de eigenaars van de bed and breakfast, konden zij en haar ouders zich ontspannen, hoefden ze even niet op het ergste voorbereid te zijn. Mae was er nog steeds niet aan gewend dat haar vader multiple sclerose had. De diagnose was pas twee jaar geleden gesteld, hoewel de symptomen al jaren eerder zichtbaar waren. Hij sprak onduidelijk, greep naast dingen en was ten slotte twee keer gevallen, beide keren thuis in de hal, op weg naar de voordeur. Ze hadden de parkeergarage verkocht en een behoorlijke winst gemaakt, en nu vulden ze hun dagen met het regelen van zijn verzorging, wat inhield dat ze iedere dag urenlang over doktersrekeningen gebogen zaten en strijd voerden met de verzekeringsmaatschappij.

'O ja, we hebben Mercer pas nog gezien,' zei haar moeder, en haar vader glimlachte. Mercer was een ex-vriendje van Mae, een van de vier serieuze die ze op de middelbare school en de universiteit had gehad. Maar voor haar ouders was hij de enige die ertoe deed, de enige die door hen werd erkend of herinnerd. Het hielp dat hij nog steeds in dezelfde plaats woonde.

'Mooi,' zei Mae, in de hoop dit gespreksthema snel af te ronden. 'Maakt hij nog steeds kroonluchters van geweien?'

'Rustig maar,' zei haar vader bij het horen van haar scherpe toon. 'Hij heeft een eigen zaak. En hij zou er nooit over opscheppen, maar die loopt blijkbaar heel goed.'

Mae moest echt een ander onderwerp aansnijden. 'Ik heb tot nu toe een gemiddelde van zevenennegentig,' zei ze. 'Ze zeggen dat dat voor een newbie een record is.'

De uitdrukking op de gezichten van haar ouders gaf blijk van een grote verwarring. Haar vader knipperde langzaam. Ze hadden geen idee waar hun dochter het over had. 'Wat is dat, lieverd?' vroeg haar vader.

Mae liet het maar zo. Toen ze het zichzelf had horen zeggen, wist ze al dat het te veel tijd zou kosten om die zin uit te leggen. 'Hoe staat het met de verzekering?' vroeg ze. Meteen had ze spijt. Waarom stelde ze dat soort vragen? Het antwoord zou de hele avond in beslag nemen.

'Niet zo goed,' zei haar moeder. 'Ik weet niet. We hebben de verkeerde polis. Ik bedoel dat ze je vader niet willen verzekeren, zo simpel is het, en ze lijken alles te doen om ons weg te krijgen. Maar wat moeten we dan? We kunnen nergens heen.'

Haar vader ging rechtop zitten. 'Vertel eens over dat recept.'

'O ja. Je vader heeft twee jaar Copaxone geslikt tegen de pijn. Dat heeft hij nodig. Zonder...'

'Wordt de pijn... gemeen,' zei hij.

'En nu zegt de verzekering dat hij het niet nodig heeft. Dat het niet op hun lijst met goedgekeurde medicijnen staat. Terwijl hij het al twee jaar gebruikt!'

'Dat lijkt onnodig sadistisch,' zei Mae's vader.

'Ze hebben geen enkel alternatief aangeboden. Niks tegen de pijn!'

Mae wist niet wat ze moest zeggen. 'Wat erg. Zal ik op internet naar een alternatief zoeken? Ik bedoel, hebben jullie gezien of de artsen een ander medicijn kunnen vinden dat wel door de verzekering wordt vergoed? Misschien een merkloos...'

Dat ging zo een uur door en na afloop was Mae kapot. De MS, haar machteloosheid om de ziekte te vertragen, haar onvermogen om haar vader zijn vroegere leven terug te geven – het vrat aan haar, maar dat gedoe met die verzekering was iets anders, dat was een nodeloos schandaal, iets wat ze er niet bij konden hebben. Beseften de verzekeringsmaatschappijen dan niet dat ze door verwarring te zaaien, dingen te weigeren en frustratie te veroorzaken, haar vaders gezondheid alleen maar verslechterden en die van haar moeder in gevaar brachten? Het was op zijn minst inefficiënt. Al dat afwijzen van vergoedingen, ruziemaken, wegwuiven en dwarsbomen kostte beslist meer moeite dan haar ouders gewoon toegang geven tot de juiste zorg.

'Laten we er maar over ophouden,' zei haar moeder. 'We hebben een verrassing voor je meegebracht. Waar is het? Heb jij het, Vinnie?'

Ze gingen met z'n allen op het hoge bed met de versleten patchwork quilt zitten en haar vader gaf Mae een ingepakt cadeautje. De grootte en de vorm van het doosje suggereerden een ketting, maar Mae wist dat het niet zoiets kon zijn. Toen ze het had uitgepakt, opende ze het fluwelen doosje en lachte. Het was een pen, een van de steeds zeldzamere exemplaren die zilverkleurig en onwaarschijnlijk zwaar zijn, die goed verzorgd en gevuld moeten worden en er vooral voor de sier zijn.

'Maak je geen zorgen, we hebben hem niet gekocht,' zei haar vader.

'Vinnie!' jammerde haar moeder.

'Nee, echt niet,' zei hij. 'Ik heb hem vorig jaar van een vriend gekregen. Hij vond het rot dat ik niet meer kon werken. Ik weet niet wat hij dacht dat ik met een pen moest – ik kan zelfs nauwelijks typen. Maar erg snugger is hij nooit geweest.'

'We dachten dat hij mooi op je bureau zou staan,' voegde haar moeder toe.

'Kun je je betere ouders wensen?' vroeg haar vader.

Mae's moeder lachte en, veel belangrijker, Mae's vader lachte. Een bulderende lach, diep uit zijn buik. In de tweede, rustiger fase van hun ouderlijk leven was hij een lacher geworden, een constante lacher, een man die om alles lachte. Het was het belangrijkste geluid uit Mae's tienertijd. Hij lachte om dingen die duidelijk grappig waren, om dingen die bij de meesten alleen maar een glimlachje ontlokten, en hij lachte als hij eigenlijk geschokt had moeten zijn. Wanneer Mae zich misdroeg, vond hij dat hilarisch. Hij had haar 's nachts een keer betrapt terwijl ze uit haar slaapkamerraam klom om naar Mercer te gaan en had bijna op de vloer gelegen van het lachen. Alles was komisch, om alles wat met haar adolescentie te maken had, lag hij dubbel. 'Je had je gezicht moeten zien toen je mij zag staan! Onbetaalbaar!'

Maar toen kwam de MS-diagnose en behoorde dat lachen bijna helemaal tot het verleden. De pijn was voortaan altijd aanwezig. De periodes waarin hij niet kon opstaan, er niet op kon vertrouwen dat zijn benen hem zouden dragen, kwamen te vaak voor, waren te bedreigend. Hij moest wekelijks met spoed naar het ziekenhuis. En uiteindelijk was hij, dankzij enkele heldhaftige pogingen van haar moeder, bij een paar toegewijde artsen geweest die hem de juiste medicijnen hadden voorgeschreven en hem stabiel hadden gekregen, althans voor even. Daarop volgde die verzekeringsellende, de helletocht door de wereld van de gezondheidszorg.

Maar deze avond was hij opgewekt en met haar moeder ging het ook goed sinds ze in het piepkleine keukentje van de bed and breakfast sherry had gevonden en die met Mae had gedeeld. Haar vader viel al gauw in slaap, volledig gekleed, boven op de quilt en met alle lichten aan, terwijl Mae en haar moeder nog steeds op volle sterkte kletsten. Toen ze doorkregen dat hij compleet van de wereld was, maakte Mae voor zichzelf een bed aan het voeteneind van het hunne op.

De volgende ochtend stonden ze laat op en reden naar een wegrestaurant om te lunchen. Haar vader at goed en Mae zag haar moeder zogenaamd nonchalant doen terwijl ze samen een gesprek voerden over een eigenzinnige oom en zijn nieuwste bizarre onderneming, iets met de kweek van kreeften in rijstvelden. Mae wist dat haar moeder zich onophoudelijk zorgen maakte over haar vader, die nu voor de tweede keer achter elkaar uit eten was, en dat ze hem nauwlettend in de gaten hield. Hij maakte een vrolijke indruk, maar zijn energie was al snel op.

'Rekenen jullie maar af,' zei hij. 'Ik ga even in de auto liggen.'

'We helpen je wel,' begon Mae, maar haar moeder beduidde haar niets te zeggen. Haar vader stond al en liep naar de deur.

'Hij wordt vlug moe. Maar maak je geen zorgen,' zei haar moeder.

‘We hebben nu een ander ritme. Hij rust. Hij doet dingen, loopt wat, eet wat, is even actief en rust dan weer uit. Niks bijzonders en heel rustgevend, om je de waarheid te zeggen.’

Ze betaalden en liepen naar het parkeerterrein. Mae zag door het autoraam een paar witte plukjes van haar vaders haar. Het grootste deel van zijn hoofd lag onder het raam, zo ver was hij op de achterbank onderuitgezakt. Toen ze bij de auto kwamen, zagen ze dat hij wakker was en naar de verstrengelde takken van een doodgewone boom opkeek. Hij draaide het raampje naar beneden.

‘Wat was dat gezellig,’ zei hij.

* * *

Mae nam afscheid en vertrok, blij dat ze die middag vrij was. Ze reed in westelijke richting; het was een zonnige en windstille dag, de kleuren van het landschap waar ze doorheen reed, waren eenvoudige, heldere tinten blauw, geel en groen. Toen ze de kust naderde, nam ze de afslag naar de baai. Als ze zich haastte, kon ze nog net een paar uurtjes kajakken.

Mercer had haar leren kajakken, iets wat haar tot dan toe altijd vervelend en saai had geleken; het geworstel op de waterspiegel om die vreemde, ijslepelachtige peddel te hanteren. Dat constante gedraai leek pijnlijk en het tempo bovendien veel te traag. Maar toen had ze het met Mercer geprobeerd, niet in een professioneel model, maar in een veel simpeler exemplaar, het soort waar de kanoër bovenop zit met onbedekte benen en voeten. Ze waren de baai rond gepeddeld en veel sneller gegaan dan ze had verwacht; ze hadden zeehonden en pelikanen gezien en Mae was tot de ontdekking gekomen dat dit een schandalig ondergewaardeerde sport was en de baai een jammerlijk onbenutte plas water.

Ze waren vanaf een heel klein strandje vertrokken, zonder dat de verhuurder over ervaring, uitrusting of andere rompslomp was begonnen; je betaalde gewoon vijftien dollar per uur en zat een paar minuten later op het koude, heldere water van de baai.

Ze verliet de snelweg en reed naar het strand, waar ze zag dat het water kalm, bijna spiegelglad was.

'Hé,' klonk een stem.

Mae keek om en zag een oudere vrouw met O-benen en pluizig haar. Dat was Marion, de eigenares van Maiden's Voyages. Die '*maiden*' was zij, al vijftien jaar, vanaf het moment dat ze de zaak was begonnen nadat ze met kantoorbenodigdheden een vermogen had verdiend. Dat was het verhaal dat ze had verteld toen Mae voor het eerst een kajak bij haar huurde; ze vertelde het trouwens aan iedereen omdat ze het zelf zo vermakelijk vond dat ze haar geld met kantoorbenodigdheden had verdiend en toen een verhuurbedrijf voor kajaks en *paddle boards* was begonnen. Waarom ze dat zo grappig vond, had Mae nooit begrepen, maar Marion was hartelijk en coulant, zelfs als Mae een paar uur voor sluitingstijd nog een kajak wilde, zoals nu.

'Het is daar schitterend,' zei Marion. 'Maar ga niet te ver.'

Marion hielp haar de kajak over het zand en de stenen te trekken, de kleine golfjes in. Ze klikte Mae's reddingsvest vast. 'Denk eraan dat je de mensen op de woonboten niet stoort. Hun woonkamers zitten voor jou op ooghoogte, dus niet gluren. Wil je vandaag waterdichte sokken of een windjack?' vroeg ze. 'Het zou weleens heftig kunnen worden.'

Mae sloeg het aanbod af en stapte in de kajak, blootsvoets, in het vestje en de spijkerbroek die ze tijdens de brunch had gedragen. In een paar tellen was ze langs de vissersboten gepeddeld, voorbij de branding en de paddle boarders, en zat ze op het open water van de baai.

Ze zag niemand. Al maandenlang vroeg ze zich af waarom dit water zo zelden werd benut. Hier waren geen waterscooters, heel weinig vissers, geen waterskiërs en maar een doodenkele motorboot. Er waren wel zeilboten, maar lang niet zoveel als je zou verwachten. De watertemperatuur bood geen afdoende verklaring. Misschien hadden de mensen in Noord-Californië gewoon te veel andere dingen buitenshuis te doen? Het bleef een mysterie, maar

Mae klaagde niet. Des te meer water voor haar.

Ze peddelde de ronding van de baai in. Het werd inderdaad wat onstuimiger en het koude water spatte over haar voeten. Dat voelde fijn, zo fijn dat ze haar hand uitstak en een handvol opschepte en over haar gezicht en in haar nek goot. Toen ze haar ogen opendeed, zag ze zeven meter voor zich een zeehond, hij keek haar aan zoals een gemoedelijke hond zou doen als er iemand het erf op komt. Hij had een ronde, grijze kop met de glanzende schittering van gepolijst marmer.

Ze hield haar peddel op haar schoot en keek naar de zeehond zoals hij naar haar keek. Zijn ogen waren doffe, zwarte kralen. Zij bewoog niet en de zeehond bewoog evenmin. Ze hielden elkaar gevangen in een wederzijdse blik, en het moment dat zich uitstrekte en in zichzelf opging, vroeg erom te mogen blijven duren. Waarom bewegen?

Er kwam een windvlaag haar kant op en daarmee ook de doordringende stank van de zeehond. Dat was haar de vorige keer tijdens het kajakken ook al opgevallen: de sterke geur van die beesten: tonijn vermengd met ongewassen hond. Je kon maar beter bovenwinds blijven. De zeehond dook onder water alsof hij zich plotseling opgelaten voelde.

Mae peddelde verder, weg van de kust. Ze nam zich voor om helemaal tot de rode boei te varen die ze bij de kromming van een schiereiland, diep in de baai, had zien liggen. Het zou wel een halfuur kosten om daar te komen en onderweg zou ze tientallen aken en zeilboten passeren die daar voor anker lagen. Diverse waren verbouwd tot woonboot of hoe je het ook wilde noemen, en ze wist dat ze niet naar binnen mocht kijken, maar ze kon het niet laten; aan boord huisden allerlei mysteries. Waarom stond er een motor op die aak? Waarom hing aan dat jacht een vlag van de Geconfedereerde Staten? In de verte zag ze een watervliegtuig rondcirkelen.

De wind in haar rug nam toe en blies haar op hoge snelheid langs de rode boei en steeds dichter naar de overkant van de baai. Ze was niet van plan geweest om hier aan land te gaan en was nog nooit de hele baai overgestoken, maar de andere oever kwam al snel in zicht, steeds dichterbij, en naarmate het water ondieper werd, zag ze onder zich het zeegras.

Ze sprong uit de kajak en landde met haar voeten op de stenen, allemaal rond en glad. Toen ze de kajak vooruit trok, kwam de baai omhoog en spoelde om haar benen. Het was geen golf; het was meer een plotselinge, gelijkmatige stijging van de waterspiegel. Het ene moment stond ze op een droog strand, het volgende reikte het water tot aan haar schenen en was ze doorweekt.

Toen het water zakte, liet het een breed spoor van vreemd parelend zeewier achter – blauw en groen en bij een bepaalde lichtval regenboogkleurig. Ze nam het in haar handen, het was soepel en elastisch met uitbundig golvende randen. Ze had natte voeten en het water was ijskoud, maar het deerde haar niet. Ze ging op het kiezelstrand zitten, pakte een stok en begon ermee te tekenen en door de gladde stenen te ratelen. Piepkleine, geïrriteerde krabbetjes die uit hun holletjes waren verjaagd, haastten zich om een nieuwe schuilplaats te zoeken. Verderop langs de kust landde een pelikaan op een dode boomstam die verbleekt en schuin uit het loodgrijze water omhoogstak en lui naar de hemel wees.

Toen merkte Mae dat ze zat te snikken. Haar vader was een wrak. Nee, hij was geen wrak. Hij hield zich heel waardig staande. Maar hij had vanochtend iets heel vermoeids gehad, iets verslagens, berustends, alsof hij besefte dat hij niet zowel tegen het proces in zijn lichaam als tegen de zorginstanties kon vechten. En zij kon niets voor hem doen. Nee, ze kon juist heel veel voor hem doen. Ze kon haar baan opzeggen. Opzeggen en helpen met de telefoontjes, de vele gevechten leveren om hem gezond te houden. Dat zou een liefhebbende dochter doen. Dat zou een liefhebbend enig kind doen. Een liefhebbend enig kind zou de komende drie tot vijf jaar, die misschien de laatste waren dat hij nog kon lopen en van alles doen, met hem doorbrengen, hem helpen, haar moeder ontlasten, deel uitmaken van de gezinsroutine. Maar ze wist dat haar ouders dat nooit goed zouden vinden. Ze zouden het niet toestaan. En dan zou ze klem komen te zitten tussen de baan die ze nodig had en waarin ze gelukkig was, en haar ouders, die ze niet kon helpen.

Het voelde goed om even te huilen, om haar schouders te laten schokken, de hete tranen op haar gezicht te voelen, het zout te proeven, snot over haar hele shirt te smeren. Toen het over was, duwde ze de kajak weer het water op en zat ze voordat ze het wist in een stevig tempo te peddelen. Midden op de baai hield ze op met roeien. Haar tranen waren opgedroogd, haar ademhaling was regelmatig. Ze was rustig en voelde zich sterk, maar in plaats van naar de rode boei te gaan, die haar niet meer interesseerde, bleef ze zitten, met de peddel op haar schoot, liet zich zachtjes wiegen door de golven en voelde de warme zon op haar handen en voeten. Dat deed ze vaak als ze ver van alle stranden was – gewoon stilzitten en de enorme watermassa van de oceaan onder zich voelen. In dit deel van de baai zwommen luipaardhaaien, adelaarsroggen, kwallen en een enkele bruinvis, maar geen van alle liet zich zien. Ze hielden zich verborgen in het donkere water, in hun zwarte parallelle wereld, en het besef dat ze daar waren zonder dat ze wist waar, zonder dat ze ook maar iets wist, voelde op dat moment onbegrijpelijk goed. In de verte zag ze waar de monding van de baai in de oceaan uitkwam, ze zag een enorm containerschip zich door een ijle mistbank een weg naar open water banen. Ze overwoog verder te gaan, maar zag het nut er niet van in. Er leek geen enkele reden te zijn om ergens heen te gaan. Hier zijn, midden op de baai, zonder iets te doen of te zien, was meer dan genoeg. Ze bleef ruim een halfuur langzaam ronddrijven. Af en toe rook ze opnieuw die hond-met-tonijn-geur, keerde dan en ontdekte weer een nieuwsgierige zeehond, waarna ze elkaar aankeken en ze zich afvroeg of de zeehond wel net als zij besefte hoe goed het hier was, wat een bofkonten ze waren dat ze dit helemaal voor zichzelf hadden.

Tegen het eind van de middag stak de wind van zee op en het kostte moeite om de kust weer te bereiken. Toen ze thuiskwam, had ze loodzware armen en benen en een duf hoofd. Ze maakte een salade en at een halve zak chips leeg terwijl ze uit het raam staarde. Tegen achten viel ze in slaap; ze sliep elf uur lang.

* * *

Het werd een drukke ochtend, zoals Dan haar al had voorspeld. Hij had haar en de honderd-zoveel anderen van CE om acht uur 's morgens bij elkaar geroepen en hen eraan herinnerd dat het opendraaien van de sluizen 's maandags altijd riskant was. Alle klanten die in het weekend antwoord wilden hebben, verwachtten dat in ieder geval op maandag.

Hij had gelijk. De sluizen gingen open, de stortvloed kwam en Mae ploegde zich tot een uur of elf door de vragen heen; toen was er even een adempauze. Ze had negenenveertig vragen afgehandeld en haar score was 91, haar laagste totaal tot dan toe.

Maak je geen zorgen, luidde het berichtje van Jared. *Par voor de maandagse golfcourse. Probeer zo veel mogelijk follow-ups te doen.*

Dat deed ze al de hele ochtend, met weinig resultaat. De klanten waren humeurig. Het enige goede nieuws van die ochtend kwam via de interne bedrijfsfeed: een berichtje van Francis, die haar vroeg mee te gaan lunchen. Officieel hadden zij en de andere medewerkers van CE een uur om te eten, maar ze had nog niemand gezien die langer dan twintig minuten van zijn bureau wegbleef. Die tijd gunde ze zichzelf, hoewel de woorden van haar moeder waarin lunchen gelijkstond aan derdegraads plichtsverzuim door haar hoofd bleven spoken.

Het was al laat toen ze het Glazen Eethuis binnenliep. Ze keek rond en omhoog, en zag hem eindelijk een paar verdiepingen hoger zitten, met zijn voeten bungelend van een hoge perspex kruk. Ze zwaaide maar slaagde er niet in zijn aandacht te trekken. Ze riep naar hem, zo discreet mogelijk, maar zonder succes. Toen, omdat ze zich voor gek voelde staan, sms'te ze hem en zag hoe hij het berichtje ontving, de kantine rondkeek, haar ontdekte en naar haar zwaaide.

Ze ging in de rij staan, nam een vegaburrito en een of ander nieuw soort biologische frisdrank en ging naast hem zitten. Hij droeg een gekreukt maar keurig overhemd en een cargobroek. Vanaf zijn uitkijkpost had hij zicht op het openluchtbad waarin een groepje werknemers een poging tot watervolleybal deed.

'Erg atletisch zijn ze niet,' merkte hij op.

'Nee,' vond ook Mae. Terwijl hij naar het ongecoördineerde gespetter daarbeneden keek, probeerde zij het gezicht vóór haar over het gezicht te leggen zoals ze het zich van haar eerste avond herinnerde. Hij had nog steeds dezelfde zware wenkbrauwen, dezelfde opvallende neus. Maar hij leek wel wat te zijn gekrompen. Zijn handen, met daarin een mes en een vork om zijn burrito in tweeën te snijden, leken uitzonderlijk slank.

'Bijna pervers om hier zoveel sportfaciliteiten te hebben terwijl elk sporttalent ontbreekt,' zei hij. 'Dat is net zoiets als een Christian Science-gezin dat naast een apotheek woont.' Toen wendde hij zich tot haar. 'Bedankt dat je bent gekomen. Ik vroeg me af of ik je nog eens zou zien.'

'Tja, het was heel druk.'

Hij wees op zijn eten. 'Ik moest vast beginnen. Sorry daarvoor. Eerlijk gezegd twijfelde ik of je wel zou komen opdagen.'

'Sorry dat ik zo laat ben,' zei ze.

'Nee, echt, ik snap het. Jij moet de maandagstroom verwerken. Dat verwachten de klanten. Je lunch is van secundair belang.'

'Ik wilde nog even zeggen dat ik het jammer vond dat ons gesprek die avond zo eindigde. Sorry voor Annie.'

'Hebben jullie echt zitten zoenen? Ik probeerde een plek te vinden waarvandaan ik het kon zien, maar...'

'Nee.'

'Ik dacht, als ik nou in een boom klim...'

'Nee, nee. Zo is Annie gewoon. Ze is gek.'

'Maar wel een gek in de bovenste één procent van dit bedrijf. Ik wou dat ik zo'n gek was.'

'Je had het over je kindertijd.'

'God. Mag ik het op de wijn gooien?'

'Je hoeft me niets te vertellen.'

Mae vond het vervelend dat ze het al wist en hoopte dat hij het nu zou vertellen, zodat ze de vorige versie van zijn verhaal, die ze van een ander had gehoord, kon vervangen door die van hemzelf.

'Nee, het geeft niet,' zei hij. 'Daardoor kwam ik in contact met veel interessante grote mensen die door de overheid werden betaald om voor mij te zorgen. Het was super. Hoelang heb je nog, tien minuten?'

'Ik heb tot één uur.'

'Oké. Nog acht minuten dus. Eet maar. Ik praat wel. Maar niet over mijn kindertijd. Je weet genoeg. Ik neem aan dat Annie je de bloederige details al heeft verteld. Ze vertelt dat verhaal graag.'

Mae probeerde zo snel en zo veel mogelijk te eten terwijl Francis het over een film had die hij de avond daarvoor in de campusbios had gezien. Blijkbaar was de regisseuse aanwezig geweest om de film in te leiden en na afloop vragen te beantwoorden.

'De film ging over een vrouw die haar man en kinderen vermoordt en tijdens de Q&A kwamen wij erachter dat de regisseuse zelf met haar ex in een eindeloos lange strijd om de voogdij is verwikkeld. Wij kijken elkaar dus aan van: probeert deze dame haar problemen op het doek op te lossen of...'

Mae moest lachen, maar hield zich in toen ze aan zijn eigen verschrikkelijke jeugd dacht.

'Maakt niet uit,' zei hij; het was hem meteen duidelijk waarom ze stilviel. 'Ik wil niet dat je het idee krijgt dat je bij mij op je tenen moet lopen. Het is lang geleden gebeurd en als ik me er ongemakkelijk bij voelde, zou ik niet aan ChildTrack werken.'

'Maar toch... het spijt me. Ik weet nooit zo goed wat ik moet zeggen. Maar het project loopt dus goed? Hoe dicht zijn jullie bij...'

'Je bent nog steeds van slag. Dat mag ik wel,' zei Francis.

'Je houdt wel van een vrouw die van slag is.'

'Vooral in mijn bijzijn. Ik wil je op je tenen, van slag, onder de indruk, in de handboeien en bereid om je op mijn bevel ter aarde te werpen.'

Mae wilde wel lachen, maar merkte dat het niet lukte.

Francis staarde naar zijn bord. 'Shit. Elke keer als mijn verstand de auto keurig op de oprit parkeert, ramt mijn mond hem door de achterkant van de garage naar buiten. Het spijt me. Ik werk eraan, echt waar.'

'Het geeft niet. Vertel maar over...'

'ChildTrack.' Hij keek op. 'Wil je het echt weten?'

'Absoluut.'

'Want als ik eenmaal op stoom raak, lijkt jouw maandagse stortvloed maar een plasje.'

'We hebben nog vijfenhalve minuut.'

'Oké, weet je nog dát ze in Denemarken chips wilden implanteren?'

Mae schudde haar hoofd. Ze herinnerde zich vaag iets van een gruwelijke kinderontvoering en moord...

Francis keek op zijn horloge, alsof hij wist dat Denemarken uitleggen een minuut zou kosten. Hij zuchtte en begon: 'Een paar jaar geleden heeft de Deense regering een programma getest waarbij kinderen een chip in hun pols kregen. Het is eenvoudig, binnen twee seconden klaar, medisch gezien veilig en werkt onmiddellijk. Iedere ouder weet elk moment van de dag waar zijn kind uithangt. Het was bedoeld voor kinderen onder de veertien en in het begin was iedereen tevreden. De rechtszaken werden ingetrokken omdat zo weinig mensen bezwaar tegen de chip maakten; de opiniepeilingen waren laaiend positief. De ouders vonden het fantastisch. En dan bedoel ik fántástisch. Het gaat tenslotte om kinderen en we hebben toch alles over voor hun veiligheid?'

Mae knikte, maar herinnerde zich plotseling dat dit verhaal afschuwelijk eindigde.

'Maar toen verdwenen op een dag zeven kinderen. De politie en de ouders dachten: o, geen probleem, die kinderen zijn gemakkelijk op te sporen. Ze volgden de chips, maar toen die werden gevonden – het spoor van alle zeven leidde naar een parkeerterrein – bleken ze allemaal in een papieren zak te zitten, onder het bloed. Alleen de chips.'

'Nu weet ik het weer.' Mae voelde zich misselijk worden.

'Een week later vonden ze de lichamen en toen was het publiek al helemaal in paniek. Niemand dacht nog logisch na. Iedereen geloofde dat de chips de ontvoering en de moorden hadden veróórzaakt, dat die chips de moordenaar op een of andere manier tot zijn daad hadden gebracht, hem hadden uitgedaagd.'

'Dat was verschrikkelijk. Dat was het einde van de chips.'

'Jawel, maar de gedachtegang was onlogisch. Vooral hier in de VS. Wij hebben, hoeveel, twaalfduizend ontvoeringen per jaar? Hoeveel moorden? Het probleem was dat de chips veel te ondiep waren geïmplanteerd. Als je wilde, kon je ze er zo uit snijden. Veel te makkelijk. Maar de testen die we hier doen... Heb je Sabine ontmoet?'

'Ja.'

'Nou, zij zit in het team. Dat zal ze je niet vertellen omdat ze met iets soortgelijks bezig is waarover ze niets mag zeggen. Maar hiervoor heeft ze een manier bedacht om een chip in het bot in te brengen. En dat is het grote verschil.'

'O shit. Welk bot?'

'Dat maakt geloof ik niet uit. Je trekt een vies gezicht.'

Mae herstelde zich en probeerde neutraal te kijken.

'Tuurlijk, het is waanzinnig. Ik bedoel: sommige mensen flippen bij de gedachte aan chips in je hoofd of in je lichaam, maar dit ding is technologisch gezien ongeveer even geavanceerd als een walkietalkie. Het doet maar één ding: zeggen waar iets is. En ze zijn al overal. In de helft van alle producten die je koopt, zit zo'n chip. Koop je een stereo, dan zit daar een chip in. Koop je een auto, dan heeft die een heel stel chips. Sommige bedrijven verpakken chips bij voedingswaren om zeker te weten dat hun producten vers de markt op gaan. Het zijn gewoon simpele opsporingsapparaatjes. En als je ze in het bot inbedt, blijven ze daar zitten en zijn ze met het blote oog niet te zien – niet zoals die in de pols.'

Mae legde haar burrito neer. 'Echt in het bot?'

'Mae, stel je eens een wereld voor waarin nooit meer een ernstig misdrijf tegen een kind kan worden begaan. Geen enkel. Zodra een kind niet is waar het zou moeten zijn, dan wordt overal groot alarm geslagen en kan het kind meteen worden opgespoord. Iedereén kan dat kind dan opsporen. Alle autoriteiten weten onmiddellijk dat het wordt vermist maar weten ook exact waar het zich bevindt. Ze kunnen de moeder bellen: "Uw kind is net het winkelcentrum binnengelopen", ze kunnen de aanrander binnen een paar seconden traceren. Een ontvoerder kan hoogstens een kind pakken, ermee het bos in rennen, iets doen en ervandoor gaan voordat de hele wereld over hem heen valt. Maar daar zou hij maar anderhalve minuut voor hebben.'

'Of hij kan het signaal van de chip verstoren.'

'Oké, maar wie heeft die expertise? Hoeveel pedofielen zijn geniale elektrotechnici? Heel weinig, denk ik zo. Dus je kunt meteen alle gevallen van kidnapping, verkrachting en moord met negenennegentig procent terugbrengen. De prijs die je daarvoor betaalt is dat de kinderen met een chip in hun enkel rondlopen. Wil je een levend kind met een chip in zijn enkel, een kind waarvan je weet dat het veilig zal opgroeien, een kind dat in het park kan spelen en op de fiets naar school kan, enzovoort?'

'Je stond op het punt om "of" te zeggen.'

'Klopt – óf wil je een dood kind? Óf altijd ongerust zijn wanneer je kind naar de bushalte loopt? Ik bedoel, we hebben ouders in de hele wereld naar hun mening gevraagd en na wat aanvankelijke aarzelingen stemt achtentachtig procent ermee in. Zodra het tot ze doordringt dat dit mogelijk is, roepen ze tegen ons: "Waarom hebben we dit nog niet? En wanneer komt het dan?" Ik bedoel, hiermee zal voor jonge mensen een gouden tijdperk aanbreken. Een tijdperk zonder zorgen. Shit. Nu ben je te laat. Kijk.'

Hij wees op de klok: 13.02.

Mae zette het op een rennen.

De middag kende geen mededogen: haar score haalde nauwelijks de 93. Tegen het eind van de dag was ze gesloopt. Ze zette haar tweede scherm aan, waarop een berichtje van Dan stond. *Heb je even? Gina van CirkelSocial wil je ff spreken.*

Ze schreef terug: *Kan het over een kwartier? Ik moet nog een paar follow-ups doen en heb sinds de lunch niet meer geplast.* Dat was de waarheid. Ze was de afgelopen drie uur niet van haar bureau weggeweest en wilde bovendien proberen of ze haar score boven de 93 kon krijgen. Ze wist zeker dat haar lage gemiddelde de reden was waarom Dan wilde dat ze Gina sprak.

Dan schreef alleen '*Dank Mae*' en op die woorden bleef ze onderweg naar de wc aldoor kauwen. Bedankte hij haar dat ze over een kwartiertje beschikbaar was of bedankte hij haar kortaf voor een ongewenst niveau van vertrouwelijkheid met betrekking tot haar persoonlijke hygiëne?

Mae was bijna bij de wc-deur toen ze een man in een strakke groene spijkerbroek en een nauwsluitend shirt met lange mouwen in de gang zag staan onder een hoog smal raam, starend naar zijn telefoon. Badend in een blauwachtig wit licht leek hij instructies van zijn schermpje af te wachten.

Mae ging naar binnen.

Toen ze klaar was en de deur opendeed stond de man nog steeds op dezelfde plek, maar nu keek hij uit het raam.

'Zo te zien ben je verdwaald,' zei Mae.

'Neu. Gewoon iets aan het oplossen voordat ik weer, je weet wel, naar boven ga. Werk je hier?'

'Ja. Ik ben nieuw. Bij CE.'

'CE?'

'Customer Experience.'

'O ja. Vroeger noemden we dat Customer Service.'

'Dus jij bent hier niet nieuw?'

'Ik? Nee, nee. Ik zit hier al een tijdje. Maar niet vaak in dit gebouw.' Hij glimlachte en keek naar buiten, en nu hij zijn gezicht had afgewend, kon Mae hem beter bekijken. Hij had donkere ogen, een ovaal gezicht en grijs, bijna wit haar, maar hij kon niet ouder zijn dan dertig. Hij was mager, pezig, en zijn strakke spijkerbroek en nauwsluitende longsleeve gaven zijn silhouet iets van snelle kalligrafische penseelstreken met dunne ophaaltjes en brede neerhalen.

Hij richtte zich weer tot Mae, knipperde met zijn ogen en verontschuldigde zich met een snuivend geluidje voor zijn slechte manieren. 'Sorry. Ik ben Kalden.'

'Kalden?'

'Dat is Tibetaans,' antwoordde hij. 'Het betekent gouden... nog wat. Mijn ouders wilden ooit naar Tibet, maar zijn nooit verder gekomen dan Hongkong. En hoe heet jij?'

'Mae,' antwoordde ze. Ze gaven elkaar een hand. Zijn handdruk was stevig maar vluchtig. Hij had geleerd hoe je handen hoort te schudden, dacht Mae, maar heeft daar nooit het nut van ingezien.

'Je bent dus niet verdwaald,' zei Mae, die zich realiseerde dat ze weer aan haar bureau werd verwacht; ze was vandaag al een keer te laat geweest.

Kalden merkte het. 'O, je moet verder. Mag ik met je meelopen? Gewoon om te zien waar je werkt?'

'Hm,' zei Mae, die zich overvallen voelde. 'Tuurlijk.' Als ze niet beter had geweten en het ID-koord niet om zijn nek had gezien, zou ze gedacht hebben dat Kalden, met zijn onverbloemde maar ongerichte nieuwsgierigheid, een willekeurige voorbijganger was of een soort bedrijfsspion. Maar ze wist helemaal niets. Ze werkte immers pas een week bij de Cirkel. Dit zou een soort test kunnen zijn. Of gewoon een excentrieke mede-Cirkelaar.

Mae liep voor hem uit naar haar bureau.

'Wat netjes,' vond hij.

'Weet ik. Ik zit hier nog maar pas, weet je nog?'

'En ik weet dat sommigen van de Wijzen de bureaus van de Cirkel graag opgeruimd zien. Zie je die jongens ooit hier?'

'Wie? De Wijzen?' vroeg Mae spottend. 'Niet hier. Tenminste, nog niet.'

'Nee, waarschijnlijk niet,' zei Kalden en hij bukte. Zijn hoofd bevond zich nu ter hoogte van Mae's schouder. 'Mag ik zien wat je doet?'

'Voor mijn werk?'

'Ja. Mag ik kijken? Ik bedoel, niet als jij je daar ongemakkelijk bij voelt.'

Mae was even stil. Alle andere dingen en mensen die ze bij de Cirkel had meegemaakt, hielden zich aan een zeker logisch model, een cadans, maar Kalden was de anomalie. Zijn cadans was afwijkend, zijn muziek atonaal en vreemd, maar niet onprettig. Hij had een bijzonder open gezicht; glanzende ogen met een vriendelijke, bescheiden blik, en doordat hij zo zacht sprak, maakte hij een ongevaarlijke indruk.

'Oké. Ik denk het wel,' zei ze. 'Maar zo spannend is het niet hoor.'

'Misschien wel, misschien niet.'

En dus keek hij mee terwijl Mae vragen beantwoordde. Telkens als ze hem na de zoveelste ogenschijnlijk routinematige taak aankeek, zag ze het scherm in zijn ogen flikkeren en zijn gezicht stralen – alsof hij in zijn hele leven nog nooit zoiets interessants had gezien. Maar op andere momenten leek hij afwezig, alsof hij iets zag wat zij niet zag. Hij keek naar het scherm maar zijn ogen zagen iets wat zich daar in de diepte bevond.

Ze ging verder en hij stelde af en toe een vraag. 'Wie was dat nou?' 'Hoe vaak komt dat voor?' 'Waarom reageerde je zo?'

Hij zat dicht bij haar, veel te dichtbij voor een normaal iemand met alledaagse ideeën over de persoonlijke ruimte van mensen, maar hij was overduidelijk geen normaal iemand. Terwijl hij naar het scherm keek en soms naar Mae's vingers op het toetsenbord, kwam zijn kin steeds dichter bij haar schouder en kwamen zijn lichte maar hoorbare adem en zijn geur, een doodnormale mix van zeep en bananenshampoo, op het briesje van zijn zachte uitademing haar kant op. Het was al met al zo'n vreemde ervaring dat Mae telkens zenuwachtig lachte omdat ze niet wist wat ze anders moest doen. En toen was het voorbij. Hij schraapte zijn keel en stond op.

'Nou, ik kan hier maar beter weggaan,' zei hij. 'Ik knijp ertussenuit. Ik wil je niet ophouden. Ik kom je vast nog wel tegen op de campus.'

En weg was hij.

Voordat Mae kon analyseren wat zich zojuist had afgespeeld,

dook al weer een nieuw gezicht naast haar op.

'Hé. Ik ben Gina. Dan had toch gezegd dat ik zou langskomen?'

Mae knikte, hoewel ze daar niet van wist. Ze keek naar Gina, die iets ouder leek dan zij, in de hoop zich iets over haar of over de afspraak te herinneren. Gina's ogen, zwart en dik aangezet met eyeliner en diepblauwe mascara, keken haar lachend aan, maar Mae voelde geen warmte in die ogen en ook verder straalde Gina weinig hartelijkheid uit.

'Dan zei dat dit een goed moment zou zijn om je sociale profielen aan te maken. Heb je tijd?'

'Tuurlijk,' zei Mae, al was dat niet zo.

'Waarschijnlijk heb je het vorige week te druk gehad om je sociale account voor het bedrijf aan te maken. En ik geloof niet dat je je oude profiel hebt geïmporteerd?'

Mae kon zichzelf wel voor haar kop slaan. 'Sorry. Er komt nogal veel op me af deze week.'

Gina fronste haar wenkbrauwen.

Mae probeerde haar misrekening snel met een lachje te maskeren. 'Ik bedoel het alleen in positieve zin! Buiten werktijd ben ik nog nergens aan toegekomen.'

Gina hield haar hoofd schuin en kuchte theatraal. 'Interessant dat je het zo stelt,' zei ze met een glimlach, hoewel ze niet blij leek. 'Wij zien jouw profiel met alle activiteiten daarop eerlijk gezegd als een wezenlijk onderdeel van je participatie hier. Daaraan kunnen je collega's zelfs aan de andere kant van de campus zien wie je bent. Communicatie valt toch zeker niet buiten je werk?'

Mae voelde zich opgelaten. 'Klopt,' zei ze. 'Natuurlijk niet.'

'Wanneer je naar de pagina van een collega gaat en daar iets post, dan is dat iets *positiefs*. Het is een daad van *gemeenschapszin*. Een *handreiking*. En ik hoef jou natuurlijk niet uit te leggen dat dit bedrijf is gegrondvest op de sociale media die jij "buiten je werk" vindt vallen. Ik had begrepen dat je onze sociale mediatools al gebruikte voordat je hier kwam werken?'

Mae wist niet wat ze moest zeggen om Gina tevreden te stellen.

Ze had ontzettend hard gewerkt en wilde niet de indruk wekken dat ze zich liet afleiden, daarom had ze het activeren van haar sociale profiel uitgesteld.

'Het spijt me,' wist ze uit te brengen. 'Ik bedoel niet dat het buiten mijn werk valt. Ik vind het juist onmisbaar. Ik moest gewoon aan het werk wennen en wilde eerst mijn nieuwe verantwoordelijkheden onder de knie krijgen.'

Maar Gina was aan een deuntje begonnen dat zij per se wilde uitzingen. 'Je realiseert je toch wel dat "community" en "communicatie" van dezelfde stam komen: *communis*, Latijn voor communaal, openbaar, gedeeld door velen of door iedereen?'

Mae's hart klopte als een bezetene. 'Het spijt me heus verschrikkelijk, Gina. Ik heb geknokt om hier een baan te krijgen. En wat je daar zegt, weet ik allemaal best. Ik ben hier omdat ik alles onderschrijf wat je zegt. Het duizelde me de afgelopen week gewoon een beetje en ik ben er niet aan toegekomen om het aan te maken.'

'Oké. Maar besef vanaf nu wel dat je sociale contacten en de aanwezigheid op je profiel en alle daaraan gekoppelde accounts onder meer de redenen zijn voor je aanwezigheid hier. Wij beschouwen jouw online aanwezigheid als een wezenlijk onderdeel van je werk hier. Het is allemaal met elkaar verbonden.'

'Ik weet het. Nogmaals, het spijt me dat ik me verkeerd heb uitgedrukt.'

'Goed. Oké, laten we dit dan eerst eens installeren.' Gina reikte over Mae's afscheidingswandje en haalde een ander scherm tevoorschijn, groter dan haar tweede, dat ze neerzette en op Mae's computer aansloot.

'Oké. Je tweede scherm blijft de manier waarop je contact met je team houdt. Dat is alleen voor CE-zaken. Je derde scherm is voor je sociale participatie, zowel binnen de Cirkel van het bedrijf als de Cirkel daarbuiten. Snap je?'

'Zeker.'

Mae keek hoe Gina het scherm activeerde en merkte dat ze het opwindend vond. Zo'n uitgebreide opstelling had ze nog nooit gehad. Drie schermen voor iemand die zo laag op de ladder stond! Dat kon alleen bij de Cirkel.

'Oké, ik wil eerst nog even terug naar je tweede scherm,' zei Gina. 'Ik geloof niet dat je CirkelSearch hebt ingesteld. Dan gaan we dat direct even doen.' Er verscheen een gedetailleerde, driedimensionale plattegrond van de campus. 'Dit is vrij eenvoudig en alleen maar bedoeld om op de campus iemand te vinden die je persoonlijk wilt zien.'

Gina wees op een pulserende rode stip.

'Hier ben jij. Roodgloeiend! Grapje.' Alsof ze inzag dat zoiets misschien als ongepast kon worden opgevat, ging ze vlug verder. 'Je zei toch dat je Annie kent? Dan tikken we haar naam even in.' In het Wilde Westen verscheen een blauwe stip. 'Ze is op kantoor, *surprise, surprise*. Annie is een machine.'

Mae glimlachte. 'Dat kun je wel zeggen.'

'Ik ben jaloers dat je haar zo goed kent,' zei Gina, en ze glimlachte, maar vluchtig en weinig overtuigend. 'Hier zie je een coole nieuwe app die iedere dag een soort geschiedenis van het gebouw geeft. Je kunt zien hoe laat alle medewerkers dagelijks inchecken en wanneer ze weggaan. Dat geeft ons echt een mooi beeld van het leven binnen het bedrijf. Je hoeft het natuurlijk niet zelf te updaten. Als je naar het zwembad gaat, wordt dat door je ID automatisch in de feed geüpdatet. Het is aan jou of je een opmerking wilt toevoegen, al wordt dat natuurlijk wel gestimuleerd.'

'Een opmerking?' vroeg Mae.

'Je weet wel, wat je van de lunch vond, dat de sportschool iets nieuws heeft – wat je wilt. Gewoon de gebruikelijke beoordelingen, likes en reacties. Niets bijzonders. Alle input helpt ons natuurlijk om de Cirkelcommunity te optimaliseren. Opmerkingen kun je hier kwijt,' zei Gina, en ze liet zien dat elk gebouw en elke ruimte aanklikbaar waren en dat daarin op alles en iedereen kon worden gereageerd.

'Dat is je tweede scherm. Dat is voor alles wat met je collega's te maken heeft, je team en het traceren van mensen in de fysieke ruimte. Nu is het tijd voor de echt leuke dingen. Scherm drie. Hier komen je voornaamste sociale feeds en Ting op. Ik hoor dat je nog niet tingt?'

Dat moest Mae toegeven, maar ze gaf te kennen het wel graag te willen.

'Geweldig,' zei Gina. 'Nu heb je dus een Tingaccount. Ik heb een naam voor je bedacht: MaeDay. Net als die herdenkingsdag voor de oorlog. Cool, toch?'

Mae had geen idee wat ze van die naam moest denken en had bovendien nog nooit van die herdenkingsdag gehoord.

'Ik heb je Tingaccount maar meteen aan de hele Cirkelcommunity gekoppeld, dus je hebt meteen 10.041 nieuwe volgers! Best cool. Wat je eigen tinggedrag betreft, we rekenen op zo'n tien per dag, maar dat is zo'n beetje het minimum. Ik weet zeker dat je meer te melden hebt. O, en hier is je playlist. Wanneer je tijdens het werk naar muziek luistert, wordt die playlist automatisch door de feed naar alle anderen gestuurd en in de collectieve playlist gezet waar je dan kunt zien wat de meest gedraaide nummers van de dag, de week en de maand zijn. Daar staat de top honderd voor de hele campus op, die je dan weer op duizend manieren kunt uitsplitsen: meest gedraaide hiphop, indie, country, wat dan ook. Op basis van wat je beluistert en wat andere mensen met dezelfde smaak beluisteren, krijg je liedjes aanbevolen – een continue kruisbestuiving terwijl je werkt. Snap je?'

Mae knikte.

'Naast de Tingfeed zie je een venster voor jouw belangrijkste sociale feed. Je zult ook zien dat we die in tweeën hebben gedeeld, de interne sociale feed van de BinnenCirkel en je externe feed van je BuitenCirkel. Is dat niet grappig? Je kunt ze samenvoegen, al vinden wij het handiger om ze los van elkaar te houden. Maar de BuitenCirkel zit natuurlijk nog steeds in de Cirkel, hè? Daar zit alles in. Kun je het nog volgen?'

Mae zei van wel.

'Ongelofelijk dat je hier al een week zit zonder de voornaamste sociale feed te gebruiken. Jouw wereld staat straks op z'n kop.' Gina tikte op Mae's scherm en Mae's BinnenCirkelstroompje veranderde in een kolkende massa berichtjes die over de monitor gutste.

'Kijk, je krijgt ook alles van vorige week. Daarom zijn het zoveel berichtjes. Wow, je hebt echt veel gemist.'

Mae keek naar de teller onder in haar scherm, die alle berichtjes optelde die ze van alle anderen binnen de Cirkel had gekregen. De teller bleef even hangen op 1200. Toen 4400. De cijfercombinaties liepen op, stokten soms even en bleven ten slotte steken op 8276.

'Waren dat de berichtjes van vorige week? Achtduizend?'

'Je haalt het wel in,' zei Gina opgewekt. 'Misschien vanavond nog. Laten we nu je vaste sociale account openen. Dat noemen we weliswaar BuitenCirkel, maar het is hetzelfde profiel, dezelfde feed die je al jaren hebt. Geen bezwaar dat ik hem open?'

Mae had geen bezwaar. Ze zag hoe haar sociale profiel, dat ze jaren geleden had aangemaakt, nu op het derde scherm verscheen, naast de feed van de BinnenCirkel. Een waterval van berichtjes en foto's, een paar honderd, tuimelde over het scherm.

'Oké, zo te zien moet je hier ook wat inhalen,' zei Gina. 'Wat een feest! Veel plezier.'

'Dank,' zei Mae. Ze probeerde zo opgetogen mogelijk te klinken. Het was van belang dat Gina haar aardig vond.

'O, wacht. Nog één ding. Ik moet de berichtenrangorde nog even uitleggen. Shit. Bijna vergeten. Dan zou me vermoorden. Oké, je moet dus weten dat jouw CE-verantwoordelijkheden op je eerste scherm het allerbelangrijkst zijn. We moeten onze klanten met onze volledige aandacht en met hart en ziel dienen. Laat dat duidelijk zijn.'

'Ja.'

'Op je tweede scherm kun je berichtjes krijgen van Dan en Jared of van Annie of anderen die direct toezicht houden op je werk. Die gaan over de kwaliteit van je dienstverlening, van minuut tot minuut. Dat zou dan ook jouw tweede prioriteit moeten zijn. Helder?'

'Helder.'

'Het derde scherm bevat je sociale Binnen- en BuitenCirkel. Maar die berichtjes zijn niet overbodig, zeg maar. Ze zijn net zo belangrijk als alle andere berichten, maar dat scherm is toch prioriteit nummer drie. Soms is het dringend. Let vooral op de BinnenCirkelfeed omdat je zo geïnformeerd wordt over stafvergaderingen, verplichte vergaderingen en groot nieuws. Als je een extreem dringende Cirkelmededeling krijgt, dan wordt die oranje gemarkeerd. Bij iets buitengewoon urgents krijg je ook een melding op je telefoon. Hou je die in de gaten?' Mae knikte richting haar telefoon die vlak onder de schermen op haar bureau lag. 'Mooi,' zei Gina. 'Dat zijn dus de prioriteiten, met als vierde prioriteit jouw participatie in je eigen BuitenCirkel. En dat is net zo belangrijk als al het andere omdat het in onze ogen cruciaal is dat je de juiste balans tussen werk en privéleven vindt; je weet wel, dat je je onlineleven hier in het bedrijf en daarbuiten op elkaar afstemt. Ik hoop dat dat duidelijk is? Ja?'

'Ja.'

'Goed, dan denk ik dat je er nu helemaal klaar voor bent. Nog vragen?'

Die had Mae niet.

Gina hield haar hoofd argwanend schuin om aan te geven dat ze wist dat Mae in werkelijkheid nog vol vragen zat, maar die niet wilde stellen uit angst de indruk te wekken dat ze niet had opgelet. Gina stond op, lachte, deed een stap naar achteren en bleef toen staan. 'Kut. Toch nog iets vergeten.' Ze hurkte naast Mae neer en typte iets; op het derde scherm verscheen een getal dat veel weg had van haar totale CE-score. Er stond: Mae Holland: 10.328.

'Dit is je Participation Rank, afgekort PartiRank. Sommigen hier noemen het de "Popularity Rank", maar dat is het niet echt. Het is gewoon een getal dat wordt gegenereerd door een algoritme dat al je activiteiten in de BinnenCirkel meeweegt. Snap je?'

'Ik geloof het wel.'

'Alle tings, externe volgers van jouw tings binnen het bedrijf, reacties op je tings, jouw reacties op tings van anderen, jouw reacties op profielen van andere Cirkelaars, jouw geposte foto's, aanwezigheid bij Cirkelevenementen, geposte reacties en foto's van die evenementen worden allemaal meegewogen – in feite is het een verzameling van, en een eerbetoon aan alles wat jij hier doet. De actiefste Cirkelaars staan natuurlijk het hoogst. Zoals je ziet, is jouw positie in de ranglijst nu laag, maar dat is omdat je nieuw bent en we je sociale feed pas hebben geactiveerd. Maar elke keer dat je iets post of ergens op reageert of iets bijwoont, wordt dat meegeteld en zul je je rang overeenkomstig zien veranderen. Post wat en je stijgt in de rangorde. Vindt een bepaald aantal mensen jouw post leuk? Dan schiet je echt omhoog. Het is de hele dag in beweging. Cool of niet?'

'Enorm,' antwoordde Mae.

'We hebben je voor het allereerste begin een zetje gegeven – anders zou je op 10.411 zitten. En nogmaals, het is gewoon voor de lol. Je wordt niet op je positie in de ranglijst beoordeeld of zo. Sommige Cirkelaars nemen het natuurlijk wel heel serieus en wij vinden het geweldig als mensen willen participeren, maar de rangorde is eigenlijk gewoon een grappige manier om jouw deelname voor de hele Cirkelgemeenschap zichtbaar te maken. Oké?'

'Oké.'

'Oké dan. Je weet nu hoe je me kunt bereiken.'

En met die woorden draaide Gina zich om en vertrok.

Mae opende de interne bedrijfsstroom en begon. Ze was vastbesloten om nog die avond alle Binnenste en Buitenste feeds door te nemen. Er waren mededelingen voor het hele bedrijf over de menu's van de dag, het weer van de dag, de wijze woorden van de dag – de aforismen van de afgelopen week waren van Martin Luther King, Gandhi, Salk, Moeder Teresa en Steve Jobs. Er waren mededelingen over de dagelijkse bezoekjes aan de campus: van een adoptiebureau voor huisdieren, een plaatselijke senator, een Congreslid uit Tennessee en de directeur van Artsen zonder Grenzen. Mae ontdekte tot haar grote spijt dat ze die ochtend een bezoek van Nobelprijswinnaar Muhammad Yunus had gemist. Ze ploegde stuk voor stuk door de berichten heen, op zoek naar alles waarop men redelijkerwijs een persoonlijk antwoord van haar had mogen verwachten. Er waren onderzoekjes, minstens vijftig, waarin de Cirkelaars werden gepolst over allerlei beleidsmaatregelen, de meest geschikte data voor de komende vergaderingen, bijeenkomsten van belangengroepen, feestelijkheden en vrije dagen. Er waren tientallen clubs die leden zochten en iedereen van hun bijeenkomsten op de hoogte brachten: er waren groepen kattenbezitters – zeker tien –, een paar konijnengroepen, zes reptielengroepen, waarvan vier nadrukkelijk uitsluitend voor slangen. Maar er waren vooral groepen voor hondenbezitters. Ze telde er tweeëntwintig maar wist zeker dat ze dat niet allemaal waren. Een van de groepen die zich op bezitters van heel kleine honden richtten, het Schattige Schoothondje, wilde weten hoeveel mensen een weekend mee wilden op lange trektochten en wandelingen of ter ondersteuning daarvan; Mae besloot die te negeren. Toen realiseerde ze zich dat ze dan alleen maar een tweede, nog dwingender bericht zou krijgen en daarom tikte ze een reactie waarin ze uitlegde dat ze geen hond had. Haar werd gevraagd een petitie te tekenen voor een groter lunchassortiment voor veganisten; dat deed ze. Er waren negen berichten van allerlei werkgroepen binnen het bedrijf, waarin ze werd gevraagd zich voor meer gerichte updates en informatie-uitwisseling bij hun subCirkels aan te sluiten. Voorlopig sloot ze zich aan bij die voor haken, voetbal en Hitchcock.

Er leken wel honderd groepen voor ouders te bestaan – beginnende ouders, gescheiden ouders, ouders van autistische kinderen, ouders van adoptiekinderen uit Guatemala, uit Ethiopië, Rusland. Er waren zeven groepen voor komisch improvisatietheater, negen zwemteams – de woensdag daarvoor hadden ze een wedstrijd voor personeelsleden gehad waaraan honderden zwemmers hadden deelgenomen, en wel honderd van de berichten gingen over dat toernooi: wie had gewonnen, een of ander akkefietje rond de uitslagen, de aanwezigheid van een mediator op de campus die alle resterende vragen en klachten zou afhandelen. Er waren bezoekjes, minstens tien per dag, van bedrijven die innovatieve nieuwe producten aan de Cirkel kwamen presenteren. Nieuwe zuinige auto's. Nieuwe fair-tradesneakers. Nieuwe lokaal geproduceerde tennisrackets. Er waren bijeenkomsten van alle mogelijke afdelingen – Research and Development, onderzoek, sociaal, reikwijdte, professioneel netwerken, filantropie, verkoop van advertentieruimte, en toen zag Mae – haar maag kneep samen – dat ze een bijeenkomst had gemist die voor alle newbies 'min of meer verplicht' werd geacht. Die was afgelopen donderdag geweest. Waarom had niemand daar iets over gezegd? *Dombo*, beantwoordde ze haar eigen vraag, *daar hebben ze wél iets over gezegd. Kijk maar.*

'Shit,' zei ze.

Tegen tien uur 's avonds had ze zich door alle interne bedrijfsberichten en waarschuwingen heen gewerkt en ging ze verder met haar eigen BuitenCirkelaccount. Daar had ze zes dagen niet naar gekeken en ze vond alleen van die dag al 118 nieuwe berichtjes. Ze besloot erdoorheen te ploegen, van nieuw naar oud. Het laatste was van een vriendin van de universiteit, die een berichtje had gepost over buikgriep en wat volgde was een lange sliert reacties van vrienden die middeltjes aanraadden, hun medeleven betuigden of foto's postten om haar op te vrolijken. Mae likete twee van de foto's, likete drie van de reacties, wenste haar ook beterschap en stuurde een link naar een liedje dat ze had gevonden, 'Puking Sally'. Dat maakte een nieuwe sliert los, 54 reacties op het nummer en de band in kwestie. Een van de vrienden zei dat hij de bassist kende en betrok hem bij het gesprek. De bassist, Damien Ghilotti, zat in Nieuw-Zeeland en was tegenwoordig studiotechnicus, maar desondanks blij om te horen dat 'Puking Sally' nog steeds aansloeg bij griepgevallen. Zijn post zorgde voor commotie bij alle betrokkenen, wat tot 129 nieuwe reacties leidde, allemaal opgewonden omdat ze antwoord van de echte bassist van de band hadden gekregen, en op het eind van de trits werd Damien Ghilotti uitgenodigd om, als hij zin had, op een bruiloft te spelen of op bezoek te komen in Boulder of anders in Bath of Gainesville of St. Charles in Illinois, mocht hij daar toevallig in de buurt zijn – dan kon hij blijven slapen en mee-eten. Na het noemen van St. Charles viel de vraag of iemand iets over Tim

Jenkins had gehoord, die naar Afghanistan was uitgezonden; ze hadden iets gelezen over een jongen uit Illinois die was doodgeschoten door een Afghaanse opstandeling die zich voordeed als politieagent. Zestig berichten later hadden de 'reageerders' vastgesteld dat het om een andere Tim Jenkins ging, eentje uit Rantoul, Illinois, niet uit St. Charles. Opluchting alom, maar al snel werd de berichtenstroom gedomineerd door een breed debat over de resultaten van die oorlog, het Amerikaanse buitenlandse beleid in het algemeen, of we nou wel of niet in Vietnam of Grenada of zelfs in de Eerste Wereldoorlog hadden gewonnen, over het vermogen van de Afghanen tot zelfbestuur, de opstandelingen die werden gefinancierd met de opiumhandel en de kans op legalisering van alle soorten verboden drugs in Amerika en Europa. Iemand noemde marihuana als een goed middel om glaucoom te verlichten, iemand anders schreef dat mensen met MS er ook baat bij hadden en toen volgde een jachtige uitwisseling tussen drie familieleden van MS-patiënten, waarop Mae het gevoel kreeg dat in haar binnenste iets duisters zijn vleugels spreidde. Ze logde uit.

Ze kon haar ogen niet meer openhouden. Hoewel ze maar drie dagen van haar sociale achterstand had weten weg te werken, sloot ze af en liep naar het parkeerterrein.

De lading van dinsdag was iets minder heftig dan die van maandag, maar de bedrijvigheid op haar derde scherm hield haar toch de eerste drie uur aan haar stoel gekluisterd. Vóór de komst van het derde scherm was er altijd een rustpunt geweest van misschien tien of twaalf seconden tussen het moment waarop ze een vraag had beantwoord en het moment waarop ze wist of het antwoord naar tevredenheid was geweest; die tijd had ze gebruikt om de standaardantwoorden uit haar hoofd te leren, een paar follow-ups te doen en af en toe haar telefoon te checken. Maar dat werd nu lastiger. Het derde scherm produceerde om de paar minuten veertig nieuwe BinnenCirkelberichten en een stuk of vijftien BuitenCirkelposts en tings, en Mae gebruikte elk verloren moment om daar snel doorheen te scrollen, zich ervan te verzekeren dat niets haar onmiddellijke aandacht vereiste, en dan weer terug te keren naar haar hoofdscherm.

Tegen het eind van de ochtend werd de toestroom beheersbaar, enthousiasmerend zelfs. Er was in het bedrijf zoveel gaande, zoveel medemenselijkheid en optimisme, en het was op alle gebieden zo vooruitstrevend dat ze een beter mens werd door alleen al in de nabijheid van de Cirkelaars te verkeren. Het was vergelijkbaar met een goed gerunde biologische winkel: je wist dat je een gezonder mens werd door daar te kopen; je kon geen verkeerde keuze maken omdat alles al was gekeurd. Daar was ook iedereen bij de Cirkel op uitgekozen: de genenpool was uitzonderlijk en het denkvermogen fenomenaal. Hier streefde iedereen voortdurend hartstochtelijk naar ontwikkeling voor zichzelf en anderen, naar het delen en verspreiden van kennis.

Tegen lunchtijd was ze kapot en verheugde ze zich erop om, met achterlating van haar hersenschors, een uur lang op het gras te zitten met Annie, die daarop had aangedrongen.

Maar om tien voor twaalf verscheen op het tweede scherm een berichtje van Dan: *Heb je ff?*

Ze liet Annie weten dat het wat later kon worden. Toen ze bij Dans kamer aankwam, stond hij tegen de deurpost geleund. Hij glimlachte vriendelijk, maar met één opgetrokken wenkbrauw alsof iets aan haar hem voor een raadsel stelde, iets waar hij zijn vinger niet op kon leggen. Hij maakte een armgebaar en ze glipte langs hem heen naar binnen. Hij deed de deur dicht.

'Ga zitten, Mae. Je kent Alistair?'

Ze had de man die in de hoek zat niet gezien, maar zodra ze hem zag, wist ze dat ze hem niet kende. Hij was lang, achter in de twintig, en hij had een geboetseerde lichtbruine kuif. Hij had zich diagonaal in een ronde stoel geposteerd en liet zijn tengere lijf zo stijf als een plank tegen de rugleuning rusten. Hij stond niet op, dus stak Mae hem haar hand toe.

'Hallo,' zei ze.

Alistair slaakte een gelaten zucht en stak zijn hand uit alsof hij op het punt stond iets aan te raken wat aangespoeld was en lag te rotten.

Mae kreeg een droge mond. Hier was iets helemaal mis.

Dan ging zitten. 'Nou, ik hoop dat we dit zo snel mogelijk kunnen rechtzetten,' zei hij. 'Zou jij willen beginnen, Mae?'

De twee mannen keken haar aan. Dan strak, Alistair gekwetst maar verwachtingsvol. Mae had geen flauw idee wat ze van haar verwachtten of wat er aan de hand was. En in die woekerende, uitdijende stilte zat Alistair driftig met zijn ogen te knipperen en tegen zijn tranen te vechten.

'Ik kan het gewoon niet geloven,' kon hij nog net uitbrengen.

Dan draaide zich naar hem toe. 'Kom op, Alistair. We weten dat je gekwetst bent, maar laten we de verhoudingen niet uit het oog verliezen.' Hij wendde zich tot Mae. 'Het lijkt me nogal duidelijk, Mae, we hebben het over Alistairs Portugese brunch.'

Hij liet die woorden even op haar inwerken in de verwachting dat Mae erop in zou gaan, maar Mae had geen idee wat die woorden inhielden: *Alistairs Portugese brunch?* Kon ze zeggen dat ze geen idee had wat dat inhield? Ze wist dat dat niet tot de mogelijkheden behoorde. Ze had pas laat naar de feed gekeken. Dit moest daar iets mee te maken hebben.

'Het spijt me,' zei ze. Ze moest de situatie uiterst voorzichtig aftasten tot ze had uitgevogeld waar dit over ging.

'Dat is een goed begin,' zei Dan. 'Ja toch, Alistair?'

Alistair haalde zijn schouders op.

Mae tastte nog steeds in het duister. Hoeveel wist ze? Er was een brunch geweest, zoveel was duidelijk, en zij was niet komen opdagen. De brunch was georganiseerd door Alistair en die was nu gekwetst. Ook dat kon ze redelijkerwijs vaststellen.

'Ik wou dat ik erbij had kunnen zijn,' gokte ze en ze constateerde onmiddellijk iets van bevestiging op hun gezichten. Ze was iets op het spoor. 'Maar ik wist niet zeker of...' Nu waagde ze de sprong. 'Ik wist niet zeker of ik welkom was omdat ik hier nog maar net ben.'

Nu leken beiden gunstiger gestemd. Ze glimlachte in de wetenschap dat ze de juiste snaar had geraakt. Dan schudde zijn hoofd, blij zijn voorgevoel – dat Mae diep vanbinnen zo slecht nog niet was – bevestigd te zien. Hij stond op, liep om zijn bureau heen en leunde ertegen.

'Mae, hebben we jou niet het gevoel gegeven dat je welkom bent?' vroeg hij.

'Nee, juist wel! Echt. Maar ik zit niet in Alistairs team en wist niet zeker wat de regels waren, je weet wel, of leden van mijn team bij brunches van oudgedienden van andere teams mochten aanschuiven.'

Dan knikte. 'Zie je nou wel, Alistair? Ik zei toch dat hier een logische verklaring voor moest zijn.' Alistair zat nu rechtop alsof hij klaar was voor de volgende uitval.

'Natuurlijk ben je welkom,' zei hij en hij tikte speels op haar knie, 'maar dan moet je wel komen.'

'Kom, kom, Alistair...'

'Sorry,' zei hij, en hij slaakte een diepe zucht. 'Ik heb het nu onder controle. Ik ben heel blij.'

Er volgden nog wat spijtbetuigingen en gelach over wederzijds begrip en onbegrip, communicatie, flow, misverstanden en de orde van het universum, en toen was het eindelijk tijd om erover op te houden. Ze stonden op.

'Een knuffel om het goed te maken,' zei Dan. En dat deden ze, innig verstrengeld in hervonden harmonie.

Toen Mae bij haar bureau terugkwam, wachtte daar al een berichtje.

Nogmaals dank dat je vandaag even bij Alistair en mij bent langsgekomen. Dat was volgens mij heel productief en zinnig. Bij HR *zijn ze van de situatie op de hoogte en daar vinden ze het altijd prettig om een gezamenlijke verklaring te ontvangen om het af te ronden. Daarom heb ik het volgende getikt. Als het je goed lijkt, mag je het op je scherm ondertekenen en terugsturen.*

Incident no. 561ARN/MRH/RK2
Dag: maandag, 11 juni
Betrokkenen: Mae Holland, Alistair Knight
Verhaal: Alistair van de Renaissance, Team Negen, hield een brunch voor alle personeelsleden die interesse in Portugal hadden getoond. Hij verstuurde drie aankondigingen met betrekking tot het evenement, die geen van alle door Mae van de Renaissance, Team Zes, werden beantwoord. Alistair trok het zich erg aan dat op de RSVP geen enkele reactie van Mae kwam. Op de dag van de brunch verscheen Mae niet en Alistair was, begrijpelijk, nogal uit zijn doen omdat ze niet had gereageerd op de herhaalde uitnodigingen en niet was gekomen. Een klassiek geval van non-participatie.
Vandaag heeft een ontmoeting plaatsgevonden tussen Dan, Alistair en Mae, waarbij Mae heeft uitgelegd dat ze niet wist of de uitnodiging wel voor haar gold, aangezien het evenement werd georganiseerd door iemand van een ander team en zij pas in haar tweede week bij ons bedrijf zat. Ze vindt het heel naar dat ze Alistair verdriet heeft gedaan, om nog maar te zwijgen over de kwetsbare ecologie van de Renaissance die ze in gevaar heeft gebracht. Maar alles is nu uitgepraat, Alistair en Mae zijn weer goede vrienden en voelen zich als herboren. Allen zijn het erover eens dat ze instaan voor een nieuwe start en daar gelukkig mee zijn.

Onder de verklaring stond een stippellijn waarop Mae moest tekenen. Ze zette met haar nagel haar handtekening op het scherm. Daarna verzond ze het. Het bedankje van Dan kwam meteen binnen.

Dat was heel goed, schreef hij. *Alistair is overduidelijk een beetje gevoelig, maar dat komt doordat hij zo'n enorm toegewijde Cirkelaar is. Net als jij, toch? Dank voor je medewerking. Je deed het geweldig. Voorwaarts!*

Mae was laat en hoopte dat Annie op haar had gewacht. Het was een zonnige, warme dag en Mae trof haar op het grasveld, waar ze op haar tablet zat te typen met een mueslireep half uit haar mond. Met toegeknepen ogen keek ze op. 'Hé. Jij bent lekker op tijd.'

'Sorry.'

'Hoe gaat-ie?'

Mae trok een gezicht.

'Ik weet 't, ik weet 't. Ik heb het hele gedoe gevolgd,' zei Annie, overdreven kauwend.

'Eet niet zo. Doe je mond dicht. Echt waar?'

'Ik heb alleen maar meegeluisterd terwijl ik met iets anders bezig was. Dat hadden ze me gevraagd. En ik heb wel erger gehoord. Iedereen loopt in het begin tegen dat soort dingen aan. Eet maar even snel wat. Ik wil je iets laten zien.'

De twee golven die Mae overspoelden, volgden elkaar snel op. De eerste was een intens gevoel van onbehagen dat Annie buiten haar medeweten had meegeluisterd, gevolgd door een tweede golf van opluchting dat haar vriendin bij haar was geweest, al was het maar op afstand, en kon bevestigen dat Mae het zou overleven.

'Jij ook?' vroeg ze.

'Ik ook wat?'

'Ben jij ook weleens zo op het matje geroepen? Ik sta nog te trillen.'

'Tuurlijk. Misschien wel maandelijks. Nog steeds. Eet een beetje door.'

Mae at zo snel mogelijk terwijl ze een potje croquet volgde dat op het veld werd gespeeld. De spelers leken hun eigen regels te hebben bedacht. Mae slikte haar laatste hap door.

'Mooi zo. Kom,' zei Annie. Ze liepen naar de Stad van de Toekomst. 'Wat is er? Je gezicht is één groot vraagteken.'

'Ben jij naar die Portugese brunch geweest?'

Annie snoof spottend. 'Ik? Nee, hoezo? Ik was niet uitgenodigd.'

'Waarom ik dan wel? Ik had me er niet voor aangemeld. Ik ben helemaal geen Portugalfreak.'

'Het staat toch op je profiel? Je bent er toch een keer geweest?'

'Klopt, maar dat heb ik nooit op mijn profiel gemeld. Ik ben naar

Lissabon geweest, maar dat is alles. Vijf jaar geleden.'

Inmiddels waren ze bij het gebouw van de Stad van de Toekomst gearriveerd. Het ijzerwerk tegen de gevel deed enigszins Turks aan. Annie zwaaide met haar pasje langs een kaartlezer in de muur en de deur ging open.

'Heb je foto's gemaakt?' vroeg Annie.

'In Lissabon? Tuurlijk.'

'En stonden die op je laptop?'

Mae moest even nadenken. 'Ik geloof van wel.'

'Dat zal het dan wel zijn. Als die op je laptop stonden, staan ze nu in de cloud en die wordt weer op dat soort informatie gescand. Daarvoor hoef je je niet bij allerlei Portugal-clubjes aan te melden of zo. Toen Alistair die brunch wilde organiseren, heeft hij waarschijnlijk gewoon een zoekopdracht gegeven om iedereen op de campus te vinden die in Portugal is geweest en daar foto's heeft gemaakt of het in een mailtje heeft genoemd of zo. Dan krijgt hij automatisch een lijst met namen en daar stuurt hij zijn uitnodigingen heen. Dat scheelt honderd uur gedoe. Hierzo.'

Ze bleven aan het begin van een lange gang staan. Annies ogen glinsterden ondeugend. 'Oké, wil je iets gaafs zien?'

'Ik voel me nog steeds zo weird.'

'Nergens voor nodig. Kom.'

Annie opende de deur van een prachtige kamer, iets tussen een buffet, een museum en een handelsbeurs in.

'Hoe waanzinnig is dit?'

De kamer kwam haar vaag bekend voor. Zoiets had ze weleens op televisie gezien.

'Dit is toch zo'n ruimte waar beroemdheden goodiebags krijgen?'

Mae liet haar ogen door de kamer gaan. Overal, op tientallen tafels en plateaus, lagen producten uitgestald. Geen sieraden en pumps, maar sneakers, tandenborstels, tien verschillende soorten chips, frisdrank en energierepen.

Mae lachte. 'Allemaal gratis, neem ik aan?'

'Voor bijzonder belangrijke mensen zoals jij en ik wel, ja.'

'Jezus. Dit allemaal?'

'Yep, dit is de kamer met gratis proefmonsters. Hij ligt altijd vol en dit spul moet op de een of andere manier worden gebruikt. We nodigen steeds een andere groep uit – soms programmeurs, soms mensen van CE zoals jij. Iedere dag een andere groep.'

'En dan neem je gewoon wat je wilt?'

'Nou ja, je moet alles wat je meeneemt wel scannen met je ID, zodat ze weten wie wat heeft gepakt. Anders haalt een of andere idioot de hele kamer leeg.'

'Ik heb dit spul nog nooit gezien.'

'In winkels? Nee, dit ligt nog niet in de winkel. Dit zijn prototypen en testexemplaren.'

'Is dit een echte Levi's?'

Mae hield een mooie spijkerboek omhoog waarvan ze zeker wist dat die nergens ter wereld bestond.

'Over een paar maanden of een jaar wordt hij misschien op de markt gebracht. Wil je die? Je kunt ook een andere maat vragen.'

'En dan mag ik hem gewoon aan?'

'Allicht – of had je je kont ermee willen afvegen? Natuurlijk, ze willen juist dat je hem draagt. Jij werkt bij de Cirkel, dus je hebt invloed! Je bent een stijlicoon, toonaangevend enzovoort.'

'Dit is toevallig mijn maat.'

'Mooi. Neem er maar twee. Heb je een tas bij je?'

Annie trok ergens een katoenen tas met het Cirkellogo tussenuit en gaf die aan Mae, die over een display met nieuwe telefoonhoesjes en andere accessoires hing. Ze pakte een prachtige cover, zo hard als steen maar met een gladde, zeemleerachtige afwerking.

'Kut,' zei Mae. 'Ik heb m'n telefoon niet bij me.'

'Wat? Waar heb je hem dan gelaten?' vroeg Annie, stomverbaasd.

'Ik denk op mijn bureau.'

'Mae, jij bent ongelofelijk. Je bent zo gefocust en efficiënt, en dan doe je opeens van die rare, vage dingen. Ben je echt komen lunchen zonder telefoon?'

'Sorry.'

'Nee, dat vind ik juist zo leuk aan jou. Je bent, zeg maar, half mens, half regenboog. Wat? Niet verdrietig zijn.'

'Er komt vandaag nogal veel op me af.'

'Je maakt je toch geen zorgen meer?'

'Denk jij dat het oké is, die bespreking met Dan en Alistair?'

'Ja, natuurlijk.'

'Is hij echt zo gevoelig?'

Annie rolde met haar ogen. 'Alistair? Volslagen onredelijk. Maar een geweldige programmeur. Een machine. Het zou een jaar kosten om iemand te zoeken en op te leiden voordat die kon wat hij doet. Daarom nemen we zijn gekte maar voor lief. Er lopen hier nogal wat halvegaren rond. Halvegaren die voortdurend bevestiging nodig hebben. En daarnaast heb je mensen zoals Dan, die de halvegaren alle ruimte geven. Maar maak je geen zorgen. Ik geloof niet dat jullie veel met elkaar te maken zullen hebben – jij en Alistair dan.' Annie keek hoe laat het was. Ze moest weer verder.

'Jij blijft hier tot die tas vol is,' zei ze. 'Zie je later.'

Mae bleef en vulde haar tas met spijkerbroeken, eten, schoenen, een paar nieuwe hoesjes voor haar telefoon en een sportbeha. Toen ze de kamer uit liep, voelde ze zich net een winkeldief, maar op weg naar buiten kwam ze niemand tegen. Toen ze bij haar bureau terug was, had ze elf berichtjes van Annie.

Ze las het eerste: *Hé Mae, bedenk net dat ik niet zo over Dan en Alistair had moeten leeglopen. Niet zo aardig. Niet zo Cirkel van me. Doe maar net of ik niks heb gezegd.*

Het tweede: *Heb je m'n vorige sms gekregen?*

Het derde: *Krijg 'n beetje de zenuwen. Waarom antwoord je niet?*

Vierde: *Heb je net ge-sms't, gebeld. Leef je nog? Shit. Vergat dat je je telefoon bent vergeten. Kutwijf.*

Vijfde: *Als je boos bent om wat ik over Dan zei ga me dan niet doodzwijgen. Ik heb sorry gezegd. Schrijf terug.*

Zesde: *Krijg je mijn berichten wel? Het is superbelangrijk. Bel me!*

Zevende: *Als je Dan vertelt wat ik heb gezegd ben je een bitch. Sinds wanneer verlinken we elkaar?*

Achtste: *Besef net dat je misschien in vergadering zit. Klopt?*
Negende: *Al 25 min. Wat IS er?*
Tiende: *Net gecheckt, zie dat je weer aan je bureau zit. Bel me meteen of ik hoef je niet meer te zien. Ik dacht dat we vrienden waren.*
Elfde: *Hallo?*
Mae belde haar.
'Wat doe je spastisch?'
'Waar bleef je nou?'
'Ik heb je twintig minuten geleden nog gezien. Ik was klaar bij de proefmonsters, ben naar de wc gegaan en nu zit ik er weer.'
'Heb je me verraden?'
'Heb ik wat?'
'Heb je me verraden?'
'Annie, what the fuck?'
'Zeg het nou maar.'
'Nee, ik heb je niet verraden. Tegen wie dan?'
'Wat heb je tegen hem gezegd?'
'Tegen wie?'
'Tegen Dan.'
'Die heb ik niet eens gezien.'
'Heb je hem niet ge-sms't?'
'Nee, Annie, shit.'
'Zweer je dat?'
'Ja.'
Annie zuchtte. 'Oké. Fuck. Sorry. Ik had hem ge-sms't en gebeld, maar niks terug gehoord. En toen hoorde ik ook niks van jou en dat kwam in mijn hoofd allemaal op een rare manier samen.'
'Annie, shit.'
'Sorry.'
'Ik denk dat je overspannen bent.'
'Nee, het gaat prima.'
'Ik trakteer je vanavond op een drankje.'
'Nee, bedankt.'
'Toe?'

'Ik kan niet. We hebben hier deze week te veel dingen lopen. Allemaal door die mega-fuck-up in Washington.'

'Washington? Wat is daarmee?'

'Dat is een lang verhaal. Eerlijk gezegd mag ik dat niet vertellen.'

'En jij moet dat afhandelen? Heel Washington?'

'Soms krijg ik van dat regeringswerk te doen omdat, geen idee, omdat ik kuiltjes in mijn wangen heb of zo. Misschien helpt dat. Ik weet het niet. Ik wou dat ik vijf mensen was.'

'Dat klinkt niet goed, Annie. Neem een avond vrij.'

'Nee, nee. Het gaat wel. Ik hoef alleen maar wat vragen van een subcommissie te beantwoorden. Het komt wel goed. Maar ik moet nu verder. Liefs.'

Ze hing op.

Mae belde Francis. 'Annie wil niet met me uit. Jij wel? Vanavond?'

'Uit? Er speelt hier vanavond een band. Ken je de Creamers? Ze spelen in de Kolonie. Benefiet.'

Mae zei ja, dat klonk goed, maar toen het zover was, had ze geen zin om de Creamers, wie dat ook mochten wezen, in de Kolonie te horen spelen. Ze lokte Francis haar auto in en ze reden naar San Francisco.

'Weet je al waar we heen gaan?' vroeg hij.

'Nog niet. Wat doe je?'

Hij typte driftig iets in op zijn telefoon. 'Ik laat iedereen even weten dat ik niet kom.'

'Klaar?'

'Ja.' Hij liet zijn telefoon los.

'Goed. We gaan eerst wat drinken.'

Ze parkeerden in de binnenstad en vonden een restaurant dat er zo armzalig uitzag, met van die vergeelde, onappetijtelijke, lukraak op de ramen geplakte foto's van eten, dat ze ervan uitgingen dat het wel goedkoop moest zijn. Hun inschatting bleek juist. Ze namen een curry, dronken een Singha en zaten op piepende bamboestoelen die met moeite overeind bleven. Toen ze haar eerste biertje bijna op had, nam ze zich voor snel een tweede te drinken en meteen na het eten Francis op straat te zoenen.

Toen ze weer buiten stonden, deed ze dat.

'Dank je wel,' zei hij.

'Bedank je me nou?'

'Je bespaart mij hiermee zo'n worsteling. Ik heb in mijn hele leven nog nooit de eerste stap gezet. Meestal doen vrouwen er weken over om tot de ontdekking te komen dat zij het initiatief moeten nemen.'

Opnieuw kreeg Mae het gevoel met informatie om de oren geslagen te worden die haar alleen maar aan het twijfelen bracht over haar gevoelens voor Francis, die het ene moment zo aardig leek en het volgende zo vreemd en ongepolijst.

Toch, want de Singha gaf haar vleugels, nam ze hem aan de hand mee terug naar haar auto waarin ze, geparkeerd op een heel druk kruispunt, nog wat verder zoenden. Een dakloze man bekeek hen zoals een antropoloog zou doen en maakte aantekeningen in de lucht.

'Kom, we gaan,' zei ze, en ze stapten uit en slenterden wat door de stad totdat ze een Japanse souvenirwinkel vonden die open was en daarnaast, ook open, een galerie met hyperrealistische schilderijen van gigantische menselijke dijen.

'Enorme schilderijen van enorme konten,' merkte Francis op toen ze een bankje hadden gevonden in een tot Italiaans pleintje omgetoverd steegje waarin blauw maanlicht leek te schijnen, afkomstig van de straatlantaarns erboven. 'Dat was echt kunst. Niet te geloven dat ze nog niks hadden verkocht.'

Mae zoende hem opnieuw. Ze was echt in de stemming om te zoenen en omdat ze wist dat Francis haar tot niets zou dwingen, voelde ze zich op haar gemak, zoende hem weer, wetend dat het vanavond bij zoenen zou blijven. Ze gaf zich helemaal aan het zoenen over, liet er lust in doorschemeren en vriendschap en de mogelijkheid van echte liefde, en kuste hem terwijl ze aan zijn gezicht dacht en zich afvroeg of zijn ogen open waren en of hij zich iets aantrok van de voorbijgangers die joelden of floten maar gewoon doorliepen.

In de daaropvolgende dagen wist Mae dat het kon bestaan, dat de zon haar stralenkrans kon zijn, dat de bladeren zich in iedere stap van haar konden verheugen, haar aansporen, haar feliciteren met deze Francis, met wat zij tweeën hadden gedaan. Ze hadden hun sprankelende jeugd gevierd, hun vrijheid, hun natte monden, in het openbaar, gevoed door de kennis dat zij, welke tegenspoed ze ook hadden gehad of nog te verduren zouden krijgen, in het centrum van de wereld werkten en reusachtig hun best deden om die te verbeteren. Ze hadden genoeg redenen om zich goed te voelen. Mae vroeg zich af of ze verliefd was. Nee, ze wist dat ze niet verliefd was, maar wel minstens halverwege, dat voelde ze. Die week lunchten Francis en zij vaak samen, ook als dat snel moest, en zochten dan na het eten een plekje om nog even tegen elkaar aan te leunen en te zoenen. Een keer onder een brandtrap achter het Paleozoïcum. Een keer in het Romeinse Rijk, achter de paddle-banen. Ze vond hem lekker smaken, altijd fris, naturel als citroenwater, en ze hield van de manier waarop hij zijn bril afzette, even verloren keek, dan zijn ogen sloot en bijna mooi was met zijn gladde, ongekunstelde gezicht als dat van een kind. Zijn nabijheid verleende de dagen extra glans. Alles was sensationeel. Eten in de felle zon, de warmte van zijn shirt, zijn handen op haar enkel, dat was sensationeel. Wandelen was sensationeel. In de Verlichting zitten was sensationeel, zoals nu in de Grote Zaal in afwachting van Droomvrijdag.

'Let op,' zei Francis. 'Dit ga je echt leuk vinden, denk ik.'

Francis wilde het onderwerp van de innovatielezing die vrijdag niet verklappen. De spreker, Gus Khazeni, had blijkbaar in Francis' project voor kinderveiligheid gezeten totdat hij daar vier maanden geleden uit was gestapt om een nieuwe unit te leiden. Vandaag presenteerde hij voor het eerst zijn bevindingen en zijn nieuwe plan aan de buitenwereld.

Mae en Francis zaten op verzoek van Gus helemaal vooraan. Volgens Francis wilde hij wat bekende gezichten zien wanneer hij voor het eerst in de Grote Zaal een praatje hield. Mae draaide zich om en keek of ze bekenden in het publiek zag. Dan zat een paar rijen achter hen, en daar had je Renata en Sabine, die geconcentreerd naar de tablet keken die tussen hen in lag.

Eamon Bailey stapte onder hartelijk applaus het podium op.

'Vandaag hebben we iets bijzonders voor jullie,' zei hij. 'De meeste mensen hier kennen ons juweel, onze duizendpoot Gus Khazeni wel. En de meesten weten dat hij een tijdje terug een ingeving kreeg waaraan hij op aansporing van ons gevolg heeft gegeven. Vandaag geeft hij een kleine presentatie en ik denk dat jullie ervan zullen genieten.' Daarmee gaf hij het woord aan Gus, die wonderlijk genoeg een buitengewone knapheid combineerde met timide, muisachtig gedrag. Zo trippelde hij in elk geval over het podium, alsof hij op zijn tenen liep.

'Oké, als je net als ik single en zielig bent, een eeuwige teleurstelling voor je Perzische ouders en grootouders, die je een mislukkeling vinden omdat je nog steeds geen partner en kinderen hebt omdat je zo zielig bent...'

Gelach uit het publiek.

'Zei ik twee keer "zielig"?' Nog meer gelach. 'Als mijn familie in de zaal had gezeten, was dat nog veel vaker gebeurd. Maar goed,' ging hij verder, 'stel dat je je familie een plezier wilt doen, en jezelf misschien ook, door een partner te zoeken. Iemand geïnteresseerd in een partner?'

Er gingen een paar handen omhoog.

'O, kom op. Stelletje leugenaars. Ik weet toevallig dat zevenenzestig procent van dit bedrijf ongetrouwd is. Ik heb het dan ook tegen jullie. De andere drieëndertig procent kan barsten.'

Mae schaterde. Gus bracht het perfect. Ze boog zich naar Francis. 'Hij is geweldig.'

Hij ging door: 'Jullie hebben misschien andere datingsites geprobeerd. Laten we zeggen dat je met iemand bent *gematcht*, dat alles goed gaat en dat je op je eerste afspraakje afstevent. Het verloopt soepel, je familie is dolgelukkig en heeft zelfs even het idee dat ze hun gezamenlijke DNA niet aan jou hebben verspild. Maar ja, zodra je iemand mee uit vraagt, ben je het haasje, al zou je als vrijgezel natuurlijk liever het haantje zijn en loop je je de rest van de week op te fokken. Waar zul je haar eens mee naartoe nemen? Uit eten, naar een concert, naar Madame Tussaud? Naar een kerker? Je hebt geen flauw idee. Maak je de verkeerde keus, dan kun je het schudden. Je weet dat je een brede belangstelling en veel interesses hebt, en die ander waarschijnlijk ook, maar die eerste beslissing is té belangrijk. Je hebt hulp nodig om de juiste boodschap af te geven – de boodschap dat je gevoelig, intuïtief en besluitvaardig bent, dat je een goede smaak hebt, dat je perfect bent.'

De mensen in de zaal lachten, de hele tijd al, onophoudelijk. Het scherm achter Gus toonde nu een raster met iconen en daaronder steeds lijstjes met informatie. Mae meende symbolen te herkennen van eten, film, muziek, winkelen, buitenactiviteiten, het strand.

'Oké,' ging Gus verder, 'kijk hier eens naar en vergeet niet dat het nog maar een bètaversie is. Dit heet LuvLuv. Oké, dat is misschien geen goede naam. Ik weet zelfs wel zeker dat het geen goede naam is. Daar wordt nog aan gewerkt. Maar het werkt als volgt; als je iemand hebt gevonden, zijn of haar naam weet, contact hebt gelegd en een datum hebt geprikt – dan schakel je LuvLuv in. Misschien heb je haar pagina op de datingsite, haar persoonlijke pagina en al haar feeds uit je hoofd geleerd. Maar LuvLuv geeft je totaal andere informatie. Je voert de naam van je date in. Dat is het begin. Dan speurt LuvLuv het web af met een hele krachtige, nauwkeurige zoekmachine, zodat jij straks niet voor schut staat, maar echte liefde vindt en kleinkinderen produceert voor je *baba*, die er inmiddels van overtuigd is dat je onvruchtbaar bent.'

'Gus, je bent geweldig!' klonk een vrouwenstem uit het publiek.

'Bedankt! Wil je met me uit?' vroeg hij. Hij wachtte op antwoord. Toen de vrouw zweeg, zei hij: 'Zie je, daarom heb ik dus hulp nodig. Goed. Om de software te testen hebben we volgens mij een bestaande persoon nodig die meer te weten wil komen over een bestaand mogelijk doelwit op het gebied van de liefde. Mag ik een vrijwilliger?'

Gus keek het publiek in en speurde theatraal met zijn hand boven zijn ogen rond.

'Niemand? O, wacht. Ik zie een hand omhooggaan.'

Tot Mae's schrik en afgrijzen keek Gus haar kant op. Naar Francis, om precies te zijn, die zijn hand had opgestoken. En voordat ze iets tegen hem kon zeggen, was Francis al opgestaan en liep hij naar het podium.

'Applaus voor deze dappere vrijwilliger!' riep Gus. Francis vloog het trappetje op, ging naast Gus staan en werd omhuld door een bundel warm licht. Sinds hij was opgestaan, had hij niet één keer naar Mae gekeken.

'Oké. Hoe heet je?'

'Francis Garaventa.'

Mae dacht dat ze moest overgeven. Wat gebeurde hier? Dit is niet echt, zei ze bij zichzelf. Ging hij echt op het podium over haar vertellen? Nee, stelde ze zichzelf gerust. Hij helpt gewoon een vriend, ze zullen bij hun demonstratie wel valse namen gebruiken.

'Francis,' ging Gus verder, 'mag ik ervan uitgaan dat er iemand is met wie je uit zou willen?'

'Dat klopt.'

Mae was duizelig en doodsbang, maar toch viel het haar op dat Francis, net als Gus, op de planken een transformatie onderging. Hij speelde het spel mee, lachte zijn tanden bloot, deed verlegen maar blaakte ondertussen van zelfvertrouwen.

'Gaat het om een bestaande persoon?' vroeg Gus.

'Natuurlijk,' zei Francis. 'De fantasievriendinnetjes ben ik inmiddels wel ontgroeid.' Het publiek schaterde en Mae kon wel door de grond zakken. *O shit*, dacht ze. *O shit*.

'Hoe heet ze?'

'Mae Holland,' zei Francis, en hij keek nu voor het eerst haar kant op. Ze had haar handen voor haar gezicht geslagen en gluurde tussen haar trillende vingers door.

Met een bijna onwaarneembaar knikje leek hij te erkennen dat Mae zich niet helemaal op haar gemak voelde, maar toen keerde hij zich meteen weer naar Gus, grijnzend als een quizmaster.

'Juist,' zei Gus, die de naam op zijn tablet invoerde, 'Mae Holland.' In het zoekvenster op het scherm verscheen haar naam in letters van een meter hoog.

'Francis wil dus met Mae uit. Hij wil geen modderfiguur slaan. Wat is een van de eerste dingen die hij moet weten? Iemand?'

'Allergie!' riep iemand.

'Oké, allergie. Daar kan ik naar zoeken.'

Hij klikte op een icoontje van een niezende kat en onmiddellijk verscheen daaronder een strofe.

Waarschijnlijk allergisch voor gluten
Allergisch voor paarden
Moeder is allergisch voor noten
Waarschijnlijk geen andere allergieën

'Nu kan ik alles in deze lijst aanklikken om meer te ontdekken. Laten we eens bij gluten kijken.' Gus klikte op de eerste regel en onthulde een uitgebreidere, minder overzichtelijke lijst met links en tekstblokken. 'Zoals jullie zien heeft LuvLuv alles doorzocht wat Mae ooit heeft gepost. Die informatie is met elkaar vergeleken en geanalyseerd. Misschien heeft Mae het ooit over gluten gehad. Misschien heeft ze glutenvrije producten gekocht of haar mening daarover gegeven. Dat zou erop kunnen wijzen dat ze allergisch is voor gluten.'

Mae wilde de zaal uit, maar besefte dat ze dan nog meer aandacht zou trekken.

'Nu gaan we eens bij die paarden kijken,' zei Gus. Hij klikte op de volgende vermelding. 'Daar weten we wat meer over, want we weten van het bestaan van drie berichten waarin ze bijvoorbeeld met zoveel woorden schrijft: "Ik ben allergisch voor paarden." Heb je daar wat aan?'

'Jawel,' zei Francis. 'Ik had haar willen meevragen naar een manege om gegist brood te eten.' Hij richtte zich overdreven articulerend tot het publiek: 'Maar nu weet ik dat!'

Het publiek lachte en Gus knikte als om te zeggen: leuk koppel zijn wij, hè? 'Oké,' ging Gus door, 'maar die vermeldingen van een paardenallergie dateren uit 2010, van Facebook nota bene. Iets om te onthouden voor iedereen die dacht dat we gek waren om zoveel voor de archieven van Facebook te betalen. Goed, dat waren de allergieën. Maar kijk hier eens, vlakbij. Hier wilde ik naartoe: eten. Was je van plan haar mee uit eten te nemen, Francis?'

Francis antwoordde geestdriftig. 'Zeker.' Mae herkende de man op het podium niet. Waar was Francis gebleven? Ze kon deze versie van hem wel wurgen.

'Hier wordt het meestal vervelend en saai. Niets is erger dan die gesprekjes van: "Waar wil jij eten?" "O, dat maakt me niet uit." "Nee, serieus. Waar hou je van?" "Ik vind alles best. Wat wil jij?" Afgelopen met die bullshit. LuvLuv analyseert het. Elke keer dat je date iets heeft gepost, elke keer dat ze een restaurant heeft geliket of gedisliket, elke keer dat ze eten heeft genóémd – alles krijgt een beoordeling en ten slotte krijg je zo'n lijstje te zien.'

Hij klikte op het voedselicoontje dat onderverdeeld bleek in een aantal lijsten met verschillende soorten eten, namen van restaurants, restaurants per stad en per wijk. De lijsten waren griezelig nauwkeurig. Zelfs het goedkope tentje waar Francis en zij eerder die week hadden gegeten stond erin.

'Als ik nu op het restaurant klik dat ik leuk vind en als zij via TruYou heeft betaald, dan weet ik wat ze de vorige keer heeft besteld. Als ik hier klik, zie ik het dagmenu van die restaurants op vrijdag, de dag van ons afspraakje. Hier zie je de gemiddelde wachttijd voor een tafel op die dag. Vaarwel onzekerheid.'

Gus wist van geen ophouden en ging maar door over Mae's smaak in films, gebieden om in te wandelen of te joggen, favoriete sporten, favoriete uitzicht. Het klopte bijna allemaal, en terwijl Gus en Francis zich op de planken stonden uit te sloven en het publiek steeds meer onder de indruk raakte, verstopte Mae eerst haar gezicht achter haar handen, dook toen zo diep mogelijk in haar stoel weg en ten slotte, op het moment dat ze het gevoel kreeg ieder moment naar voren te kunnen worden geroepen om de geweldige mogelijkheden van de nieuwe tool te bevestigen, was ze weggeglipt, het gangpad door en via de zijdeur naar buiten, het vlakke witte licht van de bewolkte namiddag in.

'Het spijt me.'

Mae kon hem niet aankijken.

'Mae. Sorry. Ik snap niet waarom je zo kwaad bent.'

Ze wilde hem niet in haar buurt hebben. Ze zat weer achter haar bureau, waarheen hij haar was gevolgd, en nu stond hij als een aasgier over haar heen gebogen. Ze keurde hem geen blik waardig, niet alleen omdat ze van hem walgde en zijn gezicht week en zijn ogen gluiperig vond en bovendien zeker wist dat ze dat vervloekte gezicht nooit meer wilde zien, maar ook omdat ze aan de slag moest. De middaglading was doorgelaten en de stroom was enorm. 'We hebben het er later wel over,' zei ze, maar ze was absoluut niet van plan om nog met hem te praten, die dag niet en later ook niet. Die zekerheid luchtte op.

Uiteindelijk vertrok hij, fysiek althans, maar een paar minuten later dook hij op haar derde scherm weer op, smekend om vergiffenis. Hij schreef dat hij wist dat hij haar er niet mee had mogen overvallen, maar Gus had erop gestaan dat het een verrassing moest zijn. Die middag stuurde hij veertig of vijftig berichtjes met excuses, met het verhaal dat ze zo'n grote hit was, dat het nog beter was geweest als ze op het podium was gekomen omdat de mensen voor haar hadden geklapt. Hij verzekerde haar dat alles wat op het scherm had gestaan openbaar was, niets om je voor te schamen; het was immers een bloemlezing van dingen die ze zelf had gepost.

Mae wist dat het allemaal waar was. Ze was niet kwaad over de onthulling van haar allergieën. Of haar lievelingseten. Ze had die informatie jarenlang openlijk gedeeld en voorkeuren delen en over die van anderen lezen vond ze juist zo leuk aan haar leven online.

Waarom had ze de presentatie van Gus dan zo vernederend gevonden? Ze kon het niet benoemen. Was het omdat ze erdoor was overvallen? Was het de uiterste nauwkeurigheid van de algoritmen? Misschien. Aan de andere kant: die waren niet in alle gevallen nauwkeurig geweest, dus was dát het probleem? Dat een matrix met voorkeuren werd gepresenteerd als jouw wezen, jouw hele persoon? Misschien was dat het. Het was een soort spiegel, maar dan onvolkomen, vertekend. En als Francis iets of alles had willen weten, waarom vróég hij het haar dan niet gewoon? Maar haar derde scherm liep de hele middag over van de felicitatieberichtjes.

Je bent super, Mae.

Goed gedaan, newbie.

Voor jou geen ritjes te paard. Misschien op een lama?

Ze sleepte zich door de middag heen en zag pas na vijven dat haar telefoon knipperde. Ze had drie berichtjes van haar moeder gemist. Toen ze die beluisterde, hoorde ze drie keer hetzelfde: 'Kom naar huis.'

Onderweg over de heuvels en door de tunnel, in oostelijke richting, belde ze haar moeder en werd bijgepraat. Haar vader had een aanval gehad, was naar het ziekenhuis gebracht en werd een nachtje ter observatie gehouden. Mae kreeg te horen dat ze rechtstreeks daarheen moest rijden, maar toen ze aankwam, was hij daar niet meer. Ze belde haar moeder.

'Waar is hij?'

'Thuis. Sorry. We zijn er nog maar net. Ik had niet verwacht dat je hier zo snel zou zijn. Het gaat goed met hem.'

Mae reed naar huis, en toen ze buiten adem, kwaad en bang arriveerde, zag ze Mercers Toyota pick-up op de oprit staan. Al haar stekels gingen overeind staan. Ze had geen zin in Mercer. Het maakte een toch al nare situatie alleen maar ingewikkelder.

Ze deed de deur open en zag niet haar ouders maar Mercers gigantische, vormeloze gedaante. Hij stond in de hal. Als ze hem een tijdje niet had gezien, schrok ze er iedere keer weer van hoe groot en bol hij was. Zijn haar was nu langer en ook dat droeg bij aan zijn volume. Zijn hoofd blokkeerde al het licht.

'Hoorde je auto,' zei hij. In zijn hand had hij een peer.

‘Wat doe jij hier?’ vroeg ze.

‘Ze belden of ik kon helpen,’ zei hij.

‘Pap?’ Ze haastte zich langs Mercer heen de woonkamer in. Daar lag haar vader languit op de bank naar honkbal op tv te kijken.

Zonder zijn hoofd om te draaien keek hij haar kant op. ‘Hé lieverd. Hoorde je al aankomen.’

Mae ging op de salontafel zitten en pakte zijn hand. ‘Gaat-ie?’

‘Jawel. Gewoon even schrikken. Het begon heel heftig, maar toen zakte het weer.’ Bijna onmerkbaar tilde hij zijn hoofd iets op in een poging langs haar heen te kijken.

‘Wil je de wedstrijd zien?’

‘Negende inning,’ zei hij.

Mae schoof op. Haar moeder kwam de kamer binnen. ‘We hebben Mercer gebeld om te vragen of hij wilde helpen je vader in de auto te krijgen.’

‘Ik wilde geen ambulance,’ zei haar vader, die nog steeds de wedstrijd volgde.

‘Was het een epileptische aanval?’ vroeg Mae.

‘Dat weten ze niet zeker,’ antwoordde Mercer vanuit de keuken.

‘Mag ik het van mijn eigen ouders horen?’ riep Mae terug.

‘Mercer was onze redder in nood,’ zei haar vader.

‘Waarom hebben jullie me niet gebeld toen het niet zo ernstig bleek te zijn?’ vroeg Mae.

‘Het was wél ernstig,’ antwoordde haar moeder. ‘Toen heb ik ook gebeld.’

‘Maar nu ligt hij honkbal te kijken.’

‘Nu gaat het veel beter,’ zei haar moeder, ‘maar we wisten even echt niet meer wat er allemaal gebeurde. Daarom hebben we Mercer gebeld.’

‘Hij heeft mijn leven gered.’

‘Ik geloof niet dat Mercer je leven heeft gered, pap.’

‘Ik bedoel niet dat ik dood lag te gaan. Maar je weet dat ik een enorme hekel heb aan het hele circus van die ambulancebroeders en die sirenes, en dat alle buren het kunnen horen. We hebben gewoon

Mercer gebeld, hij was hier binnen vijf minuten, heeft me de auto in geholpen, het ziekenhuis in, dat was alles. Dat scheelde enorm.'

Mae was woest. Ze had twee uur lang in blinde paniek in de auto gezeten, alleen om haar vader luierend en naar honkbal kijkend op de bank aan te treffen. Ze had twee uur lang in de auto gezeten om haar ex aan te treffen bij haar ouders die hem net tot held van de familie hadden gezalfd. En wat was zij? Zij was eigenlijk wat nalatig. Zij was overbodig. Het deed haar denken aan alles wat ze niet leuk vond aan Mercer. Hij wilde aardig gevonden worden, maar zorgde ervoor dat iedereen dat wist; Mae werd er gek van om altijd maar te moeten horen hoe aardig, oprecht, betrouwbaar en eindeloos meelevend hij was. Maar tegenover haar was hij afwachtend, humeurig, te vaak afwezig op momenten dat ze hem nodig had.

'Wil je kip? Mercer heeft kip meegebracht,' vroeg haar moeder, en Mae besloot die vraag aan te grijpen om zich een minuut of tien in de badkamer terug te trekken.

'Ik ga me even opfrissen,' zei ze. Ze liep naar boven.

Later, toen ze hadden gegeten en Mae het hele verhaal had gehoord: dat haar vaders ogen ineens schrikbarend achteruit waren gegaan, dat het verdoofde gevoel in zijn handen erger was geworden – symptomen die de artsen normaal en behandelbaar noemden, of ten minste 'reduceerbaar' – waren haar ouders naar bed gegaan en gingen Mae en Mercer in de achtertuin zitten, waar het gras, de bomen en de afgebladderde grijze schutting de warmte van de dag vasthielden.

'Dank voor je hulp,' zei ze.

'Het was geen moeite. Vinnie is lichter dan vroeger.'

Mae vond het niet leuk dat te horen. Ze wilde niet dat haar vader lichter werd en makkelijk te dragen was. Ze veranderde van onderwerp.

'Hoe gaan de zaken?'

'Heel goed. Heel goed. Vorige week heb ik zelfs een stagiaire moeten aannemen. Is dat niet cool? Ik heb een stagiaire. En jouw baan? Fantastisch?'

Mae stond ervan te kijken. Mercer was zelden zo uitgelaten.

'Het is zéker fantastisch,' zei ze.

'Fijn. Fijn om te horen. Ik hoopte al dat het wat zou worden. Dus wat doe je daar, programmeren of zo?'

'Ik zit bij CE. Customer Experience. Momenteel doe ik de contacten met de adverteerders. Wacht. Ik zag pas iets over die spullen van jou. Ik zocht je op en zag toen een reactie van iemand die zijn bestelling beschadigd binnen had gekregen. Ze waren pisnijdig. Ik neem aan dat je dat hebt gezien.'

Mercer zuchtte theatraal. 'Nee.' Hij keek nu chagrijnig.

'Maak je geen zorgen,' zei ze. 'Het was maar een halvegare.'

'Nu krijg ik het niet meer uit mijn hoofd.'

'Dat is mijn schuld toch niet. Ik maakte alleen...'

'Jij maakt me er alleen maar op attent dat er een mafkees rondloopt die mij haat en mijn bedrijf kapot wil maken.'

'Er waren ook andere reacties en de meeste waren leuk. Er was zelfs een hele grappige bij.' Ze begon door haar telefoon te scrollen.

'Mae. Alsjeblieft. Niet voorlezen.'

'Hier: "Zijn al die arme hertengeweien voor deze meuk gestorven?"'

'Ik had gevraagd of je het niet voor wilde lezen.'

'Wat nou? Dat is toch een grappige tekst!'

'Bestaat er een manier om jou iets zo te vragen dat je mijn wensen respecteert?'

Dit was de Mercer die Mae zich herinnerde, die ze niet kon uitstaan – stekelig, humeurig, autoritair.

'Waar heb je het over?'

Mercer ademde diep in en Mae wist dat hij op het punt stond een speech af te steken. Als hier een spreekgestoelte was geweest, dan was hij daar nu op gaan staan om vervolgens zijn toespraak uit zijn zak te halen. Twee jaar hoger beroepsonderwijs en hij voelde zich al een halve professor. Hij had haar al eens college gegeven over biologisch geproduceerd rundvlees en het vroege werk van King Crimson, en telkens als hij van wal stak, haalde hij zo diep adem dat het leek alsof hij wilde zeggen: ga er maar eens goed voor zitten, dit duurt wel even en je zult steil achteroverslaan.

'Mae, ik moet je vragen...'

'Ja, ja, je wilt dat ik die reacties van klanten niet meer voorlees. Prima.'

'Nee, dat is niet wat ik wilde...'

'Moet ik ze dan wél voorlezen?'

'Mae, als je me nou mijn zinnen eens liet afmaken? Dan weet je wat ik wil zeggen. Het heeft geen zin om bij al mijn zinnen te raden wat ik ga zeggen, want je zit er altijd naast.'

'Maar je praat zo lángzaam.'

'Ik praat normaal. Jij bent tegenwoordig gewoon zo ongeduldig.'

'Oké. Toe dan.'

'Nu zit je te hyperventileren.'

'Ik verveel me gewoon snel bij zoiets.'

'Bij een gesprek.'

'Bij een gesprek in slow motion.'

'Mag ik dan nu beginnen? Het duurt drie minuten. Heb je drie minuten, Mae?'

'Prima.'

'Drie minuten waarin je niet weet wat ik ga zeggen, oké? Het is een verrassing.'

'Oké.'

'Goed dan. Mae, we moeten anders met elkaar omgaan. Elke keer dat ik je zie of iets van je hoor, zit er een filter tussen. Je stuurt me linkjes, je haalt iemand aan die iets over me schrijft, je zegt dat je een foto van mij op iemands tijdlijn hebt gezien... Het is altijd een aanval via een derde persoon. Zelfs als ik je persoonlijk spreek, vertel je me wat een of andere onbekende van me denkt. Het is net alsof we nooit meer alleen zijn. Iedere keer dat ik je zie, zijn er honderd andere mensen in de kamer. Jij bekijkt me steeds door de ogen van honderd andere mensen.'

'Doe niet zo dramatisch.'

'Ik wil gewoon rechtstreeks met jou praten. Zonder dat je daar elke willekeurige vreemde van waar ook ter wereld bij betrekt die misschien een mening over me heeft.'

'Dat doe ik niet.'

'Jawel. Een paar maanden geleden had je iets over mij gelezen en toen we elkaar daarna zagen, deed je heel afstandelijk, weet je nog?'

'Dat was omdat ik had gelezen dat je voor je werk bedreigde diersoorten gebruikte!'

'Maar dat heb ik nooit gedaan.'

'Hoe moet ik dat weten?'

'Je had het me kunnen vragen. Vraag het *míj* gewoon. Besef je wel hoe raar het is dat jij, mijn ex en goede vriendin, je informatie over mij bij de eerste de beste haalt die mij helemaal niet kent? En als je dan tegenover me zit, lijkt het wel alsof we elkaar door een vreemde mist zien.'

'Prima. Sorry.'

'Beloof je me dat je daarmee ophoudt?'

'Dingen online lezen?'

'Wat je leest moet je zelf weten. Maar als jij en ik communiceren, wil ik dat rechtstreeks doen. Jij schrijft mij, ik schrijf jou. Jij stelt mij vragen, ik geef antwoord. Je verzamelt over mij geen nieuwtjes meer bij derden.'

'Maar Mercer, je runt een bedrijf. Je moet online participeren. Dit zijn je klanten en zo uiten ze zich, zo kom jij te weten of je succes hebt.' Mae kon moeiteloos een stuk of vijf tools van de Cirkel bedenken die zijn bedrijf zouden helpen, maar Mercer was gemakzuchtig. Gemakzuchtig op een zelfvoldane manier.

'Kijk, dat klopt dus niet. Het klopt niet. Ik weet dat ik succes heb als ik kroonluchters verkoop. Wanneer mensen die bestellen, maak ik ze en daar geven zij mij dan geld voor. Als ze er iets over op te merken hebben, kunnen ze me bellen of schrijven. Ik bedoel, alles waar jij zo in opgaat is geroddel. Het zijn mensen die achterbaks over anderen praten. Dat vormt het gros van die sociale media, al die beoordelingen, al die reacties. Jullie tools hebben roddels, geruchten en vermoedens tot algemeen geldende mainstreamcommunicatie verheven. En het is ook nog eens fucking stompzinnig.'

Mae blies door haar neus.

'Heerlijk als je dat doet,' zei hij. 'Betekent het dat je geen antwoord hebt? Twintig jaar geleden was een horloge met rekenmachine niet cool, hè? En iemand die de hele dag binnen met zijn horloge zat te spelen, was duidelijk iemand die sociaal niet goed scoorde. Waardeoordelen als 'likes' en 'dislikes' en 'smiles' en 'frowns' bleven beperkt tot de onderbouw. Daar werden briefjes geschreven: "Hou je van eenhoorns en stickers?" En dan schreef je terug: "Ja!" Met een hartje en een smiley erbij. Maar nu zijn het niet meer alleen de brugklassers die dat doen: iederéén doet het, en ik krijg soms het gevoel dat ik in een omgekeerde wereld ben terechtgekomen, een spiegelland waar de meest stompzinnige shit ter wereld de overhand heeft gekregen. De wereld heeft zichzelf verstompzinnigd.'

'Vind je het dan niet belangrijk om cool te zijn?'

'Krijg je de indruk dat ik dat belangrijk vind?' Hij wreef met zijn hand over zijn opbollende buik, over zijn versleten werkkleren. 'Cool zijn is duidelijk niet mijn grootste obsessie. Maar ik weet nog goed dat je bij John Wayne of Steve McQueen dacht: die zijn stoer. Die rijden op hun paard of hun motor de hele wereld over om misstanden recht te zetten.'

Mae moest lachen. Ze zag op haar telefoon hoe laat het was. 'Die drie minuten zijn al voorbij.'

Mercer modderde verder. 'Tegenwoordig smeken filmsterren hun fans om hun tings te volgen. Ze sturen iedereen smeekbedes om smiles. En god, die mailinglijsten. Iedereen verstuurt junkmail. Weet je waar ik elke dag een uur mee kwijt ben? Met manieren bedenken om me af te melden voor mailinglijsten zonder iemand te kwetsen. Er ontstaat een nieuw soort behoeftigheid – die dringt zich overal op.' Hij zuchtte alsof hij een belangrijk punt had gemaakt. 'De wereld is totaal veranderd.'

'Op een goede manier,' zei Mae. 'Op wel duizend goede manieren, en die kan ik allemaal opnoemen. Maar ik kan er niks aan doen dat jij niet sociaal bent. Ik bedoel, jouw sociale behoeften zijn zo minimaal...'

'Het is niet zo dat ik niet sociaal ben. Ik ben sociaal zat. Maar de tools die jullie creëren, scheppen in feite onnatuurlijk doorgeschoten sociale behoeften. Niemand heeft zoveel contact nodig als jullie aanbieden. Daar wordt niemand beter van. Het heeft geen toegevoegde waarde. Het is net fastfood. Weet je hoe ze dat eten manipuleren? Met wetenschappelijke methoden bepalen ze precies hoeveel zout en vet erin moet om jou aan het eten te houden. Je hebt geen trek, je hebt dat eten niet nodig, het heeft geen voedingswaarde, maar toch blijf je die lege calorieën eten. Dát is wat jullie de mensen door hun strot douwen. Precies hetzelfde. Eindeloos veel lege calorieën, maar dan het digitaal-sociale equivalent. En jullie stemmen het zo af dat het net zo verslavend is.'

'Jezus.'

'Je weet toch hoe je van jezelf walgt als je net een hele zak chips hebt leeggegeten? Je beseft dat je jezelf geen dienst hebt bewezen. Datzelfde gevoel heb je ook na een digitale vreetbui, dat weet je best. Je voelt je beroerd en leeg en minderwaardig.'

'Ik voel me nooit minderwaardig.' Mae dacht aan de petitie die ze die dag had getekend waarin meer werkgelegenheid werd geëist voor immigranten in de buitenwijken van Parijs. Het was stimulerend en zou effect hebben. Maar Mercer wist daar niets van, net zomin als van alle andere dingen waarmee Mae zich bezighield, waarmee de Cirkel zich bezighield, en ze was hem zo spuugzat dat ze geen zin had om het allemaal uit te leggen.

'En daardoor kan ik niet meer gewoon met jou praten.' Hij was nog steeds niet klaar. 'Ik bedoel, ik kan je geen mailtjes sturen omdat je die meteen naar iemand anders doorstuurt. Ik kan je geen foto sturen omdat je die op je eigen pagina post. En ondertussen zoekt jouw bedrijf in al onze berichten naar informatie die ze kunnen verzilveren. Vind je dat niet gestoord?'

Mae keek naar zijn dikke kop. Hij was overal aan het uitdijen. Het leek wel alsof hij hangwangen kreeg. Kon iemand van vijfentwintig al hangwangen hebben? Geen wonder dat hij het voortdurend over fastfood had.

'Bedankt dat je mijn vader hebt geholpen,' zei ze. Ze liep naar binnen en wachtte tot hij vertrok. Het duurde een paar minuten voordat hij zover was – hij moest en zou eerst zijn bier opdrinken – maar toen ging hij, en Mae deed beneden het licht uit, ging naar haar oude kamer en liet zich op bed vallen. Ze checkte of ze nieuwe berichten had, zag er tientallen waarop ze moest reageren en logde toen, omdat het nog maar negen uur was en haar ouders al sliepen, op haar Cirkelaccount in, handelde tientallen vragen af en had het gevoel dat ze met iedere beantwoorde vraag een stukje Mercer afschudde. Tegen middernacht voelde ze zich als herboren.

Zaterdag werd Mae in haar oude bed wakker en keek na het ontbijt samen met haar vader naar het betaald vrouwenbasketbal, wat hij de laatste tijd ontzettend leuk was gaan vinden. De rest van de dag verlummelden ze met kaarten en boodschappen doen, en ten slotte maakten ze samen een gerecht met gebraden kip klaar dat haar ouders op de YMCA-kookcursus hadden geleerd.

Op zondagmorgen volgde dezelfde routine: Mae sliep lang uit en slenterde met een loodzwaar maar lekker gevoel de tv-kamer binnen, waar haar vader weer naar een WNBA-wedstrijd zat te kijken. Deze keer droeg hij een dikke, witte badjas die een vriend van hem uit een hotel in Los Angeles had gejat.

Haar moeder was buiten met tape een plastic vuilnisbak aan het repareren die wasberen hadden vernield toen ze hadden geprobeerd hem leeg te halen. Mae voelde zich dof en haar lichaam verlangde alleen naar rust. Ze realiseerde zich dat ze een hele week continu op scherp had gestaan en geen enkele nacht meer dan vijf uur had geslapen. Domweg in de schemerige woonkamer van haar ouders naar een basketbalwedstrijd zitten kijken die haar totaal niet interesseerde, met al die springende paardenstaarten en vlechten en al dat gepiep van sportschoenen, was helend en zalig.

'Denk je dat je me even overeind kan helpen, schattebout?' vroeg haar vader. Hij had zijn vuisten diep in de bank geduwd, maar kreeg zichzelf niet omhoog. De kussens waren te diep.

Mae stond op en stak haar hand naar de zijne uit, maar toen ze dat deed, hoorde ze heel zacht iets stromen.

'Kolere zeg,' zei hij, en hij liet zich weer zakken. Toen verlegde hij zijn koers en leunde opzij, alsof het hem net te binnen was geschoten dat daar iets teers lag waarop hij niet mocht gaan zitten.

'Kun je je moeder halen?' vroeg hij met op elkaar geklemde kaken en gesloten ogen.

'Wat is er dan?' vroeg Mae.

Hij deed zijn ogen weer open; ze zag er een onbekende woede in. 'Haal nu maar gewoon je moeder.'

'Ik ben er toch. Laat mij je helpen,' vroeg ze. Ze stak haar hand weer naar hem uit. Hij mepte haar weg.

'Haal. Je. Moeder.'

En toen sloeg de stank haar in het gezicht. Hij had zichzelf bevuild.

Hij zuchtte luid, kalmeerde wat. Toen zei hij iets zachter: 'Toe. Alsjeblieft, schat. Haal mama.'

Mae rende naar de voordeur. Ze vond haar moeder bij de garage en vertelde wat er was gebeurd. Haar moeder haastte zich niet naar binnen. In plaats daarvan nam ze Mae's handen in de hare.

'Ik denk dat je nu maar beter kunt teruggaan,' zei ze. 'Hij wil vast niet dat je dit ziet.'

'Ik kan toch helpen,' zei Mae.

'Alsjeblieft, lieverd. Je moet hem wat waardigheid gunnen.'

'Bonnie!' bulderde zijn stem vanuit het huis.

Mae's moeder greep haar hand. 'Mae, liefje, pak nou maar gewoon je spullen. We zien je over een paar weken weer, goed?'

Mae reed terug naar de kust, kokend van woede. Ze hadden het recht niet haar zo te behandelen, haar thuis te ontbieden en haar vervolgens weer weg te sturen. Ze wilde zijn poep toch niet ruiken! Ze wilde best helpen, ja, zodra ze het vroegen, maar niet als ze haar zo behandelden. En Mercer! Haar in haar eigen huis de les lezen. Jezus.

Zij met z'n drieën. Ze was twee uur lang onderweg geweest en reed nu weer twee uur terug, en wat had ze voor al haar moeite teruggekregen? Alleen maar frustratie. 's Avonds preken van dikke kerels en overdag weggejaagd door haar eigen ouders.

Tegen de tijd dat ze de kust naderde, was het veertien over vier. Ze had nog genoeg tijd, dacht ze. Gingen ze om vijf of om zes uur dicht? Ze wist het niet meer. Ze nam de afslag naar de jachthaven. Toen ze bij het strand aankwam, stond het hek naar de opslagplaats van de kajaks open, maar er was niemand te bekennen. Mae ging tussen de rijen kajaks en peddels op zoek. 'Hallo?' riep ze.

'Hallo!' zei een stem. 'Hier. In de caravan.'

Achter de rijen spullen stond een caravan op betonblokken en door de open deur zag ze mannenvoeten op een bureau liggen en een telefoonsnoer dat zich van een ouderwetse telefoon naar een onzichtbaar gezicht uitstrekte. Ze liep het trapje op en zag in de schemerige caravan een man zitten, in de dertig, kalend en met zijn wijsvinger naar haar opgestoken. Mae keek om de paar minuten op haar telefoon hoe laat het was en zag de minuten wegtikken: 4.20, 4.21, 4.23. Toen hij neerlegde, glimlachte hij.

'Bedankt voor het wachten. Kan ik je helpen?'

'Is Marion er ook?'

'Nee. Ik ben haar zoon. Walt.' Hij stond op en gaf Mae een hand. Hij was lang, mager en bruin.

'Hoi. Ben ik te laat?'

'Te laat voor wat? Voor het eten?' vroeg hij. Het was kennelijk als grapje bedoeld.

'Om een kajak te huren.'

'O. Nou ja, hoe laat is het? Ik heb al een tijdje niet meer gekeken.'

Zij hoefde niet te kijken. 'Zesentwintig over vier,' zei ze.

Hij kuchte en glimlachte. 'Hmm, zesentwintig over vier... Tja, we sluiten meestal om vijf uur, maar jij weet zo goed hoe laat het is dat ik er vast wel op kan vertrouwen dat je hem om tweeëntwintig over vijf terugbrengt. Lijkt je dat redelijk? Dan moet ik mijn dochter namelijk ophalen.'

'Dank je wel,' zei Mae.

'Ik zal je snel op weg helpen,' zei hij. 'We hebben net ons systeem gedigitaliseerd. Je zei dat je een account hebt?'

Mae gaf hem haar naam en hij typte hem op een nieuwe tablet in, maar er gebeurde niets. Na drie pogingen kwam hij erachter dat zijn wifi niet werkte. 'Misschien kan ik je via mijn telefoon inchecken,' zei hij, en hij pakte hem uit zijn zak.

'Kunnen we dat doen als ik terug ben?' vroeg Mae, en dat vond hij goed omdat hij dan de tijd had om het netwerk weer aan de praat te krijgen. Hij gaf Mae een reddingsvest en een kajak en toen ze op het water zat, keek ze weer op haar telefoon. Twee minuten over halfvijf. Ze had nog bijna een uur. In de baai was een uur altijd ruim voldoende. Een uur was een dag.

Ze peddelde weg en zag die dag in de jachthaven geen zeehonden, hoewel ze bewust wat bleef rondhangen om ze tevoorschijn te lokken. Ze ging op weg naar de oude, half gezonken pier waar ze soms lagen te zonnebaden, maar zag er niet een. Er waren geen zeehonden, geen zeeleeuwen, de pier was verlaten, op een enkele vuile pelikaan na, die boven op een paal zat.

Ze peddelde voorbij de keurige jachten, voorbij de mysterieuze schepen, het open water van de baai op. Daar rustte ze, voelde het water onder zich, soepel en golvend als een metersdiepe plas gelatine. En terwijl ze daar roerloos zat, verschenen twintig meter voor haar twee kopjes. Twee zeehonden, die elkaar even aankeken alsof ze afspraken eensgezind naar Mae te kijken. Wat ze vervolgens deden.

Ze staarden elkaar aan zonder te knipperen, de twee zeehonden en Mae, totdat een van de twee zich ineens leek te realiseren hoe oninteressant Mae was – gewoon een roerloze gestalte – en een golf in dook, al snel gevolgd door de tweede.

Voor zich uit, halverwege de baai, zag ze iets nieuws, een kunstmatige vorm die haar nooit eerder was opgevallen en ze stelde zichzelf die dag tot taak op onderzoek uit te gaan en daarheen te peddelen. Ze zag dat het twee schepen waren: een oude vissersboot die vastgebonden lag aan een kleine aak. Op de aak was een uitgebreid maar rommelig onderkomen in elkaar geflanst. Als dit ergens aan land had gestaan, vooral hier, zou het onmiddellijk worden ontmanteld. Het deed haar denken aan oude foto's van een Hooverville of een tijdelijk vluchtelingenkamp.

Ze gluurde met een schuin oog naar de puinhoop toen van onder het blauwe zeil een vrouw tevoorschijn kwam.

'O, hallo,' zei de vrouw. 'Je kwam zomaar uit het niets.' Ze was een jaar of zestig en had lang grijs haar, dik en warrig, dat ze in een paardenstaart droeg. Ze deed een paar stappen naar voren en Mae zag dat ze jonger was dan ze eerst dacht, misschien begin vijftig, met blonde strepen in haar haar.

'Hoi,' zei Mae. 'Sorry dat ik zo dichtbij kwam. De mensen in de jachthaven drukken ons altijd op het hart dat we jullie niet mogen storen.'

'Dat is ook meestal zo,' zei de vrouw. 'Maar nu kwamen we net naar buiten voor onze avondcocktail, dus je timing is perfect.' Ze ging in een witte plastic stoel zitten, rekte zich uit en vroeg aan het blauwe zeil: 'Blijf je je daar verstoppen?'

'Ik ben met de drankjes bezig, duifje,' antwoordde een mannenstem geforceerd beleefd. De man zelf bleef onzichtbaar.

De vrouw draaide zich weer om naar Mae. In de laagstaande zon stonden haar ogen helder, een beetje kwaadaardig. 'Je lijkt ongevaarlijk. Wil je aan boord komen?' Ze hield haar hoofd schuin en bekeek Mae taxerend.

Mae peddelde dichterbij en de eigenaar van de stem kwam van onder het zeil tevoorschijn. Hij had een gelooide huid en leek iets ouder dan zijn gezellin. Langzaam stapte hij van de boot op de aak. Hij had iets bij zich: twee thermosflessen, zo te zien.

'Komt zij erbij zitten?' vroeg de man aan de vrouw terwijl hij zich in de bijpassende plastic stoel naast de hare liet zakken.

'Ja, dat vraag ik haar net,' antwoordde de vrouw.

Toen Mae dichtbij genoeg was om hun gezichten te onderscheiden, zag ze dat ze schoon en netjes waren – ze was bang geweest dat hun kleding zou bevestigen wat hun vaartuig suggereerde: dat het niet alleen zwervers te water waren, maar gevaarlijk bovendien.

Het stel bleef even kijken hoe Mae naar hun aak manoeuvreerde, nieuwsgierig maar passief, alsof dit hun woonkamer was en zij het amusement voor die avond.

'Nou, help eens een handje,' zei de vrouw korzelig en de man stond op.

De boeg van Mae's kajak knalde tegen de stalen rand van de aak en de man legde er snel een touw omheen en trok de kajak langszij. Hij hielp haar het dek op, een lappendeken van houten planken.

'Ga hier maar zitten, lieverd,' zei de vrouw, wijzend op de stoel waaruit hij was opgestaan om haar te helpen.

Mae ging zitten en ving een woeste blik van de man naar de vrouw op.

'Pak dan een andere,' zei de vrouw tegen hem. En hij verdween weer onder het blauwe zeil.

'Gewoonlijk commandeer ik hem niet zo, hoor,' zei ze tegen Mae, ondertussen naar een van de thermosflessen reikend die hij had neergezet. 'Maar hij weet gewoon niet hoe je gasten ontvangt. Wil je rood of wit?'

Er was geen enkele reden waarom Mae 's middags, terwijl ze nog een kajak terug moest brengen en dan naar huis rijden, een van beide zou aannemen, maar ze had dorst en een witte wijn zou zo lekker zijn in de lage middagzon. Ze besloot al snel dat ze wel een slokje wilde. 'Wit, alstublieft,' zei ze.

Van onder de plooien van het zeil verscheen een klein rood krukje, gevolgd door de man.

'Ga nou maar zitten en drink wat,' zei de vrouw tegen hem en ze schonk een papieren koffiebekertje wit in voor Mae en rood voor zichzelf en haar metgezel. De man ging zitten, ze hieven hun bekertje, en de wijn, waarvan Mae wist dat die niet veel voorstelde, smaakte buitengewoon.

De man zat Mae op te nemen. 'Dus jij bent zeker een soort avonturier. Extreme sporten en zo.' Hij sloeg zijn bekertje in één keer achterover en greep naar de thermosfles. Mae verwachtte dat zijn partner hem afkeurend zou aankijken zoals haar moeder zou hebben gedaan, maar de vrouw zat met dichte ogen naar de ondergaande zon gekeerd.

Mae schudde haar hoofd. 'Nee. Eigenlijk helemaal niet.'

'We zien hier niet zoveel kajakkers,' zei hij, terwijl hij zijn beker weer volschonk. 'Ze blijven meestal wat dichter bij de kust.'

'Ik denk dat dit een keurig meisje is,' zei de vrouw, haar ogen nog steeds dicht. 'Kijk maar naar haar kleren. Bijna bekakt. Maar geen kuddedier. Ze is een keurig meisje met incidentele aanvallen van nieuwsgierigheid.'

Nu nam de man de excuserende rol op zich. 'Twee slokjes wijn en ze denkt dat ze waarzegster is.'

'Geeft niet,' zei Mae, hoewel ze niet goed wist wat ze van de diagnose van de vrouw moest vinden. Ze keek naar de man en daarna naar de vrouw, die haar ogen weer opendeed.

'Er komt morgen een school grijze walvissen deze kant op,' zei ze, en ze richtte haar blik op de Golden Gate Bridge. Toen deed ze haar ogen weer halfdicht, alsof ze de oceaan een stille belofte deed dat de walvissen bij aankomst goed zouden worden behandeld. Ze liet haar oogleden weer zakken. Mae, de entertainer, leek voorlopig aan de man overgelaten te worden.

'En, hoe voelt de baai vandaag?' vroeg hij.

'Goed,' zei Mae. 'Heel rustig.'

'Rustiger dan eerder deze week,' stemde hij in, en toen zwegen ze alle drie, alsof ze ter ere van de kalmte van het water een ogenblik stilte in acht namen. In die stilte bedacht Mae hoe Annie of haar ouders zouden reageren als ze haar hier zagen zitten, 's middags aan de wijn op een aak. Met vreemden die op een aak woonden. Mercer zou het leuk vinden, wist ze.

'Heb je nog zeehonden gezien?' vroeg de man ten slotte.

Mae wist niets van deze mensen. Ze hadden zich niet voorgesteld en Mae niet naar haar naam gevraagd.

In de verte klonk een misthoorn.

'Vandaag maar een paar, dichter bij de kust,' zei Mae.

'Hoe zagen ze eruit?' vroeg de man, en toen Mae hun grijze, glanzende kopjes beschreef, wierp de man een blik op de vrouw. 'Stevie en Kevin.'

De vrouw knikte bevestigend.

'Ik denk dat de anderen vandaag wat verder zijn gaan jagen. Stevie en Kevin wagen zich niet zo vaak buiten dit deel van de baai. Ze komen hier regelmatig even gedag zeggen.'

Mae wilde vragen of deze mensen hier woonden en als dat niet zo was, wat ze hier dan precies deden op deze aak met die vissersboot, die geen van beide ook maar enigszins leken te functioneren. Zaten ze hier permanent? Hoe waren ze hier eigenlijk beland? Maar aangezien ze niet naar haar naam hadden gevraagd, leek het onmogelijk om zulke vragen te stellen.

'Was jij hier toen dat afbrandde?' vroeg de man en hij wees op een groot onbewoond eiland in het midden van de baai. Het verrees stil en zwart achter hen. Mae schudde haar hoofd.

'Het heeft twee hele dagen gebrand. Wij zaten hier toen net. 's Nachts voelde je de hitte hier helemaal. We zwommen elke nacht hier in dit godverlaten water, alleen maar om af te koelen. We dachten dat de wereld verging.'

Nu gingen de ogen van de vrouw open en ze stelde scherp op Mae. 'Heb jij weleens in deze baai gezwommen?'

'Een paar keer,' zei Mae. 'Gruwelijk. Maar als kind zwom ik in Lake Tahoe. Dat is zeker net zo koud als hier.'

Mae dronk haar wijn op en voelde zich even rozig. Ze tuurde tegen de zon in, keek opzij en zag in de verte een man op een zilveren zeilboot een driekleurige vlag hijsen.

'Hoe oud ben je?' vroeg de vrouw. 'Je ziet eruit als een jaar of elf.'

'Vierentwintig,' zei Mae.

'Mijn hemel. Nog helemaal gaaf. Lief, zijn wij ooit vierentwintig geweest?' Ze wendde zich naar de man, die met een balpen onder zijn voet zat te krabben. Hij haalde zijn schouders op en de vrouw liet het onderwerp rusten.

'Prachtig hier,' zei Mae.

'Dat vinden wij ook,' zei de vrouw. 'Een overdonderende, onophoudelijke pracht. De zonsopgang vanochtend, die was zo mooi. En vannacht is het volle maan. Toen hij opkwam was hij knaloranje en als hij klimt, wordt hij zilverkleurig. Het water wordt eerst goud en dan platina. Je zou moeten blijven.'

'Ik moet die nog terugbrengen,' zei Mae met een knikje naar de kajak. Ze keek op haar telefoon. 'Over ongeveer acht minuten.'

Ze stond op en de man stond ook op, nam haar bekertje aan en stapelde het zijne in het hare. 'Denk je dat je de baai in acht minuten kunt oversteken?'

'Ik ga het proberen,' zei Mae, en ze bleef staan.

De vrouw liet een luid 'tss' horen. 'Niet te geloven dat ze nu al weggaat, ik vond haar leuk.'

'Ze is niet dood, schat. Ze is er nog steeds,' zei de man. Hij hielp Mae de kajak in en maakte hem los. 'Wees beleefd.'

Mae dompelde haar hand in de baai en maakte haar nek nat.

'Ja, vlucht maar, verraadster,' zei de vrouw.

De man rolde met zijn ogen. 'Sorry.'

'Geeft niet. Bedankt voor de wijn,' zei Mae. 'Ik kom nog weleens langs.'

'Dat zou fijn zijn,' zei de vrouw, al leek ze klaar met Mae te zijn. Het was alsof ze heel even had gedacht dat Mae een bepaald soort mens was, maar nu begreep dat ze iemand was die niet tot haar soort behoorde, zodat ze haar kon loslaten en aan de wereld kon teruggeven.

Mae peddelde naar het strand, heel licht in het hoofd en een beetje scheef glimlachend door de wijn. Pas toen realiseerde ze zich hoelang ze bevrijd was geweest van gedachten aan haar ouders, aan Mercer en aan de spanningen op het werk. De wind stak op, nu uit het oosten, en ze peddelde er roekeloos op mee terwijl het water opstoof en haar benen, gezicht en schouders nat spatte. Ze voelde zich sterk en haar kracht nam toe met elke plons koud water. Ze genoot van alles, van de laverende boten die ze dichterbij zag komen, de vastgeketende jachten die opdoken en namen kregen, en ten slotte het strand dat steeds meer vorm kreeg en Walt die aan de vloedlijn stond te wachten.

Toen ze maandag op kantoor verscheen en inlogde, stonden er wel honderd berichtjes op haar tweede scherm.

Annie: *We hebben je vrijdagavond gemist!*

Jared: *Je hebt een knalfeest gemist.*

Dan: *Balen dat je zondag niet bij de feestelijkheden was!*

Mae keek in haar agenda en besefte dat er vrijdag een feest was geweest voor de hele Renaissance. Zondag was er een barbecue voor de newbies georganiseerd – de newbies die waren begonnen in de twee weken dat zij bij de Cirkel zat.

Drukke dag, schreef Dan. *Verwacht je z.s.m.*

Hij stond in een hoek van zijn kamer met zijn gezicht naar de muur. Ze klopte zacht en hij stak, zonder zich om te draaien, zijn wijsvinger omhoog om aan te geven dat ze even moest wachten. Mae keek naar hem en ging ervan uit dat hij aan het bellen was, bleef geduldig en stil wachten en kreeg toen in de gaten dat hij zijn retinale interface gebruikte en daarvoor een effen achtergrond nodig had. Dat had ze een Cirkelaar vaker zien doen – naar muren kijken om de beelden op hun retinale display duidelijker weer te geven. Toen hij klaar was, draaide hij zich om en schonk haar een vriendelijke maar snel wegstervende glimlach.

'Je kon gisteren niet komen?'

'Sorry. Ik was bij mijn ouders. Mijn vader...'

'Geweldige happening. Ik denk dat jij de enige newb bent die het heeft gemist. Maar daar hebben we het later nog wel over. Ik wil je eerst om een gunst vragen. Vanwege de snelheid waarmee alles zich momenteel ontwikkelt, hebben we veel nieuwe hulptroepen moeten inschakelen. Ik vroeg me dus af of jij me met een paar nieuwkomers kon helpen.'

'Natuurlijk.'

'Ik denk dat het voor jou een makkie is. Ik zal het je laten zien. We gaan naar jouw bureau. Renata?'

Renata liep achter hen aan met een kleine monitor, ongeveer zo groot als een notebook. Ze installeerde hem op Mae's bureau en vertrok.

'Oké. Idealiter ga jij doen wat Jared voor jou deed, weet je nog? Als een klant een lastige vraag stelt die naar een ervaren medewerker moet worden doorgestuurd, pak jij dat op. Jij bent nu de oudgediende. Snap je?'

'Ja.'

'Verder wil ik dat de newbies jou tijdens hun werk vragen kunnen stellen. Dat gaat het makkelijkst op dit scherm.' Hij wees op het kleine scherm dat onder haar hoofdmonitor was neergezet. 'Als je hier iets ziet verschijnen, weet je dat het van iemand uit jouw groep is, oké?' Hij zette het nieuwe scherm aan en tikte een vraag op zijn tablet: 'Mae, help!' De woorden verschenen op het nieuwe, vierde scherm. 'Is dat te doen, denk je?'

'Ja.'

'Mooi. De newbies komen dus nadat Jared ze heeft ingewerkt. Daar is hij op dit moment mee bezig, met de hele groep. Tegen elf uur vanochtend zitten hier twaalf nieuwe mensen.'

Dan bedankte haar en ging weer weg.

Tot elf uur was de werkdruk hoog, maar haar beoordeling was 98. Ze stuurde follow-ups naar een handjevol onder de 100 en twee onder de 90, en in de meeste gevallen stelden de klanten hun beoordeling bij naar 100.

Om elf uur keek ze op van haar beeldscherm en zag dat Jared een groep de zaal binnenleidde; ze zagen er allemaal heel jong uit en liepen zo voorzichtig dat het leek of ze bang waren een onzichtbare baby te wekken. Jared zette ze allemaal aan een bureau en de ruimte, die wekenlang zo leeg was geweest, was binnen een paar minuten bijna helemaal vol.

Jared ging op een stoel staan. 'Oké allemaal!' zei hij. 'Dit is veruit onze snelste introductieprocedure. En onze snelste trainingssessie. En onze supersnelste eerste dag. Maar ik weet dat jullie het aankunnen. En dat weet ik helemaal zeker omdat ik hier de hele dag zal zijn om te helpen en Mae ook. Mae, kun je even gaan staan?'

Mae stond op. Maar het was duidelijk dat de meeste newbies haar niet konden zien. 'Kun je op je stoel gaan staan?' vroeg Jared, en dat deed Mae, terwijl ze ondertussen haar rok rechttrok, zich heel opgelaten en bekeken voelde en hoopte dat ze niet zou vallen.

'Wij tweeën zitten hier de hele dag om vragen te beantwoorden en probleemgevallen over te nemen. Als je zo'n geval krijgt, stuur je het gewoon door en dan wordt het omgeleid naar degene bij wie de werkdruk op dat moment het lichtst is. Als je een vraag hebt: precies hetzelfde. Stuur hem via het kanaal dat ik jullie tijdens de voorlichting heb laten zien, dan komt hij bij een van ons terecht. Mae en ik zijn jullie vangnet. Voelt dat goed voor iedereen?' Niemand verroerde zich of zei iets. 'Mooi. Ik breng de stroom weer op gang en dan gaan we vandaag tot halfeen door. In verband met de training is de lunch vandaag wat korter, maar dat halen we vrijdag wel in. Iedereen klaar?' Niemand leek er klaar voor. 'Go!'

Jared sprong van zijn stoel en Mae klom van de hare, installeerde zich weer en liep meteen dertig vragen achter. Ze begon aan haar eerste en had binnen een minuut een vraag op haar vierde scherm, dat voor de newbies.

Klant wil zijn hele betaaloverzicht van afgelopen jaar. Beschikbaar? En waar?

Mae verwees de newbie naar de juiste map en richtte haar aandacht weer op de vraag waarmee zij aanvankelijk bezig was geweest. Zo ging ze tot halfeen door, om de paar minuten afgeleid van haar eigen werk door een vraag van een newbie; toen zag ze Jared weer, opnieuw op een stoel.

'Wow, wow,' zei hij. 'Lunchtijd. Heftig. Heftig. Toch? Maar we hebben het geflikt. Ons gemiddelde staat op drieënnegentig, wat normaal gesproken niet zo goed is, maar wel oké gezien de nieuwe systemen en de toegenomen werkdruk. Gefeliciteerd. Ga even iets eten, brandstof bijtanken, dan zie ik jullie weer om één uur. Mae, kom even langs zodra je kunt.'

Hij sprong van de stoel af en stond al naast Mae's bureau voordat ze naar hem toe kon lopen. Hij keek oprecht bezorgd.

'Je bent niet naar de kliniek geweest.'

'Ik?'

'Klopt dat?'

'Dat zal dan wel.'

'Je had al in je eerste week moeten gaan.'

'O.'

'Ze wachten op je. Kun je vandaag?'

'Ja hoor. Nu?'

'Nee, nee. We verzuipen in het werk, zoals je ziet. Om vier uur? Ik kan de laatste dienst wel aan. En in de loop van de middag zijn al die newbies er beter tegen opgewassen. Vond je het tot nu toe vandaag wel leuk?'

'Ja hoor.'

'Gestrest?'

'Nou, het voegt wel een nieuwe dimensie toe.'

'Inderdaad. Inderdaad. Daarbij: dit is zeker niet de laatste, kan ik je verzekeren. Ik weet dat iemand zoals jij zich bij het gebruikelijke Customer Experience-gedoe zou gaan vervelen, dus volgende week krijg je weer een ander aspect van het werk te zien. Je zult het vast geweldig vinden.' Hij wierp een snelle blik op zijn armband en zag hoe laat het was. 'O, shit. Jij moet gaan eten. Ik stoot je letterlijk het brood uit de mond. Snel. Je hebt tweeëntwintig minuten.'

In de dichtstbijzijnde keuken vond ze een belegde boterham, die ze zittend aan haar bureau opat. Ze scrolde door de sociale feeds op het derde scherm, op zoek naar alles wat dringend was of op antwoord wachtte. Ze beantwoordde eenendertig berichten en had het tevreden gevoel dat ze alles wat daarom vroeg haar volledige aandacht had gegeven.

De middag denderde voort als een op hol geslagen trein, met een onophoudelijke stroom vragen van newbies, ondanks beloften van Jared, die de hele middag in en uit liep, wel tien keer wegging en almaar druk aan het bellen was. Mae handelde de verdubbelde stroom af en had om 3.48 uur en persoonlijke score van 96; het gemiddelde van de groep lag op 94. Niet slecht, dacht ze, gezien de uitbreiding met twaalf nieuwe mensen die ze het grootste deel van die drie uur in haar eentje had moeten helpen. Tegen vieren werd ze in de kliniek verwacht; ze hoopte dat Jared dat nog wist. Ze stond op, zag dat hij haar kant op keek en zijn duim naar haar opstak. Ze vertrok.

De wachtkamer van de kliniek was eigenlijk helemaal geen wachtkamer. Het leek eerder een eettentje, met Cirkelaars die twee aan twee zaten te praten, een wand vol prachtig uitgestalde, gezonde maaltijden en dito drankjes, een saladebar met op de campus verbouwde groenten en aan de muur een boekrol met een recept voor paleosoep.

Mae wist niet tot wie ze zich moest wenden. Er waren vijf mensen in het vertrek, van wie er vier op een tablet zaten te werken en één volledig retinaal in de hoek stond. De gebruikelijke balie met daarachter een doktersassistente om haar te verwelkomen ontbrak.

'Mae?'

Ze volgde de stem naar het gezicht van een vrouw met kort zwart haar en kuiltjes in beide wangen, die haar glimlachend aankeek.

'Ben je zover?'

Mae werd door een blauwe gang naar een ruimte geleid die meer weg had van een designkeuken dan een spreekkamer. De vrouw met de kuiltjes liet haar daar achter, wijzend op een comfortabele stoel.

Mae ging erin zitten en stond weer op, aangetrokken door de kasten langs de wanden. Ze kon de ragfijne horizontale lijntjes zien die aangaven waar de ene lade ophield en de volgende begon; knoppen of handvatten ontbraken. Ze streek met haar hand over het oppervlak en voelde de lijntjes nauwelijks. Boven de kasten liep een stalen band met de inscriptie: GEEN GENEZING ZONDER KENNIS. GEEN KENNIS ZONDER UITWISSELING.

De deur ging open en Mae schrok op.

'Hallo Mae,' klonk het uit een beeldschoon en lachend gezicht dat op haar af zweefde. 'Ik ben dokter Villalobos.'

Met open mond van verbazing gaf Mae de arts een hand. Deze vrouw had veel te veel glamour voor dit alles, voor deze ruimte, voor

Mae. Ze was hooguit veertig en had een zwarte paardenstaart en een glanzende huid. Om haar hals hing een elegante leesbril, die kort de lijn van haar crèmekleurige jasje volgde en op haar weelderige boezem rustte. Ze droeg vijf centimeter hoge hakken.

'Wat fijn dat je er bent.

Mae was sprakeloos. Ze kwam uit op: 'Fijn dat ik mocht komen' en voelde zich meteen belachelijk.

'Nee, jij bedankt voor je komst,' zei de arts. 'We laten iedereen langskomen, meestal in hun eerste week, dus we begonnen ons al zorgen over je te maken. Is er een reden dat je je bezoek zo lang hebt uitgesteld?'

'Nee, hoor. Ik had het alleen druk.'

Mae keek goed of de dokter er misschien ergens níét perfect uitzag en vond uiteindelijk een moedervlek in haar hals waar één haartje uitstak.

'Te druk voor je gezondheid! Zeg dat alsjeblieft niet.' De dokter stond met haar rug naar Mae toe een of ander drankje te bereiden. Met een glimlach draaide ze zich om. 'Dit is dus gewoon een eerste onderzoek, een standaardcontrole die alle nieuwe medewerkers bij de Cirkel krijgen, oké? We zijn als kliniek in de eerste plaats gericht op preventie. Om onze Cirkelaars gezond van lichaam en geest te houden, bieden we een totaalpakket wellness aan. Klopt dat met wat je al had gehoord?'

'Ja. Een vriendin van mij werkt hier al een paar jaar. Volgens haar is de medische zorg ongelofelijk.'

'Nou, dat is fijn om te horen. Hoe heet je vriendin?'

'Annie Allerton.'

'Ja, dat is ook zo. Dat stond in je intake. Iedereen hier is dol op Annie. Doe haar de groeten van mij. Al kan ik dat zelf ook. Ze valt onder mijn dienst en ik zie haar dus regelmatig. Heeft ze je verteld dat de controles tweewekelijks zijn?'

'Dat is dus...'

De dokter lachte. 'Eens in de twee weken. Dat is het wellnessaspect. Als je hier alleen komt als je je niet goed voelt, kunnen we eventuele moeilijkheden niet vóór zijn. Bij de tweewekelijkse controles bespreken we je eetpatroon en kijken we naar eventuele veranderingen in je algehele gezondheidstoestand. Dat is van belang om dingen vroeg op het spoor te komen, eventuele medicijnen goed op elkaar af te stemmen en mogelijke problemen al van verre te zien aankomen, en niet pas als je er last van krijgt. Klinkt dat goed?'

Mae dacht aan haar vader, en hoelang het had geduurd voordat ze beseften dat zijn symptomen MS betekenden. 'Nou en of,' zei ze.

'En alle data die wij hier genereren, kun je online bekijken – alles wat wij hier doen en bespreken, en natuurlijk ook al je oude dossiers. Bij je indiensttreding heb je een formulier ondertekend waarmee je ons toestemming gaf al je medische gegevens hierheen te halen. Je hebt dus eindelijk alles bij elkaar en je hebt er toegang toe, en wij ook, en nu we het totaalplaatje kunnen bekijken, kunnen we besluiten nemen, patronen herkennen en mogelijke problemen signaleren. Wil je het zien?' vroeg de dokter en ze activeerde een scherm op de muur. Voor Mae's ogen verscheen haar volledige medische dossier in de vorm van lijsten, beelden en iconen. Dokter Villalobos raakte het muurscherm aan, opende mappen en verplaatste afbeeldingen en liet de bevindingen zien van alle keren dat Mae bij een dokter was geweest, tot haar allereerste controle voordat ze naar de kleuterschool ging.

'Hoe staat het met je knie?' vroeg de dokter. Ze had de MRI-scan gevonden die Mae een paar jaar geleden had laten maken. Mae had besloten geen kruisbandoperatie te ondergaan, haar oude verzekering dekte die niet.

'Hij doet het,' zei Mae.

'Als je daar wat aan wilt laten doen, zeg het dan. We doen dat hier in de kliniek. Het kost een middag en het is uiteraard gratis. De Cirkel ziet graag medewerkers met goed functionerende knieën.' De dokter keerde zich van het scherm af om Mae een ingestudeerde maar overtuigende glimlach toe te werpen.

'Het was een hele puzzel om sommige gegevens uit je vroegste jeugd te combineren, maar van nu af aan beschikken we over vrijwel volledige informatie. Elke twee weken doen we bloedtests, cognitieve tests, reflexen, een snelle oogmeting en periodiek ook nog een hele sleep minder gebruikelijke onderzoeken: MRI-scans en zo.'

Mae snapte het niet. 'Maar hoe kunnen jullie dat betalen? Ik bedoel maar, alleen al de kosten van een MRI...'

'Tja, preventie is goedkoop. Een stuk goedkoper dan een knobbel pas in fase vier ontdekken in plaats van in fase één, want dat kan ook. En het kostenverschil is enorm. Omdat Cirkelaars over het algemeen jong en gezond zijn, zijn onze zorgkosten maar een fractie van die van andere bedrijven van vergelijkbare omvang – die niet zo'n vooruitziende blik hebben.'

Mae had het gevoel, waar ze bij de Cirkel inmiddels aan gewend was geraakt, dat alleen de Cirkel in staat was hervormingen te bedenken – of ze misschien als enige kon úítvoeren – waarvan de noodzaak en urgentie buiten kijf leken te staan.

'Wanneer was je laatste check-up?'

'Tijdens mijn studie.'

'Toe maar. We gaan eerst de basisgegevens verzamelen: bloeddruk, ademhaling, hartslag en temperatuur. Heb je zoiets weleens gezien?' De dokter liet een zilveren armband zien van zo'n acht centimeter breed. Mae had Jared en Dan een gezondheidsmeter zien dragen, maar die van hen was van rubber en zat ruim. Deze was dunner en lichter.

'Ik geloof het wel. Meet hij je hartslag?'

'Inderdaad. De meeste mensen die wat langer bij de Cirkel werken, dragen er al een, maar zij klagen dat hij te ruim zit, als een zigeunerarmband. We hebben hem dus aangepast, zodat hij blijft zitten. Wil je hem passen?'

Dat wilde Mae wel. De dokter deed hem om haar linkerpols, verstelde hem en klikte hem dicht. Hij paste precies. 'Hij is warm,' zei Mae.

'Hij voelt een paar dagen warm aan, maar daarna raken de armband en jij aan elkaar gewend. Hij moet natuurlijk wel op de huid worden gedragen om te kunnen meten wat we willen meten, namelijk álles. Je wilt toch het hele programma?'

'Ik geloof het wel.'

'Bij je intake heb je gezegd dat je het hele scala aan aanbevolen metingen wilt. Wil je dat nog steeds?'

'Ja.'

'Mooi. Kun je dit opdrinken?' De dokter gaf Mae de dikke groene vloeistof die ze had klaargemaakt. 'Het is een smoothie.'

Mae dronk. De vloeistof was stroperig en koud.

'Goed, je hebt zojuist de sensor opgedronken die op je polsmeter is aangesloten. Hij zat in dat glas.' De dokter klopte Mae vrolijk op de schouder. 'Ik vind dit elke keer weer geweldig.'

'Heb ik hem al ingeslikt?' vroeg Mae.

'Dat is de beste manier. Als ik hem op je hand leg, ga je aarzelen. Maar de sensor is piepklein en uiteraard biologisch, dus je drinkt hem op zonder daar iets van te merken en dan is het maar gebeurd.'

'Dus de sensor zit al in mijn lichaam?'

'Inderdaad. En nu,' zei de dokter met een tikje op Mae's polsmeter, 'nu staat hij aan. Hij verzamelt gegevens over je hartslag, bloeddruk, cholesterol, temperatuurschommelingen, calorie-inname, de duur en kwaliteit van je slaap, je spijsvertering en nog veel meer. En voor Cirkelaars, vooral voor Cirkelaars zoals jij die soms nogal stressvol werk doen, is het prettig dat hij ook de huidgeleiding meet, zodat je kunt zien of je opgewonden of angstig bent. Wanneer bij een Cirkelaar of een afdeling afwijkende stressniveaus worden gemeten, kunnen we de werklast aanpassen. Het apparaat meet de pH-waarde van je zweet, zodat je weet wanneer je moet hydrateren met basisch water. Het let op je houding, zodat je weet wanneer je van houding moet veranderen. Het zuurstofgehalte in je bloed en weefsels, je hemoglobinegehalte en dingen als het aantal stappen dat je zet. Zoals je weet, raden artsen zo'n tienduizend stappen per dag aan, en hierop kun je zien hoe dicht je in de buurt komt. Loop maar eens door de kamer.'

Op haar pols zag Mae het getal 10.000 en met elke stap die ze zette, werd dat lager: 9999, 9998, 9997.

'We vragen alle newbies deze tweede-generatiemodellen te dragen; over een paar maanden hebben alle Cirkelaars er een. Het idee is dat we met volledige informatie betere zorg kunnen verlenen. Onvolledige informatie zorgt voor hiaten in onze kennis en vanuit medisch oogpunt leiden hiaten in onze kennis tot fouten en omissies.'

'Ik weet het,' zei Mae. 'Dat was het probleem tijdens mijn studie. Je moest zelf de gegevens over je gezondheid doorgeven en dat werd dan ook een zootje. Er waren al drie studenten aan hersenvliesontsteking overleden voordat ze doorhadden hoe die zich verspreidde.'

Het gezicht van dokter Villalobos betrok. 'Weet je, dat soort dingen hoeft tegenwoordig helemaal niet meer. Om te beginnen kun je van studenten niet verwachten dat ze dat zelfstandig bijhouden. Dat moet allemaal voor hen gedaan worden, zodat zij zich op hun studie kunnen concentreren. Alleen al soa's, hepatitis C – stel je voor dat die gegevens gewoon voorhanden zijn. Dan kunnen passende maatregelen worden getroffen. Geen giswerk meer. Heb je van dat experiment in IJsland gehoord?'

'Ik geloof het wel,' zei Mae, al had ze maar een vaag idee waar het over ging.

'IJsland heeft een heel homogene bevolking en de families van de meeste eilandbewoners wonen er al eeuwenlang. Iedereen kan zijn afstamming heel gemakkelijk zo'n duizend jaar terugvoeren. Zo heeft men van alle individuele IJslanders het genoom in kaart gebracht en daardoor konden de oorzaken van allerlei ziekten worden opgespoord. Die groep heeft zóveel waardevolle gegevens opgeleverd. Er gaat niets boven een vaste, relatief homogene groep die aan dezelfde factoren wordt blootgesteld – een groep bovendien die je een tijdlang kunt volgen. Een vaste groep en volledige informatie: allebei essentieel voor optimale resultaten. We hopen hier nu iets soortgelijks te kunnen doen. Als we alle nieuwkomers kunnen volgen, en uiteindelijk alle ruim tienduizend Cirkelaars, dan kunnen we de problemen zien aankomen lang voordat ze serieus worden en gegevens over de hele groep verzamelen. Jullie newbies zijn veelal van dezelfde leeftijd en gezond – zelfs de IT'ers,' zei ze, lachend om het grapje dat ze duidelijk vaak maakte. 'Daarom willen we graag op de hoogte zijn van eventuele afwijkingen, dan kunnen we kijken naar trends waar we eventueel van kunnen leren. Klinkt dat nuttig?'

Mae werd afgeleid door de armband.

'Mae?'

'Ja. Dat klinkt prima.'

Het was een prachtige armband, een pulserend neonschermpje vol lichtjes, grafieken en cijfers. Mae's polsslag werd verbeeld met een subtiel weergegeven roos, die zich opende en sloot. Er was ook een hartfilmpje, dat als een blauwe bliksem naar rechts schoot en dan weer opnieuw begon. Haar temperatuur werd in grote groene cijfers weergegeven: 37,0, wat haar deed denken aan de totaalscore van die dag, 97, die ze moest verbeteren. 'En waar zijn die voor?' vroeg ze. Onder de gegevens zat een hele rij buttons en prompts.

'Je kunt de armband nog zo'n honderd andere dingen laten meten. Als je gaat hardlopen, meet hij hoe ver. Hij houdt je hartslag bij, in rust en als je actief bent. Hij meet je BMI, de hoeveelheid calorieën die je binnenkrijgt... Zie je, je begint het te begrijpen.'

Mae was druk aan het uitproberen. Het was een van de mooiste voorwerpen die ze ooit had gezien. De informatie bestond uit tientallen lagen; bij iedere afzonderlijke meting bestond de mogelijkheid door te vragen en dieper te graven. Tikte ze op het cijfer voor haar huidige temperatuur, dan kon de armband haar gemiddelde temperatuur over het afgelopen etmaal laten zien, plus de hoogste, de laagste en de mediaan.

'En natuurlijk,' zei dokter Villalobos, 'worden al deze data in de cloud opgeslagen en op je tablet, waar je maar wilt. Ze zijn altijd toegankelijk en worden voortdurend geüpdatet. Dus als je valt, op je hoofd terechtkomt en in de ambulance ligt, heeft het ambulancepersoneel binnen een paar seconden toegang tot je hele medische dossier.'

'En het is gratis.'

'Natuurlijk is het gratis. Het valt onder je zorgverzekering.'

'Hij is echt prachtig,' zei Mae.

'Ja, iedereen vindt ze geweldig. Nu moet ik je de overige standaardvragen stellen. Wanneer ben je voor het laatst ongesteld geweest?'

Mae probeerde het zich te herinneren. 'Een dag of tien geleden.'

'Ben je seksueel actief?'

'Momenteel niet.'

'Maar doorgaans wel?'

'Doorgaans wel, ja.'

'Ben je aan de pil?'

'Ja.'

'Goed. Je kunt het recept naar hier laten overschrijven. Ga voor je weggaat even bij Tanja langs, dan geeft zij je condooms tegen alles wat de pil niet kan voorkomen. Gebruik je nog andere medicijnen?'

'Nee.'

'Antidepressiva?'

'Nee.'

'Zou je jezelf gelukkig noemen, over het algemeen?'

'Ja.'

'Allergieën?'

'Ja.'

'O ja. Die heb ik hier. Voor paarden, pech. Komen in je familie bepaalde ziekten voor?'

'Bij mensen van mijn leeftijd?'

'Bij alle leeftijden. Je ouders? Zijn die gezond?'

Er was iets in de manier waarop de dokter de vraag stelde, in haar overduidelijke verwachting dat het antwoord 'ja' zou zijn – haar stylus zweefde al boven haar tablet – dat Mae de adem benam, en ze kon geen woord uitbrengen.

'Ach, meisje toch.' Ze sloeg haar arm om Mae heen en trok haar tegen zich aan. Ze rook vaag naar bloemen. 'Kom, kom,' zei ze en Mae begon te huilen, haar schouders schokten, haar neus en ogen liepen over. Ze wist dat ze de katoenen doktersjas natmaakte, maar ze voelde zich opgelucht, en vergeven, en voor ze er erg in had, vertelde ze dokter Villalobos over haar vaders symptomen, zijn vermoeidheid, de aanval van dat weekend.

'O Mae,' zei de dokter en ze streek over Mae's haar. 'Mae. Mae.'

Mae kon niet ophouden. Ze vertelde de dokter over de hartverscheurende ellende met de verzekering, dat haar moeder ervan uitging de rest van haar leven voor hem te moeten zorgen, dat ze om elke behandeling moest vechten en elke dag uren met die lui aan de telefoon hing...

'Mae,' zei de dokter ten slotte, 'heb je HR gevraagd of ze je ouders ook in de bedrijfsverzekering kunnen opnemen?'

Mae keek op. 'Wat?'

'Een handjevol Cirkelaars heeft familieleden zoals jij, die bij ons zijn meeverzekerd. Ik denk dat dat in jouw geval ook moet kunnen.'

Daarvan had Mae nog nooit gehoord.

'Vraag maar aan HR,' zei de dokter. 'Of misschien moet je het gewoon aan Annie vragen.'

'Waarom heb je dat niet eerder gezegd?' vroeg Annie die avond. Ze zaten in Annies kantoor, een grote, witte ruimte met kamerhoge ramen en een paar lage banken. 'Ik wist niet dat je ouders in zo'n nachtmerrie met de verzekering waren verwikkeld.'

Mae bekeek een muur vol ingelijste foto's, allemaal van pornografisch gevormde bomen of struiken. 'De vorige keer dat ik hier was, had je er toch maar een stuk of zes, zeven?'

'Ik weet het. Het verhaal gaat dat ik een hartstochtelijke verzamelaar ben, dus nu krijg ik er elke dag wel een. Bovendien worden ze steeds ranziger. Zie je die daar bovenaan?' Annie wees naar een foto van een enorme fallusvormige cactus.

Er verscheen een koperkleurig gezicht in de deuropening, het lichaam onzichtbaar om de hoek. 'Had je mij nog ergens voor nodig?'

'Natuurlijk heb ik jou nodig, Vickie,' zei Annie. 'Ga alsjeblieft niet weg.'

'Ik wilde naar de start van dat Saharagebeuren gaan.'

'Vickie. Laat me niet alleen,' zei Annie met een stalen gezicht. 'Ik hou van je, ik wil altijd met je samen zijn.' Vickie lachte, maar leek zich wel af te vragen wanneer Annie met deze act zou ophouden en haar zou laten gaan.

'Goed,' zei Annie. 'Eigenlijk moet ik daar ook heen. Maar ik kan niet. Ga dus maar.'

Vickie's hoofd verdween.

'Ken ik haar?' vroeg Mae.

'Ze zit in mijn team,' antwoordde Annie. 'We zijn met zijn tienen, maar Vickie is mijn steun en toeverlaat. Heb je van dat Saharaplan gehoord?'

'Ik dacht het wel.' Mae had er een BinnenCirkelberichtje over gelezen, een of ander plan om de zandkorrels in de Sahara te tellen.

'Sorry, we hadden het over je vader,' zei Annie. 'Ik snap gewoon niet waarom je dat niet wilde vertellen.'

Mae biechtte eerlijk op dat ze geen enkel scenario had kunnen bedenken waarin haar vaders gezondheid iets met de Cirkel te maken had. Er was in het hele land geen bedrijf dat de ouders of de broers en zussen van een personeelslid meeverzekerde.

'Dat is zo, maar je weet toch wat we hier zeggen: alles wat het leven van onze Cirkelaars beter maakt...' Annie leek te wachten tot Mae de zin afmaakte. Mae had geen idee. '... wordt meteen mogelijk. Dat zou je toch moeten weten!'

'Sorry.'

'Het is anders bij je introductie aan de orde gekomen! Goed, ik ga erachteraan.' Annie typte iets in haar telefoon. 'Waarschijnlijk later vanavond. Maar nu moet ik hollen, want ik heb een vergadering.'

'Het is zes uur.' Ze keek op haar pols. 'Nee. Halfzeven.'

'Dat is vroeg! Ik ben hier tot twaalf uur. Misschien wel de hele nacht. We zijn met een paar hele leuke dingen bezig.' Ze glunderde, haar gezicht straalde van alle mogelijkheden. 'Ik ben met een sappige kluif bezig, Russische belastingen en zo. Die lui weten van wanten, zeg.'

'Slaap je in het campushotel?'

'Nee. Ik schuif denk ik gewoon deze twee banken tegen elkaar.

O shit. Ik moet nu echt weg. *Love you.*'

Annie omhelsde Mae kort en liep de kamer uit.

Mae, alleen in Annies kantoor, was verbluft. Was het echt mogelijk dat haar vader binnenkort goed verzekerd zou zijn? Dat het afgelopen was met de wrede paradox die het leven van haar ouders beheerste: hun voortdurende strijd met de verzekeringsmaatschappijen, die haar vaders gezondheid juist verslechterde en haar moeder ervan weerhield te gaan werken, zodat ze niet in staat was het geld voor zijn behandeling te verdienen?

Mae's telefoon ging. Het was Annie.

'Maak je geen zorgen. In dit soort dingen ben ik een ninja, dat weet je. Het komt voor elkaar.' Toen hing ze op.

Mae keek door Annies raam uit over San Vincenzo, dat grotendeels in de laatste paar jaar was verbouwd of gerestaureerd: restaurants voor Cirkelaars, hotels voor bezoekers van de Cirkel, winkels die hoopten Cirkelaars en hun bezoekers te lokken, scholen voor de kinderen van de Cirkelaars. De Cirkel had in de buurt vijftig gebouwen opgekocht en vervallen pakhuizen omgebouwd tot klimhallen, scholen en serverparken; elk gebouw was gedurfd, nooit eerder vertoond en ging veel verder dan de normen voor groen bouwen.

Mae's telefoon ging opnieuw en opnieuw was het Annie.

'Oké, het goede nieuws komt eerder dan verwacht. Ik heb het nagevraagd en het is geen enkel probleem. Er zijn al een stuk of tien ouders bij ons meeverzekerd en zelfs een paar broers en zussen. Ik heb hier en daar wat druk uitgeoefend en ze zeggen dat ze ervoor kunnen zorgen dat je vader wordt toegelaten.'

Mae keek op haar toestel. Het was vier minuten geleden dat ze dit aan Annie had verteld. 'Jezus. Meen je dat?'

'Wil je je moeder ook laten meeverzekeren? Natuurlijk wil je dat. Haar gezondheid is beter, dus dat is makkelijk. We verzekeren ze allebei mee.'

'Wanneer?'

'Onmiddellijk, lijkt me.'

'Ik kan het haast niet geloven.'

'Kom op zeg, een beetje vertrouwen zou mooi zijn,' sprak Annie buiten adem. Ze had er flink de pas in, ergens. 'Dit is een eitje.'

'Zal ik het aan mijn ouders vertellen?'

'Wil je anders dat ík het ze vertel?'

'Nee, dat niet. Ik wil alleen zeker weten dat het definitief is.'

'Dat is het. Zo wereldschokkend is het nu ook weer niet. We hebben elfduizend mensen in die verzekering. Wij kunnen de voorwaarden dicteren, snap je?'

'Bedankt Annie.'

'Je wordt morgen gebeld door iemand van HR. Samen kunnen jullie dan de details regelen. Ik moet er weer vandoor. Ben nu echt te laat.'

En ze hing weer op.

Mae belde haar ouders en vertelde het eerst aan haar moeder, daarna aan haar vader. Gejuich, tranen en nog meer lof voor Annie, de reddende engel van de familie, en verlegen stemmende woorden over Mae zelf: dat ze echt volwassen was geworden, dat haar ouders zich beschaamd en klein voelden omdat ze zo op haar steunden – en dat ze in dit geval zo sterk op hun jonge dochter moesten steunen, dat kwam allemaal door dat idiote systeem waar we allemaal in vastzitten, zeiden ze. Maar dank je wel, zeiden ze, we zijn zó trots op je. En toen ze haar moeder alleen aan de lijn had, zei die: 'Mae, mijn lieve Maebelline, je hebt niet alleen je vader maar ook mij het leven gered, ik zweer bij God dat het waar is.'

Om zeven uur merkte Mae dat ze het niet langer uithield. Ze kon niet stilzitten. Ze moest opstaan, ze moest het op de een of andere manier vieren. Ze keek wat er die avond op de campus te doen was. De start van het Saharaproject had ze gemist en daar had ze nu al spijt van. Er was een gekostumeerde poetryslam, die ze boven aan haar lijstje zette en zelfs RSVP'de. Daarna viel haar oog op de kookcursus waar een hele geit geroosterd en gegeten zou worden. Die zette ze op plaats twee. Om negen uur zou een activiste spreken die hulp wilde van de Cirkel bij haar campagne tegen vrouwenbesnijdenis in Malawi. Als Mae haar best deed, zou ze in ieder geval een paar van die evenementen kunnen bijwonen, maar juist op het moment dat ze een soort tijdsindeling wilde maken, zag ze iets wat al het andere wegvaagde: om zeven uur trad het Funky Arse Whole Circus op het grasveld naast de IJzertijd op. Ze had van ze gehoord, ze kregen geweldige kritieken en beoordelingen, en het idee die avond naar een circus te gaan, paste het best bij haar uitgelaten stemming.

Ze probeerde Annie te bereiken, maar die kon niet: haar vergadering duurde minstens tot elf uur. Op CirkelSearch zag ze echter dat een heel stel mensen die ze kende, onder wie Renata, Alistair en Jared, ook van plan waren te gaan – de laatste twee waren er zelfs al –, dus ze rondde af waar ze mee bezig was en ging er snel heen.

Het werd al donker, een goudgestreepte avond, toen ze bij de Drie Koninkrijken de hoek om kwam en een man zag staan: hij was twee verdiepingen hoog en spuwde vuur. Achter hem stond een vrouw met een flonkerende hoofdtooi met een *glowstick* te jongleren. Ze had het circus gevonden.

De ongeveer tweehonderd aanwezigen vormden een losse haag rond de artiesten, die in de openlucht werkten met minimale rekwisieten en, zo leek het, bepaald een beperkt budget. De Cirkelaars die om het optreden heen stonden, legden het gebeuren vast en produceerden daarbij een heel spectrum aan lichtjes – sommigen met hun polsmeter, anderen met hun telefoon – die aan- en uitgingen. Terwijl Mae op zoek ging naar Jared en Renata, en voorzichtig rondkeek of ze Alistair ontwaarde, keek ze naar het wervelende circus voor zich. De show leek geen vast begin te hebben – hij was al bezig toen ze aankwam – en evenmin een duidelijke opbouw. Het circus bestond uit een man of tien, die allemaal voortdurend te zien waren en allemaal versleten kostuums droegen die trots op hun ouderwetse bescheidenheid uitstraalden. Een vrij kleine man met een schrikwekkend olifantenmasker haalde wilde acrobatische toeren uit. Een grotendeels naakte vrouw van wie het gezicht schuilging onder een flamingokop danste in kringetjes rond, haar bewegingen een afwisseling van ballet en dronkenmansgestommel.

Vlak achter haar zag Mae Alistair, die naar haar zwaaide en meteen begon te sms'en. Een paar tellen later keek ze op haar mobieltje en zag ze dat hij volgende week een nog grotere en betere bijeenkomst voor Portugal-aficionado's organiseerde. *Het wordt overdonderend,* sms'te hij. *Films, muziek, poëzie, verhalen en plezier!* Ze sms'te terug dat ze zou komen en zich er enorm op verheugde. Aan de andere kant van het gazon, voorbij de flamingo, zag ze Alistair haar berichtje lezen en ze keek toe hoe hij zijn ogen opsloeg, haar aankeek en zwaaide.

Ze richtte haar aandacht weer op het circus. De armoedige indruk die de artiesten maakten, leek niet zozeer gespeeld als echt: alles aan hen zag er aftands uit en rook naar ouderdom en verval. Om hen heen filmden de Cirkelaars met hun schermpjes het optreden: ze wilden zich juist de vreemdheid van deze dakloos ogende troep circusklanten herinneren en vastleggen hoezeer die uit de toon viel hier bij de Cirkel, tussen de zorgvuldig ontworpen paden en tuinen, tussen de mensen die hier werkten, die regelmatig douchten, die probeerden de mode ten minste een beetje te volgen en die hun kleren wasten.

Mae baande zich een weg door de menigte en ontdekte Josiah en Denise, die geweldig blij waren haar te zien, maar het circus allebei een aanstootgevende vertoning vonden: de hele toon, de teneur, het ging echt te ver, vonden ze; Josiah had al een negatief commentaar geschreven. Mae liet het tweetal weer alleen – tevreden dat ze haar hadden gezien, haar aanwezigheid hadden opgemerkt – en ging op zoek naar iets te drinken. Ze zag in de verte een rij kraampjes en liep erheen toen een van de artiesten, een man met een hangsnor en ontbloot bovenlijf, met drie zwaarden in zijn handen op haar af kwamen rennen. Hij leek te wankelen, en in de seconden voordat hij haar bereikte, besefte Mae dat hij het wilde doen voorkomen alsof hij alles onder controle had, dat dit bij zijn act hoorde, maar dat hij werkelijk met zijn armen vol zwaarden tegen haar op zou lopen. Ze verstijfde en hij was nog maar centimeters van haar verwijderd toen ze voelde dat ze bij haar schouders werd gegrepen en weggeduwd. Ze zonk op haar knieën met haar rug naar de man met de zwaarden toe.

'Gaat het?' vroeg een andere man. Ze keek op en zag hem staan waar zij net gestaan had.

'Ik geloof het wel,' zei ze.

Daarop keerde hij zich om naar de pezige man met de zwaarden. 'Wat moet dat verdomme, idioot?'

Was het Kalden?

De zwaardjongleur bestudeerde Mae om zich ervan te verzekeren dat alles in orde was, en toen hij zag dat dat zo was, richtte hij zijn aandacht op de man voor hem.

Het was Kalden. Ze wist het nu zeker. Hij had Kaldens kalligrafische vorm. Hij had een effen wit onderhemd met een v-hals aan en een grijze broek, even strak als de jeans die ze hem de eerste keer had zien dragen. Hij had Mae niet iemand geleken die snel vocht, maar daar stond hij, met zijn borst vooruit en zijn handen in de aanslag, terwijl de circusartiest hem met kalme blik opnam alsof hij zijn opties overwoog: hij kon zijn rol blijven spelen in dit circus, doorgaan met de show en betaald krijgen – goed betaald krijgen – door dit enorme, welvarende bedrijf, of ten overstaan van tweehonderd mensen het gevecht aangaan met de man tegenover hem.

Hij koos er ten slotte voor te lachen, theatraal beide punten van zijn snor op te draaien en rechtsomkeert te maken.

'Sorry,' zei Kalden. Hij hielp haar overeind. 'Zeker weten dat het gaat?'

Mae wist het zeker. Snorremans had haar niet geraakt, alleen laten schrikken en zelfs dat maar even.

Ze keek aandachtig naar zijn gezicht, dat in het opeens blauw geworden licht wel een beeld van Brâncuşi leek: glad en volmaakt ovaal. Zijn wenkbrauwen waren Romeinse bogen, zijn neus deed aan de tere snuit van een zeediertje denken.

'Die klojo's hebben hier sowieso niets te zoeken,' zei hij. 'Een stelletje narren dat hier het koninklijk hof komt vermaken. Ik zie het nut er niet van in,' zei hij en hij keek op zijn tenen staand rond. 'Kunnen we hier weg?'

Onderweg kwamen ze langs de tafel met hapjes en drankjes en ze namen tapas, worstjes en bekertjes rode wijn mee naar een rij citroenbomen achter de Vikingtijd.

'Je weet mijn naam niet meer,' zei Mae.

'Nee. Maar ik weet wel wie je bent en ik wilde je zien. Daarom was ik in de buurt toen die snor op je afkwam.'

'Mae.'

'Ja. Ik ben Kalden.'

'Dat weet ik. Ik onthoud wel namen.'

'En ik probeer het. Ik probeer het voortdurend. Zijn Josiah en Denise vrienden van je?' vroeg hij.

'Ik weet het niet. Ja, wel. Ik bedoel, zij hebben mijn introductie gedaan en daarna heb ik ze nog gesproken. Hoezo?'

'Zomaar.'

'Wat doe jij hier trouwens?'

'En Dan? Ga je ook met Dan om?'

'Dan is mijn baas. Je wilt niet zeggen wat je doet, hè?'

'Wil je een citroen?' vroeg hij en hij stond op. Hij bleef haar aankijken terwijl hij zijn hand naar de boom uitstak en een grote citroen plukte. Het gebaar had een zekere mannelijke gratie en de manier waarop hij zich uitrekte, vloeiend omhoog, langzamer dan je zou verwachten, deed haar aan een duiker denken. Hij gaf haar de citroen zonder ernaar te kijken.

'Hij is groen,' zei ze.

Hij keek er met een schuin oog naar. 'O. Ik dacht dat het wel zou lukken zo. Ik heb de grootste genomen die ik kon vinden. Hij had geel moeten zijn. Kom, sta op.'

Hij gaf haar een hand, hielp haar overeind en leidde haar buiten het bereik van de boomtakken. Toen sloeg hij zijn armen om de boom en schudde eraan tot het citroenen regende. Vijf of zes stuks raakten Mae.

'Jezus. Sorry,' zei hij. 'Ik lijk wel niet goed snik.'

'Nee. Leuk juist,' zei ze. 'Ze waren zwaar en ik heb er twee op mijn hoofd gekregen. Geweldig.'

Toen raakte hij haar aan, legde een hand om haar hoofd. 'Ergens veel pijn?'

Ze zei dat ze niks had.

'*You always hurt the ones you love*,' zei hij en zijn gezicht was een donkere schim boven haar. Alsof hij besefte wat hij had gezegd, schraapte hij zijn keel. 'Dat zeiden mijn ouders tenminste. En die hielden heel veel van me.'

De volgende morgen belde ze Annie, die op weg was naar het vliegveld om in Mexico een of andere juridische warboel te ontwarren. 'Ik heb een heel intrigerende man ontmoet,' zei Mae.

'Goed zo. Die andere vond ik niet geweldig. Die Gallipoli.'

'Garaventa.'

'Francis. Een zenuwachtig muisje. En die nieuwe? Wat weten we van hem?' Mae merkte dat Annie vaart in het gesprek wilde brengen.

Mae probeerde hem te beschrijven, maar besefte dat ze bijna niets van hem wist. 'Hij is mager. Bruine ogen, vrij lang?'

'Dat is alles? Bruine ogen en vrij lang?'

'O wacht,' zei Mae en ze lachte om zichzelf. 'Hij had grijs haar. Hij hééft grijs haar.'

'Wacht even. Wat zeg je?'

'Hij is jong, maar heeft grijs haar.'

'Oké. Mae. Het is geen probleem dat je op bejaarden valt...'

'Nee, echt. Ik weet zeker dat hij jong is.'

'Je wilt zeggen dat hij nog geen dertig is maar grijs haar heeft?'

'Ik zweer het.'

'Ik ken niemand hier die er zo uitziet.'

'En jij kent al die tienduizend mensen?'

'Misschien heeft hij een tijdelijk contract. Je hebt niet toevallig zijn achternaam gevraagd?'

'Jawel, maar hij was niet erg toeschietelijk.'

'Hm. Niet erg Cirkel, vind je niet? En hij heeft grijs haar?'

'Bijna wit.'

'Zoals zwemmers die van die shampoo gebruiken?'

'Nee. Dit was niet zilvergrijs. Het was gewoon grijs. Zoals bij een oude man.'

'En je weet zeker dat hij geen oude man was? Een of andere oude vent die je op straat hebt opgepikt?'

'Nee.'

'Was je de straten aan het afschuimen, Mae? Hou je van die bijzondere geur van oudere mannen? Veel oudere mannen? Muf. Als een natte kartonnen doos. Vind je dat lekker?'

'Alsjeblieft zeg.'

Annie vermaakte zich en ging dus door: 'Dat moet toch een troost zijn, dat hij zijn pensioenverzekering kan laten uitkeren. Hij zal ook wel enorm dankbaar zijn voor elk beetje aandacht... O shit. Ik ben al bij het vliegveld. Ik bel je terug.'

Annie belde niet terug, maar ze stuurde sms'jes vanuit het vliegtuig en later uit Mexico-Stad, met foto's van allerlei oude mannen die ze op straat zag. *Is dat hem? Die dan? Of die? Ése? Ése?*

Ondertussen tastte Mae nog steeds in het duister. Hoe kon het dat ze Kaldens achternaam niet wist? Ze zocht eerst in de telefoonlijst van het bedrijf, maar vond geen Kalden. Ze probeerde Kaldan, Kaldin en Khalden. Niets. Misschien had ze de naam verkeerd gespeld of verkeerd verstaan? Ze had gerichter kunnen zoeken als ze had geweten op welke afdeling hij werkte, op welk deel van de campus hij zat, maar ze wist niets.

Toch kon ze aan weinig anders denken. Zijn witte v-hals, zijn trieste ogen die probeerden niet triest te kijken, zijn strakke grijze broek die modieus of juist afschuwelijk was, dat viel in het donker niet uit te maken, de manier waarop hij haar aan het einde van de avond had vastgehouden, toen ze naar de landingsplaats van de helikopters liepen in de hoop er een te zien en, toen ze er geen zagen, weer terug naar de citroengaard, en dat hij daar zei dat hij weg moest en vroeg of ze van daaruit naar het busje kon lopen. Hij wees op de rij pendelbusjes, nog geen tweehonderd meter verderop, en zij lachte en zei dat dat wel zou lukken. Toen had hij haar naar zich toegetrokken, totaal onverwacht, zo onverwacht dat ze niet kon bepalen of hij haar wilde kussen of betasten of iets anders. Wat hij deed, was haar lichaam plat tegen zich aan drukken, met zijn rechterarm schuin achter haar rug langs en zijn hand op haar schouder, en zijn linkerhand veel lager, gewaagder, op haar heiligbeen, met naar beneden gespreide vingers.

Toen maakte hij zich los en glimlachte.

'Zeker weten dat het gaat?'

'Zeker weten.'

'Je bent niet bang?'

Ze lachte. 'Nee. Ik ben niet bang.'

'Goed zo. Welterusten.'

Hij draaide zich om en liep een andere kant uit, niet naar de pendelbusjes, de helikopters of het circus, maar over een smal, beschaduwd paadje, alleen.

De hele week lang dacht ze aan zijn verdwijnende gestalte, zijn sterke, uitgestrekte handen, en dan keek ze naar de grote, groene citroen die hij had geplukt, die zij had teruggevonden en waarvan ze ten onrechte dacht dat hij met genoeg tijd wel zou rijpen op haar bureau. Hij bleef groen.

Ze kreeg hem maar niet te pakken. Ze stuurde een paar tings het bedrijf rond, op zoek naar ene Kalden, en deed haar best geen wanhopige indruk te maken. Maar ze kreeg geen antwoord.

Annie zou wel raad met de situatie hebben geweten, maar die zat nu in Peru. Er waren wat probleempjes met de plannen van het bedrijf in de Amazone – iets met drones om alle resterende bomen te tellen en te fotograferen. Tussen de vergaderingen met milieubeambten en toezichthouders door, belde Annie eindelijk terug. 'Laat me een gezichtsherkenning van hem doen. Stuur me een foto.'

Maar Mae had geen foto's van hem.

'Dat meen je niet. Niet één?'

'Het was donker. Het was een kermis... circus.'

'Dat heb je al gezegd. Je hebt dus een groene citroen maar geen foto's van hem. Weet je zeker dat hij niet gewoon een bezoeker was?'

'Maar ik heb hem al eerder ontmoet, weet je nog? Bij de wc's?

Toen is hij meegelopen naar mijn bureau en heeft bij mijn werk staan kijken.'

'Wow, Mae. Lijkt me echt een kanjer. Groene citroenen en gehijg over je schouder terwijl jij vragen van klanten beantwoordt. Als ik ook maar een ietsepietsje paranoïde was, zou ik zeggen dat hij een infiltrant was of zijn handen niet thuis kon houden.' Annie moest ophangen, maar stuurde een uur later een sms'je. *Hou me op de hoogte! Word steeds ongeruster. Hebben hier door de jaren heen vreemde stalkertypes gehad. Vorig jaar een of andere blogger: bleef na een feestje twee weken op de campus, sloop rond en sliep in opslagruimtes. Bleek redelijk ongevaarlijk, maar je snapt waarom een Ongeïdentificeerde Vreemde Man zorgen baart.*

Maar Mae maakte zich geen zorgen. Ze vertrouwde Kalden en kon niet geloven dat hij snode plannen had. Zijn gezicht had iets opens, iets onmiskenbaar oprechts – ze kon het Annie niet goed uitleggen, maar ze twijfelde niet aan hem. Ze wist wel dat hij onbetrouwbaar was wat communicatie betreft, maar ze wist ook – ze wist het zelfs zeker – dat hij weer contact met haar zou zoeken. En al zou het irritant en onverdraaglijk zijn geweest om iemand anders die ze kende niet te kunnen bereiken, het idee dat hij er was, onbereikbaar maar waarschijnlijk ergens op de campus, gaf haar – de eerste dagen tenminste – een prettige dosis spanning en emotie. Het was hard werken die week, maar wanneer ze aan Kalden dacht, werd elke vraag een glorieuze aria: de klanten zongen haar toe en zij zong terug. Ze hield van hen allemaal. Ze hield van Rita Thomason uit Twin Falls, Idaho. Ze hield van Mack Moore uit Gary, Indiana. Ze hield van de newbies om zich heen. Ze hield van het bezorgde gezicht van Jared, dat soms in de deuropening verscheen om haar te vragen hun totaalscore boven de 98 te houden. Ook genoot ze ervan dat ze Francis en zijn voortdurende pogingen haar te bereiken, had weten te negeren. Zijn minivideo's. Zijn gesproken wenskaarten. Zijn playlists met louter songs vol leed en spijt. Hij was nog slechts een herinnering, uitgewist door Kalden met zijn sierlijke silhouet en zijn sterke, zoekende handen. Ze genoot ervan dat ze, alleen in de badkamer, de uitwerking van die handen kon nabootsen en met haar eigen hand de druk kon benaderen die hij op haar had uitgeoefend.

Maar waar was hij? Wat op maandag en dinsdag intrigerend was geweest, was op woensdag irritant en op donderdag onverdraaglijk geworden. Ze begon opzet en zelfs agressie achter zijn onzichtbaarheid te vermoeden. Hij had toch beloofd dat hij contact zou opnemen? Maar misschien had hij dat wel helemaal niet beloofd, bedacht ze. Wat had hij eigenlijk gezegd? Ze pijnigde haar geheugen en in lichte paniek besefte ze dat hij aan het einde van de avond niet meer had gezegd dan 'welterusten'. Maar Annie kwam vrijdag terug en samen zouden ze hem wel vinden, zijn naam achterhalen, hem vastpinnen, al hadden ze maar een uurtje.

Eindelijk kwam Annie dan terug, op vrijdagochtend, en ze spraken af elkaar vlak voor Droomvrijdag te treffen. Er zou een presentatie worden gehouden over de toekomst van CirkelMoney, een manier om alle online-aankopen via de Cirkel te laten verlopen en papiergeld uiteindelijk geheel overbodig te maken, maar de presentatie werd afgelast. Aan alle medewerkers werd gevraagd om naar een persconferentie in Washington te kijken.

Mae haastte zich naar de ontvangsthal van de Renaissance, waar een paar honderd Cirkelaars naar het scherm op de muur zaten te kijken. Op een spreekgestoelte vol microfoons stond een vrouw in een bosbessenblauw mantelpak, omringd door assistenten en een stel Amerikaanse vlaggen. Onder in het beeld stond: SENATOR WILLIAMSON WIL DE CIRKEL OPSPLITSEN. Er was aanvankelijk te veel lawaai om iets te kunnen verstaan, maar nadat een paar maal sissend om stilte was gemaand en het geluid harder was gezet, was haar stem te horen. De senator las een verklaring voor.

'Wij zijn hier vandaag bijeen om te eisen dat de antikartelcommissie van de Senaat een onderzoek instelt om vast te stellen of de Cirkel wel of niet als een monopolie opereert. Wij zijn van mening dat het ministerie van Justitie de ware aard van de Cirkel zal blootleggen, namelijk een monopolie van het zuiverste water, en dat het stappen zal ondernemen om een eind aan dit monopolie te maken, net zoals het met Standard Oil, AT&T en alle andere bewezen monopolisten uit onze geschiedenis heeft gedaan. De dominante positie van de Cirkel smoort de concurrentie en vormt een gevaar voor onze vrijemarkteconomie.'

Toen ze was uitgesproken, werd het scherm weer gebruikt voor zijn normale doel, als etalage voor ideeën van Cirkelmedewerkers, en die dag deden er onder de menigte een hoop ideeën de ronde. De communis opinio luidde dat de senator bekendstond om haar soms weinig courante standpunten – ze was tegen de oorlogen in Irak en Afghanistan geweest – en dat ze daarom voor deze antikartelkruistocht de handen niet op elkaar zou krijgen. De Cirkel was bij beide politieke vleugels van de Senaat een populair bedrijf, bekend om zijn pragmatische houding in vrijwel alle politieke kwesties en om zijn royale donaties – de progressieve senator zou daarom van haar politieke vrienden al weinig steun krijgen, laat staan vanuit de rijen der Republikeinen.

Mae wist te weinig van antikartelwetgeving om daar zomaar een mening over te hebben. Waren er werkelijk geen concurrenten? De Cirkel beheerste negentig procent van de zoekmarkt, achtentachtig procent van de markt voor gratis e-mail en tweeënnegentig procent van de sms-markt. Vanuit haar optiek was dat slechts het bewijs dat de Cirkel de beste producten leverde. Het leek haar waanzin om het bedrijf te straffen voor zijn efficiëntie en aandacht voor details. Voor zijn succes.

'Ha, daar ben je,' zei Mae toen ze Annie op zich af zag komen. 'Hoe was het in Mexico? En in Peru?'

'Die idioot,' schamperde Annie en ze keek met toegeknepen ogen naar het scherm waar zojuist de senator op te zien was geweest.

'Dus daar maak je je geen zorgen over?'

'Wat dacht jij nou – dat ze hier iets mee bereikt? Welnee. Maar persoonlijk zit ze tot haar nek in de shit.'

'Hoe bedoel je? Hoe weet je dat?'

Annie keek Mae aan en wendde zich toen naar de andere kant van de zaal. Daar stond Tom Stenton met een paar Cirkelaars te kletsen: hij had zijn armen over elkaar geslagen, een houding die bij een ander bezorgdheid of zelfs woede uitdrukte. Maar hij zag er vooral geamuseerd uit.

'Kom, we gaan,' zei Annie en ze wandelden over de campus in de hoop hun lunch te kunnen halen bij een tacokar die was ingehuurd om de Cirkelaars die dag van eten te voorzien. 'Hoe is het met je herenbezoek? En zeg nou niet dat hij tijdens het seksen het loodje heeft gelegd.'

'Ik heb hem nog niet gezien na vorige week.'

'Helemaal niets van zich laten horen?' vroeg Annie. 'Wat een lul.'

'Volgens mij stamt hij gewoon uit een andere tijd.'

'Een andere tijd? En met grijs haar? Mae, ken je dat moment uit *The Shining*, waarop Jack Nicholson een geile ontmoeting met een vrouw in de badkamer heeft? En dat de dame in kwestie een oud zombielijk blijkt te zijn?'

Mae had geen idee waar Annie het over had.

'Trouwens...' zei Annie en ze staarde in de verte.

'Wat is er?'

'Weet je, nu met dat onderzoek van Williamson vind ik het verontrustend dat hier een of ander duister figuur over de campus rondsluipt. Laat je het weten zodra je hem weer ziet?'

Mae keek Annie aan en zag iets wat ze zich niet herinnerde eerder gezien te hebben: oprechte bezorgdheid.

Om halfvijf stuurde Dan een berichtje: *Gaat geweldig vandaag! Vijf uur overleg?*

Mae kwam naar Dans kantoor. Hij stond op, leidde haar naar een stoel en deed de deur dicht. Hij ging aan zijn bureau zitten en tikte op het glas van zijn tablet.

'Zevenennegentig. Achtennegentig. Achtennegentig. Achtennegentig. Prachtige totaalscores deze week.'

'Dank je,' antwoordde Mae.

'Echt spectaculair. Vooral gezien je extra werk met de newbies. Was dat zwaar?'

'De eerste paar dagen misschien, maar inmiddels zijn ze allemaal getraind en minder afhankelijk. Ze zijn allemaal ontzettend goed, en met meer handen is het werk er misschien wel lichter op geworden.'

'Goed zo. Dat hoor ik graag.' Dan keek haar onderzoekend aan. 'Mae, hoe zijn je ervaringen hier bij de Cirkel tot nu toe? Goed?'

'O, zeker.'

Zijn gezicht klaarde op. 'Goed. Mooi zo. Dat is uitstekend nieuws. Ik heb je gevraagd langs te komen om... nou ja, om dit alles te kunnen rijmen met je gedrag op sociaal gebied hier en hoe dat overkomt. Ik denk dat ik misschien niet goed duidelijk heb gemaakt wat deze baan allemaal inhoudt. Ik verwijt het mezelf als ik daar steken heb laten vallen.'

'Nee, hoor. Nee. Je bent duidelijk genoeg geweest. Heus.'

'Fijn, dank je, Mae. Dat stel ik op prijs. Maar waar we het dus over moeten hebben, is... Laat ik het anders zeggen. Je weet dat dit geen negen-tot-vijfbedrijf is. Toch?'

'Ja, dat weet ik. Ik zou nooit... Heb ik dan de suggestie gewekt dat ik dacht...'

'Nee hoor. Je hebt geen enkele suggestie gewekt. We hebben je na vijven alleen nauwelijks gezien en we vroegen ons af of je misschien, nou ja, snel weg wilde.'

'Nee, o nee. Wil je dat ik langer doorwerk?'

Dan keek gepijnigd. 'Nee, dat is het niet. Je weet prima met je werklast om te gaan. Maar we hebben je donderdagavond gemist bij het feest in het Wilde Westen en dat was een vrij belangrijk teambuildingevenement rond een product waar we allemaal geweldig trots op zijn. Bij minstens twee events voor de newbies was je niet aanwezig en bij het circus leek het alsof je zo snel mogelijk weg wilde. Volgens mij was je binnen twintig minuten vertrokken. En dat zou allemaal te begrijpen zijn als je Participation Rank niet zo laag was. Weet je waar je staat?'

Mae gokte dat dat ergens in de 8000 moest zijn. 'Denk ik.'

'Dat denk je,' zei Dan en hij keek op zijn scherm. 'Hij is eenennegentighonderdeneéén. Klopt dat ongeveer?' De score was gedaald sinds ze een uur geleden voor het laatst had gekeken.

Dan maakte een 'ts ts'-geluid en knikte, alsof hij zich afvroeg hoe een bepaalde vlek op zijn overhemd was gekomen. 'Al met al begonnen wij ons zorgen te maken dat we je misschien afschrikten.'

'Nee, nee! Daar ligt het helemaal niet aan.'

'Oké, laten we eens kijken naar donderdag, kwart over vijf. We hadden een bijeenkomst in het Wilde Westen, waar jouw vriendin Annie werkt. Het was een semiverplichte welkomstparty voor een groep potentiële partners. Maar wat ik echt niet snap, is dat jij niet op de campus was. Je leek wel op de vlucht.'

Mae dacht razendsnel na. Waarom was ze niet gegaan? Waar was ze dan wel geweest? Ze had niets van dit evenement geweten. Het was aan de andere kant van de campus, in het Wilde Westen – hoe had ze een semiverplichte bijeenkomst kunnen missen? De aankondiging moest ergens diep in haar derde scherm verborgen hebben gezeten.

'O god, het spijt me,' zei ze toen het haar weer te binnen schoot. 'Om vijf uur heb ik de campus verlaten om bij een reformwinkel in San Vincenzo aloë vera te kopen. Mijn vader had me gevraagd om die speciale...'

'Mae,' viel Dan haar op neerbuigende toon in de rede, 'de bedrijfswinkel heeft ook aloë vera. Onze winkel heeft een groter assortiment dan zo'n buurtwinkeltje en ook betere producten. Onze winkel wordt zeer zorgvuldig beheerd.'

'Sorry. Ik wist niet dat de bedrijfswinkel ook zoiets als aloë vera verkocht.'

'Dus je bent erheen gegaan en kon het niet vinden?'

'Nee, nee. Ik ben niet bij de bedrijfswinkel geweest. Ik ben meteen naar die andere winkel gegaan. Maar ik ben erg blij dat ik nu weet...'

'Laat me je op dit punt even onderbreken, want je zei iets interessants. Je zei dat je niet eerst bij onze winkel bent geweest?'

'Nee. Het spijt me. Ik was er gewoon van uitgegaan dat ze zoiets niet zouden hebben, dus...'

'Luister. Ik moet toegeven dat ik wist dat je niet in de winkel bent geweest. Dat is een van de dingen waarover ik het met je wilde hebben. Je bent niet in de winkel geweest, niet één keer. Jij, die op de universiteit veel sportte, bent ook niet in onze sportschool geweest en je hebt de campus nauwelijks verkend. Je hebt volgens mij ongeveer één procent van onze faciliteiten benut.'

'Het spijt me. Maar er komt ook zoveel op me af.'

'En vrijdagavond? Toen was hier ook een belangrijke bijeenkomst.'

'Het spijt me. Ik wilde naar dat feest gaan, maar ik moest plotseling naar huis. Mijn vader had een aanval en het bleek niet zo erg, maar dat wist ik pas toen ik thuis was.'

Dan bekeek zijn glazen bureau en probeerde met een tissue een smetje te verwijderen. Hij keek tevreden op.

'Dat is volkomen begrijpelijk. Dat je naar je ouders wilt, dat vind ik echt heel erg oké, geloof me. Ik wil alleen het gemeenschápplijke van deze baan benadrukken. Wij beschouwen dit bedrijf als een geméénschap en iedereen die hier werkt is een déél van die gemeenschap. Maar dat kan alleen als iedereen ten minste een klein steentje bijdraagt. Stel dat we een kleuterklas waren: één meisje geeft een verjaardagsfeestje en slechts de halve klas komt opdagen – hoe zou het feestvarken dat vinden?'

'Niet leuk. Ik weet het. Maar ik was wel bij het circus en dat was fantastisch. Echt fantástisch.'

'Ja, dat was inderdaad fantástisch. En het was fantastisch dat jij er ook was. Maar dat jij er was, is nergens vastgelegd. Geen foto's, geen tings, geen besprekingen, berichtjes of *bumps*. Waarom eigenlijk niet?'

'Geen idee. Ik ging denk ik helemaal op in...'

Dan slaakte een luide zucht. 'Je weet toch dat we graag van jullie horen? Dat de meningen van Cirkelaars op prijs worden gesteld?'

'Natuurlijk.'

'Dat de Cirkel in hoge mate steunt op de input en de deelname van mensen zoals jij?'

'Ja.'

'Luister. Het is volkomen logisch dat je je ouders wilt zien. Het zijn je ouders! Ontzettend nobel van je. Zoals ik al zei: echt heel erg oké. Ik zeg alleen dat *wij* je ook heel graag mogen en je beter willen leren kennen. Daarom vraag ik me af of je bereid bent nog een paar minuutjes te blijven om met Josiah en Denise te praten. Die ken je toch nog wel van je introductie? Zij zouden dit gesprek heel graag wat breder trekken en wat dieper op de zaken ingaan. Klinkt dat goed?'

'Zeker.'

'Je hoeft niet snel naar huis of...?'

'Nee hoor. Ik sta geheel tot je beschikking.'

'Goed zo. Mooi. Dat hoor ik graag. Daar zijn ze al.'

Mae draaide zich om en door Dans glazen deur zag ze Denise en Josiah staan, die allebei zwaaiden.

'Mae, hoe gaat het?' vroeg Denise terwijl ze naar de vergaderruimte liepen. 'Niet te geloven dat het al drie weken geleden is dat we jou je eerste rondleiding gaven! We zitten hier binnen.'

Josiah opende de deur van een vergaderruimte waar Mae al vaak was langsgelopen. De ruimte was ovaal, met wanden van glas.

'Ga hier maar zitten,' zei Denise en ze wees op een leren stoel met een hoge rugleuning. Josiah en zij installeerden zich tegenover Mae. Ze schoven met hun tablets en verstelden hun stoelen, alsof ze gingen zitten voor een taak die uren kon gaan duren en vrijwel zeker vervelend zou worden. Mae probeerde te glimlachen.

'Zoals je weet,' zei Denise, die een lok donker haar achter haar oor streek, 'zijn wij van HR, en dit is gewoon een standaardcheck die we bij alle nieuwe leden van onze gemeenschap doen. We doen hem elke dag wel ergens binnen het bedrijf en we vinden het vooral fijn om jou weer te zien. Je bent een groot raadsel.'

'Echt?'

'Ja, echt. Voor zover ik weet, hebben we in geen jaren een nieuwkomer gehad die met zoveel raadsels was omgeven.'

Mae wist niet goed wat ze moest antwoorden. Ze vond helemaal niet dat ze met raadsels was omgeven.

'Het leek mij daarom een goed idee om het eerst eens over jou te hebben, en wanneer wij wat meer over je weten, kunnen we bespreken hoe jij op een manier die voor jou prettig is intensiever aan de gemeenschap zou kunnen deelnemen. Klinkt dat oké?'

Mae knikte. 'Natuurlijk.' Ze keek naar Josiah, die nog geen woord had gezegd, maar typend en swipend als een gek op zijn tablet zat te werken.

'Mooi. Ik wilde om te beginnen zeggen dat we je erg graag mogen,' zei Denise.

Eindelijk deed Josiah zijn mond open, zijn blauwe ogen glinsterden: 'Dat is zo. Echt waar. Je bent een supercool lid van het team. Dat vindt iedereen.'

'Dank je,' zei Mae. Ze wist zeker dat ze werd ontslagen. Met haar verzoek om haar ouders te laten meeverzekeren was ze te ver gegaan. Waarom had ze dat ook zo vlak na haar indiensttreding gedaan?

'En dat je werk voorbeeldig is,' ging Denise verder. 'Je score is gemiddeld zevenennegentig, wat uitstekend is, zeker in je eerste maand. Ben je tevreden met je resultaten?'

Mae raadde naar het juiste antwoord. 'Ja.'

Denise knikte. 'Mooi. Maar zoals je weet, gaat het hier niet alleen om het werk. Of liever, het gaat niet alleen om scores en *approvals* en zo. Je bent niet zomaar een radertje in een machine.'

Josiah schudde heftig van nee. 'Wij beschouwen je als een compleet, kenbaar mens met onbegrensde mogelijkheden. En als een buitengewoon belangrijk lid van de gemeenschap.'

'Dank je,' zei Mae. Ze was er niet meer zo zeker van dat ze de laan uit werd gestuurd.

Een bedroefde glimlach van Denise. 'Toch verloopt je integratie in onze gemeenschap hier en daar wat stroef, zoals je weet. We hebben het rapport over het incident met Alistair en zijn Portugese brunch uiteraard gelezen. Je verklaring vonden we volkomen aannemelijk en we vinden het bemoedigend dat je lijkt in te zien waar het hier om draait. Maar dan je afwezigheid bij de meeste weekend- en avondevenementen, die natuurlijk allemaal volledig vrijwillig zijn. Wil je daar misschien iets over zeggen, om het voor ons wat inzichtelijker te maken? Over die toestand met Alistair?'

'Alleen dat ik het uitermate vervelend zou vinden als ik Alistair onbedoeld heb gekwetst.'

Denise en Josiah glimlachten.

'Goed, mooi,' zei Denise. 'Maar dat je dat inziet, verbaast me een beetje, gezien een aantal dingen die je sínds dat gesprek hebt gedaan. Laten we met het afgelopen weekend beginnen. We weten dat je de campus vrijdag om 17.42 uur hebt verlaten en maandag om 8.46 uur weer terug was.'

'Had ik dit weekend moeten werken?' Mae groef in haar geheugen. 'Heb ik iets gemist?'

'Nee, hoor, nee. Er was geen, zeg maar, verplicht werk dit weekend. Wat niet wil zeggen dat zich zaterdag en zondag geen duizenden mensen op de campus hebben vermaakt en aan honderden verschillende activiteiten hebben deelgenomen.'

'Ik weet het, ik weet het. Maar ik was thuis. Mijn vader was ziek en ik ben naar huis gegaan om te helpen.'

'O, dat spijt me,' zei Josiah. 'Had het met zijn MS te maken?'

'Ja.'

Josiah trok een meelevend gezicht en Denise boog zich naar voren. 'Maar zie je, hier wordt het helemaal verwarrend. We weten niets van die episode. Heb je tijdens deze crisis contact met andere Cirkelaars gezocht? Weet je dat we op de campus vier groepen hebben voor medewerkers met MS in de familie? Twee daarvan zijn voor kinderen van MS-patiënten. Heb je bij een van die groepen aangeklopt?'

'Nee, nog niet. Ik was het wel van plan.'

'Oké,' zei Denise. 'Laten we die gedachte even parkeren, want het is leerzaam, het feit dat je van het bestaan van deze groepen af wist, maar geen contact hebt gezocht. Je bent het er toch mee eens dat het goed is informatie over deze ziekte uit te wisselen?'

'Jazeker.'

'En uitwisseling met andere jonge mensen van wie de ouders eraan lijden – zie je daar het nut van in?'

'Absoluut.'

'Toen je bijvoorbeeld had gehoord dat je vader een aanval had gehad, toen heb je, wat, honderdvijftig kilometer of zo gereden en tijdens die rit heb je niet één keer geprobeerd informatie in te winnen bij de BinnenCirkel of bij de grotere BuitenCirkel. Ervaar je dat als een gemiste kans?'

'Nu wel, zeker. Ik was alleen overstuur en ongerust en heb als een gek gereden. Ik was er niet helemaal bij, niet helemaal aanwezig.'

Denise hief een vinger. 'Aha, aanwézig. Een geweldig woord is dat. Ik ben blij dat je dat gebruikt. Vind je jezelf meestal "aanwezig"?'

'Ik probeer het wel te zijn.'

Josiah glimlachte en tikte druk op zijn tablet.

'En hoe zou je het tegenovergestelde van aanwezig noemen?' vroeg Denise.

'Afwezig?'

'Ja. Afwezig. Laten we die gedachte ook even vasthouden. Laten we teruggaan naar je vader en naar dit weekend. Gaat het weer beter?'

'Ja. Het was eigenlijk loos alarm.'

'Mooi. Daar ben ik echt blij om. Maar het is vreemd dat je dit met niemand hebt gedeeld. Heb je ergens iets over dit voorval gepost? Een ting, een opmerking ergens?'

'Nee,' antwoordde Mae.

'Hm.' Denise haalde diep adem. 'Goed. Denk je dat iemand anders misschien iets aan jouw ervaringen zou kunnen hebben? Dat bijvoorbeeld de volgende die twee of drie uur naar huis rijdt, iets zou kunnen hebben aan wat jij hebt geleerd – dat het maar een kleine pseudo-aanval was?'

'O ja. Ik realiseer me dat dat nuttig zou kunnen zijn.'

'Mooi. En hoe zou jouw plan van aanpak er dus wél uit moeten zien, denk je?'

'Ik denk dat ik lid word van de MS-club,' zei Mae, 'en ik moet een berichtje posten over wat zich heeft voorgedaan. Ik weet dat dat zinvol is.'

Denise lachte. 'Geweldig. Laten we de rest van het weekend eens onder de loep nemen. Op vrijdag ontdek je dat je vader in orde is. Maar de rest van het weekend is min of meer een witte vlek. Alsof je verdwenen was!' Ze zette grote ogen op. 'Op zo'n moment zou iemand als jij, met een lage Participation Rank, die kunnen verbeteren als ze dat zou willen. Maar die van jou is zelfs met tweeduizend punten gedaald. Nu wil ik niet de cijferfreak spelen, maar op vrijdag stond je op 8625 en zondagavond op 10.288.'

'Ik wist niet dat het zo erg was,' zei Mae en ze haatte zichzelf, het zelf dat haar steeds voor de voeten leek te lopen. 'Ik moest waarschijnlijk gewoon bijkomen van de stress om mijn vader.'

'Kun je vertellen wat je zaterdag hebt gedaan?'

'Dat is nogal gênant,' zei Mae. 'Niks.'

'Hoezo niks?'

'Nou ja, het grootste deel van de dag ben ik bij mijn ouders gebleven en hebben we tv-gekeken.'

Josiah leefde op. 'Was er iets leuks op tv?'

'Alleen vrouwenbasketbal.'

'Er is niets mis met vrouwenbasketbal!' zei Josiah vol vuur. 'Ik ben gék op vrouwenbasketbal. Volg je mijn WNBA-tings?'

'Nee, heb jij een Tingfeed over de WNBA?'

Josiah knikte en leek gekwetst, in de war zelfs.

Denise mengde zich in het gesprek. 'Ook hier is het weer vreemd dat je dit niet met iemand hebt willen delen. Ben je überhaupt bij een discussiegroep over vrouwenbasketbal aangesloten? Josiah, hoeveel deelnemers heeft onze internationale WNBA-discussiegroep?'

Josiah, nog zichtbaar ontdaan dat Mae zijn WNBA-feed niet had gelezen, wist het aantal op zijn tablet te vinden en mompelde: '143.891.'

'En hoeveel tingers houden zich wereldwijd met de WNBA bezig?'

Josiah had het aantal snel gevonden. '12.992.'

'En jij zit bij geen van beide, Mae. Waarom is dat, denk je?'

'Waarschijnlijk omdat ik niet het idee heb dat mijn belangstelling voor de WNBA groot genoeg is om me bij een discussiegroep aan te sluiten, of, nou ja, iets te volgen. Het is geen passie van me.'

Denise keek Mae door half toegeknepen ogen aan. 'Dat is een interessante woordkeus: 'passie'. Weleens van PPT gehoord? Passie, participatie en transparantie?'

Mae had de afkorting PPT wel hier en daar op de campus gezien, maar tot dat moment niet met die drie woorden in verband gebracht. Stom.

Denise legde haar handpalmen op het bureau, alsof ze wilde opstaan. 'Mae, je weet dat dit een technologiebedrijf is, toch?'

'Natuurlijk.'

'En dat wij onszelf als een pionier op het gebied van de sociale media beschouwen.'

'Ja.'

'En je kent de term transparantie, toch?'

'Jawel. Zeker.'

Josiah keek Denise aan om haar te kalmeren. Ze legde haar handen in haar schoot. Josiah nam het van haar over. Hij lachte en opende met een swipe over zijn tablet een nieuwe pagina.

'Goed. Laten we naar de zondag gaan. Vertel ons eens over je zondag.'

'Ik ben teruggereden.'

'Dat is alles?'

'Ik heb gekajakt.'

Verbaasde blikken bij zowel Josiah als Denise.

'Je hebt gekajakt?' vroeg Josiah. 'Waar?'

'Gewoon, in de baai.'

'Met wie?'

'Met niemand. Alleen.'

Denise en Josiah leken gekwetst.

‘Ik kajak ook,’ zei Josiah en hij tikte hardhandig iets in op zijn tablet.

‘Hoe vaak ga je kajakken?’ vroeg Denise aan Mae.

‘Eens in de paar weken misschien.’

Josiah keek aandachtig naar zijn tablet. ‘Mae, ik zit nu naar je profiel te kijken en ik kom niets tegen over jou en kajakken. Geen smiles, geen beoordelingen, geen posts, niets van dat alles. En je wilt me vertellen dat je *eens in de paar weken* gaat kajakken?’

‘Nou ja, misschien iets minder vaak?’

Mae lachte, maar Denise en Josiah niet. Josiah bleef naar zijn scherm turen, Denise keek Mae vorsend aan.

‘Als je gaat kajakken, wat zie je dan?’

‘O, van alles.’

‘Zeehonden?’

‘Zeker.’

‘Zeeleeuwen?

‘Meestal wel.’

‘Watervogels? Pelikanen?’

‘O ja.’

Denise tikte op haar tablet. ‘Goed, ik heb nu op jouw naam een zoekopdracht gegeven voor beeldmateriaal van de kajaktochten die je hebt gemaakt. Ik vind helemaal niets.’

‘O, maar ik heb nooit een camera bij me.’

‘Hoe weet je dan hoe al die vogels heten?’

‘Ik heb een gidsje. Gewoon, van mijn ex-vriend gekregen. Een klein uitvouwbaar gidsje over de lokale fauna.’

‘Gewoon een soort boekje?’

‘Ja, dat wil zeggen, het is waterbestendig en...’

Josiah zuchtte.

‘Sorry,’ zei Mae.

Hij keek geërgerd. ‘Nee, ik bedoel, dit is een beetje een zijpad, maar mijn probleem met papier is dat alle communicatie daar eindigt. Er is geen continuïteit mogelijk. Jij kijkt in jouw papieren boekje en dat is het. Het eindigt bij jóú. Alsof het alleen om jou draait. Maar als je nou eens iets had vástgelegd. Als je een instrument had gebruikt om alle vogels die je ziet te determineren, dan heeft iedereen er wat aan: natuurliefhebbers, studenten, historici, de kustwacht. Dan kan iedereen weten welke vogels die dag in de baai te zien waren. Het is gekmakend, de gedachte aan alle kennis die elke dag verloren gaat door zulke kortzichtigheid. Ik wil het niet egoïstisch noemen, maar...'

'Nee. Maar dat was het wel. Ik weet het,' zei Mae.

Josiah ontdooide. 'Maar nog los van het vastleggen: ik vind het intrigerend dat je nergens iets over kajakken hebt vermeld. Ik bedoel, het hóórt bij je. Bij je identiteit.'

Mae kon een schampere opmerking niet onderdrukken: 'Ik geloof toch niet dat het bij mijn identiteit hoort. Zo interessant is het nou ook weer niet.'

Josiah keek met vlammende ogen op. 'O, jawel!'

'Er zijn zoveel mensen die kajakken,' zei Mae.

'Daarom juist!' zei Josiah. Hij liep rood aan. 'Zou je geen mensen willen ontmoeten die óók kajakken?' Josiah tikte op zijn scherm. 'In jouw omgeving zijn 2331 mensen die ook graag kajakken. Onder wie ikzelf.'

Mae glimlachte. 'Dat zijn er nogal wat.'

'Meer of minder dan je dacht?' vroeg Denise.

'Meer, geloof ik.'

Josiah en Denise lachten.

'Kunnen we je aanmelden voor info over de mensen in je omgeving die ook graag kajakken? We hebben zoveel tools...' Josiah opende zo te zien een pagina waar hij haar kon aanmelden.

'Hmm, ik weet het niet,' zei Mae.

Hun gezichten betrokken.

Josiah leek weer kwaad. 'Waarom niet? Vind je je eigen passies niet belangrijk?'

'Dat is het niet helemaal. Het is alleen dat ik...'

Josiah boog naar voren. 'Hoe vinden andere Cirkelaars het, denk je, om te weten dat jij lichamelijk aanwezig bent en ogenschijnlijk deel uitmaakt van de gemeenschap, maar niet wilt dat ze iets over je hobby's en interesses te weten komen? Hoe vinden ze dat, denk je?'

'Geen idee. Ik denk niet dat het ze iets kan schelen.'

'Natuurlijk wel! Het gaat erom dat je niet betrókken bent bij de mensen om je heen!'

'Het is maar kajakken!' Mae lachte opnieuw en probeerde het gesprek weer in luchtiger vaarwater te loodsen.

Josiah was bezig op zijn tablet. 'Het is máár kajakken? Besef je wel dat kajakken een bedrijfstak is waar drie miljard dollar in omgaat? En jij zegt: "Het is máár kajakken"! Mae, zie je dan niet dat alles met alles samenhangt? Jij moet jouw deel bijdragen. Je moet déélnemen.'

Denise keek Mae indringend aan. 'Mae, ik moet je een heikele vraag stellen.'

'Goed,' zei Mae.

'Denk je... Nou ja, denk je dat dit misschien met je gevoel voor eigenwaarde te maken heeft?'

'Pardon?'

'Misschien uit je jezelf niet graag omdat je bang bent dat jouw mening er niet toe doet?'

Zo had Mae het nog niet bekeken en daar leek iets in te zitten. Was ze te verlegen om zich te uiten? 'Dat weet ik eigenlijk niet,' antwoordde ze.

Denise kneep haar ogen tot spleetjes. 'Mae, ik ben geen psycholoog, maar als ik dat wel was, zou jouw gevoel voor eigenwaarde vragen bij mij oproepen. We hebben enkele voorbeelden van dit type gedrag bestudeerd. Nu willen we niet beweren dat die houding asociaal is, maar ze is zeker súbsociaal en ongetwijfeld verre van transparant. En wat we zien, is dat dit gedrag soms voortkomt uit een gering gevoel voor eigenwaarde, een houding van: "Ach, wat ik te zeggen heb, is niet zo belangrijk." Herken je jezelf in die beschrijving?'

Mae was te zeer van slag om goed naar zichzelf te kunnen kijken. 'Misschien,' zei ze om tijd te rekken, ze besefte dat te veel volgzaamheid nu ook weer niet de bedoeling was. 'Soms weet ik zeker dat wat ik te zeggen heb belangrijk is. Bovendien, als ik een waardevolle bijdrage kan leveren, zal ik dat zeker niet nalaten.'

'Maar merk op dat je zegt: "soms weet ik zeker",' zei Josiah met een geheven wijsvingertje. 'Vooral dat "soms" vind ik interessant. Of eigenlijk zorgwekkend. Want ik denk dat je dat "soms" niet vaak genoeg vindt.' Hij leunde achterover, alsof hij uitrustte na het volbrengen van een zware taak Mae te doorgronden.

'Mae,' zei Denise, 'we zouden het geweldig vinden als je aan een speciaal programma zou kunnen meedoen. Lijkt dat je wat?'

Mae wist niets van dat programma, maar ze wist wel dat ze in de problemen zat, al enorm veel van hun tijd in beslag had genomen en daarom moest uitstemmen, dus lachte ze en zei: 'Absoluut.'

'Mooi. We zullen het zo snel mogelijk bij je installeren. Je gaat bij Pete Ramirez langs en die legt alles uit. Ik denk dat je het dan niet meer sóms, maar altíjd zeker zult weten. Klinkt dat niet beter?'

Na het gesprek zat Mae aan haar bureau op zichzelf te foeteren. Wat was ze eigenlijk voor type? Ze schaamde zich vooral. Ze had niet meer dan het absolute minimum gedaan. Ze walgde van zichzelf en had medelijden met Annie. Natuurlijk had Annie al gehoord over haar vriendin Mae, die uitvreetster, die dit geschenk, deze felbegeerde baan bij de Cirkel had aangenomen – een bedrijf dat haar ouders meeverzekerde en het gezin voor een ramp had behoed!– en nu de kantjes eraf liep. *Verdomme, Mae, zet je in!* dacht ze. *Wees iemand aan wie de wereld wat heeft.*

Ze schreef Annie om zich te verontschuldigen: ze zou beter haar best doen, ze schaamde zich, ze wilde geen misbruik maken van dit voorrecht, dit geschenk, en Annie hoefde niet terug te schrijven, Mae zou domweg beter haar best doen, duizend keer beter, onmiddellijk, direct. Annie sms'te terug dat het niet meer dan een waarschuwing, een vermaning was, heel gewoon voor een newbie.

Mae keek op de klok. Het was zes uur. Ze had nog uren de tijd om haar leven hier en nu te beteren en ze ging dan ook als een gek aan de slag: ze verstuurde vier tings, 88 smiles en plaatste 32 opmerkingen. Binnen een uur was haar PartiRank gestegen naar 7288.

Onder de 7000 komen bleek lastiger, maar om acht uur had ze zich aangemeld en gepost bij 11 discussiegroepen, nog eens 12 tings verstuurd (waarvan één de wereldwijde top 5000 voor dat uur haalde) en zich opgegeven voor 67 andere feeds, en zo kreeg ze het voor elkaar. Ze stond nu op plaats 6872 en begon aan haar BinnenCirkelfeed. Ze liep een paar honderd posts achter en nam die allemaal door, beantwoordde een stuk of 70 berichten, RSVP'de 11 evenementen op de campus, tekende 9 petities en leverde commentaar en opbouwende kritiek op vier producten in de ontwikkelingsfase. Om 10.16 uur stond ze op plaats 5342 en opnieuw bleek de drempel, deze keer de 5000-grens, moeilijk te overschrijden. Ze schreef een stel tings over een nieuwe dienst van de Cirkel waarmee abonnees konden achterhalen of hun naam voorkwam in een bericht, van wie dan ook, en één van die tings, haar zevende over dit onderwerp, sloeg aan en werd 2904 keer doorgetingd, wat haar PartiRank op 3887 bracht.

Een diep gevoel van voldoening en onbegrensde mogelijkheden doorstroomde haar, niet veel later gevolgd door een gevoel van vrijwel totale uitputting. Het was bijna middernacht en ze was aan slaap toe. Het was te laat om nog helemaal naar huis te gaan en ze keek of in het campushotel nog iets vrij was, reserveerde een kamer, kreeg een toegangscode en liep over de campus naar de Slaapstad.

Toen ze de deur van de kamer achter zich dichttrok, kon ze zichzelf wel voor haar kop slaan dat ze niet eerder van het hotel gebruik had gemaakt. De kamer was smetteloos, met overal zilver en licht hout, de vloeren waren warm van de vloerverwarming en de lakens en kussenslopen zo wit en fris gesteven dat ze knisperden als Mae ze aanraakte. De matras, zo vermeldde het kaartje naast het bed, was biologisch en bevatte geen veren of schuimrubber maar een nieuwe vezel die, zo ontdekte ze, zowel steviger als elastischer was – het beste bed waar ze ooit in had gelegen. Ze trok het dekbed, wolkenwit en vol dons, over zich heen.

Maar ze kon de slaap niet vatten. Ze lag maar te denken hoeveel er nog aan haar te verbeteren viel, logde weer in – deze keer op haar tablet – en nam zich voor tot twee uur 's nachts door te werken. Ze was vastbesloten onder de 3000 te duiken. En dat lukte, al was het negentien minuten over drie voor het zover was. Ze was nog niet bekaf, maar besefte dat ze rust nodig had toen ze ten slotte weer in bed kroop en het licht uitdeed.

De volgende morgen inspecteerde ze de kasten en laden: ze wist dat in de kamers altijd kleren aanwezig waren, allemaal nieuw, die je mocht lenen of houden. Ze koos een katoenen T-shirt en een driekwartbroek, beide nooit gedragen. Op de wastafel stonden onaangebroken flesjes moisturizer en mondwater, allebei biologisch en uit de regio, die ze uitprobeerde. Ze nam een douche, kleedde zich aan en zat om twintig over acht weer achter haar bureau.

Het was meteen duidelijk dat haar arbeid vruchten had afgeworpen. Op haar derde scherm verscheen een hele stroom felicitaties: vijf of zes berichtjes per persoon van Dan, Jared, Josiah en Denise en minstens tien van Annie, die overliep van trots en enthousiasme. Het nieuws verspreidde zich door de BinnenCirkel en Mae had om twaalf uur 7716 smiles binnen. Iedereen had geweten dat ze het kon. Iedereen voorzag een grootse toekomst voor haar bij de Cirkel, iedereen was ervan overtuigd dat ze binnen de kortste keren promotie zou maken, weg bij CE, in september al, want het kwam maar weinig voor dat iemand zo snel en met zulke chirurgische precisie was opgeklommen in de PartiRank.

Mae's nieuwe zelfvertrouwen en gevoel van competentie hielpen haar de week door en nu ze de top 2000 zo dicht was genaderd, bleef ze het hele weekend en het begin van de volgende week tot laat achter haar bureau zitten, vastbesloten de grens te doorbreken, en ze sliep elke nacht op dezelfde kamer in het hotel. Ze wist dat de top 2000, bijgenaamd de T2K, bestond uit een groep Cirkelaars die bijna maniakaal sociaal actief was en een keur aan volgers had. Al bijna anderhalf jaar bestonden de gelederen van de T2K uit min of meer dezelfde mensen, met weinig afvallers en nieuwkomers.

Maar ze moest het proberen. Donderdagavond had ze plaats 2219 bereikt en wist ze dat ze deel uitmaakte van een groep strebers die, net als zij, koortsachtig probeerden hogerop te komen. Ze werkte een uur en zag dat ze maar twee plaatsen was opgeschoven, naar 2217. Nu werd het moeilijk, daarvan was ze zich bewust, maar de uitdaging was verrukkelijk. En telkens als ze een nieuw duizendtal bereikte, kreeg ze zoveel complimenten en had ze zó het gevoel dat ze iets terugdeed voor Annie, dat ze werd voortgedreven.

Tegen tienen, net toen ze moe begon te worden, kreeg ze een openbaring: ze was jong, ze was sterk en als ze de hele nacht doorwerkte en één nacht niet zou slapen, kon ze tot de T2K doordringen terwijl alle anderen op één oor lagen. Ze nam een energiedrankje en fruitveters, en toen de cafeïne en de suiker begonnen te werken, voelde ze zich onoverwinnelijk. De BinnenCirkel op haar derde scherm was niet genoeg. Ze zette haar BuitenCirkelfeed aan en handelde die moeiteloos af. Ze ging door, meldde zich aan op nog een paar honderd Tingfeeds en plaatste overal meteen een commentaar. Ze stond al snel op plaats 2012 maar begon nu echt weerstand te ontmoeten. Ze postte 33 opmerkingen op een site voor producttests en steeg naar 2009. Ze keek op haar linkerpols hoe haar lichaam reageerde en constateerde opgewonden dat haar polsslag sneller werd. Ze had alles in de hand en wilde meer. Ze hield in totaal maar 41 statistieken bij: haar totale klantenservicescore: 97. Haar recentste score: 99. Het gemiddelde van haar team: 96. Het aantal vragen dat die dag was afgehandeld: 221, het aantal vragen dat gisteren om die tijd was afgehandeld: 219, het aantal dat zijzelf gemiddeld afhandelde: 220, het gemiddelde van de andere leden van haar team: 198. Op haar tweede scherm stond het aantal berichten dat andere medewerkers haar die dag hadden gestuurd: 1192, het aantal daarvan dat ze had gelezen: 239 en het aantal dat ze had beantwoord: 88. Dan had je het aantal recente uitnodigingen voor Cirkelevenementen: 41, en het aantal dat ze had beantwoord: 28. Het totale aantal mensen dat die dag de sites van de Cirkel had bezocht: 3,2 miljard en het aantal pagina's dat ze hadden bekeken: 88,7 miljard. Verder het aantal vrienden in Mae's BuitenCirkel: 762 en het aantal openstaande aanvragen van mensen die haar wilden bevrienden: 27. Het aantal tingers dat zij volgde: 10.343 en dat haar volgde: 18.198. Het aantal ongelezen tings: 887. Het aantal tingers dat haar werd aanbevolen: 12.862. Het aantal nummers in haar digitale bibliotheek: 6877, het bijbehorende aantal artiesten: 921 en het aantal artiesten dat haar op grond van haar smaak werd aanbevolen: 3408. Het aantal afbeeldingen in haar bibliotheek: 33.002 en het aantal afbeeldingen dat haar werd aanbevolen: 100.038. De temperatuur in het gebouw: 21,1 graden Celsius, en de buitentemperatuur: 21,6. Het aantal medewerkers op de campus die dag: 10.981 en het aantal bezoekers van de campus die dag: 248. Mae stelde nieuws-alerts in voor 45 namen en onderwerpen, en telkens als een daarvan werd genoemd in een van haar favoriete nieuwsfeeds, ontving ze een berichtje. Dat waren er die dag 187 in totaal. Ze kon zien hoeveel mensen vandaag haar profiel hadden bekeken: 210 en hoeveel tijd ze daar gemiddeld aan hadden besteed: 1,3 minuten. Als ze wilde, kon ze natuurlijk een laag dieper gaan en precies zien wat iedereen had bekeken. Met de cijfers over haar gezondheid kwamen er nog enkele tientallen statistieken bij en elk daarvan gaf haar een groot gevoel van rust en controle. Ze wist wat haar hartslag was en dat die goed was. Ze wist hoeveel stappen ze had gezet, vandaag bijna 8200, en ze wist dat ze de tienduizend gemakkelijk zou halen. Ze wist dat ze voldoende gehydrateerd was en dat haar calorie-inname voor die dag binnen de aanvaardbare waarden viel voor iemand met haar BMI. Ze had ineens een helder moment en bedacht dat wat haar altijd angstig, gespannen of ongerust had gemaakt niet één factor was, niet iets losstaands, iets van buitenaf – het was geen gevaar voor haarzelf of de voortdurende ellende van andere mensen en hun problemen. Het zat ín haar, het was subjectief: het was *onwetendheid*. Het kwam niet doordat ze ruzie had gemaakt met een vriend of vriendin of doordat Josiah en Denise haar op het matje hadden geroepen: het kwam doordat ze niet wist wat het betekende, niet wist wat ze van plan waren, de gevolgen en de toekomst niet kende.

Als ze dat wist, kon er rust zijn. Ze wist met vrij grote zekerheid waar haar ouders waren: thuis, zoals altijd. Ze kon via CirkelSearch zien waar Annie was: in haar kamer, waarschijnlijk ook nog aan het werk. Maar waar was Kalden? Ze had hem al twee weken niet gezien of van hem gehoord. Ze stuurde Annie een sms'je.

Wakker?

Altijd.

Nog steeds niks van Kalden gehoord.

Die ouwe man? Misschien is hij dood. Heeft een mooi, lang leven gehad.

Denk je echt dat hij zomaar een insluiper was?

Volgens mij ben je daar goed weggekomen. Wees blij dat hij zich niet meer laat zien. Maakte me zorgen over mogelijke spionage.

Hij was geen spion.

Dan was hij alleen maar oud. Misschien had een Cirkelaar zijn opa op bezoek en was die de weg kwijt? Maar goed ook. Je bent te jong om al weduwe te zijn.

Mae dacht aan zijn handen. Zijn handen hadden haar verpest. Alles wat ze op dit moment wilde, was zijn handen weer op haar lijf. Zijn hand die op haar heiligbeen lag en haar tegen zich aan trok. Waren haar verlangens echt zo simpel? En waar was hij verdomme gebleven? Hij had het recht niet zomaar te verdwijnen. Ze waagde nog een poging op CirkelSearch; daar had ze hem al honderd keer vergeefs gezocht. Maar ze had het recht te weten waar hij was. Of anders ten minste te weten wie hij was. Die last, die onnodige en achterhaalde onzekerheid, dat was het hem. Ze kon in een oogwenk opzoeken hoe warm het was in Jakarta, maar een man vinden op een campus als deze, dat kon ze niet? Waar is de man die jou op een bepaalde manier heeft geraakt, heeft aangeraakt? Zou je dat soort onzekerheid kunnen wegnemen – wanneer en door wie je opnieuw op een bepaalde manier aangeraakt wilde worden – dan zou je de meeste stressfactoren op deze wereld wegnemen en mogelijk ook de vlaag van wanhoop die nu door Mae's lijf gierde: die zwarte snee, die luide scheur die ze een paar keer per week in haar binnenste voelde.

Het duurde meestal niet lang, maar wanneer ze haar ogen sloot, zag ze een scheurtje in wat eruitzag als zwarte stof en door dat scheurtje hoorde ze de kreten van miljoenen onzichtbare zielen. Dat was een heel vreemde gewaarwording, besefte ze, die ze nooit met iemand had gedeeld. Ze had het tegenover Annie kunnen beschrijven, maar die wilde ze niet ongerust maken, want ze zat nog maar pas bij de Cirkel. Maar wat was dat gevoel? Van wie waren die kreten door dat scheurtje in de stof? De beste manier om eroverheen te komen, had ze gemerkt, was zich dubbel zo goed concentreren, bezig blijven en zich extra inzetten. Even had ze het dwaze idee dat ze Kalden op LuvLuv zou kunnen vinden. Ze zocht en voelde zich belachelijk toen haar twijfel terecht bleek. De scheur in haar binnenste opende zich, ze werd overvallen door een zwart niets. Ze sloot haar ogen en hoorde geschreeuw onder water. Ze vervloekte dit niet-weten en bedacht dat zij iemand nodig had die kenbaar was. Iemand die te vinden was.

Het klopje op de deur klonk zacht en aarzelend.

'Binnen!' zei Mae.

Francis stak zijn hoofd de kamer in en hield de deur vast.

'Zeker weten?' vroeg hij.

'Ik zei toch "binnen".'

Hij glipte naar binnen en sloot de deur alsof hij ternauwernood aan een achtervolger op de gang was ontsnapt. Hij keek de kamer rond. 'Leuk, zoals je het hebt ingericht.'

Mae moest lachen.

'Laten we anders naar mijn kamer gaan,' zei hij.

Ze wilde tegensputteren, maar tegelijkertijd wilde ze ook zien hoe zijn kamer eruitzag. Alle kamers in het campushotel waren net even anders, en omdat ze zo populair en praktisch waren dat veel Cirkelaars er tegenwoordig bijna permanent woonden, konden ze door de bewoners naar wens worden aangepast. Toen ze binnenkwamen, zag ze dat zijn kamer het evenbeeld was van de hare, al was de hand van Francis hier en daar zichtbaar, met name in een masker van papier-maché dat hij als kind had gemaakt. Het hing boven het bed en keek de kamer in, geel, met enorme ogen en een bril. Hij zag dat ze er aandachtig naar keek.

'Wat is er?' vroeg hij.

'Vind je dat niet vreemd? Een masker boven je bed?'

'Ik zie het niet als ik slaap,' zei hij. 'Wil je iets drinken?' Hij keek in de ijskast, vond diverse vruchtensappen en een nieuw soort sake in een ronde, roze getinte glazen fles.

'Dat ziet er lekker uit,' zei ze. 'Zoiets heb ik niet op mijn kamer. Mijn sake zit in een gewoon flesje. Misschien een ander merk.'

Francis schonk twee glazen in, veel te vol.

'Ik drink elk avond een paar glazen,' zei hij. 'Dat is de enige manier om mijn hoofd rustig te krijgen, zodat ik kan slapen. Heb jij dat ook?'

'Ik heb altijd een uur nodig om in slaap te vallen.'

'Nou,' zei Francis, 'hiermee verkort je je inslaaptijd van een uur tot een kwartier.'

Hij gaf haar een glas. Mae tuurde erin en vond het eerst nogal treurig, elke avond sake, maar wist toen dat zij het morgen ook zou proberen.

Hij keek naar iets tussen haar buik en haar elleboog.

'Wat is er?'

'Die taille van jou, ik kan er maar niet bij,' zei hij.

'Pardon?' Mae bedacht dat het wel volkomen zinloos moest zijn haar kostbare tijd te verdoen met een man die dit soort dingen zei.

'Sorry,' zei hij, 'ik bedoel dat die zo bijzonder is. De lijn, hoe die in een soort boog naar binnen loopt.'

Met zijn handen schetste hij de vorm van haar taille, tekende een grote c in de lucht. 'Ik vind het prachtig dat je heupen en schouders hebt. En dan zo'n middeltje.' Hij glimlachte en keek Mae recht aan alsof hij niet doorhad dat zijn woorden abnormaal direct waren – of het kon hem gewoon niets schelen.

'Dank je, geloof ik,' zei ze.

'Het is echt een compliment,' zei hij. 'Die welvingen – alsof ze gemaakt zijn voor iemands handen.' Hij deed na hoe hij zijn handen om haar middel zou leggen.

Ze stond daar maar. Ze nam een slokje uit haar glas en vroeg zich af of ze moest vluchten. Aan de andere kant: het was een compliment. Hij had haar een misplaatst, onhandig maar uiterst direct compliment gegeven dat ze nooit zou vergeten en dat haar hart ineens onregelmatig deed kloppen.

'Zal ik de tv aanzetten?' vroeg Francis.

Mae haalde haar schouders op. Ze was nog steeds sprakeloos.

Francis scrolde door het aanbod. Ze hadden vrijwel alle bestaande films en tv-programma's tot hun beschikking en het kostte minstens vijf minuten om door te nemen wat ze zouden kunnen bekijken om daarna iets te kiezen wat erop leek, maar beter was.

'Heb je dat nieuwe stuk van Hans Willis gehoord?' vroeg Francis.

Mae besloot te blijven. Ze was ook tot het besluit gekomen dat ze bij Francis tevreden met zichzelf was, dat ze hier macht had en dat dat haar wel beviel. 'Nee. Wie is dat?'

'Een van de gastmusici. Hij heeft vorige week een heel concert opgenomen.'

'Is het al uit?'

'Nee, maar als hij goede beoordelingen van Cirkelaars krijgt, wordt het misschien uitgebracht. Eens kijken of ik het kan vinden.'

Hij liet het horen, een gevoelig pianostuk dat klonk als beginnende regen. Mae stond op om de lichten uit te doen, ze liet alleen de grijze weerschijn van het scherm aan. Het wierp een spookachtig licht op Francis.

Haar oog viel op een dik leren boek. Ze pakte het op. 'Wat is dit? Zoiets heb ik niet op mijn kamer.'

'O, dat is van mij. Een album. Gewoon, foto's.'

'Familiefoto's?' vroeg Mae en toen pas dacht ze aan zijn moeilijke achtergrond. 'Sorry. Dat is misschien niet de beste manier om het te formuleren.'

'Geeft niet. Het zijn eigenlijk ook familiefoto's. Er zitten foto's van mijn zusjes bij. Maar de meeste zijn gewoon van mijzelf bij mijn pleeggezinnen. Wil je ze zien?'

'Bewaar je dat hier bij de Cirkel?'

Hij pakte het van Mae aan en ging op bed zitten. 'Nee. Het ligt meestal thuis, maar ik heb het meegenomen. Wil je het zien? Het meeste is nogal deprimerend.'

Hij had het album al opengeslagen. Mae zat naast hem en keek toe hoe hij de bladzijden omsloeg. Ze ving een glimp op van Francis in bescheiden woonkamers met gelige verlichting, in keukens, af en toe in een pretpark. De foto's van de ouders waren altijd bewogen of de mensen waren helemaal van de foto's geknipt. Hij kwam bij een foto van zichzelf, waarop hij op een skateboard zat en een enorme bril ophad.

'Die moet van de moeder zijn geweest,' zei hij. 'Moet je dat montuur zien.' Hij ging met zijn vinger over de ronde glazen. 'Dat is toch een vrouwenbril?'

'Lijkt mij wel,' zei Mae en ze bekeek het gezicht van de jongere Francis. Hij had dezelfde open blik, dezelfde geprononceerde neus, dezelfde volle onderlip. Ze merkte dat er tranen in haar ogen kwamen.

'Ik kan me dat montuur niet herinneren,' zei hij, 'geen idee waar het vandaan kwam. Het enige wat ik kan bedenken, is dat mijn eigen bril kapot was en dat deze van haar was, dat ik die zolang mocht dragen.'

'Je ziet er lief uit,' zei Mae. Ze wilde alleen maar huilen.

Francis tuurde naar de foto alsof hij daar antwoorden uit kon peuren als hij er maar lang genoeg naar keek.

'Waar was dit?' vroeg Mae.

'Ik zou het niet weten.'

'Weet je niet meer waar je toen woonde?'

'Geen idee. Het is al bijzonder dat ik überhaupt foto's heb. Niet alle pleeggezinnen gaven foto's, en als ze het al deden, zorgden ze ervoor dat daar niets op stond waar je iets aan had als je ze terug wilde vinden. Geen buitenkant van het huis, geen adres, geen straatnaambordje of oriëntatiepunt.'

'Meen je dat?'

Francis keek haar aan. 'Zo gaat dat in de pleegzorg.'

'Maar waarom? Zijn ze bang dat je ze anders gaat opzoeken of zo?'

'Het was gewoon een regel. Inderdaad, zodat je niet teruggaat. Als ze je een jaar in huis namen, was dat de afspraak, ze wilden niet dat je later weer op de stoep stond – vooral niet als je ouder werd. Sommige kinderen hadden nogal heftige neigingen en die pleeggezinnen moesten rekening houden met de mogelijkheid dat ze hen later misschien wilden opsporen.'

'Daar wist ik niets van.'

'Ja. Het is een raar systeem, maar het slaat wel ergens op.' Hij dronk het bodempje sake uit zijn glas en stond op om iets anders op te zetten.

'Mag ik eens kijken?' vroeg Mae.

Francis haalde zijn schouders op. Mae bladerde door het album op zoek naar beelden die iets over de locatie onthulden. Maar op de tientallen foto's was geen straatnaam of huis te bekennen. De foto's waren allemaal binnen of in een non-descripte achtertuin gemaakt.

'Sommige pleeggezinnen zouden vast graag weer van je horen,' zei ze.

Francis was klaar bij de stereo, hij had een ander nummer opgezet, een oud soulnummer waarvan Mae de titel niet wist. Hij kwam naast haar zitten.

'Misschien. Maar dat is niet de afspraak.'

'Je hebt dus geen contact met ze gezocht? Ik bedoel, met gezichtsherkenning...'

'Ik weet niet. Ik heb nog geen besluit genomen. Nou ja, daarom heb ik die foto's meegebracht. Ik ga ze morgen inscannen, gewoon om eens te kijken. Misschien levert het een paar *matches* op. Maar veel meer ben ik niet van plan. Alleen wat hiaten opvullen.'

'Je hebt er recht op om in elk geval een paar elementaire dingen te weten.'

Mae bladerde door het album en stuitte op een andere foto van Francis: klein, hooguit vijf, met aan weerszijden twee meisjes van een jaar of negen, tien. Mae wist dat dat zijn zusjes waren, de twee die waren vermoord, en ze wilde ze bekijken, al had ze geen idee waarom. Ze wilde Francis niet dwingen over hen te praten en ze wist dat ze er niet over moest beginnen, dat het aan hem was om dat onderwerp aan te snijden, en dat ze het albumblad moest omslaan als hij dat niet snel deed.

Hij zei niets, dus bladerde ze verder; allerlei gevoelens voor Francis overspoelden haar. Ze was veel te hard voor hem geweest. Hij was hier, hij vond haar leuk, hij wilde haar bij zich hebben en hij was de treurigste mens die ze ooit had gekend. Daar kon zij iets aan doen.

'Je pols slaat op hol,' zei hij.

Mae keek op haar armband en zag dat ze een hartslag van 134 had.

'Laat me de jouwe eens zien,' zei ze.

Hij rolde zijn mouw op. Ze greep zijn pols en draaide hem om. De zijne was 128.

'Zo rustig ben jij anders ook niet,' zei ze en ze liet haar hand in zijn schoot liggen.

'Laat je hand daar liggen, dan zul je eens zien hoe mijn polsslag oploopt,' zei hij, en dat deden ze, samen. Het was ongelofelijk. Hij steeg snel naar 134. Haar macht gaf haar een kick, het bewijs ervan, recht voor haar ogen en meetbaar. 136 nu.

'Zal ik eens iets uitproberen?' zei ze.

'O ja,' fluisterde hij hijgend.

Ze stak haar hand in de plooien van zijn broek en vond zijn lul, die tegen zijn gesp drukte. Ze wreef erover met het topje van haar wijsvinger en samen keken ze hoe de meter opliep naar 152.

'Je bent snel opgewonden,' zei ze. 'Stel je voor dat er echt iets gebeurde.'

Hij had zijn ogen gesloten. 'Ja,' antwoordde hij ten slotte, zijn adem ging hortend.

'Vind je dit fijn?' vroeg ze.

'Mm-hm,' bracht hij uit.

Mae kreeg een kick van de macht die ze over hem had. Ze keek naar hem, met zijn handen op het bed en zijn harde pik in zijn broek en bedacht wat ze zou zeggen. Het was afgezaagd, en ze zou het nooit zeggen als ze dacht dat iemand ooit te weten kwam dat ze het had gezegd, maar ze moest erom lachen en ze wist dat het Francis, die verlegen jongen, gek zou maken.

'Wat meet dat ding nog meer?' vroeg ze en ze tastte toe. Zijn ogen werden groot en hij worstelde met zijn broek, probeerde hem uit te trekken. Maar net toen hij hem op zijn heupen had getrokken, ontsnapte er een geluid aan zijn mond, iets als 'O ja' of 'O jee', en toen kromp hij ineen, zijn hoofd schokte van links naar rechts en hij viel op het bed neer met zijn gezicht naar de muur. Zij deed een stap achteruit en bekeek hem, met zijn opgetrokken hemd en zijn ontblote kruis. Het enige waaraan ze kon denken was een kampvuur met één blokje hout, met melk overgoten.

'Sorry,' zei hij.

'Nee. Ik vond het leuk.'

'Zo snel is het nog nooit gegaan.' Hij hijgde nog na. Toen bracht een losgeslagen synaps in haar hoofd de hele scène in verband met haar vader – de aanblik van haar vader op de bank, geen enkele macht over zijn lichaam – en wilde ze ineens zielsgraag ergens anders zijn.

'Ik moet weg,' zei ze.

'Echt? Waarom?'

'Het is na enen, ik moet slapen.'

'Oké,' zei hij, op een manier die ze onprettig vond. Hij wilde haar blijkbaar net zo graag weg hebben als zij weg wilde. Hij stond op en pakte zijn telefoon, die rechtop op het kastje tegenover hen had gestaan.

'Wat, heb je ons gefilmd?' vroeg ze gekscherend.

'Misschien wel,' zei hij, maar uit zijn toon bleek dat hij dat inderdaad had gedaan.

'Wacht even. Meen je dat?'

Mae graaide naar de telefoon.

'Niet doen. Die is van mij.' Hij stopte hem in zijn zak.

'Van jóú? Wat we net hebben gedaan is van jóú?'

'Net zozeer van mij als van jou. En ik ben degene die is klaargekomen. En wat kan het jou schelen? Je was niet naakt of zo.'

'Francis. Dit geloof ik niet. Je moet het wissen. Nu meteen.'

'Zei je "wissen"?' Hij zei het als geintje, maar de bedoeling was duidelijk: *bij de Cirkel wordt niet gewist.* 'Ik moet er toch zelf naar kunnen kijken.'

'Maar dan kan iederéén het zien.'

'Ik ga het heus niet aan de grote klok hangen.'

'Francis. Alsjeblieft.'

'Kom op, Mae. Je snapt toch wel wat dit voor me betekent. Ik ben niet de een of andere dekhengst. Voor mij is het heel bijzonder als er zoiets gebeurt. Mag ik hier geen aandenken aan bewaren?'

'Ik zou me geen zorgen maken,' zei Annie.

Ze stonden in de Grote Zaal van de Verlichting. Bij hoge uitzondering zou Stenton het Droomvrijdagpraatje houden en er was ook een speciale gast beloofd.

'Maar ik maak me wél zorgen,' zei Mae. Ze had zich in de week na haar tête-à-tête met Francis niet kunnen concentreren. Niemand anders had de opnamen bekeken, maar als ze in zijn telefoon stonden, stonden ze ook in de cloud van de Cirkel en kon iedereen erbij. Ze was vooral teleurgesteld in zichzelf. Ze had zich met dezelfde man twee keer aan dezelfde steen gestoten.

'Vraag me niet nog eens om het te wissen,' zei Annie. Ze zwaaide naar enkele hooggeplaatste Cirkelaars in de menigte, leden van de Bende van Veertig.

'Alsjeblieft.'

'Je weet dat ik dat niet kan. Er wordt hier niets gewist, Mae. Bailey zou een beroerte krijgen. Hete tranen schreien. Het doet hem persoonlijk pijn als iemand zelfs maar overweegt informatie te wissen. Dat vindt hij zoiets als babymoord. Dat weet je.'

'Maar deze baby zit iemand af te trekken. Op die baby zit niemand te wachten. Die baby moet worden gewist.'

'Niemand kijkt daar ooit naar. Dat weet je best. Negenennegentig procent van alles in de cloud wordt nooit bekeken. Als er ook maar één iemand naar kijkt, praten we verder, oké?' Annie legde haar hand op die van Mae. 'En nu opletten. Je weet niet half hoe ongewoon het is dat Stenton de toespraak houdt. Het moet dus iets belangrijks zijn, iets wat met de overheid te maken heeft. Dat is zijn afdeling.'

'Jij weet niet wat hij gaat zeggen?'

'Ik heb wel een idee.'

Stenton liep zonder introductie het podium op. Het publiek klapte, maar hoorbaar anders dan voor Bailey. Bailey was de getalenteerde oom die persoonlijk ieder van hen het leven had gered. Stenton was hun baas, bij hem moesten ze zich professioneel gedragen en professioneel klappen. Gekleed in een onberispelijk zwart pak, zonder das, liep hij naar het midden van het podium en begon te praten zonder zich voor te stellen of te groeten.

'Zoals jullie weten,' zei hij, 'zijn wij hier bij de Cirkel warme voorstanders van transparantie. We putten inspiratie uit iemand als Stewart, iemand die bereid is zijn leven open te leggen om onze gezamenlijke kennis te vergroten. Al vijf jaar lang filmt hij elk moment van zijn leven, hij legt alles vast en dat is van onschatbare waarde voor de Cirkel en binnenkort ook, wil ik wedden, voor de hele mensheid. Stewart?'

Stenton keek in het publiek, waar Stewart, de Transparante Man, was opgestaan. Hij droeg iets om zijn nek wat op een kleine telelens leek. Hij was een jaar of zestig, kaal en een beetje krom, alsof het apparaat op zijn borst erg zwaar was. Hij kreeg een warm applaus en ging weer zitten.

'Maar,' zei Stenton, 'er is nog een deel van het leven waarin we transparantie wensen en verwachten: de democratie. Wij hebben het geluk te zijn geboren en opgegroeid in een democratie, en wel in een die voortdurend wordt verbeterd. Toen ik een kind was, wilden de burgers politiek handjeklap in achterkamertjes tegengaan en eisten ze wetten om de openbaarheid van bestuur te regelen. Die wetten gaven de burgers toegang tot vergaderingen en overheidsstukken. Ze konden openbare hoorzittingen bijwonen en inzage in documenten aanvragen. En toch, ook zoveel jaar na de stichting van onze democratische staat, blijken onze politici nog elke dag opnieuw in schandalen verwikkeld te zijn, wat meestal betekent dat ze iets doen wat ze niet zouden moeten doen. Iets geheimzinnigs, iets wat het daglicht niet kan verdragen, iets wat tegen de wil en de belangen van de republiek ingaat. Geen wonder dat het vertrouwen in het Congres op elf procent staat.'

Opgewonden gemompel vanuit het publiek. Stenton speelde erop in. 'Van de kiezers is op dit moment élf procent tevreden over het Congres! En zoals jullie weten, is zojuist bekend geworden dat een bepaalde senator bij een paar zeer vuile zaakjes betrokken is.'

Het publiek lachte, juichte en giechelde.

Mae boog zich naar Annie toe. 'Wacht even, welke senator?'

'Williamson. Heb je het niet gehoord? Ze is gearresteerd wegens allerlei vuiligheid – dat wil je niet weten. Ze wordt verdacht van minstens vijf zedendelicten. Ze hebben van alles op haar computer gevonden, wel honderd gestoorde zoekopdrachten, downloads – heel naar allemaal.'

Mae dacht met tegenzin aan Francis. Ze richtte haar aandacht weer op Stenton.

'Zelfs al zou je er je beroep van maken menselijke uitwerpselen op de hoofden van bejaarden te gooien,' zei hij, 'dan nog zou de publieke tevredenheid over je werk hoger zijn dan elf procent. Wat kunnen we hieraan doen? Wat kunnen we doen om het vertrouwen van de mensen in hun volksvertegenwoordigers te herstellen? Tot mijn grote vreugde is hier iemand die dit alles uiterst serieus neemt en iets aan dit probleem wil doen. Hier is Olivia Santos, het Congreslid voor kiesdistrict veertien.'

Een flinke vrouw van rond de vijftig in een rood broekpak en met een gebloemde gele sjaal kwam vanuit de coulissen aangebeend en zwaaide haar beide armen hoog boven haar hoofd. Uit het magere, beleefde applausje bleek dat maar weinigen in de Grote Zaal van haar bestaan op de hoogte waren.

Stenton omhelsde haar stevig en toen ze naast hem ging staan met haar handen ineengestrengeld voor zich, vervolgde hij: 'Voor wie een bijlesje maatschappijleer nodig heeft: mevrouw Santos hier zit voor ons eigen district in het Congres. Het geeft niet als jullie niet wisten wie ze was. Maar nu weten jullie het dus.' Hij wendde zich tot het Congreslid. 'Hoe gaat het met u, mevrouw Santos?'

'Goed, heel goed, dank u. Ik ben erg blij dat ik hier ben.'

Stenton wierp haar zijn variant van een warme glimlach toe en wendde zich weer tot de zaal.

'Olivia Santos is hier om aan te kondigen wat ik een zeer belangwekkende ontwikkeling in de geschiedenis van het landsbestuur zou willen noemen. Een stap in de richting van de ultieme transparantie die wij al sinds het ontstaan van de parlementaire democratie allemaal van onze gekozen bestuurders verlangen. Mevrouw Santos?'

Stenton deed een paar passen achteruit en ging achter haar op een hoge kruk zitten. Santos liep naar de voorkant van het podium, de handen nu ineengestrengeld op haar rug, en liet haar blik over de zaal glijden.

'Inderdaad, meneer Stenton. Ik vind het net zo belangrijk als u dat burgers weten wat hun volksvertegenwoordigers doen. Daar hebben ze toch recht op? Het is ieders recht te weten hoe zij hun dagen doorbrengen. Wie ze zien. Met wie ze praten. Wat ze met het geld van de belastingbetaler doen. Tot nu toe werd alleen ad hoc verantwoording afgelegd. Senatoren, afgevaardigden, burgemeesters en gemeenteraadsleden hebben af en toe hun agenda's openbaar gemaakt en de burgers in wisselende mate toegang tot het bestuur gegeven. Maar nog steeds vragen we ons af: vanwaar die ontmoeting met een lobbyist die vroeger in de Senaat zat? Hoe is dat Congreslid aan die 150.000 dollar gekomen die de FBI bij hem in de ijskast heeft gevonden? Hoe zit dat met de senator die clandestiene ontmoetingen met een hele reeks vrouwen heeft georganiseerd toen zijn vrouw voor kanker werd behandeld? Wat ik wil zeggen, is dat de vele misdragingen van functionarissen die door u, de burgers van dit land, worden betaald, niet alleen betreurenswaardig en onaanvaardbaar, maar ook onnodig zijn.'

Hier en daar klonk applaus. Santos lachte, knikte en sprak verder.

'We hebben altijd openheid en transparantie van onze politici verwacht en verlangd, maar de technologie die volledige transparantie mogelijk moest maken, was er nog niet. Maar nu wel. Stewart heeft het laten zien: het is heel gemakkelijk om de wereld volledige openheid van zaken te geven over je doen en laten, om mensen mee te laten kijken naar wat je ziet en mee te laten luisteren naar wat je hoort en zegt. Dank je voor je moed, Stewart.'

Het publiek klapte nogmaals voor Stewart, maar ditmaal met hernieuwde kracht, en sommigen raadden al wat Santos wilde gaan zeggen.

'Daarom wil ik Stewart volgen op zijn weg naar de verlichting. En onderweg wil ik laten zien hoe de democratie kan en moet zijn: volledig open, volledig transparant. Met ingang van vandaag draag ik hetzelfde apparaat als Stewart. Al mijn ontmoetingen, al mijn activiteiten, ieder woord... al mijn kiezers en de rest van de wereld kunnen ze volgen.'

Stenton stond op en liep naar haar toe. Hij keek naar de zaal vol Cirkelaars. 'Zullen we mevrouw Santos een warm applaus geven?'

Maar het publiek klapte al. Er werd geroepen en gefloten en Santos straalde. Terwijl de zaal brulde, verscheen er een technicus op het toneel die haar een ketting omhing, een kleinere uitvoering van de camera die Stewart droeg. Santos bracht de lens naar haar lippen en kuste hem. Juichkreten vanuit het publiek. Na een minuut hief Stenton zijn handen en de menigte bedaarde. Hij wendde zich tot Santos.

'U wilt dus beweren dat elk gesprek, elke bijeenkomst, uw hele dag wordt uitgezonden?'

'Ja. Het komt allemaal op mijn Cirkelpagina te staan. Ieder moment, tot ik ga slapen.' De toeschouwers applaudisseerden weer en Stenton liet ze hun gang gaan, om daarna weer om stilte te vragen.

'En wat gebeurt er als iemand met wie u een afspraak hebt, niet wil dat die afspraak wordt uitgezonden?'

'Dan gaat de afspraak met mij niet door,' antwoordde ze. 'Je bent transparant of je bent het niet. Je legt verantwoording af of niet. Wat zou iemand tegen mij te zeggen kunnen hebben wat niet in het openbaar kan worden gezegd? Welk onderdeel van het werk van een volksvertegenwoordiger mag niet bekend zijn, juist bij het volk dat ze vertegenwoordigt?'

Het applaus overstemde haar woorden.

'Zeg dat wel,' zei Stenton.

'Dank u! Dank u wel!' Santos maakte een buiging met haar handpalmen tegen elkaar, in gebedshouding. Het applaus hield minutenlang aan. Ten slotte gebaarde Stenton nogmaals om stilte.

'En wanneer begint u met dit nieuwe programma?' vroeg hij.

'Stel niet uit tot morgen wat je vandaag kunt doen,' zei ze. Ze drukte op een knopje op het apparaatje om haar nek en het beeld van haar camera verscheen op het reusachtige scherm achter haar. Het publiek zag zichzelf, haarscherp, en joelde goedkeurend.

'Voor mij begint het nu. En ik hoop dat het binnenkort ook begint voor de andere politici van dit land – en van alle democratieën ter wereld.'

Ze boog, deed haar handen weer tegen elkaar en liep toen naar de coulissen. Bij het doek aan de linkerkant van het toneel hield ze stil. 'Er is geen enkele reden waarom ik daarlangs zou gaan: te donker. Ik ga hierlangs,' zei ze. De zaalverlichting ging aan, en toen ze van het podium in het heldere licht stapte, werd ook het duizendkoppige publiek verlicht. Iedereen juichte. Ze liep het gangpad af, overal werden handen naar haar uitgestoken, glimlachende gezichten zeiden: dank u, dank u, zet 'm op en laat ons trots op u zijn!

Die avond was er in de Kolonie een receptie voor Congreslid Santos, die nog steeds werd omzwermd door nieuwe bewonderaars. Mae overwoog even of ze zou proberen dicht genoeg in de buurt te komen om haar een hand te kunnen geven, maar de hele avond stonden de mensen vijf rijen dik om haar heen, dus at ze bij het buffet wat reepjes op de campus geproduceerd varkensvlees en wachtte op Annie. Die had gezegd dat ze zou proberen te komen, maar wel een deadline moest halen; ze moest iets voorbereiden voor een hoorzitting bij de EU. 'Die zeuren weer over belastingen.'

Mae liep door de zaal, waarvan de aankleding vaag naar de woestijn verwees: hier en daar stonden cactussen en blokken zandsteen voor wanden waarop een digitale zonsondergang werd geprojecteerd. Ze groette Dan en Jared en een paar van de newbies die ze had ingewerkt. Ze keek of ze Francis ergens zag, hoopte dat hij er niet was en bedacht toen tot haar grote opluchting dat hij in Las Vegas zat, bij een congres op het gebied van politie en justitie waar hij ChildTrack zou presenteren. Terwijl ze rondliep, vervaagde een van de zonsondergangen op de muur om plaats te maken voor het gezicht van Ty. Hij was ongeschoren en had wallen onder zijn ogen, en hoewel hij duidelijk doodmoe was, grijnsde hij. Hij droeg zijn gebruikelijke oversized zwarte hoody en nam eerst even de tijd om met zijn mouw zijn bril te poetsen voordat hij links en rechts de zaal in keek alsof hij iedereen kon zien vanwaar hij zat. Misschien was dat ook zo. Het geluid in de zaal verstomde snel.

'Hallo allemaal. Het spijt me dat ik verstek moet laten gaan. Ik ben met een paar geweldig interessante nieuwe projecten bezig en kan daardoor geen fantastische sociale activiteiten zoals die van jullie bijwonen. Wel wilde ik jullie allemaal feliciteren met deze grandioze nieuwe ontwikkeling. Ik vind het een heel belangrijke nieuwe stap voor de Cirkel, die veel bijdraagt aan onze algehele *awesomeness*.' Een moment lang leek hij te kijken naar degene die de camera bediende, als om te bevestigen dat hij genoeg had gezegd. Toen wendde hij zich weer tot de zaal. 'Bedankt voor jullie harde werk aan dit project, en laat nu het feest maar beginnen!'

Zijn gezicht vervaagde en maakte weer plaats voor de digitale zonsondergang. Mae kletste wat met een stel newbies uit haar team, van wie een paar nog nooit een live toespraak van Ty hadden gezien en bijna euforisch waren. Mae nam een foto en tingde die met de tekst: *spannend allemaal!*

Ze pakte net haar tweede glas wijn en probeerde uit te vogelen hoe ze dat kon doen zonder het servetje eronder mee te nemen – dat was immers nutteloos en zou maar in haar zak eindigen –, toen ze Kalden zag. Hij zat op een trede van een in schaduwen gehulde trap. Ze zigzagde naar hem toe en zijn gezicht klaarde op toen hij haar zag.

'Hé, hallo,' zei hij.

'Hé, hallo?'

'Sorry,' zei hij en hij boog zich naar haar toe met de bedoeling haar te omhelzen.

Ze deinsde achteruit. 'Waar heb jij uitgehangen?'

'Uitgehangen?'

'Je was twee weken spoorloos.'

'Zo lang was het toch niet? Bovendien: ik was er wel. Ik heb je een keer opgezocht, maar je leek het druk te hebben.'

'Je bent naar CE gekomen?'

'Ja, maar ik wilde je niet storen.'

'En je kon niet ergens een berichtje achterlaten?'

'Ik wist je achternaam niet,' zei hij glimlachend, alsof hij veel meer wist dan hij liet blijken. 'Waarom heb jij geen contact met míj gezocht?'

'Ik wist jouw achternaam ook niet. En er staat nergens een Kalden geregistreerd.'

'Echt niet? Hoe heb je het gespeld?'

Mae begon alle schrijfwijzen op te noemen die ze had geprobeerd, maar hij onderbrak haar.

'Het geeft niet. We hebben allebei geblunderd. Maar nu zijn we hier.'

Mae deed een stap achteruit om hem te bekijken, ze dacht dat ze misschien, ergens op zijn lichaam, een aanwijzing kon vinden of hij echt was of niet – een echte Cirkelaar, een echt mens. Ook nu droeg hij een strak shirt met lange mouwen, deze keer met smalle breedtestrepen in groen, rood en bruin, en ook nu had hij zich in een heel strakke broek weten te persen waarin zijn benen op een omgekeerde v leken.

'Je werkt hier toch?' vroeg ze.

'Natuurlijk. Hoe zou ik anders binnenkomen? De beveiliging is hier heel aardig. Vooral op een dag als vandaag, met onze illustere gast.' Hij knikte in de richting van de volksvertegenwoordigster, die net iemands tablet signeerde.

'Je ziet eruit alsof je net weg wilde gaan,' zei Mae.

'Is dat zo? Nee, hoor. Maar ik voel me prettig, hier achteraan. Tijdens dit soort bijeenkomsten zit ik graag. En waarschijnlijk wil ik ook een vluchtweg.' Hij wees met zijn duim over zijn schouder naar de trap achter zich.

'Ik ben vooral blij dat mijn leidinggevenden me hier hebben gezien,' zei Mae. 'Dat was voor mij prio één. Moet jij hier ook door een leidinggevende gezien worden?'

'Een leidinggevende?' Kalden keek haar even aan alsof ze zojuist iets had gezegd in een bekende en toch onbegrijpelijke taal. 'O ja,' zei hij en hij knikte. 'Die heeft me hier gezien. Daar heb ik wel voor gezorgd.'

'Heb je me al verteld wat je hier doet?'

'O, dat weet ik niet. Heb ik dat? Moet je die man zien.'

'Welke man?'

'Laat maar,' zei Kalden. Hij leek al vergeten te zijn naar wie hij had gekeken. 'Jij werkt dus bij PR?'

'Nee. Bij Customer Experience.'

Kalden hield zijn hoofd schuin. 'O. O, ja. Dat wist ik wel,' zei hij weinig overtuigend. 'Werk je daar al lang?'

Mae schoot in de lach. Hij was duidelijk afwezig. Zijn geest leek nauwelijks met zijn lichaam in verbinding te staan, laat staan met de aarde.

'Sorry,' zei hij en hij keek haar aan met een gezicht dat opeens onmogelijk oprecht en intelligent leek. 'Maar ik wíl dit soort dingen over jou onthouden. Ik hoopte zelfs je hier te treffen.'

'Hoe lang werk jij hier al?' vroeg ze.

'Ik? Hm.' Hij krabde zijn achterhoofd. 'Jeetje. Geen idee. Al een tijdje.'

'Een maand? Een jaar? Zes jaar?' vroeg ze. Ze bedacht dat hij een soort idiot savant moest zijn.

‘Zes?’ vroeg hij. ‘Dat is vanaf het begin. Vind je dat ik er oud genoeg uitzie om hier al zes jaar rond te lopen? Zo oud wíl ik er niet uitzien. Komt het door mijn grijze haar?’

Mae wist absoluut niet wat ze moest zeggen. Natuurlijk kwam het door zijn grijze haar. ‘Zullen we iets te drinken halen?’ vroeg ze.

‘Ik niet, maar ga je gang.’

‘Bang om je schuilplaats te verlaten?’

‘Nee, alleen niet zo sociaal gestemd.’

Ze liep naar een tafel waar een paar honderd glazen wijn ingeschonken stonden te wachten.

‘Jij bent toch Mae?’

Ze draaide zich om en zag Dayna en Hillary, de vrouwen die een duikboot voor Stenton aan het bouwen waren. Ze herinnerde zich dat ze hen op haar eerste dag had ontmoet, en sindsdien kreeg ze op haar tweede scherm minstens drie keer per dag een update van ze. Over een paar weken zou de bathyscaaf klaar zijn; Stenton wilde ermee naar de Marianentrog.

‘Ik heb jullie vorderingen bijgehouden,’ zei Mae. ‘Ongelofelijk. Bouwen jullie hem hier?’

Ze keek achterom of Kalden er niet vandoor was gegaan.

‘Inderdaad, met de mannen van Project Negen,’ zei Hillary met een handgebaar naar een ander, onbekend deel van de campus. ‘Veiliger om hem hier te bouwen – om de gepatenteerde onderdelen te beschermen.’

‘Dit is de eerste bathyscaaf die groot genoeg is om volwassen dieren mee terug te nemen,’ zei Dayna.

‘Mogen jullie ook mee?’

Dayna en Hillary lachten. ‘Nee,’ zei Hillary. ‘Dit ding wordt gebouwd voor één man en verder niemand. Alleen voor Tom Stenton.’

Dayna keek afkeurend naar Hillary en daarna weer naar Mae. ‘Het zou vrijwel onbetaalbaar zijn om hem groot genoeg te maken voor meerdere mensen.’

‘Ja,’ zei Hillary. ‘Dat bedoelde ik ook.’

Toen Mae met twee glazen wijn in haar handen weer bij Kaldens trap aankwam, zat hij daar nog steeds, maar hij had wel ergens twee glazen opgeduikeld.

'Er kwam iemand met een dienblad langs,' zei hij, en hij stond op.

Even stonden ze allebei met in elke hand een glas en Mae kon niets anders bedenken dan met alle vier de glazen te proosten, dus dat deden ze.

'Ik kwam de mensen tegen die de duikboot aan het bouwen zijn. Ken je die?'

Kalden sloeg zijn ogen ten hemel. Dat was onverwacht. Zoiets had Mae niemand anders bij de Cirkel ooit zien doen.

'Wat is er?' zei Mae.

'Niets,' antwoordde hij. 'Hoe vond je de toespraak?'

'Dat optreden van Santos? Goed. Heel spannend.' Ze woog haar woorden met zorg. 'Volgens mij wordt het een gedenkwaardig, eh, moment in de geschiedenis van de demo...' Ze viel stil toen ze hem zag glimlachen. 'Wat is er?' vroeg ze.

'Niets. Je hoeft geen toespraak te houden. Ik heb die van Stenton al gehoord. Vind je het echt een goed idee?'

'Jij niet dan?'

Hij haalde zijn schouders op en dronk een van zijn glazen half leeg. 'Nou ja, ik vind die man soms nogal verontrustend.' Hij besefte dat hij dat niet had moeten zeggen over een van de Drie Wijzen en gooide het over een andere boeg. 'Hij is zo slim. Gewoon intimiderend. Vind je echt dat ik er oud uitzie? Hoe oud schat je me? Dertig?'

'Zó oud nou ook weer niet.'

'Ik geloof je niet. Ik weet best dat ik er zo uitzie.'

Mae nam een slok uit een van haar glazen. Ze keken rond en zagen de beelden van Santos' camera. Die werden op de achterwand geprojecteerd en een groepje Cirkelaars stond ernaar te kijken terwijl Santos zelf een paar meter verderop stond te praten. Een van de Cirkelaars zag zichzelf op de beelden van haar camera en hield zijn hand zo dat zijn geprojecteerde gezicht bedekt was.

Kalden keek aandachtig en met gefronste wenkbrauwen toe. 'Hm,' zei hij. Hij hield zijn hoofd schuin, als een reiziger die vreemde lokale gewoonten probeert te doorgronden. Hij wendde zich naar Mae, keek naar de twee glazen in haar handen en in zijn eigen handen, alsof hij er toen pas de humor van inzag dat zij allebei met twee glazen in de deuropening stonden. 'Ik zet dit weg,' zei hij en hij dronk het glas in zijn linkerhand leeg. Mae volgde zijn voorbeeld.

'Sorry,' zei ze zonder aanleiding. Ze wist dat ze al gauw een beetje dronken zou zijn, waarschijnlijk te dronken om het te kunnen verbergen, met slechte beslissingen als gevolg. Ze probeerde iets intelligents te bedenken om te zeggen nu ze dat nog kon. 'Waar blijft dat eigenlijk allemaal?' vroeg ze.

'Alles wat de camera opneemt?'

'Ja, wordt dat ergens opgeslagen? In de cloud?'

'Jazeker, het staat in de cloud, maar het moet ook ergens fysiek worden opgeslagen. De beelden van Stewarts camera... Wacht. Wil je iets zien?'

Op zijn lenige spillebenen was hij al halverwege de trap.

'Ik weet niet,' antwoordde Mae.

Kalden keek haar aan alsof ze hem had gekwetst. 'Ik kan je laten zien waar Stewart is opgeslagen. Wil je dat? Ik breng je heus niet naar een of andere kerker.'

Mae speurde de zaal af op zoek naar Dan en Jared, maar kon hen niet vinden. Ze was een uur gebleven en allebei hadden ze haar gezien, dus ze ging ervan uit dat ze weg kon. Ze nam nog wat foto's, postte die en verstuurde een reeks tings waarin ze de gebeurtenissen beschreef en van commentaar voorzag. Toen volgde ze Kalden naar beneden, drie trappen af, naar wat volgens haar de kelder moest zijn.

'Ik vertrouw je volledig, dat merk je,' zei ze.

'En terecht,' zei Kalden. Hij liep op een grote blauwe deur af. Hij streek met zijn vingers over een kastje aan de muur en de deur ging open. 'Kom.'

Ze volgde hem door een lange gang en had het gevoel dat ze door een diepe ondergrondse tunnel van het ene gebouw naar het andere liepen. Al snel verscheen de volgende deur en weer opende Kalden het slot met zijn vingerafdrukken. Mae volgde hem, bijna duizelig, geïntrigeerd door het vreemde feit dat hij overal toegang toe bleek te hebben en te beschonken om te bedenken of het wel verstandig was deze kalligrafische man door dit labyrint te volgen. Ze gingen, schatte Mae, vier verdiepingen met de lift naar beneden, kwamen uit in een andere lange gang en vervolgens weer bij een trap, die ze af liepen. Mae vond haar tweede glas wijn al snel hinderlijk, dus dronk ze het leeg.

'Kan ik dit ergens neerzetten?' vroeg ze. Zonder iets te zeggen pakte Kalden het glas en zette het op de onderste trede van de trap die ze zojuist waren afgedaald.

Wat was dit voor iemand? Hij kon alle deuren openmaken die hij tegenkwam, maar hij had ook anarchistische trekjes. Niemand anders van de Cirkel zou zomaar een glas achterlaten – dat was tenslotte een daad van opperste milieuvervuiling – en niemand zou tijdens een bedrijfsfeestje zo'n tocht maken. Ergens diep vanbinnen wist Mae dat Kalden weleens een onruststoker zou kunnen zijn en dat wat ze deden waarschijnlijk tegen enkele of alle regels en voorschriften inging.

'Ik weet nog steeds niet wat je bij dit bedrijf doet,' zei ze.

Ze liepen door een zwak verlichte gang die geleidelijk afliep en oneindig leek.

Hij sloeg een hoek om. 'Niet veel. Ik ga naar vergaderingen. Ik luister, ik geef feedback. Niet erg belangrijk allemaal,' zei hij terwijl hij snel voor haar uit liep.

'Ken je Annie Allerton?'

'Natuurlijk. Ik ben dol op Annie.' Toen keerde hij zich naar haar om. 'Hé, heb je die citroen nog die ik je heb gegeven?'

'Nee. Hij is nooit geel geworden.'

'Hm,' zei hij en hij leek haar even niet meer te zien, alsof zijn blik elders nodig was, ergens diep in zijn gedachten, voor een korte maar cruciale berekening.

'Waar zijn we?' vroeg Mae. 'Ik heb het gevoel dat we honderden meters onder de grond zitten.'

'Dat nog niet,' zei hij. Zijn blik was nu helderder. 'Maar wel bijna. Heb je weleens van Project Negen gehoord?'

Project Negen was, voor zover Mae wist, de verzamelnaam voor het geheime onderzoek bij de Cirkel. Alles van ruimtetechniek – Stenton dacht dat de Cirkel een veel beter herbruikbaar ruimteschip kon ontwerpen en bouwen – tot wat volgens de geruchten een plan was om enorme hoeveelheden gegevens in menselijk DNA te implanteren en beschikbaar te maken.

'Gaan we daar naartoe?' vroeg Mae.

'Nee,' zei hij en hij deed weer een deur open.

Ze stapten een royale ruimte binnen, ongeveer zo groot als een basketbalveld, die zwak verlicht was, behalve waar een stuk of tien spots gericht stonden op een reusachtige roodmetalen doos, zo groot als een autobus en met gladde, glimmende zijkanten. Het ding werd omgeven door een enorm rasterwerk van glimmende, zilverkleurige pijpen.

'Het ziet eruit als een sculptuur van Donald Judd,' zei Mae.

Kalden keek haar aan, zijn gezicht lichtte op. 'Wat leuk dat je dat zegt. Ik ben heel sterk door hem geïnspireerd. Ik vind die uitspraak van hem geweldig: "Dingen die bestaan, bestaan en alles staat aan hun kant." Heb je ooit iets van hem in het echt gezien?'

Mae kende het werk van Donald Judd slechts oppervlakkig – bij een van haar cursussen kunstgeschiedenis waren een paar lessen aan hem gewijd – maar ze wilde Kalden niet teleurstellen. 'Nee, maar ik vind hem goed,' zei ze. 'Ik hou van zijn ernst.'

Er verscheen iets nieuws op Kaldens gezicht, iets van nieuw respect of nieuwe belangstelling voor Mae, alsof ze op dat moment driedimensionaal en permanent was geworden.

En toen verpestte ze het weer. 'Heeft hij dit voor het bedrijf gemaakt?' vroeg ze met een knik naar de kolossale rode doos.

Kalden begon te lachen en keek haar aan; zijn belangstelling voor haar was niet verdwenen, maar beslist tanende. 'Nee, o nee. Hij is al tientallen jaren dood. Dit is alleen door zijn esthetica geïnspireerd. Het is eigenlijk een machine. Aan de binnenkant dan. Het is een opslagunit.'

Hij keek Mae aan in de verwachting dat zij de gedachte aan zou vullen. Dat kon ze niet.

'Dit is Stewart,' zei hij uiteindelijk.

Mae wist niets over dataopslag, maar had altijd gedacht dat dit soort informatie in een veel kleinere ruimte kon worden opgeslagen.

'En dat allemaal voor één persoon?' vroeg ze.

'Nou ja, het is de opslag van de ruwe data, plus de capaciteit om daar allerlei scenario's op los te laten. Elk stukje video wordt op wel honderd verschillende manieren geanalyseerd. Alles wat Stewart ziet, wordt in verband gebracht met het andere beschikbare videomateriaal en dat helpt ons de hele wereld te analyseren. En natuurlijk is alles wat via Stewarts camera's binnenkomt exponentieel gedetailleerder en gelaagder dan bij een toestel voor de consument.'

'Waarom wordt het hier bewaard en niet in de cloud of ergens in de woestijn?'

'Ach, sommige mensen willen hun as laten verstrooien en anderen geven de voorkeur aan een lapje grond in de buurt, toch?'

Mae wist niet helemaal zeker wat hij daarmee bedoelde, maar dacht niet dat ze dat kon toegeven. 'En die buizen zijn voor de stroom?' vroeg ze.

Kalden deed zijn mond open, maar zei niets en glimlachte toen. 'Nee, die zijn voor het water. Er is een hele sloot water nodig om de processoren te koelen. Het water loopt door het buizenstelsel en koelt zo het hele apparaat. Miljoenen liters per maand. Wil je de ruimte voor Santos zien?'

Hij ging haar voor naar een andere, identieke ruimte die door een tweede grote rode doos werd gedomineerd. 'Deze was eerst voor iemand anders bedoeld, maar toen Santos zich meldde, is hij naar haar gegaan.'

Mae had die avond al te veel domme dingen gezegd en voelde zich licht in het hoofd, dus besloot ze de vragen die ze had willen stellen maar voor zich te houden: hoe komt het dat die dingen zoveel ruimte innemen? En dat daar zoveel water voor nodig is? En als er zelfs maar honderd mensen bij komen die elke minuut van hun leven wilden vastleggen – en natuurlijk willen miljoenen mensen transparant worden, ze zullen erom smeken –, hoe moest dat dan als elk leven zoveel ruimte kostte? Waar moeten al die grote, rode dozen naartoe?

'O wacht, er gaat zo meteen iets gebeuren,' zei Kalden. Hij pakte haar hand en nam haar mee terug naar de ruimte van Stewart, waar ze met z'n tweeën stonden te luisteren naar het brommen van de machines.

'Is het al gebeurd?' vroeg Mae, die huiverde bij het voelen van zijn hand, zijn zachte handpalm en zijn lange, warme vingers.

Kalden trok zijn wenkbrauwen op ten teken dat ze moest wachten.

Boven hen klonk een luid geruis, onmiskenbaar stromend water. Mae keek omhoog en dacht even dat ze doorweekt zouden raken, maar besefte toen dat het alleen het water was dat door de buizen liep, op weg naar Stewart, om alles te koelen wat hij had gedaan en gezien.

'Een mooi geluid, vind je niet?' vroeg Kalden en hij keek haar aan, zijn blik leek terug te willen naar de plaats waar Mae meer dan iets kortstondigs was geweest.

'Ja, mooi.' En toen, omdat de wijn haar deed wankelen, omdat hij zonet haar hand had vastgehouden en omdat iets in dat stromende water haar bevrijdde, legde ze haar handen om Kaldens gezicht en kuste hem op de lippen.

Zijn handen kwamen omhoog en hij hield haar voorzichtig om haar middel vast, alleen met zijn vingertoppen, alsof ze een ballon was die hij niet wilde laten barsten. Eén vreselijk moment lang was zijn mond levenloos, verdoofd. Mae dacht dat ze zich vergist had. Maar toen, alsof een reeks signalen en aanwijzingen eindelijk zijn cerebrale cortex had bereikt, werden zijn lippen wakker en kuste hij haar net zo hard terug.

'Wacht,' zei hij even later en maakte zich los. Hij knikte naar de rode doos met Stewart en voerde haar bij de hand de zaal uit naar een smalle gang die ze niet eerder had gezien. Hij was niet verlicht en toen ze er verder inliepen, drong het licht van Stewart niet langer door.

'Nu ben ik bang,' zei Mae.

'We zijn er bijna.'

Het kraken van een stalen deur. Hij ging open en erachter lag een enorm vertrek dat door een zwak blauw schijnsel werd verlicht. Kalden leidde haar binnen in wat een grote grot leek te zijn, tien meter hoog, met een tongewelf.

'Wat is dit?' vroeg ze.

'Het moest ooit deel uitmaken van de metro,' antwoordde hij. 'Maar het is verlaten. Nu is het alleen maar leeg, een vreemde combinatie van een door mensen gemaakte tunnel en een echte grot. Zie je die stalactieten?'

Hij wees naar de grote tunnel, die met zijn stalagmieten en stalactieten de aanblik van een mond vol scheve tanden bood.

'Waar gaat hij heen?' vroeg ze.

'Hij komt uit op de tunnel onder de baai. Ik ben er zo'n achthonderd meter ingelopen, maar dan wordt het te nat.'

Vanwaar ze stonden, zagen ze een ondiepe plas op de tunnelbodem.

'Ik vermoed dat de toekomstige Stewarts daar terechtkomen,' zei hij. 'Met z'n duizenden, al worden ze waarschijnlijk kleiner. Ik weet zeker dat ze de behuizing bijtijds tot mensenformaat verkleind krijgen.'

Ze keken samen de tunnel in en Mae stelde het zich voor, een eindeloos raster van roodstalen dozen dat zich tot diep in het donker uitstrekte.

Hij draaide zich naar haar om. 'Je mag tegen niemand zeggen dat ik je hier mee naartoe heb genomen.'

'Dat zal ik niet doen,' zei Mae en ze bedacht toen dat ze om die belofte gestand te doen tegen Annie zou moeten liegen. Op dat moment leek het een geringe prijs. Ze wilde Kalden nog een keer kussen, bracht haar gezicht naar het zijne en opende haar mond tegen zijn lippen. Ze sloot haar ogen en stelde zich de lange grot voor, het blauwe licht bovenin, het donkere water beneden.

En toen, in de schaduw, bij Stewart vandaan, veranderde er iets in Kalden en leken zijn handen zekerder te worden. Hij trok haar dichter tegen zich aan, met steeds meer kracht in zijn handen. Zijn mond gleed van haar mond over haar wang naar haar hals, stopte even en ging toen omhoog naar haar oor; zijn adem was warm. Ze probeerde hem bij te houden, hield zijn hoofd in haar handen, verkende zijn hals, zijn rug, maar hij had de leiding, hij was iets van plan. Met zijn rechterhand op haar onderrug trok hij haar tegen zich aan, ze voelde hem hard tegen haar buik.

Toen werd ze opgetild. Ze hing in de lucht, hij droeg haar en zij sloeg haar benen om hem heen terwijl hij doelgericht naar een punt achter haar liep. Ze deed kort haar ogen open en sloot ze weer: ze wilde niet weten waar hij haar heen bracht, ze vertrouwde hem, al wist ze hoe verkeerd het was hem te vertrouwen, zo ver onder de grond, een man die ze niet kon vinden, wiens volledige naam ze niet eens wist.

Hij boog zich voorover en zij zette zich schrap, verwachtte de stenen vloer van de grot te voelen, maar landde in plaats daarvan zachtjes op een matras. Toen opende ze haar ogen. Ze bevonden zich in een nis, een grot in de grot, die zo'n zestig centimeter boven de grond uit de muur was gehakt. De nis lag vol kussens en dekens, waar hij haar voorzichtig op neerlegde.

'Slaap je hier?' vroeg ze en in haar koortsachtige toestand leek haar dat bijna logisch.

'Soms,' antwoordde hij en zijn adem schroeide haar oor.

Ze bedacht dat ze bij dokter Villalobos condooms had gekregen. 'Ik heb iets bij me.'

'Mooi,' zei hij. Hij nam er een van haar aan en scheurde de verpakking open terwijl zij zijn broek over zijn heupen duwde.

Met twee snelle bewegingen trok hij haar broek en slipje uit en gooide ze opzij. Hij verborg zijn gezicht tegen haar buik, zijn handen hielden haar dijen vast, zijn vingers kropen omhoog, naar binnen.

'Kom omhoog, hier bij me,' zei ze.
Dat deed hij en hij hijgde in haar oor: 'Mae.'
Ze kon geen woord uitbrengen.
'Mae,' zei hij weer en ze viel in duizend stukjes uiteen.

Ze werd in het campushotel wakker en dacht eerst dat ze alles had gedroomd: de ondergrondse ruimtes, het water, de rode dozen, de hand op haar onderrug en daarna het bed en de kussens in de grot-in-een-grot – het leek allemaal even onwaarschijnlijk. Het was zo'n toevallig samenraapsel van details waar je in dromen mee stoeit en die in de echte wereld geen van alle mogelijk zijn.

Maar bij het opstaan, douchen en aankleden realiseerde ze zich dat alles zo was gebeurd als ze het zich herinnerde. Ze had Kalden gekust, een man over wie ze bijna niets wist en die haar niet alleen door een reeks zwaarbeveiligde ruimtes had geleid, maar bovendien naar een of andere donkere antichambre, waar ze urenlang in elkaar waren opgegaan en toen in slaap waren gevallen.

Ze belde Annie. 'We hebben het gedaan.'

'Wie? Jij en die ouwe man?'

'Hij is niet oud.'

'Hij rook niet muf? Begon hij niet over zijn pacemaker of zijn luiers? Zeg nou niet dat hij de geest gegeven heeft.'

'Hij is nog geen dertig.'

'Heb je deze keer wel zijn achternaam gevraagd?'

'Nee, maar hij heeft me een nummer gegeven waarop ik hem kan bellen.'

'O, dat is klasse. En heb je het al geprobeerd?'

'Nog niet.'

'Nog niet?'

Mae's maag trok samen. Annie zuchtte hoorbaar.

'Je weet dat ik bang ben dat hij een spion of een stalker is. Heb je al uitgezocht of hij iets op de campus te zoeken heeft?'

'Ja. Hij werkt bij de Cirkel. Hij zei dat hij jou kende en hij kon bijna overal in. Hij is normaal. Misschien een tikje excentriek.'

'Bijna overal in? Wat bedoel je?' Annies toon werd nu scherp.

Op dat moment besefte Mae dat ze tegen Annie zou liegen. Ze wilde weer bij Kalden zijn, ze wilde zich hier en nu om hem heen wikkelen en ze wilde niet dat Annie iets zou doen om haar bij hem weg te houden, bij zijn brede schouders en zijn sierlijke gestalte.

'Ik bedoel alleen dat hij goed de weg wist,' zei Mae. Ergens dacht ze dat hij inderdaad niet het recht had op de campus te zijn, dat hij een insluiper was, en in een flits besefte ze dat hij misschien wel in dat vreemde ondergrondse hol woonde. Misschien hoorde hij bij een tegen de Cirkel gekante macht. Misschien werkte hij in een of andere hoedanigheid voor senator Williamson of voor een toekomstige concurrent van de Cirkel. Of misschien was hij gewoon niets bijzonders, een bloggende stalker die zo dicht mogelijk bij de machinerie in het centrum van de wereld wilde komen.

'Waar hebben jullie het gedaan? In jouw hotelkamer?'

'Yep.' Op deze manier was liegen niet zo moeilijk.

'En is hij blijven slapen?'

'Nee, hij moest naar huis.' In het besef dat ze alleen maar meer leugens zou vertellen naarmate ze langer met Annie bleef kletsen, verzon Mae een reden om op te hangen. 'De CirkelSurvey moet vandaag bij mij worden geïnstalleerd,' zei ze. Wat min of meer waar was.

'Bel dan later maar terug. En je moet zijn naam achterhalen.'

'Doe ik.'

'Mae, ik ben je baas niet. Ik wil niet de supervisor uithangen of zo, maar het bedrijf moet weten wie die man is. We moeten de bedrijfsbeveiliging serieus nemen. Laten we hem vandaag nog definitief identificeren, oké?' Annies toon was veranderd, ze klonk als een geïrriteerde leidinggevende. Mae hield haar woede in en hing op.

Mae belde het nummer dat Kalden haar had gegeven, maar de telefoon ging eindeloos over. Er was geen voicemail. Weer besefte ze dat ze hem op geen enkele manier kon bereiken. Ze had, met tussenpozen, de hele nacht liggen denken dat ze hem om zijn achternaam of andere informatie moest vragen, maar het juiste moment was nooit gekomen, hij had niet naar de hare gevraagd en ze was ervan uitgegaan dat ze bij het afscheid wel gegevens zouden uitwisselen. En toen waren ze het vergeten. Zij tenminste. Hoe hadden ze eigenlijk afscheid genomen? Hij was meegelopen naar het campushotel en daar, in de deuropening, had hij haar opnieuw gekust. Of misschien ook niet. Toen Mae er nog eens over nadacht, herinnerde ze zich dat hij hetzelfde had gedaan als de vorige keer: hij had haar opzij getrokken, buiten het lichtschijnsel van de deuropening, en haar vier keer gekust: op haar voorhoofd, haar kin en beide wangen, het teken van het kruis. Daarna had hij zich snel afgewend en was hij in de schaduwen bij de waterval verdwenen, de waterval waar Francis de wijn had gevonden.

Tijdens de lunchpauze liep Mae naar de Culturele Revolutie, waar ze op aandringen van Jared, Josiah en Denise zou worden voorzien van de software om aan CirkelSurveys mee te kunnen doen. Er was haar verzekerd dat het een beloning was, een eer – en een prettige bovendien – om een van de Cirkelaars te zijn die ten behoeve van de klanten van de Cirkel werd bevraagd over haar smaak, haar voorkeuren en haar koopgewoonten en -plannen.

'Dit is echt de juiste volgende stap voor jou,' had Josiah gezegd.

Denise had geknikt. 'Ik denk dat je het hartstikke leuk zult vinden.'

Pete Ramirez was op een onopvallende manier knap en een paar jaar ouder dan Mae. Hij zat in een kamer zonder bureau, zonder stoelen en zonder rechte hoeken. Het vertrek was rond en toen Mae binnenkwam, stond Pete in een headset te praten, met een honkbalknuppel te zwaaien en uit het raam te kijken. Hij wenkte haar binnen en beëindigde zijn gesprek. Hij had de honkbalknuppel nog in zijn linkerhand toen hij haar zijn rechter gaf.

'Mae Holland. Fijn dat je er bent. Ik weet dat dit je lunchpauze is, dus we houden het kort. Als je mijn bruuskheid even voor lief wilt nemen, sta je over zeven minuten weer buiten, goed?'

'Prima.'

'Mooi. Weet je waarom je hier bent?'

'Ik denk het wel.'

'Je bent hier omdat je mening op prijs wordt gesteld. Zozeer zelfs dat jouw mening – over zo ongeveer alles – wereldkundig moet worden gemaakt. Is dat niet vleiend?'

Mae glimlachte. 'Zeker.'

'Goed, zie je de headset die ik opheb?'

Hij wees op het ding op zijn hoofd. Langs zijn wang liep een ultradun armpje met aan het uiteinde een microfoontje.

'Jij krijgt van mij net zo'n kek setje. Hoe vind je dat?' Mae glimlachte, maar Pete wachtte niet op antwoord. Hij schikte een identieke headset op Mae's haar en verstelde de microfoon.

'Zeg eens iets, zodat ik de geluidsniveaus kan controleren?'

Er was geen tablet of scherm te zien en Mae ging er dus van uit dat hij volledig retinaal was – de eerste die ze persoonlijk ontmoette.

'Zeg maar gewoon wat je vanmorgen hebt gegeten.'

'Een banaan en cruesli.'

'Goed. Laten we eerst een geluidje uitkiezen. Heb je een favoriet geluid voor je berichten? Een tsjilp of een riedeltje of zo?'

'Een standaard-tsjilp misschien?'

'Dit is de tsjilp,' zei hij en ze hoorde hem door haar koptelefoon.

'Die is wel goed.'

'"Wel goed" is niet goed genoeg. Je gaat hem namelijk heel vaak horen. Je moet het dus zeker weten. Probeer er nog maar een paar.'

Ze probeerden nog een stuk of tien andere geluiden en kwamen ten slotte uit op het geluid van een belletje, ver weg en met een intrigerende nagalm, alsof het in een verafgelegen kerk werd geluid.

'Mooi,' zei Pete. 'Dan zal ik je nu uitleggen hoe het werkt. Het idee is om de vinger aan de pols te houden bij een selecte groep Cirkelaars. Het is belangrijk werk. Jij bent geselecteerd omdat jouw mening van groot belang is, voor ons en voor onze klanten. Aan de hand van jouw antwoorden stemmen wij onze diensten af op hun behoeften. Oké?'

Mae wilde antwoorden maar hij praatte al weer door.

'Elke keer dat je het belletje hoort, knik je. Je headset registreert dat en daarna wordt via je koptelefoon de vraag gesteld. Je beantwoordt de vraag in standaardtaal. Soms wordt een vraag zo geformuleerd dat een van de standaardantwoorden van toepassing is: smile of frown. De stemherkenning is helemaal afgestemd op deze twee antwoorden, je hoeft dus niet bang te zijn dat je te onduidelijk praat. En natuurlijk levert geen enkel antwoord problemen op als je goed articuleert. Wil je er eentje proberen?'

Mae knikte. Toen het belletje klonk, knikte ze wederom en kreeg ze via haar koptelefoon een vraag binnen: 'Wat vind je van schoenen?'

Ze lachte en zei: 'Smile.'

Pete gaf haar een knipoog. 'Makkelijke vraag.'

De stem vroeg: 'Wat vind je van elegante schoenen?'

'Smile.'

Pete stak zijn hand op ter onderbreking. 'De meeste vragen kun je natuurlijk niet beantwoorden met een van de drie standaardantwoorden: smile, frown of mwah. Vragen kunnen altijd uitgebreider worden beantwoord. Bij de volgende moet dat zelfs. Komt-ie.'

'Hoe vaak koop je nieuwe schoenen?'

'Eens in de twee maanden,' antwoordde ze. Er klonk een belletje.

'Ik hoorde een belletje. Is dat de bedoeling?'

'Ja, sorry,' zei hij. 'Dat heb ik net aangezet. Dat betekent dat jouw antwoord gehoord en opgenomen is en dat de volgende vraag klaarstaat. Je kunt nog een keer knikken en dan komt de volgende vraag, of je kunt op de prompt wachten.'

'Wat is het verschil ook weer?'

'Nou ja, je hebt een bepaald, ik wil niet zeggen quotum, maar een bepaald aantal vragen dat je in een werkdag idealiter geacht wordt te beantwoorden. Iets van vijfhonderd, maar het kunnen er ook meer of minder zijn. Je kunt ze in je eigen tempo beantwoorden, in sneltreinvaart, of ze juist over je werkdag verdelen. De meeste mensen halen vijfhonderd vragen per uur, het is dus niet al te stressvol. Je kunt ook wachten op de prompts, die verschijnen als het programma vindt dat je het tempo moet opvoeren. Heb je ooit zo'n online-programma voor verkeersovertreders gedaan?'

Dat had Mae. Er waren tweehonderd vragen geweest die officieel twee uur kostten. Ze had er vijfentwintig minuten over gedaan. 'Ja,' zei ze.

'Dit is net zoiets. Ik weet zeker dat je in no time door je dagelijkse portie vragen heen bent. We kunnen uiteraard sneller gaan als je er eenmaal lekker in zit. Goed?'

'Prima.'

'Als je het druk hebt, krijg je na een tijdje een tweede signaal om je eraan te herinneren dat je nog vragen moet wegwerken. Dat moet een ander signaal zijn. Wil je er nog eentje uitkiezen?'

Ze liepen de signalen nog een keer door. Ditmaal koos ze een misthoorn in de verte.

'Je kunt ook een willekeurig signaal kiezen,' zei hij. 'Dat doen sommige mensen. Luister maar. Of wacht even.' Hij had geen aandacht meer voor Mae en sprak in zijn headset. 'Demo stem Mae M-A-E.' Toen keek hij haar weer aan. 'Goed, komt-ie.'

Mae hoorde haar eigen stem haar naam zeggen, net iets harder dan een fluistering. Het klonk heel intiem en ze voelde een vreemde wervelwind door zich heen gaan.

'Dat is toch jouw stem?'

Mae was in de war en bloosde – het klonk helemaal niet zoals zij – maar ze slaagde erin te knikken.

'Het programma neemt je stem van je telefoon op en daarmee kunnen we elk woord vormen. Zelfs je eigen naam! Moet dat je tweede signaal worden?'

'Ja,' antwoordde Mae. Ze wist niet zeker of ze het prettig vond haar eigen stem steeds haar eigen naam te horen zeggen, maar ze wist wel dat ze hem zo snel mogelijk nog eens wilde horen. Het klonk heel raar, net een tikje ernaast.

'Goed,' zei Pete. 'Dan zijn we klaar. Zodra jij weer aan je bureau zit, klinkt je eerste belletje. En dan werk je vanmiddag zo veel mogelijk vragen weg, in elk geval de eerste vijfhonderd. Goed?'

'Goed.'

'O, en als je zo bij je bureau aankomt, zie je een nieuw scherm. Zo nu en dan krijg je een afbeelding te zien als dat nodig is. Dat beperken we zo veel mogelijk, want we weten dat jullie je moeten concentreren.'

Toen Mae bij haar bureau aankwam, was direct rechts van het scherm met de vragen van de newbies een nieuw scherm neergezet, haar vijfde. Ze had nog een paar minuten tot het één uur was, dus probeerde ze het systeem uit. Het eerste belletje ging en ze knikte. Een vrouwenstem als van een nieuwslezer vroeg: 'Als je op vakantie gaat, zoek je dan ontspanning, bijvoorbeeld op het strand of in een chic hotel, of neig je meer naar avontuur, bijvoorbeeld een rafttocht?'

Mae antwoordde: 'Avontuur.'

Een belletje, zacht en aangenaam, klonk op.

'Dank je. Wat voor avontuur?' vroeg de stem.

'Rafting,' antwoordde Mae.

Weer een belletje. Mae knikte.

'Dank je. Wat de rafttocht betreft, gaat je voorkeur uit naar een meerdaagse tocht met onderweg kamperen of naar een dagtocht?'

Mae keek op en zag het kantoor volstromen met de andere leden van haar groep, die van de lunch terugkwamen. Het was 12.58 uur.

'Meerdaags,' zei ze.

Weer een belletje. Mae knikte.

'Dank je. Wat vind je van een tocht door de Grand Canyon?'

'Smile.'

Het belletje zong zachtjes. Mae knikte.

'Dank je. Zou je bereid zijn twaalfhonderd dollar te betalen voor een tocht van een week door de Grand Canyon?' vroeg de stem.

'Mwah,' zei Mae. Ze keek op en zag Jared op zijn stoel staan.

'De sluizen zijn open!' riep hij.

Vrijwel direct verschenen er twaalf vragen van klanten. Mae beantwoordde de eerste, scoorde 92, deed de follow-up en eindigde op

97. Ze beantwoordde de volgende twee, met een gemiddelde van 96.

'Mae.'

De stem van een vrouw. Ze keek rond, misschien was het Renata. Maar er was niemand in de buurt.

'Mae.'

Toen besefte ze dat het haar eigen stem was, de afgesproken prompt. Hij was luider dan ze had verwacht, luider dan de vragen en de bel, maar toch verleidelijk, opwindend. Ze draaide het geluid op de headset zachter en weer klonk die stem: 'Mae.'

Zo, met het geluid zacht, klonk hij lang niet zo intrigerend en dus draaide ze het geluid weer terug.

'Mae.'

Het was haar stem, dat wist ze, maar toch klonk hij minder als zij dan als een oudere en wijzere uitvoering van haar. Als ze een oudere zus had gehad die meer had meegemaakt dan zij, zou haar stem ongeveer zo klinken, bedacht ze.

'Mae,' sprak de stem weer.

De stem leek Mae uit haar stoel te tillen en rond te draaien. Telkens wanneer ze hem hoorde, begon haar hart sneller te kloppen.

'Mae.'

'Ja,' zei ze ten slotte.

Maar er gebeurde niets. Hij was niet geprogrammeerd om vragen te beantwoorden. Er was haar niet verteld hoe ze moest reageren. Ze probeerde het met een knik.

'Dank je, Mae,' zei haar stem en het belletje klonk.

'Zou je bereid zijn twaalfhonderd dollar te betalen voor een tocht van een week door de Grand Canyon?' vroeg de eerste stem opnieuw.

'Ja.'

Het belletje klonk.

Het was allemaal begrijpelijk genoeg. Op de eerste dag werkte ze 652 enquêtevragen weg en kreeg ze felicitaties binnen van Pete Ramirez, Dan en Jared. Ze voelde zich sterk en wilde een nog betere indruk maken, dus beantwoordde ze de volgende dag 820 en de dag daarop

991 vragen. Het was niet moeilijk en de waardering voelde goed. Pete vertelde hoezeer haar inbreng, haar openhartigheid en haar inzichten door de klanten op prijs werden gesteld. Omdat zij zo handig met het programma was, kon het ook vrij eenvoudig bij andere leden van haar groep worden ingevoerd. Zo zaten aan het einde van week twee nog een stuk of tien mensen in het kantoor enquêtevragen te beantwoorden. Het kostte een dag of wat om eraan te wennen zoveel mensen zo vaak te zien knikken – en ook nog op verschillende manieren: sommigen schokkerig als een vogel, anderen vloeiender – maar al snel werd het net zo normaal als hun andere werk: ook hierbij ging het om typen, zitten en het werk op een reeks schermen zien verschijnen. Op bepaalde momenten leverde dat een vrolijk plaatje op van een kudde schijnbaar eendrachtig knikkende koppen, alsof in alle hoofden dezelfde muziek werd gespeeld.

De extra taak met de CirkelSurveys leidde Mae af van haar gedachten aan Kalden, die nog steeds geen contact had gezocht en niet één keer zijn telefoon had opgenomen. Na twee dagen was ze gestopt met bellen en had ze besloten maar helemaal niet meer over hem te praten, tegen Annie of wie dan ook. Haar gedachten aan hem volgden hetzelfde spoor als na hun eerste ontmoeting bij het circus. Dat ze hem niet kon bereiken vond ze aanvankelijk interessant, origineel zelfs. Maar na drie dagen leek het dwars en puberaal. Op dag vier had ze genoeg van het spelletje. Iemand die zomaar verdween, was niet serieus. Hij nam haar en haar gevoelens niet serieus. Waren ze samen, dan leek hij ontzettend gevoelig, maar was hij niet bij haar, dan ervoer ze zijn afwezigheid – omdat die volledig was en omdat volledige non-communicatie in een omgeving als de Cirkel zo moeilijk was – als een daad van geweld. Hoewel Kalden de enige man was voor wie ze ooit echte lust had gevoeld, was ze klaar met hem. Ze had liever een mindere man die wél beschikbaar, bekend en traceerbaar was.

Intussen boekte ze steeds betere resultaten op de CirkelSurvey. Doordat het aantal enquêtes van alle collega's bekend werd gemaakt, heerste er een gezonde concurrentie en bleef iedereen alert. Mae's gemiddelde lag op 1345 vragen per dag, de op één na hoogste score, direct na een newbie genaamd Sebastian die in de hoek zat en nooit achter zijn bureau vandaan kwam om te lunchen. Aangezien Mae op haar vierde scherm nog steeds de vragen binnenkreeg die de newbies niet aankonden, vond zij een tweede plaats in deze categorie allang best. Vooral nu haar PartiRank al de hele maand onder de 1900 zat en Sebastian de 4000-grens nog moest halen.

Toen ze op een dinsdagmiddag probeerde onder de 1800 te komen door honderden foto's en posts op de BinnenCirkel van commentaar te voorzien, zag ze in de verte, tegen de deurpost aan de andere kant van het kantoor, een gestalte geleund staan. Het was een man en hij droeg hetzelfde gestreepte shirt als Kalden bij hun laatste ontmoeting. Hij hield zijn armen over elkaar en zijn hoofd schuin, alsof hij iets zag wat hij niet helemaal begreep of kon geloven. Mae wist zeker dat het Kalden was en vergat te ademen. Voordat ze een minder gretige reactie kon bedenken, zwaaide ze al en hij zwaaide terug door zijn hand tot net boven zijn middel op te steken.

'Mae,' zei de stem door haar koptelefoon.

Op dat moment draaide de gestalte in de deuropening zich om en verdween.

'Mae,' zei de stem weer.

Ze zette haar koptelefoon af en holde naar de deur waar ze hem had zien staan, maar hij was verdwenen. Instinctief ging ze naar de wc waar ze hem eerder had getroffen, maar daar was hij ook niet.

Toen ze terugkwam bij haar bureau, zat er iemand in haar stoel. Het was Francis.

'Het spijt me nog steeds,' zei hij.

Ze keek hem aan. Zijn zware wenkbrauwen, zijn neus als een scheepskiel, zijn onzekere glimlach. Mae zuchtte; ze doorzag hem. Die glimlach, besefte ze, was de glimlach van iemand die nooit zeker wist of hij de clou wel snapte. Toch had Mae de afgelopen dagen aan Francis gedacht, aan het scherpe contrast tussen hem en Kalden. Kalden was een schim die door Mae achternagezeten wilde worden; Francis was zo makkelijk te krijgen, zo totaal zonder enig mysterie. In een zwak moment had ze zich weleens afgevraagd wat ze zou doen wanneer ze hem weer zag. Francis was bereidwillig en aanwezig – zou ze daarvoor zwichten, voor het simpele feit dat hij bij haar wilde zijn? De vraag zat al dagen in haar hoofd, maar nu pas wist ze het antwoord. Nee. Ze walgde nog steeds van hem. Van zijn meegaandheid. Zijn emotionele onzekerheid. Zijn smekende stem. Zijn gesteel.

'Heb je de opname gewist?' vroeg ze.

'Nee. Dat kan niet, dat weet je.' Hij lachte en draaide in haar stoel rond. Hij dacht dat ze een vriendschappelijk gesprek voerden. 'Jij had een vraag voor de BinnenCirkelenquête en die heb ik beantwoord. Ik neem aan dat je ervóór bent dat de Cirkel hulp naar Jemen stuurt?'

Even stelde ze zich voor dat ze haar vuist in zijn gezicht plantte.

'Ga alsjeblieft weg,' zei ze.

'Mae. Niemand heeft die opname bekeken. Hij is gewoon deel van het archief. Een van de tienduizend video-opnamen die alleen al hier bij de Cirkel worden bewaard. Een van de miljarden opnamen wereldwijd, elke dag.'

'En ik wil niet dat hij tussen die miljarden zit.'

'Je weet best dat die opname ons technisch gezien geen van beiden meer toebehoort. Al zou ik het proberen, dan kon ik hem nog niet wissen. Het is net als met het nieuws. Je kunt het nieuws niet bezitten, zelfs niet wanneer het je overkomt. Je kunt de geschiedenis niet bezitten. Het zit nu in het gemeenschappelijk datageheugen.'

Mae's hoofd stond op ontploffen. 'Ik moet werken,' zei ze en ze slaagde erin hem niet te meppen. 'Wil je alsjeblieft weggaan?'

Nu pas leek het tot hem door te dringen dat ze hem echt niet kon uitstaan en niet in haar buurt wilde hebben. Zijn gezicht kreeg een pruilende uitdrukking. Hij tuurde naar zijn schoenen. 'Weet je dat ChildTrack in Vegas is geaccepteerd?'

Toen kreeg ze medelijden met hem, al was het maar even. Francis was een wanhopige jongen die nooit een echte jeugd had gehad en waarschijnlijk al zijn hele leven probeerde zijn omgeving te behagen, al die opeenvolgende pleegouders die niet van plan waren hem te houden.

'Dat is geweldig, Francis.'

Op zijn gezicht brak een voorzichtige glimlach door. In de hoop hem tevreden te stellen en weer aan het werk te kunnen, ging ze verder: 'Je redt hier een hoop levens mee.'

Nu straalde hij. 'Weet je, over een halfjaar zou het gigantisch kunnen zijn. Mogelijk is het dan overal ingevoerd. Volledige verspreiding. Elk kind traceerbaar, elk kind voor altijd veilig. Dat heeft Stenton me zelf verteld. Wist je dat hij in mijn lab is geweest? Hij stelt er persoonlijk belang in. En het schijnt dat de naam misschien wordt veranderd in TruYouth. Snap je? TruYou, TruYouth?'

'Wat goed zeg,' zei Mae, die een golf van gevoelens door haar lijf voelde gaan, een mengeling van empathie, medelijden en zelfs bewondering. 'Ik spreek je later weer.'

Ontwikkelingen als die van Francis waren in die weken schering en inslag. Er was sprake van dat de Cirkel, en Stenton in het bijzonder, het bestuur over San Vincenzo zou overnemen. En omdat het bedrijf de meeste diensten in de stad financierde en had verbeterd, leek dat ook logisch. Het gerucht ging dat technici van Project Negen een manier hadden gevonden om de willekeurige wirwar van nachtelijke dromen te vervangen door geordend denken en het oplossen van werkelijke problemen. Een ander team van de Cirkel stond op het punt te ontdekken hoe tornado's uiteengeslagen konden worden voordat ze zich vormden. Dan had je nog ieders favoriete project dat al maanden in de molen zat: de zandkorrels in de Sahara tellen. Had de wereld daar behoefte aan? Het nut van het project was niet onmiddellijk duidelijk, maar de Wijzen zagen de humor er wel van in. Stenton, die er het startschot voor had gegeven, noemde het een geintje, iets wat de Cirkel in de eerste plaats deed om te zien of het mogelijk was – al leek daar, gezien de eenvoudige algoritmen die ervoor nodig waren, geen twijfel aan – en pas in de tweede plaats vanwege het eventuele wetenschappelijke nut.

Mae beschouwde het zoals de meeste Cirkelaars: als krachtsvertoon en als blijk van het feit dat met de wil, het vernuft en de financiële slagkracht van de Cirkel geen enkele vraag ter wereld onbeantwoord zou blijven. In de loop van de herfst werd eindelijk, met enig theatraal vertoon – ze rekten het langer dan nodig, want het tellen zelf kostte maar drie weken – het aantal zandkorrels in de Sahara bekendgemaakt, een getal zo groot dat het grappig was en eigenlijk niemand iets zei, behalve dat het een erkenning inhield dat ze zich bij de Cirkel aan hun voornemens hielden. Daar kregen ze dingen voor elkaar, en met spectaculaire snelheid en efficiëntie bovendien.

De belangrijkste ontwikkeling, die waar Bailey hoogstpersoonlijk elke paar uur over tingde, was de snelle stijging van het aantal politici, in de VS en daarbuiten, dat besloot transparant te worden. Voor de meeste mensen was dat een onstuitbare vooruitgang. Toen Santos haar nieuwe transparantie bekendmaakte, was daarover weliswaar in de media bericht, maar niet zo massaal als men bij de Cirkel had gehoopt. Pas toen de mensen begonnen in te loggen en te kijken, en zich realiseerden dat het bloedserieus was – dat Santos haar volgers precies liet zien wat ze op een dag zoal uitvoerde, ongefilterd en ongecensureerd –, nam het aantal volgers exponentieel toe. Santos postte elke dag haar agenda en toen ze in week twee een vergadering had met een groep lobbyisten die in de toendra van Alaska naar olie wilden boren, werd ze door miljoenen mensen bekeken. Tegenover de lobbyisten was ze openhartig, maar zonder het vingertje te heffen of stroop te smeren. Ze was rechtdoorzee en stelde de vragen die ze ook achter gesloten deuren zou hebben gesteld, waardoor het een boeiend en zelfs inspirerend kijkspel opleverde.

In week drie hadden in de VS al eenentwintig andere politici de hulp van de Cirkel ingeroepen om transparant te worden. De burgemeester van Sarasota bijvoorbeeld. Een senator uit Hawaii en, niet echt een verrassing, beide senatoren van Californië. De hele gemeenteraad van San Jose. De gemeentesecretaris van Independence, Kansas. En telkens wanneer iemand de stap zette, tingden de Wijzen erover en werd haastig een persconferentie belegd waarop het exacte moment te zien was dat hun leven transparant werd. Aan het einde van de eerste maand lagen er duizenden aanvragen van over de hele wereld. Stenton en Bailey waren verbaasd, gevleid en overrompeld, zeiden ze, maar ook onvoorbereid. De Cirkel kon de grote vraag niet aan, maar daar werd hard aan gewerkt.

De productie van de camera's, die voor de consument nog niet te koop waren, werd opgeschroefd. In de fabriek in de Chinese provincie Guangdong werden extra diensten gedraaid en werd begonnen met de bouw van een tweede fabriek om de capaciteit te verviervoudigen. Iedere keer dat een camera werd geplaatst en een volgende politicus transparant werd, volgden een aankondiging van Stenton en een feestje, en groeide het aantal volgers. Aan het einde van week vijf waren 16.188 gekozen functionarissen, van Lincoln tot Lahore, volledig transparant geworden, en de wachtlijst werd almaar langer.

De aanvankelijk lichte druk op wie nog niet transparant was, werd gaandeweg loodzwaar. De vraag vanuit zowel de media als de kiezers was luid en duidelijk: als je niet transparant bent, wat heb je dan te verbergen? Sommige burgers en commentatoren maakten om privacyredenen bezwaar en meenden dat er in het openbaar bestuur uit veiligheids- en efficiëntieoverwegingen op elk niveau de behoefte bestond aan een zekere mate van geheimhouding, maar alles was intussen in zo'n stroomversnelling geraakt dat deze argumenten werden weggevaagd en de transparantieontwikkeling doorging. Wanneer je niet in het daglicht werkte, wat deed je dan in de schaduw?

En vaak gebeurde er ook iets wonderbaarlijks, iets wat een gevoel van poëtische rechtvaardigheid gaf: steeds wanneer iemand begon te tetteren over het zogenaamde monopolie van de Cirkel, over de oneerlijke wijze waarop het bedrijf de persoonsgegevens van zijn gebruikers te gelde maakte of een andere paranoïde en aantoonbaar onjuiste aantijging deed, bleek hij of zij al snel een misdadiger of een eersteklas viezerik te zijn. Eén had banden met een terreurnetwerk in Iran. Een ander kocht kinderporno. Elke keer, leek het wel, kwamen die criticasters op het journaal en zag je rechercheurs computers hun huis uit dragen waarop allerlei weerzinwekkends was opgezocht en stapels illegaal en onzedelijk materiaal waren opgeslagen. Dat was ook logisch. Want wie anders dan een randfiguur zou de onbetwistbare verbetering van de wereld willen tegenhouden?

Binnen een paar weken werden niet-transparante politici als paria's behandeld. Hun transparante collega's wilden niet met hen praten als ze niet bereid waren dat voor de camera te doen en zo raakten ze buitengesloten. Hun kiezers vroegen zich af wat ze te verbergen hadden en een stembusfiasco was zo goed als zeker. Maar weinigen zouden zich bij toekomstige verkiezingen kandidaat durven te stellen zonder zich transparant te verklaren – en dat, zo meende men, zou tot een onmiddellijke en permanente verbetering van de kwaliteit van de kandidaten leiden. Geen politici meer die niet direct en grondig verantwoording aflegden, want hun woorden en daden zouden bekend, vereeuwigd en boven alle discussie verheven zijn. Er zouden geen achterkamertjes meer zijn, geen dubieus handjeklap. Alleen transparantie, alleen licht.

Het was onvermijdelijk dat de transparantie ook de Cirkel zelf bereikte. Naarmate steeds meer politici transparant werden, rommelde het binnen en buiten de Cirkel: hoe zat het met de Cirkel zelf? Ja, zei Bailey, in het openbaar en tegen de Cirkelaars, ook wij moeten transparant worden. Ook wij moeten open zijn. En zo begon het transparantieplan voor de Cirkel zelf, waarvoor allereerst duizend SeeChangecamera's op de campus werden geïnstalleerd. Om te beginnen werden ze in gemeenschappelijke ruimtes, cafetaria's en buiten op de campus geplaatst. En nadat de Wijzen mogelijke problemen met de bescherming van intellectuele eigendomsrechten hadden geanalyseerd, kwamen ze ook in gangen, werkruimten en zelfs in laboratoria. Ze hingen niet overal: er waren nog steeds honderden spionagegevoelige plaatsen zonder camera's, en in wc's en andere privéruimtes waren camera's verboden, maar verder was de campus in de ogen van ruim een miljard Cirkelgebruikers plotseling transparant en open, en Cirkelfans, die toch al trouw aan het bedrijf en in de ban van zijn magische aantrekkingskracht waren, kregen het gevoel deel uit te maken van een open, uitnodigende wereld.

Bij Mae's team hingen acht SeeChangecamera's en binnen een paar uur nadat die in werking waren gesteld, kregen zij en haar teamgenoten een scherm erbij waarop ze zelf het netwerk konden zien en alle camera's op de campus konden volgen. Ze konden zien of hun favoriete tafeltje in het Glazen Eethuis vrij was. Ze konden zien of het druk was in de sportschool. Ze konden zien of het partijtje kickball echt iets voorstelde of alleen voor kneuzen was. Het verbaasde Mae dat buitenstaanders het leven op de campus zo interessant vonden. Binnen een paar uur ontving ze berichtjes van school- en studievrienden die haar hadden gevonden en haar nu konden zien werken. Haar gymleraar van school, die destijds vond dat Mae de jaarlijkse landelijke conditietest niet serieus genoeg nam, leek nu onder de indruk. *Goed om te zien dat je zo hard werkt, Mae!* Een jongen met wie ze tijdens haar studie kort iets had gehad, schreef: *Kom je weleens achter dat bureau vandaan?*

Ze dacht iets beter na over haar werkkleding. Ze dacht beter na voordat ze zich ergens krabde of haar neus snoot. Maar het was een prettig soort nadenken, een prettige herijking. En de wetenschap dat er naar haar werd gekeken, dat de Cirkel van de ene dag op de andere de meest bekeken werkplek ter wereld was, herinnerde haar er indringender dan ooit aan hoe drastisch haar leven in luttele maanden was veranderd. Twaalf weken geleden werkte ze nog bij het lokale nutsbedrijf van haar oude woonplaats waar niemand ooit van had gehoord. Nu communiceerde ze met klanten over de hele wereld, hield ze zes schermen bij, trainde ze een groep newbies en voelde ze zich in alle opzichten nodiger, meer gewaardeerd en intellectueel meer uitgedaagd dan ze ooit voor mogelijk had gehouden.

Daarnaast had Mae dankzij de tools van de Cirkel het gevoel dat ze internationale gebeurtenissen kon beïnvloeden, zelfs levens kon redden aan de andere kant van de wereld. Die ochtend was een berichtje binnengekomen van een studievriendin, Tania Schwartz, die steun vroeg voor een actie van haar broer. In een soort wederopstanding van de terreurgroepen uit de jaren tachtig had een groep paramilitairen uit Guatemala dorpen aangevallen en vrouwen gevangengenomen. Eén vrouw, Ana María Herrera, was ontsnapt en verhaalde van rituele verkrachtingen, tienermeisjes die tot seksslavin werden gemaakt en moord op iedereen die weigerde mee te werken. Mae's vriendin Tania, die op de universiteit nooit actie had gevoerd, zei dat de wreedheden haar tot daden hadden aangezet en vroeg iedereen die ze kende mee te doen aan een actie met de naam 'We Hear You Ana María'. *Laten we ervoor zorgen dat ze weet dat ze over de hele wereld vrienden heeft die dit niet pikken*, stond in Tania's bericht te lezen.

Mae zag een foto van Ana María, die in een witte ruimte met een kind op schoot op een klapstoel zat en uitdrukkingsloos omhoogkeek. Naast de foto stond een button met een lachend gezicht en de tekst: 'I hear you Ana María', en toen Mae op de button klikte, werd haar naam toegevoegd aan een lijst mensen die Ana María steunden. *Het is net zo belangrijk*, schreef Tania, *om de paramilitairen duidelijk te maken dat we hun acties veroordelen*. Onder de foto van Ana María stond een bewogen foto van een groepje mannen in bij elkaar geraapte legerkleding dat door een dicht oerwoud liep. Naast de foto stond een button met een fronsend gezicht en de tekst 'Wij veroordelen de Centraal-Guatemalteekse Veiligheidstroepen'. Mae aarzelde even, zich bewust van de ernst van wat ze op het punt stond te doen – zich uitspreken tegen deze verkrachters en moordenaars – maar ze moest stelling nemen. Ze klikte op de button. Ze werd bedankt met een automatisch verstuurd bericht, waaruit bleek dat ze de 24.726e was die Ana María een smiley had gestuurd en de 19.282e die de paramilitairen een frown had gestuurd. Tania schreef dat de smileys direct werden doorgestuurd naar de telefoon van Ana María, maar dat Tania's broer nog werkte aan een methode om de frowns bij het Centrale Guatemalteekse Veiligheidsleger te krijgen.

Na de petitie van Tania zat Mae even stil: de wetenschap dat ze misschien niet alleen een groep machtige vijanden had gemaakt in

Guatemala, maar dat ontelbare aantallen volgers op SeeChange haar dat hadden zien doen, maakte haar zeer alert en zelfbewust. Het verleende haar zelfbewustzijn nieuwe lagen en haarzelf een uitgesproken gevoel van de macht die zij in haar positie kon uitoefenen. Ze besloot naar de wc te gaan om koud water in haar gezicht te plenzen en haar benen een beetje te strekken, en eenmaal daar aangekomen begon haar telefoon te brommen. De nummerherkenning was geblokkeerd.

'Hallo?'

'Met mij. Kalden.'

'Waar heb jij gezeten?'

'Het is lastig nu. Met al die camera's.'

'Je bent toch geen spion, hè?'

'Je weet best dat ik geen spion ben.'

'Annie denkt van wel.'

'Ik wil je zien.'

'Ik zit op de wc.'

'Dat weet ik.'

'Dat weet je?'

'CirkelSearch, SeeChange... Je bent niet moeilijk te vinden.'

'En waar ben jij?'

'Ik kom eraan. Blijf waar je bent.'

'Nee. Nee.'

'Ik moet je zien. Blijf daar.'

'Nee. Ik zie je later wel. Er is iets in het Nieuwe Rijk. Een folkavond met open podium. Een veilige openbare ruimte.'

'Nee, nee. Daar kan ik niet heen.'

'Je kunt niet hierheen komen.'

'Jawel, en dat doe ik ook.'

En hij hing op.

Mae keek in haar tas. Ze had een condoom. En ze bleef. Ze koos het verste hokje en wachtte. Ze wist dat het niet verstandig was om op hem te wachten. Dat het in heel veel opzichten verkeerd was. Dit zou ze nooit aan Annie kunnen vertellen. Die kon de meeste seksuele handelingen wel goedkeuren, maar niet hier, op het werk, op de wc. Dat getuigde van een gebrekkig onderscheidingsvermogen, en indirect straalde dat ook op Annie af. Mae keek hoe laat het was. Er waren twee minuten verstreken en ze stond nog steeds in een toilethokje te wachten op een man die ze slechts vaag kende en die, vermoedde ze, alleen eropuit was haar steeds opnieuw en op steeds vreemdere plaatsen in vervoering te brengen. Oftewel, waarom was ze hier? Omdat ze het wilde. Ze wilde dat hij haar nam, in dit hokje, en ze wilde weten dat ze in dit hokje, op het werk, was genomen en dat alleen zij tweeën dat zouden weten. Waarom had ze dit zo nodig, alsof het iets schitterends was? Ze hoorde de deur opengaan en daarna de klik van het deurslot. Een slot waarvan zij het bestaan niet had geweten. Toen hoorde ze het geluid van Kaldens lange passen. De voetstappen hielden halt bij de hokjes en werden gevolgd door het lage geknars van bouten en staal onder druk. Ze ontwaarde boven zich een schaduw, keek omhoog en zag een gestalte naar beneden komen. Kalden was tegen de wand van een hokje op geklommen en over de hokjes heen gekropen om bij haar te komen. Ze voelde hem achter zich naar beneden glijden. Zijn lichaam verwarmde haar rug, zijn hete adem brandde in haar nek.

'Wat doe je?' vroeg ze.

Zijn mond sloot zich om haar oor, zijn tong dook erin. Ze hapte naar adem en leunde tegen hem aan. Kalden legde zijn handen op haar buik, volgde haar middel en gleed snel naar haar dijen, die hij stevig vasthield. Ze duwde zijn handen ertussen en omhoog, en na een zware tweestrijd besloot ze dat ze het recht had dit te doen. Ze was vierentwintig en als ze dit soort dingen nu niet deed – juist dit, juist nu – dan deed ze ze nooit meer. Dat was de imperatief van de jeugd.

'Mae,' fluisterde hij, 'niet nadenken.'

'Goed.'

'En doe je ogen dicht. Stel je voor wat ik met je doe.'

Zijn mond verkende zoenend en likkend haar nek, terwijl zijn handen met haar rok en slipje in de weer waren. Hij schoof beide over haar heupen en omlaag, trok haar naar zich toe en gleed meteen bij haar naar binnen. 'Mae,' zei hij toen zij zich tegen hem aan drukte; met zijn handen hield hij haar heupen vast en duwde zich zo diep in haar dat ze zijn gezwollen eikel ergens bij haar hart voelde. 'Mae,' zei hij en zij hield haar handen aan weerskanten tegen de muur alsof ze de rest van de wereld tegenhield.

Ze kwam hijgend klaar en hij kwam ook, schokkend maar zonder geluid. En meteen moesten ze allebei zachtjes lachen, want ze wisten dat ze iets roekeloos hadden gedaan waarvoor ze allebei konden worden ontslagen, en dat ze daar weg moesten. Hij draaide haar naar zich toe en kuste haar op de mond, met open ogen en een verbaasde, ondeugende blik. 'Dag,' zei hij. Zij zwaaide alleen en was zich bewust van zijn lijf, dat achter haar opnieuw tegen de muur en over de hokjes klom, op weg naar buiten.

Omdat hij bij de deur stilstond om het slot te openen en omdat ze dacht dat ze hem misschien nooit meer zou zien, pakte Mae haar telefoon, hield die boven de wand van het toilethokje en drukte af, niet wetend of ze ook maar een glimp van hem zou kunnen vastleggen. Toen ze de foto bekeek, bleek alleen zijn rechterarm erop te staan, van zijn elleboog tot zijn vingertoppen, de rest was al verdwenen.

Waarom zou ze tegen Annie liegen? vroeg Mae zich af en al wist ze het antwoord niet, toch zou ze liegen. Mae bleef nog even op de wc om tot bedaren te komen, ging toen terug naar haar bureau en stuurde – ze kon het niet helpen – meteen een sms'je aan Annie, die in een vliegtuig naar of boven Europa zat: *Wéér met die grijze.* Door Annie dit te vertellen werd een hele reeks grote en kleine leugens uitgelokt en in de minuten tussen het verzenden van het bericht en Annies onvermijdelijke antwoord, merkte ze dat ze zich afvroeg hoeveel ze voor zich moest houden en waarom.

Eindelijk kwam Annies sms'je. *Moet nú alles weten. Ben in Londen met hielenlikkers uit het Parlement. Eentje haalde geloof ik net een monocle tevoorschijn. Geef me wat afleiding.*

Terwijl ze overwoog hoeveel ze Annie precies wilde vertellen, begon Mae haar langzaam details te voeren. *Op de wc.*

Annie antwoordde onmiddellijk.

Die oude man? Op de wc? Waar je luiers kunt verschonen?

Nee. In een hokje. En hij BARSTTE *van de energie.*

Achter zich hoorde Mae een stem haar naam zeggen. Toen ze zich omdraaide, zag ze Gina met haar enorme, nerveuze glimlach. 'Heb je een paar tellen?' Mae probeerde het scherm waarop zij in gesprek was met Annie weg te draaien, maar Gina had het al gezien.

'Zit je met Annie te kletsen?' vroeg ze. 'Jullie zijn echt dik bevriend, hè?'

Mae knikte en draaide het scherm weg, en alle licht verdween uit Gina's gezicht. 'Is dit nog wel een goed moment om de Conversion Rate en de Bruto Retail uit te leggen?'

Mae was totaal vergeten dat Gina zou komen om een nieuwe laag te demonstreren.

'Tuurlijk.'

'Heeft Annie je dit allemaal al verteld?' vroeg Gina en haar gezicht deed buitengewoon kwetsbaar aan.

'Nee, nog niet.'

'Ze heeft niks over de Conversion Rate verteld?'

'Nee.'

'Of over Bruto Retail?'

'Nee.'

Gina's gezicht klaarde op. 'O. Goed. Mooi. Dus dat doen we nu?' Haar blik ging over Mae's gezicht alsof ze op zoek was naar ook maar het kleinste spoortje twijfel, dat ze zou opvatten als een reden om meteen in te storten.

'Prima,' zei Mae en Gina keek weer wat vrolijker.

'Goed. Laten we beginnen met de Conversion Rate. Het ligt allemaal nogal voor de hand, maar als er geen echte aankopen werden gedaan en niet werd aangespoord tot echt handelsverkeer, zou de Cirkel niet bestaan, niet groeien en het sluiten van de cirkel niet dichter kunnen benaderen. Wij zijn er om als toegangspoort tot alle informatie ter wereld te dienen, maar we steunen op adverteerders die via ons klanten hopen te bereiken, toch?'

Gina lachte en haar grote witte tanden namen even haar hele gezicht over. Mae probeerde op te letten maar moest aan Annie denken, die in haar Parlementsvergadering zat en ongetwijfeld aan Mae en Kalden moest denken. En toen Mae aan zichzelf en Kalden dacht, dacht ze aan zijn handen om haar middel en hoe hij haar teder over zich heen getrokken had: haar ogen gingen dicht en ze zag het allemaal levensgroot voor zich...

Gina praatte nog steeds. 'Maar stimuleren en maken dat mensen ook echt iets kopen – dat is de Conversion Rate. Je kunt tingen, commentaar op een product leveren, het punten en speciale aandacht geven, maar vertaalt dat alles zich ook in aankopen? Je geloofwaardigheid inzetten om anderen aan te zetten tot actie – daar gaat het om, toch?'

Gina zat nu naast Mae met haar vingers op het toetsenbord. Ze diepte een ingewikkelde spreadsheet op. Op dat moment verscheen weer een sms'je van Annie op Mae's tweede scherm. Ze draaide het een fractie. *Nu moet ik 'de baas' spelen. Heb je zijn achternaam inmiddels?*

Mae zag dat Gina het bericht las en ook niet deed alsof dat niet zo was.

'Ga je gang,' zei Gina. 'Dat ziet er belangrijk uit.'

Mae boog zich over Gina heen naar haar toetsenbord en typte de leugen die ze, dat had ze een paar tellen nadat ze uit het toilet kwam al geweten, Annie op de mouw zou spelden. *Ja. Ik weet alles.*

Annies antwoord kwam meteen: *En, hoe heet hij?*

Gina keek naar het bericht. 'Dat moet echt heel raar zijn, om zomaar berichtjes van Annie Allerton te krijgen.'

'Zal wel,' antwoordde Mae. Ze typte: *Zeg ik niet.*

Gina las Mae's berichtje en leek minder in de inhoud geïnteresseerd dan in het feit dat dit heen-en-weer-ge-sms voor haar ogen plaatsvond. 'Sms'en jullie echt met elkaar alsof het niks is?' vroeg ze.

Mae verzachtte de klap. 'Niet de hele dag.'

'Niet de hele dag?' Op Gina's gezicht brak voorzichtig een lach door.

Annie knalde binnen. *Je wilt het echt niet zeggen? Zeg het nu meteen.*

'Sorry,' zei Mae. 'Bijna klaar.' Ze typte: *Nee. Dan val je hem alleen maar lastig.*

Stuur een foto, schreef Annie.

Nee. Maar ik heb er wel een, typte Mae en daarmee zette ze de tweede noodzakelijke leugen in werking. Ze hád ook een foto van hem, en toen eenmaal tot haar doordrong dat ze Annie dat kon zeggen, dat ze dan de waarheid (zij het niet de hele waarheid) zou spreken en dat ze hem dankzij die foto, plus het leugentje om bestwil dat ze zijn achternaam wist, zou kunnen blijven zien – hem, Kalden, de man die mogelijk, waarschijnlijk, een gevaar voor de Cirkel vormde –, toen besefte ze dat ze Annie die tweede leugen zou verkopen en daarmee tijd zou winnen, tijd om Kalden te berijden en tegelijkertijd precies uit te vinden wie hij was en wat hij van haar wilde.

Een actiefoto. Ik heb gezichtsherkenning gedaan en alles klopt.

Godzijdank, schreef Annie. *Maar je bent wel een bitch.*

Gina, die het bericht had gelezen, was zichtbaar in de war. 'Misschien moeten we dit later doen?' Haar voorhoofd kreeg opeens een vochtige glans.

'Nee hoor, sorry,' zei Mae. 'Ga verder. Ik draai het scherm wel weg.' Weer een bericht van Annie. Mae wierp er een blik op terwijl ze het scherm wegdraaide. *Heb je nog botten horen breken toen je op hem zat? Oudere mannen hebben vogelbotjes en het soort druk waar jij het over hebt, kan fataal zijn.*

'Goed,' zei Gina en ze slikte luid: 'mindere bedrijven hebben jarenlang geprobeerd het verband tussen naamsvermelding, reviews, commentaren, beoordelingen en feitelijk koopgedrag in kaart te brengen en te beïnvloeden. De ontwikkelaars van de Cirkel hebben nu een manier gevonden om het effect van die factoren, van iemands inbreng in feite, te meten en uit te drukken in de Conversion Rate.'

Er verscheen weer een berichtje, maar Mae negeerde het en Gina ging snel door, ontzettend blij dat zij voor even belangrijker werd gevonden dan Annie.

'Dus elke keer als een aanbeveling van jou direct of indirect tot een aankoop leidt, gaat je Conversion Rate omhoog. Als jij iets koopt of aanbeveelt en vijftig anderen volgen jouw voorbeeld, heb je een CR van 50x. Er zijn Cirkelaars met een Conversion Rate van 1200x. Dat houdt in dat gemiddeld twaalfhonderd mensen alles kopen wat zij kopen. Ze hebben zoveel geloofwaardigheid opgebouwd dat hun volgers hun aanbevelingen onvoorwaardelijk vertrouwen en enorm dankbaar zijn voor deze zekerheid bij hun aankopen. Annie heeft uiteraard een van de hoogste CR's van de hele Cirkel.'

Precies op dat moment klonk er weer een *droplet*. Gina knipperde met haar ogen alsof ze in haar gezicht werd geslagen, maar ging door.

'Goed, jouw gemiddelde Conversion Rate is tot nu toe 119x. Niet slecht. Maar op een schaal van één tot duizend valt er wel wat te verbeteren. Onder de Conversion Rate staat je Bruto Retail, de totale bruto aankoopprijs van de aanbevolen producten. Laten we zeggen dat jij een bepaalde sleutelhanger aanbeveelt en dat duizend mensen jouw aanbeveling volgen, dan brengen die duizend sleutelhangers van vier dollar per stuk jouw Bruto Retail op vierduizend dollar. Het is gewoon het totale bedrag van alle aankopen waar jij de hand in hebt gehad. Leuk, toch?'

Mae knikte. Ze vond het een geweldig idee dat ze het effect van haar voorkeuren en aanbevelingen werkelijk zou kunnen bijhouden.

Weer een droplet. Gina leek haast in tranen. Ze stond op.

'Goed. Ik voel me een beetje een indringer in je lunchpauze en in je vriendschap. Maar zo werken de Conversion Rate en de Bruto Retail dus. Je snapt het. Voor het einde van de dag krijg je een nieuw scherm waarop je de scores kunt bijhouden.'

Gina deed haar best, maar kreeg haar mondhoeken niet ver genoeg omhoog voor een overtuigende glimlach. 'O, en van goed presterende Cirkelaars wordt minimaal een Conversion Rate van 250x en een Bruto Retail van 45.000 dollar per week verwacht, allebei bescheiden doelen waar de meesten ver overheen gaan. En als je vragen hebt, nou...' – ze viel even stil en haar blik was kwetsbaar – 'dan kun je die vast wel aan Annie stellen.'

Ze draaide zich om en liep weg.

Een paar avonden later, op een wolkeloze donderdag, reed Mae naar huis, voor het eerst sinds haar vaders verzekering bij de Cirkel was ingegaan. Ze wist dat haar vader zich veel beter voelde, verheugde zich erop hem weer te zien en hoopte belachelijk genoeg op een wonderbaarlijke omslag, al verwachtte ze slechts kleine verbeteringen te zien. Maar toch, aan de telefoon en in hun berichtjes hadden haar ouders opgetogen geklonken. 'Alles is nu anders,' beweerden ze al weken en ze hadden haar gevraagd naar huis te komen om het te vieren. En dus reed ze naar het zuidoosten, zich verheugend op de komende dankbaarheid. Bij aankomst stond haar vader bij de deur om haar te begroeten: hij leek veel sterker en, belangrijker nog, zelfverzekerder, meer een man – de man die hij ooit was geweest. Hij stak zijn polsmonitor naar voren en hield hem naast die van Mae. 'Kijk ons eens. We passen bij elkaar. Wil je een wijntje?'

Eenmaal binnen namen ze alle drie hun vaste plaats in, aan het aanrecht, waar ze sneden, paneerden en bespraken hoezeer haar vader vooruit was gegaan. Nu kon hij kiezen naar welke arts hij wilde. Niet langer waren de medicijnen die hij kon krijgen beperkt; ze werden allemaal vergoed en haar ouders hoefden niets bij te betalen. Terwijl zij vertelden hoe het de laatste tijd met zijn gezondheid ging, viel het Mae op dat haar moeder levendiger en opgewekter was. Ze droeg een superkorte short.

'Het allerbeste is nog wel dat je moeder nu zeeën van tijd overheeft,' zei haar vader. 'Het is allemaal zo simpel. Ik ga naar de dokter en de Cirkel regelt de rest. Geen tussenpersonen. Geen discussies.'

'Is dat wat ik denk dat het is?' vroeg Mae. Boven de eettafel hing een zilveren kroonluchter, die bij nadere inspectie van Mercer bleek te zijn. De zilveren armen waren eigenlijk geverfde hoorns. Mae was altijd maar matig enthousiast over zijn werk geweest – toen ze nog een relatie hadden, vond ze het altijd moeilijk er iets aardigs over te zeggen – maar dit vond ze echt mooi.

'Ja,' zei haar moeder.

'Niet slecht,' zei Mae.

'Niet slecht?' zei haar vader. 'Het is zijn beste stuk en dat weet je heus wel. In zo'n boetiek in San Francisco zou hij er vijf mille voor krijgen. En wij hebben hem gratis gekregen.'

Mae was onder de indruk. 'Hoezo gratis?'

'Hoezo gratis?' vroeg haar moeder. 'Omdat hij een vriend van ons is. Omdat hij een aardige jongen is. En nu niet meteen zo'n geërgerde blik of zo'n gevatte opmerking, jij.'

Mae hield zich in en nadat ze een stuk of vijf onaardige opmerkingen over Mercer had ingeslikt en haar mond had gehouden, voelde ze zich grootmoedig gestemd tegenover hem. Omdat ze hem niet meer nodig had, omdat zij nu een cruciale en meetbare factor in de wereldhandel was en omdat ze bij de Cirkel uit twee mannen kon kiezen – onder wie een explosief, kalligrafisch raadsel dat tegen wanden op klom om haar van achteren te nemen –, kon ze het zich veroorloven grootmoedig te zijn tegenover die arme Mercer, met zijn ruig behaarde kop en zijn groteske spekrug.

'Hij is echt mooi,' zei Mae.

'Fijn dat je er zo over denkt,' zei haar moeder. 'Je kunt het Mercer zo meteen zelf zeggen. Hij komt eten.'

'Nee hè,' zei Mae. 'Alsjeblieft niet.'

'Mae,' zei haar vader ferm, 'hij komt gewoon. Oké?'

Ze wist dat ze er niets tegen in kon brengen. Ze schonk dus maar een glas rode wijn voor zichzelf in en dronk het halfleeg terwijl ze de tafel dekte. Tegen de tijd dat Mercer aanklopte en meteen naar binnen liep, was haar gezicht half verdoofd en waren haar gedachten vaag.

'Hoi Mae,' zei hij. Hij omhelsde haar aarzelend.

'Die kroonluchter is echt geweldig.' Al terwijl ze het zei, zag ze welk effect haar woorden op hem hadden, dus ging ze door: 'Heel mooi.'

'Dank je.' Hij keek om naar Mae's ouders als om te bevestigen dat zij het ook hadden gehoord. Mae schonk zich nog wat wijn in.

'Ja, echt,' vervolgde Mae. 'Ik bedoel, ik weet dat je mooie dingen maakt.' Ze zorgde ervoor hem niet aan te kijken toen ze dat zei, ze wist dat ze twijfel in zijn ogen zou zien. 'Maar dit is je beste stuk tot nu toe. Ik ben blij dat je hierin zoveel... Ik vind het gewoon fijn dat mijn favoriete werk van jou bij mijn ouders in de eetkamer hangt.'

Mae haalde haar camera tevoorschijn en nam een foto.

'Wat doe je?' vroeg Mercer, al leek het hem plezier te doen dat ze het een foto waard vond.

'Gewoon, een foto maken. Kijk,' zei ze en ze liet hem het schermpje zien.

Haar ouders waren intussen verdwenen, ongetwijfeld omdat ze dachten dat ze met Mercer alleen wilde zijn. Komisch en knettergek waren ze.

'Ziet er prima uit,' zei Mercer, die de foto iets langer bekeek dan Mae had verwacht. Hij was duidelijk niet te goed om plezier en trots aan zijn eigen werk te ontlenen.

'Ziet er geweldig uit,' zei ze. Door de wijn zweefde ze. 'Dat was erg aardig van je. Ik weet dat het veel voor ze betekent, vooral nu. Het voegt hier iets heel wezenlijks toe.' Mae was uitgelaten en niet alleen door de wijn. Het was de bevrijding. Haar familie was bevrijd. 'Het was hier erg somber,' zei ze.

Heel even leken Mercer en zij hun vroegere verstandhouding te hervinden. Mae, die jarenlang met een aan medelijden grenzende teleurstelling aan Mercer had gedacht, realiseerde zich nu weer dat hij tot uitstekend werk in staat was. Ze wist dat hij invoelend en enorm aardig was, al had zijn beperkte blik haar geërgerd. Maar nu ze dit zag – kon ze het een kunstwerk noemen? het had wel iets van kunst – en het effect ervan op het huis, leefde haar vertrouwen in hem weer op.

Daardoor kreeg ze een idee. Ze excuseerde zich en haastte zich naar boven, naar haar kamer, zogenaamd omdat ze zich wilde verkleden. In plaats daarvan ging ze op haar oude bed zitten en zette in drie minuten tijd haar foto van de kroonluchter plus Mercers e-mailadres op een stuk of twintig design- en interieurfeeds met links naar Mercers website – waar niet meer op stond dan zijn telefoonnummer en een paar foto's, hij had hem al jaren niet bijgewerkt. Als hij niet slim genoeg was om eigenhandig opdrachten binnen te halen, was zij graag bereid het voor hem te doen.

Toen ze klaar was, zat Mercer met haar ouders aan de keukentafel, die vol stond met salades, roergebakken kip en groenten. Hun ogen volgden haar terwijl ze de trap af kwam. 'Ik heb naar boven geroepen,' zei haar vader.

'We eten graag warm,' vulde haar moeder aan.

Mae had hen niet gehoord. 'Sorry. Ik wilde alleen... Wow, dat ziet er goed uit. Pap, vind je Mercers kroonluchter niet prachtig?'

'Ja. En dat heb ik jou, en hem, ook al gezegd. We hadden al een heel jaar om een creatie van hem gevraagd.'

'Ik had alleen het juiste gewei nodig,' zei Mercer. 'Ik had al een tijdje geen echt goede meer binnengekregen.' Hij vertelde hoe hij inkocht, dat hij alleen geweien kocht van betrouwbare partners, mensen van wie hij wist dat ze herten of niet zelf hadden afgeschoten of alleen met toestemming van de dienst Faunabeheer, om de populatie in toom te houden.

'Dat is heel interessant,' zei haar moeder. 'Maar voordat ik het vergeet, wil ik een toost uitbrengen... Wat is dat?'

Gepiep van Mae's telefoon. 'O, niets,' zei ze. 'Maar ik denk dat ik over een paar tellen goed nieuws heb. Ga verder, mam.'

'Ik zei net dat ik het glas wilde heffen op ons...'

Nu ging Mercers telefoon.

'Sorry,' zei hij. Hij haalde zijn telefoon uit zijn broekzak en zette hem uit.

'Iedereen klaar?' vroeg haar moeder.

'Het spijt me, mevrouw Holland,' zei Mercer. 'Gaat u verder.'

Maar op dat moment begon Mae's telefoon weer luid te zoemen en toen ze op het schermpje keek, zag ze dat er 37 nieuwe tings en berichten waren.

'Iets wat je nu moet afhandelen?' vroeg haar vader.

'Nee, nu nog niet,' antwoordde ze, al was ze haast te opgewonden om te wachten. Ze was trots op Mercer en zo meteen kon ze hem een voorproefje geven van het publiek dat hij buiten Longfield zou kunnen bereiken. Als er in de eerste paar minuten al 37 reacties binnenkwamen, dan waren dat er over twintig minuten zeker honderd geworden.

Haar moeder ging door. 'Ik wilde je bedanken, Mae, voor alles wat je hebt gedaan voor de lichamelijke gezondheid van je vader en mijn geestelijke gezondheid. En ik wil ook het glas heffen op Mercer, die deel uitmaakt van deze familie, en hem bedanken voor zijn prachtige werkstuk.' Ze zweeg even, alsof ze verwachtte elk moment een piep te horen. 'Nou, ik ben blij dat ik dat achter de rug heb. Laten we beginnen. Het eten wordt koud.'

Ze begonnen te eten, maar na een paar minuten had Mae zoveel bliepjes gehoord en haar scherm zo vaak zien updaten dat ze het niet langer voor zich kon houden.

'Oké, ik hou het niet meer uit. Mercer, ik heb de foto die ik van je kroonluchter heb genomen online gezet en iedereen vindt hem geweldig!' Ze straalde en hief haar glas. 'Dáár moeten we op toosten.'

Mercer keek niet blij. 'Wacht even. Waar heb je die foto gepost?'

'Dat is geweldig, Mercer,' zei haar vader en hij hief ook zijn glas.

Mercers glas werd niet geheven. 'Waar heb je die foto gepost, Mae?'

'Op alle relevante plekken,' zei ze, 'en de commentaren zijn ongelooflijk.' Ze zocht op haar scherm. 'Laat me alleen de eerste lezen. Ik citeer. *Wow, prachtig zeg.* Die is van een redelijk bekende industrieel ontwerper uit Stockholm. Nog eentje: *Echt cool. Doet me denken aan iets wat ik vorig jaar in Barcelona heb gezien.* Die is van een ontwerpster uit Santa Fe die zelf een winkel heeft. Ze heeft jouw luchter drie van de vier sterren gegeven en had een paar suggesties voor mogelijke verbeteringen. Ik wed dat je ze daar kunt verkopen als je dat wilt. Hier is er nog een...'

Mercer had zijn handen plat op tafel gelegd. 'Hou op. Alsjeblieft.'

'Waarom? Het beste heb je nog niet eens gehoord. Je hebt al

honderdtweeëntwintig smiles bij DesignMind. Dat is een ongelofelijk aantal in zo'n korte tijd. Verder hebben ze daar een ranglijst en jij staat in de top vijftig van vandaag. Trouwens, ik weet hoe je hoger kunt komen...' Op dat moment schoot het Mae te binnen dat ze met dit soort activiteiten haar PartiRank beslist onder de 1800 zou krijgen. En als zij genoeg van deze mensen zover kreeg dat ze zijn werk kochten, betekende dat goede Conversion- en Bruto Retailcijfers...

'Mae. Hou op. Hou alsjeblieft op.' Mercer keek haar strak aan, met kleine ronde ogen. 'Ik wil hier, in het huis van je ouders, niet mijn stem verheffen, maar óf je houdt hiermee op óf ik ben weg.'

'Wacht nou even,' zei ze en ze scrolde door haar berichtjes op zoek naar dat ene waarvan hij zeker onder de indruk zou zijn. Ze had gezien dat er een bericht uit Dubai was binnengekomen, en ze was ervan overtuigd dat zijn weerstand zou wegsmelten als ze dat kon vinden.

'Mae,' hoorde ze haar moeder zeggen. 'Mae.'

Maar Mae kon het bericht niet vinden. Waar was het? Onder het scrollen hoorde ze stoelpoten schrapen. Maar ze had het nu bijna gevonden en keek niet op. Toen ze uiteindelijk wel opkeek, was Mercer vertrokken en zaten haar ouders haar aan te staren.

'Ik vind het heel lief dat je Mercer wilt helpen,' zei haar moeder, 'maar ik snap niet waarom dat nú moet. Net nu we gezellig met z'n allen aan tafel zitten.'

Mae staarde haar moeder aan, liet alle teleurstelling en verbijstering toe die ze kon verdragen, rende naar buiten en haalde Mercer in toen die net achteruit de oprit af reed.

Ze ging in de passagiersstoel zitten. 'Stop.'

Zijn ogen stonden dof en levenloos. Hij zette de versnelling in de parkeerstand, legde zijn handen in zijn schoot en zuchtte diep, met alle minachting die hij op kon brengen.

'Wat is er in godsnaam aan de hand, Mercer?'

'Mae, ik vraag je op te houden en je doet het niet.'

'Heb ik je gekwetst?'

'Nee. Ik ben van je geschrokken. Je lijkt wel knettergestoord.'

'Ik ging door omdat ik je wilde helpen.'

'Ik heb niet om hulp gevraagd. En ik heb je ook geen toestemming gegeven een foto van mijn werk te posten.'

'Je "werk".' Ze hoorde iets stekeligs in haar stem en ze wist dat dat zowel onterecht als zinloos was.

'Je bent hatelijk, Mae, en gemeen en harteloos.'

'Wat? Ik ben juist níét harteloos. Ik probeer je te helpen omdat ik geloof in wat je doet.'

'Nee, dat doe je niet. Je bent gewoon niet in staat om iets binnen één ruimte te laten bestaan. Mijn werk bestaat in één ruimte. Daarbuiten bestaat het niet. Zo wil ik het ook.'

'Je wilt dus geen opdrachten?'

Mercer keek door de voorruit en leunde toen achterover. 'Mae, ik heb nog nooit zo sterk het gevoel gehad dat een of andere sekte de wereld overneemt. Weet je wat iemand mij laatst probeerde te verkopen? Ik wil trouwens wedden dat het op de een of andere manier verband houdt met de Cirkel. Heb je weleens van Homie gehoord? Waarbij je telefoon je huis scant op de barcodes van alle producten...'

'Klopt. Zodra dingen opraken, worden ze bijbesteld. Briljant.'

'Dus dat vind jij goed?' vroeg Mercer. 'Weet je hoe ze het mij voorspiegelden? Als het gebruikelijke utopische visioen. Deze keer zeiden ze dat het afval scheelt. Als winkels weten wat hun klanten nodig hebben, dan wordt er niet te veel geproduceerd of getransporteerd en hoeven ze geen onverkochte producten weg te gooien. Ik bedoel, net als alle andere dingen die jullie aan de man willen brengen, klinkt het geweldig en vooruitstrevend, maar alles wat je doet wordt wel steeds meer gecontroleerd en door één centrale instantie in de gaten gehouden.'

'De Cirkel bestaat gewoon uit mensen zoals ik. Wou je beweren dat wij met z'n allen ergens in een ruimte bij elkaar zitten om jou te begluren en de wereldheerschappij over te nemen?'

'Nee. Om te beginnen wéét ik dat het allemaal mensen zijn zoals jij. Dat maakt het zo beangstigend. Jullie weten *ieder afzonderlijk* niet wat jullie *gezamenlijk* doen. Ten tweede kunnen we niet uitgaan van de goede wil van jullie leiders. Jarenlang bevonden we ons in de gelukkige omstandigheid dat de mensen die de belangrijkste toegangspoorten tot het internet in handen hadden, redelijk fatsoenlijk waren. Het waren in ieder geval geen wraakzuchtige roofdieren. Maar ik heb me altijd zorgen gemaakt wat er zou gebeuren wanneer iemand bereid was die macht te gebruiken om mensen te straffen die dwarsliggen.'

'Wat wil je daarmee zeggen?'

'Denk jij nou echt dat het toeval is dat elk Congreslid en elke blogger die over monopolieposities begint, opeens verwikkeld raakt in een vreselijk seks-porno-hekserijschandaal? Al twintig jaar kan internet iemand in drie minuten ruïneren, maar pas sinds de opkomst van jouw Drie Wijzen, of in ieder geval van een van de drie, is iemand daar ook toe bereid. Wou je beweren dat dat nieuw voor je is?'

'Wat ben je toch paranoïde. Die complottheorieën tussen jouw oren, daar werd ik altijd al depressief van. Je klinkt als een onbenul. En om nou te zeggen dat Homie een doodenge nieuwe vinding is... Ik bedoel, honderd jaar lang kwam de melkboer aan de deur met melk. Die wist ook wanneer je melk nodig had. Je had slagers die vlees verkochten en bakkers die brood langs kwamen brengen...'

'Maar de melkboer scande je huis niet! Alles met een UPC-code kan gescand worden. Nu al scannen de telefoons van miljoenen mensen hun huis en stellen al die informatie aan de hele wereld beschikbaar.'

'Nou en? Wil je niet dat Charmin weet hoeveel van hun wc-papier je gebruikt? Word je zwaar onderdrukt door Charmin?'

'Nee, Mae, dat is iets anders. Dat zou gemakkelijker te begrijpen zijn. Maar hier is geen sprake van onderdrukkers. Niemand dwingt jou dit te doen. Jij doet die boeien vrijwillig om. En je verandert vrijwillig in een totale sociale autist. Basale hints van menselijke communicatie pik je niet meer op. Je zit met drie mensen aan tafel, die jou alle drie aankijken en met je willen praten en jij tuurt op een schermpje, op zoek naar vreemden in Dubai.'

'Zo zuiver ben je zelf ook niet, Mercer. Jij hebt ook een e-mail-account. Jij hebt ook een website.'

'Het punt is, en het doet pijn je dit te moeten zeggen, dat je eigenlijk niet zo interessant meer bent. Je zit twaalf uur per dag aan een bureau en het levert je niets op behalve wat getallen die over een week weer verdwenen of vergeten zijn. Je laat niets tastbaars van je bestaan achter. Geen enkel bewijs.'

'Fuck you, Mercer.'

'En erger nog, je dóét ook niets interessants meer. Je gaat nergens heen en hebt niks te melden. De bizarre paradox is dat jij denkt dat je in het middelpunt van de wereld zit en dat je mening er daarom toe doet, maar zelf word je kleurloos. Ik durf te wedden dat je al maanden niets *off-screen* hebt gedaan. Heb ik gelijk?'

'Wat ben je toch een lul, Mercer.'

'Kom je nog wel buiten?'

'Dus jij bent zo interessant? De idioot die kroonluchters maakt van stukken dood beest? Jij bent het wonderkind van alles wat boeiend is?'

'Weet je wat ik denk? Ik denk dat jij denkt dat je een enorm boeiend leven leidt als je achter je bureau zit te frownen en te smilen. Je levert commentaar op van alles, maar zelf doe je niets. Je bekijkt beelden uit Nepal, klikt op een smiley en denkt dat dat hetzelfde is als daar zelf naartoe gaan. Wat zou er gebeuren als je daar echt heen zou gaan? Je CirkelKut-beoordeling of hoe die onzin ook heet, zou onder de norm zakken! Besef je eigenlijk wel hoe ongelofelijk saai je bent geworden?'

Al jaren was Mercer de mens die ze meer dan wie ook haatte. Dat was niets nieuws. Hij had altijd het unieke vermogen gehad haar witheet te maken. Zijn professorale zelfingenomenheid. Zijn archaische gelul. En vooral dat hij er – volkomen onterecht – van uitging dat hij haar kende. Hij wist welke van haar eigenschappen hem aanstonden en bij hem pasten en deed alsof die haar ware zelf, haar wezen uitmaakten. Hij had geen idee.

Toen Mae naar huis reed, voelde ze zich intussen met elke kilometer beter. Met elke kilometer tussen haar en die dikke nul. Ze werd haast lijfelijk misselijk van het idee ooit met hem naar bed te zijn geweest. Was ze bezeten geweest door een bizarre demon? Haar lichaam moet in die drie jaar bezeten zijn geweest door een gruwelijke macht die haar voor zijn verachtelijkheid had verblind. Was hij toen niet ook al dik geweest? Welke jongen is er nu dik op de middelbare school? Hij leest mij de les omdat ik achter een bureau zit, terwijl hij twintig kilo te zwaar is? Hij spoorde gewoon niet.

Ze zou hem nooit meer spreken. Ze putte troost uit dat voornemen. De opluchting stroomde als warm water over haar heen. Ze zou hem niet meer spreken of schrijven. Ze zou eisen dat haar ouders alle banden met hem verbraken. Ze was van plan ook de kroonluchter te vernietigen; het zou een ongelukje lijken. Misschien een inbraak fingeren? Mae lachte bij zichzelf om de gedachte dat ze die dikke gek zou uitdrijven, uit haar leven zou bannen. Die lelijke, eeuwig zwetende eland zou in haar wereld nooit meer iets te zeggen hebben.

Ze zag het uithangbord van Maiden's Voyages en had daar geen gedachten bij. Ze reed langs de afslag en voelde niets. Maar een paar seconden later verliet Mae toch de snelweg en reed terug naar het strand. Het was bijna tien uur en het kantoortje was dus al uren dicht. Wat deed ze daar dan? Het was geen reactie op de belachelijke vraag van Mercer of ze nog weleens buiten kwam. Ze keek alleen of de zaak open was. Ze wist dat dat niet zo was, maar misschien was Marion aanwezig en misschien zou die haar een halfuurtje een kajak meegeven. Ze woonde tenslotte in de stacaravan ernaast. Misschien zag ze Marion over het terrein lopen en kon ze haar overhalen haar een boot te verhuren.

Mae parkeerde, tuurde door het gaas van het hek en zag niemand, alleen het gesloten verhuurkantoortje en de rijen kajaks en paddle boards. Ze hoopte in de caravan een silhouet te ontdekken, maar dat gebeurde niet. Het roze licht binnen was gedempt, de caravan leeg.

Ze liep naar het strandje en bleef staan kijken naar het maanlicht, dat op het gladde oppervlak van de baai glinsterde. Ze ging zitten. Ze wilde niet naar huis, al had het geen zin te blijven. Haar hoofd was vol van Mercer, van zijn reusachtige kindergezicht en de flauwekul die hij die avond en elke andere avond had uitgekraamd. Dit was – daarvan was Mae overtuigd – beslist de laatste keer geweest dat ze hem had geprobeerd te helpen. Hij behoorde tot haar verleden, tot hét verleden; hij was een stuk antiek, een saai, zielloos voorwerp dat ze op zolder kon laten liggen.

Ze stond op met het idee terug te gaan om aan haar PartiRank te werken, toen ze iets vreemds zag. Aan het andere uiteinde van het hek, buiten de omheining, ontwaarde ze een groot voorwerp dat gevaarlijk scheef stond. Het was een kajak of een paddle board en ze liep er snel heen. Het was een kajak en hij stond buiten het hek met een peddel ernaast. De kajak was raar neergezet: ze had nog nooit een exemplaar vrijwel loodrecht omhoog zien staan en wist zeker dat Marion dat niet goed zou vinden. Het enige wat Mae kon bedenken, was dat iemand een gehuurde kajak te laat had teruggebracht en hem zo dicht mogelijk bij het hek had willen neerzetten.

Het minste wat ze kon doen, dacht ze, was de kajak op de grond zetten, zodat er minder kans was dat hij 's nachts zou omvallen. Dat deed ze: ze liet hem voorzichtig op het zand zakken en verbaasde zich erover hoe licht hij aanvoelde.

Toen kreeg ze een ingeving. Het water was maar dertig meter verderop en ze kon de kajak gemakkelijk naar het strand slepen. Zou het diefstal zijn om een kajak te lenen die al eerder was uitgeleend? Ze tilde hem tenslotte niet over het hek, ze verlengde alleen de uitleentermijn die een ander al had verlengd. Ze zou hem over een uur of twee terugbrengen en niemand zou er iets van merken.

Mae legde de peddel in de boot en sleepte die een paar meter over het zand, om te kijken hoe het aanvoelde. Was dit diefstal? Marion zou er zeker begrip voor hebben als zij het wist. Marion was een vrije geest, geen door regeltjes geobsedeerde feeks, en ze leek Mae iemand die in haar plaats hetzelfde zou doen. Ze zou misschien moeite hebben met de aansprakelijkheid, maar was ze wel aansprakelijk? Hoe kon Marion aansprakelijk worden gesteld als de kajak zonder haar medeweten was meegenomen?

Mae was nu bij de waterlijn en de boeg van de kajak was nat. Ze voelde het water onder de boot, de manier waarop de stroming de kajak bij haar weg leek te trekken, naar de ruimte van de baai, en wist toen dat ze het zou doen. De enige moeilijkheid was dat ze geen zwemvest had. Dat was het enige wat de huurder van de boot over het hek had weten te werken. Het water was echter zo kalm dat Mae geen werkelijke gevaren voorzag als ze dicht bij de kust bleef.

Maar eenmaal op het water voelde ze de zware glasvezelboot onder zich, de snelheid waarmee ze vooruitkwam, en bedacht ze dat ze misschien toch niet in ondiep water wilde blijven. Dat dit de nacht was om Blue Island te bereiken. Angel Island was niet moeilijk, daar gingen voortdurend mensen heen, maar Blue Island was vreemd, grillig en nooit betreden. Mae zag zichzelf op het eiland en lachte, haar lach werd breder toen ze aan Mercer dacht, aan zijn gezicht: zelfingenomen, verrast, kopje-onder. Mercer was te dik om in een kajak te passen, dacht ze, en te lui om de jachthaven uit te komen. Een man van bijna dertig die van hoorns kroonluchters maakte en haar – die bij de Cirkel werkte! – de les las over levenskeuzes. Het was belachelijk. Maar Mae, die in de T2K zat en snel opklom, was ook dapper en in staat om in het donker een kajak het zwarte water van de baai mee op te nemen om een eiland te verkennen dat Mercer alleen door een telescoop zou zien, terwijl hij op zijn aardappelzak van een reet zat en stukjes beest met zilververf beschilderde.

Aan haar vaarplan kwam geen enkele logica te pas. Ze wist niets over de stromingen in het diepere deel van de baai en wist niet of het verstandig was zo dicht bij de tankers in de nabijgelegen vaargeul te komen, vooral niet omdat zij in het donker gehuld en dus onzichtbaar voor hen was. En tegen de tijd dat ze het eiland bijna of helemaal had bereikt, was het water misschien te ruw om nog terug te kunnen. Maar ze werd voortgedreven door een kracht in haar, een reflex zo sterk als slaap, en ze wist dat ze niet zou stoppen totdat ze Blue Island had bereikt of daar op de een of andere manier van werd weerhouden. Als de wind zwak bleef en het water kalm, zou ze het halen.

Ze liet de zeilboten en de branding achter zich en keek met toegeknepen ogen zuidwaarts, op zoek naar de woonboot van de man en de vrouw, maar op die afstand leken alle vormen schimmig en het was sowieso onwaarschijnlijk dat ze zo laat nog licht aan zouden hebben. Ze hield koers en peddelde snel voorbij de afgemeerde jachten de ronde buik van de baai in.

Achter zich hoorde ze een korte plons en toen ze zich omdraaide zag ze op nog geen vijf meter afstand de zwarte kop van een zeehond. Ze wachtte tot hij onder water zou zakken, maar hij bleef haar aankijken. Ze draaide zich weer om en peddelde verder in de richting van het eiland. De zeehond volgde haar een stukje, alsof hij ook wilde zien wat zij wilde zien. Ze vroeg zich even af of de zeehond haar de hele weg zou volgen, of hij misschien op weg was naar het groepje rotsen vlak bij het eiland, waar ze heel vaak zeehonden had zien zonnen wanneer ze over de brug erboven reed. Maar toen ze zich nog eens omdraaide, was het dier verdwenen.

Het oppervlak bleef glad, ook toen ze dieper water opzocht. Waar het water meestal ruw werd omdat het daar blootstond aan de wind vanaf de oceaan, was het vannacht volledig kalm en ze ging nog steeds snel. Binnen twintig minuten was ze halverwege het eiland. Zo leek het tenminste. De afstanden waren onmogelijk in te schatten, vooral in het donker, maar ze zag het eiland groter worden en kenmerken van de rotsen, die ze nooit eerder had waargenomen, werden opeens zichtbaar. Op het hoogste punt zag ze iets weerkaatst worden, de maan hulde het in glanzend zilver. Op het zwarte zand aan de kust zag ze de overblijfselen liggen van wat een raam moest zijn geweest. Ver weg, vanaf het bruggenhoofd van de Golden Gate, hoorde ze een misthoorn. Daar moest een dikke mist hangen, dacht ze, terwijl de nacht hier, maar een paar kilometer verderop, helder was, met een stralende en bijna volle maan. De maneschijn op het water leek haast buitenaards, zo licht dat ze haar ogen toekneep. Ze was benieuwd naar de rotsen bij het eiland waar ze de zeehonden en zeeleeuwen had gezien. Zouden die er nu ook zijn en zouden ze bij haar komst wegvluchten? In het westen stak een bries op, een wind die vanaf de Stille Oceaan over de heuvels naar beneden kwam zetten; ze zat even stil om hem te peilen. Als hij aantrok, moest ze omkeren. Ze was nu dichter bij het eiland dan bij de kust, maar ze zat alleen en zonder zwemvest op een kajak en bij ruwe zee zou het gevaar onhoudbaar worden. Maar de wind ging even snel liggen als hij was opgestoken.

Een luid geruis trok haar aandacht naar het noorden. Er kwam een boot, een soort sleper, op haar af. Aan de hand van de witte en rode lichten op het dak van de stuurhut concludeerde Mae dat het een patrouille moest zijn, waarschijnlijk de kustwacht, dichtbij genoeg om haar te kunnen zien. Als ze rechtop bleef zitten, zou haar silhouet haar direct verraden.

Mae ging plat op de bodem van de kajak liggen en hoopte dat de kustwacht door de vorm van haar boot zou denken dat ze een rots, een boomstam, een zeehond of gewoon een brede zwarte rimpeling in de zilverglans van de baai was. Het gestamp van de scheepsmotor werd luider en Mae wist zeker dat ze zo meteen een zee van licht over zich heen zou krijgen, maar de boot voer snel voorbij en ze bleef onopgemerkt.

Het laatste stukje naar het eiland ging zo snel dat Mae aan haar gevoel voor afstand twijfelde. Het ene moment dacht ze hooguit halverwege te zijn, het volgende moment stoof ze naar het eiland alsof ze werd voortgestuwd door een zware rugwind. Ze sprong uit de boot en werd door het wit-koude water gegrepen. Ze haastte zich de kajak aan land te brengen en sleepte hem zo ver het strand op dat hij helemaal uit het water lag. Denkend aan de keer dat een snel opkomend tij haar boot bijna had meegenomen, draaide ze hem evenwijdig aan de kustlijn en plaatste ze aan weerskanten stenen.

Hijgend stond ze daar, ze voelde zich sterk, ze voelde zich reusachtig. Wat was het vreemd om hier te zijn, dacht ze. Vlakbij was een brug en vanaf die brug, vanuit de auto, had ze het eiland al honderd keer gezien en nooit enig teken van leven bespeurd – menselijk noch dierlijk. Niemand durfde of wilde erheen. Waarom was zij zo nieuwsgierig? Ze bedacht dat dit de enige of in elk geval de beste manier was om hier te komen. Marion zou niet willen dat ze zo ver ging en had misschien een speedboot gestuurd om haar te zoeken en terug te halen. En probeerde de kustwacht niet ook altijd mensen ervan te weerhouden hierheen te gaan? Was het een privé-eiland? Al die vragen en problemen deden er nu niet toe, want het was donker, niemand kon haar zien en niemand zou ooit weten dat ze hier was geweest. Behalve zij.

Ze liep om het eiland heen. De zuidkant werd grotendeels omkranst door een strand, dat verderop plaatsmaakte voor een steile klip. Ze keek naar boven, zag nergens steun voor haar voeten en aan de onderkant de schuimende kustlijn, en daarom ging ze dezelfde weg terug: de heuvel bleek ruig en rotsachtig, het strand weinig verrassend. Er lag een dikke reep zeewier met dode krabben en drijfvuil erin, waar ze met haar vingers doorheen ging. De maan gaf het wier dat lichtgevende dat ze al eerder had opgemerkt, een regenbooggloed, alsof het van binnenuit werd verlicht. Even had ze het gevoel dat ze op de maan zelf ergens op het water zat, alles baadde in een vreemd omgekeerd kleurenpalet. Wat groen had moeten zijn leek grijs, wat blauw had moeten zijn was zilver. Dit alles had ze nooit eerder gezien. Terwijl ze dat besefte, zag ze uit een ooghoek een vallende ster boven de oceaan. Ze had er maar één keer eerder een gezien en wist niet helemaal zeker of ze nu hetzelfde zag, een boog van licht die achter de zwarte heuvels verdween. Maar wat kon het anders zijn? Ze zat even stil op het strand naar de plek te staren waar ze hem had gezien, alsof er nog een zou komen of misschien wel een sterrenregen.

Ze stelde daarmee uit wat ze eigenlijk wilde doen, besefte ze, namelijk naar de top van de lage rots klimmen, en ze ging meteen van start. Er was geen pad, wat ze erg leuk vond: niemand, of bijna niemand was eerder geweest waar zij nu was, en dus klom ze omhoog door zich aan graspollen en wortels vast te houden en haar voeten op hier en daar uitstekende rotspunten te plaatsen. Eén keer hield ze halt, toen ze een groot en bijna rond, bijna afgewerkt gat in de heuvel ontdekte. Er moest een dier in wonen, maar van welke soort wist ze niet. Ze stelde zich de holen van konijnen, vossen, slangen en mollen voor, op deze plaats allemaal even goed mogelijk als onmogelijk, en klom weer verder, steeds hoger. Moeilijk was het niet. Ze stond in een paar minuten op de top, waar al een solitaire den stond die niet veel groter was dan zijzelf. Ze ging ernaast staan, hield zich aan zijn ruwe stam in evenwicht en draaide zich om. Ver weg zag ze de piepkleine witte ramen van de stad. Ze keek toe hoe een diep in het water liggende tanker met een hele constellatie rode lampen de oceaan op voer.

Het strand leek opeens wel erg ver onder haar te liggen en haar maag kromp ineen. Ze keek naar het oosten en had nu beter zicht op de zeehondenrotsen, waar een stuk of tien zeehonden lagen te slapen. Ze keek naar de brug boven haar – niet de Golden Gate maar een kleinere –, naar de vloeiende witte stroom auto's die ook om middernacht gewoon doorging en vroeg zich af of iemand haar menselijk silhouet tegen de zilveren baai zag afsteken. Ze herinnerde zich wat Francis een keer had gezegd: dat hij nooit geweten had dat onder de brug een eiland lag. De meeste automobilisten en hun passagiers zouden niet naar beneden kijken, zouden geen flauw idee van haar bestaan hebben.

Ze had nog steeds het iele dennenstammetje vast toen ze in de bovenste boomtakken een nest opmerkte. Ze durfde er niet aan te komen, ze wist dat ze daarmee het samenspel van bouwwerk en nestgeur zou verstoren, maar ze wilde zo graag zien wat erin zat. Om hoger te komen en er van boven in te kunnen kijken, ging ze op een steen staan, maar ze kwam niet hoog genoeg om er een blik in te kunnen werpen. Zou ze het optillen en naar beneden halen, zodat ze erin kon kijken? Eén tel maar? Dat kon toch wel, als ze het meteen weer terugzette? Nee. Ze wist genoeg om te weten dat ze dat niet moest doen. Als ze het wel deed, zou ze kapotmaken wat erin zat, wat dat ook was.

Ze ging met haar gezicht naar het zuiden zitten waar ze de lichtjes, de bruggen en de lege zwarte heuvels kon zien die de baai van de Stille Oceaan scheidden. Ze had ooit gehoord dat dit een paar miljoen jaar geleden allemaal onder water had gestaan. Al die kapen en eilanden hadden zo diep gelegen dat ze als richels op de oceaanbodem nauwelijks waren opgevallen. Aan de overkant van de zilverkleurige baai zag ze een paar vogels, blauwe of zilverreigers, laag naar het noorden glijden en zo zat ze een tijdje voor zich uit te dromen. Misschien huisden onder haar wel vossen, verscholen zich krabben onder de stenen op het strand, reden boven haar hoofd mensen in auto's voorbij; ze dacht aan de mannen en vrouwen in de sleepboten en tankers, die de haven in- en uitvoeren, zuchtend – iedereen had alles al gezien. Ze kon er alleen maar naar raden, naar wat zoal leefde in het diepe water om haar heen, doelbewust voortbewegend of doelloos ronddrijvend, maar ze dacht nergens erg lang over na. Het was genoeg om zich van de miljoenen mogelijke permutaties om zich heen bewust te zijn en troost te putten uit de wetenschap dat ze nooit veel zou, en eigenlijk ook niet kon, weten.

Toen ze bij het strandje van Marion terugkwam, zag het er op het eerste gezicht precies zo uit als ze het had achtergelaten. Er was niemand te zien en het roze licht in Marions stacaravan was nog steeds gedempt.

Ze sprong aan land, ploegde met haar voeten diep door het natte zand en sleepte de kajak het strand op. Haar benen deden pijn en ze stopte, liet de kajak vallen en rekte zich uit. Met haar handen boven haar hoofd keek ze naar de parkeerplaats. Daar stond haar auto, maar daarnaast stond er nu nog een. Ze bekeek deze tweede auto en vroeg zich af of Marion terug was, toen ze door wit licht werd verblind.

'Blijf waar je bent,' brulde een stem door een luidspreker.

Ze draaide instinctief weg.

De luidsprekerstem klonk opnieuw, venijnig ditmaal: 'Geen beweging!'

Uit haar evenwicht gebracht, verstijfde ze en ze vroeg zich even bezorgd af hoelang ze die houding vol kon houden, maar dat hoefde niet. Ze werd besprongen door twee schaduwen die ruw haar armen beetpakten en haar met de handen op de rug boeiden.

Ze zat achter in een patrouillewagen en de inmiddels gekalmeerde agenten overwogen of het waar zou kunnen zijn wat zij hun vertelde: dat ze regelmatig een boot huurde, dat ze lid was en alleen maar laat een boot kwam terugbrengen. Ze hadden Marion opgebeld en die had bevestigd dat Mae een klant was, maar toen ze haar vroegen of Mae die dag een boot had gehuurd en alleen maar laat was, had Marion gezegd dat ze eraan kwam en toen opgehangen.

Marion arriveerde twintig minuten later. Ze zat in de passagiersstoel van een antieke rode pick-uptruck met achter het stuur een man met een baard die een verwarde en geërgerde indruk maakte. Toen Mae Marion naar de politieauto zag wankelen, besefte ze dat ze gedronken had en de man met baard mogelijk ook. Hij zat nog in de auto en leek vastbesloten daar te blijven.

Terwijl Marion naar de auto liep, viel haar oog op Mae en door de aanblik van Mae die met de handen geboeid op haar rug achter in een politieauto zat, was ze op slag weer nuchter.

'O jezus,' zei ze. Ze holde op Mae af en richtte zich tot de agenten. 'Dit is Mae Holland. Ze huurt hier zo vaak een boot. Ze heeft vrije toegang. Hoe kon dit in godsnaam gebeuren? Wat is er aan de hand?'

De agenten vertelden dat ze twee verschillende meldingen van een mogelijke diefstal hadden gekregen. 'De ene was van een beller die anoniem wil blijven. En de andere was afkomstig van een van uw eigen camera's, mevrouw Lefebvre.'

Mae deed haast geen oog dicht. Door de adrenaline liep ze de hele nacht te ijsberen. Hoe had ze zo stom kunnen zijn? Ze was toch geen dief? En als Marion haar nou niet had gered? Dan had ze alles kwijt kunnen zijn. De politie zou haar ouders hebben gebeld om de borgtocht te betalen en haar op te halen, en naar haar baan bij de Cirkel had ze kunnen fluiten. Mae had nooit een boete voor te snel rijden gehad, was sowieso nooit met de politie in aanraking geweest, en nu stal ze een kajak van duizend dollar.

Maar het was voorbij en Marion had er bij het afscheid zelfs op gestaan dat Mae weer langs zou komen. 'Ik weet dat je je opgelaten voelt, maar ik wil dat je weer komt. Ik laat je niet met rust als je niet komt.' Ze wist dat Mae zoveel spijt en schaamte voelde dat ze Marion haast niet meer onder ogen zou durven komen.

Toch had Mae een vreemd, bevrijd gevoel toen ze na een paar uurtjes onrustig slapen wakker werd, alsof ze ontwaakte uit een nachtmerrie in het besef dat die niet echt gebeurd was. De lei was weer schoon en ze ging naar haar werk.

Ze logde om halfnegen in. Haar PartiRank was 3892. Ze werkte de hele ochtend met de uitzonderlijke concentratie die mensen na een bijna doorwaakte nacht een paar uur lang kunnen opbrengen. Van tijd tot tijd herinnerde ze zich de vorige nacht weer: het stille, zilveren water, de eenzame den op het eiland, het verblindende licht en de plasticlucht van de politieauto, het idiote gesprek met Mercer, maar de herinneringen werden al vager, of ze stopte ze weg, toen ze op haar tweede scherm een berichtje van Dan ontving: *Kom alsjeblieft z.s.m. naar mijn kantoor. Jared neemt het van je over.*

Ze snelde erheen en toen ze bij Dans deur kwam, stond hij al in de startblokken. Uit zijn gezicht sprak tevredenheid over haar snelle komst. Hij deed de deur dicht en ze gingen zitten.

'Mae, weet je waarover ik het met je wil hebben?'

Was dit een test om te kijken of ze zou liegen?

Ze deed een poging: 'Sorry, nee.'

Dan sloeg zijn ogen neer, opende ze weer. 'Mae. Je laatste kans.'

'Gaat het om gisteravond?' Als hij van de politie niets af wist, kon ze iets anders bedenken, iets anders wat na werktijd was voorgevallen.

'Ja. Mae, dit is echt heel ernstig.'

Hij wist het. Godallemachtig, hij wist het. Ergens in haar achterhoofd realiseerde ze zich dat de Cirkel iets van een webalarm moest hebben dat een melding stuurde zodra een medewerker door de politie werd gearresteerd of ondervraagd. Dat was niet meer dan logisch.

Ze protesteerde: 'Maar er zijn helemaal geen juridische gevolgen. Marion heeft alles opgehelderd.'

'Marion is de eigenaar van de zaak?'

'Ja.'

'Maar Mae, jij en ik weten toch dat er een misdaad is gepleegd?'

Mae had geen idee wat ze moest zeggen.

'Mae, ik zal je sparen. Wist je dat een Cirkelaar, Gary Katz, een SeeChangecamera op dat strand heeft geplaatst?'

Haar maag zakte in haar schoenen. 'Nee, dat wist ik niet.'

'En dat Walt, de zoon van de eigenares, er ook een heeft opgehangen?'

'Nee.'

'Hm. Dat is om te beginnen al verontrustend. Jij gaat soms toch kajakken? Ik zie in je profiel dat je kajakt. Josiah en Denise zeggen dat jullie daar een goed gesprek over hebben gehad.'

'Ik ga soms, ja, af en toe. De laatste keer was al een paar maanden geleden.'

'Maar het is nooit bij je opgekomen om op SeeChange te kijken hoe het water is?'

'Nee. Dat zou wel moeten. Maar elke keer als ik ga kajakken, is dat steeds een spontane beslissing. Ik kom langs het strand als ik van mijn ouders terugrijd, dus...'

'En je was gisteren bij je ouders?' Dan zei dat op een manier waaruit bleek dat een 'ja' hem nog bozer zou maken.

'Ja. Alleen voor een etentje.'

Dan was opgestaan en wendde zich van Mae af, hij zuchtte een paar keer diep en geïrriteerd.

Mae had heel duidelijk het gevoel dat ze ieder moment ontslagen kon worden. Toen dacht ze aan Annie. Kon Annie haar redden? Deze keer niet.

'Oké,' zei hij. 'Dus jij gaat naar huis, mist allerlei activiteiten hier en stopt op de terugweg bij het verhuurkantoortje, na sluitingstijd. En beweer nu niet dat je niet wist dat ze gesloten waren.'

'Ik dacht het, maar ik ben voor de zekerheid gestopt.'

'En toen je buiten het hek een kajak zag liggen, besloot je die gewoon mee te nemen.'

'Te lenen. Ik ben lid.'

'Heb je de beelden gezien?' vroeg Dan.

Hij zette zijn wandscherm aan. Mae zag een heldere, maanbeschenen opname van het strand, gemaakt met een groothoekcamera. Onder aan het scherm stond het tijdstip waarop het beeld was opgenomen: 22.14 uur. 'Vind je niet dat zo'n camera ook voor jou nuttig zou kunnen zijn? Als is het maar om te zien hoe het water is?' Hij wachtte niet op antwoord. 'Laten we jou eens bekijken.' Hij spoelde een paar seconden door en Mae zag haar eigen vage gestalte op het strand verschijnen. Alles was overduidelijk: haar verrassing op het moment dat ze de kajak vond, haar afwegingen en twijfels, en toen de snelheid waarmee ze de boot naar het water bracht en uit zicht peddelde.

'Nou,' zei Dan, 'zo te zien wist je heel goed dat je iets deed wat niet mocht. Dit is niet het gedrag van iemand die een vaste regeling heeft met Marge of hoe ze ook heet. Ik bedoel, ik ben blij dat jullie één lijn hebben getrokken met jullie verhaal en dat je niet bent gearresteerd, want dan had je hier niet kunnen blijven werken. Bij de Cirkel werken geen criminelen. Maar dan nog word ik hier eerlijk gezegd niet goed van. Leugens en uitvluchten. Verbijsterend dat ik me hier überhaupt mee bezig moet houden.'

Opnieuw had Mae dat vlijmscherpe gevoel, die trilling in de lucht die zei dat ze werd ontslagen. Aan de andere kant: als ze werd ontslagen, zou Dan toch niet zoveel tijd aan haar besteden? En zou hij iemand ontslaan die was aangenomen door Annie, die veel hoger op de ladder stond? Als iemand haar vertrek zou aankondigen, dan Annie zelf. Dus hoopte Mae dan ook dat dit ergens anders op uit zou draaien.

'Nou, wat ontbreekt hier?' vroeg hij en hij wees op het stilgezette beeld van Mae die in de kajak stapte.

'Ik weet het niet.'

'Je weet het echt niet?'

'Toestemming om de kajak te gebruiken?'

'Dat zeker,' zei hij kortaf, 'maar wat nog meer?'

Mae schudde het hoofd. 'Sorry. Ik weet het niet.'

'Draag je doorgaans geen zwemvest?'

'Ja. O ja. Maar die lagen aan de andere kant van het hek.'

'En wanneer, wat God verhoede, iets met je zou gebeuren op het water, hoe zouden je ouders zich dan voelen? Hoe zou Marge zich voelen?'

'Marion.'

'Hoe zou zij zich dan voelen? Haar zaak is dan in één klap weg. Finito. Alle mensen die voor haar werken. Die worden allemaal werkloos. Het strand wordt gesloten. Kajakken in de baai, als bedrijfstak, stort in. Allemaal door jouw onvoorzichtigheid. Sorry voor mijn directheid, maar – door jouw egoïsme.'

'Ik weet het,' zei Mae, en de waarheid stak haar. Ze was egoïstisch geweest. Ze had aan niets dan haar eigen verlangens gedacht.

'Jammer, want je was enorm vooruitgegaan. Je PartiRank was zelfs 1668. Je Conversion Rate en Bruto Retail zaten in het hoogste kwartiel. En dan dit.' Hij zuchtte omstandig. 'Enfin, hoe bedroevend dit alles ook is, het levert ons wel een leermoment op. En dan bedoel ik een leermoment op levensveranderend niveau. Deze beschamende vertoning geeft je de kans Eamon Bailey persoonlijk te ontmoeten.'

Mae's adem stokte hoorbaar.

'Ja. Dit interesseert hem omdat het zoveel raakvlakken vertoont met zijn eigen interesses en de doelen van de Cirkel in het algemeen. Zou je dit alles met Eamon willen bespreken?'

'Ja,' wist Mae uit te brengen. 'Natuurlijk.'

'Goed zo. Hij wil je graag ontmoeten. Vanavond om zes uur word je naar zijn kantoor gebracht. Ik stel voor dat je vóór die tijd je gedachten ordent.'

Mae's hoofd galmde van de zelfbeschuldigingen. Ze haatte wie ze was. Hoe had ze dat kunnen doen, haar baan riskeren? Haar beste vriendin in verlegenheid brengen? Haar vaders ziektekostenverzekering op het spel zetten? Ze was een stommeling, overduidelijk, maar was ze ook schizofreen? Wat was er gisteravond in haar gevaren? Wie doet zoiets? Inwendig maakte ze ruzie met zichzelf, terwijl ze koortsachtig doorwerkte in een poging iets zichtbaars te doen om haar betrokkenheid bij het bedrijf te tonen. Ze handelde 140 vragen van klanten af, haar record tot dan toe, beantwoordde daarnaast 1129 enquêtevragen én hield de newbies op schema. De gezamenlijke score van haar groep was 98 en daar was ze trots op, al wist ze dat het deels geluk was en dat ook Jared een bijdrage had geleverd – hij wist wat er speelde en had zijn hulp toegezegd. Om vijf uur 's middags stopte de wachtrij en Mae werkte daarna nog drie kwartier aan haar PartiRank, die ze van 1827 op 1430 bracht met behulp van 344 commentaren en posts en een kleine duizend smiles en frowns. Ze werkte aan de conversie van 38 grote en 44 kleine producten en haar Bruto Retail kwam op 24.050 dollar. Ze wist zeker dat Bailey, die zich van de Wijzen het intensiefst met de PartiRank bezighield, dat zou opmerken en waarderen.

Om kwart voor zes werd Mae geroepen. Ze keek op en zag een onbekend iemand bij de deur staan, een man van een jaar of dertig. Ze liep naar hem toe.

'Mae Holland?'

'Ja.'

'Ik ben Dontae Peterson. Ik werk samen met Eamon en hij heeft mij gevraagd je naar zijn kantoor te brengen. Ben je zover?'

Ze namen dezelfde route die Mae met Annie had genomen en onderweg realiseerde Mae zich dat Dontae niet wist dat zij al eerder in Baileys kantoor was geweest. Annie had nooit gezegd dat ze dat geheim moest houden, maar het feit dat Dontae het niet wist, wees erop dat Bailey het ook niet wist en dat zij er niet zelf over moest beginnen.

Toen ze de lange, dieprode hal in liepen, zweette Mae rijkelijk. Ze voelde stroompjes van haar oksels naar haar middel lopen. Haar voeten waren gevoelloos.

'Hier hangt een grappig portret van de Wijzen,' zei Dontae toen ze bij de deur stilhielden. 'Baileys nicht heeft het gemaakt.'

Mae deed alsof het haar verraste en verrukte met zijn ongekunsteldheid en primitieve inzicht.

Dontae tilde de grote waterspuwer op en klopte ermee op de deur. Die ging open en het glimlachende gezicht van Bailey vulde de leegte.

'Hallo! Hoi Dontae, hoi Mae!' Dat rijmde en zijn lach werd breder. 'Kom binnen.'

Hij droeg een kaki broek, een wit *button-down* overhemd en zag eruit of hij net uit de douche kwam. Mae volgde hem terwijl hij de kamer in zich opnam en aan zijn nek krabde, bijna alsof hij zich schaamde over hoe goed hij het hier voor elkaar had.

'Dit is mijn favoriete kamer. Maar weinig mensen hebben die gezien. Niet dat ik er enorm geheimzinnig over doe, maar ik heb domweg geen tijd om rondleidingen te geven. Heb je ooit zoiets gezien?'

Mae wilde maar kon niet zeggen dat ze diezelfde kamer al eerder had gezien. 'Niets wat erop lijkt,' zei ze.

Op dat moment gebeurde er iets in Baileys gezicht, een zenuwtrekje leek zijn linkeroog- en -mondhoek dichter bij elkaar te brengen.

'Dank je, Dontae,' zei Bailey.

Dontae glimlachte en ging weg, de zware deur deed hij achter zich dicht.

'Mae.' Bailey stond voor een antiek theeservies met een zilveren pot waaruit een smalle stoomspiraal opsteeg. 'Wil je thee?'

'Graag.'

'Groen of zwart?' vroeg hij met een glimlach. 'Earl Grey misschien?'

'Groen, graag. Maar het hoeft niet, hoor.'

Bailey maakte de thee klaar. 'Ken je onze geliefde Annie al lang?' vroeg hij en hij schonk voorzichtig in.

'Ja. Sinds ons tweede studiejaar. Vijf jaar inmiddels.'

'Vijf jaar! Dat is, wat, dertig procent van je leven?'

Mae wist dat hij een beetje naar boven afrondde, maar liet een klein lachje horen. 'Zoiets. Lang in ieder geval.' Hij gaf haar een kop en schotel aan en beduidde haar te gaan zitten. Er stonden twee stoelen, comfortabele leren fauteuils.

Bailey liet zich met een diepe zucht in zijn stoel vallen en legde zijn enkel op zijn knie. 'Annie is voor ons van groot belang en jij dus ook. Ze praat over jou alsof je voor onze gemeenschap nog eens van grote waarde zou kunnen zijn. Klopt dat?'

'Dat ik hier van waarde zou kunnen zijn?'

Hij knikte en blies in zijn thee. Over zijn kopje keek hij haar met vaste blik aan. Zij keek terug, voelde zich even overdonderd, keek weg en zag wéér zijn gezicht, nu op een ingelijste foto die vlakbij op een plank stond. Het was een officieel zwart-witportret van het hele gezin: zijn drie dochters stonden om hem en hun moeder heen, die beiden zaten. Bailey had zijn zoontje op schoot, die een joggingpak aanhad en een Iron Man-actiepoppetje vasthield.

'Nou, ik hoop het wel,' zei Mae. 'Ik doe mijn uiterste best. Ik vind de Cirkel geweldig en ik kan niet zeggen hoe blij ik ben met de kans die ik hier heb gekregen.'

Bailey glimlachte. 'Goed, mooi zo. Zeg eens, hoe voel je je bij het gebeuren van gisteravond?' Hij stelde de vraag alsof hij werkelijk geïnteresseerd was en alsof haar antwoord alle kanten op zou kunnen gaan.

Mae had nu vaste grond onder de voeten. Eromheen praten was niet nodig. 'Verschrikkelijk. Ik heb nauwelijks geslapen. Ik schaam me zo dat ik wel kan kotsen.' Dat woord zou ze tegenover Stenton niet hebben gebruikt, maar ze dacht dat Bailey de grofheid wel zou kunnen waarderen.

Hij glimlachte vrijwel onmerkbaar en ging door. 'Mae, ik wil je wat vragen. Zou je je anders gedragen hebben als je had geweten dat bij de jachthaven SeeChangecamera's hangen?'

'Ja.'

Bailey knikte nadrukkelijk. 'Hm. Hoe dan?'

'Ik zou niet hebben gedaan wat ik gedaan heb.'

'En waarom niet?'

'Omdat ik betrapt zou zijn.'

Bailey hield zijn hoofd schuin. 'Is dat alles?'

'Nou ja, ik zou niet willen dat iemand me dat zag doen. Dat was verkeerd. Het is gênant.'

Hij zette zijn kopje op het tafeltje naast zich en legde zijn handen in zijn schoot, de handpalmen losjes tegen elkaar. 'Zou je in het algemeen zeggen dat je je anders gedraagt als je weet dat je bekeken wordt?'

'Zeker. Natuurlijk.'

'En als je verantwoording moet afleggen.'

'Ja.'

'En als het wordt vereeuwigd. Dat wil zeggen, als wat je doet altijd in de openbaarheid blijft. Dat er bijvoorbeeld altijd een opname van blijft bestaan.'

'Ja.'

'Goed. En herinner je je mijn praatje van eerder deze zomer over het uiteindelijke doel van SeeChange?'

'Ik weet dat het de meeste criminaliteit zou voorkomen als het overal werd toegepast.'

Dat leek Bailey plezier te doen. 'Inderdaad. Klopt. Gewone burgers, mensen als Gary Katz en Walt Lefebvre in dit geval, die de tijd nemen om hun camera's te installeren, zorgen voor ons aller veiligheid. Dit was een klein vergrijp en godzijdank zonder slachtoffers. Jij leeft nog. Marions bedrijf en de kajakbranche in het algemeen zijn er morgen ook nog. Maar met één zelfzuchtige avond had je alles in gevaar kunnen brengen. Elke afzonderlijke handeling heeft echo's die vrijwel oneindig kunnen weergalmen. Vind je niet?'

'Ja. Ik weet het. Het is schandalig.' Wederom had Mae het gevoel dat ze ontzettend kortzichtig was, iemand die alles wat ze bij de Cirkel had gekregen steeds weer op het spel zette.

'Meneer Bailey, ik vind het ongelofelijk dat ik dit heb gedaan. En u vraagt zich nu natuurlijk af of ik hier wel thuishoor. Ik wil alleen dat u weet hoezeer ik het waardeer dat ik hier mag werken en dat u vertrouwen in mij hebt. En dat wil ik ook waarmaken. Ik wil alles doen om dit goed te maken. Ik meen het echt, zeg het maar en ik doe het: extra werk, alles.'

Er verscheen een uiterst geamuseerde grijns op Baileys gezicht. 'Mae, je baan is niet in gevaar. Je bent hier voorgoed. Annie is hier voorgoed. Het spijt me als je ook maar een seconde iets anders hebt gedacht. We willen jullie geen van beiden ooit zien vertrekken.'

'Dat is heel fijn om te horen. Dank u,' zei Mae, al bonsde haar hart nu juist harder.

Hij knikte en glimlachte, alsof hij blij en opgelucht was dat dát nu allemaal was geregeld. 'Maar deze hele episode levert een zeer belangrijk leermoment op, vind je niet?' Hoewel het een retorische vraag leek, knikte Mae toch maar. 'Mae, wanneer is een geheim iets goeds?'

Daar moest ze een paar tellen over nadenken. 'Als het iemands gevoelens ontziet.'

'Zoals?'

'Nou,' hakkelde ze, 'als je weet dat de vriend van je vriendin vreemdgaat, maar...'

'Maar? Dat vertel je je vriendin niet?'

'Hm. Geen goed voorbeeld.'

'Mae, vind jij het ooit prettig als een vriend of vriendin een geheim voor je heeft?'

Mae dacht aan de vele leugentjes die ze Annie de laatste tijd had opgedist. Leugentjes die ze niet alleen had uitgesproken maar ook getypt; leugentjes die daardoor permanent en onloochenbaar waren.

'Nee. Maar ik begrijp de noodzaak.'

'Dat is interessant. Kun je een voorbeeld bedenken – dat je het prettig vond dat een van je vrienden iets voor je verzweeg?'

Dat kon Mae niet. 'Zo snel even niet.' Ze voelde zich misselijk.

'Oké,' zei Bailey, 'we kunnen zo snel geen voorbeeld van een goed geheim tussen vrienden bedenken. Laten we nu eens naar de familie kijken. Is een geheim iets goeds binnen een familie? Denk je, in theorie, ooit: *Weet je wat goed zou zijn om voor mijn familie te verzwijgen? Een geheim.*'

Mae dacht aan de vele dingen die haar ouders waarschijnlijk voor haar verzwegen: de vele keren dat hun eigenwaarde een gevoelige knauw kreeg als gevolg van haar vaders ziekte. 'Nee,' antwoordde ze.

'Geen geheimen binnen de familie?'

'Eigenlijk weet ik dat niet. Er zijn zeker dingen die je ouders niet hoeven te weten.'

'Zouden je ouders die dingen wel willen weten?'

'Misschien.'

'Dus je onthoudt je ouders iets wat ze willen. En dat is goed?'

'Nee. Maar misschien wel beter voor iedereen.'

'Beter voor jou. Beter voor de bewaarder van het geheim. Een groot geheim dat maar beter voor je ouders verborgen kan blijven. Gaat dat geheim over iets geweldigs wat je hebt gedaan? Zouden je ouders al te gelukkig worden als ze ervan wisten?'

Mae moest lachen. 'Nee. Een geheim is duidelijk iets wat ze niet van je mogen weten omdat je je schaamt of omdat je ze niet wilt belasten met de wetenschap dat je iets hebt verknald.'

'Maar we zijn het erover eens dat ze dat zouden willen weten.'

'Ja.'

'En hebben ze het recht om het te weten?'

'Ik denk het wel.'

'Goed. Dus we zijn het erover eens dat het gaat om een situatie waarin je, in een perfecte wereld, niets doet wat je niet aan je ouders zou durven te vertellen?'

'Zeker. Maar er zijn andere dingen die ze misschien niet zouden begrijpen.'

'Omdat ze zelf nooit zoon of dochter zijn geweest?'

'Nee, maar...'

'Mae, heb jij homoseksuele familie of vrienden?'

'Jawel.'

'Weet je hoe anders de wereld voor homoseksuelen eruitzag voor- en nadat mensen eenmaal uit de kast begonnen te komen?'

'Ik kan me er iets bij voorstellen.'

Bailey stond op en concentreerde zich op het theeservies. Hij schonk voor beiden nog eens in en ging weer zitten.

'Kun je dat echt? Ik ben van de generatie die enorm geworsteld heeft met uit de kast komen. Mijn broer is homo en dat heeft hij pas op zijn vierentwintigste aan mijn familie durven toegeven. En daarvóór is hij er bijna aan onderdoor gegaan. Het was een etterend gezwel dat hij met zich meedroeg en dat elke dag groter werd. Waarom dacht hij dat hij het voor zich moest houden? Toen hij het onze ouders vertelde, knipperden die niet eens met hun ogen. Hij had er in zijn hoofd een enorm drama van gemaakt, een groot, zwaar en mysterieus geheim. En historisch gezien was een deel van het probleem dat anderen het ook geheimhielden. Uit de kast komen was verschrikkelijk moeilijk, totdat miljoenen mensen het deden. Toen werd het een stuk gemakkelijker, denk je niet? Toen miljoenen mannen en vrouwen uit de kast kwamen, werd homoseksualiteit van een geheimzinnige, zogenaamde afwijking een gewone manier van leven. Snap je?'

'Ja, maar...'

'En ik zou willen stellen dat we overal in de wereld waar homoseksuelen nog worden vervolgd, onmiddellijk grote vooruitgang zouden kunnen boeken als alle homo's en lesbiennes meteen publiekelijk uit de kast kwamen. Hun vervolgers én iedereen die de vervolging stilzwijgend goedkeurt, zouden dan beseffen dat ze om hen te vervolgen minstens tien procent van de bevolking moesten vervolgen, inclusief hun eigen zonen, dochters, buren en vrienden, hun eigen ouders zelfs. Het zou meteen ondoenlijk worden. De vervolging van homo's en andere minderheidsgroepen wordt louter mogelijk gemaakt door geheimhouding.'

'Oké. Zo had ik het nog niet bekeken.'

'Dat geeft niet,' zei hij tevreden en hij nam een slokje thee. Hij droogde zijn bovenlip door er met een vinger overheen te strijken. 'We hebben het gehad over de schade die geheimen toebrengen binnen de familie en tussen vrienden, en over de rol van stilzwijgen bij de vervolging van grote groepen mensen. Laten we het nut van weloverwogen geheimhouding eens verder bekijken. Hoe zit het met de politiek? Vind jij dat een president geheimen moet hebben voor de mensen die onder zijn bestuurlijke verantwoording vallen?'

'Nee, maar er moeten toch een paar zaken zijn die wij niet mogen weten. Alleen al voor de nationale veiligheid.'

Hij lachte en leek verheugd dat ze zei wat hij verwachtte dat ze zou zeggen. 'Is dat zo, Mae? Herinner je je ene Julian Assange die miljoenen pagina's geheime Amerikaanse documenten heeft gelekt?'

'Ik heb erover gelezen.'

'Nou, in eerste instantie was de Amerikaanse regering zwaar geschokt, net als een groot deel van de media. Veel mensen vonden dit een ernstige inbreuk op de veiligheid en een 'duidelijk en aanwezig gevaar' voor onze mannen en vrouwen in uniform, hier en in het buitenland. Maar weet je nog of door de publicatie van die documenten ook werkelijk militairen gewond zijn geraakt of gesneuveld?'

'Nee.'

'Niet één. Niemand. Hetzelfde zagen we in de jaren zeventig met de Pentagon Papers. Geen enkele militair heeft door de publicatie van die documenten ook maar een splinter opgelopen. Het belangrijkste gevolg van de publicatie daarvan, weet ik nog, was dat we erachter kwamen dat veel van onze diplomaten graag roddelen over buitenlandse staatshoofden. Miljoenen documenten, en wat we er vooral van hebben geleerd, is dat Amerikaanse diplomaten Gadaffi een mafkees vonden, met zijn vrouwelijke lijfwachten en zijn vreemde eetgewoonten. Als het enig effect heeft gesorteerd, dan was het dat onze diplomaten zich beter gingen gedragen. Dat ze beter op hun woorden pasten.'

'Maar de nationale veiligheid...'

'Wat is daarmee? We zijn alleen in gevaar als we de plannen en motieven niet kennen van de landen waarmee we zogenaamd een conflict hebben. Of als zij onze plannen niet kennen en zich daar ongerust over maken, toch?'

'Zeker.'

'Maar wat als zij onze plannen wél zouden kennen en wij die van hen? We zouden plotseling bevrijd zijn van wat vroeger het "risico van gegarandeerde wederzijdse vernietiging" werd genoemd en in plaats daarvan tot gegarandeerd wederzijds vertrouwen komen. De vs hebben geen puur slechte motieven, toch? Wij maken geen plannen om een land van de kaart te vegen. Maar soms zetten we heimelijke stappen om te krijgen wat we willen. Maar wat als iedereen open en eerlijk was, en dat ook moest zijn?'

'Dat zou beter zijn?'

Bailey grijnsde. 'Ja, dat vind ik ook.' Hij zette zijn kopje neer en legde zijn handen weer in zijn schoot.

Mae wist dat ze niet moest aandringen, maar ze flapte het eruit: 'U wilt toch niet beweren dat iedereen alles moet weten?'

Baileys ogen werden groter, alsof hij blij was dat zij hem op een verlokkelijk idee had gebracht. 'Natuurlijk niet. Wat ik wil zeggen, is dat iedereen het recht – en de middelen – moet hebben om alles te weten. Er is niet genoeg tijd om alles te weten, hoe graag ik dat ook zou willen.'

Hij was even in gedachten verdiept en zweeg, richtte toen zijn aandacht weer op Mae. 'Ik heb begrepen dat je het niet erg leuk vond als voorbeeld voor Gus' LuvLuvdemonstratie te dienen.'

'Het verraste me alleen. Hij had mij er van tevoren niets over gezegd.'

'Alleen daarom?'

'Nou ja, het gaf nogal een vertekend beeld van me.'

'Was de informatie die hij presenteerde onjuist? Klopten bepaalde feiten niet?'

'Dat was het niet. Het was alleen... fragmentarisch. En misschien léék het daardoor onjuist. Er werden wat snippers van mij verzameld en als mijn hele ik gepresenteerd...'

'Het leek incompleet.'

'Ja.'

'Mae, ik ben heel blij dat je het zo formuleert. Zoals je weet probeert de Cirkel zelf compleet te worden. Wij van de Cirkel proberen de cirkel te sluiten.' Hij glimlachte om zijn eigen woordgrapje. 'Maar ik neem aan dat je in grote lijnen weet wat de bedoeling is.'

Dat was niet het geval. 'Ik denk het wel.'

'Kijk eens naar ons logo,' zei hij en hij wees naar een wandscherm waarop, op zijn aanwijzing, het logo verscheen. 'Zie je dat de c in het midden open is? Dat zit mij al jaren dwars en het is een symbool geworden voor wat ons hier nog te doen staat, namelijk de cirkel sluiten.' De c op het scherm werd gesloten tot een perfecte cirkel. 'Zie je?' zei hij. 'De cirkel is de krachtigste vorm in het heelal. Er gaat niets boven, er kan niets aan verbeterd worden, iets perfecters bestaat niet. En dat is waar wij naar streven: perfectie. Maar alle informatie die ons ontgaat, alles wat ontoegankelijk is, voorkomt dat we perfect worden. Snap je?'

'Ja,' zei Mae, al was ze daar niet zo zeker van.

'Dit past bij het doel van de Cirkel om ieder van ons te helpen ons completer te voelen en ons het idee te geven dat anderen een complete – op volledige informatie gebaseerde – indruk van ons hebben. En ook om te voorkomen dat wij, zoals jij, het idee krijgen dat de wereld een vervormd beeld van ons krijgt voorgeschoteld. Het is als met een kapotte spiegel. Als we daarin kijken, in een spiegel met een barst of waaruit stukken ontbreken, wat krijgen we dan?'

Nu snapte Mae het. Alle analyses, oordelen of beelden op basis van onvolledige informatie waren verkeerd. 'We krijgen een scheef, vervormd spiegelbeeld,' antwoordde ze.

'Inderdaad,' zei Bailey. 'En als de spiegel heel is?'

'Dan zien we alles.'

'Een spiegel toont de waarheid, niet?'

'Uiteraard. Het is een spiegel. Het is de werkelijkheid.'

'Maar een spiegel kan alleen de waarheid tonen als hij heel is. En ik denk dat jouw probleem met de LuvLuvpresentatie van Gus was, dat die niet de hele Mae liet zien.'

'Oké...'

'Oké?'

'Ja, dat klopt,' zei ze. Ze wist niet waarom ze haar mond opendeed, maar de woorden rolden eruit voor ze ze kon tegenhouden. 'Maar toch denk ik dat er dingen zijn, al zijn het er maar een paar, die iedereen liever voor zich houdt. Ik bedoel, als we alleen zijn, of in onze slaapkamer, doen we allemaal dingen waarvoor we ons schamen.'

'Maar waarom zou iemand zich daarvoor schamen?'

'Misschien niet zozeer schamen. Maar er zijn dingen die je niet wilt delen. Omdat je niet denkt dat anderen die begrijpen. Of omdat anderen je dan anders gaan bekijken.'

'Juist, ja. Bij dat soort dingen zie je uiteindelijk een van twee mogelijkheden gebeuren. De eerste is dat we beseffen dat het gedrag waarover we het hebben zó algemeen en onschuldig is dat het niet geheim hoeft te zijn. Als we de sluier ervan aftrekken en toegeven dat het iets is wat we allemaal doen, kan het ons niet langer choqueren. Het resultaat daarvan is meer eerlijkheid en minder schaamte. De tweede mogelijkheid is zelfs nog beter: wanneer wij als maatschappij besluiten dat we dat soort gedrag liever niet hebben, dan maakt het feit dat iedereen weet of zou kunnen weten wie zich wel zo gedraagt, dat het niet meer voorkomt. Dat is precies wat jij ook zegt: je zou niet gestolen hebben als je had geweten dat je werd bekeken.'

'Ja.'

'Zou die man verderop op de gang op zijn werk naar porno kijken als hij wist dat hij bekeken werd?'

'Nee. Dat lijkt me niet.'

'Probleem opgelost, toch?'

'Ja. Dat zal wel.'

'Mae, heb je ooit het gevoel gehad dat je door een geheim werd opgevreten, en dat je je meteen beter voelde toen je het geheim had verteld?'

'O ja.'

'Ik ook. Zo zijn geheimen. We dragen ze bij ons als een kankergezwel, maar eenmaal blootgelegd kunnen ze geen kwaad meer doen.'

'U zegt dus dat geheimen niet zouden moeten bestaan.'

'Ik denk hier al jaren over na en heb nog steeds geen scenario kunnen bedenken waarin een geheim meer goed dan kwaad doet. Geheimen maken asociaal, immoreel en destructief gedrag mogelijk. Begrijp je dat?'

'Ik denk het wel. Maar...'

'Weet je wat mijn vrouw jaren geleden, bij ons trouwen, tegen mij zei? Ze zei dat wanneer wij niet bij elkaar waren, bijvoorbeeld omdat ik op zakenreis was, ik mij moest gedragen alsof er een camera op me was gericht. Alsof zij toekeek. Dat is eeuwen geleden, en ze zei het puur als theoretisch concept – en ook half als grapje –, maar het idee heeft me geholpen. Als ik alleen in een ruimte was met een vrouwelijke collega, vroeg ik me af: *Wat zou Karen hiervan denken als zij via de bewakingscamera's kon meekijken?* Dat gaf me een duwtje in de juiste richting en maakte dat ik zelfs nooit in de buurt kwam van gedrag dat zij niet leuk zou vinden en waar ik niet trots op zou zijn. Het hield me eerlijk. Zie je wat ik bedoel?'

'Ja,' zei Mae.

'Trouwens, dit probleem wordt al grotendeels opgelost doordat zelf rijdende auto's overal gevolgd kunnen worden. Door de boordcomputer met ritgegevens weten partners steeds vaker waar hun wederhelft is geweest. Maar mijn punt is, wat als we ons allemaal gedroegen alsof we werden bekeken? We zouden een nobeler leven leiden. Wie zou iets onethisch, immoreels of onwettigs doen als hij wist dat hij werd bekeken? Als zijn illegale overboeking getraceerd werd? Als haar telefonische afpersingspoging werd opgenomen? Als hun overval op een benzinestation door tien camera's werd gefilmd en de daders daarbij zelfs aan hun netvliezen geïdentificeerd konden worden? Als zijn ontrouw op minstens tien manieren geregistreerd werd?'

'Ik weet het niet. Ik denk dat zulke dingen veel minder vaak zouden voorkomen.'

'Mae, op die manier zouden wij eindelijk worden gedwongen ons beste ik te zijn. Bovendien denk ik dat het voor iedereen een opluchting zou zijn. Over de hele wereld zou een fenomenale zucht van opluchting worden geslaakt: eindelijk, eindelijk kunnen we goed zijn. In een wereld waarin slechte keuzes niet meer bestaan, kúnnen we niet anders dan goed zijn. Kun je je dat voorstellen?'

Mae knikte.

'Nu we het toch over opluchting hebben: wil je mij misschien nog iets zeggen voordat we dit gesprek afronden?'

'Ik weet het niet. Van alles. Maar het is erg aardig dat u zoveel tijd met mij heeft doorgebracht, dus...'

'Mae, is er iets speciaals dat je voor me verborgen hebt gehouden terwijl wij hier samen in deze bibliotheek zaten?'

Mae wist onmiddellijk dat liegen geen zin had.

'Dat ik hier al eerder ben geweest?'

'Is dat zo?'

'Ja.'

'Maar toen je binnenkwam, suggereerde je dat dat niet zo was.'

'Annie heeft me meegenomen. Ze zei dat het geheim was, zoiets. Ik weet het niet. Ik wist niet wat ik moest doen. Geen van beide keuzen leek mij ideaal. Ik raak hoe dan ook in de problemen.'

Bailey lachte uitbundig. 'Zie je wel dat dat niet waar is. Alleen door leugens raken we in de problemen. Alleen door wat we verbergen. Natuurlijk wist ik dat je hier was geweest. Wat dacht jij dan! Maar ik was benieuwd waarom je dit voor me verborgen hield. Het schiep afstand tussen ons. Een geheim tussen twee vrienden, Mae, is een oceaan: hij is breed, diep en we verdrinken erin. En voel je je beter of slechter nu ik je geheimpje ken?'

'Beter.'

'Opgelucht?'

'Ja, opgelucht.'

Mae voelde zich inderdaad opgelucht, een golf van opluchting die wel liefde leek. Omdat ze haar baan nog had en dus niet naar Longfield terug hoefde en omdat haar vader sterk en haar moeder zonder zorgen zou blijven, wilde ze door Bailey omarmd worden en opgaan in zijn wijsheid en edelmoedigheid.

'Mae,' zei hij, 'wanneer we geen andere weg dan de juiste, de beste weg kunnen nemen, dan geeft dat een soort ultieme en allesomvattende opluchting, dat geloof ik echt. We hoeven ons niet meer door het duister te laten verleiden. Vergeef me dat ik het in morele termen vat – dat is de kerkse Midwesterner in me –, maar ik geloof in de volmaakbaarheid van mensen. Ik denk dat we beter kunnen worden. Ik denk dat we volmaakt kunnen worden, of bijna. En als we ons beste ik worden, zijn de mogelijkheden vrijwel onbegrensd. We kunnen elk probleem oplossen. We kunnen elke ziekte genezen, een einde maken aan de honger, alles, omdat we niet worden neergehaald door onze vele zwakheden, onze triviale geheimpjes, onze neiging kennis en informatie voor onszelf te houden. Eindelijk zullen we onze mogelijkheden verwezenlijken.'

Door het gesprek met Bailey had het Mae dagenlang geduizeld. Nu was het vrijdag en de gedachte tijdens de lunchpauze het toneel op te moeten, maakte geconcentreerd werken vrijwel onmogelijk. Maar ze wist dat ze moest werken, in ieder geval een goed voorbeeld moest geven aan haar groep, omdat dit waarschijnlijk haar laatste volle dag bij CE zou zijn.

Er was een constante maar niet al te grote stroom werk en ze handelde die ochtend zevenenzeventig klantvragen af. Haar score was 98 en het totaal van haar team 97. Allemaal respectabele cijfers. Haar PartiRank was 1921, eveneens een fraai getal dat ze met een gerust hart mee naar de Verlichting durfde te nemen.

Om acht over halftwaalf stond ze op van haar bureau en liep naar de zijingang van de Grote Zaal, waar ze om tien minuten voor twaalf aankwam. Ze klopte aan en de deur ging open. Mae trof de stagemanager, Jules, een wat oudere, bijna griezelige man, die haar naar een eenvoudige kleedkamer met witte muren en een bamboe vloer bracht. Teresa, een kordate vrouw met enorme, blauw aangezette ogen, plantte Mae in een stoel, inspecteerde haar haar, bracht blusher aan op haar gezicht en bevestigde een knoopsgatmicrofoon op haar blouse. 'Je hoeft nergens aan te zitten,' zei ze. 'Hij gaat aan zodra je het podium op loopt.'

Het ging allemaal buitengewoon snel, maar Mae gaf daar de voorkeur aan. Met meer tijd zou ze alleen maar zenuwachtiger worden. Dus luisterde ze naar Jules en Teresa, en luttele minuten later stond ze in de coulissen te luisteren hoe duizend Cirkelaars pratend en lachend de zaal binnenkwamen en zich met een tevreden plof in hun stoel lieten vallen. Ze vroeg zich kort af of Kalden daar ook ergens was.

'Mae.'

Ze draaide zich om en zag Eamon Bailey achter zich staan in een hemelsblauw hemd; hij schonk haar een warme glimlach. 'Ben je er klaar voor?'

'Ik denk het wel.'

'Maak je geen zorgen,' zei hij. 'Het gaat vast prima. Gewoon jezelf zijn. We doen alleen ons gesprek van vorige week nog eens over, oké?'

'Oké.'

En toen stond hij op het podium te zwaaien naar de menigte, iedereen klapte vol overgave. Op het podium stonden twee wijnrode stoelen tegenover elkaar. Bailey ging in een ervan zitten en sprak tegen het donker.

'Hallo Cirkelaars.'

'Hallo Eamon!' brulden ze terug.

'Fijn dat jullie hier vandaag zijn, op een heel bijzondere Droomvrijdag. Ik dacht, we moesten het vandaag maar eens anders doen en geen toespraak maar een interview houden. Sommigen van jullie weten dat we soms interviews hebben met Cirkelaars, om hun gedachten, wensen en, in dit geval, hun ontwikkeling voor het voetlicht te brengen.' Hij ging in een van de stoelen zitten en lachte naar de coulissen. 'Ik had laatst een gesprek met een jonge Cirkelaar dat ik jullie niet wilde onthouden. Daarom heb ik vandaag Mae Holland uitgenodigd, die enkelen van jullie kennen als een van onze newbies bij Customer Experience. Mae?'

Mae stapte in het licht. Ze voelde zich meteen gewichtloos, alsof ze in de zwarte ruimte zweefde, verblind door twee verafgelegen maar heldere zonnen. Ze kon niemand in het publiek ontwaren en zichzelf nauwelijks oriënteren op het podium. Maar ze slaagde erin haar lichaam Baileys kant op te sturen, op strobenen en met loden voeten. Ze vond haar stoel en liet zich er met twee handen in zakken, ze voelde zich doof en blind.

'Hallo Mae. Hoe voel je je?'

'Doodsbang.'

Het publiek lachte.

'Je hoeft niet nerveus te zijn,' zei Bailey, die naar het publiek glimlachte en haar heel even een bezorgde blik toewierp.

'Jij hebt makkelijk praten,' zei ze en overal in de zaal klonk gelach. Dat was prettig en kalmeerde haar. Ze ademde in en keek naar de eerste rij, waar ze vijf of zes schimmige gezichten zag die allemaal lachten. Ze was bij vrienden, besefte ze en ze voelde dat opeens tot in haar botten. Ze was veilig. Ze nam een slokje water, voelde het water alles in haar afkoelen en legde haar handen in haar schoot. Ze was er klaar voor.

'Mae, je bewustwording van afgelopen week, hoe zou je die in één woord omschrijven?'

Dit deel hadden ze geoefend. Ze wist dat Bailey wilde beginnen met het idee van een bewustwording. 'Dat was het precies, Eamon' – hij had haar gezegd hem Eamon te noemen – 'het was een bewustwording.'

'O jee. Ik haal je, geloof ik, de woorden uit de mond.' Het publiek lachte. 'Ik had moeten zeggen: "Wat is er vorige week met je gebeurd?" Maar vertel eens, waarom juist dat woord?'

'Nou, "bewustwording" dekt de lading, vind ik...' zei Mae en ze voegde daaraan toe '... nu.'

Het woord 'nu' volgde een fractie van een seconde later dan de bedoeling was en een spiertje bij Baileys oog vertrok. 'Laten we het eens over die bewustwording hebben,' zei hij. 'Die begon op zaterdagavond. Veel mensen in de zaal weten in grote lijnen al wat er gebeurd is, met SeeChange en zo. Maar vertel het even kort.'

Mae keek naar haar handen en besefte dat dat een theatraal gebaar was. Ze had nog nooit naar haar handen gekeken om een zekere schaamte uit te drukken.

'Eigenlijk heb ik een misdaad gepleegd. Ik heb een kajak geleend zonder medeweten van de eigenaar en ben naar een eiland midden in de baai gepeddeld.'

'Blue Island, klopt dat?'

'Ja.'

'Had je iemand verteld wat je ging doen?'

'Nee.'

'En Mae, was je van plan om na afloop iemand over deze tocht te vertellen?'

'Nee.'

'En heb je iets vastgelegd? Op foto of video?'

'Nee, niets.'

Er klonk geroezemoes in de zaal. Mae en Eamon hadden verwacht dat deze ontboezeming een reactie zou uitlokken en zwegen allebei om het publiek de gelegenheid te geven de informatie te verwerken.

'Wist je dat het verkeerd was om de kajak te lenen zonder dat de eigenaar het wist?'

'Ja.'

'Maar je deed het toch. Waarom?'

'Omdat ik dacht dat niemand erachter zou komen.'

Weer geroezemoes in de zaal.

'Dat is een interessant punt. Juist doordat je dacht dat je daad geheim zou blijven, kon je deze misdaad plegen, klopt dat?'

'Ja.'

'Zou je het gedaan hebben als je had geweten dat er mensen toekeken?'

'Beslist niet.'

'Dat je dit alles in het donker deed, ongezien en ongehinderd, stimuleerde dat bepaalde impulsen die je nu betreurt?'

'Absoluut. Juist omdat ik dacht dat ik alleen en onopgemerkt was, kon ik een misdaad plegen. Bovendien heb ik mijn leven gewaagd. Ik had geen zwemvest aan.'

Weer golfde luid geroezemoes door de zaal.

'Je hebt dus niet alleen tegenover de eigenaar van de kajak een misdaad gepleegd, maar ook je eigen leven geriskeerd. En dat allemaal omdat – wat? – een mantel van onzichtbaarheid dat mogelijk maakte?'

Het publiek bulderde van het lachen. Bailey hield zijn ogen op Mae gericht. Die zeiden: *Het gaat goed.*

'Inderdaad,' zei ze.

'Ik heb een vraag, Mae. Gedraag je je beter of slechter als je wordt bekeken?'

'Beter. Geen twijfel aan.'

'Wat gebeurt er als je alleen bent, ongezien en ongehinderd?'

'Nou, om te beginnen steel ik kajaks.'

Het publiek barstte in vrolijk gelach uit.

'Nee, echt. Ik doe dingen die ik niet doen wil. Ik lieg.'

'Tijdens ons gesprek laatst formuleerde je het op een manier die ik heel interessant en bondig vond. Kun je ons allemaal zeggen wat je toen zei?'

'Ik zei dat geheimen leugens zijn.'

'Geheimen zijn leugens. Een uitspraak om te onthouden. Kun je ons de logica erachter uitleggen, Mae?'

'Nou, als er iets geheimgehouden wordt, gebeuren twee dingen. Ten eerste maakt het misdaad mogelijk. We gedragen ons slechter wanneer we niet ter verantwoording worden geroepen. Dat spreekt voor zich. Ten tweede lokken geheimen veronderstellingen uit. Als we niet weten wat er verborgen wordt, gaan we raden en antwoorden verzinnen.'

'Is dat niet interessant?' Bailey wendde zich tot het publiek. 'Als we iemand van wie we houden niet kunnen bereiken, gaan we raden. We raken in paniek. We stellen ons voor waar hij of zij is en wat er gebeurd kan zijn. En als we een onhebbelijke of jaloerse bui hebben, verzinnen we leugens. Soms hele kwalijke leugens. We gaan ervan uit dat de ander snode dingen doet. En allemaal omdat we iets niet weten.'

'Het is alsof je twee mensen ziet fluisteren,' zei Mae. 'Je ziet ze, maakt je zorgen, voelt je onzeker en bedenkt wat voor vreselijks ze wel niet zeggen. Je neemt aan dat het over jou gaat en rampzalig is.'

'Terwijl die ene waarschijnlijk gewoon vraagt waar de wc is.' Bailey oogstte luid gelach en genoot ervan.

'Precies,' zei Mae. Ze wist dat er nu een paar zinnen kwamen die ze goed moest krijgen. Die had ze in Baileys bibliotheek gezegd en die moesten hier precies zo worden herhaald. 'Zo verzin ik bij een gesloten deur altijd allerlei verhalen over wat erachter zou kunnen zitten. Dan denk ik dat er een geheim is en dat maakt dat ik leugens ga verzinnen. Maar als alle deuren letterlijk en figuurlijk openstaan, bestaat er maar één waarheid.'

Bailey glimlachte. Het was haar gelukt.

'Die vind ik goed, Mae. Als de deuren openstaan, bestaat er maar één waarheid. Maar laten we de eerste uitspraak van Mae even kort terughalen. Kunnen we die op het scherm krijgen?'

De woorden GEHEIMEN ZIJN LEUGENS verschenen op het scherm achter Mae. Ze waren bijna anderhalve meter hoog en die aanblik gaf Mae een complex gevoel, iets tussen opwinding en ontsteltenis in. Bailey knikte en bewonderde de woorden, een en al glimlach.

'Goed, we weten nu dat je deze misdaad niet begaan zou hebben als je had geweten dat je rekenschap moest afleggen over je daden. Als je in de schaduw kunt blijven, wat in dit geval een illusie was, wordt wangedrag gemakkelijker. En als je weet dat je bekeken wordt, ben je je betere ik. Klopt dat?'

'Ja.'

'Laten we het nu eens hebben over je tweede onthulling over deze episode. Je zei dat je deze tocht naar Blue Island op geen enkele manier had vastgelegd. Waarom niet?'

'Om te beginnen wist ik dat ik iets illegaals deed.'

'Zeker. Maar je zei ook dat je vaak gaat kajakken in de baai en dat je die tochtjes ook nooit hebt vereeuwigd. Je was geen lid van de kajakclubs van de Cirkel en had geen verhalen, foto's, video's of commentaren gepost. Was je soms onder auspiciën van de CIA aan het kajakken?'

Mae en het publiek moesten lachen. 'Nee.'

'Waarom dan die geheime tochten? Je hebt van tevoren en na afloop niemand iets verteld en je noemt ze nergens. Er bestaan geen verslagen van deze tripjes, heb ik gelijk?'

'Ja.'

Overal in de zaal hoorde Mae luid gesputter.

'Wat heb je tijdens die laatste tocht gezien, Mae? Als ik het goed heb, was het erg mooi.'

'Dat was het ook, Eamon. De maan was bijna vol, het water was kalm en ik had het gevoel door vloeibaar zilver te peddelen.'

'Klinkt geweldig.'

'Dat was het ook.'

'Nog dieren gezien?'

'Ik werd een tijdje gevolgd door een eenzame zeehond, die steeds onder- en weer opdook, alsof hij nieuwsgierig was en me voortdreef. Ik was nog nooit op het eiland geweest. Maar heel weinig mensen zijn er geweest. Toen ik er was, ben ik naar het hoogste punt geklommen en het uitzicht vanaf de top was ongelofelijk. Ik zag de gouden lichtjes van de stad en de zwarte heuvels in de richting van de oceaan, en zelfs een vallende ster.'

'Een vallende ster! Mazzelaar.'

'Ja, ik had zeker mazzel.'

'Maar je hebt geen foto gemaakt.'

'Nee.'

'Geen video.'

'Nee.'

'Het ligt dus nergens vast.'

'Nee. Alleen in mijn geheugen.'

Hoorbaar gekreun uit de zaal. Bailey wendde zich naar het publiek, schudde zijn hoofd, gaf het wat het wilde.

'Oké,' zei hij, en hij klonk alsof hij zich ergens voor schrap zette, 'nu gaat het wat persoonlijker worden. Zoals jullie weten, heb ik een zoon, Gunner, die een aangeboren hersenafwijking heeft. Ook al is het een ongelofelijk levendige jongen en ook al proberen we voortdurend om zijn mogelijkheden te verbeteren, hij zal altijd in een rolstoel blijven zitten. Hij kan niet lopen. Hij kan niet rennen. Hij kan niet gaan kajakken. Dus wat doet hij als hij toch zoiets wil ervaren? Dan kijkt hij een filmpje. Of foto's. Hij ervaart de wereld voor een groot deel via andermans ervaringen. En velen van jullie zijn ontzettend gul met de filmpjes en foto's van de reizen die jullie hebben gemaakt. Als Gunner de SeeChangeopname ziet van een Cirkelaar die Mount Kenya beklimt, dan heeft hij het gevoel dat hij die berg zélf beklimt. Als hij het zelf geschoten filmpje ziet van een bemanningslid van de America's Cup, dan heeft Gunner een beetje het gevoel dat hij zélf in de America's Cup meezeilt. Zulke ervaringen worden mogelijk gemaakt door gulle mensen die hun ervaringen delen met de wereld, dus ook met mijn zoon. En als we dit doortrekken, weten we dat er vele anderen moeten zijn die het net zo vergaat als Gunner. Mensen met een handicap. Mensen op leeftijd, mensen die aan huis gekluisterd zijn. Er zijn allerlei situaties denkbaar. Waar het om gaat, is dat miljoenen mensen niet kunnen zien wat jij ziet, Mae. Vind je het terecht dat jij ze dat ontzegt?'

Mae's mond was kurkdroog en ze probeerde niet te laten merken hoe ze zich voelde. 'Nee. Dat vind ik zelfs helemaal verkeerd.' Ze dacht aan Baileys zoon Gunner, en aan haar vader.

'Vind je dat zij het recht hebben om zulke dingen ook te zien?'

'Ja.'

'Het leven is al zo kort,' zei Bailey, 'dus waarom zou een mens niet mogen zien wat hij graag wíl zien? Heeft niet ieder mens evenveel recht op al het moois van deze wereld? Alle kennis van deze wereld? Alle ervaringen die in deze wereld kunnen worden opgedaan?'

'Ja, natuurlijk,' antwoordde Mae heel zacht.

'Maar deze ervaring die jij hebt gehad, heb je toch voor jezelf gehouden. Wat heel vreemd is, want je deelt wel dingen online. Je werkt voor de Cirkel. Je PartiRank schommelt rond de T2K. Waarom wilde je dan juist deze éne hobby, deze ene bijzondere expeditie voor de wereld verborgen houden?'

'Dat weet ik zelf eerlijk gezegd ook niet zo goed,' zei Mae.

Er ging een gemompel op. Bailey knikte.

'Oké. We hadden het er net over dat wij dingen verbergen waar we ons voor schamen. Als we iets illegaals doen, of iets onethisch, dan doen we dat in het geniep omdat we weten dat het verkeerd is. Maar om nu zoiets geweldigs geheim te houden, zo'n fantastische tocht op het water, in het maanlicht, en dan die vallende ster...'

'Het was gewoon egoïstisch, Eamon. Ronduit egoïstisch. Een beetje zoals een kind dat zijn lievelingsspeeltje niet met een ander wil delen. Dat stiekeme, dat is, nou ja, eigenlijk is het afwijkend gedrag. Het komt voort uit iets slechts, het heeft geen lichte, ruimhartige oorsprong. Op het moment dat je je vrienden, of iemand als Gunner, ervaringen ontzegt zoals die van mij, dan neem je die mensen in feite iets af. Je steelt iets waar ze recht op hebben. Kennis is een grondrecht. Toegankelijkheid tot alle mogelijke ervaringen die je als mens kunt hebben, behoort tot de basale grondrechten van de mens.'

Mae stond zelf te kijken van haar eloquentie en het publiek reageerde met een daverend applaus. Bailey keek haar als een trotse vader aan. Toen het applaus was weggestorven, nam Bailey zacht het woord alsof hij haar liever niet wilde onderbreken.

'Zou je misschien nog eens kunnen herhalen hoe je dat noemde?'

'O, eh, wel een beetje stom misschien, maar ik had het over: "Delen is mee-leven".'

Het publiek grinnikte goedkeurend. Bailey keek haar warm aan.

'Dat vind ik helemaal niet stom, Mae. Je drukt er exact mee uit waarom het aloude adagium "Eerlijk zullen we alles delen" juist nu zo belangrijk is.'

'Het is eigenlijk heel simpel. Als je iets om je medemensen geeft, dan laat je ze met jou mee-leven. Je deelt wat je ziet. Je geeft ze zoveel je kunt. Als je met ze meeleeft en begrip hebt voor hun problemen, hun lijden, hun nieuwsgierigheid, hun recht om kennis te maken met wat de wereld ons te bieden heeft, dan déél je. Je deelt wat je hebt, wat je ziet, wat je weet. Ik vind dat niet meer dan vanzelfsprekend.'

Er ging een gejuich op en intussen verschenen onder de drie woorden die al op het scherm stonden drie nieuwe: DELEN IS MEELEVEN. Bailey schudde vol bewondering zijn hoofd.

'Fantastisch, Mae, wat weet jij dat prachtig onder woorden te brengen. En je hebt nóg zo'n treffende uitspraak gedaan, zou je die misschien nog eens willen herhalen als besluit van wat iedereen ongetwijfeld een bijzonder helder en inspirerend verhaal heeft gevonden?'

De zaal applaudisseerde enthousiast.

'Je vertelde dat je de neiging had om dingen voor jezelf te houden.'

'Ja, maar dat is iets waar ik niet trots op ben, het is niets meer of minder dan puur egoïsme. Dat begrijp ik nu pas goed. Wij zijn het als mens verplicht om te delen wat we zien en wat we weten. Al die kennis moet voor iedereen toegankelijk zijn.'

'Het is niet meer dan vanzelfsprekend dat informatie vrij toegankelijk is.'

'Precies.'

'Iedereen heeft het recht om ongehinderd kennis te vergaren. De verzamelde kennis van de wereld is ons collectieve eigendom.'

'Exact,' zei Mae. 'Dus wat doe ik eigenlijk als ik iemand iets ontzeg wat ik weet? Is dat dan geen diefstal van iets waar mijn medemens óók recht op heeft?'

'Inderdaad.' Bailey knikte ernstig. Mae keek de zaal in en zag dat alle hoofden op de eerste rij – de enige die ze kon onderscheiden – ook knikten.

'We weten inmiddels dat je dingen heel treffend onder woorden kunt brengen, Mae, dus zijn we natuurlijk benieuwd naar deze derde en laatste waarheid van je. Zou je die met ons willen delen?'

'Ja, ik zei: "Privacy is diefstal".'

Bailey richtte zich tot de zaal. 'Vinden jullie dat geen interessante uitspraak? "Privacy is diefstal".' Achter hem op het scherm verscheen in grote witte letters:

PRIVACY IS DIEFSTAL

Mae draaide zich om en keek naar de drie zinnen. Ze knipperde haar tranen weg. Had ze dat echt allemaal zélf bedacht?

GEHEIMEN ZIJN LEUGENS
DELEN IS MEE-LEVEN
PRIVACY IS DIEFSTAL

Ze kreeg een brok in haar keel en ze wist zeker dat ze geen woord meer zou kunnen uitbrengen. Hopelijk vroeg Bailey nu niets meer. Het was alsof hij merkte hoe ze zich voelde, hoe overweldigd ze door alles was, want hij gaf haar een knipoog en richtte zich weer tot de zaal.

'Ik wil Mae graag bedanken voor haar openhartigheid, haar briljante uitspraken en haar voortreffelijke medemenselijkheid. Mag ik jullie vragen om een hartelijk applaus?'

Ze kreeg een staande ovatie. Haar wangen gloeiden. Ze wist niet of ze moest blijven zitten of zou gaan staan. Ze stond even op, maar omdat dat raar voelde, ging ze weer zitten en stak even halfslachtig haar hand op naar de zaal.

En onder het daverende applaus kondigde Bailey als klap op de vuurpijl aan dat Mae, die alles wilde delen wat ze zag en wat ze de wereld te bieden had, met onmiddellijke ingang transparant zou gaan.

BOEK II

Het was een bizar wezen, spookachtig, enigszins dreigend en voortdurend in beweging, maar niemand die het zag, kon zijn ogen ervan afhouden. Mae keek gehypnotiseerd naar de messcherpe vorm, de vinnen als lemmeten zo scherp, de melkwitte huid en de grijzige ogen. Het was beslist een haai, met die kenmerkende vorm en die kwaadaardige blik, maar het was een nieuwe soort, hij was omnivoor en blind. Stenton had hem meegenomen uit de Marianentrog in de duikboot van de Cirkel. De haai was niet zijn enige ontdekking: hij had ook onbekende kwallen, zeepaardjes en reuzenroggen meegebracht die allemaal vrijwel doorzichtig waren en zich etherisch voortbewogen. Ze waren te zien in de enorme aquaria die hij in allerijl als onderkomen voor de dieren had laten bouwen.

Het was Mae's taak om haar volgers de dieren te laten zien en zo nodig iets over ze te vertellen; ze was via het cameraatje dat om haar hals hing een venster op deze nieuwe wereld en op de wereld van de Cirkel in het algemeen. Elke ochtend deed ze haar halsketting om, die leek op een lichtere en kleinere variant van die van Stewart, en ze droeg de camera op haar hart. Daar gaf hij het stabielste beeld en bood de volgers de wijdste blik. De camera registreerde alles wat Mae zag, vaak zelfs meer. De kwaliteit van de beelden was zo goed dat de volgers konden inzoomen, pannen, het beeld stilzetten en de weergave konden verbeteren. De audio was zorgvuldig afgestemd op de gesprekken die ze voerde waarbij de omgevingsgeluiden en gesprekken op de achtergrond wel werden opgenomen, maar niet overheersten. Het kwam erop neer dat elke kamer waarin ze zich bevond helemaal door haar volgers kon worden bekeken, ze konden overal op inzoomen en met enige moeite elk gesprek op de achtergrond isoleren en beluisteren.

Het was bijna voedertijd voor alle dieren die Stenton had ontdekt, maar Mae en de volgers waren vooral geïnteresseerd in de haai. Ze had hem nog niet zien eten en ze had gehoord dat hij onverzadigbaar en razendsnel was. Het beest was blind, maar wist zijn prooien desondanks direct te lokaliseren, of die nu groot, klein, levend of dood waren, en verteerde ze vervolgens in een angstaanjagend tempo. Als er een haring of een inktvis in het water werd gegooid, wist de haai die binnen de kortste keren te vinden en bleven er alleen wat restanten over die naar de bodem van het aquarium zakten – een fijnkorrelige grijze substantie die op as leek. Het was vooral zo spectaculair omdat de doorzichtige huid van de haai onbelemmerd zicht op het verteringsproces bood.

Ze hoorde een druppelgeluid in haar oortje en daarna een stem: 'Voedertijd uitgesteld tot 13.02 uur.' Het was nu 12.51 uur.

Mae keek de donkere hal in, naar de drie andere aquaria, die elk iets kleiner waren dan het aquarium daarvóór. De hal werd niet verlicht zodat de helderblauwe aquaria en de wazige witte wezens erin zo goed mogelijk uitkwamen.

'Loop eerst nog maar even naar de inktvis,' zei de stem.

Mae ontving zo nu en dan via een piepklein oortje aanwijzingen van het team Additional Guidance, dat door een audiofeed constant met haar in verbinding stond en bijvoorbeeld voorstelde dat ze even langsging bij het Machinetijdperk om haar volgers een nieuwe drone op zonnecellen voor de consumentenmarkt te laten zien die, mits hij voldoende zonne-uren kreeg, een ongelimiteerde actieradius had en hele continenten en oceanen over kon steken. Dat bezoekje had ze eerder op de dag afgelegd. Haar werkdag bestond grotendeels uit dergelijke uitstapjes naar de verschillende afdelingen waar ze haar volgers nieuwe producten toonde die de Cirkel maakte of sponsorde. Daardoor was elke dag anders en had Mae in de eerste zes weken van haar transparantie alle hoeken van de campus gezien, van het Zeiltijdperk tot het Oude Koninkrijk, waar Cirkelaars min of meer voor de gein aan een project werkten om alle overgebleven ijsberen van een cameraatje te voorzien.

'Laten we eens een kijkje gaan nemen bij de inktvis,' zei Mae tegen haar volgers.

Ze liep naar een ronde glazen bak van veertien meter hoog en vier meter doorsnede met daarin een bleek, graatloos wezen in een wolkachtige tint, maar dan dooraderd met blauw en groen, dat rondtastte en om zich heen voelde als iemand die praktisch blind is en zijn bril zoekt.

'Deze inktvis is verwant aan de telescoopoctopus,' zei Mae, 'maar een levend exemplaar is nooit eerder gevangen.'

Het dier leek constant van vorm te veranderen, was het ene moment zo bol als een reuzenballon, alsof het zich opblies en zelfbewust groeide, maar kromp dan weer ineen, draaide rond, rekte en strekte zich, onzeker over zijn ware vorm.

'Zoals jullie zien valt de ware vorm van dit dier moeilijk vast te stellen. Het ene moment lijk je hem bijna in je hand te kunnen houden, het volgende vult hij bijna het hele aquarium.'

De tentakels van het schepsel leken alles te willen weten: de vorm van het glas, de topografie van het koraal op de bodem, het gevoel van het water om zich heen.

'Bijna vertederend,' zei Mae. Ze keek naar de octopus, die zich nu als een net uitspreidde van de ene naar de andere kant van het aquarium. Door zijn nieuwsgierigheid had hij iets gevoeligs, iets weifelends en verlangends.

'Deze heeft Stenton het eerst ontdekt,' vertelde ze over de octopus, die nu langzaam en zwierig vanaf de bodem omhoog rees. 'Hij kwam van achter de duikboot tevoorschijn en schoot ervoor langs alsof hij Stenton vroeg om hem te volgen. Je ziet wel hoe snel hij zich kan voortbewegen.' De octopus vloog nu door het water met bewegingen die deden denken aan een paraplu die werd geopend en gesloten.

Mae keek hoe laat het was: 12.54 uur. Ze moest nog een paar minuten volmaken en hield haar cameraatje op de octopus gericht.

Ze koesterde niet de illusie dat de volgers elke minuut van haar dag even spannend vonden. In de weken dat ze nu transparant was, was ze niet al die tijd voortdurend actief geweest. Lang niet altijd zelfs. Het was haar taak om de volgers een open venster te bieden op zowel de banale als de meer verheven aspecten van het leven in de Cirkel. 'Dit is de fitnessruimte,' zei ze bijvoorbeeld, toen ze die voor het eerst aan de volgers liet zien. 'Hier zijn mensen aan het rennen en zweten en proberen ze elkaar zo onopvallend mogelijk te bekijken.' Een uur later was ze dan aan het lunchen en zat ze heel nonchalant en zonder commentaar te eten tegenover andere Cirkelaars, die ook allemaal deden (of probeerden te doen) alsof niemand naar hen keek. De meeste collega's vonden het leuk om in beeld te komen, en na een paar dagen waren ze er allemaal van doordrongen dat dit bij hun werk voor de Cirkel hoorde, dat het daar nu eenmaal een wezenlijk onderdeel van uitmaakte. Ze werkten voor een bedrijf dat transparantie wilde bevorderen, dat de eindeloze mogelijkheden van onbeperkte toegankelijkheid zag, dus moesten zijzelf ook volgens dat ideaal proberen te leven, altijd en overal, maar vooral op de campus.

Gelukkig was er binnen de poorten van de Cirkel genoeg om te laten zien en enthousiast verslag over uit te brengen. In de herfst en de winter hadden de onvermijdelijke veranderingen razendsnel doorgezet. Overal op de campus waren signalen dat de Voltooiing ophanden was. De berichten waren cryptisch, bedoeld om mensen nieuwsgierig te maken en discussies uit te lokken. *Wat houdt Voltooiing in?* De medewerkers werd gevraagd daarover na te denken, antwoorden te bedenken en die op de ideeënborden te schrijven. *Dat alle mensen ter wereld een Cirkelaccount hebben!* was een van de populaire berichten. *De Cirkel lost de honger in de wereld op*, luidde een ander. *De Cirkel helpt me mijn voorouders te vinden*, was de volgende. *Er kan nooit meer informatie van menselijke, numerieke, emotionele of historische aard verloren gaan.* Die tekst was opgeschreven en ondertekend door Bailey zelf. De populairste was: *De Cirkel helpt me mezelf te vinden.*

Er waren veel ontwikkelingen die heel lang in de ontwerpfase hadden verkeerd, maar waarvoor het geschikte moment om ze te lanceren nog niet eerder was aangebroken. Het belang van een goede timing was te groot om te negeren. Inmiddels was negentig procent van Washington transparant, en de overige tien procent raakte steeds verder verzwakt door het wantrouwen van collega's en kiezers, die zich afvroegen wat de niet-transparanten te verbergen hadden. Het was de bedoeling dat binnen een jaar de meeste Cirkelaars transparant zouden zijn, maar om iedereen rustig aan het idee te laten wennen en de kinderziektes uit het systeem te halen, waren het voorlopig alleen Stewart en Mae. Het succes van Stewarts experiment werd echter ruimschoots overtroffen door dat van Mae. Mae was jong, ze bewoog veel sneller dan Stewart en ze had haar stem mee – de volgers waren dol op die stem, vergeleken hem met muziek, met de warme, melodieuze klanken van een houten blaasinstrument of prachtig akoestisch getokkel. Mae was er zelf ook dol op en ze genoot van de dagelijks voelbare genegenheid van miljoenen mensen.

Het duurde wel een poosje voordat ze aan de nieuwe situatie gewend was. De eerste dagen werd er nog wat met de apparatuur geëxperimenteerd. De camera was licht, niet veel zwaarder dan een medaillon, en na een paar dagen voelde ze het gewicht op haar borst al bijna niet meer. Ze hadden verschillende manieren geprobeerd om hem op haar borst te bevestigen, onder andere met klittenband, maar niets werkte zo goed en was zo handig als een simpele halsketting. Een tweede verbetering, fascinerend hoewel soms wat irritant, was dat ze op een klein beeldscherm op haar rechterpols kon zien wat de camera in beeld bracht. De gezondheidsmonitor om haar linkerpols was ze al bijna vergeten, maar de tweede armband om haar rechterpols was een handig instrument. Hij had dezelfde afmetingen als de linker en was van hetzelfde materiaal gemaakt, maar had een wat groter beeldscherm om naast het beeld van de camera ruimte te bieden aan alle informatie die op haar vaste beeldschermen te zien was. Met die twee nauwsluitende armbanden van geborsteld metaal om haar polsen voelde ze zich net Wonder Woman en leek het zelfs alsof ze iets van haar superkrachten bezat, al was dat zo'n belachelijk idee dat ze het maar aan niemand vertelde.

Op haar linkerpols kon ze haar hartslag aflezen, op haar rechter zag ze wat haar volgers zagen – een realtime opname van haar camera, waardoor ze het beeld zo nodig wat kon aanpassen. Verder werd het aantal volgers weergegeven, alle rankings en beoordelingen en de recentste en populairste commentaren van de volgers. Nu ze voor de octopus stond, scoorde ze 441.762 volgers, iets boven het gemiddelde, maar wel minder dan ze had gehoopt bij deze onthulling van wat Stenton in de diepzee had ontdekt. De andere cijfers die werden weergegeven waren niet erg verrassend. Het gemiddelde aantal unieke bezoekers van haar live verslag was 845.029 en ze had 2,1 miljoen volgers op haar Tingaccount. Ze hoefde niet bang meer te zijn dat ze boven de T2K kwam. Door haar zichtbaarheid en de immense macht van haar volgers kreeg ze astronomische Conversion Rates en Bruto Retails en was ze verzekerd van een plaatsje in de top tien.

'Nu gaan we bij de zeepaardjes kijken,' zei Mae. Ze liep naar het volgende aquarium. Tussen een pastelkleurig boeket koraal en wuivend blauw zeewier zag ze honderden, misschien wel duizenden piepkleine diertjes, niet groter dan een kindervingertje, die zich verborgen hielden in hoekjes en gaatjes en zich vastklampten aan het wier. 'Deze jongens zijn niet de vriendelijkste visjes. Of wacht, zijn het eigenlijk wel vissen?' Ze keek op haar pols en zag dat er al een reactie van een volger was. *Absoluut een vis! Klasse Actinopterygii. Net als kabeljauw en tonijn.*

'Dank je wel, Susanna Win uit Greensboro!' zei Mae, en ze tingde de informatie door naar haar volgers. 'Eens kijken of we de pappie van al die kleine babyzeepaardjes kunnen vinden. Zoals jullie misschien weten, draagt het mannetjeszeepaard zijn nageslacht. De honderden baby's die jullie hier zien, zijn hier kort na de komst van vader zeepaard geboren. Maar waar zit hij?' Mae liep om het aquarium heen en had hem al snel gevonden. Hij was ongeveer zo groot als haar hand en rustte op de bodem, geleund tegen het glas. 'Volgens mij verstopt hij zich,' zei Mae, 'maar hij schijnt niet te weten dat wij aan de andere kant van het glas staan en alles kunnen zien.'

Ze keek op haar pols en veranderde de hoek van de camera een beetje om het beste beeld van het tere visje te krijgen. Het diertje zat met zijn opgekrulde rug naar haar toe en maakte een uitgeputte, verlegen indruk. Ze hield haar gezicht en de camera vlak voor het glas en was nu zó dichtbij dat ze de kleine wolkjes in zijn intelligente ogen kon onderscheiden, de ongelofelijke sproetjes op de delicate snuit. Het was een onwaarschijnlijk wezen, een beroerde zwemmer, gebouwd als een Chinese lantaarn en volkomen weerloos. Op haar pols lichtte een ting op die een uitzonderlijk hoge beoordeling had gekregen. *De croissant van het dierenrijk*, stond er. Mae las het voor. Ondanks zijn kwetsbaarheid had het diertje zich toch weten voort te planten en honderd nakomelingen gebaard, terwijl de octopus en de haai alleen het aquarium hadden verkend en hun voer hadden opgegeten. Niet dat het zeepaardje dat zo te zien erg interessant vond. Hij bemoeide zich niet met zijn kroost, alsof hij geen idee had waar dat opeens vandaan kwam en het hem niets kon schelen wat ermee gebeurde.

Mae keek hoe laat het was. 13.02 uur. 'Haaienvoer is klaar,' zei Additional Guidance in haar oortje.

'Oké,' zei Mae. Ze wierp een blik op haar pols. 'Ik zie hier een hoop verzoekjes om terug te gaan naar de haai, dus daar zullen we maar gehoor aan geven.' Ze nam afscheid van het zeepaardje, dat zich heel even naar haar omdraaide alsof het niet wilde dat ze wegliep.

Ze liep terug naar het eerste, grootste aquarium met de haai van Stenton. Bovenaan, op een smalle, rode ladder, stond een jonge vrouw met zwarte krullen en een witte spijkerbroek.

'Hallo,' zei Mae tegen haar. 'Ik ben Mae.'

De vrouw leek te willen zeggen 'Dat weet ik', maar zei toen, alsof het haar opeens te binnen schoot dat alles werd gefilmd, op een ingestudeerde voordrachtstoon: 'Hallo Mae, ik ben Georgia en ik ga nu de haai van meneer Stenton voeren.'

Hoewel de haai stekeblind was en er vooralsnog geen eten in het aquarium was gegooid, leek hij te voelen dat hem een feestmaal te wachten stond. Hij begon als een cycloon rond te cirkelen en kwam steeds dichter bij het oppervlak. Inmiddels waren er weer 42.000 volgers bij gekomen.

'Die heeft honger, zeg,' zei Mae.

De haai, die eerder alleen een vage dreiging uitstraalde, maakte nu een valse en uiterst alerte indruk, het toonbeeld van een echt roofdier. Georgia probeerde een zelfbewuste indruk te maken, alsof ze precies wist wat ze deed, maar Mae zag angst in haar ogen.

'Ben je er klaar voor?' vroeg ze. Ze bleef naar de haai kijken, die steeds dichterbij kwam.

'Wij zijn er klaar voor,' zei Mae.

'Oké, dan ga ik de haai iets nieuws te eten geven. Zoals jullie weten, heeft hij al van alles gehad, van zalm en haring tot kwal. En hij heeft alles met veel enthousiasme verorberd. Gisteren hebben we een rog geprobeerd; we hadden niet gedacht dat hij die lekker vond, maar hij aarzelde geen moment en at hem met smaak op. Vandaag gaan we zoals jullie zien weer iets nieuws proberen.' Mae zag dat Georgia een perspex emmer in haar hand had en dat daar iets blauw-bruins met veel poten in zat. Ze hoorde het tegen de emmer tikken. Het was een kreeft. Mae had nog nooit gehoord dat haaien kreeft aten, maar ze zou eigenlijk niet weten waarom ze dat niet zouden doen.

'Dit is een gewone kreeft uit Maine, maar we weten niet zeker of de haai die wel kan eten.'

Georgia probeerde een mooie presentatie te geven, maar zelfs Mae werd er zenuwachtig van dat ze die kreeft zo lang boven het water hield. *Laat los*, dacht ze bij zichzelf. *Laat alsjeblieft los.*

Maar Georgia bleef hem vlak boven het water houden, waarschijnlijk voor Mae en haar volgers. Intussen had de haai de kreeft in de gaten gekregen, waarschijnlijk had hij de contouren ervan kunnen bepalen – welke zintuigen hij daar ook maar voor had. Hij begon sneller rond te zwemmen, nog wel gehoorzaam wachtend, maar je zag dat zijn geduld bijna op was.

'Er zijn haaien die het pantser van zulke schaaldieren kunnen verteren, maar dat geldt niet voor alle soorten,' zei Georgia, die de kreeft nu zo laag hield dat de scharen het wateroppervlak raakten. *Laat nou vallen*, dacht Mae. *Laat dat beest in godsnaam los!*

'Nu ga ik deze kleine vriend in...'

Voordat ze haar zin af kon maken, schoot de haai omhoog en hapte de kreeft uit haar hand. Toen Georgia een gil slaakte en haar hand vastpakte alsof ze haar vingers wilde tellen, was de haai al weer halverwege het aquarium met de kreeft tussen zijn kaken; het witte kreeftenvlees spoot uit zijn brede bek.

'Heeft hij je gebeten?'

Georgia schudde haar hoofd en slikte haar tranen weg. 'Bijna.' Ze wreef over haar hand alsof ze die had gebrand.

De haai had de kreeft inmiddels verslonden en Mae zag iets wat gruwelijk en schitterend tegelijk was: de kreeft werd voor haar ogen in het binnenste van de haai bliksemsnel en ongelofelijk duidelijk zichtbaar verteerd. Hij werd in de bek van de haai in tientallen, nee, honderden stukjes gekauwd die vervolgens door de slokdarm, de maag en de darmen gingen. Binnen een paar minuten was de kreeft veranderd in een korrelige substantie die als sneeuwvlokken uit de haai naar de bodem van het aquarium dwarrelden.

'Zo te zien heeft hij nog steeds trek,' zei Georgia. Ze stond weer op de ladder, ditmaal met een doorzichtige bak. Ze had een tweede portie voer gehaald terwijl Mae naar de spijsvertering van de haai had staan kijken.

'Is dat echt wat ik denk dat het is?' vroeg Mae.

'Dit is een zeeschildpad uit de Stille Oceaan,' zei Georgia. Ze hield de bak met het reptiel omhoog. Hij was ongeveer zo groot als haar torso en had een lappendeken van groene, blauwe en bruine kleuren op zijn schild. Het was een prachtig dier dat zich in die kleine ruimte nauwelijks kon bewegen. Georgia maakte een deurtje aan de ene kant van de bak open alsof ze de schildpad wilde uitnodigen om eruit te komen, mocht hij dat willen. Dat wilde hij niet.

'Het is heel onwaarschijnlijk dat onze haai al eens zo'n dier heeft gezien, want ze hebben elk een heel andere habitat,' zei Georgia. 'Deze schildpad heeft geen enkele reden om zich in het leefgebied van Stentons haai op te houden en de haai is beslist nog nooit in het zonnige, ondiepe deel van de oceaan geweest waar deze schildpadden leven.'

Mae wilde vragen of Georgia echt van plan was om die schildpad aan de haai te voeren. Hij had het roofdier inmiddels gezien en probeerde uit alle macht maar met zijn kenmerkende trage bewegingen naar achteren te kruipen. Zo'n vriendelijk dier aan een haai voeren, hoe noodzakelijk of belangrijk ook in het kader van de wetenschap, zou bij Mae's volgers beslist niet in goede aarde vallen. Er kwamen nu al tings binnen op haar pols. *Maak die schildpad alsjeblieft niet dood. Hij lijkt op mijn opa!* Maar er waren ook anderen die meenden dat de haai, die niet veel groter was dan de schildpad, het reptiel en zijn ondoordringbare schild met geen mogelijkheid zou kunnen doorslikken of verteren. Net toen Mae haar twijfels wilde uiten over de ophanden zijnde voedering, hoorde ze een stem van AG in haar oortje. 'Wacht even. Stenton wil het ook zien.'

De haai zwom weer in rondjes door het aquarium en leek nog net zo mager en uitgehongerd als eerst. Die kreeft stelde voor hem niet veel voor, was een onbeduidend tussendoortje. Hij kwam steeds dichter bij Georgia en scheen te voelen dat het hoofdgerecht bijna doorkwam.

'Daar gaat-ie,' zei Georgia, en ze hield de bak schuin zodat de schildpad langzaam naar het verlichte water schoof waarin een draaikolk was ontstaan doordat de haai steeds snellere rondjes zwom. Toen de bak in verticale positie stond en de schildpad met zijn kop over de perspex rand stak, kon de haai zich niet meer inhouden. Hij schoot omhoog, greep de kop van de schildpad met zijn kaken vast en trok hem onder water. En net als de kreeft was ook de schildpad binnen in verticale positie enkele seconden verzwolgen, maar deze keer vereiste dat een manoeuvre die bij het schaaldier niet nodig was geweest. De haai leek zijn kaakgewricht los te haken, waardoor zijn bek twee keer zo groot werd en hij de schildpad in één hap kon doorslikken. Georgia vertelde intussen dat veel haaien na het eten van een schildpad en het verteren van het vlees hun maag omkeren en het schild uitbraken. Maar de haai van Stenton had daar een heel andere methode voor. Het leek alsof het schild in zijn bek en zijn maag oploste als een cracker die in speeksel wordt geweekt. In minder dan een minuut restten van het hele dier alleen nog wat korrelige uitwerpselen, die de haai op dezelfde manier verlieten als de restanten van de kreeft, traag naar de bodem van het aquarium zakten en zich daar onherkenbaar vermengden met wat daar al lag.

Mae stond ernaar te kijken toen ze opeens aan de andere kant van het aquarium een gestalte zag, een silhouet bijna. Het lichaam was niet veel meer dan een schaduw en zijn gezicht viel niet te onderscheiden, behalve toen het licht dat van boven kwam werd gereflecteerd op de huid van de cirkelende haai en daardoor op het gezicht van de gestalte viel.

Het was Kalden.

Mae had hem al een maand niet meer gezien en sinds haar transparantie ook niets meer van hem gehoord. Annie was in Amsterdam geweest, daarna in China, daarna in Japan, en toen weer in Genève, en had dus geen tijd gehad om zich met Kalden bezig te houden, maar ze hadden wel af en toe over hem gemaild. Moesten ze zich zorgen maken over die onbekende man?

Maar toen was hij verdwenen.

En nu stond hij daar bewegingloos naar haar te kijken.

Ze wilde iets roepen, maar durfde niet. Wie was hij? Zou er geen toestand van komen als ze hem riep, hem met haar camera filmde? Zou hij dan weglopen? Ze was nog steeds erg geschrokken van de haai, die met wezenloze barbaarsheid de schildpad had verslonden; ze merkte dat ze geen woord kon uitbrengen, het niet op kon brengen om Kaldens naam te roepen. Ze staarde hem alleen maar aan en hij staarde terug. Ze bedacht dat ze de opname, als ze hem met haar camera in beeld kon krijgen, aan Annie kon laten zien en dat ze dan iets verder zouden komen, misschien konden ophelderen wie hij was. Maar toen ze op het beeldscherm om haar pols keek, zag ze alleen een donkere gedaante waarvan het gezicht niet te zien was. Misschien was de hoek van haar camera niet goed. Terwijl ze naar zijn gestalte op het scherm keek, liep hij achteruit en verdween in het donker.

Intussen stond Georgia te kwebbelen over de haai en wat ze zojuist hadden meegemaakt, maar Mae had er geen woord van meegekregen. Nu stond Georgia op de ladder en zwaaide even; ze had geen voer meer voor de haai en hoopte dat Mae klaar was. De voorstelling was afgelopen.

'Goed, dat was het dan,' zei Mae, blij dat ze weg kon, want ze wilde zo snel mogelijk achter Kalden aan. Ze nam afscheid, bedankte Georgia en liep snel door de donkere gang weg.

Ze zag nog net dat hij door een deur verderop verdween en ze versnelde haar pas, waarbij ze probeerde te voorkomen dat de camera te veel wiebelde. Ze zou hem willen roepen, maar het was beter van niet. De deur waardoor hij was verdwenen was die van de redactie, wat best een logisch vervolg van Mae's tournee door het gebouw zou kunnen zijn. 'Laten we eens kijken hoe het op de redactie is,' zei ze. Iedereen die zich daar bevond, zou nu weten dat zij in aantocht was. Ze wist ook dat de SeeChangecamera's in de gang, onder andere boven de deur, Kalden moesten hebben gefilmd en dat ze er vroeg of laat dus wel achter zou komen of hij het echt was. Alles wat in de Cirkel gebeurde, werd wel door een camera gefilmd, meestal zelfs door drie, en het was een kleine moeite iemands gangen na te gaan.

Toen ze voor de deur stond, dacht ze aan Kaldens handen die langs haar lichaam omlaag gleden en haar dicht tegen hem aan drukten. Ze hoorde weer zijn lage stem en proefde weer zoals hij smaakte, een beetje naar vochtige verse vruchten. Stel dat ze hem vond? Ze kon niet met hem naar de wc's. Of wel? Ze zou wel iets bedenken.

Ze deed de deur van de redactiekamer open, een grote ruimte die Bailey had ingericht naar het voorbeeld van een ouderwetse krantenredactie, met honderd bureaus die door lage wandjes van elkaar waren gescheiden en overal klokken en lichtkranten met het laatste nieuws. Op de bureaus stonden analoge retrotelefoons met een rij witte knoppen onder de druktoetsen die aritmisch knipperden. Er waren oude printers, faxen, telexapparaten, stempels. Dat was natuurlijk allemaal voor de show, die retromachines deden het niet echt. De verslaggevers, die haar nu allemaal aankeken, haar toelachten en haar en de volgers begroetten, konden hun reportages vrijwel uitsluitend met SeeChange maken. Er waren inmiddels zo'n honderd miljoen camera's verspreid over de hele wereld, waardoor het niet meer nodig was dat verslaggevers persoonlijk ter plaatse waren, want dat was niet alleen onnodig maar ook gevaarlijk, om nog maar te zwijgen van de CO_2-uitstoot.

Terwijl Mae door de redactiekamer liep, staken sommige medewerkers hun hand op, duidelijk in verwarring of dit een officieel bezoek was of niet. Mae zwaaide terug en keek intussen zoekend rond, zich ervan bewust dat dat een enigszins verwarde indruk maakte. Waar was Kalden? Er was maar één andere uitgang, dus ze liep haastig de ruimte door en knikte en groette hier en daar tot ze bij de deur aan de overkant was. Ze deed de deur open, knipperde tegen het felle daglicht, en zag dat Kalden het grote grasveld overstak en langs het nieuwe beeld van die Chinese dissident liep – ze nam zich voor om daar binnenkort aandacht aan te schenken, misschien vandaag nog wel. Hij keek even om of Mae nog steeds achter hem aan kwam. Ze keken elkaar in de ogen en er verscheen een glimlachje op zijn gezicht. Toen liep hij snel door, langs de Vijf Dynastieën.

'Waar ga je naartoe?' vroeg de stem in haar oor.

'O, nergens. Sorry. Ik was gewoon... laat maar.'

Mae mocht natuurlijk gaan en staan waar ze wilde – haar volgers vonden juist haar omzwervingen het allerleukst –, maar bij Additional Guidance hielden ze graag een oogje in het zeil. Terwijl ze daar buiten in de zon stond, met overal Cirkelaars, ging haar telefoon. Ze keek op haar pols: er was geen nummerweergave. Dat kon alleen Kalden zijn.

'Hallo?' zei ze.

'We moeten afspreken.'

'Pardon?'

'Je volgers kunnen mij niet horen. Ze horen alleen jou. Op dit moment vragen de technici zich koortsachtig af waarom het binnenkomende gesprek niet te horen is. Dat hebben ze over een paar minuten gefikst.' Hij klonk gespannen, aangeslagen. 'Luister. Er moet een eind worden gemaakt aan veel dingen die nu gebeuren. Ik meen het. De Cirkel is bijna voltooid en geloof me, Mae, dat is heel slecht voor iedereen, voor de hele mensheid. Wanneer kunnen we elkaar zien? Desnoods op de plee, dat maakt mij niet uit...'

Mae hing op.

'Sorry!' zei AG in haar oortje. 'Er is iets met de binnenkomende audio. Er wordt aan gewerkt. Wie was dat?'

Mae wist dat liegen geen goed idee was. Misschien had toch iemand Kalden gehoord. 'Een of andere gek,' zei ze, trots dat ze zo snel iets wist te improviseren. 'Hij sloeg wartaal uit over het einde van de wereld.'

Ze keek op haar pols. Er waren nu al mensen die zich afvroegen wat er was gebeurd. De populairste ting was: *Technische problemen op het hoofdkantoor van de Cirkel? Is het vandaag Pasen en Pinksteren tegelijk?*

'Vertel ze gewoon de waarheid, zoals altijd,' zei AG.

'Oké, ik heb geen idee wat er aan de hand was,' zei Mae hardop. 'Maar als ik het weet, zijn jullie de eersten die het horen.'

Maar ze was erg ontdaan. Ze stond nog steeds in de zon en zwaaide af en toe naar Cirkelaars die haar zagen. Haar volgers vroegen zich ongetwijfeld af wat er ging gebeuren en waar ze naartoe zou gaan. Ze wilde niet op haar armband kijken omdat ze wist dat er vast veel verbaasde en bezorgde opmerkingen op haar schermpje zouden staan. In de verte zag ze mensen die een potje croquet speelden. Ze kreeg een idee en liep naar ze toe.

Toen ze dichtbij genoeg was om de vier spelers te kunnen onderscheiden, twee Cirkelaars en twee Russische gasten, zwaaide ze naar het gezelschap en zei tegen haar volgers: 'Zoals jullie weten, zijn we hier in de Cirkel niet altijd spelletjes aan het doen. Er moet soms ook gewerkt worden, zoals dit groepje nu laat zien. Ik wil ze liever niet storen, maar ik kan jullie verzekeren dat wat zij nu aan het doen zijn te maken heeft met ingewikkelde probleemoplossingsstrategieën en complexe algoritmes ten behoeve van de verbetering van de producten en diensten die wij leveren. Laten we even blijven kijken.'

Zo won ze een paar minuten om rustig na te denken. Dat deed ze wel vaker: haar camera op een spel, een demonstratie of een toespraak richten zodat ze haar gedachten even de vrije loop kon laten terwijl haar volgers iets hadden om naar te kijken. Ze controleerde het beeld op haar armband en zag dat ze nu 432.128 volgers had, een gemiddeld aantal, en dat er geen urgente reacties waren, dus gunde ze zichzelf een minuut of drie voordat ze weer de leiding over de feed nam. Met een brede glimlach – want ze was ongetwijfeld op drie of vier SeeChanges te zien – haalde ze ontspannen adem. Dat was iets nieuws wat ze zich eigen had gemaakt: het vermogen op de buitenwereld een uiterst serene, zelfs vrolijke indruk te maken terwijl in haar hoofd een complete chaos heerste.

Kon ze Annie maar even bellen. Maar dat ging niet. Bovendien wilde ze Kalden. Ze wilde met hem alleen zijn. Ze wilde weer hetzelfde wat eerder op de wc was gebeurd, ze wilde op hem zitten en zijn eikel bij haar naar binnen voelen gaan. Maar hij was niet normaal. Hij was een spion of zo. Een anarchist, een doemdenker. Wat bedoelde hij toen hij haar waarschuwde voor de Voltooiing van de Cirkel? Ze had geen idee wat die Voltooiing inhield. Niemand wist dat. De Wijzen hadden het er de laatste tijd ook al over. Een paar dagen geleden hingen overal op de campus opeens allerlei cryptische berichten: DENK VOLTOOIING, SLUIT DE CIRKEL, en DE CIRKEL MOET GESLOTEN WORDEN, en die slogans hadden de gewenste nieuwsgierigheid gewekt. Maar niemand wist wat het betekende en de Wijzen zwegen in alle talen.

Mae keek hoe laat het was. Ze stond nu al negentig seconden bij het croquetspelletje. Ze kon dit niet langer dan een minuut of twee volhouden. Moest ze dit telefoontje niet melden? Zou iemand hebben gehoord wat Kalden zei? En stel dat dat zo was? Stel dat dit een test was om te zien of ze zo'n raar telefoontje wel zou rapporteren? Misschien hoorde dit wel bij die Voltooiing, wilden ze haar loyaliteit op de proef stellen, wilden ze alles en iedereen opsporen die de Voltooiing zou kunnen tegenwerken. O shit. Ze wilde Annie bellen, maar ze wist dat dat niet kon. Ze dacht aan haar ouders, die haar vast goede raad zouden geven, maar hun huis was ook transparant, zat volgestouwd met SeeChangecamera's, wat een voorwaarde was geweest voor de behandeling van haar vader. Misschien kon ze naar ze toe, kon ze hun op een verborgen plek om raad vragen. Maar nee. Ze had haar ouders al een paar dagen niet meer gesproken. Ze hadden haar verteld dat ze met technische problemen zaten en binnenkort zouden bellen, dat ze zich geen zorgen moest maken en dat ze van haar hielden, maar daarna hadden ze twee dagen niets van zich laten horen. En al die tijd had zij niet naar de beelden van de camera's in hun huis gekeken. Ze nam zich voor om dat nu echt eens te gaan doen. Misschien kon ze haar ouders even bellen? Zich ervan verzekeren dat alles goed met ze was, en dan de voorzichtige hint geven dat ze met hen wilde praten over iets verontrustends en persoonlijks?

Nee, nee. Dit was waanzin. Ze had een raar telefoontje gekregen van een man van wie ze nu wist dat hij gestoord was. O shit. Als niemand maar kon raden wat een warboel het in haar hoofd was. Ze genoot van haar positie, ze vond het heerlijk om zo zichtbaar te zijn, een doorgeefluik, een gids voor haar volgers, maar deze verantwoordelijkheid, deze onnodige complicaties werkten verlammend. En als ze zich zo verlamd voelde en niet meer wist wat ze moest kiezen uit de vele mogelijkheden en onzekerheden, dan was er maar één plek waar ze zich op haar gemak voelde.

Om 13.44 uur liep Mae de Renaissance binnen. Ze voelde de begroeting van de langzaam bewegende Calder boven zich en nam de lift naar de vierde verdieping. Alleen al de rit omhoog met de lift werkte kalmerend. En toen ze de loopbrug nam en het atrium onder zich zag liggen, maakte een vredig gevoel zich van haar meester. Hier, bij

Customer Experience, voelde ze zich thuis, hier was alles vertrouwd en niets onzeker.

Aanvankelijk was ze verbaasd geweest toen haar werd gevraagd in elk geval een paar uur per week bij CE te blijven werken. Ze had het daar goed naar haar zin gehad, dat was waar, maar ze had aangenomen dat haar transparantie betekende dat ze dat allemaal achter zich zou laten. 'Dat is nou precies waar het om gaat,' had Bailey uitgelegd. 'Ten eerste denk ik dat het goed is als je contact met het werk aan de basis houdt. Verder zullen je volgers en kijkers het zeker waarderen dat je dit belangrijke werk blijft doen. Een ontroerend teken van nederigheid, vind je ook niet?'

Mae was zich meteen bewust van de macht die ze uitoefende – ze werd van de ene op de andere dag een van de drie zichtbaarste Cirkelaars – en ze was vastbesloten om daar luchtig mee om te springen. Ze maakte elke week tijd vrij om een bezoekje te brengen aan haar oude team en haar oude bureau, dat voor haar vrij werd gehouden. Er was daar wel het een en ander veranderd: er waren inmiddels negen schermen en van de CE's werd verwacht dat ze de cliënten veel grondiger aan de tand voelden en dat de antwoorden veel diepgaander en verstrekkender moesten zijn, maar toch was het werk in wezen hetzelfde gebleven. Mae merkte dat ze het ritme prettig vond, het bijna meditatieve gevoel dat ze kreeg door de bezigheden die ze zo goed kende, en ze merkte dat ze de behoefte had om hierheen terug te keren op momenten van stress of moeilijkheden.

Daarom besloot ze op een zonnige woensdag in de derde week van haar transparantie even aan de slag te gaan bij CE voordat ze in beslag werd genomen door de drukke bezigheden die haar die dag te wachten stonden. Om drie uur moest ze namelijk een rondleiding door het Napoleontische Tijdperk geven, waar modellen werden gemaakt voor de eliminatie van fysiek geld – wat de criminaliteit een gevoelige slag zou toebrengen omdat digitaal geld altijd traceerbaar was – en om vier uur moest ze een verslagje maken over de tweeëntwintig nieuwe, volledig ingerichte en akoestisch geïsoleerde appartementen op de campus voor musici die niet van hun werk konden rondkomen, maar gratis op de campus mochten wonen en daar zo nu en dan konden optreden. Daar zou ze de hele middag wel zoet mee zijn. Om vijf uur werd ze verwacht bij de feestelijke aankondiging van een politicus die transparant zou gaan. Waarom dat nog steeds met zoveel bombarie werd aangekondigd was haar en vele anderen een raadsel. 'Opphelderingen' noemden ze die ceremonies tegenwoordig. In het hele land en over de hele wereld waren er nu al tienduizenden transparante gekozen volksvertegenwoordigers en het fenomeen was bepaald niet nieuw meer, eerder onontkoombaar. De meeste deskundigen voorspelden binnen anderhalf jaar volledige transparantie van de overheid, althans in democratische landen – en dankzij SeeChange werd de wereld binnenkort één grote democratie. Na de Opheldering stond een standup-comedy-*battle* op de campus op het programma, en een inzamelingsactie voor een plattelandsschool in Pakistan, een wijnproeverij en tot slot een barbecue voor de hele campus onder muzikale begeleiding van een Peruviaans trancemuziekkoor.

Mae liep haar oude kantoorruimte binnen waar haar uitspraken – GEHEIMEN ZIJN LEUGENS; DELEN IS MEE-LEVEN; PRIVACY IS DIEFSTAL – in stalen letters een complete muur in beslag namen. De ruimte zat tjokvol newbies die allemaal opkeken, geschrokken maar ook blij om haar hier te zien. Ze zwaaide en maakte een theatrale buiging. Toen ze Jared in de deuropening van zijn kantoor zag staan, zwaaide ze ook even naar hem en ging daarna achter haar bureau zitten. Ze was van plan om zonder veel ophef flink aan de slag te gaan, logde in en opende de wachtrij. Ze beantwoordde in rap tempo drie vragen en scoorde een gemiddelde van 99. Haar vierde klant was de eerste die in de gaten had dat haar vraag door Mae werd beantwoord, 'Transparante Mae'.

Ik volg jou! schreef de klant, een media-*buyer* bij een grote sportartikelenimporteur in New Jersey. Janice, want zo heette ze, kon er maar niet over uit dat ze Mae op haar beeldscherm zag die het antwoord op haar vraag in realtime intikte terwijl ze tegelijk op het scherm ernaast Mae's antwoord zag verschijnen. *Het lijkt wel een spiegelpaleis!* schreef ze.

Na Janice kreeg Mae een aantal klanten die niet wisten dat zij het was, en Mae merkte dat ze dat eigenlijk niet zo leuk vond. Een van hen, ene Nanci die voor een T-shirtgroothandel in Orlando werkte, vroeg of ze haar aan haar relatienetwerk mocht toevoegen. Mae stemde meteen in. Volgens Jared werd van CE-medewerkers verwacht dat ze meer dan vroeger tot wederdienst bereid waren. Als je de klant een enquête stuurde, moest je ook bereid zijn er zelf een in te vullen. Dus toen ze bij het relatienetwerk van de T-shirtgroothandel uit Orlando was aangemeld en van Nanci het verzoek kreeg een korte vragenlijst over haar voorkeuren op het gebied van vrijetijdskleding in te vullen, stemde Mae toe. Toen ze de link naar de vragenlijst opende, zag ze dat die uit 120 vragen bestond en dus bepaald niet kort was. Maar dat gaf niet, want ze vond het prettig dat haar mening belangrijk was en de tegenprestatie zou haar de loyaliteit van Nanci en haar contacten opleveren. Na de vragenlijst te hebben teruggestuurd, kreeg ze een uitgebreid bedankje van Nanci met een link naar de consumentensite waar ze als dank een T-shirt mocht uitkiezen. Mae bedankte haar en beloofde dat ze dat zeker zou doen, waarop Nanci terugmailde om te zeggen dat ze vreselijk benieuwd was welk shirt Mae zou kiezen en of ze het toch niet meteen kon beslissen. Mae keek op haar horloge. Ze was nu al acht minuten met deze klant uit Orlando bezig, veel langer dan de nieuwe richtlijn van tweeënhalve minuut per klant. Bovendien wist ze dat ze de volgende vragenlijsten, minstens een stuk of tien, veel sneller moest afhandelen om op een acceptabel gemiddelde uit te komen. Ze ging naar Nanci's site, koos een shirt met een hondje in een superheldenpak, wat Nanci een geweldige keuze vond. Toen ze met de volgende vraag bezig was, die ze met een gemakkelijk voorgekauwd antwoord kon afhandelen, kreeg ze weer een bericht van Nanci. *Sorry dat ik misschien overdreven gevoelig reageer, maar toen ik je uitnodigde voor mijn relatienetwerk, heb je mij niet uitgenodigd voor het jouwe. Ik weet ook best dat ik maar een onbelangrijke nul uit Orlando ben, maar ik wilde toch even zeggen dat ik me dat aantrek en me een beetje weggezet voel.* Mae antwoordde dat dat beslist niet haar bedoeling was, maar dat het gewoon razend druk was in de Cirkel en dat ze die wederdienst daardoor per ongeluk was vergeten en het onmiddellijk in orde zou maken. Daarna beantwoordde ze de volgende vraag uit de wachtrij en scoorde 98; ze was net bezig met de follow-up toen ze opnieuw een berichtje van Nanci kreeg. *Heb je mijn berichtje op je relatienetwerk gelezen?* Mae keek, maar zag het niet. *Het staat op het prikbord van je netwerk!* schreef Nanci. Mae opende de pagina, die ze niet vaak bekeek, en zag wat Nanci had geschreven: *Groetjes van een onbekende!* Mae tikte: *Groetjes terug! Maar jij bent toch geen onbekende?* Ze hoopte dat het hierbij zou blijven, maar bleef nog even op de pagina omdat ze het idee kreeg dat Nanci nog niet helemaal klaar was. Dat bleek een juiste inschatting. *Fijn dat je terugschrijft! Ik dacht dat je misschien beledigd was omdat ik je een onbekende noemde. Was je echt niet beledigd?* Mae verzekerde Nanci van het tegendeel met tien smileys en een XO, en ging weer aan het werk in de hoop Nanci tevreden en opgelucht te hebben achtergelaten. Ze beantwoordde nog drie vragen, stuurde een paar follow-ups en zag dat haar gemiddelde op 99 lag. Dat leverde haar een stroom felicitatie-tings op van volgers die blij waren dat Mae zich nog steeds met zoveel toewijding aan de alledaagse werkzaamheden in de Cirkel wijdde, wat volgens hen wereldwijd een gunstig effect had. Want, schreven ze, veel van haar volgers hadden een vergelijkbare kantoorbaan, en omdat Mae dit werk vrijwillig en met zoveel zichtbaar enthousiasme bleef doen, was zij voor hen een rolmodel en een inspiratiebron. En wat was dat fijn. Mae waardeerde het echt heel erg. De klanten gaven haar weer een goed gevoel, wat nog beter werd door haar transparante status. Ze had ook niet anders verwacht. Stewart had haar verteld dat je het beste presteert als duizenden of zelfs miljoenen mensen zien wat je doet. Dat je dan vrolijker bent, positiever, beleefder, guller, leergieriger. En dan had hij het nog niet eens over de kleinere gunstige effecten op haar gedrag.

De eerste keer dat de camera haar activiteiten beïnvloedde, was toen ze naar de keuken ging om iets te eten. Op het polsscherm werd de inhoud van de ijskast weergegeven. Normaal gesproken zou ze een gekoelde brownie hebben gepakt, maar toen ze op het scherm haar hand ernaar zag reiken, en zag wat de hele wereld kon zien, bedacht ze zich. Ze sloot de ijskast, nam een pakje amandelen uit de fruitschaal en liep de keuken uit. Later op de dag kreeg ze hoofdpijn. Ze dacht dat dat kwam doordat ze minder chocola had gegeten dan anders. Ze pakte haar tas, want daar zaten aspirientjes in, maar weer zag ze op het scherm wat iedereen kon zien. Ze zag haar hand in de tas verdwijnen en erin rondtasten, en ze schaamde zich alsof ze een hopeloze medicijnverslaafde was.

Ze beheerste zich dus. Elke dag nam ze niets waarvan ze wilde dat ze het niet wilde. Niets wat ze niet nodig had. Geen frisdrank meer, geen energiedrankjes, geen voorbewerkt voedsel. Op de feestjes en borrels van de Cirkel liet ze het bij één drankje en ze probeerde altijd een bodempje te laten staan. Onmatigheid zou beslist een stroom bezorgde tings opleveren, dus hield ze zich in. Dat gaf haar een gevoel van bevrijding. Ze was bevrijd van haar slechte gewoontes, van dingen die ze helemaal niet wilde eten of drinken, die niet goed voor haar waren. Sinds ze transparant was, was ze zo nobel als wat. Mensen zagen haar daardoor als een rolmodel. Moeders beweerden dat hun dochters tegen haar opkeken, wat haar een verantwoordelijk gevoel gaf, en dat gevoel van verantwoordelijkheid – jegens de Cirkelaars, jegens hun klanten en zakenpartners, en jegens de jongeren die haar als inspiratiebron beschouwden – zorgde dat ze met beide benen op de grond bleef staan en energie kreeg.

Ze kreeg een reminder van een enquête van de Cirkel zelf, zette haar koptelefoon op en begon de vragen te beantwoorden. Voor haar klanten leek het alsof ze zonder aarzelen haar meningen gaf en ze voelde zich ook veel invloedrijker dan vroeger, maar ditmaal was het alsof het strakke ritme van de vragen en antwoorden haperde. Ze deed nog een klantenvraag en knikte. Het belletje klonk in de verte. Ze knikte.

'Dank je. Ben je tevreden over de beveiliging op de vliegvelden?'

'Smile,' zei Mae.

'Dank je. Zou je het prettig vinden als er iets in de veiligheidsprocedures op de vliegvelden veranderde?'

'Ja.'

'Dank je.'

'Weerhouden de veiligheidsprocedures je ervan om vaker te vliegen?'

'Ja.'

'Dank je.'

De vragen gingen nog een tijdje door en ze werkte er vierennegentig af voordat ze zichzelf een korte pauze gunde. Maar al snel hoorde ze de stem weer, die nog steeds onveranderd klonk.

'Mae.'

Ze negeerde het met opzet.

'Mae.'

Haar naam, uitgesproken door die stem, had nog steeds een krachtige uitwerking op haar. En ze wist nog steeds niet hoe dat kwam.

'Mae.'

Deze keer klonk het als een zuiverder versie van haarzelf.

'Mae.'

Ze keek op haar armband, waar in een paar tings werd gevraagd of het wel goed met haar ging. Ze wist dat ze moest antwoorden omdat haar volgers anders zouden denken dat ze niet in orde was. Dat was een van de vele kleine dingetjes waar ze aan moest wennen: dat duizenden mensen zagen wat zij zag, toegang hadden tot haar medische gegevens, haar stem hoorden, haar gezicht zagen want ze zagen niet alleen de beelden van haar eigen camera, maar ook van de talloze camera's op de campus, waardoor ze voortdurend zichtbaar was. Als ze ook maar iets minder sprankelend deed dan gewoonlijk, had iedereen dat meteen in de gaten.

'Mae.'

Ze wilde de stem nog een keer horen, dus ze bleef zwijgen.

'Mae.'

Het was de stem van een jonge vrouw, een jonge vrouw die opgewekt en krachtig klonk, die de hele wereld aankon.

'Mae.'

Een betere versie van haarzelf, iemand die niet klein te krijgen was.

'Mae.'

Hoe vaker ze het hoorde, hoe sterker ze zich voelde.

Ze bleef tot vijf uur bij CE, liet haar volgers daarna de Opheldering van de gouverneur van Arizona zien en was blij verrast te horen dat de volledige staf van de gouverneur ook transparant was gegaan. Er waren wel meer gekozen leiders die daarop stonden om hun kiezers ervan te overtuigen dat de staf achter de rug van de transparante leider geen achterkamertjespolitiek bedreef. Bij de Opelderingsceremonie zag ze Renata, Denise en Josiah, de Cirkelaars die ooit macht over haar hadden gehad maar tegenwoordig haar volgelingen waren, en na afloop gingen ze met z'n allen in het Glazen Eethuis eten. Er was niet veel reden meer om buiten de deur te eten, want Bailey had een nieuw cateringbeleid ingesteld in de hoop dat de Cirkelaars meer met elkaar zouden brainstormen en socializen; het eten was niet alleen zoals altijd gratis, maar werd bovendien elke dag weer door een andere bekende chef-kok bereid. De chef-koks waren blij met de publiciteit – duizenden blije Cirkelaars die tingden en foto's postten – en het project was vanaf het begin razend populair, zodat het in de restaurants barstte van de nieuwe mensen en waarschijnlijk ook van de nieuwe ideeën.

Die avond zat Mae te midden van de drukte met een onbestemd gevoel aan tafel. De cryptische woorden van Kalden bleven maar door haar hoofd spoken. Daarom was ze blij met de afleiding: de standup-comedy-battle was zoals viel te verwachten van een abominabel niveau, maar ondanks de knulligheid erg grappig, de inzamelingsactie voor Pakistan was bijzonder inspirerend en genereerde maar liefst 2,3 miljoen smiles voor de school – en tot slot trakteerde Mae zichzelf bij de barbecue op een tweede glas wijn voordat ze zich op haar kamer in het campushotel terugtrok.

Ze had de kamer nu zes weken. Het had geen zin om steeds terug te rijden naar haar appartement: dat was niet alleen duur, maar de laatste keer dat ze er na een dag of acht weer eens naartoe was gegaan, zaten er muizen. Ze had de huur opgezegd en was een van de honderd Kolonisten geworden, Cirkelaars die permanent op de campus woonden. Dat had erg veel voordelen en inmiddels telde de wachtlijst dan ook 1209 mensen. Er was nu nog maar plaats voor 288 Cirkelaars, maar het bedrijf had een nabijgelegen voormalig fabrieksgebouw gekocht waar nog eens vijfhonderd kamers zouden worden gerealiseerd. Mae's kamer was geüpgraded en voorzien van allerlei slimme apparaten, flatscreens aan de muren en automatische zonwering, en alles werd centraal bestuurd. Elke dag werd haar kamer schoongemaakt en haar koelkast bijgevuld, niet alleen met de standaardboodschappen – bijgehouden via Homie – maar ook met allerlei bètaproducten. Ze kon alles krijgen wat haar hartje begeerde, zolang ze maar feedback aan de fabrikanten gaf.

Ze waste haar handen, poetste haar tanden en gleed tussen de hagelwitte lakens. Transparantie was na tien uur 's avonds optioneel en ze ging meestal na het tandenpoetsen op zwart: ze had gemerkt dat de volgers dat poetsen de moeite waard vonden en ze hoopte dat het bevorderlijk was voor de mondhygiëne van de jongsten. Om 22.11 uur zei ze haar volgers welterusten – er waren er nog maar 98.027 actief, van wie een paar duizend haar een goede nacht toewensten –, deed de halsketting met de camera af en legde hem in het doosje. Ze mocht de SeeChangecamera's in haar kamer uitdoen, maar dat deed ze eigenlijk maar zelden. Ze dacht dat de beelden die 's nachts werden gemaakt, bijvoorbeeld van de bewegingen die ze in haar slaap maakte, ooit weleens waardevol konden blijken, dus ze liet de camera's aan. Het had een paar weken geduurd voordat ze eraan gewend was met haar polsmonitoren om te slapen – ze had een keer een schram op haar gezicht gemaakt en een andere keer was het rechterscherm gebroken – maar de ontwerpers van de Cirkel hadden het een en ander verbeterd en de harde schermen waren vervangen door buigzame onbreekbare schermpjes. Nu voelde ze zich juist bloot als ze ze niet om had.

Ze ging in bed zitten, want het duurde meestal wel een uur voordat ze kon slapen. Ze zette de flatscreen aan omdat ze even bij haar ouders wilde kijken. Maar geen van hun camera's gaf beeld. Ze stuurde ze een ting, al verwachtte ze eigenlijk geen antwoord, wat inderdaad uitbleef. Daarna stuurde ze Annie een berichtje, maar ze kreeg ook van haar geen reactie. Ze bladerde door haar Tingfeed, las een paar grappige berichtjes en ging op zoek naar een nieuwe rok en een nieuw T-shirt, want sinds ze transparant was geworden, was ze drie kilo afgevallen. Toen ze ongeveer op de achtste site was, merkte ze dat de scheur in haar binnenste zich weer opende. Ze keek zonder enige aanleiding of Mercers site nog steeds uit de lucht was, wat inderdaad zo bleek te zijn. Ze zocht op internet naar nieuws over hem of over zijn verblijfplaats, maar vond niets. De scheur werd steeds groter en opende een peilloze duisternis die zich in hoog tempo onder haar uitspreidde. In de ijskast stond nog wat sake die Francis voor haar had meegenomen, dus ze stond op, schonk er veel te veel van in en sloeg het achterover. Ze ging naar het SeeChangekanaal en keek naar beelden uit Sri Lanka en Brazilië, waar ze meteen een rustiger en warmer gevoel van kreeg, vooral toen ze dacht aan de duizenden studenten, de ChangeSeers, die over de hele wereld waren uitgezwermd om zelfs in de meest afgelegen oorden cameraatjes te plaatsen. Ze keek een tijdje naar de beelden van een camera in een Namibisch woestijndorpje waarop twee vrouwen eten kookten met hun spelende kinderen op de achtergrond, maar na een paar minuten ging de scheur verder open, werd het gegil onder water luider en het gesis onverdraaglijk. Ze ging weer op zoek naar Kalden, spelde zijn naam op de meest onwaarschijnlijke manieren, scande drie kwartier lang de gezichten in het personeelsbestand van de Cirkel, maar ze zag niemand die zelfs maar enigszins op hem leek. Ze zette de SeeChangecamera's uit, schonk nog wat sake in, dronk het op en kroop weer in bed. Ze dacht aan Kalden, aan zijn handen, zijn dunne benen, zijn lange vingers, en streelde met haar linkerhand haar tepels terwijl ze met haar rechterhand haar slipje naar beneden schoof en de bewegingen van een tong nadeed, zijn tong. Zonder resultaat. Maar de sake spoelde haar zorgen weg en na een tijd, vlak voor twaalven, viel ze in een onrustige slaap.

'Hallo allemaal!' zei Mae. Het was een prachtige ochtend en ze was opgewekt genoeg om een slogan onder haar volgers te verspreiden waarvan ze hoopte dat hij zou aanslaan binnen de Cirkel of misschien zelfs daarbuiten. 'Vandaag is een dag als alle andere, want er is geen dag als vandaag!' Toen ze dat had gezegd, keek ze op haar armband, maar ze zag niets wat erop wees dat het aansloeg. Dat was wel even een teleurstelling, maar ze vrolijkte snel op, want het was een prachtige, veelbelovende dag. Het was 9.34 uur, al lekker warm en zonnig, en op de campus was het een gezellige drukte. Zo er nog Cirkelaars bestonden die er nog niet van waren doordrongen dat ze zich hier in het centrum van de wereld bevonden, dan waren de gebeurtenissen van deze ochtend voldoende om ze daar volledig van te overtuigen. Het was al om 8.31 uur begonnen, toen de hele campus op z'n grondvesten stond te schudden door de helikopters die af en aan vlogen en de leiders van de grootste zorgverzekeringen, wereldgezondheidsorganisaties, centra voor ziektebestrijding en alle grote farmaceutische industrieën naar de Cirkel brachten. Het gerucht ging dat er eindelijk volledige gegevensuitwisseling zou komen tussen al die tot nu toe afzonderlijke en soms zelfs antagonistische organisaties, en dat wanneer dat allemaal was gecoördineerd en alle verzamelde gezondheidsgegevens werden gedeeld – wat vooral mogelijk werd gemaakt door de Cirkel en nog meer door TruYou –, virussen in de kiem konden worden gesmoord en de bron van ziektes worden opgespoord. Mae zag de hele ochtend managers, artsen en functionarissen vrolijk over het terrein banjeren, op weg naar de pas gebouwde Hippocampus. Daar werd de hele dag vergaderd – voor deze keer besloten, maar ze hadden ook openbare forums toegezegd – waarna een concert van een singer-songwriter op leeftijd zou volgen van wie alleen Bailey fan was en die de avond ervoor was aangekomen voor een diner met de Wijzen.

Voor Mae was het vooral belangrijk dat een van de vele helikopters Annie had thuisgebracht. Ze was bijna een hele maand in Europa, China en Japan geweest, had wat organisatorische plooien gladgestreken en een paar transparante leiders ontmoet en – te oordelen naar het aantal smiles dat ze aan het einde van de reis op haar Tingpagina had gepost – goede resultaten geboekt. Maar van een echt gesprek tussen Mae en Annie was het al sinds Annies vertrek niet gekomen. Annie had Mae wel gefeliciteerd met haar transparantie, haar 'promotie', zoals ze het noemde, maar daarna had ze het steeds heel druk gehad. Te druk voor een echt berichtje, te druk voor een telefoontje waar ze zich niet voor hoefde te schamen, had ze gezegd. Ze hadden wel elke dag even gemaild, maar Annie had een krankzinnig schema, zoals ze het noemde, en door het tijdsverschil liepen ze elkaar steeds mis en konden ze geen serieus gesprek voeren.

Annie had beloofd dat ze 's ochtends langs zou komen, meteen na haar terugkeer uit Beijing, en Mae was zo gespannen dat ze zich maar nauwelijks kon concentreren. Ze had de helikopters zien landen en had ingespannen staan turen of ze Annies blonde haar ergens zag, maar had haar niet ontdekt. En nu moest ze een uur in het Protagoraspaviljoen doorbrengen, een belangrijke opdracht, dat wist ze wel, en normaal gesproken zou ze die ook heel fascinerend hebben gevonden, maar vandaag was het vooral een onoverbrugbare kloof tussen haar en haar beste vriendin.

Op een granieten paneel bij de ingang van het Protagoraspaviljoen stond een citaat van de naamgever van het gebouw: *De mens is de maat van alle dingen.* 'Maar voor ons is het veel belangrijker,' zei Mae terwijl ze de deur opendeed, 'dat de mens tegenwoordig alle dingen kan méten, met alle instrumenten die ons daarvoor ter beschikking staan. Vind je ook niet, Terry?' Ze stond tegenover een lange, Amerikaans-Koreaanse man, Terry Min. 'Hallo Mae, hallo volgers van Mae.'

'Je haar zit anders,' zei Mae.

Mae was een beetje uit haar doen nu Annie in aantocht was, ze gedroeg zich vreemd, een tikje gestoord, en Terry wist even niet wat hij met haar kwinkslagen aan moest. Hij streek zijn haar naar achteren. 'Eh, dat klopt.'

'Hoekiger.'

'Inderdaad. Hoekiger. Zullen we naar binnen gaan?'

'Ja, goed idee.'

De architecten hadden hun best gedaan op de organische vormen van het gebouw om de rechtlijnigheid van het exacte werk dat hier werd gedaan een beetje te verzachten. Het zilveren dak van het atrium leek te rimpelen alsof je onder een immens golfplaten dak stond.

'Wat krijgen we vandaag te zien, Terry?'

'Ik wilde beginnen met een rondleiding en daarna kunnen we misschien dieper ingaan op een paar dingen die wij momenteel voor het onderwijs ontwikkelen.'

Mae volgde Terry door het gebouw, dat veel meer dan de andere delen van de campus deed denken aan het hol van een stel techneuten. Mae's werk draaide er vooral om dat ze een goed evenwicht vond tussen de alledaagse en de luisterrijke aspecten van de Cirkel; beide waren de moeite van het tonen waard, want duizenden volgers mochten dan meer belangstelling voor machinekamers dan voor penthouses hebben: een juiste balans was van het grootste belang.

Ze kwamen langs Josef, die nog steeds een gruwelijk slecht gebit had, en begroetten ontwikkelaars en technici, die allemaal zo goed mogelijk probeerden uit te leggen waar ze mee bezig waren. Mae keek hoe laat het was en zag een nieuw berichtje van dokter Villalobos, die haar vroeg zo snel mogelijk langs te komen. Het is niet urgent, schreef ze, maar doe het nog wel vandaag. Terwijl ze door het gebouw liepen, stuurde Mae een berichtje terug waarin ze schreef dat ze over een halfuur zou komen. 'Zullen we nu naar dat onderwijsproject gaan?'

'Dat lijkt me een geweldig idee,' zei Terry.

Ze liepen via een gebogen gang naar een grote open ruimte waar minstens honderd Cirkelaars werkten. Het deed een beetje denken aan een aandelenbeurs uit de jaren vijftig.

'Zoals je volgers misschien weten, hebben we van het ministerie van Onderwijs een flinke subsidie gekregen,' zei Terry.

'Drie miljard was het, toch?' zei Mae.

'Het exacte bedrag weet ik niet,' zei Terry, die duidelijk heel tevreden was met het bedrag en waar dat voor stond, namelijk het besef dat Washington inzag dat de Cirkel veel beter in staat was om alles te meten, ook de prestaties van studenten. 'Het belangrijkste is dat ze ons hebben gevraagd om een effectiever automatisch data-assessmentsysteem te ontwerpen en te implementeren voor alle leerlingen en studenten van het hele land. O, wacht, dit is cool.'

Ze bleven staan bij een vrouw met een jongetje van een jaar of drie. Hij speelde met een glimmend zilveren horloge om zijn pols.

'Hallo Marie,' zei Terry tegen de vrouw. 'Dit is Mae, zoals je waarschijnlijk wel weet.'

'En óf ik Mae ken,' antwoordde de vrouw met een heel vaag Frans accent. 'Net als Michael. Zeg eens dag, Michael!'

Michael besloot dat hij liever even naar haar zwaaide.

'Mae, zeg eens iets tegen Michael?' vroeg Terry.

'Hoe gaat het, Michael?' vroeg Mae.

'Oké, laat nu maar zien.' Terry gaf Michael een duwtje.

Op de kleine display op het beeldscherm dat Michael om zijn pols had, stonden de vier woorden die Mae had gezegd. Eronder stond een teller met het cijfer 29.266.

'Uit onderzoek is gebleken dat kinderen minstens dertigduizend woorden per dag moeten horen,' lichtte Marie toe. 'Dit horloge herkent, categoriseert en – het allerbelangrijkste – telt ze. Het is vooral bedoeld voor kinderen die nog niet leerplichtig zijn. Als ze eenmaal op school zitten, gaan we ervan uit dat zulke dingen in de klas worden bijgehouden.'

'Dat lijkt mij een prachtige voorbereiding,' zei Terry. Ze bedankten Marie en Michael en liepen door de gang naar een grote kamer die was ingericht als een klaslokaal, maar dan met tientallen beeldschermen, ergonomische bureaustoelen en gedeelde bureaus.

'Kijk, daar is Jackie,' zei Terry.

Jackie, een gesoigneerde vrouw van halverwege de dertig, kwam naar Mae toe en gaf haar een hand. Ze had brede schouders en de armen van een mannequin, wat geaccentueerd werd door haar mouwloze jurkje. Er zat een klein gipsverband om haar rechterpols.

'Hallo Mae, wat fijn dat je vandaag bij ons bent.' Haar stem klonk gladjes, professioneel, maar ook een beetje flirterig. Ze stond recht voor de camera en hield haar handen ineengevouwen voor zich.

'Vertel eens, Jackie,' zei Terry, die duidelijk blij was haar te zien. 'Wat zijn jullie hier precies aan het doen?'

Mae zag een urgent berichtje op haar armband en onderbrak hem. 'Misschien zou je ons eerst nog even kunnen vertellen wat je hiervoor hebt gedaan? Want dat is een heel interessant verhaal.'

'Dank je, Mae, leuk dat je dat vindt. Ik weet niet of het echt heel interessant is, maar voordat ik bij de Cirkel kwam, hield ik me bezig met private equity, en daarvoor maakte ik deel uit van een team dat...'

'Je was zwemster,' souffleerde Mae. 'Je hebt meegedaan aan de Olympische Spelen!'

'O, dat!' Jackie lachte en sloeg haar hand voor haar mond.

'Je hebt in 2000 toch brons gehaald?'

'Klopt.' Jackie was opeens verlegen, wat haar aandoenlijk stond. Mae keek op haar pols en zag dat dat door een paar duizend smiles werd bevestigd. 'En je hebt toch weleens gezegd dat die ervaring als topsporter heeft geholpen bij het bedenken van het plan voor dit project?'

'Ja, inderdaad.' Jackie scheen opeens te begrijpen waar Mae met haar vragen naartoe wilde. 'Er is hier in het Protagoraspaviljoen heel veel waar we het over zouden kunnen hebben, maar onze YouthRank is voor de volgers misschien het interessantst. Kom maar eens mee naar dit grote scherm.' Ze liep met Mae naar een muur met een beeldscherm van misschien wel twee vierkante meter. 'We hebben de afgelopen paar maanden in Iowa een nieuw systeem getest, en nu je er toch bent, is het misschien interessant om dat te laten zien. Misschien kan een van jouw volgers, iemand op een middelbare school in Iowa, even zijn of haar naam naar jou doorsturen?'

'Jullie horen het,' zei Mae. 'Is er momenteel iemand uit Iowa die op school zit?'

Ze keek op haar pols en zag elf tings binnenkomen. Ze liet ze aan Jackie zien, die knikte.

'Oké,' zei Mae. 'Dus je hoeft alleen haar naam te weten?'

'Plus de naam van de school.'

Mae las een van de tings. 'Ik heb hier een zekere Jennifer Batsuuri van de Achievement Academy in Cedar Rapids.'

'Oké,' zei Jackie. Ze draaide zich weer om naar het scherm. 'Laten we eens kijken naar Jennifer Batsuuri van de Achievement Academy.'

Op het scherm verscheen de naam met daarbij een schoolfoto. Jennifer was een Amerikaans-Indiaans meisje van een jaar of zestien met een beugel en een groen met bruin schooluniform. Naast haar foto verschenen twee tellers met cijfers die steeds opliepen tot ze op respectievelijk 1396 en 179.827 bleven staan.

'Tjonge, gefeliciteerd, Jennifer!' zei Jackie. Ze keek naar Mae. 'Het lijkt erop dat we hier een echte *achiever* van de Achievement Academy te pakken hebben. Haar rank is 1396 van de 179.827 middelbareschoolleerlingen in Iowa.'

Mae keek hoe laat het was. Ze moest zorgen dat Jackie een beetje tempo maakte. 'En hoe wordt dat precies berekend?'

'Jennifers score is gebaseerd op haar testresultaten, haar klasseranking, de relatieve prestaties van haar school en nog een aantal andere factoren.'

'En, hoe vind je dat, Jennifer?' vroeg Mae. Ze keek op haar beeldscherm, maar Jennifer liet niets van zich horen.

Er viel een pijnlijke stilte. Mae en Jackie verwachtten beiden dat Jennifer iets zou laten horen, dat er een blije reactie zou komen, maar er gebeurde niets. Mae realiseerde zich dat het tijd werd om op te stappen.

'En dat kun je ook vergelijken met de resultaten van alle leerlingen van het hele land, of misschien zelfs van de hele wereld?' vroeg ze.

'Dat is inderdaad het idee,' zei Jackie. 'Zoals wij in de Cirkel weten wat onze Participation Rank is, zo kunnen we binnenkort op elk gewenst moment nagaan hoe onze zoon of dochter het doet ten opzichte van de rest van de leerlingen, niet alleen op nationaal, maar zelfs op internationaal niveau.'

'Dat lijkt me hartstikke handig,' zei Mae. 'Dan hoef je als ouder niet meer zo te twijfelen en te stressen.'

'Denk je eens in wat het betekent voor het beeld dat je als ouder hebt van de kansen die je kind maakt om toegelaten te worden tot een bepaalde studie. Elk jaar worden zo'n twaalfduizend eerstejaars toegelaten tot de beste universiteiten, de Ivy League. Als je kind tot de top twaalfduizend behoort, dan weet je dus dat het een goede kans op plaatsing maakt.'

'Hoe vaak worden zulke cijfers geüpdatet?'

'Elke dag. Zodra alle scholen en districten hun medewerking verlenen, kunnen we een dagelijkse ranking bijhouden waarin elk proefwerk en bij wijze van spreken elke overhoring wordt meegerekend. En die cijfers kunnen vervolgens worden uitgesplitst naar openbaar, privé, en regionaal, en de ranking kan op allerlei manieren worden gewogen en geanalyseerd om trends te zien in bijvoorbeeld sociaaleconomische, raciale en etnische factoren. Om maar eens iets te noemen.'

AG vroeg in Mae's oortje: 'Vraag eens naar het verband met TruYouth.'

'Jackie, ik heb begrepen dat er een heel interessante overlap is met TruYouth, het vroegere ChildTrack.' Mae had het nog niet gezegd of het koude zweet brak haar uit. Ze had absoluut geen zin om Francis te zien. Maar misschien zou iemand anders erover komen vertellen. Er werkten wel meer Cirkelaars aan het project. Ze keek op haar pols om te zien of ze Francis misschien snel kon opsporen via Cirkel-Search. Maar daar kwam hij al aan, hij stapte recht op haar af.

'Dit is Francis Garaventa,' zei Jackie, die niets van Mae's ongenoegen merkte. 'Hij kan je alles vertellen over de raakvlakken tussen YouthRank en TruYouth, een combinatie die ik persoonlijk als revolutionair en noodzakelijk beschouw.'

Terwijl Francis naar hen toe liep, met zijn handen verlegen achter zijn rug, kreeg Mae het gevoel dat Jackie meer voor hem voelde dan alleen warme collegialiteit. Francis leek te zijn veranderd. Hij was nog steeds een verlegen en onbeduidende man, maar hij lachte vol zelfvertrouwen, alsof iemand zojuist de loftrompet over hem had gestoken en hij nog veel meer complimenten verwachtte.

'Hallo Francis,' zei Jackie. Ze stak hem de hand zonder gipsverband toe en draaide flirterig met haar schouder. Francis en de volgers zagen het misschien niet, maar Mae vond het gebaar zo subtiel als een sirene.

'Hallo Jackie, hallo Mae, mag ik jullie voorgaan naar het hol van de leeuw?' Hij glimlachte en liep zonder hun antwoord af te wachten voor hen uit naar de volgende ruimte. Mae was nog nooit in zijn kantoor geweest en ze wist niet in hoeverre ze dat met haar volgers wilde delen. Ze liepen een donkere ruimte in met tientallen beeldschermen die naadloos tegen elkaar aan de muur waren gehangen.

'Zoals jouw volgers misschien wel weten, werken we aan een project om kinderen meer veiligheid te bieden. In de staten waarin een bètaversie van dit project loopt, is een daling van bijna negentig procent van alle criminaliteit geconstateerd en zelfs een daling van honderd procent van het aantal kinderontvoeringen. Er zijn landelijk in totaal maar drie kinderen ontvoerd en die zijn alle drie binnen enkele minuten teruggevonden dankzij ons systeem waarmee wij de deelnemende kinderen direct kunnen lokaliseren.'

'Ja, het is echt ongelófelijk,' zei Jackie met een hese stem waar de wellust bijna vanaf droop.

Francis merkte dat niet, of deed alsof hij het niet merkte, maar glimlachte vriendelijk naar haar. Mae's polsscherm ontplofte bijna door de duizenden smiles en de honderden berichtjes. Francis werd zelfs vergeleken met Mozes.

'En intussen,' vertelde Jackie, 'wordt door het team in het Protagoraspaviljoen hard gewerkt aan het coördineren van alle leerlingresultaten, zodat alle scores voor huiswerk, lezen, aanwezigheid en proefwerken in één gecombineerde database worden bijgehouden. Dat karwei is nu bijna geklaard. We zijn bijna zover dat we van alle leerlingen die van school komen en zich aanmelden voor een vervolgstudie precies weten wat ze hebben geleerd. Elke letter die ze hebben gelezen, elk woord dat ze hebben opgezocht, elke zin die ze hebben gehighlight, elke som die ze hebben gemaakt, elk antwoord en elke correctie. Nattevingerwerk wat de capaciteiten en de kennis van onze leerlingen betreft behoort voorgoed tot het verleden.'

De berichten zoefden over Mae's polsscherm. *Hadden we dat twintig jaar geleden maar gehad!* schreef een volger. *Dan hadden mijn kinderen naar Yale gekund.*

Francis nam nu het stokje over. Mae werd beroerd bij het idee dat hij en Jackie dit met z'n tweetjes hadden voorbereid. 'En nu komt het spannendste en verbluffend simpele onderdeel.' Hij keek Jackie beroepsmatig respectvol aan. 'Al die informatie kunnen we opslaan in de bijna microscopisch kleine chip die we tot nu toe uitsluitend voor veiligheidsdoeleinden gebruiken. Maar stel je eens voor dat we daarin beide dingen combineren, dus niet alleen de fysieke locatie van het kind bijhouden, maar ook hoe ver het in cognitief opzicht is gevorderd.'

'Ja, wie wil dat nou niet?' zei Jackie.

'Ik hoop dat de ouders dat ook zo zien. De ouders die aan dit project meedoen, hebben constant realtime toegang tot alles – de locatie, testresultaten, aanwezigheid, alles. En dat zit niet in een of ander apparaatje dat een kind zou kunnen verliezen. Het zit in de cloud en in het kind zelf, dus het kan niet kwijtraken.'

'Perfect,' zei Jackie.

'Ik hoop het.' Francis keek naar zijn schoenen om een verlegen indruk te wekken, maar Mae wist dat die verlegenheid geveinsd was.

Nu keek hij weer op en sprak tegen Mae en haar volgers. 'Zoals jullie weten wordt in de Cirkel veel gesproken over de Voltooiing, en hoewel zelfs wij nog niet precies weten wat die Voltooiing precies inhoudt, heb ik het gevoel dat het hiermee te maken heeft. Het met elkaar verbinden van diensten en programma's die heel dicht bij elkaar liggen. We hebben een volgsysteem voor onze kinderen in verband met hun veiligheid, en een ander systeem volgt hun prestaties op school. Als we die twee eenvoudigweg met elkaar verbinden, weten we alles en kunnen we onze kinderen eindelijk helemaal kennen. Dan is ons systeem sluitend en is ons werk, mag ik wel zeggen, voltooid.'

Mae stond buiten, ergens in het midden van het westelijk deel van de campus. Ze probeerde tijd te rekken totdat Annie terug zou zijn. Het was zestien voor twee, veel later dan het tijdstip waarop ze Annie had terug verwacht, en ze was bang om haar net mis te lopen. Ze had om twee uur een afspraak met dokter Villalobos en dat kon weleens een tijdje gaan duren, want de dokter had laten doorschemeren dat ze een redelijk serieus onderwerp met haar wilde bespreken, al had ze meteen erbij gezegd dat het niet om een ernstige gezondheidskwestie ging. Maar de gedachten aan Annie en aan de dokter werden verdrongen door Francis, die ze vreemd genoeg opeens weer aantrekkelijk vond.

Mae snapte precies welke truc met haar werd uitgehaald. Francis was mager, hij had nauwelijks spieren, een slappe blik in zijn ogen, en tot overmaat van ramp had hij een duidelijk probleem met premature ejaculatie, maar sinds Mae de wellust in Jackies ogen had gezien, wilde ze weer met hem alleen zijn. Ze wilde hem meenemen naar haar kamer, diezelfde avond nog. Krankzinnig. Ze moest nodig op andere gedachten komen. Misschien was dit een goed moment om haar volgers iets te vertellen over het nieuwe beeld.

'Oké, dit mogen we niet missen,' zei Mae. 'Dit is gemaakt door een beroemde Chinese kunstenaar die heel vaak in de clinch heeft gelegen met de autoriteiten daar.' De naam van de man wilde Mae op dat moment niet te binnen schieten. 'En aangezien wij het er toch over hebben: ik wil graag alle volgers bedanken die frowns naar de regering daar hebben gestuurd, niet alleen vanwege de vervolging van deze kunstenaar, maar ook vanwege de beperkingen van het vrije internet. Alleen al vanuit de VS zijn 180 miljoen frowns naar China gestuurd en reken maar dat dat een effect op het regime heeft gehad.'

Mae kon nog steeds niet op de naam van de kunstenaar komen en ze had het gevoel dat haar volgers dat in de gaten begonnen te krijgen. Op dat moment kwam het via haar armband door. *Zeg hoe de man heet!* Gevolgd door zijn naam.

Ze richtte haar camera op het beeld. Een paar Cirkelaars die tussen haar en het kunstwerk stonden, stapten opzij. 'Nee, nee, blijf maar staan,' zei Mae. 'Jullie laten juist mooi de verhoudingen zien.' Ze liepen weer terug en staken klein af bij het beeld, dat vierenhalve meter hoog was en gemaakt van dun en volledig transparant plexiglas. Het meeste eerdere werk van de kunstenaar was conceptueel, maar dit was onmiskenbaar figuratief: een immens grote hand, zo groot als een auto, stak uit – of door – een grote rechthoek waar de meeste mensen een soort computerscherm in zagen.

De titel luidde: *Handreiking voor het Welzijn van de Mensheid*, en meteen na de onthulling was het plastiek geprezen om zijn oprechtheid, die zo afweek van het eerdere werk van de kunstenaar, dat een duistere, sardonische kant had, meestal ten koste van het opkomende China en het daarmee gepaard gaande zelfbewustzijn.

'Dit werk slaat bij de Cirkelaars ontzettend aan,' zei Mae. 'Ik heb gehoord dat sommige mensen er zelfs bij staan te huilen. En zoals jullie zien wordt het veel gefotografeerd.' Mae had mensen gezien die op zo'n manier erbij gingen staan dat het leek alsof de enorme hand naar hen reikte, hen elk moment kon vastpakken, optillen. Ze besloot de twee mensen te interviewen die vlak bij de uitgestrekte vingers stonden.

'En jullie zijn...?'

'Gino. Ik werk in het Machinetijdperk.'

‘Wat zie jij in dit beeld, Gino?’

‘Nou, ik ben geen kunstkenner, maar het lijkt me wel duidelijk. Hij probeert ermee te zeggen dat we vaker door het beeldscherm heen moeten proberen te reiken.’

Mae knikte, dit was wat de meeste mensen op de campus ervan vonden, maar het kon geen kwaad als dat eens voor de camera werd gezegd ten behoeve van de mensen die misschien minder bedreven waren in artistieke interpretatie. Er waren na de installatie van het beeld pogingen ondernomen om in contact te komen met de kunstenaar, maar die waren op niets uitgelopen. Bailey, die de opdracht had gegeven, beweerde dat hij niet de hand had gehad – ‘ja, ik ben me er eentje als het om woordspelingen gaat’ – in het thema of de uitvoering ervan. Maar hij was in zijn nopjes met het resultaat en wilde graag dat de kunstenaar er op de campus iets over zou komen vertellen. Helaas had die laten weten dat hij niet persoonlijk kon komen en ook geen teleconferentie kon bijwonen. Hij wilde liever dat het werk voor zichzelf sprak, zei hij. Mae richtte zich tot de vrouw naast hem.

‘En jij bent...?’

‘Rinku. Ik werk ook in het Machinetijdperk.’

‘En ben je het met Gino eens?’

‘Ja. Ik vind het echt heel diep. Het drukt zeg maar uit dat we meer manieren moeten vinden om contact met elkaar te leggen. Dat scherm is een soort afscheiding en daar gaat die hand dwars doorheen...’

Mae knikte en bedacht dat ze het gesprekje maar weer moest zien af te ronden, toen ze door de transparante reuzenhand iemand zag lopen die precies op Annie leek. Een jonge vrouw, blond en met ongeveer hetzelfde postuur, die haastig het grasveld overstak. Rinku kwam intussen net goed op stoom.

‘Want hoe kan de Cirkel de band tussen ons en onze gebruikers versterken? Ik vind het echt ongelofelijk dat deze kunstenaar, die zo ver weg is en in zo’n andere wereld woont, precies uitdrukt waar wij hier in de Cirkel allemaal aan denken. Hoe we het beter kunnen doen, nog meer kunnen doen, nog verder kunnen reiken. Hoe we een hand door het scherm kunnen steken om dichter bij de wereld en bij alle mensen te komen.'

Mae zag de figuur die op Annie leek naar de Industriële Revolutie lopen. Toen ze daar naar binnen liep en de deur achter haar dichtging, glimlachte Mae naar Rinku, bedankte haar en Gino, en keek hoe laat het was.

Elf voor twee. Ze moest over elf minuten bij dokter Villalobos zijn.

Mae durfde niet goed achter Annie aan te rennen omdat de camerabeelden daar zo wiebelig van werden, dus ze zette er flink de pas in en hield de camera tegen haar borst gedrukt. Ze liep naar binnen en zag Annie nog net een hoek om gaan. Mae hoorde een deur dichtslaan, de klapdeur van een trappenhuis, en liep er snel op af. Als ze niet beter wist, zou ze denken dat Annie haar probeerde te ontwijken.

In het trappenhuis keek ze omhoog. Ze herkende Annies hand op de trapleuning. 'Annie!' riep ze.

Nu bleef de vrouw staan. Ze was het inderdaad. Ze draaide zich om en liep langzaam terug naar beneden. Toen ze Mae zag, verscheen een glimlach op haar gezicht, een kunstmatige, vermoeide glimlach. Ze omarmden elkaar. Mae wist dat zo'n omhelzing, waarbij de camera werd aangedrukt tegen degene die werd omhelsd, voor de volgers altijd tamelijk hilarisch en soms een beetje erotisch was.

Annie maakte zich los, keek naar de camera, stak haar tong uit en keek op naar Mae.

'Hallo allemaal,' zei Mae, 'dit is Annie. Jullie hebben natuurlijk al veel over haar gehoord: ze is lid van de Bende van Veertig, wereldbestormer, fantastisch genie en mijn hartsvriendin. Zeg eens hallo, Annie.'

'Hallo.'

'Hoe was je reis?'

Mae zag aan Annies gezicht, dat een fractie van een seconde betrok, dat ze dit niet prettig vond, maar ze produceerde snel weer een glimlach. 'Het was fantastisch,' zei ze.

'Vertel eens, hoe was het met iedereen in Genève?'

Annies glimlach verstarde.

'Nou, daar kunnen we eigenlijk nog niet veel over vertellen, want dat is allemaal nog eh...'

Mae knikte ten teken dat ze dat heel goed begreep. 'Sorry. Ik bedoelde eigenlijk de plaats Genève. Leuk?'

'Ja hoor,' zei Annie. 'Geweldig. Ik heb de familie Von Trapp gezien, ze hadden allemaal nieuwe kleren. Weer van gordijnen gemaakt.'

Mae keek op haar pols. Ze had nog een paar minuten voordat ze bij dokter Villalobos moest zijn.

'Verder nog iets wat je zou willen delen?' vroeg ze.

'Verder nog iets wat ik zou willen delen, hm, eens even denken...'

Annie hield haar hoofd een beetje scheef alsof ze verbaasd en een tikkeltje geïrriteerd was dat dit gemaakte gesprek nog bleef voortduren. Maar toen kwam er iets over haar, een besef van de situatie: ze was in beeld en moest haar rol als woordvoerder van het bedrijf spelen.

'Oké, er is dus een supercool project waar we al een tijdje het een en ander over laten doorschemeren. PastPerfect heet het, en het gaat over de voltooid verleden tijd. Ik was in Duitsland om de laatste plooien glad te strijken en nu kan het in principe van start gaan. We zoeken alleen nog een proefpersoon hier binnen de Cirkel om het te testen, maar als we de juiste persoon hebben gevonden zal dat het begin betekenen van een compleet nieuw tijdperk voor de Cirkel. Ik kan zonder overdrijven zelfs stellen dat dit een nieuwe fase inluidt voor de gehele mensheid.'

'Dat geloof ik graag!' zei Mae. 'Kun je hier misschien nog iets meer over vertellen?'

'Natuurlijk, Mae, fijn dat je het vraagt.' Annie keek even naar haar schoenen en richtte zich toen weer met haar beroepsmatige glimlach tot Mae en de camera. 'Het basisidee is dat we de krachtige community van de Cirkel gaan inzetten om niet alleen het hier en nu in kaart te brengen, maar ook het verleden. We zijn bezig om elke foto, elk bioscoopjournaal, elke amateurvideo in ons land en in heel Europa te digitaliseren, we doen althans alles om dat voor elkaar te krijgen. Dat is natuurlijk een heidens karwei, maar als we eenmaal een bepaalde kritische hoeveelheid hebben doorgespit en daar de nieuwste gezichtsherkenning op loslaten, hopen we vrijwel iedereen op alle foto's en bewegende beelden te kunnen thuisbrengen. In die database kun je zoeken, dus daar kun jij als je dat wilt alle foto's in terugvinden die bijvoorbeeld van je overgrootouders zijn gemaakt. We hopen, en zijn er tevens stellig van overtuigd, dat je ze dan beter zult leren kennen. Misschien zie je ze wel ergens in de menigte op de Wereldtentoonstelling van 1912. Of misschien zie je je ouders terug op een filmpje van een honkbalwedstrijd uit 1974. Uiteindelijk is het de bedoeling dat de gaten in je geheugen en in het historische archief worden opgevuld. En met behulp van DNA en de steeds betere genealogische software hopen we dat iedereen binnen een jaar toegang heeft tot elk stukje informatie over zijn afkomst en dat al het beeldmateriaal met één zoekopdracht boven water kan worden gehaald.'

'Maar dat is fantastisch! Oftewel, als iedereen daaraan meedoet, iedereen die deelneemt aan de Cirkel, dan kunnen we misschien met elkaar alle ontbrekende puzzelstukjes vinden.' Mae keek Annie stralend aan om haar te laten weten dat het geweldig ging.

'Inderdaad, Mae,' zei Annie scherp en een beetje afstandelijk. 'Net zoals elk onlineproject wordt ook dit door de digitale gemeenschap gerealiseerd. Wij verzamelen misschien miljoenen foto's en filmpjes, maar de rest van de wereld levert er nog miljarden meer. We verwachten dat we zelfs met een incomplete deelname in staat zijn om de meeste historische lacunes met gemak te kunnen opvullen. Als je bijvoorbeeld op zoek bent naar alle bewoners die rond 1913 in een bepaald huis in Polen hebben gewoond en je één persoon mist, dan duurt het vast niet lang voordat je via allerlei kruisverwijzingen vanuit de overige gegevens die persoon toch hebt gevonden.'

'Fascinerend!'

'Inderdaad,' zei Annie. Ze keek Mae aan met een blik alsof ze haar wilde aansporen om het gesprek nu maar eens af te ronden.

'Maar je hebt nog geen proefkonijn gevonden?' vroeg Mae.

'Nog niet. We willen graag beginnen met iemand die veel voorouders in Amerika heeft, want we weten dat de archieven hier tot nu toe beter toegankelijk zijn dan in sommige andere landen.'

'En maakt dit project deel uit van het plan van de Cirkel om dit jaar de Voltooiing te realiseren? Verloopt dat nog steeds volgens schema?'

'Zeker. En PastPerfect is vrijwel gereed om te kunnen worden gelanceerd. Als we alle andere aspecten van de Voltooiing in beschouwing nemen, wordt het waarschijnlijk begin volgend jaar. Een maand of acht, dan zijn we klaar. Maar je weet maar nooit hoe het loopt, we worden door zóveel Cirkelaars geholpen dat we misschien wel eerder klaar zijn.'

Mae knikte en glimlachte. Er viel een pijnlijke stilte waarin Annie Mae opnieuw vragend aankeek; het was duidelijk dat dit toneelstukje wat haar betreft mocht stoppen.

De zon brak door en het licht viel door het raam op Annies gezicht. Het viel Mae voor het eerst op hoe oud ze er eigenlijk uitzag. Haar gezicht stond vermoeid en ze zag bleek. Annie was nog maar zesentwintig, maar ze had nu al wallen. Bij deze lichtval leek het wel alsof ze de laatste twee maanden vijf jaar ouder was geworden.

Annie pakte Mae's hand vast en drukte haar nagels erin om haar daarmee een teken te geven. 'Ik moet trouwens nodig naar de wc, loop je even mee?'

'Ja hoor, ik moet zelf eigenlijk ook.'

Mae was inmiddels volkomen transparant en kon de audiofeed van de camera daarom niet uitzetten, maar Bailey had wel een paar uitzonderingen bedongen. Een daarvan was dat het geluid tijdens het wc-bezoek werd uitgezet. De camera niet, want die was volgens Bailey toch op de deur van de wc gericht. Maar de audio ging uit om het publiek de geluiden te besparen.

Mae ging een van de hokjes in en Annie het hokje ernaast. Mae deactiveerde de audiofeed. De regel was dat ze recht had op drie minuten stilte; als het langer duurde, zouden ongeruste reacties volgen van zowel volgers als Cirkelaars.

'Hoe gaat het nou met je?' vroeg Mae. Ze kon Annie niet zien, behalve haar tenen, die zo te zien wel een pedicure konden gebruiken.

'Uitstekend. En met jou?'

'Wel goed.'

'Nou, dat mag ook wel, zeg,' zei Annie. 'Je bent hier helemaal da bomb.'

'Echt?'

'Geen valse bescheidenheid, daar trap ik niet in. Als ik jou was, zou ik dolblij zijn.'

'Oké. Ben ik ook.'

'Je bent echt een superster, mensen komen naar mij toe om in contact met jou te komen, moet je nágaan. Krankzinnig gewoon.'

Er klonk in Annies stem iets door dat deed denken aan jaloezie, er althans verdomd veel op leek. Mae probeerde te bedenken wat ze terug kon zeggen, maar alles klonk verkeerd. 'Ik zou het zonder jou niet hebben gered' was bagger, dat klonk alsof ze zichzelf enorm op de borst klopte. Aanmatigend. Ze besloot dat ze maar beter van onderwerp kon veranderen.

'Sorry dat ik net van die stomme vragen stelde,' zei ze.

'Geeft niks. Maar je bracht me er wel mee in een lastig parket.'

'Weet ik. Maar... toen ik je zag, wilde ik graag even naar je toe. En ik wist niet zo goed waar we het anders over moesten hebben. Gaat het echt wel goed met je? Je ziet er afgepeigerd uit.'

'Dank je, Mae. Hartstikke prettig om een paar seconden nadat miljoenen mensen mij in beeld hebben gezien te horen dat ik er vreselijk uitzie. Dank je. Heel lief.'

'Ik ben gewoon bezorgd. Slaap je wel goed?'

'Weet ik veel. Mijn ritme is in de war, denk ik. Jetlag.'

'Kan ik iets voor je doen? Heb je zin om met me uit eten te gaan?'

'Uit eten? Met jou en je camera terwijl ik er belabberd uitzie? Klinkt fantastisch, maar nee, bedankt.'

'Kan ik echt niks voor je doen?'

'Nee, nee, dank je wel. Ik moet gewoon een beetje bijkomen.'

'Was het interessant?'

'Ach, gaat wel. Niet veel bijzonders.'

'Die dingen die je moest regelen, ging dat allemaal goed? Ze hebben je wel flink aan het werk gezet daar, ik begon me al zorgen te maken.'

'Nergens voor nodig, ik doe dit werk al langer dan vandaag,' zei Annie koeltjes.

'Nee, dáár maakte ik me ook geen zorgen over.'

'Je hoeft je helemaal nérgens zorgen over te maken.'

'Ik weet heus wel dat je het aankunt, hoor.'

'Goh, dank je wel, Mae! Jouw vertrouwen geeft me vleugels.'

Mae ging niet op Annies sarcastische opmerking in. 'Wanneer kunnen we dan afspreken?'

'Binnenkort. We verzinnen wel iets.'

'Vanavond nog? Alsjeblieft?'

'Nee, vanavond niet. Ik ga zo plat in de hoop morgenochtend weer fris te zijn. Ik heb morgen een boel te doen. Er moet nog veel gedaan worden voor de Voltooiing en...'

'De Voltooiing van de Cirkel?'

Het bleef even stil. Mae had het gevoel dat Annie het heerlijk vond dat zij hier wel iets vanaf wist en Mae niet.

'Ja, heeft Bailey je dat niet verteld?' vroeg Annie. Er klonk een soort tevreden irritatie door in haar stem.

'O, dat weet ik niet precies meer,' zei Mae, groen van jaloezie. 'Misschien ook wel, hoor.'

'De Wijzen denken dat ze er nu bijna zijn. Ik moest alleen nog even een paar laatste hordes nemen.'

'O ja, daar heb ik inderdaad iets over gehoord.' Mae hoorde het zichzelf zeggen, hoorde hoe kinderachtig het klonk. Ze moest toegeven dat ze stinkjaloers was. Logisch. Ze wist best dat ze geen recht had op alle informatie waarvan Annie wel op de hoogte was, maar toch zou ze dat maar al te graag willen. En ze vond dat ze dichter bij het vuur zou moeten zitten, dat ze deze dingen niet pas via Annie te horen zou moeten krijgen. Annie, die in drie weken de halve wereld over was gereisd. Ze voelde zich opeens teruggezet naar een onbenullige plaats in de Cirkel, naar een sneue positie als PR-medewerker, een ordinaire marktkoopvrouw.

'Kan ik echt niks voor je doen? Zal ik een fijn moddermasker maken voor die wallen onder je ogen?' Mae vond het afschuwelijk dat ze dit zei, maar ze kon het niet laten: het was alsof ze tegen beter weten in aan een hevig jeukend korstje krabde.

Annie schraapte haar keel. 'Heel lief van je, maar ik moet ervandoor.'

'Echt?'

'Ik wil niet onaardig zijn, Mae, maar ik kan nu maar beter naar mijn kantoor gaan om wat te werken.'

'Oké.'

'Ik bedoel het niet vervelend. Ik moet echt een hoop achterstallig werk inhalen.'

'Nee, dat snap ik. Prima. Ik zie je morgen. Op de bijeenkomst van het Concept Kingdom.'

'Wat?'

'Er is een Concept King...'

'Ja, weet ik. Ga jij daar dan heen?'

'Ja. Bailey vond dat ik erbij moest zijn.'

'Met je camera?'

'Natuurlijk. Vind je dat een probleem?'

'Nee, nee.' Annie moest dit duidelijk even verwerken. 'Ik ben alleen verbaasd. Op die bijeenkomsten komen vaak allerlei gevoelige intellectuele zaken aan de orde. Misschien wil hij dat je er alleen even aan het begin bij bent, want ik kan me niet voorstellen...'

Annies wc werd doorgetrokken en Mae zag dat ze opstond.

'Ga je weg?'

'Ja, ik ben al zo laat dat ik er kotsmisselijk van ben.'

'Oké. Niet gaan kotsen.'

Annie kwam het wc-hokje uit en liep haastig weg.

Mae had nog vier minuten om naar dokter Villalobos te gaan. Ze stond op, zette de audio weer aan en liep de wc uit.

Toen draaide ze zich om, ging het hokje weer in, zette de audio uit en ging even een minuutje zitten om bij te komen. Als de mensen dachten dat ze last van constipatie had, dan dachten ze dat maar. Kon haar niks schelen. Ze wist bijna zeker dat Annie inmiddels in tranen was, waar ze ook naartoe was gegaan. Mae snikte, ze vervloekte Annie met haar blonde haren en haar zelfingenomen houding alsof zij hier meer rechten had. Wat maakte het uit dat zij hier langer werkte? Ze waren nu elkaars gelijken, maar dat kon Annie niet verkroppen. Mae moest er maar eens voor zorgen dat Annie dat zou accepteren.

* * *

Het was 14.02 uur toen ze er was.

Dokter Villalobos begroette haar in de hal van de kliniek. 'Hallo Mae. Ik zie dat je een normale hartslag hebt, en door dat sprintje hiernaartoe hebben je volgers vast allerlei interessante informatie gekregen. Kom verder.'

Het was niet verwonderlijk dat ook dokter Villalobos behoorlijk populair was onder de volgers. Met haar extravagante rondingen, haar zwoele blik en haar hese stem spatte ze van het scherm. Ze was de dokter die iedereen wel zou willen hebben, vooral mannen. Het plaatsen van schunnige opmerkingen was door TruYou vrijwel onmogelijk geworden zonder je baan of je huwelijk op het spel te zetten, maar dokter Villalobos ontlokte de volgers allerlei waarderende opmerkingen van keurige maar niet minder veelbetekenende aard. *Wat fijn om die fijne dokter weer te zien!* postte een man toen Mae de spreekkamer binnenkwam. *Begin maar met het onderzoek!* schreef een andere man met iets meer lef. Dokter Villalobos scheen het wel leuk te vinden, al nam ze een kordate professionele houding aan. Vandaag ging ze gekleed in een bloesje met aan de voorkant een ritssluiting die een deel van haar flinke boezem blootgaf. Vanaf een afstandje was het nog heel keurig, maar van dichtbij, gezien door Mae's camera, zag het er tamelijk obsceen uit.

'Je vitale functies zijn dus prima,' zei ze.

Mae zat op de onderzoekstafel en de dokter stond voor haar. Mae keek op haar pols naar haar beeldschermpje. De mannen konden tevreden zijn. Dokter Villalobos leek zich op hetzelfde moment te realiseren dat het beeld misschien iets te uitdagend werd, want ze draaide zich om naar het beeldscherm aan de muur waar een grafiek met een paar honderd gegevens erin werd getoond.

'Je stappenaantal zou iets beter kunnen,' zei ze. 'Je zit nu gemiddeld op drieënvijftighonderd, terwijl dat eigenlijk tienduizend zou moeten zijn. Bij iemand van jouw leeftijd liefst nog hoger.'

'Ja, ik weet het,' zei Mae. 'Ik heb het de laatste tijd nogal druk gehad.'

'Begrijpelijk, maar probeer dat aantal omhoog te krijgen, goed? Wil je me dat beloven? Goed, Mae, nu we het ook tegen al je volgers hebben, zou ik graag iets willen vertellen over het programma waar al die gegevens van jou in terechtkomen. Dat is het Complete Health Data-programma, afgekort tot CHAD. Chad is een ex van me, maar Chad, mocht je dit horen: het programma is niet naar jou vernoemd.'

De commentaren vlogen over Mae's polsscherm. *Chad, sukkel die je bent!*

'Via CHAD vergaren we realtime data over iedereen binnen de Cirkel. Jij en de andere newbies hebben als eersten de nieuwe polsband gekregen, Mae, maar inmiddels heeft iedereen er een. Daardoor beschikken wij hier over de complete medische gegevens van alle elfduizend mensen die hier werken. Ongelofelijk, vind je niet? En we hebben het eerste resultaat al gezien: toen er vorige week iemand met griepverschijnselen op de campus kwam, wisten we binnen een paar minuten wie dat was. We hebben haar met ziekteverlof gestuurd en niemand raakte besmet. Het mooiste zou zijn dat we konden voorkomen dat mensen ziektekiemen meenamen naar de campus. Als ze niet van de campus hoefden en in de buitenwereld niets zouden oplopen, dat zou perfect zijn. Maar genoeg gepreekt, nu weer even over jou, Mae.'

'Zolang het goed nieuws is.' Mae probeerde te glimlachen, maar ze voelde zich niet op haar gemak en wilde dit zo snel mogelijk achter de rug hebben.

'Dat denk ik wel,' zei de dokter. 'Ik heb dit binnengekregen via een volger in Schotland. Hij heeft je vitale functies bekeken en een verband gelegd met je DNA-markers en ontdekt dat je door je eetgewoonten, vooral wat nitraat betreft, een verhoogd risico hebt op kanker.'

'Jezus... is dat het slechte nieuws waar je het over wilde hebben?'

'Nee hoor! Maak je geen zorgen, er is heel gemakkelijk iets aan te doen. Je hebt geen kanker en waarschijnlijk krijg je dat ook helemaal niet. Je hebt alleen wel een marker voor darmkanker, een verhoogd risico, en deze onderzoeker uit Glasgow heeft jou en je vitale functies gevolgd, en hij heeft gezien dat je weleens salami en ander nitraathoudend vlees eet, wat wellicht tot een ongewenste celmutatie kan leiden.'

'Daar word ik alleen nog maar banger van.'

'O, sorry, dat is niet de bedoeling! Wees blij dat deze meneer dit heeft gezien. Wij houden je natuurlijk ook in de gaten en dat lukt ook steeds beter, maar als je zoveel vrienden hebt als jij, dan kan het gebeuren dat daar iemand bij zit die op achtduizend kilometer afstand kan waarschuwen voor een groot maar vermijdbaar risico.'

'Dus geen nitraat meer?'

'Exact. Geen nitraat. Ik heb je een lijstje met etenswaren getingd waar nitraat in zit, dat kunnen je volgers ook zien. Dat zijn producten die alleen met mate mogen worden gegeten, maar die helemaal moeten worden vermeden wanneer je tot de risicogroep behoort. Ik hoop dat je dat lijstje ook doortingt naar je ouders voor het geval die niet op hun eigen Tingfeed hebben gekeken.'

'O, dat doen ze vast wel.'

'Nou, het minder goede nieuws haakt daarop in. En dat gaat niet over jou of over je gezondheid, maar over je ouders. Ze maken het prima, maar ik wil je even iets laten zien.' De dokter opende een scherm met de beelden van de camera's die in het huis van Mae's ouders hingen en die daar een maand na de nieuwe behandeling van haar vader waren geïnstalleerd. Het medische team van de Cirkel was zeer geïnteresseerd in de ziekte van haar vader en wilde er zoveel mogelijk gegevens over verzamelen. 'Valt je iets op?'

Mae bekeek het scherm. Er hadden zestien beelden moeten zijn, maar twaalf van de zestien waren zwart. 'Er zijn er maar vier,' zei ze.

'Correct.'

Mae keek op de vier schermen of ze haar ouders zag. Ze zag niets. 'Is er een monteur naartoe gestuurd?'

'Dat was niet nodig. We hebben het ze zien doen. Ze hebben er iets overheen geplakt, een sticker, of een doekje ervoor gehangen. Wist je dat?'

'Nee. Wat erg. Dat hadden ze niet mogen doen.'

Mae keek instinctief naar haar huidige volgersaantal. 1.298.001. Er was altijd een piek wanneer ze dokter Villalobos bezocht. Nu wisten al die mensen het dus ook. Mae merkte dat ze bloosde.

'Heb je de laatste tijd nog iets van je ouders gehoord? Volgens onze gegevens niet. Maar misschien...'

'Nee, de laatste paar dagen niet.' In werkelijkheid had Mae al ruim een week geen contact meer met ze gehad. Ze had geprobeerd om ze te bellen, maar dat was niet gelukt. Toen had ze ze getingd, maar daar was geen reactie op gekomen.

'Zou je misschien bij ze langs willen gaan?' vroeg Villalobos. 'Je snapt natuurlijk wel dat wij geen goede medische hulp kunnen verlenen als we volledig in het duister tasten.'

Die middag reed Mae naar haar ouderlijk huis. Ze was om vijf uur opgehouden met werken, wat ze in geen weken meer had gedaan. Haar camera had ze op het dashboard van de auto gezet in een houdertje dat speciaal voor onderweg was ontworpen. Ze dacht aan haar ouders, aan hun idiote actie; ze was bang dat Mercer ze had aangestoken met die krankzinnige ideeën van hem. De camera's uitzetten, hoe dúrfden ze! Na alles wat ze had gedaan om ze te helpen, na alle speciale moeite die de Cirkel had gedaan om ze te hulp te komen! En wat zou Annie hier wel niet van zeggen?

Ze kon de pot op, dacht Mae. Dat kakwijf. En wat kwam dit slecht uit. Annie zou hier natuurlijk maar wat graag misbruik van maken om er haar voordeel mee te doen. Net nu Annie stinkjaloers op haar begon te worden – want het was overduidelijk dat dat het geval was – kon ze Mae op haar plaats zetten. Mae, met haar parkeergarage-ouders die er niet eens voor konden zorgen dat hun camera's operationeel bleven, die zichzelf niet gezond konden houden. Die een fantastisch geschenk, een gratis eersteklas ziektekostenverzekering aanpakten om daar vervolgens misbruik van te maken. Mae wist precies wat in Annies verwende, blonde hoofd omging: *sommige mensen zijn gewoon onverbeterlijk.*

Annies stamboom ging in een rechte lijn terug tot de Mayflower: haar voorouders hadden dit land gesticht en hún voorouders waren grootgrondbezitter geweest in Engeland. Het leek wel alsof die familie helemaal tot aan de uitvinding van het wiel blauw bloed had. Sterker nog: als er één familie was die het wiel had uitgevonden, dan was het die van Annie wel. Daar zou absoluut niemand van opkijken.

Dat was Mae allemaal te weten gekomen tijdens een Thanksgivingdiner bij Annie thuis, waar meer dan twintig familieleden aanwezig waren, allemaal met dezelfde smalle neus, roze teint en zwakke ogen achter dikke brillenglazen. Ze was er door een met gepaste bescheidenheid gevoerde conversatie – want Annies familieleden wilden zich beslist niet op hun afkomst laten voorstaan en spraken er daarom niet veel over – achter gekomen dat een verre voorouder bij de allereerste Thanksgiving aanwezig was geweest.

'Ach, wie interesseert zich daar nu nog voor?' had Annies moeder gezegd toen Mae erover had doorgevraagd. 'Het was gewoon zomaar een vent op een schip. Die waarschijnlijk in de Oude Wereld veel schulden had gemaakt en daarom hierheen kwam.'

Waarna ze verder hadden gegeten. Na afloop had Annie op

Mae's verzoek enkele documenten laten zien, oude vergeelde papieren over haar familiegeschiedenis, een prachtige zwarte map met stambomen, wetenschappelijke artikelen, foto's van ernstige oude mannen met extravagante bakkebaarden naast ruwhouten blokhutten.

Ook bij andere bezoekjes aan Annies ouderlijk huis was haar familie bescheiden en nonchalant geweest over hun afkomst. Maar toen Annies zus trouwde en de hele familie daarbij aanwezig was, zag Mae ze van een andere kant. Ze zat aan een tafel met singles, vrijwel allemaal neven en nichten van Annie, naast een van haar tantes. Dat was een pezige vrouw van in de veertig, met gelaatstrekken die leken op die van Annie maar iets minder goed waren uitgevallen. Ze had kortgeleden haar man verlaten die, zo voegde ze er zogenaamd hautain aan toe, 'beneden haar stand' was geweest.

'En waar ken jij Annie van?' Ze had pas iets tegen Mae gezegd toen ze al ruim twintig minuten aan tafel zaten.

'Van de studie. We waren kamergenoten.'

'O, ik dacht dat haar kamergenoot een Pakistaanse was.'

'Dat was in het eerste jaar.'

'Ah, dus jij was haar redding. Waar kom jij vandaan?'

'Uit het midden van de staat. Central Valley. Een klein stadje waar niemand ooit van heeft gehoord, in de buurt van Fresno.'

Nu ze op weg was naar haar ouderlijk huis herinnerde Mae zich dit allemaal weer en ze werd er opnieuw woedend over, een woede die nog steeds vers en rauw was.

'Zo zo, Fresno!' zei de tante met een gemaakte lach. 'Die plaatsnaam heb ik godzijdank sinds lang niet meer gehoord.' Ze nam een slok van haar gin-tonic en tuurde naar de feestgangers. 'Nou ja, gelukkig ben je daar nu weg. Ik weet dat goede universiteiten vaak mensen zoals jij aannemen. Daarom heb ik destijds achter het net gevist. Dus denk maar niet dat goede scholen zoals Exeter een kruiwagen zijn. Ze hebben een bepaald quotum dat ze moeten opvullen met mensen uit Pakistan of Fresno.'

De eerste keer dat Mae als transparant naar haar ouders was gegaan, was heel onthullend geweest en had haar vertrouwen in de mensheid flink opgepoetst. Ze had een doodgewone avond met haar ouders doorgebracht, ze hadden samen eten gekookt en met elkaar gegeten, en ze hadden gesproken over het verschil in de medische behandeling tussen hun aanvankelijke verzekering en de verzekering die via de Cirkel liep. De volgers konden het geweldige resultaat van de behandeling zien – haar vader was een stuk levendiger en bewoog zich heel gemakkelijk door het huis – maar ze zagen ook de tol die zijn ziekte eiste. Hij maakte een akelige val toen hij de trap op probeerde te lopen, wat een hele stortvloed aan berichtjes van bezorgde volgers veroorzaakte, wat weer werd gevolgd door duizenden smiles uit de hele wereld. Mensen kwamen met suggesties voor nieuwe medicijnencocktails, nieuwe therapieën, nieuwe artsen, experimentele behandelingen, oosterse medicijnen, Jezus. In honderden kerken werd elke week voor hem gebeden. Mae's ouders hadden alle vertrouwen in hun eigen artsen, en de meeste volgers zagen ook wel dat voor haar vader bijzonder goed werd gezorgd, waardoor de meeste berichtjes voornamelijk bemoedigend werkten. Mae moest huilen toen ze ze allemaal las: het was zó'n geweldige overvloed aan liefde. Mensen deelden hun eigen verhaal, er waren ontzettend veel reacties van mensen met MS. Anderen vertelden over de strijd die ze voerden tegen osteoporose, paralyse van Bell, de ziekte van Crohn. Mae had de berichten doorgestuurd naar haar ouders, maar besloot na een paar dagen hun e-mailadres openbaar te maken, zodat haar ouders zich elke dag geïnspireerd en gesterkt zouden voelen door de overvloedige stroom reacties.

Ze wist zeker dat het deze tweede keer nog veel beter zou zijn. Wanneer die kwestie van de camera's was opgelost, wat vast een of ander misverstand was, zou ze iedereen die belangstelling voor haar ouders had getoond de kans geven om ze weer te zien, en zou ze haar ouders de kans geven om iedereen te bedanken die smiles en bemoedigende berichtjes had gestuurd.

Toen ze binnenkwam, waren haar ouders in de keuken groente aan het snijden.

'Ha, hoe gaat het met jullie?' vroeg ze. Ze trok ze in een drievoudige omhelzing tegen zich aan. Ze roken allebei naar ui.

'Goh, wat ben jij vandaag opeens aanhalig,' zei haar vader.

'Haha,' zei Mae. Ze probeerde zo onopvallend mogelijk een veelbetekenend gezicht te trekken om haar ouders duidelijk te maken dat ze niet moesten doen alsof ze anders nooit aanhalig was.

Het drong opeens weer tot ze door dat ze in beeld waren en dat hun dochter tegenwoordig heel zichtbaar en belangrijk was, en ze pasten hun gedrag meteen aan. Ze waren lasagne aan het maken en Mae haalde een paar ingrediënten tevoorschijn die Additional Guidance haar had gevraagd mee te nemen en aan de volgers te tonen. Toen ze die producten voldoende in beeld had laten zien en het eten klaar was, gingen ze aan tafel.

'O ja, ik hoorde van de mensen van de gezondheidsdienst dat ze hadden gemerkt dat een paar van jullie camera's het niet doen,' zei Mae luchtig.

'O ja?' vroeg haar vader met een grijns. 'Misschien zijn de batterijen leeg.' Hij knipoogde naar haar moeder.

'Nou zeg,' zei Mae. Ze realiseerde zich maar al te goed dat ze nu een heel duidelijk standpunt in moest nemen, want dit was een cruciaal moment, niet alleen voor de gezondheid van haar vader, maar ook voor de medische databank die de Cirkel probeerde op te zetten. 'Hoe kunnen ze nu goede zorg bieden als jullie proberen te verbergen hoe het met jullie gaat? Dat is net zoiets als wanneer je naar je huisarts gaat en weigert je hartslag te laten meten.'

'Ja, daar zit wel wat in,' zei haar vader. 'Maar zullen we nu lekker gaan eten?'

'We zullen het straks meteen in orde maken,' zei haar moeder.

Dit was het begin van een vreemde avond waarop haar ouders direct instemden met alles wat Mae te berde bracht over transparantie en enthousiast knikten als ze het over de noodzaak had iedereen binnenboord te houden, dat dat net zo belangrijk was als bij vaccinaties, die alleen werkten als iedereen meedeed. Ze waren het overal van harte mee eens en gaven Mae het ene na het andere compliment over haar logische redenatie en haar overtuigingskracht. Er klopte iets niet: haar ouders waren veel te inschikkelijk.

Toen ze aan tafel zaten, deed Mae iets wat ze nog nooit eerder had gedaan, iets waarvan ze hoopte dat haar ouders het niet zouden verpesten door te laten merken dat het heel ongebruikelijk was: ze bracht een toost uit.

'Op jullie beiden,' zei ze. 'En nu ik toch bezig ben: op al die duizenden mensen die zo van harte met jullie hebben meegeleefd sinds ik hier de vorige keer was.'

Haar ouders glimlachten stijfjes en hieven hun glas. Toen haar moeder haar eerste hap zorgvuldig had fijngekauwd en doorgeslikt, keek ze glimlachend recht in de camera, ook al had Mae haar herhaaldelijk op het hart gedrukt dat niet te doen.

'Ja, we hebben inderdaad érg veel mailtjes gekregen,' zei ze.

Mae's vader viel haar bij. 'Je moeder en ik proberen elke dag een deel daarvan weg te werken. Maar eerlijk gezegd is het ontzettend veel werk.'

Haar moeder legde haar hand op Mae's arm. 'Het is niet dat we het niet waarderen hoor, want we waarderen het heus wel. Absoluut. Ik wil alleen graag om begrip vragen dat we nog niet alle berichten hebben kunnen beantwoorden.'

Haar vader keek naar zijn bord en prikte in zijn sla. 'Het zijn er dúízenden.'

Haar moeder glimlachte en zei: 'Nogmaals: we zijn heus blij met al die belangstelling. Maar zelfs als we één minuut besteden aan elk mailtje, dan nog zijn we minstens duizend minuten kwijt. Reken maar uit: zestien uur alleen voor een minimale reactie! Jeetje, nu klink ik weer ondankbaar.'

Mae was blij dat haar moeder dat zelf zei, want haar ouders klonken inderdaad ondankbaar. Ze beklaagden zich over de mensen die iets om hen gaven. Net op het moment dat Mae verwachtte dat haar moeder het wat zou relativeren en zou zeggen dat goede wensen uiteraard altijd welkom waren, nam haar vader het woord en maakte alles nog veel erger. En net als haar moeder, sprak hij rechtstreeks tegen de camera.

'We willen jullie vragen om al jullie goede wensen vanaf nu alleen in gedachten tot ons te richten. En als jullie gewend zijn om te bidden, om dan alleen voor ons te bidden. Het is niet nodig om jullie gebeden in een mail te zetten. Gewoon...' – hij kneep zijn ogen stijf dicht – 'al jullie goede wensen en gedachten onze kant op sturen. Niet per mail of ting of zo. Gewoon in gedachten door de lucht. Dat is alles wat we van jullie vragen.'

Mae probeerde kalm te blijven. 'Je bedoelt zeker dat het wel een tijdje kan duren voordat jullie alle mailtjes hebben beantwoord? Maar dat dat uiteindelijk wel zal lukken?'

'Dat kan ik echt niet beloven, Mae,' zei haar vader beslist. 'Het levert erg veel stress op. Er zijn al mensen geweest die kwaad werden omdat ze niet binnen een bepaalde tijd een reactie van ons kregen. Eerst sturen ze een mailtje en dan sturen ze er dezelfde dag nog tien achteraan. "Heb ik iets verkeerd gezegd?" "Sorry!" "Ik wilde alleen maar helpen." "Jullie kunnen de pot op." Zulke compleet neurotische gesprekken voeren ze met zichzelf. Dus ik ga echt niet beloven dat ik per direct op alle mails ga reageren, zoals jouw vrienden wel van ons schijnen te verwachten.'

'Pap. Hou op. Doe niet zo belachelijk.'

Haar moeder boog zich naar haar toe. 'Mae, je vader probeert alleen maar duidelijk te maken dat we onze handen nu al vol hebben, dat we het al druk genoeg hebben met werken, rekeningen betalen, en dan alles rond de ziekte van je vader. Als wij opeens zestien uur lang mails moeten gaan beantwoorden, komen we echt in een heel lastig parket. Dat begrijp je toch wel? En nogmaals: ik zeg dat met alle respect en dankbaarheid jegens iedereen die ons het beste toewenst.'

Na het eten wilden haar ouders een film kijken. Ze keken naar *Basic Instinct*, op aandringen van haar vader. Hij had hem al vaak gezien, merkte altijd weer de citaten van Hitchcock op, de vele geestige hommages, hoewel hij er nooit zo duidelijk blijk van had gegeven dat hij een fan van Hitchcock was. Mae had allang het vermoeden dat hij opgewonden werd van de constante seksuele spanning in de film.

Terwijl haar ouders naar de film keken, probeerde Mae de avond interessanter te maken door er een aantal tings over te sturen en commentaar te leveren op de scènes die beledigend waren voor homoseksuelen, lesbiennes en biseksuelen. Dat leverde veel goede reacties op. Om halftien besloot ze dat het tijd werd om terug te rijden naar de Cirkel.

'Nou, ik stap maar weer eens op,' zei ze.

Ze meende heel even een opgeluchte blik op te vangen van haar vader, maar het kon zijn dat ze zich dat had verbeeld. Ze trok haar jas aan. Bij de voordeur gaf haar moeder haar een envelop.

'Mercer vroeg of ik dit aan je wilde geven.'

Het was een simpele, zakelijke envelop. Zonder naam of adres erop. Mae pakte hem aan, gaf haar moeder een kus en liep naar buiten, waar het nog steeds warm was. Ze reed weg met de envelop op schoot, maar omdat ze haar nieuwsgierigheid niet kon bedwingen, stopte ze een eindje verderop en opende de envelop.

Beste Mae,
Ja, je mag en moet dit lezen terwijl de camera aan staat. Ik had niet anders verwacht, dus ik richt me met deze brief niet alleen tot jou, maar ook tot je publiek. Hallo publiek.

Ze kon hem bijna horen inademen ter voorbereiding op een gewichtige toespraak.

Ik wil je niet meer zien. Niet dat we zo'n constante of perfecte vriendschap hadden, maar ik kan niet bevriend met je blijven als ik deel uitmaak van jouw experiment. Ik zou het heel verdrietig vinden om je kwijt te raken omdat je een belangrijk deel van mijn leven bent geweest, maar we hebben beiden een heel verschillende weg gekozen en binnenkort zijn we te ver van elkaar verwijderd om nog met elkaar te kunnen communiceren.

Als je bij je ouders bent geweest en je moeder je deze brief heeft gegeven, dan heb je gezien welk effect al dat gedoe van je op hen heeft. Ik schrijf deze brief nadat ik bij ze langs ben geweest en heb gezien hoe van slag en uitgeput ze zijn door de stortvloed die jij op ze af hebt gestuurd. Het is te veel, Mae. En het is niet goed. Ik heb ze geholpen om die camera's te bedekken. Ik heb er zelfs de stof voor gekocht. En ik heb dat met plezier gedaan. Ze willen niet dat mensen smiles of frowns op ze af sturen, ze willen al die tings niet. Ze willen met rust gelaten worden. Ze willen dat er niemand naar ze kijkt. Constant toezicht, dat is toch niet de prijs die we willen betalen voor welke klotegunst dan ook?

Als dit zo doorgaat, zullen er twee maatschappijen ontstaan, ik hoop tenminste dat er twee zullen zijn, namelijk de maatschappij die jij helpt te vormen en het alternatief daarvoor. Jij en jouw slag zullen vrolijk en uit eigen vrije wil onder constant toezicht leven, jullie houden elkaar voortdurend in de gaten, hebben constant commentaar op elkaar, jullie stemmen en liken en smilen en frownen, en dat is het dan wel zo'n beetje.

De eerste opmerkingen kwamen al door op het schermpje om haar pols. *Mae, ben jij ooit echt zó jong en dom geweest dat je met zo'n onbenul omging?* Dat was de populairste, die al snel plaats moest maken voor *Ik heb z'n foto opgezocht. Wat een neanderthaler zeg.*
Ze las verder:

Ik wens je altijd het allerbeste toe, Mae. En ik hoop ook, hoe onwaarschijnlijk het ook lijkt, dat er ooit een moment komt waarop het triomfalisme van jou en je consorten – met dat ongebreidelde beschavingsoffensief van jullie – te ver gaat en aan zichzelf ten onder gaat, en dat je op dat moment je gevoel voor verhoudingen en je menselijkheid zult hervinden. Verdomme, wat zeg ik nu eigenlijk? Het is allang te ver gegaan. Ik kan beter zeggen dat ik wacht op de dag waarop eindelijk een minderheid zijn stem zal verheffen en zal zéggen dat dit te ver is gegaan, en dat deze uitvinding, die veel verraderlijker is dan alles wat de mens ooit eerder heeft bedacht, in toom moet worden gehouden, moet worden gereguleerd, teruggedraaid, en dat we vooral de mogelijkheid moeten krijgen om ermee te stoppen. We leven in een tirannieke staat waarin we niet eens mogen...

Mae keek hoeveel bladzijden resteerden. Nog vier vellen die aan beide kanten vol gekalkt waren met hetzelfde oeverloze geklets. Ze smeet het stapeltje op de passagiersstoel. Die arme Mercer. Hij was altijd al een branieschopper geweest, maar had zich altijd tegen de verkeerde mensen gekeerd. Hoewel ze best in de gaten had dat hij haar ouders tegen haar had opgezet, was er toch iets wat haar dwarszat. Zouden ze het allemaal echt zo erg vinden? Ze was nog maar een klein stukje van huis, dus ze stapte uit en liep terug. Als ze er echt zo erg door van streek waren, dan moest ze dat uit zien te praten.

Toen ze binnenkwam, zag ze haar ouders niet op de twee plekken die het meest voor de hand lagen, namelijk de woonkamer en de keuken, dus ze keek om het hoekje van de eetkamer. Daar waren ze ook niet. Het enige teken van leven was een ketel water die op het vuur stond te koken. Ze probeerde niet in paniek te raken, maar die ketel water en de griezelige stilte in huis bracht Mae op de een of andere verwrongen manier met elkaar in verband, en al snel spookten allerlei angstaanjagende gedachten door haar hoofd over overvallen, zelfmoordacties en ontvoeringen.

Ze rende met drie treden tegelijk de trap op. Toen ze bovenkwam en linksaf ging, hun slaapkamer binnenstormde, zag ze haar ouders, die met grote ogen geschrokken opkeken. Haar vader zat op het bed en haar moeder knielde voor hem op de grond, met zijn pik in haar hand. Naast hem op het bed lag een klein flesje glijmiddel. In een fractie van een seconde begrepen ze alle drie wat de consequenties hiervan waren.

Mae draaide zich om zodat haar camera naar de kast werd gericht. Niemand zei iets. Mae kon niets anders bedenken dan maar naar de badkamer te vluchten, waar ze de camera op de muur richtte en de audio uitzette. Ze spoelde terug om te zien wat in beeld te zien was geweest. Ze hoopte dat de camera om haar hals had bewogen en het aanstootgevende beeld niet had geregistreerd.

Maar dat was niet zo. Door de hoek waaronder de camera had gefilmd, was het allemaal juist nog veel duidelijker te zien. Ze stopte met terugspoelen en belde AB.

'Wat kunnen we doen?' vroeg ze.

Binnen enkele minuten had ze Bailey zelf aan de lijn. Ze was blij dat ze hem te pakken had gekregen, want als iemand het hierover met haar eens zou zijn, was het Bailey wel, een man met een onfeilbaar moreel kompas. Hij zou toch niet willen dat zo'n seksuele daad de hele wereld over zou gaan? Dat was inmiddels al gebeurd, maar ze konden het toch wel wissen zodat het niet kon worden teruggehaald, niet voor eeuwig bewaard bleef?

'Kom, kom, Mae,' zei hij. 'Je weet dat we dat niet kunnen doen. Wat zou transparantie nog voorstellen wanneer we zomaar alles konden wissen wat we om de een of andere reden gênant vinden? Je weet toch wel dat wij nooit iets wissen.' Hij klonk invoelend, vaderlijk, en Mae wist meteen dat ze zich bij zijn oordeel zou neerleggen. Hij wist alles het beste, zijn blik reikte veel verder dan de hare, dat was goed te merken aan zijn bovennatuurlijke kalmte. 'Wil dit experiment slagen en wil de Cirkel als geheel een succes worden, dan vereist dat een absolute transparantie. Een transparantie die puur en compleet is. Ik begrijp dat deze gebeurtenis de komende dagen wat pijnlijk zal zijn, maar geloof me: het duurt niet lang voordat niemand hier nog enige interesse in toont. Zodra alles bekend is, zal al het acceptabele worden geaccepteerd. Voorlopig moeten we ons maar flink houden. En jij kunt een rolmodel vervullen. Op koers blijven.'

Mae reed terug naar de Cirkel en nam zich voor om daar voorlopig te blijven. Ze had haar buik vol van de ellende met haar familie, van Mercer, van die hele rotstad waar ze vandaan kwam. Ze had het met haar ouders niet eens meer over de SeeChangecamera's gehad.

Thuis was het een gekkenhuis. Op de campus was alles tenminste vertrouwd. Waren er geen spanningen. Daar hoefde ze zichzelf, of de toekomst van de wereld, tenminste niet te verdedigen, want de Cirkelaars begrepen haar en de wereld vanzelf wel, en ook hoe die wereld eruit zou moeten zien en er binnenkort ook echt uit zou gaan zien.

Ze vond het leven buiten de campus trouwens toch steeds moeilijker worden. Buiten de campus had je daklozen, vieze geurtjes, machines die het niet deden, vloeren en stoelen die niet waren schoongemaakt, en overal was de chaos van de ongeorganiseerde wereld. De Cirkel hielp om dat allemaal te verbeteren, dat wist ze wel, en veel van die dingen werden ook al aangepakt. Zo kon het daklozenprobleem worden opgelost zodra de *gamification* van opvanghuizen en sociale woningbouw was voltooid, en daar werd in het Nara Tijdperk hard aan gewerkt. Maar zover was het nog niet en ze vond het steeds moeilijker om zich in de gekte buiten de poorten van de Cirkel te wagen. San Francisco, Oakland, San Jose of welke stad dan ook begon steeds meer op de Derde Wereld te lijken met al die onnodige viezigheid, onnodige ruzies, onnodige fouten en inefficiëntie. In elke straat waren talloze problemen die met een simpel algoritme en de toepassing van beschikbare technieken en de inzet van welwillende leden van de digitale gemeenschap konden worden opgelost.

De autorit duurde minder dan twee uur en het was nog geen middernacht toen ze aankwam. Ze was klaarwakker door de rit, door haar zenuwen die voortdurend op scherp stonden, en ze had behoefte aan wat afleiding om te ontspannen. Ze ging naar CE. Ze wist dat ze zich daar nuttig kon maken en dat ze daar direct een tastbare waardering voor haar werk zou krijgen. Ze liep het gebouw in, keek even op naar de langzaam bewegende Calder, ging met de lift omhoog en snelde via de loopbrug naar haar oude werkplek.

Er waren een paar berichtjes van haar ouders. Ze waren radeloos. En woedend. Mae probeerde ze op te beuren met een paar van de positieve tings die ze had gezien waarin enthousiast werd gereageerd op het feit dat oudere mensen, die nota bene te kampen hadden met MS, nog steeds seksueel actief waren. Maar ze wilden er niets over horen.

Hou op, schreven ze. *Laat het alsjeblieft ophouden.*

En evenals Mercer hielden ze vol alleen nog privé contact met haar te willen. Ze probeerde uit te leggen dat ze achter de feiten aan liepen en dat de geschiedenis zou uitwijzen dat ze het bij het verkeerde eind hadden. Maar ze luisterden niet. Mae wist dat ze haar ouders uiteindelijk wel kon overtuigen, dat ze gewoon geduld moest hebben met hen, en zelfs met Mercer. Hij was net als haar ouders erg laat geweest met een computer en een mobiel aanschaffen – eigenlijk liepen ze alle drie met alles achter. Het was grappig, maar ook triest, en het had bovendien geen enkele zin om het onstuitbare heden te verdringen, of de onontkoombare toekomst.

Ze moest dus maar rustig afwachten. In de tussentijd opende ze de wachtrij. Er waren niet veel mensen die op dit uur van de dag advies nodig hadden, maar wel wat onbeantwoorde vragen die nog waren blijven liggen, dus misschien kon ze een aantal daarvan beantwoorden voordat een nieuwe lading arriveerde. Misschien kon ze zelfs de hele rij wegwerken en iedereen die 's ochtends van start ging verbazen met een schone lei.

Er waren 188 vragen blijven liggen. Ze zou kijken wat ze kon doen. Een klant in Twin Falls wilde een lijst van alle bedrijven die waren bezocht door klanten die ook zijn bedrijf hadden bezocht. Mae kon die gegevens gemakkelijk vinden, stuurde ze op en voelde zich op slag rustiger. De volgende twee vragen waren gemakkelijke, praktische vragen. Ze stuurde enquêtes en kreeg twee keer 100 punten. Een van de klanten stuurde haar een eigen vragenlijst, die ze binnen anderhalve minuut beantwoordde. De volgende paar vragen waren ietwat ingewikkelder, maar Mae wist haar beoordeling op 100 te houden. De zesde vraag was erg ingewikkeld, maar haar antwoord werd beoordeeld met 98 punten, en na een follow-up zelfs met 100. De klant, een bedrijf dat verwarming- en airconditioningsystemen verkocht in Melbourne, vroeg of hij haar mocht toevoegen aan zijn professionele netwerk. Toen ze daarmee instemde, kreeg haar contactpersoon, een zekere Edward, opeens in de gaten dat ze Mae was.

Dé Mae? tikte hij.

Dat kan ik niet ontkennen, antwoordde ze.

Wat een eer, schreef Edward. *Hoe laat is het daar? Wij hebben onze werkdag er hier net op zitten.* Ze antwoordde dat het al laat was. Hij vroeg of hij haar op zijn mailinglist mocht zetten, waar ze opnieuw mee instemde. Daarna volgde een stortvloed van nieuws en informatie over de verzekeringswereld van Melbourne. Hij vroeg of ze lid wilde worden van de MHAPG, de Melbourne Heating and Air-Conditioning Providers Guild, voorheen de Melbourne Heating and Air-Conditioning Providers Brotherhood. Ze antwoordde dat ze dat een eer zou vinden. Hij voegde haar toe aan de vriendenlijst op zijn persoonlijke Cirkelprofiel en vroeg of zij hetzelfde wilde doen. Dat deed ze.

Nu moet ik weer aan het werk, groeten aan iedereen in Melbourne! schreef ze. Ze voelde zich al loskomen van die krankzinnige toestand bij haar ouders, van Mercer. Het verdween allemaal uit haar gedachten als sneeuw voor de zon. Ze begon aan de volgende vraag, die afkomstig was van een huisdierverzorgingsbedrijf met meerdere vestigingen in Atlanta. Ze kreeg een 99, stuurde een follow-up, scoorde een 100, en stuurde nog zes enquêtes, waarvan vijf door de klant werden beantwoord. Ze beantwoordde de volgende vraag, deze keer van iemand uit Bangalore, en was net bezig met de standaardantwoorden toen Edward weer een bericht stuurde. *Heb je de vraag van mijn dochter al gelezen?* vroeg hij. Mae keek op haar schermen of ze iets zag wat van zijn dochter kon zijn, maar dat was niet zo. Totdat hij haar vertelde dat zijn dochter een andere achternaam had en op een school zat in New Mexico. Ze vroeg aandacht voor het lot van de bizon in haar staat en vroeg Mae om een petitie te ondertekenen en de campagne op zo veel mogelijk manieren bekendheid te geven. Mae zei dat ze haar best zou doen en ze stuurde meteen een ting over de petitie. *Bedankt!* reageerde Edward, en kort daarna volgde een bedankje van zijn dochter, Helena. *Mae Holland heeft mijn petitie getekend, ongelofelijk!* schreef ze. Mae behandelde nog drie vragen en haar beoordeling zakte naar 98; ze stuurde meerdere follow-ups, maar die sorteerden geen effect. Ze wist dat ze nu ongeveer tweeëntwintig beoordelingen van 100 moest halen om het gemiddelde van 98 bij te werken tot 100. Ze keek op de klok: zestien voor vier. Tijd zat. Er kwam weer een bericht van Helena, ze informeerde naar vacatures bij de Cirkel. Mae gaf haar het gebruikelijke advies en gaf haar het e-mailadres van de HR-afdeling. *Zou je misschien een goed woordje voor me kunnen doen?* vroeg Helena. Mae zei dat ze zou doen wat ze kon, maar dat ze elkaar natuurlijk nog nooit persoonlijk hadden ontmoet. *Maar nu ken je me al best goed!* schreef Helena, en ze stuurde een link mee naar haar eigen profielpagina. Ze vroeg of Mae haar essays over natuurbescherming wilde lezen, waaronder het essay op grond waarvan ze was toegelaten tot de universiteit en dat volgens haar sindsdien niets aan relevantie had ingeboet. Door die natuurbescherming en New Mexico moest Mae weer aan Mercer denken. Dat zelfingenomen misbaksel. Waar was de man gebleven die met haar op de rand van de Grand Canyon de liefde had bedreven? Wat waren ze allebei toen heerlijk bandeloos. Hij had haar na college opgehaald en toen waren ze zomaar op de bonnefooi op pad gegaan, zonder een flauw idee waar ze naartoe gingen en waar ze zouden overnachten. In New Mexico waren ze in een sneeuwstorm terechtgekomen, ze waren doorgereden naar Arizona waar ze de auto hadden geparkeerd op een klif die uitkeek over de canyon, een afgelegen plek zonder hekken. Daar had hij haar midden op de dag uitgekleed, op de rand van een twaalfhonderd meter diepe afgrond. Hij had haar vastgehouden en daar had ze geen enkele bedenkingen bij gehad, want ze wist hoe sterk hij toen was. Hij was jong, hij had visie. Nu was hij oud en gedroeg zich nog ouder dan hij was. Ze ging naar de profielpagina die ze voor hem had gemaakt en zag dat er niets op stond. Ze informeerde bij de technische dienst en ontdekte dat hij zelfs had geprobeerd de pagina te verwijderen. Ze stuurde hem een ting, maar kreeg geen reactie. Ze keek op zijn zakelijke site, maar die was ook leeg. Er stond alleen nog een berichtje dat zijn bedrijf vanaf nu volledig analoog was. Helena stuurde wederom een berichtje: *Wat vond je ervan?* Mae antwoordde nog geen tijd te hebben had gehad om iets te lezen, waarop meteen een reactie kwam van Edward: *Het zou echt heel erg fijn zijn als je bij de Cirkel een goed woordje zou doen voor Helena. We willen je niet onder druk zetten, hoor, maar we rekenen op je!* Mae beloofde opnieuw haar best te doen. Op haar tweede scherm floepte een bericht binnen over een actie van de Cirkel om de pokken in West-Afrika uit te bannen. Ze tekende, stuurde een smile, beloofde vijftig dollar bij te dragen en retingde het. Ze zag dat Helena en Edward dat ook meteen deden. *Wij doen wat van ons wordt gevraagd!* schreef Edward. *Quid pro quo?*

Om elf over één werd het Mae zwart voor de ogen. Ze had daarbij een zure smaak in haar mond. Ze kneep haar ogen dicht en zag de scheur, waar nu licht uit straalde. Ze deed haar ogen weer open en nam een slok water, maar dat leek haar panische gevoel alleen maar te verergeren. Op haar scherm zag ze dat ze nog maar 23.010 volgers had, maar die mochten niet haar ogen zien, want dan zouden ze ongetwijfeld zien hoe bang ze was. Ze deed haar ogen weer even dicht, dat zou vast heel natuurlijk lijken na al die uren achter het beeldscherm. *Even mijn ogen laten bijkomen*, tikte ze voor de duidelijkheid. Maar toen ze ze weer sloot, was daar opnieuw die scheur, die nu nog duidelijker en nog luider klonk. Wat was dat voor geluid? Het klonk als een schreeuw die werd gedempt door een onpeilbaar diep water, een hoog gegil van duizenden verdronken stemmen. Ze deed haar ogen weer open. En belde haar ouders. Geen gehoor. Ze stuurde ze een berichtje. Weer niets. Ze belde Annie. Geen gehoor. Ze stuurde haar een berichtje. Geen reactie. Ze zocht haar op met CirkelSearch, maar ze was niet op de campus. Ze ging naar Annies profielpagina, scrolde langs een paar honderd foto's, de meeste van haar reis naar Europa en China, tot ze een branderig gevoel in haar ogen kreeg en ze weer sloot. En opnieuw was daar weer dat gat, het licht dat erdoorheen probeerde te breken, het geschreeuw onder water. Ze deed haar ogen open. Er kwam weer een bericht van Edward. *Mae? Ben je daar? Zou leuk zijn om te weten of je ons kunt helpen. Mail je even terug?*

Zou Mercer echt zomaar kunnen verdwijnen? Ze was vastbesloten om hem op te sporen. Ze zocht het net af, zocht naar berichtjes die hij misschien naar anderen had gestuurd. Niets. Ze belde hem, maar zijn nummer was afgesloten. Wat een agressieve daad, je telefoon laten afsluiten zonder een nieuw nummer door te geven. Wat had ze ooit in hem gezien? Hij met zijn walgelijke vette rug en die behaarde plekken op zijn schouders. Waar kon hij in godsnaam uithangen? Als je zó je best deed om iemand op te sporen en dat desondanks niet lukte, moest iets wel heel erg mis zijn. Het was twee minuten over halftwee. *Mae? Nog even met Edward. Zou je Helena misschien kunnen geruststellen door haar even te mailen dat je heel binnenkort naar haar site zult kijken? Ze is namelijk een beetje van streek. Een klein bemoedigend woordje is al genoeg. Ik weet dat je een goed mens bent en dat je haar nooit met opzet van streek zou maken door haar eerst iets te beloven en haar daarna te negeren. Bedankt! Edward.* Mae ging naar Helena's site, las een van haar essays, feliciteerde haar ermee, zei dat het briljant was, en stuurde een ting waarin ze iedereen vertelde dat Helena uit Melbourne/New Mexico iemand was om in de gaten te houden en dat ze haar werk moesten steunen waar ze maar konden. Maar de leegte in haar binnenste bleef voelbaar, ze moest het zien op te vullen. Ze wist niet wat ze moest beginnen, startte ten einde raad CirkelSurveys en knikte om aan te geven dat ze klaar was om te beginnen.

'Gebruik je regelmatig een conditioner?'

'Ja,' zei ze.

'Dank je. Wat vind je van biologische haarproducten?' Mae merkte nu al dat ze rustiger werd.

'Smile.'

'Dank je.' Wat vind je van niet-biologische haarproducten?'

'Frown.' Er kwam al een lekker ritme in.

'Dank je. Als jouw favoriete haarproduct niet beschikbaar was in de winkel of de onlinestore waar je het altijd koopt, zou je dan een vergelijkbaar product van een ander merk kopen?'

'Nee.'

'Dank je.'

Het gestage beantwoorden van de vragen gaf haar een fijn gevoel. Ze keek op haar armband en zag dat er honderden nieuwe smiles bij gekomen waren. Het had iets verfrissends dat een semiberoemdheid van de Cirkel een bijdrage leverde aan de *data pool*, en dat werd door de reacties bevestigd. Ze kreeg reacties van klanten die ze nog kende uit de tijd dat ze fulltime bij CE werkte. Klanten uit Columbus, Johannesburg en Brisbane begroetten en feliciteerden haar. De eigenaar van een marketingbedrijf in Ontario bedankte haar in een ting voor haar goede voorbeeld en haar goodwill; Mae stuurde een reactie en vroeg hoe de zaken ervoor stonden.

Ze beantwoordde nog drie vragen en wist alle klanten zover te krijgen dat ze de uitgebreide vragenlijsten invulden. De groepsbeoordeling was 95, maar ze hoopte die eigenhandig op te kunnen krikken. Ze vond het heerlijk om zich zo nuttig te kunnen maken.

'Mae.'

Ze schrok van haar naam die werd uitgesproken door haar eigen opgenomen stem. Ze had het gevoel dat ze die stem in geen maanden meer had gehoord, maar hij had nog niets aan kracht ingeboet. Ze wist dat ze eigenlijk moest knikken, maar ze wilde de stem nog een keer horen, dus wachtte ze af.

'Mae.'

Het was alsof ze thuiskwam.

Mae besefte dat ze alleen maar naar Francis ging omdat verder iedereen haar op dit moment in de steek liet. Toen ze anderhalf uur op CE had gewerkt, keek ze op CirkelSearch waar hij was en zag dat hij in een van de kamers van het campushotel zat. En ze zag dat hij online en dus wakker was. Ze stuurde hem een berichtje en een paar minuten later vroeg hij of ze langs wilde komen. Hij zei dat hij erg dankbaar en blij was om iets van haar te horen. *Het spijt me*, schreef hij, *en als je even langskomt, zal ik je persoonlijk mijn verontschuldigingen aanbieden.* Ze zette haar camera uit en ging naar hem toe.

De deur ging open.

'Het spijt me vreselijk,' zei hij.

'Schei uit.' Ze liep naar binnen en deed de deur dicht.

'Wil je iets hebben?' vroeg hij. 'Water? Ik heb een fles wodka, van een nieuw merk, die stond vanavond op mijn kamer. Zullen we die proberen?'

'Nee, dank je.' Ze ging op een laag kastje tegen de muur zitten, naast alle draagbare elektronische apparaten die Francis daar had neergelegd.

'Nee, wacht, daar niet,' zei hij.

Ze ging staan. 'Ik ga heus niet op je spullen zitten, hoor.'

'Daar gaat het niet om. Ik ben gewaarschuwd dat dat kastje nogal fragiel is. Weet je zeker dat je niks wilt drinken?'

'Nee, ik ben bekaf. Maar ik had geen zin om alleen te zijn.'

'Luister, ik weet natuurlijk best dat ik eerst toestemming aan je had moeten vragen. Maar probeer het alsjeblieft van mijn kant te bekijken. Ik vond het zo onvoorstelbaar dat wij samen waren en waarschijnlijk dacht ik onbewust dat het wel bij één keer zou blijven. En ik wilde het graag onthouden.'

Mae kreeg een vaag opgewonden gevoel van de macht die ze blijkbaar over hem had. Ze ging op het bed zitten. 'Heb je ze nog gevonden?' vroeg ze.

'Wat bedoel je?'

'Toen ik je de vorige keer sprak, zei je dat je van plan was om die foto's uit je album te scannen.'

'O ja. Heb ik je al zo lang niet meer gesproken? Ik heb ze inderdaad allemaal gescand. In een fractie van een seconde.'

'Heb je ontdekt wie het zijn?'

'De meesten hadden een Cirkelaccount, dus die kon ik gemakkelijk vinden met gezichtsherkenning, maar voor een paar heb ik de FBI-database gebruikt. Die is voor ons nog niet onbeperkt toegankelijk, maar hun database met rijbewijspasfoto's wel. Dus dan heb je vrijwel alle volwassenen in het hele land te pakken.'

'Heb je contact met ze opgenomen?'

'Nog niet.'

'Maar je weet wel waar ze allemaal vandaan komen?'

'Ja. Toen ik eenmaal de namen had, kon ik alle adressen erbij zoeken. Een paar waren een of meerdere keren verhuisd, maar die kon ik opsporen door te zoeken op de jaren waarin we elkaar zouden kunnen hebben gezien. Ik heb zelfs een hele tijdlijn gemaakt van de plekken waar ik in een bepaalde periode ben geweest. De meesten zaten in Kentucky en een paar in Missouri. Eentje in Tennessee.'

'Dus dat was het?'

'Dat weet ik nog niet. Er zijn er een paar overleden, dus... ik weet het niet. Misschien dat ik bij een paar adressen langsga. Kijken of ik wat gaten kan opvullen.' Opeens klaarde zijn gezicht op. 'O ja, er waren nog wel een paar verrassingen. Ik had aan de meeste mensen niet veel bijzondere herinneringen, maar er was ook een gezin bij met een dochter die destijds, op mijn twaalfde, een jaar of vijftien was. Ik weet niet veel meer van haar, maar wel dat mijn eerste seksuele fantasie over haar ging.'

Die combinatie van twee woorden, 'seksuele fantasie', hadden een onmiddellijke uitwerking op Mae. Altijd wanneer zij die woorden hoorde uitspreken door haarzelf of door een man, leidde het tot een gesprek over zulke fantasieën en tot het naspelen van een dergelijk scenario. En dat was precies wat nu ook stond te gebeuren, zij het heel kort. Francis' fantasie was dat hij zogenaamd een verdwaalde puber was die aanklopte bij een prachtig huis in een buitenwijk. Zij moest een eenzame huisvrouw spelen die hem binnenvroeg, schaars gekleed en smachtend naar gezelschap.

Hij liep dus de kamer uit en klopte aan; toen ze opendeed en hij vertelde dat hij verdwaald was, stelde ze voor dat hij die oude kleren van hem uit zou trekken zodat hij wat kleren van haar man aan kon doen. Dat vond Francis zo leuk dat het vanaf dat moment allemaal erg snel ging. Binnen een paar seconden was hij ontkleed en ging zij op hem zitten. Hij bleef een minuut of twee liggen, keek met de verwonderde blik van een jongetje dat in de dierentuin naar de aapjes kijkt naar Mae, die op en neer bewoog. Toen sloot hij zijn ogen, zijn lichaam verkrampte, en hij slaakte een gilletje voordat hij kreunend klaarkwam.

Nu stond hij zijn tanden te poetsen en kroop Mae met een gevoel dat geen liefde maar eerder een soort tevredenheid was onder het dikke dekbed en draaide zich om naar de muur. De klok gaf elf over drie aan.

Francis kwam de badkamer uit.

'Weet je waar ik ook weleens over fantaseer?' vroeg hij. Hij kroop naast haar in bed en drukte zijn gezicht tegen Mae's nek.

'Ik slaap al bijna,' mompelde ze.

'Maar dit is niet vermoeiend, je hoeft niks te doen. Het is alleen verbaal.'

'Oké.'

'Ik wil dat je mij een score geeft.'

'Hè?'

'Een score. Net zoals bij CE.'

'Bedoel je van één tot honderd?'

'Precies.'

'Wat moet ik dan beoordelen? Hoe je het deed?'

'Ja.'

'Kom op, daar heb ik geen zin in.'

'Gewoon voor de lol?'

'Alsjeblieft, Francis, dat wil ik echt niet. Dat gaat voor mij juist ten koste van de lol.'

Francis kwam met een diepe zucht overeind. 'Nou, maar als ik het níét weet, gaat het juist ten koste van mijn lol.'

'Als je wat niet weet?'

'Hoe ik het deed.'

'Hoe je het dééd? Je deed het prima.'

Francis gaf met een luid gesnuif blijk van zijn ongenoegen.

Ze draaide zich om. 'Wat is er?'

'Prima?' vroeg hij. 'Ik deed het príma?'

'Godallemachtig. Nee, je deed het geweldig. Kon niet beter. Met prima bedoel ik eigenlijk dat het perfect is.'

'Oké,' zei hij. Hij schoof wat dichter naar haar toe. 'Waarom zei je dat dan niet meteen?'

'Ik dacht ook dat ik dat zei.'

'Dus jij denkt dat "prima" hetzelfde betekent als "perfect" en "kon niet beter"?'

'Nee, dat denk ik helemaal niet. Ik ben alleen moe. Ik had me wat preciezer moeten uitdrukken.'

Er gleed een zelfingenomen lachje op zijn gezicht. 'Dan heb je dus net bevestigd wat ik bedoelde.'

'Wat bedoelde je dan?'

'We hebben nu een hele discussie over de woorden die je gebruikte en de betekenis ervan. We verstaan daar allebei iets anders onder en we zeuren er maar over door. Als je nou een cijfer had gegeven, dan had ik meteen begrepen wat je bedoelde.' Hij kuste haar schouder.

'Oké, ik snap het.' Ze sloot haar ogen.

'Nou?'

Ze deed haar ogen weer open en keek recht in zijn smekende mond.

'Wat nou?'

'Ga je me nou punten geven of niet?'

'Wil je dat echt?'

'Ja, Mae, natuurlijk!'

'Oké. Honderd.'

Ze draaide zich weer om naar de muur.

'Honderd punten?'

'Ja. Je krijgt van mij het maximale aantal, bestaande uit honderd punten.'

Mae meende hem zachtjes te horen grinniken.

'Dank je wel.' Hij gaf haar een kus op haar achterhoofd. 'Truste.'

* * *

Het was een indrukwekkende kamer, daar op de hoogste verdieping van het Victoriaanse Tijdperk, met een grandioos uitzicht en een glazen plafond. Mae werd begroet door het grootste deel van de Bende van Veertig, de groep pioniers die nieuwe initiatieven van de Cirkel beoordeelden en al dan niet goedkeurden.

'Hallo Mae!' zei iemand. Het was Eamon Bailey, die net aan de andere kant van de lange kamer op zijn plek ging zitten. Hij droeg een sweatshirt met een rits, de mouwen opgerold tot boven de ellebogen. Hij zwaaide enthousiast naar haar en, zo wist Mae, naar iedereen die er verder nog naar hem keek. En ze vermoedde dat dat heel wat mensen waren, want er werd al dagen over haar en de Cirkel getingd. Ze keek op haar armband. Er waren op dit moment 1.982.992 volgers. Onvoorstelbaar, en het zouden er alleen maar meer worden. Ze ging op een stoel halverwege de lange tafel zitten, waar de volgers goed zicht hadden op Bailey en de rest van de Bende, en ze hun commentaren en reacties goed zouden kunnen volgen.

Toen ze net zat, en het te laat was om een andere plaats te kiezen, realiseerde Mae zich dat ze niet wist waar Annie was. Ze keek naar de veertig die tegenover haar aan de andere kant van de tafel zaten, maar ze zag haar nergens. Ze keek om zich heen, voorzichtig zodat de camera op Bailey gericht bleef, en zag haar eindelijk achter twee rijen Cirkelaars die bij de deur stonden voor het geval ze onopgemerkt weg moesten. Mae wist zeker dat Annie haar had gezien, maar ze liet niets merken.

'Oké,' zei Bailey met een brede lach naar iedereen in de kamer. 'We moesten maar eens van start gaan, nu we er allemaal zijn.' Hij liet zijn blik heel even op Mae en op de camera om haar hals rusten. Mae had te horen gekregen dat het heel belangrijk was dat alles er zo ongedwongen mogelijk uitzag en dat het moest lijken alsof Mae, en het publiek, te gast waren bij een heel gewone gebeurtenis.

'Veertig, da's een hele bende!' grapte Bailey. De veertig mannen en vrouwen glimlachten. 'Oké. Een paar maanden geleden hebben we Olivia Santos leren kennen, een bijzonder moedige en visionaire wetgever die het woord transparant naar een nieuw, en ik mag wel zeggen ultíém niveau heeft getild. En het zal jullie niet zijn ontgaan dat inmiddels twintigduizend andere leiders en wetgevers over de hele wereld haar voorbeeld hebben gevolgd en hebben gezworen hun rol als ambtenaar of bestuurder volledig transparant te vervullen. Dat is een bemoedigend resultaat.'

Mae keek naar het beeld op haar pols. Haar camera was gericht op Bailey en het scherm achter hem. Er kwamen al reacties binnen van mensen die haar en de Cirkel bedankten voor dit kijkje in de keuken van zo'n belangrijke bijeenkomst. Een van de volgers vergeleek het met het Manhattanproject. Een ander had het over het onderzoekslaboratorium Menlo Park waarin Edison in 1879 werkte.

Bailey vervolgde: 'Dit nieuwe tijdperk van transparantie is een uitstekende voedingsbodem voor enkele andere ideeën die ik over onze democratie heb ontwikkeld en over de rol die technologie kan vervullen om onze democratie sluitend te maken. En ik gebruik dat woord "sluitend" met opzet, want dankzij onze inspanningen om de overheid transparanter te maken, wordt het systeem sluitend en wordt die overheid volledig verantwoordelijk. Zoals we hebben gezien heeft de gouverneur van Arizona een volgende stap gezet en is haar complete staf nu transparant. In enkele gevallen hebben we bij een transparante gekozen volksvertegenwoordiger te maken gehad met corruptie achter de schermen. De transparante leiders werden gebruikt als blikvangers, terwijl de achterkamertjespolitiek buiten beeld bleef. Maar ik denk dat dat binnenkort zal veranderen. Binnen een jaar zullen alle overheidsdienaren in dit land die niets te verbergen hebben, plus al hun stafleden, transparant zijn, en Tom en ik hebben ervoor gezorgd dat zij een flinke korting krijgen op de vereiste hardware en servercapaciteit om dat mogelijk te maken.'

De veertig applaudisseerden enthousiast.

'Maar de strijd is nog niet gestreden. We hebben het over de gekozen overheidsdienaren. Maar hoe zit het met de rest? Met onszelf, met de burgers? Met de rol die wij worden geacht te spelen?'

Achter hem op het scherm verscheen een foto van een verlaten gymzaal die als stemlokaal was ingericht. Het beeld ging over in een reeks getallen.

'Deze cijfers geven de opkomst bij de vorige verkiezingen weer. Bij de nationale verkiezingen lag de opkomst rond de achtenvijftig procent. Ongelofelijk, niet? En als je verder naar beneden gaat, naar de verkiezingen per staat of per provincie, dan zakt de opkomst naar een dramatisch dieptepunt: gemiddeld tweeëndertig procent in de staten, tweeëntwintig procent in de provincies en zeventien procent in de meeste kleinere steden. Hoe lokaler het bestuur, hoe dichter de politiek bij de mensen staat, hoe minder we ons eraan gelegen laten liggen? Dat is toch bizar?'

Mae keek op haar pols. Ze had momenteel twee miljoen volgers en daar kwamen per minuut zo'n duizend bij.

'Oké,' ging Bailey verder. 'We weten dat door de nieuwe technologie, die voor een groot deel bij ons is ontwikkeld, stemmen een stuk eenvoudiger is geworden. In de loop van de tijd is steeds behoefte geweest aan het verbeteren van de toegankelijkheid en het gemak van het stemmen. Vroeger, in mijn tijd, werd een poging gedaan om de registratie van stemgerechtigden te vereenvoudigen door die te linken aan andere zaken, zoals de uitgifte van rijbewijzen of de aanvraag van een uitkering. Dat hielp. Een ander idee was dat stemgerechtigden zich online konden laten registreren. Uitstekend. Maar had dat enig effect op de opkomst? Amper. Maar nu wordt het interessant. Hier zien we wat de opkomst bij de laatste nationale verkiezingen was.'

Op het scherm achter hem verscheen het cijfer 140.000.000.

'Honderdveertig miljoen. En dan nu het aantal stemgerechtigden.'

Nu verscheen het cijfer 244.000.000.

'En tot slot het aantal Amerikanen dat is geregistreerd bij ons, bij de Cirkel.'

Het cijfer liep even terug en bleef staan op 241.000.000.

'Is dat niet een verbluffend aantal? Er zijn dus honderd miljoen mensen méér bij ons geregistreerd dan het aantal mensen dat een stem heeft uitgebracht in de presidentsverkiezingen. Wat valt daaruit te concluderen?'

'Dat wij fantastisch zijn!' riep een oudere, grijze man op de tweede rij met een staartje en een gerafeld geel T-shirt. De zaal lachte ontspannen.

'Uiteraard,' zei Bailey. 'Maar afgezien daarvan kunnen we concluderen dat wij van de Cirkel kennelijk weten hoe we mensen moeten laten participeren. En een hoop mensen in Washington zijn het daar van harte mee eens. Die vinden dat wij de weg kunnen wijzen naar een volledige participatiedemocratie.'

Achter Bailey verscheen het bekende beeld van Uncle Sam met zijn uitgestoken wijsvinger. Daarna floepte een ander beeld tevoorschijn van dezelfde Uncle Sam met naast zich Bailey in dezelfde outfit en met dezelfde uitgestoken wijsvinger. De zaal bulderde van het lachen.

'Nu komen we uit bij de hamvraag: stel dat je met je Cirkelprofiel automátisch geregistreerd staat als kiezer?'

Bailey keek de zaal rond en liet zijn blik weer even rusten op Mae en haar volgers. Ze keek op haar pols. *Kippenvel,* schreef een van haar volgers.

'Als je een account wilt maken in TruYou, moet je een echt mens zijn, met een bestaand adres, je moet je complete persoonlijke gegevens opgeven inclusief je burgerservicenummer en je geboortedatum. Dat wordt allemaal gecontroleerd. Met andere woorden: alle informatie die de overheid van je verlangt als je je als kiezer wilt registreren. En zoals jullie allemaal weten beschikken wij over nog véél meer informatie. Kortom, waarom zou dat niet voldoende zijn om je te registreren voor de verkiezingen? Sterker nog: waarom zou de overheid – onze overheid, of welke overheid dan ook – je niet als geregistreerd kiezer kunnen beschouwen zodra je een TruYou-account hebt aangemaakt?'

De veertig mensen in de zaal knikten, sommigen omdat ze het een goed idee vonden, anderen alsof ze hier al eerder aan hadden gedacht en al uitgebreid over het plan hadden gediscussieerd.

Mae keek op haar armband. Het kijkcijfer schoot omhoog met wel tienduizend per seconde en stond op ruim 2.400.000. Ze had 1248 berichten, waarvan de meeste de laatste anderhalve minuut waren binnengekomen. Bailey keek op zijn tablet en zag ongetwijfeld dezelfde cijfers. Hij glimlachte en vervolgde: 'Daar is geen enkele reden voor te verzinnen. En een hoop politici zijn het daarmee eens, om te beginnen Congreslid Santos. Ik heb van honderdeenentachtig andere congresleden en tweeëndertig senatoren de mondelinge toezegging gekregen dat ze zich zullen inzetten voor wetgeving die regelt dat jullie TruYou-account een automatische registratie wordt voor de verkiezingen. Niet slecht, hè?'

Er werd kort geapplaudisseerd.

'Stel je eens voor,' zei Bailey op verwonderde, hoopvolle toon, 'dat wij werkelijk bij alle verkiezingen een vrijwel volledige opkomst kunnen bewerkstelligen. Dan is het afgelopen met het gemopper van mensen aan de zijlijn die niet de moeite hebben genomen om te stemmen. Dan hebben we geen politici meer die door een kleine meerderheid zijn gekozen. Zoals wij bij de Cirkel weten betekent maximale participatie maximale kennis. Wij weten wat onze Cirkelaars willen omdat wij ze dat vragen, en zij weten dat hun antwoorden noodzakelijk zijn om een volledig en accuraat beeld te krijgen van de wensen en behoeften van de gehele Cirkelgemeenschap. Dus als wij dit model op nationaal niveau toepassen op het electoraat, dan ben ik ervan overtuigd dat we heel dicht bij een participatie van honderd procent kunnen komen. En dat betekent honderd procent democratie!'

Het applaus golfde door de zaal. Bailey lachte breeduit en Stenton ging staan, de presentatie was voor hem kennelijk voorbij. Maar niet voor Mae want in haar hoofd had zich een idee gevormd en ze stak aarzelend haar hand op.

'Zeg het eens, Mae?' Bailey keek haar aan met nog steeds die brede, triomfantelijke grijns.

'Nou, ik vroeg me af of we niet nog een stapje verder konden gaan. Ik bedoel... Of misschien is dat wel niet...'

'Nee, nee, ga door, Mae. "Een stapje verder", dat klinkt alvast goed. Dat is het fundament waarop dit bedrijf is gebouwd.'

Mae keek de zaal rond, zag de bemoedigende en belangstellende gezichten. Maar pas toen ze Annies gezicht zag, dat streng en ontevreden stond, alsof ze wilde en zelfs verwachtte dat Mae zichzelf voor schut zou zetten, verzamelde Mae alle moed die ze kon vinden, haalde diep adem en stak van wal.

'Goed. Je zei net dat we misschien een opkomst van honderd procent zouden kunnen realiseren. Ik vroeg me af of we niet vanuit dat doel terug kunnen werken via de stappen die je hebt aangegeven. Met behulp van de middelen waarover we al beschikken.'

Ze keek angstvallig om zich heen, bereid om zich door de eerste de beste sceptische blik het zwijgen te laten opleggen, maar ze zag alleen nieuwsgierigheid en de langzame, bemoedigende hoofdknikjes van mensen die gewend zijn om overal voor open te staan.

'Ga door,' zei Bailey.

'Ik probeer even wat lijnen door te trekken,' zei Mae. 'Ten eerste denk ik dat we het er allemaal over eens zijn dat we graag honderd procent participatie willen, en dat iedereen het erover eens is dat dat het ideaal moet zijn.'

'Inderdaad,' zei Bailey. 'In elk geval het ideaal van de idealist.'

'En op dit moment heeft drieëntachtig procent van de stemgerechtigde Amerikanen een Cirkelaccount?

'Klopt.'

'En het lijkt erop dat de kiezers zich binnenkort via de Cirkel kunnen registreren en misschien ook zelfs via ons kunnen stemmen?'

Bailey hield zijn hoofd een beetje schuin om een lichte twijfel uit te drukken, maar hij glimlachte en keek bemoedigend. 'Dat is wel een stapje verder, maar goed. Ga door.'

'Waarom zouden we elke stemgerechtigde burger dan niet verplichten om een Cirkelaccount te nemen?'

Het werd onrustig in de zaal en er klonk geroezemoes, vooral onder de oudere Cirkelaars.

'Laat haar uitspreken,' zei iemand. Mae keek op en zag dat het

Stenton was die dit zei. Hij stond bij de deur met zijn armen over elkaar en keek naar de grond. Maar hij keek heel even op en knikte kort naar Mae. Ze pakte de draad van haar betoog weer op.

'Ik snap wel dat de eerste reactie er een van verzet zal zijn. Want hoe kunnen wij mensen nou verplichten om van onze diensten gebruik te maken? Van de andere kant zijn er natuurlijk toch al erg veel dingen die voor de burgers van dit land verplicht zijn en dat geldt eigenlijk voor de burgers van de meeste geïndustrialiseerde landen. Moeten jullie je kind naar school sturen? Ja. Dat is verplicht. Het staat in de wet. Kinderen moeten naar school, of anders moet je een soort thuisonderwijs organiseren. Maar verplicht is het. In veel landen geldt nog steeds de dienstplicht. Het is verplicht om volgens de overeengekomen methode van je vuilnis af te komen, je mag je troep niet zomaar op straat smijten. Als je wilt autorijden, moet je je rijbewijs halen en als je in je auto stapt, moet je een gordel om.'

Stenton viel haar bij. 'We zijn verplicht om belasting te betalen en sociale lasten af te dragen. Om zitting te nemen in de jury van een rechtbank wanneer we daarvoor worden opgeroepen.'

'Precies,' zei Mae. 'En om binnen te plassen, niet zomaar op straat. We hebben duizenden wetten. We verplichten onze burgers tot heel veel dingen, dus waarom zouden wij hen dan niet kunnen verplichten om te stemmen? Dat is zelfs in veel landen verplicht.'

'Hier is dat ook weleens voorgesteld,' zei een van de oudere Cirkelaars.

'Maar niet door ons,' reageerde Stenton.

'Dat is dus wat ik bedoel.' Mae knikte naar Stenton. 'Nooit eerder was de vereiste techniek beschikbaar. Het zou in het verleden verschrikkelijk kostbaar zijn geweest iedereen op te sporen en te registreren als stemgerechtigde en er daarbij voor te zorgen dat ze zich er werkelijk aan hielden. Je zou langs de deuren moeten gaan. Mensen naar de stembureaus moeten brengen. Totaal onhaalbaar. Zelfs in landen waar wel stemplicht is, worden mensen er niet echt aan gehouden. Maar nu ligt dat binnen handbereik. Je kunt de database van het electoraat heel simpel vergelijken met onze TruYou-database en dan heb je al de helft te pakken van de mensen die nu nooit naar de stembus gaan. Je registreert ze automatisch en je zorgt ervoor dat ze gaan stemmen.'

'Hoe dan?' vroeg een vrouwenstem. Mae hoorde dat het Annie was. Het was geen directe aanval, maar de toon waarop ze het vroeg, was niet bepaald vriendelijk.

'Ach, dat kan op zóveel manieren,' zei Bailey. 'Dat is het punt niet. Je kunt mensen op de betreffende dag tien keer eraan herinneren. Of misschien kun je ervoor zorgen dat hun account die dag wordt uitgeschakeld totdat ze werkelijk hebben gestemd. Daar zou ik wel voor zijn. "Hallo Annie!" zou je bijvoorbeeld kunnen zeggen. "Neem even de moeite om te stemmen." Zoiets. Dat doen we bij onze eigen onderzoeken ook. Dat weet je toch wel, Annie.' Hij sprak haar naam op een teleurgestelde, enigszins waarschuwende toon uit, alsof hij haar wilde ontmoedigen om nog een keer haar mond open te doen. Zijn gezicht klaarde op toen hij weer naar Mae keek. 'En de uitvallers?' vroeg hij.

Mae lachte naar hem. Daar wist ze wel iets op. Ze keek op haar armband. Ze had nu 7.202.821 volgers. Waar kwamen die opeens allemaal vandaan?

'Nou, iedereen moet belasting betalen, toch? Weet je hoeveel mensen nu al digitaal aangifte doen? Vorig jaar ongeveer tachtig procent. Wanneer wij nu eens al die diensten samenvoegen tot één universeel systeem? Dan kun je met je Cirkelaccount belasting betalen, je kunt je registreren als kiezer, parkeerboetes betalen, enzovoort. We zouden elke gebruiker uren en uren tijd en een hoop ergernis kunnen besparen en het zou ons land een besparing van miljarden opleveren.'

'Hónderden miljarden,' verbeterde Stenton.

'Inderdaad,' zei Mae. 'Onze interface is oneindig veel gemakkelijker te gebruiken dan bijvoorbeeld die lappendeken van overheidssites. Stel je voor dat je je rijbewijs via ons kunt verlengen. Dat elke overheidsdienst via ons netwerk wordt gefaciliteerd. Dat zouden de mensen fantastisch vinden. Je hoeft alles niet meer op eindeloos veel verschillende manieren te regelen, want alles verloopt centraal via de Cirkel.'

Annie nam opnieuw het woord. Mae voelde aankomen dat ze dat beter niet kon doen.

'Maar dan kan de overheid toch zelf ook een centraal systeem opzetten? Daar hebben ze ons toch niet voor nodig?'

Mae wist niet of dit was bedoeld als retorische vraag, of dat Annie het werkelijk als serieus punt naar voren bracht. Hoe het ook zij: de halve zaal begon schamper te lachen. De overheid die vanuit het niets een allesomvattend computersysteem opzette dat kon concurreren met de Cirkel? Mae keek naar Bailey en naar Stenton. Stenton glimlachte, stak zijn kin in de lucht en besloot om deze vraag zelf te beantwoorden.

'Nou, Annie, wanneer de overheid een vergelijkbaar platform zou moeten bouwen, dan zou dat niet alleen uiterst kostbaar zijn, maar ook vrijwel onmogelijk, een krankzinnige onderneming. Wij beschikken al over de infrastructuur en drieëntachtig procent van het electoraat zit bij ons. Begrijp je?'

Annie knikte. In haar ogen was angst af te lezen, spijt, en misschien ook een snel slinkende opstandigheid. Stenton klonk ook wel erg laatdunkend en Mae hoopte dat hij zijn toon een beetje zou matigen.

'Zeker tegenwoordig,' ging hij verder, nu zelfs nog neerbuigender dan eerst. 'Washington probeert te bezuinigen en is zeker niet bereid om een totaal nieuw bureaucratisch systeem op te zetten. Het kost de overheid op dit moment al zo'n tien dollar om elke kiezer te registreren. Als tweehonderd miljoen mensen stemmen, kosten de presidentsverkiezingen elke vier jaar twintig miljard. Alleen al om de stemmen voor die ene verkiezing op die ene dag te registreren. Als je daar de lokale verkiezingen bij optelt, hebben we het over honderden miljarden aan onnodige kosten. In sommige staten werken ze zelfs nog met papieren stembiljetten. Een gratis systeem zou de overheid niet alleen een besparing van miljarden dollars opleveren, maar wat misschien nog wel belangrijker is: de resultaten zouden vrijwel direct bekend zijn. Kun je daar de voordelen van inzien?'

Annie knikte ontmoedigd en Stenton keek haar aan alsof hij haar opeens met nieuwe ogen zag. Toen keek hij weer naar Mae en knikte bemoedigend.

'Wanneer we een TruYou-account verplicht stellen voor het betalen van belasting of het gebruikmaken van allerlei overheidsdiensten, dan komen we dicht bij een dekkingsgraad van honderd procent. Dan kunnen we ook op elk gewenst moment de stemming in het land peilen. Stel dat een kleine stad een besluit ergens over wil nemen. TruYou beschikt over alle adressen, dus de inwoners van die stad kunnen worden geselecteerd voor een stemming. En als ze dan stemmen, zijn de resultaten binnen een paar minuten bekend. Of stel dat een bepaalde staat wil weten hoe de burgers over een bepaalde nieuwe belasting denken, ook dan is het mogelijk om daar binnen korte tijd heldere en verifieerbare cijfers over te krijgen.'

'Dan is het afgelopen met het nattevingerwerk,' zei Stenton, die inmiddels aan het hoofd van de tafel was gaan staan. 'En ook met de lobbyisten en de opiniepeilingen. Misschien wordt zelfs het parlement overbodig. Als wij op elk moment precies kunnen bepalen wat de mening van het volk is, zonder filter, zonder verkeerde interpretatie en zonder onnauwkeurige weergave, is daarmee heel Washington dan niet overbodig geworden?'

Het was een koude nacht en er woei een snijdende wind, maar Mae merkte er niet veel van. Voor haar was alles fijn, duidelijk en goed. Ze had de instemming van de Wijzen, ze had er misschien voor gezorgd dat het gehele bedrijf een nieuwe richting op zou gaan, en misschien, héél misschien, had ze meegewerkt aan een nieuw stadium van de participatiedemocratie. Zou het echt waar zijn dat de Cirkel door haar idee de democratie zou perfectioneren? Zou zij zomaar de oplossing hebben bedacht voor een eeuwenoud probleem?

Kort na de bijeenkomst werden er nog wel wat zorgen geuit over het feit dat een bedrijf in de private sector een publieke aangelegenheid als de verkiezingen zou gaan organiseren. Maar wat ten slotte de doorslag gaf, was dat het zo voor de hand lag en dat er zoveel mee zou worden bespaard. Want als het onderwijs nu eens tweehonderd miljard extra zou krijgen? Of de gezondheidszorg? Met dergelijke bedragen zouden alle tekorten kunnen worden aangevuld – niet alleen om de vier jaar, want elk jaar zouden forse bedragen overblijven wanneer de kostbare verkiezingen zouden worden vervangen door een efficiënt direct systeem dat vrijwel gratis was.

Dat was wat de Cirkel beloofde. Dat was de unieke positie die de Cirkel innam. Dat was waar de mensen over tingden. Mae las de tings terwijl ze met Francis in de metro zat – grinnikend, uitzinnig. Ze werden onderweg herkend. Mensen gingen voor Mae staan om in beeld te komen. Het kon haar niet schelen, ze merkte het zelfs nauwelijks, want het nieuws dat ze op haar armband las, was zó geweldig dat ze zich nergens door liet afleiden.

Ze keek even op haar linkerpols en zag dat ze een snelle hartslag had van maar liefst 130. Maar ze genoot. Toen ze in het centrum waren en ze de trap op renden en bovengronds kwamen, stonden ze in het gouden licht van Market Street en lag de Bay Bridge te schitteren in de zon.

'Shit, kijk nou, dat is Mae!' Wie zei dat? Ze zag twee pubers met een hoody en een koptelefoon op hen afkomen. 'Mae *rocks*,' zei de een, en ze keken gefascineerd en bewonderend naar haar, tot ze snel doorliepen, naar beneden de metro in, want ze wilden duidelijk niet de indruk wekken dat ze haar stalkten.

'Dat was leuk,' zei Francis, die de twee nakeek.

Mae liep naar het water. Ze dacht aan Mercer, die als een schaduw uit het zicht was verdwenen. Ze had sinds haar voorstel niets van hem of van Annie gehoord. Niet dat haar dat iets kon schelen. Haar ouders hadden er ook niet over gerept, maar die hadden haar optreden misschien niet gezien. Het interesseerde haar niet. Ze dacht alleen aan dit moment, aan deze avond, met die heldere en sterrenloze hemel.

'Je was zo ongelofelijk zelfverzekerd,' zei Francis. Hij gaf haar een droog, routineus kusje op haar mond.

‘Was ik goed?’ Wat klonk dat belachelijk, vond ze, na zo’n doorslaand succes, maar ze wilde graag nog eens horen dat ze fantastisch had gepresteerd.

‘Je was perfect,’ zei hij. ‘Een honderd.’

Terwijl ze naar de oever liepen, scrolde ze snel langs de populairste commentaren. Er was één heftige ting bij, iets over dat dit tot een totalitair systeem zou kunnen leiden. Ze kreeg er meteen een rotgevoel door.

‘Kom op, zeg, naar zo’n idioot luister je toch zeker niet?’ zei Francis. ‘Wat weet zo iemand daar nou van? Vast een of andere gek met een aluminium hoedje.’ Mae wist niet precies waar dat aluminium hoedje op sloeg, maar ze had haar vader ook weleens zoiets horen zeggen, en ze glimlachte omdat Francis het er nu ook over had.

‘Kom, dit moet worden gevierd met een drankje,’ zei Francis. Ze kozen een schitterende brouwerij aan het water met een ruime patio aan de voorkant. Zelfs toen ze ernaartoe liepen, constateerde Mae al blikken van herkenning van de mooie jonge mensen die buiten zaten te drinken.

‘Dat is Mae!’ zei een van hen.

Een jongen die niet eens oud genoeg leek om te mogen drinken, hield zijn gezicht voor Mae’s camera. ‘Hallo, mam, ik zit thuis huiswerk te maken, hoor.’ Een vrouw van een jaar of dertig, van wie het niet duidelijk was of ze bij die veel te jonge jongen hoorde, liep het beeld uit en zei: ‘Hallo schat, ik ben met de meiden op een boekenclub. Groetjes aan de kinderen!’

Het was een adembenemende duizelingwekkende avond die veel te snel voorbijging. Mae stond aan de bar van de kroeg en kon zich in de drukte nauwelijks bewegen. Ze werd omringd door mensen, werd op de rug getikt, kreeg schouderklopjes. De hele avond draaide ze rond als de wijzer van een klok die van slag was, steeds met een paar graden om de zoveelste gelukwensen in ontvangst te nemen. Iedereen wilde met haar op de foto, wilde vragen wanneer de nieuwe plannen door zouden gaan. Wanneer worden al die onzinnige bureaucratische barrières eindelijk doorbroken? vroegen ze. Nu de oplossing zo helder en gemakkelijk haalbaar was, wilde niemand daar nog lang op wachten. Een vrouw die iets ouder was dan Mae, met een manhattan in haar hand en een enigszins lallende stem, bracht het zonder dat ze zich ervan bewust was nog het beste onder woorden: 'Hoe,' vroeg ze, waarbij haar drankje over de rand klotste, maar ze Mae met een scherpe blik bleef aankijken, 'hoe kunnen we het onontkoombare eerder voor elkaar krijgen?'

Na een tijdje besloten Mae en Francis een rustiger plekje op te zoeken en ze liepen naar de Embarcadero, waar ze in een kroeg nog een drankje bestelden en gezelschap kregen van een man van een jaar of vijftig die onuitgenodigd bij hen kwam zitten met in beide handen een groot glas. Hij begon meteen te vertellen dat hij theologie had gestudeerd in Ohio en priester zou worden, maar dat hij toen de computer had ontdekt. Hij had alles opgegeven en was naar Palo Alto verhuisd, maar na twintig jaar miste hij het spirituele leven.

'Tot ik vandaag jouw toespraak zag,' zei hij. 'Jij bracht alles weer bij elkaar. Je hebt iets bedacht wat het zielenheil van de hele mensheid ten goede komt. Dat is precies wat wij in de kerk altijd hebben geprobeerd: om iedereen te bereiken, iedereen te redden. Dat is waar missionarissen zich al eeuwen mee bezighouden.' Hij was al behoorlijk aangeschoten, maar nam nog een flinke teug. 'Jij en jullie allemaal bij de Cirkel' – hij beschreef een kring in de lucht, horizontaal, Mae moest aan een halo denken – 'zijn een zegen voor de mensheid. Jullie krijgen iedereen op één lijn, zodat iedereen dezelfde dingen leert. Dan is er nog maar één moraal, en heeft iedereen dezelfde normen en waarden. Stel je voor!' Hij sloeg met zijn vlakke hand op het metalen tafeltje waardoor de glazen rinkelden. 'Alle mensen hebben de ogen van God. Ken je dat Bijbelcitaat? "Alles is onverhuld en volkomen zichtbaar voor de ogen van Hem aan wie wij rekenschap moeten afleggen." Zoiets. Ben je Bijbelvast?' Toen hij de wezenloze blik van Mae en Francis zag, lachte hij schamper en nam weer een flinke teug. 'Nu zijn we allemaal God. Ieder van ons zal aanstonds in staat zijn ieder ander mens te zien en een oordeel over hem te vellen. Wij zien alles wat Hij ziet. Wij spreken Zijn oordeel uit, Wij zullen Zijn toorn doen oplaaien en Zijn vergeving schenken. Altoos en wereldwijd. Elke religie heeft hierop gewacht, op het moment waarop elk mens een directe en rechtstreekse boodschapper is van Gods wil. Begrijpen jullie wat ik bedoel?' Mae keek naar Francis, die zijn lachen niet meer kon inhouden. Toen hield zij het ook niet meer en ze begonnen allebei te giechelen en probeerden zich tegelijk te verontschuldigen. Maar daar wilde de man niets van weten. Hij stond op en vertrok, kwam nog even terug om zijn glas te halen, en liep toen met onvaste tred langs de kade weg.

* * *

Mae werd de volgende ochtend om zeven uur naast Francis wakker. Ze waren iets na tweeën op haar kamer in de Cirkel bekaf in slaap gevallen. Ze keek op haar telefoon en zag dat ze 322 nieuwe sms'jes had. Terwijl ze daar met slaperige ogen naar staarde, werd ze gebeld. Het nummer was geblokkeerd, waardoor ze haast zeker wist dat het Kalden was die belde. Ze nam niet op en liet het telefoontje beantwoorden door de voicemail. Die ochtend belde hij nog minstens zes keer: toen Francis opstond, toen hij haar een kus gaf en naar zijn eigen kamer ging. Toen ze net onder de douche stond, en toen ze zich aankleedde. Toen ze haar haar borstelde en toen ze haar armbanden omdeed en de camera om haar hals hing. Ze negeerde het en bekeek haar sms'jes.

Er was een hele lijst met felicitaties van zowel binnen als buiten de Cirkel, waarvan de interessantste van Bailey kwam, die haar vertelde dat de ontwikkelaars van de Cirkel al waren begonnen om haar ideeën uit te werken. Ze hadden de hele nacht geïnspireerd en koortsachtig doorgewerkt en hoopten binnen een week een bètaversie klaar te hebben van wat Mae voor ogen stond, eerst voor gebruik binnen de Cirkel, en daarna een uitgebreidere versie voor elk land waarin het aantal leden van de Cirkel groot genoeg was.

We noemen het Doe-mocratie, tingde Bailey. *Want Democratie moet je Doen. Binnenkort beschikbaar!*

Die ochtend werd Mae uitgenodigd door het team van ontwikkelaars van de Cirkel. Ze trof een stuk of twintig uitgeputte maar geïnspireerde software-engineers en ontwerpers aan die al een bètaversie van Doemocratie af hadden. Toen ze binnenkwam, ging er een gejuich op, het licht werd gedimd en er werd een spot gericht op een vrouw met lang, zwart haar en een gezicht waar het plezier vanaf straalde.

'Hallo Mae, hallo volgers van Mae,' zei ze met een buiginkje. 'Mijn naam is Sharma en ik ben erg blij en vereerd om vandaag bij jullie te mogen zijn. Vandaag zullen we een demonstratie geven van de allereerste versie van Doemocratie. Normaal gesproken werken wij niet zo snel en zo, eh, transparant, maar omdat de Cirkel sterk in Doemocratie gelooft en we ervan overtuigd zijn dat dit systeem heel snel wereldwijd in gebruik zal worden genomen, zagen we geen reden om het nog langer uit te stellen.'

Het beeldscherm aan de muur floepte aan en daarop verscheen in een stevig lettertype tegen een blauw-wit gestreepte achtergrond het woord DOEMOCRATIE.

'Het is de bedoeling dat iedereen die bij de Cirkel werkt invloed kan uitoefenen op zaken die voor hem of haar van belang zijn, niet alleen op de campus, maar ook in de wereld daarbuiten. Als de Cirkel de stemming binnen het bedrijf wil proeven over een bepaalde kwestie, dan krijgen alle Cirkelaars een pop-upberichtje met een of meerdere vragen. Daarbij is het van essentieel belang dat iedereen zo snel mogelijk reageert. En omdat we ieders input zo belangrijk achten, zullen alle andere berichten tijdelijk worden stopgezet totdat een reactie is gegeven. Een voorbeeld.'

Op het scherm verscheen onder het Doemocratielogo de vraag: IS ER BEHOEFTE AAN MEER VEGAPRODUCTEN IN DE KANTINE? Aan weerszijden van de vraag stonden twee knoppen, een met JA en een met NEE.

Mae knikte. 'Heel indrukwekkend!'

'Dank je wel,' zei Sharma. 'Maar we zijn pas tevreden als jullie de vraag beantwoorden.' Ze nodigde Mae uit om op een van beide knoppen op het scherm te klikken.

'Oké,' zei Mae. Ze liep naar het scherm en drukte op de JA. Er ging een gejuich op onder de ontwerpers en techneuten. Op het scherm verscheen een vrolijk gezicht met daarboven de tekst: JE STEM IS GEHOORD! En vervolgens kwam de uitslag in beeld: HET RESULTAAT VAN DOEMOCRATIE: 75% VAN DE RESPONDENTEN WIL MEER VEGAPRODUCTEN. ER ZULLEN MEER VEGAPRODUCTEN BESCHIKBAAR KOMEN.

'Zie je?' zei Sharma stralend. 'Dit is natuurlijk maar een simulatie. We hebben nog niet iedereen op Doemocratie aangesloten, maar zo zal het ongeveer gaan. Er verschijnt een vraag, de mensen houden even op met wat ze aan het doen zijn, ze reageren en de Cirkel kan de juiste beslissing nemen op basis van volledige en accurate kennis van wat de mensen willen. Is het niet waanzinnig?'

'Nou en of,' zei Mae.

'Stel je voor dat dit landelijk wordt ingevoerd! Wereldwijd!'

'Onvoorstelbaar.'

'Maar het was je eigen idee!' zei Sharma.

Mae wist niet wat ze moest zeggen. Had zij dit echt bedacht? Ze wist het niet meer. Ze had alleen een paar dingen met elkaar in verband gebracht: de efficiëntie en bruikbaarheid van CirkelSurveys, het doel van de Cirkel om een volledige dekking tot stand te brengen, de universele hoop op een echte, ongefilterde en vooral complete democratie. En nu lag dat in handen van de softwareontwikkelaars, de beste mensen van de hele wereld. Mae zei dat ze alleen maar wat ideeën met elkaar in verband had gebracht, maar Sharma schudde haar stralend de hand, en iedereen was het erover eens dat de Cirkel, en misschien wel de hele mensheid, hiermee een belangrijke nieuwe weg insloeg.

Mae verliet de Renaissance en werd bij de uitgang begroet door een groepje jonge Cirkelaars die allemaal stuiterden van enthousiasme en zeiden dat ze nog nooit hadden gestemd, dat ze tot nu toe totaal geen belangstelling hadden voor politiek omdat ze nooit het gevoel hadden gehad dat hun stem enig gewicht in de schaal legde. Dat als hun stem eenmaal door de filters van de lokale politici, van de staat en tot slot van hun gekozen vertegenwoordigers in Washington was gedruppeld, er niets meer van over was. Dat dat vergelijkbaar was met een briefje in een fles stoppen en hopen dat die een immense en woeste zee over kon steken. Maar nu voelden ze zich echt betrokken, zeiden deze jonge Cirkelaars. Als Doemocratie echt werkte – ze begonnen te lachen, ze bedoelden wanneer het eenmaal was geïmplementeerd, want natúúrlijk werkte het –, dan zou je een betrokken, geëngageerd electoraat hebben, dan zou de wereld eindelijk de stem van de jeugd horen, en zou hun idealisme en vooruitstrevendheid de wereld op zijn kop zetten. Zulke dingen hoorde Mae de hele dag. Ze kon nauwelijks over de campus lopen of iemand sprak haar weer aan. *We staan aan de vooravond van grote veranderingen*, zeiden ze. *Veranderingen die zo snel gaan als ons hart ons ingeeft.*

Maar de hele ochtend bleven telefoontjes van het geblokkeerde nummer komen. Ze wist dat dat Kalden was en ze wist ook dat ze niets met hem te maken wilde hebben. Als ze met hem zou praten, en al helemaal als ze met hem zou afspreken, zou dat een flinke stap achteruit betekenen. Aan het eind van de ochtend kondigden Sharma en haar team aan klaar te zijn voor de eerste echte Doemocratie-try-out. Om kwart voor één zou iedereen vijf vragen krijgen, en de resultaten zouden niet alleen direct worden berekend, maar de Wijzen hadden ook beloofd dat de wil van het volk binnen een dag zou worden uitgevoerd.

Mae stond in de hoek van de campus te midden van een paar honderd Cirkelaars die zaten te lunchen en opgewonden kletsten over de demonstratie van het Doemocratieproject. Ze moest denken aan het schilderij van de ondertekening van de grondwet, met al die mannen met hun gepoederde pruiken en vesten die er stijfjes bij stonden, allemaal rijke blanken die nauwelijks geïnteresseerd waren in het vertegenwoordigen van hun medemens. Zij waren de vertegenwoordigers van een gebrekkige democratie, waarin alleen de rijken werden gekozen, van wie de stem daardoor het luidst klonk, en die de zetels in het Congres gunden aan gelijkgestemde geprivilegieerden die zij daarvoor geschikt achtten. Sindsdien waren misschien wel wat kleine verbeteringen in het systeem aangebracht, maar de Doemocratie zou het volledig op de kop zetten. Doemocratie was puurder, het was de enige kans op directe democratie die de wereld ooit had gekend.

Het was halfeen, en omdat Mae zich zelfverzekerd en sterk voelde, gaf ze eindelijk toe en nam de telefoon op toen ze werd gebeld en ze zeker wist dat het Kalden was.

'Hallo?'

'Mae,' zei hij gespannen. 'Met Kalden. Spreek mijn naam niet uit. Ik heb het zo ingesteld dat de inkomende audio niet werkt.'

'Nee.'

'Mae, toe nou. Dit is een kwestie van leven of dood.'

Kalden oefende een macht over haar uit waar ze zich voor schaamde. Die maakte dat ze zich zwak en volgzaam voelde. Ze had op elk ander gebied van haar leven de touwtjes in handen, maar alleen zijn stem al maakte haar week en zorgde ervoor dat ze verkeerde beslissingen nam. Even later zat ze op de wc te wachten, met uitgeschakelde audio. Haar telefoon ging weer.

'Er is vast iemand die ons toch kan horen,' zei ze.

'Nee, niemand. Daar heb ik voor gezorgd.'

'Wat wil je nou van me, Kalden?'

'Je kunt dit niet doen. Dat verplichte gedoe dat je hebt bedacht, al die positieve reacties. Dit is de laatste stap naar de voltooiing van de Cirkel, en dat mag niet gebeuren.'

'Waar heb je het over? Dit is toch juist waar het allemaal om gaat? Als je hier al zo lang zit, dan weet je toch als geen ander dat dat vanaf het begin het doel van de Cirkel is? Het heet toch ook niet voor niks een cirkel? Een cirkel moet rond zijn, compleet, gesloten. Voltooid.'

'Dat is vanaf het begin mijn grootste angst geweest, niet mijn doel. Als het eenmaal verplicht wordt gesteld om een account te hebben, en als alle overheidsdiensten via de Cirkel opereren, dan heb jij de eerste tirannieke monopolist in het zadel geholpen. Vind jij het een goed idee dat een particulier bedrijf alle informatiestromen beheert? En dat je verplicht bent daar naar hun goeddunken in te participeren?'

'Je weet toch wat Ty daarover heeft gezegd, hè?'

Mae hoorde een diepe zucht. 'Misschien. Wat dan?'

'Hij heeft gezegd dat de kern van de Cirkel democratisch is. Dat vrije toegankelijkheid toegang geeft tot ieders vrijheid. Dat staat op een paar tegels in de campus.'

'Prima, Mae. Heel goed. De Cirkel is goed. En degene die TruYou heeft bedacht, is een kwade genius. Maar nu moet daar paal en perk aan worden gesteld. Of anders moet de cirkel worden doorbroken.'

'Wat kan het jou eigenlijk schelen? Wanneer het je niet aanstaat, dan ga je toch weg? Je bent zeker een spion voor een ander bedrijf. Of voor Williamson. Een of andere gestoorde anarchistische politicus.'

'Dit is het einde, Mae. Je weet heel goed dat dit iedereen aangaat. Wanneer heb jij oprecht contact gehad met je ouders? Het is wel duidelijk dat het helemaal misgaat en jij bent in de unieke positie om een cruciaal moment in de geschiedenis ten goede te keren. Het is zover. Het kantelmoment in de historie. Probeer je voor te stellen dat je had kunnen voorkomen dat Hitler aan de macht kwam. Dat Stalin Oost-Europa annexeerde. We staan aan het begin van weer zo'n allesverslindende en zeer kwaadaardige heerschappij. Besef je dat wel, Mae?'

'Besef jij wel hoe krankzinnig je klinkt?'

'Mae, ik weet dat je over een paar dagen naar die grote planktonbijeenkomst gaat. Waar de jongeren hun ideetjes pitchen in de hoop dat ze door de Cirkel zullen worden verslonden.'

'Ja, en?'

'Die pitch trekt altijd enorm veel volgers. We moeten vooral de jongeren bereiken, en die planktonpitch wordt door massa's jonge mensen bekeken. Beter kan bijna niet. De Wijzen komen ook. Ik wil dat je bij die gelegenheid iedereen waarschuwt. Dat je zegt: "Denk goed na wat het betekent als de Cirkel wordt voltooid." '

'Bedoel je de Voltooiing?'

'Dat is hetzelfde. Denk na wat dit zal betekenen voor de persoonlijke vrijheid, de vrijheid te gaan en staan waar je wilt, te doen wat je goeddunkt, vrij te zijn.'

'Je bent gek. Ongelofelijk dat ik...' Ze wilde zeggen 'met jou naar bed ben geweest', maar ze werd alleen al bij de gedachte misselijk.

'Niets of niemand zou zoveel macht mogen hebben als die kerels.'

'Ik hang op.'

'Denk erover na, Mae. Je kunt iets heel bijzonders betekenen.'

Ze hing op.

Toen ze in de Grote Zaal kwam, klonk daar al het geroezemoes van een paar duizend Cirkelaars. De rest was verzocht om op hun werkplek te blijven zitten en hun stem op hun tablet of zelfs retinaal uit te brengen zodat de hele wereld kon zien hoe Doemocratie in de praktijk werkte. Op het scherm in de Grote Zaal waren tientallen camerabeelden te zien van de SeeChangecamera's met daarop Cirkelaars die in alle hoeken van elk gebouw klaarstonden voor de demonstratie. Sharma had in een aantal tings uitgelegd dat wanneer Doemocratievragen werden gesteld, alle andere functies tijdelijk werden uitgeschakeld en de Cirkelaars niets konden doen – niet konden tingen, zelfs nog geen letter konden intikken op hun toetsenbord – totdat ze hadden gestemd. *Doemocratie is een plicht!* had ze geschreven, en daar had ze tot Mae's vreugde aan toegevoegd: *Delen is mee-leven.* Mae was van plan om op haar armband te stemmen en ze had de volgers beloofd om daarbij rekening te houden met hun input, als ze die tenminste snel genoeg gaven. Sharma had voorgesteld dat het stemmen niet langer dan een minuut in beslag mocht nemen.

Het Doemocratielogo verscheen op het scherm met daaronder de eerste vraag.

1. *Is er behoefte aan meer vegaproducten in de kantine?*

Er werd gelachen: het team van Sharma had de vraag gekozen die ook al bij de test was gesteld. Mae keek op haar pols en zag dat een paar honderd volgers een smile hadden gestuurd, dus ze beantwoordde de vraag bevestigend. Ze keek op het grote scherm en zag tientallen Cirkelaars die hun stem uitbrachten. Binnen elf seconden had de hele zaal gestemd en werden de resultaten berekend. Achtentachtig procent van de campus wilde meer vegetarische gerechten bij de lunch.

Er kwam een ting van Bailey: *Het wordt geregeld.*

Er ging een daverend applaus op.

Op het scherm verscheen de volgende vraag:

2. *Willen we twee keer in plaats van maar één keer per jaar een Neem je dochter mee naar je werk-dag?*

Het antwoord was binnen twaalf seconden bekend. Vijfenveertig procent zei ja. Bailey tingde: *Het lijkt erop dat één keer per jaar voorlopig voldoende is.*

De demonstratie verliep vlekkeloos en Mae genoot van de felicitaties van de Cirkelaars en van volgers overal ter wereld. De derde vraag verscheen en de zaal barstte in lachen uit.

3. *John, Paul of... Ringo?*

Het antwoord, dat na zestien seconden bekend was, werd ontvangen met verbaasde kreten en gejuich: Ringo had gewonnen met vierenzestig procent van de stemmen. John en Paul kregen ongeveer evenveel stemmen: twintig en zestien procent.

De vierde vraag werd voorafgegaan door een ernstige instructie: *Stel dat het Witte Huis de ongefilterde mening van de stemgerechtigden wil horen. En stel dat je de mogelijkheid krijgt om directe en rechtstreekse invloed uit te oefenen op het Amerikaanse buitenlandse beleid. Neem hier even rustig de tijd voor. Er kan een dag komen – er behóórt een dag te komen – waarop alle Amerikanen over zulke kwesties worden geraadpleegd.*

Deze instructie verdween en maakte plaats voor de vraag:

4. *De inlichtingendienst heeft de terroristische leider Mohammed Khalil al-Hamed gelokaliseerd in een dunbevolkt gebied in Pakistan.*

Moeten we een drone sturen om hem te doden, waarbij er mogelijk nevenschade kan worden aangericht?

Mae hield haar adem in. Ze wist dat dit alleen maar een voorbeeldvraag was, maar de macht die hieruit sprak, voelde buitengewoon realistisch. En ook heel terecht. Waarom zouden de mening en het gezond verstand van driehonderd Amerikanen niet in aanmerking worden genomen op het moment dat een besluit werd genomen dat hen allemaal aanging? Mae dacht na en woog de voor- en nadelen tegen elkaar af. De Cirkelaars in de zaal leken de verantwoordelijkheid al even serieus op te vatten als Mae. Hoeveel mensenlevens zouden er niet kunnen worden gered als Al-Hamed werd gedood? Misschien wel duizenden. En de wereld zou een slecht mens armer zijn. In dat licht leek het risico haar aanvaardbaar. Ze stemde voor. Na één minuut en elf seconden was de uitslag bekend: eenenzeventig procent van de Cirkelaars stemde voor de drone-aanval. Het werd stil in de zaal.

Toen verscheen de laatste vraag op het scherm:

5. Vinden jullie Mae Holland ook zo geweldig?

Mae schoot in de lach en de zaal lachte ook, maar toen begon ze gegeneerd te blozen, want dit werd wel een beetje te gek. Ze vond dat ze hier niet over kon gaan stemmen, want beide keuzes zouden absurd zijn. Ze keek op haar armband, maar realiseerde zich dat die natuurlijk was geblokkeerd. De vraag op haar schermpje knipperde fel en eronder verscheen de mededeling: *Alle Cirkelaars moeten stemmen.* Ze herinnerde zich dat de enquête pas kon worden voltooid als iedereen zijn stem had verstuurd. Ze wilde zichzelf niet 'geweldig' noemen, dus koos ze voor 'frown' in de veronderstelling dat ze wel de enige zou zijn en dat dat voor enige hilariteit zou zorgen.

Maar toen de stemmen een paar seconden later waren geteld, bleek dat ze helemaal niet de enige was die een frown had gekozen. De uitslag was zevenennegentig procent smiles en drie procent frowns, hetgeen betekende dat de meeste mede-Cirkelaars haar geweldig vonden. Toen die cijfers op het scherm verschenen, klonk er gejuich. Daarna was de bijeenkomst voorbij en liepen de mensen de

Grote Zaal uit, waarbij velen haar een schouderklopje gaven omdat ze het experiment als zeer geslaagd beschouwden. Mae voelde dat ook zo. Ze wist zeker dat Doemocratie werkte en dat het ongekende mogelijkheden bood. Tevens wist ze dat ze een goed gevoel moest hebben over de 97 procent van de mensen op de campus die haar geweldig vonden. Maar toen ze even later over de campus liep, kon ze alleen maar denken aan de drie procent die haar níét geweldig vond. Ze maakte een rekensommetje. Er waren 12.318 Cirkelaars – ze hadden kortgeleden een startend bedrijfje uit Philadelphia overgenomen dat zich bezighield met de gamification van de woningmarkt – en als die allemaal hadden gestemd, waren er dus 369 Cirkelaars die een frown hadden gekozen. Die vonden dat ze niet geweldig was. Nee, 368. Want ze had zelf ook een frown gekozen in de veronderstelling dat ze de enige zou zijn.

Ze voelde zich verlamd. Naakt. Ze liep door de fitnesszaal en keek naar de zwetende lijven op of aan de machines. Wie van hen zouden het zijn? Driehonderdachtenzestig mensen hadden de pest aan haar. Ze voelde zich totaal verslagen. Ze liep de fitnessruimte uit, op zoek naar een rustige omgeving om een beetje tot bedaren te komen. Misschien kon ze even naar het dak vlak bij haar oude groep, waar Dan haar het eerst had verteld over de gemeenschapszin binnen de Cirkel, maar dat was nog wel een kleine kilometer lopen en ze wist niet of ze dat wel zou redden. Het voelde als een dolksteek in haar rug. Wat voor mensen waren dat? Wat had ze hun misdaan? Ze kenden haar niet eens. Of wel? Wie deed nou zoiets, een frown sturen over iemand als zij die zich uit de naad werkte, voor hén, en dan nog wel in het openbaar.

Ze probeerde zich goed te houden. Ze glimlachte naar mede-Cirkelaars die ze tegenkwam. Ze nam hun felicitaties en dankbaarheid in ontvangst, maar vroeg zich steeds af wie met gespleten tong sprak, wie op die frown-knop had gedrukt en daarmee de trekker had overgehaald, wie haar had neergeschoten, in de rug nog wel, de lafaards.

En toen, vlak voordat ze bij haar oude gebouw was, zag ze Annie. Ze hadden elkaar in geen maanden meer op een normale, ongedwongen manier gesproken, maar Annies gezicht straalde van vrolijkheid. 'Hallo!' riep ze, en ze schoot op Mae af om haar stevig te omhelzen.

De tranen sprongen Mae in de ogen; ze droogde ze en voelde zich stom, uitgelaten en verward tegelijk. Al haar tegenstrijdige gevoelens over Annie waren even helemaal verdwenen.

'Gaat het goed met je?' vroeg ze.

'Ja ja, heel goed, er zijn zóveel leuke dingen!' antwoordde Annie. 'Heb je het al gehoord over het PastPerfectproject?'

Mae kreeg opeens het gevoel dat Annie zich vooral richtte tot het publiek om Mae's hals. Ze besloot het spelletje mee te spelen.

'Ja, daar heb je mij wel iets over verteld. Zijn er nieuwe ontwikkelingen binnen het PastPerfectproject, Annie?'

Terwijl Mae naar Annie keek en interesse veinsde in wat zij vertelde, dwaalden haar gedachten af. Had Annie een frown gestuurd? Misschien alleen om haar een beetje naar beneden te halen? En hoe zou Annie het er in zo'n Doemocratiepeiling zélf afbrengen? Zou zij ook 97 procent kunnen halen? Zou er iemand zijn die Mae dat kon nadoen?

'Ach, jeetje, zóveel, Mae. Zoals je weet, wordt al jaren aan PastPerfect gewerkt. Het is wat je noemt het lievelingsproject van Eamon Bailey. Zijn idee was om de kracht van het web, van de Cirkel en van zijn miljarden leden te gebruiken om de hiaten op te vullen in de persoonlijke geschiedenis van mensen en de geschiedenis in het algemeen.'

Mae besefte dat haar vriendin overdreven enthousiast deed, dus ze kon niet veel anders doen dan daar maar in meegaan.

'Wow, dat klinkt fantastisch! De laatste keer dat we het erover hadden, zochten ze iemand die als eerste de geschiedenis van zijn of haar voorouders in kaart wilde brengen. Hebben ze al iemand gevonden?'

'Goed dat je daarnaar vraagt. Ze hebben die persoon inderdaad gevonden en die persoon ben ik!'

'Je bedoelt als proefpersoon in de testfase?'

'Nee, dat niet alleen,' zei Annie, die nu wat zachter klonk, meer zoals ze echt was. Maar toen lachte ze vrolijk en ging haar stem weer een octaaf omhoog. 'Ze hebben mij gekozen voor het hele project!'

Mae was eraan gewend geraakt niet impulsief te reageren – haar transparantie had haar geleerd elk woord op een goudschaaltje te wegen – waardoor ze niet zei: 'Ik had verwacht dat het een newbie zou zijn, iemand zonder veel ervaring. Of in elk geval een streber, iemand die omhoog wilde schieten in de PartiRank, of een wit voetje wilde halen bij de Wijzen. Maar jij?' Ze realiseerde zich dat Annie waarschijnlijk een opsteker kon gebruiken, of in elk geval het gevoel had dat ze een zetje in de rug kon gebruiken. Dat ze zich daarom als vrijwilliger had aangemeld.

'Heb jij je als vrijwillig aangemeld?'

'Ja, inderdaad!' Annie keek Mae aan, maar het was alsof ze dwars door haar heen keek. 'Hoe meer ik erover hoorde, hoe enthousiaster ik werd over het idee om de eerste te zijn. Zoals jij weet, maar jouw volgers misschien niet, is een van mijn voorouders met de Mayflower naar Amerika gekomen' – op dit punt trok ze even een quasigegeneerd gezicht – 'en hoewel wij zeker van bepaalde mijlpalen in onze familiegeschiedenis op de hoogte zijn, is er tegelijkertijd veel onbekend.'

Mae was sprakeloos. Annie was knettergek geworden. 'En daar is iedereen het mee eens? Je ouders ook?'

'Die vinden het mieters. Ze zijn altijd trots geweest op onze afkomst en nu de mogelijkheid zich voordoet om die met anderen te delen, en intussen ook het een en ander aan de weet te komen over de geschiedenis van ons land, nou, dat sprak hen heel erg aan. Over ouders gesproken, hoe gaat het met de jouwe?'

God, wat een vreemde toestand, dacht Mae. Er zaten hier geweldig veel verschillende kanten aan, en terwijl ze die van elkaar probeerde te onderscheiden en in kaart probeerde te brengen, moest ze intussen het gesprek voortzetten.

'O, prima,' zei ze, ook al had ze die in geen weken meer gesproken, en ze wist dat Annie dat ook wist. Ze hadden via een neef laten weten in goede gezondheid te verkeren, maar ze hadden hun huis verlaten, waren 'gevlucht' zoals ze het noemden in hun korte berichtje aan Mae waarin ze haar op het hart hadden gedrukt zich geen zorgen te maken.

Mae rondde het gesprekje af en liep langzaam en met een wazig hoofd over de campus terug, in het volle besef dat Annie tevreden was over de manier waarop zij het nieuws had gecommuniceerd, haar had afgetroefd en totaal in verwarring had achtergelaten, en dat alles in één korte ontmoeting. Annie was als een spin in het web van PastPerfect gezet zonder dat Mae daar iets vanaf wist, met de consequentie dat Mae volkomen voor schut had gestaan. Dat was natuurlijk precies haar bedoeling geweest. En waarom Annie? Het sloeg toch helemaal nergens op om Annie daarvoor uit te kiezen terwijl het veel simpeler was geweest om Mae te kiezen, die al transparant was?

Mae vermoedde dat Annie daar natuurlijk zelf om had gevraagd. Dat ze de Wijzen had gesmeekt om háár te kiezen. En dat had ze kunnen doen doordat ze zo dicht bij het vuur zat. En Mae zat daar dus helemaal niet zo dichtbij als ze steeds had gedacht: Annie genoot nog steeds een bepaalde status. Door haar afkomst, haar voorsprong, en de oude privileges bleef ze Mae een stap voor, bleef Mae zoals altijd op het tweede plan, als een kleiner zusje dat nooit de kans zou krijgen om een oudere zus, die voor altijd ouder zou blijven, voorbij te streven. Mae probeerde rustig te blijven, maar ze zag op haar armband een paar berichtjes die duidelijk maakten dat de volgers wel in de gaten hadden hoe gefrustreerd en van streek ze was.

Ze had lucht nodig. Ze moest nadenken. Maar haar hoofd zat veel te vol. Annie, met die uitgekookte spelletjes die ze met haar speelde; dat belachelijke PastPerfectgedoe waar ze háár voor hadden moeten uitkiezen in plaats van Annie. Kwam dat soms omdat haar ouders die uitglijer hadden gemaakt? En waar záten haar ouders in vredesnaam? Waarom saboteerden die alles waar Mae zo vreselijk haar best voor deed? En waarom deed ze eigenlijk zo haar best als 368 Cirkelaars haar toch niet zagen zitten? Driehonderdachtenzestig mensen die de pest aan haar hadden, zó erg dat ze op een knop drukten waarmee ze hun walging kenbaar maakten, terwijl ze wisten dat zij daardoor direct van die afkeer op de hoogte zou zijn. Hoe zat het trouwens met die celmutatie waar die Schotse wetenschapper zich zorgen over maakte? Een of ander kankergezwel dat zich in haar lichaam vormde doordat ze de verkeerde dingen at? Zou dat echt waar zijn? O, shit, dacht Mae, en ze had ook nog die frown gestuurd naar een of andere groep zwaarbewapende paramilitairen in Guatemala. Stel dat die lui hier contacten hadden? Het stikte in Californië vast van de Guatemalanen en die zouden haar maar wat graag om haar onbetamelijkheid aan de schandpaal nagelen. Fuck, dacht ze, o fuck. Een pijnlijk gevoel verspreidde zich met zwarte vleugels door haar lichaam. En dat werd vooral veroorzaakt door de 368 mensen die haar kennelijk zó erg haatten dat ze haar weg wilden hebben. Een frown naar Midden-Amerika sturen was wel even iets anders dan een frown sturen naar iemand op de campus. Wie deed zoiets nou? Waarom was er zoveel vijandigheid in de wereld? Opeens drong het als een heiligschennende flits tot haar door dat ze eigenlijk helemaal niet wilde weten wat ze van haar vonden. En die flits wierp zijn licht op een ander, nog veel heiligschennender besef: dat haar hoofd te vol zat. Dat de hoeveelheid informatie, gegevens, meningen en oordelen te groot was, dat er te veel mensen waren, te veel verlangens, te veel meningen, te veel verdriet, en dat dat allemaal voortdurend werd geordend, verzameld, toegevoegd en gerangschikt en aan haar werd gepresenteerd alsof het daardoor overzichtelijker en beheersbaarder werd. Het was te veel. Of wacht. Nee, dat was niet zo, corrigeerde haar betere helft. Nee. Je bent gekwetst door die 368 mensen. Dáár ging het om. Ze was gekwetst door die 368 stemmen die haar dood wensten. Elk van hen wenste haar dood. Had ze dat maar niet geweten. Kon ze maar terugkeren naar haar leven vóór die drie procent, toen ze nog zwaaiend, lachend, kletsend, etend en delend over de campus kon lopen zonder de wetenschap wat die mensen diep in hun hart voelden. De mensen die haar afkeurden, die hun vinger naar die knop uitstaken om haar op die manier neer te schieten: dat was een soort moord. Mae's armband flikkerde doordat er tientallen meelevende berichtjes binnenkwamen. Door de SeeChangecamera's die overal op de campus hingen, zagen de volgers dat ze stokstijf bleef staan, dat haar gezicht verwrongen was tot een ellendige grimas.

Ze moest iets doen. Ze keerde terug naar CE, zwaaide naar Jared en de anderen, en logde in.

Binnen enkele minuten had ze een vraag behandeld van een edelsmid in Praag, ze had zijn website bekeken, vond zijn werk intrigerend en fantastisch, ze zette dat in een ting die binnen tien minuten leidde tot een astronomische Conversion Rate en Bruto Retail van 52.098 euro. Ze hielp een groothandel in duurzame meubels in North Carolina, Design for Life; toen ze hun vraag had beantwoord, vroegen ze haar om een klantenenquête in te vullen die vooral was gericht op haar demografische kenmerken zoals haar leeftijd en inkomensgroep. Ze beantwoordde de vragen en gaf haar reactie op enkele foto's die haar contact bij Design for Life, Sherilee Fronteau, haar stuurde van de eerste *T-ball*-training van haar zoontje. Sherilee bedankte haar voor haar reactie en drong erop aan dat Mae een keer bij haar langs zou komen in Chapel Hill om Tyler te ontmoeten en een echte barbecue mee te maken. Mae beloofde het – ze vond het fijn om een nieuwe vriendin aan de andere kant van het land te hebben – en ging verder met haar tweede bericht. Dat was van een klant uit Grand Rapids in Michigan, Jerry Ulrich, die een koeltransportbedrijf had. Hij wilde graag dat Mae een bericht doorstuurde naar al haar contacten over zijn bedrijf, want ze probeerden voet aan de grond te krijgen in Californië en elke hulp daarbij was zeer welkom. Mae tingde hem dat ze het aan al haar contacten zou doorgeven. Ze begon met haar 14.611.002 volgers. Daar reageerde hij meteen heel opgetogen op: hij zei dat hij al die 14.611.002 mensen als klant verwelkomde. 1556 van hen reageerden door te beloven zijn naam ook door te geven aan hun contacten. Terwijl al die berichten tot zijn grote genoegen binnenstroomden, vroeg hij aan Mae of ze wist hoe zijn nichtje, dat in het voorjaar zou afstuderen aan de universiteit van East Michigan, aan een baan bij de Cirkel zou kunnen komen. Het was haar grote droom om daar te mogen werken. Kon ze het beste naar het westen verhuizen om dichter in de buurt te zijn of zou ze misschien alleen op basis van haar cv een sollicitatiegesprek kunnen krijgen? Mae verwees hem naar de HR-afdeling en gaf hem een paar tips. Ze voegde zijn nichtje toe aan haar contacten en nam zich voor om haar eventuele sollicitatie in de gaten te houden. Een klant, Hector Casilla uit Orlando in Florida, vertelde Mae dat hij geïnteresseerd was in vogels, en stuurde haar een paar foto's die hij zelf had gemaakt en die Mae meteen toevoegde aan haar fotocloud. Hector vroeg of ze er een beoordeling voor wilde geven omdat hij dan misschien zou worden opgemerkt door de fotoclub waar hij bij probeerde te komen. Dat deed Mae, en hij reageerde dolgelukkig. Hij vertelde dat iemand van de fotoclub diep onder de indruk was dat een heuse Cirkelaar zijn werk kende, dus hij bedankte Mae nogmaals heel hartelijk. Hij stuurde haar een uitnodiging voor een groepstentoonstelling in Miami Beach waar hij de komende winter zou gaan exposeren. Mae antwoordde dat ze daar zeker naartoe zou gaan als ze daar in januari in de buurt was, waarop Hector – die haar enthousiasme wellicht een beetje verkeerd inschatte – haar in contact bracht met zijn nicht Natalia, die een bed and breakfast had op maar drie kwartier rijden van Miami en die haar beslist een flinke korting zou geven als ze zou komen, en haar vrienden waren uiteraard ook van harte welkom. Daarna stuurde Natalia een bericht met de tarieven van haar bed and breakfast, die, zo liet zij weten, flexibel waren als ze een hele week boekte. Even later stuurde Natalia een lang bericht vol met foto's van de omgeving van Miami en links naar sites waarin de vele activiteiten werden besproken die je daar in de winter kon ontplooien, van sportvissen en waterskiën tot dansen. Mae voelde dat de bekende scheur zich in haar binnenste opende, dat de duisternis zich daaruit dreigde te verspreiden, maar ze werkte stug door om die te verdringen. Totdat ze zag hoe laat het was, twee over halfelf, en ze zich realiseerde dat ze al meer dan vier uur op CE zat.

Ze liep terug naar het campushotel, een stuk kalmer dan een paar uur geleden. Francis lag al in bed en was op zijn laptop bezig om zijn gezicht in zijn lievelingsfilms te plakken. 'Moet je kijken,' zei hij. Hij liet haar een scène zien uit een actiefilm waarin de hoofdpersoon nu niet Bruce Willis maar Francis Garaventa was. De software was bijna perfect, zei Francis, en het werkte allemaal doodsimpel. De Cirkel had het programma gekocht van een beginnend driemanszaakje in Kopenhagen.

'Morgen zie je vast nog meer nieuwe dingen,' zei Francis. Het schoot Mae te binnen dat morgen inderdaad de bijeenkomst met de planktonpitchers zou plaatsvinden. 'Dat wordt vast leuk. Soms zijn er best goede ideeën bij. En over goede ideeën gesproken...' Francis trok haar naar zich toe, kuste haar en drukte zijn heupen tegen haar aan; ze dacht heel even dat ze nu eindelijk een echte seksuele ervaring gingen beleven, maar ze had haar shirt nog niet uitgetrokken of ze zag dat Francis zijn ogen dichtkneep en naar voren schokte, en ze wist dat hij al weer was klaargekomen. Toen hij zich had verkleed en zijn tanden had gepoetst, vroeg hij aan Mae of ze hem wilde beoordelen. Ze gaf hem een 100.

Mae deed haar ogen open. Het was twee over halfvijf. Francis lag met zijn rug naar haar toe geluidloos te slapen. Ze deed haar ogen weer dicht, maar ze kon alleen maar denken aan de 368 mensen die – dat leek haar nu overduidelijk – wensten dat ze nooit was geboren. Ze moest zo snel mogelijk terug naar CE om weer aan het werk te gaan en die gedachte uit haar hoofd te zetten. Ze ging op de rand van het bed zitten.

'Wat is er?' vroeg Francis.

Ze keek achterom en zag dat hij naar haar keek.

'Niks. Alleen dat geëmmer met die Doemocratie.'

'Maak je je daar nog steeds druk over? Dat waren maar een paar honderd mensen.'

Hij stak zijn hand uit naar haar rug in een poging haar vanaf de andere kant van het bed te troosten, maar dat resulteerde alleen maar in een soort veeg langs haar middel.

'Ja, maar wie zijn het? Wanneer ik over de campus loop, weet ik niet wie mij dood wenst.'

Francis ging ook zitten. 'Dan zoek je dat toch even op?'

'Wat moet ik opzoeken?'

'Wie een frown heeft gestuurd. Wat dacht jij dan, dat we nog in de achttiende eeuw leven? Dit is de Cirkel! Je kunt dat zo allemaal opzoeken.'

'Is dat transparant dan?'

Mae voelde zich erg dom dat ze dat nog moest vragen.

'Zal ik even voor je kijken?' Francis zat binnen twee tellen op zijn tablet te scrollen. 'Kijk, hier heb je de lijst al. Die is openbaar, daar gaat het bij Doemocratie juist om.' Hij tuurde naar de lijst. 'Hm, die, dat verbaast me eigenlijk niks.'

'Wat?' vroeg Mae met bonzend hart. 'Wie?'

'Portugal.'

'Alistair?'

Mae werd vuurrood.

'De klootzak,' zei Francis. 'Eikel. Wil je de rest ook zien?' Francis reikte haar de tablet aan, maar ze deinsde instinctief terug, sprong op en ging met haar armen voor haar gezicht in de hoek van de kamer staan.

'Kom op, zeg,' zei Francis, 'hij bijt niet, hoor. Het is gewoon een lijst met namen.'

'Hou op.'

'De meeste mensen op deze lijst menen het waarschijnlijk niet eens. Er staan zelfs mensen bij van wie ik zéker weet dat ze je aardig vinden.'

'Hou op!'

'Oké, oké. Zal ik het wegdoen?'

'Ja, alsjeblieft.'

Francis sloot het scherm en Mae liep naar de badkamer en deed de deur dicht.

'Mae?' Francis stond aan de andere kant van de deur.

Ze zette de douche aan en kleedde zich uit.

'Mag ik binnenkomen?'

Ze ging onder de kletterende straal staan. Ze voelde zich meteen al wat rustiger worden. Ze gleed met haar hand langs de muur en deed het licht aan. Ze glimlachte en bedacht dat haar reactie op die lijst wel erg dom was geweest. Natúúrlijk was de stemming openbaar. In een echte, pure democratie waren mensen niet bang om te laten zien hoe ze hadden gestemd, en, nog belangrijker, ze waren ook niet bang daar de verantwoordelijkheid voor te dragen. Nu was het aan haar om te kijken wie tegen haar hadden gestemd en om te proberen die mensen voor zich te winnen. Maar misschien niet nu meteen. Ze was daar nog niet aan toe, ze had eerst wat tijd nodig. Uiteindelijk wilde ze het wel weten, ze móést het weten, dat was haar verantwoordelijkheid. En wanneer ze eenmaal wist wie die 368 mensen waren, zou het een simpel en eerlijk karwei zijn om ze op andere gedachten te brengen. Ze knikte, en glimlachte toen ze merkte dat ze in haar eentje onder de douche stond te knikken. Maar dat ging vanzelf. Het was allemaal zo mooi, de Cirkel met zijn ware transparantie had zo'n ideologische zuiverheid dat Mae er een vredig, warm en opgeruimd gevoel aan overhield.

De groep was een bonte verzameling van jongeren, met dreadlocks en sproetjes, met blauwe, groene of bruine ogen. Ze zaten allemaal met een stralend gezicht op het puntje van hun stoel. Iedereen kreeg vier minuten om zijn of haar idee toe te lichten aan de braintrust van de Cirkel, onder wie Bailey en Stenton, die ook in de zaal waren en verdiept waren in een gesprek met een paar andere leden van de Bende van Veertig. Ty zou via een videoverbinding aanwezig zijn. Hij zat ergens anders, in een lege witte kamer in zijn oversizede hoody voor zich uit te staren, en keek, weliswaar niet verveeld maar ook niet zichtbaar geïnteresseerd, in de camera of om zich heen. Hij was het vooral, nog meer dan de andere twee Wijzen of de senior Cirkelaars, op wie de jongeren indruk wilden maken met hun presentatie. Op een bepaalde manier waren dit zijn kinderen, ze waren allemaal gemotiveerd door zijn succes, zijn jeugd, zijn vermogen om ideeën ten uitvoer te brengen, terwijl hij zichzelf was gebleven, totaal afgezonderd maar woest productief. Dat wilden zij ook en ze wilden het geld dat daarbij hoorde.

Dit was de bijeenkomst waarover Kalden had gesproken, waar volgens hem een maximaal aantal mensen naar zou kijken die Mae moest waarschuwen voor de sluiting van de Cirkel omdat dat tot een of ander armageddon zou leiden. Ze had sinds dat gesprek op de wc's godzijdank niets meer van hem gehoord. Ze was er meer dan ooit van overtuigd dat hij een of andere hacker was, een spion, iemand van een would-be concurrent die Mae – en god mocht weten wie nog meer – probeerde op te stoken tegen het bedrijf met de bedoeling het van binnenuit op te blazen.

Ze zette elke gedachte aan hem uit haar hoofd. Deze bijeenkomst zou een succes worden, dat wist ze zeker. Er waren al tientallen mensen op deze manier aangenomen: ze kwamen met een idee naar het bedrijf, dat idee werd ter plekke gekocht en de bedenker ervan kreeg een baan aangeboden. Jared was ook zo binnengekomen, wist Mae, en Gina ook. Het was een flitsende manier om je entree te maken: je pitchte een idee, dat werd opgepikt, en je kreeg als beloning een baan plus een pakket opties en je idee werd op korte termijn uitgevoerd.

Mae vertelde dat allemaal aan haar volgers terwijl de mensen plaatsnamen en het langzamerhand rustig werd in de zaal. Er waren ongeveer vijftig Cirkelaars, plus de Wijzen, de Bende van Veertig en een paar assistenten met tegenover hen een rijtje aspirant-Cirkelaars, van wie sommigen nog maar pubers waren, die zaten te wachten op hun beurt.

'Dit wordt heel spannend,' zei Mae tegen haar volgers. 'Zoals jullie weten is dit de eerste Aspirantensessie die we uitzenden.' Ze zei bijna plankton in plaats van aspirant, maar kon dat gelukkig net op tijd voorkomen. Ze keek op haar horloge. Ze had 2,1 miljoen volgers, maar ze verwachtte dat dat aantal snel zou stijgen.

De eerste student, Faisal, was zo te zien nog geen twintig. Zijn huid glansde als gepolijst hout en zijn voorstel was bijzonder simpel: in plaats van de eindeloze discussies over de vraag of je mocht nagaan waar mensen hun geld aan uitgaven, kon je misschien een deal met ze maken. Als zeer gewaardeerde klanten ermee instemden om CirkelGeld te gebruiken voor al hun aankopen, en hun aankoopgedrag en voorkeuren toegankelijk maakten via CirkelPartners, dan kregen ze aan het einde van de maand kortingen en bonussen van de Cirkel. Een soort airmiles die werden toegekend als ze steeds met dezelfde creditcard betaalden.

Mae wist zeker dat zij daar meteen aan mee zou doen, en wanneer zij er zo over dacht, dan vonden miljoenen mensen dat vast ook.

'Fascinerend,' zei Stenton. Mae ontdekte later dat wanneer hij 'fascinerend' zei, hij het idee altijd kocht en de bedenker in dienst nam.

Het tweede idee werd geopperd door een Afro-Amerikaanse vrouw van begin twintig, Belinda. Ze zei dat haar idee een einde zou maken aan raciale discriminatie door politieagenten en douanebeambten. Mae knikte enthousiast: dit was precies wat ze zo geweldig van haar generatie vond: het vermogen om te zien welke sociaalmaatschappelijke toepassingen met de Cirkel mogelijk waren en die vervolgens met chirurgische precisie aan te pakken. Belinda liet een filmpje zien van een drukke straat met honderden mensen die langs een verborgen camera liepen.

'Elke dag worden mensen door de politie aangehouden omdat ze "zwart achter het stuur" zitten, of "bruin achter het stuur",' zei ze droog. 'En elke dag worden jonge Afro Amerikaanse mannen op straat aangehouden, tegen de muur gezet, gefouilleerd, beroofd van hun rechten en hun waardigheid.'

Mae moest even aan Mercer denken. Kon hij dit maar horen! Het was inderdaad wel waar dat de toepassingen van internet soms grof en erg commercieel waren, maar voor elke commerciële toepassing bestonden wel drie van deze proactieve apps die de technische mogelijkheden gebruikten om de mensheid te verbeteren!

Belinda vertelde verder. 'Dergelijke praktijken hebben als resultaat dat de vijandigheid tussen de gekleurde medemens en de politie alleen maar toeneemt. Kijk eens naar deze menigte. Die bestaat voor een groot deel uit jonge gekleurde mannen. Wanneer hier een politiewagen langsrijdt, zijn die jongens allemaal verdacht. Elk van hen zou kunnen worden aangehouden, gefouilleerd, respectloos worden behandeld. Maar zo hoeft het niet te zijn.'

Drie van de mannen kregen opeens een oranje of rode kleur. Ze liepen gewoon door, gedroegen zich normaal, maar ze lichtten op alsof een gekleurde spot op hen werd gericht.

'Deze drie oranje of rode mannen zijn recidivisten. Oranje geeft aan dat ze relatief milde vergrijpen hebben gepleegd, zoals kleine diefstallen, drugsbezit, niet-gewelddadige misdaden waarbij geen slachtoffers zijn gevallen.' Er waren twee mannen die zo'n oranje kleur hadden. Tussen de menigte liep echter ook een onschuldig ogende man van een jaar of vijftig die van top tot teen roodgekleurd was. 'De meneer die hier met rood is aangeduid, is veroordeeld wegens geweldsdelicten. Hij is schuldig bevonden aan gewapende overvallen, pogingen tot verkrachting en meerdere berovingen.'

Mae keek naar Stenton, die ademloos zat te luisteren. Zijn mond was een beetje opengezakt.

'We zien hier wat een agent zou zien die is uitgerust met SeeYou. Een simpel systeem dat met elke retinale interface kan worden gebruikt. Hij hoeft daar verder niets voor te doen. Als hij een menigte ziet, springen de mensen die eerder zijn veroordeeld er meteen uit. Stel dat u politieagent bent in New York, een stad met acht miljoen inwoners. Het wordt natuurlijk een stuk gemakkelijker wanneer je weet waar je je aandacht op moet richten.'

'Maar hoe werkt dat dan?' vroeg Stenton. 'Met een soort chip?'

'Dat zou kunnen,' zei Belinda. 'Het zou inderdaad goed met een chip kunnen, als we dat voor elkaar kunnen krijgen. Of een enkelband, dat systeem wordt al tientallen jaren gebruikt. Je zou iets aan die enkelband kunnen toevoegen waardoor de drager ervan niet slechts kan worden opgespoord, maar ook zichtbaar wordt via de retinale interface van de politie. Of...' – ze keek Mae met een warme blik aan – 'we zouden de technologie kunnen gebruiken die Francis heeft ontwikkeld en het inderdaad met zo'n chip kunnen doen. Maar daar is waarschijnlijk wel wat wetgeving voor nodig.'

Stenton leunde achterover. 'Misschien, maar misschien ook niet.'

'Dat zou in elk geval ideaal zijn,' zei Belinda. 'En permanent. Je weet dan altijd precies wie de criminelen zijn. Maar, met een enkelband kan worden geknoeid; hij kan zelfs worden verwijderd. Bovendien zijn er altijd mensen die zullen vinden dat zo'n enkelband na een bepaalde periode af moet. Dat de misdadiger recht heeft op een schone lei.'

'Daar heb ik zo de pest aan,' zei Stenton. 'De mensen hebben het recht om te weten wie misdrijven heeft gepleegd. Dat is niet meer dan logisch. Zo gaan we ook al tientallen jaren om met zedenmisdadigers. Wanneer je bent veroordeeld wegens een zedenmisdrijf, sta je geregistreerd. Je adres wordt openbaar gemaakt en je moet je aan je buren gaan voorstellen en zo. De mensen hebben gewoon het recht te weten wie in hun omgeving woont.'

Belinda knikte. 'Inderdaad, helemaal mee eens. Oké, de misdadigers worden dus "getagd", laten we het zo maar even noemen, waardoor agenten die door een stad patrouilleren niet meer iedereen binnenstebuiten hoeven te keren die toevallig zwart of bruin is of *baggy pants* draagt. Hij heeft een retinale app waarmee hij beroepsmisdadigers in verschillende kleuren ziet: geel voor kleine misdrijven, oranje voor serieuze maar niet-gewelddadige misdrijven, rood voor geweldsdelicten.'

Stenton leunde naar voren. 'Misschien kun je zelfs nog een stapje verder gaan. De recherche en de inlichtingendienst kunnen een netwerk aangeven van alle contacten van de verdachte. De medeplichtigen. Dat is een kwestie van seconden. Misschien zouden in het kleurenschema ook mensen kunnen worden opgenomen die de crimineel kennen, ook wanneer die nooit zijn opgepakt en nog niet zijn veroordeeld. Want het is bekend dat veel van de bendeleiders nooit ergens op kunnen worden gepakt.'

Belinda knikte enthousiast. 'Ja, absoluut,' zei ze. 'Alleen zou je in die gevallen een mobiel apparaatje moeten gebruiken, want dan heb je niet het voordeel van de chip of de enkelband die bij een veroordeling verplicht kan worden gesteld.'

'Inderdaad, dat is zo,' zei Stenton. 'Maar ik zie beslist mogelijkheden. Goed om verder over na te denken. Fascinerend.'

Belinda's gezicht gloeide van trots. Ze ging zitten en probeerde nonchalant te doen door naar Gareth te glimlachen, de volgende aspirant, die zenuwachtig knipperend opstond. Gareth was lang, had peenkleurig haar en lachte verlegen nu hij in de belangstelling van de hele zaal stond.

'Nou, mijn idee lijkt op dat van Belinda. Toen we in de gaten kregen dat onze plannen overeenkwamen, zijn we daarom gaan samenwerken. Onze grootste overeenkomst is dat we allebei geïnteresseerd zijn in veiligheid. Mijn plan zou de criminaliteit straat voor straat en buurt voor buurt uitbannen.'

Hij ging voor het scherm staan waarop een digitaal beeld was te zien van een buurt met vier straten en ongeveer vijfentwintig huizen. De gebouwen werden weergegeven met lichtgroene lijnen en de volgers konden naar binnen kijken. Het deed Mae een beetje denken aan beelden van een infraroodcamera.

'Mijn idee is gebaseerd op het burgerwachtidee waarbij groepen burgers op elkaar letten en afwijkend gedrag melden. Met BurenWacht – die naam heb ik ervoor bedacht, maar zou natuurlijk ook kunnen worden veranderd – gebruiken we de kracht van de Cirkel in het algemeen, en SeeChange in het bijzonder, om het plegen van een misdrijf in een volledig participerende buurt vrijwel onmogelijk te maken.'

Hij drukte op een knop en nu waren er mensen in de huizen te zien, een stuk of twee of drie per huis, allemaal blauwgekleurd. Ze liepen rond in hun digitale keuken, slaapkamer of tuin.

'Oké, hier zien jullie de bewoners van deze huizen. Ze zijn blauw weergegeven omdat ieder van hen is geregistreerd bij BurenWacht en het systeem hun vingerafdrukken, retina, telefoonnummer en zelfs lichaamsprofiel kent.'

'Is dit wat iedere burger zelf ook kan zien?' vroeg Stenton.

'Ja, dit is het beeld dat ze thuis kunnen zien.'

'Indrukwekkend,' zei Stenton. 'Ik vind het nu al fascinerend.'

'Zoals jullie kunnen zien, is alles in orde. Iedereen die je hier ziet, hoort hier thuis. Kijk daarentegen eens wat er gebeurt wanneer een onbekende arriveert...'

Een gestalte, roodgekleurd, liep naar de voordeur van een van de huizen. Gareth draaide zich met opgetrokken wenkbrauwen om naar het publiek.

'Het systeem herkent deze man niet, daarom is hij rood weergegeven. Wanneer zo iemand de buurt binnenkomt, wordt een signaal naar het computersysteem verzonden. Alle bewoners ontvangen een berichtje op hun thuiscomputer of hun mobiele apparaat om aan te geven dat een bezoeker in de buurt is gesignaleerd. Meestal zal dat niet erg zijn. Iemand krijgt bezoek van een vriend of een oom. Maar je kunt wel zien dat er een buitenstaander is en je ziet precies waar hij zich bevindt.'

Stenton leunde achterover alsof hij de rest van het verhaal al begreep, maar het een beetje wilde versnellen. 'Ik neem aan dat er ook een manier is om dat uit te schakelen?'

'Ja. De mensen die hij bezoekt kunnen het systeem laten weten dat hij bij hen hoort, ze kunnen hem identificeren, voor hem instaan. "Dat is oom George." Of ze kunnen dat ook al bij voorbaat doen. En dan wordt hij weer blauw.'

Oom George, het figuurtje op het scherm, veranderde van rood in blauw en ging naar binnen.

'Dus dan is alles weer in orde.'

'Tenzij er sprake is van een echte indringer,' drong Stenton aan.

'Inderdaad. In het zeldzame geval dat er werkelijk iemand met slechte bedoelingen is...' Nu verscheen op het beeldscherm een rode figuur die rond het huis sloop en door de ramen naar binnen keek. 'Dan is de hele buurt daar dus meteen van op de hoogte en iedereen weet waar hij zich bevindt. Ze kunnen dan bij hem uit de buurt blijven en de politie waarschuwen, of er juist op afgaan, wat ze maar willen.'

'Heel goed. Prachtig,' zei Stenton.

Gareth straalde. 'Dank u. En Belinda bracht mij nog op het idee om ex-gedetineerden die in de buurt wonen rood of oranje weer te geven. Of een andere kleur, zodat ze ook zichtbaar blijven wanneer het buurtbewoners zijn.'

Stenton knikte. 'Daar heb je als burger gewoon recht op.'

'Absoluut,' zei Gareth.

'Dit is meteen de oplossing voor een minder praktisch aspect van SeeChange,' zei Stenton. 'Namelijk dat je nooit alles kunt zien, hoeveel camera's er ook hangen. Stel dat om drie uur 's nachts een misdaad wordt gepleegd en dat die toevallig op camera 982 te zien was, dan moet er toevallig maar net iemand naar kijken.'

'Inderdaad,' zei Gareth. 'De camera's zijn hier maar een onderdeeltje van. Je ziet aan de kleurcode wie afwijkt, dus dan hoef je alleen aan die specifieke afwijking aandacht te besteden. De vraag is alleen wel in hoeverre dit de privacywetgeving schendt.'

'Nou, dat lijkt mij geen enkel probleem,' zei Stenton. 'De mensen hebben er recht op te weten wie bij hen in de straat woont. Wat is het verschil tussen dit systeem en jezelf netjes voorstellen wanneer je ergens komt wonen? Dit is alleen maar geavanceerder en grondiger dan het aloude burgerfatsoen. En het is een soort digitaal hek om je tuin. Het zou goed kunnen dat dit systeem de misdrijven die vreemden in onze buurten plegen weleens tot nul zou kunnen reduceren.'

Mae keek op haar armband. Het was onmogelijk om het aantal exact te bepalen, maar er waren minstens honderden volgers die direct de producten van Belinda en Gareth wilden bestellen. *Waar?* vroegen ze. *Wanneer? Hoeveel kost het?*

Bailey nam het woord. 'Nu is het alleen nog de vraag wat er gebeurt wanneer de misdaad wordt gepleegd door iemand ín de buurt. En ín het huis.'

Belinda en Gareth richtten hun blik op een goed geklede vrouw met heel kort zwart haar en een moderne bril. 'Ik denk dat ik daar misschien een antwoord op weet.' Ze ging staan en streek haar zwarte rok glad.

'Mijn naam is Finnegan en mijn idee gaat over de bestrijding van huiselijk geweld tegen kinderen. Ik ben daar zelf als kind slachtoffer van geweest.' Ze zweeg even om dit goed tot iedereen te laten doordringen. 'Van alle misdaden is die misschien nog wel het moeilijkst te voorkomen omdat de daders deel van het gezin uitmaken. Maar toen realiseerde ik mij opeens dat de noodzakelijke instrumenten om dit soort daders te bestrijden al voorhanden zijn. De meeste mensen hebben al een monitor die zou kunnen registreren wanneer hun woede tot een gevaarlijk niveau stijgt. Stel dat we dat apparaat zouden koppelen aan een standaardbewegingssensor, dan weten we dus wanneer iets gevaarlijks gebeurt of dreigt te gaan gebeuren. Ik zal een voorbeeld geven. Hier is een bewegingssensor geïnstalleerd in de keuken. Deze apparaten worden vaak gebruikt in fabrieken, of ook wel in restaurantkeukens, om na te gaan of de chef-kok en zijn koksmaatjes het werk volgens de standaardmethode uitvoeren. Ik heb begrepen dat de Cirkel op veel afdelingen deze methode gebruikt om eventuele onregelmatigheden op te sporen.'

'Nou en of,' zei Bailey. In de kamer waarin hij zat klonk gelach op de achtergrond.

Stenton vulde hem aan: 'Wij bezitten het patent op die techniek, wist je dat?'

Finnegan bloosde en leek te twijfelen of ze hierover wel of niet een leugentje kon vertellen. Met andere woorden: kon ze het wel maken om te zeggen dat ze dat inderdaad wist?

'Daar was ik niet van op de hoogte,' zei ze. 'Maar ik ben blij dat ik het nu wel weet.'

Stenton keek alsof hij onder de indruk was van haar onverstoorbaarhcid.

'Zoals jullie weten worden op de werkvloer allerlei afwijkende bewegingen geregistreerd. De computer herinnert je aan wat je bent vergeten of registreert de fout zodat het management daarvan op de hoogte is. Dus ik dacht dat het ook mogelijk zou moeten zijn om die bewegingstechniek toe te passen in de huiselijke omgeving, met name in probleemgezinnen, zodat gedrag dat buiten de norm valt, kan worden gesignaleerd.'

'Je bedoelt als een soort rookmelder voor menselijk gedrag?' vroeg Stenton.

'Ja. Een rookmelder gaat af bij de miniemste toename van koolstofdioxide. Dit is net zoiets. Ik heb een sensor in deze zaal geïnstalleerd om te laten zien hoe het werkt.'

Op het scherm achter haar verscheen een gestalte met dezelfde vorm en grootte als Finnegan, maar dan zonder gezicht. Het was een donkere, blauwgekleurde versie van haarzelf die dezelfde bewegingen maakte als zij.

'Dit ben ik. Let op mijn bewegingen. Als ik rondloop, dan beschouwen de sensoren dat als normaal gedrag.'

De gestalte op het scherm bleef blauw.

'Wanneer ik tomaten snijd, gebeurt er ook niets. Dat is normaal.' Finnegan deed alsof ze iets aan het snijden was.

De figuur op het scherm, haar blauwe schaduw, deed hetzelfde.

'Maar kijk eens wat er gebeurt wanneer ik iets agressiefs doe.'

Finnegan hief haar arm omhoog en bewoog hem snel naar beneden, alsof ze een klein kind sloeg. De figuur op het scherm werd meteen oranje en er ging een luid alarm af.

Dat alarm bestond uit een snel, ritmisch gegil. Veel te luid voor een demonstratie, vond Mae. Ze keek naar Stenton, die zijn ogen opensperde.

'Zet dat uit!' zei hij met nauwelijks ingehouden woede.

Finnegan had hem niet gehoord en wilde doorgaan met haar presentatie alsof dit gegil daar een normaal onderdeel van was. 'Wat jullie nu horen is dus het alarm, en...'

'Zet uit!' riep Stenton. Deze keer hoorde Finnegan het wel. Ze veegde wild over haar tablet, op zoek naar de juiste knop.

Stenton keek naar het plafond. 'Waar komt dat geluid vandaan?' riep hij. 'Waarom is het zo hard?'

Het gekrijs ging door. Veel mensen drukten hun handen tegen hun oren.

'Zet dat uit, of anders gaan we weg!' Stenton ging staan. Zijn mond was woedend samengeknepen.

Eindelijk had Finnegan de goede knop gevonden en het alarm hield op.

'Dat was een misser,' zei Stenton. 'Het is de bedoeling dat je je idee pitcht, niet dat je onze oren pijnigt. Begrepen?'

Finnegan keek hem verwilderd aan met tranen in haar ogen. 'Ja, natuurlijk.'

'Je had ook gewoon kunnen zeggen dat er dan een alarm afgaat. Je hoeft dat niet echt te laten horen. Dat is de zakelijke tip die ik je wil meegeven.'

'Dank u wel.' Ze hield haar handen verstrengeld en verkrampt voor zich. 'Moet ik nog verdergaan?'

'Nou, dat vraag ik me af.' Stenton was nog steeds woedend.

'Ga maar door, Finnegan,' zei Bailey. 'Maar houd het kort.'

'Oké,' zei ze met trillende stem. 'Waar het vooral om gaat, is dat in elk huis en in elke kamer sensoren moeten worden geïnstalleerd die zodanig moeten worden geprogrammeerd dat duidelijk is wat binnen de grenzen valt en wat abnormaal gedrag is. Wanneer zich iets abnormaals voordoet, gaat het alarm af. Idealiter stopt daardoor de oorzaak van het alarm. Intussen zijn de autoriteiten gewaarschuwd. Je zou het zo kunnen instellen dat de buren ook worden gewaarschuwd, want die zitten natuurlijk dichtbij en kunnen direct tussenbeide komen of hulp bieden.'

'Oké, duidelijk. Laten we doorgaan.' Stenton bedoelde door met de volgende presentatie, maar Finnegan, die over een bewonderenswaardig doorzettingsvermogen beschikte, begreep hem verkeerd en vertelde verder.

'Wanneer je al die technieken met elkaar combineert, kun je vrij snel gedragsnormen voor elke gewenste context vaststellen. Denk aan gevangenissen en scholen. Ik heb op een middelbare school gezeten met vierduizend leerlingen, daar waren maar een stuk of twintig echte herrieschoppers bij. Als de docenten retinale interfaces hadden, zouden ze de roodgekleurde leerlingen al van een kilometer afstand kunnen zien, dus dat zou een hoop ellende schelen. En dan zouden de sensoren ook nog asociaal gedrag detecteren.'

Stenton leunde achterover en haakte zijn duimen in de lusjes van zijn broek. Hij ontspande zich al weer een beetje. 'Ik bedenk opeens dat veel misdaad en ellende wordt veroorzaakt doordat we te veel hebben om in de gaten te houden. Te veel mensen, te veel plaatsen. Als we ons kunnen concentreren op enkele geïsoleerde gevallen, en die beter kunnen taggen en volgen, dan besparen we ons daarmee uiteindelijk veel tijd en afleidende onzin.'

'Precies!' zei Finnegan.

Stenton ontdooide wat en wierp een blik op zijn tablet, waarop kennelijk hetzelfde te zien was wat Mae op haar armband zag: Finnegan en haar programma waren immens populair. De belangrijkste berichten kwamen van de slachtoffers van allerlei misdrijven: vrouwen en kinderen die thuis waren misbruikt zeiden allemaal dezelfde voor de hand liggende dingen: *Hadden we dit tien of vijftien jaar geleden maar gehad.* Maar iedereen reageerde in verschillende bewoordingen met dezelfde positieve conclusie: *In elk geval hoeven zulke dingen nu nooit meer te gebeuren.*

Toen Mae weer bij haar bureau kwam, lag daar een briefje van Annie. *Kunnen we afspreken? Sms 'nu' als je kunt en kom naar de wc's.*

Tien minuten later zat Mae in het gebruikelijke wc-hokje. Ze hoorde dat Annie binnenkwam en het hokje naast haar binnenging. Mae was opgelucht dat Annie contact met haar had gezocht en ze vond het heerlijk dat ze elkaar weer konden treffen. Nu kon ze alles wat scheef zat rechtzetten; ze was vastbesloten om dat te doen.

'Zijn we alleen?' vroeg Annie.

'De audio staat drie minuten uit. Wat is er aan de hand?'

'Niks. Alleen dat PastPerfectgedoe. Ze komen langzamerhand met resultaten en die zijn nu al niet mals. Morgen wordt het openbaar gemaakt en ik ga ervan uit dat het nog veel erger zal worden.'

'Wacht even, wat hebben ze dan ontdekt? Ik dacht dat ze ergens in de middeleeuwen zouden beginnen.'

'Dat is ook zo. Maar zelfs toen al waren beide kanten van mijn familie een stelletje in- en inslechte figuren. Wist jij dat de Britten

Ierse slaven hadden? Nou, ik niet.'

'Nee, ik ook niet. Bedoel je blanke Ierse slaven?'

'Ze hadden er duizenden. En mijn voorouders stonden aan het hoofd van de slavenhandel. Ze plunderden Ierland, namen slaven mee terug en verkochten die over de hele wereld. Het is één grote klerezooi.'

'Annie...'

'Ze weten het zeker, want het is op allerlei manieren nagetrokken en het kan worden onderbouwd met talloze bewijzen. Kun jij je voorstellen dat ik van een stel slaveneigenaren afstam?'

'Kom op, Annie, doe jezelf een lol. Iets wat zeshonderd jaar geleden is gebeurd heeft toch niks met jou te maken? Iedereen heeft vast zulke rotte appels in zijn stamboom, dat moet je helemaal niet persoonlijk opvatten.'

'Oké, maar gênant is het wel. En het zal toch aan mij blijven kleven, althans voor de meeste mensen. Wanneer die mij zien en met mij praten, dan hoort dat stukje er ook bij en dat vind ik ronduit oneerlijk. Het is een beetje alsof je vader vroeger bij de Ku-Klux-Klan heeft gezeten...'

'Niet zo overdrijven! Er is heus niemand die jou raar zal aankijken omdat een of andere voorouder slaven uit Ierland haalde. Kom op zeg, dat is zo ver weg en zo lang geleden dat niemand het met jou in verband zal brengen. Je weet toch hoe de mensen zijn. Niemand kan zulke dingen allemaal onthouden. En dan ook nog jou ervoor verantwoordelijk houden? Heus niet.'

'En ze hebben ook nog een stelletje van die slaven vermoord. Er is een verhaal over een opstand waarbij een van mijn voorouders leiding gaf aan een slachting waarbij duizend mannen, vrouwen en kinderen werden gedood. Misselijkmakend. Ik...'

'Doe nou even rustig, Annie. Ten eerste hebben we nu geen tijd meer, want de audio gaat zo weer aan. Ten tweede moet je daar gewoon helemaal niet mee zitten. Die mensen waren praktisch nog holbewoners. En álle holbewonende voorouders waren klootzakken.'

Annie lachte schamper.

'Beloof me dat je je er niet druk over maakt.'
'Ja hoor.'
'Annie. Maak je niet druk. Beloof het.'
'Oké.'
'Afgesproken?'
'Ik zal het proberen.'
'Goed zo. De tijd is om.'

Toen het nieuws over Annies voorouders de volgende dag bekend werd gemaakt, kreeg Mae in elk geval gedeeltelijk gelijk. Er werden weliswaar enkele onproductieve opmerkingen gemaakt, maar de reactie bestond voor het grootste deel uit een collectief schouderophalen. De link met Annie vond niemand erg interessant, maar er was wel nieuwe, mogelijk nuttige aandacht voor dit vergeten moment uit de geschiedenis toen de Britten naar Ierland gingen en terugkwamen met menselijke handelswaar.

Annie leek er evenmin erg door van de wijs gebracht. Haar tings klonken positief, ze nam een korte verklaring op waarin ze mededeelde zeer verbaasd te zijn dat een van haar verre voorouders zo'n bedenkelijke rol had gespeeld bij een wrede gebeurtenis uit de geschiedenis. Daarna probeerde ze het enigszins te relativeren door luchtig eraan toe te voegen dat deze onthulling anderen er niet van moest weerhouden om zich met PastPerfect te verdiepen in hun persoonlijke geschiedenis. 'Alle verre voorouders waren klootzakken,' zei ze. Mae, die het filmpje op haar armband bekeek, schoot in de lach.

Maar Mercer kon er geheel in stijl helemaal niet om lachen. Mae had al meer dan een maand niets meer van hem gehoord tot ze op vrijdag (de enige dag waarop er nog post werd bezorgd) een brief kreeg. Ze wilde hem niet lezen, want het zou ongetwijfeld weer een knorrig, beschuldigend en veroordelend epistel zijn. Toch gek, want zo'n brief had hij haar al geschreven. Ze maakte hem open in de veronderstelling dat het niet veel erger dan de vorige kon zijn.

Maar daar vergiste ze zich in. Deze keer kon hij zich er niet eens toe zetten om 'Beste' voor haar naam te typen.

Mae,
Ik weet dat ik heb gezegd dat ik je niet nog eens zou schrijven. Maar nu Annie op instorten staat, hoop ik dat dat je tot nadenken stemt. Zeg alsjeblieft tegen haar dat ze moet stoppen met dat experiment, want ik kan jullie allebei verzekeren dat dat slecht gaat aflopen. Het is helemaal niet de bedoeling dat wij alles weten, Mae. Is het nooit in je opgekomen dat onze geest misschien wel heel zorgvuldig is afgestemd op de balans tussen wat we wel en wat we niet weten? Dat onze ziel zowel het mysterie van de nacht als de helderheid van de dag nodig heeft? Jullie bij de Cirkel scheppen een wereld waarin er altijd daglicht is en ik denk dat we daar levend door zullen verbranden. Er blijft geen tijd over voor reflectie, voor slaap, voor afkoeling. Hebben jullie dan nooit bedacht dat we niet álles kunnen opnemen of bevatten? Moet je ons zien, met ons kleine hoofd dat maar zo groot is als een meloen. En dan willen jullie dat dat hoofd de hele wereld bevat? Dat gaat niet lukken.

Mae's pols ontplofte bijna.

Waar maak je je druk om, Mae?

Gaap.

Je moet die neanderthaler niet voeren, Mae! Verboden de neanderthalers te voeren!

Haar hart bonkte nu al, eigenlijk kon ze beter niet doorlezen. Maar ze kon het niet laten.

Ik was toevallig bij mijn ouders tijdens dat brainstormsessietje met die Digitale Bruinhemden. Ze wilden er per se naar kijken, want ze zijn apetrots op je, hoe afgrijselijk die bijeenkomst ook was. Ik ben trouwens blij dat ik het heb gezien (net zoals ik blij ben dat ik Triumph des Willens *heb gezien). Het was het laatste zetje dat ik nodig had om te doen wat ik toch al van plan was.*

Ik ga naar het noorden, naar het ondoordringbaarste en oninteressantste bos dat ik kan vinden. Ik weet dat jullie camera's die gebieden al in kaart brengen, net zoals het Amazonegebied, Antarctica, de Sahara, enzovoort. Maar daar heb ik in elk geval een voorsprong. En als die camera's komen, trek ik gewoon nog verder naar het noorden.

Mae, ik moet toegeven dat jij en de jouwen hebben gewonnen. Het is nu wel zo ongeveer bekeken. Vóór die pitchsessie had ik nog de hoop dat de waanzin beperkt zou blijven tot jullie bedrijf, tot de duizenden gehersenspoelde mensen die daar werken en de miljoenen die het gouden kalf dat de Cirkel is, aanbidden. Ik had gehoopt dat een nieuwe generatie zou inzien dat dit alles krankzinnig en tiranniek is en volledig uit de hand loopt.

Mae keek op haar armband. Er waren al vier nieuwe 'Mercerhaatclubs' online. Iemand bood aan om zijn bankrekening te hacken. *Geef me een seintje en het wordt geregeld*, stond er.

Maar nu weet ik dat zelfs als iemand jou zou uitschakelen, en zelfs als de Cirkel niet meer zou bestaan, er misschien wel iets veel ergers voor in de plaats zou komen. Er zijn nog wel duizenden Wijzen met nog veel radicalere ideeën over de criminele aard van onze privacy. Steeds als ik denk dat het niet veel erger kan worden, staat er weer een of andere negentienjarige knul op die de Cirkel voorstelt als de ideële voorvechter van onze burgerrechten. Jullie (en ik weet dat ik met 'jullie' helaas de meeste mensen bedoel) zijn gewoon niet bang te krijgen. Geen enkele mate van toezicht wekt ook maar de geringste zorg of weerstand op.

Als jij jezelf voortdurend de maat wilt nemen, Mae, met die armbandjes van je, dan moet je dat zelf weten. Ik kan best accepteren dat je elke stap die je zet en alles wat je doet wilt vastleggen en voortdurend informatie verzamelt voor... nou ja, waarvoor dat ook maar bedoeld is. Maar dat vinden jullie niet genoeg. Jullie willen niet alleen jullie éígen gegevens, jullie willen óók die van mij. Anders voelen jullie je niet compleet. Het is een ziekte.

Maar ik ben dus weg. Als je dit leest, ben ik uit beeld en ik verwacht dat meer mensen mijn voorbeeld zullen volgen. Dat weet ik zelfs zeker. We duiken onder, we wonen ondergronds, in de woestijn en in de bossen. We zijn vluchtelingen, kluizenaars, of een ongelukkige maar noodzakelijke kruising van die twee. Want dat is wat we zijn.

Ik verwacht dat dit een tweede schisma wordt waarin twee delen van de mensheid apart van elkaar zullen voortleven. Zij die onder voortdurend toezicht onder een glazen stolp leven die ze zelf hebben gefabriceerd, en zij die daarbuiten blijven, of dat althans proberen. Voor beide groepen houd ik mijn hart vast.

Mercer

Ze had de brief in het zicht van de camera gelezen en ze was ervan overtuigd dat haar volgers hem even bizar en hilarisch vonden als zij. De commentaren floepten al binnen en er waren een paar mooie bij. *De neanderthaler kruipt terug naar zijn natuurlijke habitat!* en *Opgeruimd staat netjes, bigfoot!* Mae was er zo door geamuseerd dat ze Francis opzocht en tegen de tijd dat ze hem had gevonden, bleek de brief al op een stuk of zes sites te zijn gezet. Een volger in Missoula had hem voorgelezen met een poederpruik op zijn hoofd en zogenaamd patriottische muziek op de achtergrond. Het filmpje was al drie miljoen keer bekeken. Mae moest erom lachen en bekeek het twee keer, maar toch had ze met Mercer te doen. Hij was koppig, maar niet dom. En hij was geen hopeloos geval. Hij kon heus nog wel op andere gedachten worden gebracht.

De volgende dag gaf Annie haar weer een briefje met de vraag of ze elkaar weer op de wc's konden treffen. Mae hoopte maar dat Annie sinds de tweede serie onthullingen een manier had gevonden om die in hun context te plaatsen. Ze zag de punt van Annies schoen onder de deur door en zette de audio uit.

Annies stem klonk schor.

‘Heb je gehoord dat het nog erger is geworden?’

‘Ik heb wel iets gehoord, ja. Je zit toch niet te huilen, hè? Annie...’

‘Ik kan dit niet meer aan, Mae. Wat die verre voorouders van mij in de verre oudheid hebben uitgespookt, was al vreselijk genoeg, maar ik dacht zeg maar van: oké, maar toen is mijn familie naar Noord-Amerika gegaan, ze zijn hier met een schone lei begonnen en hebben dat allemaal achter zich gelaten. Maar Mae, nu weet ik dus dat ze hier óók slaveneigenaren waren. Dat is gewoon zwaar kut. Van wat voor mensen stam ik eigenlijk af? Dan moet ik toch zelf ook een zieke inborst hebben.’

‘Toe, Annie, zo moet je niet denken.’

‘Juist wel. Ik kan helemaal nergens anders meer aan denken.’

‘Snap ik, maar ten eerste moet je een beetje kalmeren en ten tweede moet je het niet persoonlijk opvatten. Je moet er afstand van nemen. Probeer het een beetje abstracter te zien.’

‘En dan krijg ik ook nog al die idiote haatmail. Vanochtend heb ik zes mailtjes gekregen van mensen die me *massa* Annie noemen. De helft van de gekleurde mensen die ik in de loop der jaren heb aangenomen, vertrouwt mij nu opeens niet meer. Alsof ik een genetisch geprogrammeerde slavendrijver ben! Ik kan er zelfs niet langer tegen dat Vickie voor me werkt, ik ga haar morgen laten overplaatsen.’

‘Annie, doe niet zo krankzinnig! Weet je trouwens wel zeker dat jouw voorouders hier ook zwarte slaven hebben gehad? Waren dat geen Ieren?’

Annie zuchtte diep.

‘Nee, nee. Mijn voorouders gingen van de Ieren naadloos over op de Afrikanen. En waarom? Ze konden het zeker gewoon niet laten om mensen in bezit te hebben. Heb je ook gezien dat ze in de Burgeroorlog aan de kant van de Confederatie stonden?’

‘Ja, maar er zijn miljoenen mensen met voorouders die voor de Geconfedereerde Staten vochten. Zo’n beetje de helft van de Amerikanen stond in de Burgeroorlog aan die kant.’

‘Niet óns soort mensen! Besef je wel wat een ramp dit voor mijn familie is?’

'Maar die hebben die familiegeschiedenis toch nooit zo serieus genomen?'

'Niet toen ze nog in de veronderstelling verkeerden dat wij blauw bloed hadden, nee. Niet toen ze dachten dat wij afstamden van de mensen op de Mayflower met hun smetteloze verleden! Maar nú nemen ze het maar al te serieus. Mijn moeder is al twee dagen de deur niet meer uit geweest. En ik moet er niet aan denken wat er straks allemaal nog meer boven water komt.'

Wat er nog meer boven water kwam, twee dagen later, was nog veel erger. Mae wist van tevoren niet precies wat het was, maar ze wist dat Annie het wel wist en dat Annie een heel vreemde ting had gestuurd. Daarin stond: *Eigenlijk weet ik niet of we alles wel willen weten.* Toen ze elkaar weer ontmoetten op de toiletten, kon Mae niet geloven dat Annie die zin echt zelf had getypt. De Cirkel kon de ting natuurlijk niet deleten, maar iemand – en Mae hoopte dat dat Annie was – had hem een beetje aangepast: *We moeten niet alles willen weten zonder de juiste opslagcapaciteit. We willen niets kwijtraken!*

'Natuurlijk heb ik die tings gestuurd,' zei Annie. 'In elk geval de eerste.'

Mae had nog gehoopt dat het een vreselijk misverstand was.

'Maar hoe heb je zoiets nou kunnen schrijven?'

'Omdat ik het meen, Mae. Je hebt echt geen idee.'

'Nee, inderdaad, ik heb geen idee wat je bezielde. Dat uitgerekend jij zoiets kunt zeggen. Je bent het boegbeeld van de vrije toegang tot het verleden en nu zeg je opeens... ja, wat eigenlijk?'

'Verdomme, weet ik veel. Het enige wat ik weet is dat ik hier klaar mee ben. Ik schei ermee uit.'

'Waarmee?'

'Met PastPerfect. En alles wat ermee te maken heeft.'

'Dat kan helemaal niet, dat weet je best.'

'En toch ben ik van plan om het te proberen.'

'Als je dat doet, zit je pas echt goed in de shit.'

'Weet ik. Maar de Wijzen zijn mij nog iets schuldig. Ik kan dit niet aan. Ze hebben me nu al van een paar taken ontheven, zoals ze het eufemistisch noemen. Ze doen maar, het kan mij niks meer schelen. Maar als ik er niet mee kan stoppen, raak ik beslist in coma. Ik kan nu al bijna niet meer op mijn benen staan of normaal ademen.'

Ze bleven een tijdje zwijgend zitten. Mae vroeg zich af of ze niet beter weg kon gaan. Annie raakte de grip kwijt op iets wat juist zo wezenlijk voor haar was; ze maakte een wispelturige indruk, alsof ze in staat was tot onbezonnen en onherroepelijke acties. Alleen al met haar praten was gevaarlijk.

Ze hoorde Annie snikken.

'Annie. Diep ademhalen.'

'Dat kan ik niet, dat zeg ik net. Ik doe al twee dagen geen oog meer dicht.'

'Wat is er dan gebeurd?' vroeg Mae.

'Gewoon, niks. Of alles. O shit. Ze hebben rare dingen gevonden over mijn ouders. Echt hele rare dingen.'

'Wanneer wordt dat bekendgemaakt?'

'Morgen.'

'O. Maar misschien is het niet zo erg als je denkt.'

'Het is veel erger dan jij je zelfs maar kunt voorstellen.'

'Wat is het dan? Het valt heus wel mee.'

'Het valt helemaal niet mee, Mae. Absoluut niet. Ten eerste heb ik ontdekt dat mijn vader en moeder een soort open huwelijk hadden. Niet dat ik het daar met ze over heb gehad, spaar me. Maar er zijn foto's en video's met allerlei soorten mensen. Een ongekende hoeveelheid overspel van beiden. En dat vind jij wel meevallen?'

'Hoe weet je dat het overspel was? Konden ze niet gewoon toevallig met iemand op de foto staan? En het was in de jaren tachtig?'

'Eerder in de jaren negentig. En neem maar van mij aan dat het overduidelijk is.'

'Bedoel je seksfoto's?'

'Nee, maar wel met zoenen en zo. Op een ervan staat mijn vader met zijn ene hand op de heup van een vrouw en zijn andere hand op haar tiet. Echt zieke foto's. Er zijn ook naaktfoto's van mijn moeder en een kerel met een baard. Die foto's zijn na de dood van die man bij iemand terechtgekomen die ze in de cloud heeft gezet. En toen ze die wereldwijde gezichtsherkenning deden, ta-da, toen dook mijn moeder op met die hell's angel. Ze staan soms gewoon naast elkaar alsof ze voor een schoolfoto poseren, maar dan in hun nakie.'

'Wat vreselijk.'

'En wie heeft die foto's genomen? Was er soms nog iemand bij? En wie was dat dan? Een behulpzame buurman?'

'Heb je dat niet gevraagd?'

'Nee. Maar dit was nog het minst erge. Ik wilde ze er net mee confronteren toen het volgende zich al weer aandiende. En dat is zó vreselijk dat dat overspel mij inmiddels zowat koud laat. Dat is nog niets vergeleken met de video die ze hebben gevonden.'

'Wat voor video?'

'Mijn ouders staan erop bij een van de zeldzame gelegenheden dat ze iets samen deden, althans 's avonds. Het is ergens op een pier gefilmd door een beveiligingscamera van de pakhuizen die daar langs de kade staan. Het is dus een opname van mijn ouders die daar 's avonds op die pier rondhangen.'

'Is het een sekstape?'

'God, nee. Veel erger. Het is echt zo ziek, zo gestoord. Mijn ouders gaan af en toe met een of meer andere stellen op stap. Dat hebben ze mij weleens verteld. Ze worden stoned, dronken, ze gaan dansen en blijven de hele nacht weg. Dat doen ze elk jaar op hun trouwdag. Soms in de stad, soms ergens anders, in New Mexico bijvoorbeeld. De hele nacht feesten en beesten omdat ze daar jong van blijven, of hun huwelijk fris houden of zoiets.'

'O-ké.'

'Die opname dateert ook van hun trouwdag. Ik was toen zés.'

'Dus?'

'Als het nou nog voor mijn geboorte was geweest... Ze staan dus om een uur of een 's nachts op de beelden van die bewakingscamera. Ik weet niet wat ze eerder die avond hebben gedaan. Ze drinken een fles wijn, zitten op de kade, en bungelen met hun benen boven het water. Het ziet er allemaal vrij onschuldig en nogal saai uit. Maar dan verschijnt er een man in beeld. Een dakloze die daar wat rondscharrelt. Mijn ouders zien dat hij daar een beetje in de rondte waggelt. Er gebeurt een tijdje niets, maar tien minuten later komt die man weer in beeld en valt van de pier af in het water.'

Mae schrok. Ze begreep meteen dat het er waarschijnlijk niet beter op zou worden. 'Hebben je ouders hem zien vallen?'

Annie zat nu echt te snikken. 'Dat is het probleem. Dat zagen ze namelijk maar al te goed. Het gebeurde op nog geen meter afstand van waar zij zaten. Je ziet dat ze opstaan, over de rand kijken en iets roepen. En je ziet ook dat ze helemaal flippen. En ze kijken om zich heen of ze een telefooncel zien of zo.'

'En was dat zo?'

'Dat weet ik niet, waarschijnlijk niet. Ze gaan in elk geval niet uit beeld. Dat is precies wat er zo erg aan is. Ze zien iemand in het water vallen en ze doen niets. Ze gaan geen hulp halen of de politie bellen of zo. Wanneer ze weer tot bedaren zijn gekomen, gaan ze weer rustig zitten, mijn moeder legt haar hoofd op de schouder van mijn vader en na een minuut of tien staan ze op en vertrekken.'

'Misschien waren ze in shock.'

'Mae, ze stonden gewoon op en liepen weg. Ze hebben niet eens de politie gebeld, dat is in elk geval niet geregistreerd. Ze hebben het niet gemeld. Maar de volgende dag is wel het lichaam van die man gevonden. Het was niet eens een dakloze, hij was alleen licht verstandelijk gehandicapt. Hij woonde bij zijn ouders en werkte als afwasser in een broodjeszaak. Mijn ouders hebben hem gewoon laten verdrinken.'

Nu verslikte Annie zich in haar tranen.

'Heb je ze verteld dat je dat weet?'

'Nee. Dat kan ik nu niet. Ik word kotsmisselijk van ze.'

'Maar het is nog niet openbaar gemaakt?'

Annie keek hoe laat het was. 'Nog niet, maar dat duurt niet lang meer. Minder dan twaalf uur.'

'Wat zegt Bailey ervan?'

'Die kan niks doen. Je kent hem toch.'

'Misschien kan ik nog wel iets doen,' zei Mae, al had ze geen flauw idee wat. Annie gaf geen blijk van vertrouwen dat Mae het tij nog kon keren.

'Het is echt zo ziek allemaal. Shit.' Annie klonk alsof ze het zich nu pas echt realiseerde. 'Nu heb ik dus geen ouders meer.'

Toen hun tijd op was, ging Annie terug naar haar kamer, waar ze naar eigen zeggen voor onbepaalde tijd ging liggen, en Mae naar haar oude groep op CE. Ze moest nadenken. Ze stond in de deuropening waar Kalden naar haar had staan kijken, keek naar de newbies die hard aan het werk waren en voelde zich getroost door hun eerlijke werk, hun druk knikkende hoofden. Hun goed- en afkeurende geprevel gaf haar het opgeruimde gevoel dat alles was zoals het hoorde te zijn. Hier en daar keek een Cirkelaar naar haar op, lachte en zwaaide bescheiden naar de camera en haar publiek en werkte daarna weer ijverig door. Er welde een trots gevoel op in Mae's binnenste: wat was het toch geweldig dat de Cirkel zulke pure mensen wist aan te trekken. Ze waren zo open, zo oprecht. Er was niets wat ze verborgen of geheimhielden, niets wat ze verdonkeremaanden.

Vlak bij haar zat een newbie, een jongen van amper tweeëntwintig met een woeste haardos die als een rookpluim van zijn hoofd opsteeg. Hij was zó geconcentreerd aan het werk dat hij niet had gemerkt dat Mae achter hem stond. Zijn vingers tikten driftig maar vrijwel geluidloos op het toetsenbord terwijl hij intussen enquêtes en vragen van klanten beantwoordde. 'Nee, nee, smile, frown,' zei hij schijnbaar moeiteloos in een snel tempo. 'Ja, ja, nee, Cancun, diepzeeduiken, chic resort, weekendje weg, januari, januari, mwah, drie, twee, smile, smile, mwah, ja, Prada, Converse, nee, frown, frown, smile, Parijs.'

Terwijl Mae dit zo gadesloeg, schoot haar opeens de oplossing voor Annies probleem te binnen: Annie had steun nodig. Ze moest weten dat ze er niet alleen voor stond. Alles viel nu op zijn plek: de oplossing was natuurlijk binnen de Cirkel te vinden. Er waren miljoenen mensen die zonder twijfel achter Annie zouden staan, die hun steun op eindeloos veel onverwachte en hartelijke manieren zouden laten blijken. Je lijdt pas echt wanneer je het in je eentje moet doen, want gedeelde smart is halve smart. En wanneer je je verdriet kunt delen met miljoenen liefdevolle mensen, en wanneer die mensen met je meeleven, dan blijft van de smart zelfs nog veel minder over dan de helft.

Mae draaide zich om en liep naar het dakterras. Er lag hier een mooie taak voor haar die zij niet alleen voor Annie, maar ook voor haar volgers moest vervullen. Toen ze die jongen met zijn wilde haar had gadegeslagen, die evenals de andere newbies zo eerlijk en openhartig was, vond ze zichzelf maar hypocriet. Onderweg naar het dakterras dacht ze na over zichzelf en de door haar gemaakte keuzes. Nog maar een paar minuten geleden had ze met opzet iets verborgen gehouden. Ze was daardoor het tegenovergestelde van openhartig, het tegenovergestelde van eerlijk geweest. Ze had die audio verborgen gehouden, wat feitelijk hetzelfde was als liegen tegen de wereld, tegen de miljoenen mensen die erop rekenden dat ze altijd rechtdoorzee en transparant was.

Ze keek uit over de campus. Haar volgers vroegen zich waarschijnlijk af waar ze naar keek en waarom het stil bleef.

'Ik wil jullie alles laten zien wat ik ook zie,' zei ze.

Annie wilde zich verbergen, in haar eentje lijden, in het verborgene. Mae wilde dat van de ene kant respecteren, ze wilde loyaal zijn. Maar woog loyaliteit jegens één vriendin op tegen de loyaliteit jegens miljóénen? Was het niet juist die gedachtegang – waarbij persoonlijke en tijdelijke belangen zwaarder werden gewogen dan het hogere doel – die allerlei historische fouten mogelijk maakte? En opnieuw lag de oplossing binnen handbereik. Mae moest Annie helpen en tegelijk haar eigen transparantie zuiveren, en die twee dingen kon ze met één dappere daad bereiken. Ze keek hoe laat het was. Ze had nog twee uur voordat ze haar SoulSearchpresentatie moest geven. Ze liep het dakterras op en probeerde haar gedachten onder woorden te brengen en een heldere verklaring te formuleren. Daarna ging ze naar beneden, naar de toiletten, naar wat ze de plaats delict zou kunnen noemen, en tegen de tijd dat ze daar was gearriveerd en zichzelf in de spiegel zag, wist ze precies wat ze ging zeggen. Ze haalde diep adem.

'Hallo volgers. Ik heb iets te zeggen, iets wat tamelijk pijnlijk is. Maar ik denk toch dat ik er goed aan doe. Nog geen uur geleden ben ik, zoals velen van jullie weten, hiernaartoe gegaan onder het mom van een toiletbezoek, ik zat daar in het tweede hokje.' Ze draaide zich om naar de deuren. 'Maar toen ik daar zat, en de audio had uitgeschakeld, heb ik een privégesprekje gevoerd met een vriendin van me, Annie Allerton.'

Er vlogen meteen al een paar honderd berichtjes over het scherm om haar pols, waarvan de meest gelikete haar meteen vergaf: *Je mag best privé op de wc kletsen! Maak je geen zorgen. Wij geloven in je.*

'Iedereen die me net een aardige reactie heeft gestuurd, wil ik daarvoor bedanken,' zei Mae. 'Maar belangrijker dan deze bekentenis is het onderwerp waarover Annie en ik het hadden. Velen van jullie weten dat Annie meedoet aan een experiment, een programma dat iemands afkomst zo ver als mogelijk probeert na te gaan. In het verre verleden van haar familie zijn enkele vervelende dingen aangetroffen. Een paar voorouders hebben ernstige misdaden op hun geweten en daar is ze behoorlijk door van slag. Maar het ergste is dat er morgen een andere vervelende episode zal worden onthuld die recenter en misschien ook pijnlijker is.'

Ze keek op haar armband en zag dat het aantal volgers de afgelopen minuut bijna was verdubbeld. Het waren er nu al 3.202.984. Ze wist dat veel mensen haar onder het werk op een van hun schermen volgden, maar niet voortdurend actief keken. Maar nu had ze met haar aangekondigde verklaring de aandacht van al die miljoenen mensen. En al die miljoenen mensen zouden met hun mededogen de pijnlijke onthulling van de volgende dag verzachten. Annie had het verdiend.

'Lieve vrienden, ik denk dat we de kracht van de Cirkel moeten inzetten, het mededogen van iedereen die Annie kent en van haar houdt of met haar kan meeleven. Ik hoop dat jullie haar allemaal jullie goede wensen zullen sturen, misschien jullie eigen ervaringen met de ontdekking van zwarte bladzijden uit jullie familiegeschiedenis zullen delen, zodat Annie zich minder eenzaam voelt. Zeg tegen haar dat jullie aan haar kant staan. Dat jullie ondanks alles van haar houden en dat de misdaden van verre voorouders niets met haar van doen hebben, dat die niet de manier veranderen waarop jullie haar zien.'

Mae sloot af met het doorgeven van Annies e-mailadres, Tingadres en profielpagina. De reacties waren meteen overweldigend. Het aantal volgers van Annie steeg van 88.198 naar 243.087, en zou in de loop van de dag, als Mae's verklaring door meer mensen zou worden bekeken, ongetwijfeld de miljoen halen. De berichten stroomden al binnen: *Het verleden is voorbij, maar Annie blijft Annie.* Dat klopte niet helemaal, maar Mae waardeerde het gevoel dat eruit sprak. Een ander bericht dat veel waardering kreeg, was heel anders van toon: *Ik wil geen roet in het eten gooien, maar ik denk dat er iets slechts in haar DNA zit, dus ik zou wel mijn bedenkingen hebben bij Annie. Ze moet extra hard haar best doen om mij, een Afro-Amerikaan wiens voorouders slaven waren, ervan te overtuigen dat ze aan de goede kant staat.*

Dit commentaar kreeg 98.201 smiles en bijna evenveel frowns, 80.198. Maar toen Mae door de berichtjes scrolde, zag ze dat er ook veel liefde en begrip was en een duidelijke wens om het verleden te vergeten.

Mae hield intussen de tijd in de gaten, want over minder dan een uur was haar presentatie – voor de eerste keer in de Grote Zaal van de Verlichting. Daar was ze helemaal klaar voor, dit gedoe met Annie had haar alleen maar bemoedigd en meer dan ooit ervan overtuigd dat er een hele menigte achter haar stond. Ze wist ook dat de techniek zelf, samen met de Cirkelgemeenschap, het succes van haar demonstratie zou bepalen. Terwijl ze zich voorbereidde, keek ze op haar armband of ze een bericht van Annie zag. Ze had inmiddels toch wel een reactie verwacht, een bedankje, want Annie was ongetwijfeld bedolven onder een lawine van hartelijkheid.

Maar er kwam niets.

Ze stuurde Annie een paar tings, maar kreeg opnieuw geen reactie. Ze zocht op CirkelSearch waar Annie zich bevond en zag aan een knipperend rood stipje dat ze op haar kantoor was. Mae overwoog even om bij haar langs te gaan, maar zag ervan af. Ze moest zich concentreren, en bovendien was het misschien beter als Annie even in haar eentje kon bijkomen. Vanmiddag zou ze de warme reacties van de miljoenen mensen die om haar gaven hebben verwerkt, en dan zou ze vast in staat zijn om Mae echt te bedanken, zou ze tegen haar zeggen dat ze de wandaden van haar voorouders nu in een ander licht kon zien, in de juiste context kon plaatsen, en dat ze nu vooruit kon, naar de toekomst waarin ze zelf iets kon betekenen in plaats van terug te kijken op de chaos van het verleden waaraan niets meer te veranderen viel.

'Dat was heel dapper van je,' zei Bailey. 'Dapper en correct.'

Ze zaten in de kleedkamer van de Grote Zaal. Mae had een zwarte rok en een rood zijden bloesje aan, allebei nieuw. Een stylist fladderde om haar heen, poederde Mae's neus en voorhoofd en deed wat vaseline op haar lippen. Over een paar minuten was haar eerste grote presentatie.

'Normaal gesproken zou ik wel graag even met je willen praten over de achterliggende reden voor die heimelijkheid,' zei hij, 'maar je eerlijkheid was heel oprecht en ik weet dat je je les al hebt geleerd en ik daar niets meer aan kan toevoegen. We zijn heel blij dat je bij ons bent, Mae.'

'Dank je, Eamon.'

'Ben je er klaar voor?'

'Ik geloof het wel.'

'Goed, laat maar eens wat zien dan!'

Toen Mae het podium op liep, had ze er nog alle vertrouwen in dat ze het kon. Maar toen ze in het licht van de felle spots werd gevangen, brak er plotseling zó'n oorverdovend applaus los dat ze er bijna door omver werd geblazen. Ze liep naar het spreekgestoelte, maar het kabaal werd alleen maar luider. De mensen gingen staan, eerst de voorste rijen, daarna de hele zaal. Het kostte Mae heel wat moeite om de mensen stil te krijgen zodat ze zich verstaanbaar kon maken.

'Hallo allemaal, ik ben Mae Holland.' De zaal begon opnieuw te applaudisseren. Ze moest lachen, waardoor het kabaal nog verder aanzwol. Ze voelde een overweldigende en oprechte liefde vanuit de zaal. Openheid is fantastisch, dacht ze. De waarheid loont altijd. Een mooie spreuk voor op een tegel. Ze zag de met laser in steen uitgesneden letters al voor zich. Wat was dit geweldig, wat was álles geweldig! Ze keek naar de zaal vol applaudisserende Cirkelaars en voelde zich gesterkt door een nieuwe kracht. Een kracht die werd opgewekt door wederzijds schenken. Zij schonk hun alles, de ongepolijste waarheid, volledige transparantie, en zij schonken haar hun vertrouwen, hun vloedgolf van liefde.

'Oké, oké,' zei ze. Ze stak haar handen op en vroeg de mensen weer te gaan zitten. 'Vandaag zullen jullie een demonstratie zien van de ultieme zoektool. Jullie hebben misschien al eens wat geruchten gehoord over SoulSearch, maar nu gaan we het ten overstaan van het Cirkelpubliek hier in de zaal en overal ter wereld aan een test onderwerpen. Zijn jullie er klaar voor?'

De mensen juichten.

'Wat jullie nu gaan zien, is volstrekt spontaan en niet gerepeteerd. Zelfs ik weet niet wie we vandaag gaan zoeken. Hij of zij wordt random gekozen uit een database met voortvluchtige mensen overal ter wereld.'

Op het scherm begon een reusachtige globe te draaien.

'Zoals jullie weten, gebruiken we bij de Cirkel sociale media om de wereld veiliger en gezonder te maken. En dat is natuurlijk ook al op talloze manieren gelukt. Zo is onlangs onze WapenSensor de lucht in gegaan, waarmee we kunnen zien of er een wapen een gebouw binnenkomt, waarna er een alarm afgaat en de politie wordt gewaarschuwd. Er is de afgelopen vijf weken een bètaversie getest in twee buurten in Cleveland en daar zijn gewapende misdrijven met zevenenvijftig procent afgenomen. Niet slecht, toch?'

Mae wachtte even omdat er werd geapplaudisseerd. Ze voelde zich helemaal op haar gemak en ze wist dat wat ze nu ging presenteren de wereld direct en voorgoed zou veranderen.

'Het gaat uitstekend,' zei een stem in haar oortje. Dat was Stenton. Hij had haar al verteld dat hij vandaag op AG zat. Hij had speciale belangstelling voor SoulSearch en wilde de introductie sturen door zelf op de achtergrond aanwezig te zijn.

Mae haalde diep adem.

'Maar een van de merkwaardigste dingen tegenwoordig is dat voortvluchtige criminelen zich verborgen weten te houden in onze wereld waarin we zó nauw met elkaar in contact staan. Het heeft tien jaar geduurd voordat Osama bin Laden werd opgespoord. D.B. Cooper, de beruchte dief die met een koffer vol geld uit een vliegtuig sprong, is tientallen jaren na zijn ontsnapping nog steeds op de loop. Aan zulke dingen moet eens en voor altijd een einde komen. En ik ben ervan overtuigd dat dat nu gaat gebeuren.'

Op het beeldscherm achter haar verscheen het silhouet van een bovenlijf met op de achtergrond allerlei politiefoto's van criminelen.

'De computer zal zo meteen een willekeurige voortvluchtige selecteren uit een database van de politie. Ik weet niet wie dat zal zijn. Niemand weet dat nog. Het is in elk geval iemand die een bedreiging vormt voor de maatschappij. Onze inschatting is dat SoulSearch hem of haar binnen twintig minuten kan opsporen. Zijn jullie er klaar voor?'

Er ging een gemompel op en hier en daar werd geklapt.

'Mooi,' zei Mae. 'Dan zal de computer nu een verdachte selecteren.'

Het silhouet veranderde pixel voor pixel in de foto van een echt persoon met een echt gezicht. Mae zag tot haar ontzetting dat het een vrouw was. Ze had een harde uitdrukking op haar gezicht en tuurde in de politiecamera. Iets aan de vrouw, misschien haar toegeknepen ogen en die rechte mond, deed denken aan de foto's gemaakt door Dorothea Lange van landarbeiders die tijdens de Grote Depressie wegtrokken van de verdroogde prairievlakten. Maar toen de gegevens van de vrouw onder de foto verschenen, zag Mae dat ze niet uit de Verenigde Staten maar uit Engeland kwam. Ze las de informatie snel door en vatte de belangrijkste gegevens samen.

'Dit is Fiona Highbridge. Vierenveertig jaar oud. Ze is geboren in Manchester, Engeland. Ze werd in 2002 veroordeeld voor een drievoudige moord. Ze sloot haar kinderen op in een kast en ging een maand naar Spanje. De kinderen, nog geen vijf jaar oud, kwamen allemaal om. Fiona werd veroordeeld tot een lange gevangenisstraf, maar ze wist te ontsnappen met behulp van een bewaker die ze had verleid. De laatste tien jaar is er geen spoor van haar gevonden en de politie heeft de hoop opgegeven dat ze ooit wordt teruggevonden. Maar ik denk dat wij haar kunnen vinden met behulp van de instrumenten en de participatie van de Cirkel.'

'Goed zo,' zei Stenton in Mae's oortje. 'Richt je nu maar op de Engelsen.'

'Zoals jullie weten hebben wij gisteren de drie miljard Cirkelgebruikers gewaarschuwd dat we vandaag een belangrijke wereldwijde mededeling zullen doen. Er zijn dus erg veel mensen die op dit moment naar ons kijken of zich in afwachting van deze mededeling hebben verzameld.' Mae draaide zich weer om naar het scherm en keek naar de teller, die op 1.109.001.887 bleef staan. 'Mooi, we zijn momenteel met meer dan een miljard mensen. En laten we nu eens kijken hoeveel mensen in Engeland naar ons kijken.' Er begon een tweede teller te lopen, die bleef staan op 14.028.981. 'Uitstekend. We weten uit de informatie over Fiona dat haar paspoort jaren geleden al is ingetrokken, dus de kans is groot dat ze zich nog in het Verenigd Koninkrijk bevindt. Wat denken jullie, kunnen veertien miljoen Britten en een miljard wereldwijd participerende mensen Fiona Highbridge in twintig minuten opsporen?'

De mensen in de zaal riepen enthousiast van wel, maar Mae durfde niet met zekerheid te stellen dat dit zou lukken. Het zou haar niet verbazen wanneer het geen succes werd, of misschien pas na een halfuur of een uur. Maar van de andere kant gebeurden er vaak onverwachte en wonderlijke dingen wanneer de volledige Cirkelmacht werd ingezet. Aan het eind van de lunch zou het vast voor elkaar zijn.

'Start de tijd!' In een hoek van het scherm verscheen een grote digitale stopwatch die de verstreken uren, minuten en seconden aanduidde.

'Eens kijken wie er allemaal aan dit project meewerken. De universiteit van East Anglia.' Er werden live beelden getoond van honderden studenten in een grote aula. Ze juichten en zwaaiden. 'De stad Leeds.' Nu werden beelden doorgegeven van een plein vol mensen die zo te zien stonden te bibberen in de kou en de wind. 'Behalve de inzet van ons complete netwerk zijn er tientallen groepen mensen in het hele land die met ons samenwerken. Is iedereen er klaar voor?' De menigte in Manchester juichte en zwaaide, net als de studenten in East Anglia.

'Goed zo,' zei Mae. 'Dan gaan we van start. Aan de slag!'

Mae liet haar hand zakken en naast de foto van Fiona Highbridge verschenen de commentaren, die met de hoogste ranking bovenaan. De populairste tot nu toe was van ene Simon Hensley uit Brighton: *Willen we die heks eigenlijk wel vinden? Ze lijkt op de vogelverschrikker uit de Tovenaar van Oz.*

In de zaal werd gelachen.

'Oké, nu even serieus,' zei Mae.

In een andere kolom stonden foto's weergegeven die door het computerprogramma waren geselecteerd en gerangschikt naar de mate van overeenkomst met Fiona Highbridge. Binnen drie minuten stonden er 201 foto's in de lijst. Het aantal stemmen bij elke foto gaf aan welke vrouw volgens de gebruikers het meest op haar leek. Na vier minuten stonden vijf kandidaten bovenaan. Een van de vrouwen kwam uit Bend in Oregon, een andere uit het Canadese Banff en een derde uit Glasgow. En toen gebeurde er iets wonderlijks, iets wat alleen mogelijk was doordat de hele Cirkel samenwerkte aan één gemeenschappelijk doel: twee van de foto's waren in hetzelfde dorp gemaakt: Carmarthen in Wales. Het was duidelijk te zien dat het waarschijnlijk twee foto's van dezelfde persoon waren, een vrouw die sprekend op Fiona Highbridge leek.

Na anderhalve minuut herkende iemand haar. Het was een vrouw die zich nu Fatima Hilensky noemde, wat volgens iedereen een veelbelovende aanwijzing was. Zou iemand die probeerde te verdwijnen een compleet andere naam kiezen of zich misschien prettiger voelen met een naam die leek op de oude, met dezelfde initialen, maar toch anders genoeg was om eventuele achtervolgers te misleiden?

Er waren negenenzeventig volgers die in of vlak bij Carmarthen woonden, van wie drie beweerden haar ongeveer dagelijks te zien. Dat was al veelbelovend genoeg, maar het commentaar dat duizenden stemmen kreeg en het snelst omhoogschoot in de ranglijst was van een vrouw, Gretchen Karapcek, die via haar mobiele telefoon meldde dat ze in een wasserij in de buurt van Swansea werkte en dat de vrouw op de foto een collega van haar was. Het publiek riep dat Gretchen snel naar die collega toe moest gaan en een foto of een filmpje van haar moest maken. Hoewel er nog miljoenen mensen waren die andere aanknopingspunten volgden, waren de meeste mensen ervan overtuigd dat Gretchen de juiste vrouw had gevonden. Mae keek net als de meeste volgers gefascineerd naar de beelden van Gretchens camera: reusachtige stomende machines, collega's die nieuwsgierig opkeken toen ze zich langs hen heen door de hoge, holle ruimte haastte en steeds dichter bij de magere, gebogen vrouw kwam die verderop een laken tussen twee enorme ronddraaiende cilinders door leidde.

Mae keek op de klok. Zes minuten en drieëndertig seconden. Ze wist zeker dat dit Fiona Highbridge was. Iets in de vorm van haar hoofd, in haar maniertjes, en nu ze haar ogen opsloeg en Gretchens camera naar haar toe zag glijden, zag je ook dat ze begreep dat er iets ernstigs aan de hand was. Dat was niet zomaar een blik van verrassing of verbijstering. Het was de blik van een dier dat is betrapt op wroeten in de vuilnisbak. Een woeste blik van schuldbesef en herkenning.

Even – Mae hield haar adem in – leek het alsof de vrouw het opgaf en zich tot de camera zou richten om haar misdaden op te biechten en te erkennen dat ze gevonden was.

Maar nee. Ze begon te rennen.

Een paar eindeloze seconden bleef de cameravrouw staan; haar camera toonde alleen Fiona Highbridge – want het stond nu buiten kijf dat zij het was – die de wasserij door en de trap op rende.

'Erachteraan!' riep Mae, en Gretchen Karapcek zette met haar camera de achtervolging in. Mae was even bang dat hun poging zou mislukken, dat de vluchtelinge was gevonden maar, door de onhandigheid van haar collega, wist te ontkomen. De camera danste wild heen en weer, de betonnen trap op, een gang van cementblokken door en toen naar een deur. De witte lucht was door een klein vierkant raampje te zien.

Toen de deur openbarstte, zag Mae tot haar grote opluchting dat Fiona Highbridge tegen een muur stond, omringd door een man of tien, van wie de meesten hun telefoon naar haar ophielden, hun camera op haar hadden gericht. Ze kon onmogelijk weg. Haar gezicht stond wild, doodsbang en tegelijk uitdagend. Ze leek te speuren naar een bres in de mensenmuur, een gaatje om door te ontsnappen. 'We hebben je, kindermoordenaar,' zei iemand in de menigte en Fiona Highbridge zakte in elkaar, gleed naar de grond en sloeg haar handen voor haar gezicht.

Binnen een paar seconden waren de meeste videofeeds van het publiek op het scherm in de Grote Zaal te zien. Er verscheen een mozaïek van het koude, harde gezicht van Fiona Highbridge vanuit tien invalshoeken die haar schuld allemaal bevestigden.

'Lynchen die hap!' riep iemand buiten voor de wasserij.

'We moeten haar beschermen,' siste Stenton in Mae's oor.

'Bescherm haar alsjeblieft,' smeekte Mae de menigte. 'Heeft iemand de politie gebeld?'

Een paar seconden later hoorde ze de sirenes al en zag ze twee auto's over het parkeerterrein scheuren. Ze keek weer hoe laat het was. Toen de vier agenten bij Fiona Highbridge waren en haar de handboeien om deden, gaf de klok in de Grote Zaal tien minuten en zesentwintig seconden aan.

‘Goed, dat was het,’ zei Mae. Ze zette de klok stil.

Het publiek barstte in gejuich uit en degenen die Fiona Highbridge hadden opgejaagd, kregen binnen een paar seconden felicitaties uit de hele wereld.

‘We moeten de videofeed stopzetten,’ zei Stenton. ‘Ze heeft nog wel recht op een beetje waardigheid.’

Mae gaf de aanwijzing door aan de technici. De feeds met Highbridge hielden op en het scherm ging weer op zwart.

‘Zo,’ zei Mae tegen het publiek, ‘zelfs ik had niet verwacht dat het zo makkelijk zou gaan. En we hadden maar een paar van de tools nodig waarover nu de hele wereld kan beschikken.’

‘We doen er nog een!’ riep iemand.

Mae glimlachte. ‘Dat zouden we kunnen doen,’ zei ze met een blik op Bailey, die in de coulissen stond. Hij haalde zijn schouders op.

‘Misschien geen voortvluchtige crimineel dit keer,’ zei Stenton in haar oortje. ‘Laten we een gewone burger nemen.’

Er verscheen een brede glimlach op Mae’s gezicht.

‘Goed,’ zei ze. Ze zocht snel een foto op haar tablet en zette die op het scherm achter haar. Het was een kiekje van Mercer van drie jaar geleden, toen het net uit was maar ze elkaar nog wel veel zagen. Ze stonden samen bij het begin van een kustpad dat ze wilden bewandelen.

Ze had tot dat moment nooit overwogen de Cirkel in te zetten om hem te vinden, maar nu leek dat ineens heel erg voor de hand te liggen. Hoe kon ze de reikwijdte en de kracht van het netwerk en de mensen die er deel van uitmaakten overtuigender aantonen dan op deze manier? Dan zou hij zijn scepsis wel laten varen.

‘Oké,’ zei ze tegen het publiek. ‘Ons tweede doel van vandaag is geen voortvluchtige crimineel, maar hij is wel op de vlucht. Op de vlucht voor vriendschap, zou je kunnen zeggen.’

Ze glimlachte als reactie op het gelach in de zaal.

‘Dit is Mercer Medeiros. Ik heb hem een paar maanden niet gezien en ik zou hem dolgraag weerzien. Maar net als Fiona Highbridge wil hij niet gevonden worden. Laten we eens kijken of we ons record kunnen breken. Klaar? De tijd gaat nú in.' De klok werd aangezet.

Binnen negentig seconden waren er al honderden posts van mensen die hem kenden – van de basisschool, de middelbare school, de universiteit, het werk. Er verschenen zelfs een paar foto's waar Mae ook op stond, wat alle betrokkenen erg amusant vonden. Maar toen kwam er tot Mae's afgrijzen een gapend hiaat van viereneenhalve minuut zonder bruikbare informatie over zijn huidige verblijfplaats. Een ex-vriendin zei dat zij ook graag wilde weten waar hij zat, want hij had nog een complete duikuitrusting van haar. Dat bleef een hele tijd de laatste relevante boodschap, maar toen kwam er een ting binnen uit Jasper, Oregon, die meteen boven aan de lijst stond.

Die man heb ik bij ons in de supermarkt gezien. Even checken.

Degene die de ting had geplaatst, Adam Frankenthaler, ging met de buren praten en al snel was iedereen het erover eens dat ze Mercer hadden gezien – bij de slijter, in de supermarkt, in de bibliotheek. Maar toen gebeurde er weer bijna twee eindeloze minuten niets en kon niemand erachter komen waar hij woonde. De klok stond op 7.31.

'Goed,' zei Mae. 'Dan gaan we nu krachtiger middelen inzetten. We kijken op plaatselijke onroerendgoedsites wat er de laatste tijd is verhuurd. We kijken naar creditcardafschriften, de belgeschiedenis van zijn telefoon, bibliotheeklidmaatschap, alles waar hij zich voor heeft ingeschreven. Wacht eens.' Mae keek op en zag dat er twee adressen waren gevonden, allebei in dat kleine plaatsje in Oregon. 'Weten we hoe we hieraan komen?' vroeg ze, maar dat leek nauwelijks van belang. Het ging nu te snel.

In de paar minuten daarna reden er auto's naar beide adressen en de passagiers filmden hun aankomst. Het ene adres was in het centrum, boven een winkel in homeopathische geneesmiddelen met hoge sequoia's erachter. Op een camera was een hand te zien die op de deur klopte, en toen werd er door het raam gefilmd. Het duurde lang voordat er werd opengedaan, maar uiteindelijk zwenkte de camera omlaag, naar een jongetje van een jaar of vijf dat doodsbang naar al die mensen voor zijn huis keek.

'Is Mercer Medeiros thuis?' vroeg een stem.

Het jongetje draaide zich om en verdween in het donkere huis. 'Pap!'

Even dacht Mae paniekerig dat het Mercers zoontje was – het ging zo snel dat het niet meteen tot haar doordrong dat dat niet kon. Had hij al een kind? Nee, dat kon zijn biologische kind niet zijn. Misschien woonde hij bij een vrouw die al kinderen had?

Maar toen er een mannengestalte in de lichte deuropening verscheen, was dat niet Mercer. Het was een man van een jaar of veertig met een sikje, een flanellen shirt en een joggingbroek. Dood spoor. Er waren ruim acht minuten verstreken.

Het tweede adres werd gevonden. Dat was in het bos, hoog op een berghelling. De voornaamste videofeed achter Mae schakelde erop over, een auto reed over een slingerend pad naar een grote grijze blokhut.

Ditmaal was de cameravoering professioneler, scherp. Iemand filmde een deelneemster, een grijnzende jonge vrouw met ondeugend op en neer dansende wenkbrauwen. Ze klopte aan.

'Mercer?' zei ze tegen de deur. 'Mercer, ben je daar?' Haar vertrouwelijke toon ergerde Mae even. 'Ben je kroonluchters aan het maken?'

Mae voelde haar maag samentrekken. Die vraag, dat spottende toontje, zou Mercer niet waarderen. Ze wilde zo snel mogelijk zijn gezicht zien, zodat ze rechtstreeks het woord tot hem kon richten. Er werd evenwel niet opengedaan.

'Mercer!' riep de jonge vrouw. 'Ik weet dat je thuis bent. We zien je auto.' De camera zwenkte naar het pad, waar Mae tot haar opwinding inderdaad de pick-up van Mercer zag staan. Toen de camera weer terugzwenkte, zag ze een stuk of tien, twaalf mensen staan die er bijna allemaal als plaatselijke bewoners uitzagen; ze hadden honkbalpetten op en minstens één van het stel droeg camouflagekleding. Tegen de tijd dat de camera weer bij de voordeur was, begonnen ze te scanderen: 'Mercer! Mercer! Mercer!'

Mae keek op de klok. Negen minuten en vierentwintig seconden.

Ze zouden minstens een minuut van het record met Fiona Highbridge afsnoepen. Maar dan moest hij wel opendoen.

'Loop eens achterom,' zei de jonge vrouw, en nu volgde de feed een tweede camera, die op de veranda en door de ramen keek. Binnen was niemand te zien. Er stonden hengels, er lag een berg geweien, en naast de stoffige banken en stoelen lagen boeken en stapels papieren. Op de schouw zag Mae een foto die ze meende te herkennen, van Mercer met zijn broers en zijn ouders op een uitstapje naar Yosemite. Die foto herinnerde ze zich en ze wist precies wie erop stonden, want ze had het altijd merkwaardig en mooi gevonden dat Mercer, die toen zestien was, zijn hoofd tegen de schouder van zijn moeder had gelegd in een spontaan gebaar van kinderlijke liefde.

'Mercer! Mercer! Mercer!' scandeerden de stemmen.

Maar het was heel goed mogelijk dat hij was gaan wandelen of als een holbewoner haardhout was gaan verzamelen, en dat hij in geen uren terug zou komen. Ze wilde het publiek al weer toespreken, zeggen dat de zoektocht een succes was en de demonstratie afkappen – tenslotte hadden ze hem gevonden, zoveel was duidelijk –, toen ze iemand hoorde gillen.

'Daar is hij! Op het pad!'

Beide camera's kwamen in beweging en snelden hotsend en schuddend van de veranda naar de Toyota. Er stapte iemand in en Mae wist al dat het Mercer was voordat de camera's hem hadden bereikt. Maar toen ze dichtbij waren – toen Mae binnen zijn gehoorsafstand kwam – reed hij al achteruit het pad af.

Naast de pick up rende iemand mee, een jongen die iets aan het raampje aan de passagierskant vastmaakte. Mercer bereikte de grote weg en scheurde ervandoor. Er werd chaotisch door elkaar gerend en gelachen en alle deelnemers bij Mercers huis stapten in hun auto's om hem te volgen.

Een van de volgers stuurde een bericht om uit te leggen dat hij een SeeChangecamera op het raampje had gehangen, en die werd meteen geactiveerd. Het beeld verscheen op het scherm, messcherpe opnamen van Mercer achter het stuur.

Mae wist dat zij Mercer via deze camera wel kon horen, maar hij haar niet, dus ze kon niet tegen hem praten. Maar ze wist dat dat wel moest. Hij kon nog niet weten dat zij hierachter zat. Ze moest hem geruststellen dat het geen enge stalkingexpeditie was. Dat zijn goede vriendin Mae alleen het SoulSearchprogramma wilde demonstreren en even met hem wilde praten, zodat ze er samen om konden lachen.

Maar de bossen raasden als een bruin-wit-groene veeg langs zijn raampje en zijn mond was een gruwelijke streep van woede en angst. Hij nam de bochten snel en roekeloos en leek bergopwaarts te rijden. Mae was er niet gerust op dat de deelnemers hem zouden kunnen bijhouden, maar ze wist dat ze de SeeChangecamera hadden, die zulke mooie bioscoopbeelden maakte dat het een lust was om te zien. Hij leek op zijn held, Steve McQueen, woedend maar beheerst achter het stuur van zijn zwoegende pick-up. Mae had even een idee voor een streamingprogramma dat ze zouden kunnen maken, mensen die zichzelf filmen terwijl ze met hoge snelheid door een interessant landschap rijden. *Drive, She Said* zouden ze het kunnen noemen. Haar dagdroom werd wreed verstoord door een giftige uitroep van Mercer: 'Fuck!' schreeuwde hij. 'Fuck you!'

Hij keek naar de camera. Hij had hem gevonden. En toen ging het beeld naar beneden. Mercer draaide het raampje omlaag. Mae vroeg zich af of de camera zou blijven zitten, of de hechtstrip tegen het automatische raampje was opgewassen. Binnen een paar seconden wist ze het: de camera werd van het glas geschraapt en het beeld begon wild te zwaaien toen hij viel. Er verschenen beelden van het bos, daarna van het wegdek en ten slotte, toen het ding stillag, van de lucht.

De klok stond op 11.51.

Een paar lange minuten ontbrak ieder beeld van Mercer. Mae nam aan dat hij ieder moment door een van de achtervolgende auto's kon worden gevonden, maar op geen enkel beeld van de vier was hij te zien. Ze reden allemaal op een andere weg en uit hun opmerkingen werd duidelijk dat ze geen idee hadden waar hij zat.

'Oké,' zei Mae, in het besef dat ze het publiek ging epateren. 'Stuur de drones!' bulderde ze toen, een komische imitatie van een duivelse schurk.

Het duurde gruwelijk lang – wel een minuut of drie – maar toen waren alle beschikbare particuliere drones in de regio, elf in totaal, in de lucht, allemaal bestuurd door de respectieve eigenaars, en ze vlogen over de berg waar Mercer waarschijnlijk reed. Ze hadden een eigen gps, zodat ze niet tegen elkaar aan botsten, en door zich op het satellietbeeld te oriënteren hadden ze de lichtblauwe pick-up na zevenenzestig seconden gevonden. De klok stond op 15.04.

Het beeld op het scherm kwam nu van de camera's op de drones, zodat het publiek een ongelofelijk raster van beelden kreeg voorgeschoteld; tussen de drones zat flink wat ruimte, wat een caleidoscopisch uitzicht op de pick-up opleverde terwijl die over de bergweg tussen de zware naaldbomen raasde. Een paar kleinere drones konden onder de bomen door en kwamen heel dichtbij, maar de meeste waren te groot om door het bos te vliegen, dus die volgden op grotere hoogte. Een van de kleintjes, ReconMan 10, was door het bladerdak heen gebroken en leek zich aan Mercers kant aan het raampje te hebben vastgezogen. De drone zorgde voor een helder, stabiel beeld. Mercer keek ernaar en besefte dat het ding niet weg wilde. Zijn gezicht vertrok in onverholen afgrijzen. Zo had Mae hem nog nooit gezien.

'Kan iemand mij op audio zetten voor de drone ReconMan 10?' vroeg ze. Ze wist dat zijn raampje nog openstond. Als ze iets door de speaker van de drone kon zeggen, zou hij begrijpen dat zij het was. Ze kreeg een signaal dat de audio geactiveerd was.

'Mercer. Ik ben het, Mae. Kun je me verstaan?'

Er verscheen iets van herkenning op zijn gezicht. Ongelovig tuurde hij naar de drone.

'Mercer, stop. Ik ben het maar, Mae.' En toen, bijna lachend: 'Ik wilde je alleen even gedag zeggen.'

Het publiek bulderde.

Het gelach gaf Mae een warm gevoel en ze verwachtte dat Mercer ook in de lach zou schieten, zou stoppen en zijn hoofd zou schudden, vol bewondering voor de geweldige mogelijkheden van de technologie die ze tot haar beschikking had. Ze wilde dat hij zei: 'Je had me mooi te pakken. Ik geef me over. Jij hebt gewonnen.'

Maar hij lachte niet en stopte evenmin. Hij keek niet eens meer naar de drone. Het leek wel alsof hij een nieuwe koers had uitgezet en die vastberaden volgde.

'Mercer!' zei ze quasibevelend. 'Mercer, stop, geef je over. Je bent omsingeld.' Toen bedacht ze iets waar ze weer om moest lachen. 'We zijn overal...' zei ze met gedempte stem, en toen ineens met een zonnige alt: 'Wij, je vrienden!' Zoals ze had verwacht, sloeg er een golf van geschater en gejuich door de zaal.

Maar hij stopte niet. Hij keek nu al een hele tijd niet meer naar de drone. Mae keek op de klok: negentien minuten en zevenenvijftig seconden. Ze wist niet meer of het iets uitmaakte of hij stopte of niet, of hij op de camera's reageerde. Hij was toch gevonden? Het record van Fiona Highbridge was waarschijnlijk al gebroken op het moment dat ze hem naar de auto hadden zien rennen. Dat was het ogenblik waarop zijn identiteit was vastgesteld. Mae dacht even dat het verstandiger zou zijn de drones terug te trekken en de camera's uit te zetten, want Mercer had kennelijk weer zo'n koppige bui en weigerde mee te werken – bovendien had ze bewezen wat ze wilde bewijzen.

Maar iets aan zijn onvermogen zich over te geven, toe te geven dat hij verloren had of anders ten minste te erkennen dat de technologie waarover Mae kon beschikken onvoorstelbare mogelijkheden bood, maakte het haar onmogelijk hem met rust te laten totdat ze ten minste een teken van instemming had gekregen. Maar wat voor teken dan? Dat wist ze niet, maar ze zou het vast wel herkennen als ze het zag.

Toen opende zich het landschap rond de auto. Het dichte, snel voorbijschietende woud maakte plaats voor blauw, boomkruinen en helderwitte wolken Ze bekeek een ander camerabeeld met uitzicht vanuit een drone boven de auto: Mercer reed over een smalle brug die de ene berg met de volgende verbond, tientallen meters boven een kloof.

'Kan het geluid misschien wat harder?' vroeg ze.

Er verscheen een icoontje waarop ze zag dat het geluid op halve sterkte had gestaan en nu helemaal openstond.

'Mercer!' zei ze zo dreigend als ze kon. Hij draaide zijn hoofd met een ruk naar de drone, geschrokken van het harde geluid. Had hij haar daarnet misschien niet gehoord?

'Mercer! Ik ben het, Mae!' riep ze, en ze hoopte nu maar dat hij daarnet niet had begrepen dat zij hierachter zat. Maar hij lachte niet. Hij schudde alleen langzaam zijn hoofd, alsof hij diep teleurgesteld was.

Nu zag ze aan de kant van de passagiersplaats nog twee drones verschijnen. Uit een daarvan galmde een andere stem, een mannenstem: 'Mercer, teringlijer! Stoppen, oetlul!'

Als door een wesp gestoken keek Mercer in de richting van het geluid, en toen hij zijn blik weer op de weg richtte, stond er paniek op zijn gezicht te lezen.

Op het scherm achter haar zag Mae dat er twee SeeChangecamera's bij waren gekomen. Ze stonden op de brug. Een paar seconden later verscheen er nog een derde, die op de rivier diep onder de brug gericht was.

Een nieuwe stem, een lachende vrouwenstem, klonk uit de derde drone: 'Mercer, geef je over! Onderwerp je aan onze wil! Sluit vriendschap met ons!'

Mercer richtte de neus van zijn pick-up op de drone alsof hij die wilde rammen, maar het vliegtuigje paste automatisch zijn koers aan en deed volledig synchroon zijn beweging na. 'Je kunt nergens heen, Mercer!' schalde de vrouwenstem. 'Nooit of te nimmer. Het is afgelopen. Geef je over. Sluit vriendschap met ons!' Dat laatste zei ze met een dreinend kinderstemmetje, en toen lachte ze omdat dat nasale gedrein zo vreemd klonk uit die dofzwarte drone.

Het publiek juichte en de reacties stroomden binnen; een aantal volgers vond dit het mooiste spektakel dat ze ooit hadden gezien.

En terwijl het gejuich aanzwol, zag Mae iets nieuws op Mercers gezicht verschijnen, iets vastberadens, bijna sereens. Met zijn rechterarm gaf hij een ruk aan het stuur en toen verdween hij uit het beeld van de camera's van de drones, althans even: toen ze hem weer in beeld hadden, stak de pick-up dwars de snelweg over, recht op de betonnen afscheiding af, zo snel dat die hem onmogelijk kon tegenhouden. De auto schoot eroverheen en dook de kloof in. Heel even leek hij te vliegen. Overal om de auto heen was het berglandschap te zien. Toen stortte hij naar beneden.

Mae's blik ging instinctief naar de camera bij de rivier; daarop zag ze heel duidelijk iets piepkleins van de hoge brug vallen en als een blikken speelgoedautootje op de rotsblokken in de diepte landen. Ze besefte wel dat het kleine dingetje de auto van Mercer was, en ergens begreep ze ook wel dat een mens zo'n val onmogelijk kon overleven, maar toch keek ze naar de andere camera's, naar de beelden van de drones die nog steeds bij de brug vlogen, in de verwachting Mercer op de brug te zien staan, kijkend naar de pick-up daarbeneden. Maar er stond niemand op de brug.

'Gaat het een beetje?' vroeg Bailey.

Ze zaten in zijn bibliotheek, alleen – afgezien van haar volgers dan. Sinds Mercers dood, inmiddels een week geleden, was hun aantal rond de achtentwintig miljoen blijven steken.

'Ja, dank je,' zei Mae voorzichtig; ze bedacht dat de Amerikaanse president in iedere situatie de gulden middenweg moet zien te vinden tussen rauwe emotie en kalme waardigheid, de beheersing die komt met ervaring. Ze had zich in de positie van een president proberen te verplaatsen. Tenslotte had ze veel met zulke mensen gemeen – de verantwoordelijkheid voor velen, de macht om wereldwijde processen te beïnvloeden. Bij die positie hoorden nieuwe crises van presidentieel formaat. De dood van Mercer. Annies coma. Gedachten aan de Kennedy's drongen zich op. 'Het dringt nog niet helemaal tot me door, geloof ik,' zei ze.

'Dat kan nog wel even duren,' zei Bailey. 'Verdriet kent geen dienstregeling, hoe graag je dat soms ook zou willen. Maar je moet jezelf geen verwijten maken. Dat doe je hopelijk ook niet.'

'Dat valt moeilijk tegen te houden,' zei Mae, en ze had meteen spijt van haar woorden. Die klonken niet erg presidentieel en Bailey sprong erbovenop.

'Mae, we hebben het over een zwaar gestoorde, asociale jongeman die jij wilde helpen. Jij en de andere deelnemers hebben geprobeerd hem te bereiken en hem weer in de schoot van de gemeenschap op te nemen, maar hij wees dat af. We kunnen veilig stellen dat jij waarschijnlijk zijn laatste hoop was.'

'Wat mooi dat je dat zegt,' zei ze.

'Je moet jezelf zien als een arts die een ernstig zieke komt behandelen, maar de patiënt ziet de arts en springt uit het raam. Dat kun je jezelf toch niet verwijten.'

'Dank je,' zei Mae.

'En je ouders? Hoe gaat het daarmee?'

'Goed. Dank je.'

'Het zal je wel goed hebben gedaan dat ze bij de begrafenis waren.'

'Ja,' zei Mae, al hadden ze elkaar toen nauwelijks gesproken en sindsdien helemaal niet meer.

'Ik begrijp dat er nog een zekere afstand tussen jullie is, maar die zal mettertijd wel verdwijnen. Afstand verdwijnt uiteindelijk altijd.'

Mae was Bailey dankbaar voor zijn kracht en zijn kalmte. Op dit moment was hij haar beste vriend en ook een soort vader. Ze hield van haar eigen ouders, maar die waren niet zo wijs, niet zo sterk. Ze was Bailey en ook Stenton dankbaar, en Francis, die haar bijna dagelijks bijstond.

'Ik vind het zó frustrerend als er zoiets gebeurt,' ging Bailey verder. 'Het is om razend van te worden. Ik weet wel dat het een zijsprong is, en ja, het is een stokpaardje van mij, maar dit had nooit kunnen gebeuren als Mercer in een automatisch bestuurde auto had gezeten. De programmering had zoiets onmogelijk gemaakt. Zo'n auto als hij had, zou verboden moeten worden.'

'Ja,' zei Mae. 'Die achterlijke pick-up.'

'En het gaat niet om het geld, maar weet je wel wat het kost om die brug te repareren? En wat het al heeft gekost om al die troep daarbeneden op te ruimen? Als hij in een automatisch bestuurde auto had gezeten, dan was zelfvernietiging onmogelijk geweest. Dan had de auto zichzelf gewoon uitgeschakeld. Maar sorry. Ik sta weer op mijn zeepkist en dat heeft met jouw verdriet weinig te maken.'

'Geeft niet.'

'Hij woonde in zijn eentje in een blokhut in de bergen. Natúúrlijk word je dan depressief, daardoor is hij zo gestoord en paranoïde geworden. Ik bedoel, toen de deelnemers daar aankwamen, was er al geen redden meer aan. Hij zat daar moederziel alleen, onbereikbaar voor de duizenden of zelfs miljoenen die hem dolgraag hadden geholpen als ze ervan hadden geweten.'

Mae keek naar Baileys glas-in-loodplafond – al die engelen – en bedacht dat Mercer graag als martelaar beschouwd zou worden. 'Er waren zoveel mensen die van hem hielden,' zei ze.

'Ja, heel veel. Heb je al die reacties en blijken van waardering gezien? Zóveel mensen wilden hem helpen. Ze hebben het geprobeerd. Jij ook. En er waren vast nog duizenden anderen geweest als hij ze had toegelaten. Als je de mensheid afwijst en geen gebruik wilt maken van alle middelen die je tot je beschikking hebt, je afsluit voor alle hulp die je aangeboden krijgt, tja, dan gaat het mis. Als je de technologie afwijst die kan voorkomen dat je in de diepte valt, dan vál je ook in de diepte – letterlijk. En wanneer je de hulp en de warmte van al die miljarden barmhartige zielen over de hele wereld afwijst, dan val je emotioneel in de diepte. Zo is het toch?' Hij zweeg even, alsof hij haar en zichzelf de gelegenheid wilde geven zijn mooie, toepasselijke metafoor tot zich te laten doordringen. 'Als je de groepen, de mensen, de toehoorders afwijst die contact met je willen maken, met je willen meeleven en je willen omarmen, dan solliciteer je naar ellende. Mae, die jongen was duidelijk ernstig depressief en geïsoleerd, hij kon niet overleven in deze wereld van eenheid en gezamenlijkheid. Had ik hem maar gekend. Ik heb het gevoel dat ik hem een beetje heb leren kennen doordat ik heb gezien wat er die dag is gebeurd. Maar toch.'

Hij slaakte een hese zucht van intense frustratie.

'Weet je, jaren geleden had ik me voorgenomen om te proberen alle mensen op de hele wereld te leren kennen. Iedereen, ook al was het maar een klein beetje. Ze een hand geven, ze even aankijken. En ik dacht ook echt dat dat kon. Kun je je voorstellen dat dat idee mij aansprak?'

'O, zeker,' zei Mae.

'Maar er zijn zeven miljard mensen! Dus ik ben eens gaan rekenen. En ik kwam hierop uit: als ik voor iedereen drie seconden uittrek, kan ik twintig mensen per minuut ontmoeten. Twaalfhonderd per uur! Niet verkeerd, toch? Maar zelfs in dat tempo zou ik in een jaar maar 10.512.000 mensen leren kennen. Dan had ik dus 665 jaar nodig om iedereen te begroeten. Daar word je toch dieptreurig van?'

'Ja,' zei Mae. Ze had zelf ook weleens zo'n berekening gemaakt. Was het genoeg als je door een fractie van dat aantal mensen werd gezíén? Dat was tenminste iets, dacht ze.

'We moeten dus genoegen nemen met de mensen die we kennen, die we kúnnen kennen,' zei Bailey, weer met een luide zucht. 'Het moet genoeg zijn dat we weten hoeveel mensen er überhaupt zijn. Dat zijn er heel, heel veel, en we moeten uit velen kiezen. In jouw getroebleerde Mercer hebben we één van die talloze mensen verloren, en dat drukt ons weer eens met onze neus op de waarde én de overvloed van het leven op aarde. Ja toch?'

'Ja.'

Mae's gedachten volgden hetzelfde spoor. Sinds Mercers dood en Annies coma, toen ze zich zo alleen voelde, was die scheur in haar binnenste weer opengegaan, groter en zwarter dan ooit tevoren. Maar toen hadden haar volgers overal ter wereld haar laten weten dat ze er waren en hadden ze haar hun steun en hun smiles gestuurd – miljoenen, tientallen miljoenen – en nu wist ze wat die scheur eigenlijk was en hoe ze hem kon dichtnaaien. Die scheur was het niet-weten. Het niet-weten wie van haar hield en hoelang al. Die scheur was het gekmakende niet-weten – niet weten wie Kalden was, niet weten wat Mercer dacht, wat Annie dacht en wilde. Mercer had gered kunnen worden – zou gered zijn – als hij zijn gedachten kenbaar had gemaakt, als hij Mae en de rest van de wereld had willen toelaten. Het niet-weten was de oorzaak van alle gekte, eenzaamheid, achterdocht en angst. Maar daar was iets aan te doen. Transparantie had haar voor de hele wereld kenbaar gemaakt, had een beter mens van haar gemaakt, haar naar ze hoopte dichter bij de perfectie gebracht. Nu zou de rest van de wereld volgen. Volledige transparantie zou voor volledige toegankelijkheid zorgen, en dan zou er geen niet-weten meer zijn. Mae glimlachte bij de gedachte dat het allemaal zo eenvoudig was, zo zuiver. Bailey glimlachte mee.

'Goed,' zei hij, 'maar nu we het toch hebben over mensen om wie we geven en die we niet willen kwijtraken: ik weet dat je gisteren bij Annie bent geweest. Hoe gaat het nu? Nog steeds hetzelfde?'

'Ja, nog steeds hetzelfde. Je kent Annie. Die is sterk.'

'En óf ze sterk is. En ze is zo belangrijk voor ons. Net als jij. We zijn altijd bij je, en bij Annie. Ik weet wel dat jullie dat allebei beseffen, maar ik wil het toch nog even zeggen. De Cirkel is altijd bij je. Ja?'

Mae moest haar tranen bedwingen. 'Ja.'

'Goed.' Bailey lachte haar toe. 'We moeten verder. Stenton wacht op ons en ik denk dat we allemaal...' – hij maakte een gebaar naar Mae en haar volgers – 'wel wat afleiding kunnen gebruiken. Ben je zover?'

Ze liepen door de donkere gang naar het nieuwe aquarium, dat een levend blauw uitstraalde, en Mae zag de nieuwe verzorger, die op een ladder klom. Stenton had na zijn filosofische meningsverschil met Georgia een andere marien bioloog aangenomen. Georgia had bezwaar gemaakt tegen het experimentele voedingssysteem van Stenton en geweigerd wat haar opvolger, een lange, kaalgeschoren man, nu ging doen: alle dieren die Stenton uit de Marianentrog had meegenomen in één aquarium bijeenbrengen, zodat iets zou ontstaan wat meer leek op de biotoop waarin hij ze had aangetroffen. Het idee kwam Mae zo logisch voor dat ze blij was dat Georgia was vervangen. Wie wilde niet dat alle dieren in een omgeving konden leven die op hun oorspronkelijke biotoop leek? Georgia had geen lef en geen visie, en zo iemand had in de buurt van dit aquarium, of van Stenton, of bij de Cirkel, niets te zoeken.

'Daar is hij,' zei Bailey toen ze bij het aquarium waren. Stenton kwam tevoorschijn en gaf Bailey een hand. Toen richtte hij zich tot Mae.

'Mae, goed je weer te zien,' zei hij. Hij nam haar beide handen in de zijne. Hij was in een uitgelaten stemming, maar uit respect voor Mae's recente verlies trok hij zijn mond even in een sombere plooi. Ze lachte verlegen en sloeg haar ogen op. Ze wilde hem laten weten dat het goed met haar ging, dat ze het aankon. Hij knikte, draaide zich om en keek weer naar het aquarium. Hij had voor de gelegenheid een veel groter aquarium laten bouwen, met een schitterend assortiment levend koraal en wieren waarvan de kleuren harmonieerden in het felle onderwaterlicht. Lavendelkleurige anemonen, gele en groene koraal, vreemde bolwitte zeesponzen. Het water was vrijwel volledig kalm met slechts een lichte stroming waarop de violette vegetatie meedeinde tussen de nisjes van honingraatkoraal.

'Prachtig. Echt prachtig,' zei Bailey.

Bailey, Stenton en Mae stonden voor het aquarium en haar camera was erop gericht, zodat haar volgers het rijke onderwatertableau goed konden bekijken.

'Binnenkort is alles klaar,' zei Stenton.

Op dat moment voelde Mae een aanwezigheid, een hete adem in haar nek, van links naar rechts.

'Ah, daar is hij,' zei Bailey. 'Ty had je nog niet ontmoet, hè Mae?'

Ze keek om en zag Kalden, die naast Bailey en Stenton stond te glimlachen en haar zijn hand toestak. Hij had een wollen mutsje op en een oversized hoody aan. Maar het was onmiskenbaar Kalden. Ze kon een hoorbare zucht van verbazing niet onderdrukken.

Hij glimlachte en ze begreep meteen dat haar volgers en de andere Wijzen het heel normaal zouden vinden dat de kennismaking met Ty haar even uit haar evenwicht bracht. Ze sloeg haar ogen neer en realiseerde zich dat ze zijn hand al schudde. Ze kreeg even geen lucht.

Toen ze opkeek, zag ze dat Bailey en Stenton grijnsden. Ze dachten dat ze diep onder de indruk was van de schepper van dit alles, de jonge, mysterieuze man achter de Cirkel. Ze keek Kalden even aan in de hoop op een verklaring, maar zijn glimlach bleef onveranderlijk en in zijn ogen was niets te lezen.

'Fijn je te ontmoeten, Mae,' zei hij. Hij zei het verlegen, haast mompelend, maar hij wist precies wat hij deed. Hij wist wat het publiek van Ty verwachtte.

'Insgelijks,' zei ze.

Daarna kon ze niet meer denken. Wat was hier in godsnaam aan de hand? Ze keek weer naar zijn gezicht en zag onder het wollen mutsje een paar grijze haren. Alleen zij wist dat hij die had. Wisten Bailey en Stenton eigenlijk wel dat hij zo dramatisch was verouderd? En dat hij zich voordeed als iemand anders, als Kalden? Maar dat moest toch wel. Natuurlijk wisten ze dat. Daarom circuleerden ook die videofeeds van hem – waarschijnlijk lang geleden opgenomen. Ze hielden het beeld in stand, ze hielpen hem te verdwijnen.

Toen liet ze zijn hand eindelijk los.

'Dit had veel eerder moeten gebeuren,' zei hij. 'Mijn excuses daarvoor.'

Nu sprak hij tegen Mae's camera. Hij gaf een volmaakt natuurlijke voorstelling voor haar volgers. 'Ik werk aan een paar nieuwe projecten, heel cool allemaal, dus de laatste tijd ben ik niet zo sociaal als ik zou willen.'

Onmiddellijk steeg het aantal volgers van ruim dertig miljoen naar tweeëndertig miljoen en het liep snel op.

'Lang geleden dat we alle drie bij elkaar waren!' zei Bailey. Mae's hart ging wild tekeer. Ze deed het met Ty. Wat betekende dat? En wat wilde het zeggen dat niet Kalden, maar Ty haar voor de Voltooiing waarschuwde? Hoe kon dat? Wat betekende dát?

'Wat krijgen we zo dadelijk te zien?' vroeg Kalden met een knikje naar het water. 'Ik denk dat ik het al weet, maar ik ben heel benieuwd.'

'Oké,' zei Bailey. Hij klapte in zijn handen en wreef ze vol verwachting tegen elkaar. Hij keek naar Mae, die haar camera naar hem toe draaide. 'Mijn vriend Stenton is bang dat hij in onbegrijpelijk technisch jargon vervalt, dus heeft hij mij gevraagd of ik alles wil uitleggen. Zoals jullie allemaal weten heeft hij een aantal heel bijzondere dieren uit de nog nooit in kaart gebrachte diepten van de Marianentrog meegebracht. Jullie hebben er al een paar gezien, de inktvis, het zeepaardje met zijn jongen en de meest opvallende, de haai.'

Het was inmiddels bekend dat de drie Wijzen bijeen en live te zien waren, en dus had Mae nu al veertig miljoen volgers. Ze keek naar de drie mannen en zag op haar pols dat ze hen drieën dramatisch in beeld had, en profil, met hun blik op het glas gericht, badend in een blauw licht. Hun ogen weerkaatsten de bizarre levensvormen in het water. Eenenvijftig miljoen volgers nu, zag ze. Ze ving de blik van Stenton, die haar met een haast onmerkbaar knikje beduidde dat ze de lens weer op het aquarium moest richten. Terwijl ze dat deed, tuurde ze ingespannen of Kalden iets liet merken. Maar hij staarde naar het water, ondoorgrondelijk.

Bailey vervolgde: 'Tot nu toe hebben onze drie sterren in drie verschillende aquaria gezeten om te acclimatiseren en aan hun leven bij de Cirkel te wennen. Maar die scheiding was natuurlijk kunstmatig. Ze horen bij elkaar, ze hebben altijd in dezelfde zee gewoond. We staan nu op het punt hen te herenigen, zodat ze samen een natuurgetrouwer beeld van het leven in de diepzee kunnen geven.'

Aan de andere kant van het aquarium zag Mae de verzorger op de rode ladder klimmen met een grote plastic zak vol water en piepkleine passagiers. Ze deed haar best om rustiger te ademen, maar slaagde daar niet in. Ze had het gevoel dat ze bijna moest kotsen. Ze overwoog weg te rennen, ver weg. Met Annie. Waar was Annie?

Ze zag dat Stenton naar haar keek, bezorgd en ook streng; ze moest zich beheersen. Ze concentreerde zich op haar ademhaling en op de gebeurtenissen bij het aquarium. Als dit allemaal achter de rug was, had ze nog tijd genoeg om de onbegrijpelijke toestand met Kalden en Ty te ontwarren, hield ze zichzelf voor. Straks had ze tijd. Haar hartslag werd rustiger.

'Victor draagt nu, zoals jullie misschien zien, onze meest kwetsbare last de ladder op, het zeepaardje en natuurlijk zijn vele kinderen,' zei Bailey. 'Het zal jullie opvallen dat de zeepaardjes in een plastic zak naar het nieuwe aquarium worden gebracht, net zoals je een goudvis van de markt mee naar huis neemt. Dat blijkt de beste manier om zulke tere diertjes te vervoeren. Ze kunnen niet tegen iets hards aan botsen en het plastic is veel lichter dan perspex of ander hard materiaal.'

De verzorger stond boven aan de ladder, en nadat hij een snelle blik met Stenton had gewisseld, liet hij de zak voorzichtig in het water zakken. Het plastic rustte op het oppervlak. De zeepaardjes, passief als altijd, lagen onder in de zak en vertoonden geen tekenen van onrust – ze leken niet te beseffen dat ze in een zak zaten, dat ze werden vervoerd, dat ze bestonden. Ze verroerden zich nauwelijks en protesteerden niet.

Mae keek op haar teller. Er keken nu tweeënzestig miljoen volgers. Bailey meldde dat ze nu even zouden wachten totdat de temperatuur van het water in de zak en die van het aquarium gelijk waren, en Mae greep de pauze aan om naar Kalden te kijken. Ze probeerde zijn blik te vangen, maar hij had kennelijk besloten zich op het aquarium te concentreren. Hij staarde naar het water en glimlachte vriendelijk naar de zeepaardjes alsof het zijn eigen kinderen waren.

Achter het aquarium klom Victor weer op de rode ladder. 'Dit wordt spannend,' zei Bailey. 'Hier zien we de inktvis, die naar boven wordt gedragen. Voor hem hadden we natuurlijk een grotere zak nodig, maar niet evenredig veel groter. Hij zou zich in een lunchtrommeltje kunnen wurmen als hij wilde – hij heeft geen ruggengraat, hij heeft helemaal geen botten. Hij is overal beweegbaar en kan zich volledig aanpassen.'

Weldra deinden de zakken met de octopus en de zeepaardjes zachtjes op het verlichte oppervlak. De inktvis leek wel tot op zekere hoogte te beseffen dat onder hem veel meer ruimte was; hij drukte zich tegen de onderkant van zijn tijdelijke onderkomen.

Mae zag dat Victor naar de zeepaardjes wees en Bailey en Stenton even toeknikte. 'Oké,' zei Bailey. 'Zo te zien is het moment aangebroken dat we onze vrienden de zeepaardjes in hun nieuwe omgeving kunnen loslaten. Dit wordt heel mooi. Ben je zover, Victor?' En toen Victor de diertjes losliet, was dat inderdaad heel mooi. De zeepaardjes waren doorschijnend, maar heel licht getint, alsof ze met een dun laagje goud bedekt waren. Ze vielen in het aquarium en dwarrelden als een trage regen van gouden vraagtekens naar beneden.

'Wow,' zei Bailey. 'Moet je kijken.'

Als laatste liet de vader van het hele stel zich aarzelend uit de zak in het aquarium glijden. Anders dan zijn kinderen, die zich doelloos lieten verspreiden, zwom hij vastberaden naar de bodem en verborg zich snel tussen het koraal en de waterplanten. Binnen enkele seconden was hij niet meer te zien.

'Wow,' zei Bailey weer. 'Díé is verlegen.'

De kleintjes dwarrelden nog steeds omlaag en zwommen nu halverwege. Er waren er maar een paar die ergens heen leken te willen.

'Klaar?' vroeg Bailey. Hij wisselde een blik met Victor. 'Dit gaat van een leien dakje! Nu is de inktvis aan de beurt, geloof ik.' Victor spleet de onderkant van de zak open en de inktvis spreidde zich meteen uit als een hartelijke hand. Net als toen hij nog alleen was, tastte hij de contouren van het glas af, en het koraal, het zeewier – hij wilde alles aanraken, voorzichtig en nieuwsgierig.

'Kijk nou. Wat verrukkelijk,' zei Bailey. 'Wat een geweldig beest. Ergens in die reusachtige ballon moeten wel hersenen zitten, niet?' Hij keek naar Stenton in de hoop op bevestiging, maar Stenton verkoos dit als een retorische vraag te beschouwen. Er verscheen een klein lachje in zijn mondhoek, maar hij wendde zijn ogen niet van het schouwspel af.

De octopus leek tot bloei te komen en te groeien; hij zweefde van de ene kant van het aquarium naar de andere en raakte de zeepaardjes of de andere dieren nauwelijks aan, hij keek er alleen naar, wilde ze alleen leren kennen, en terwijl hij alles om zich heen aanraakte en verkende, zag Mae op de rode ladder weer iets bewegen.

'Nu hebben Victor en zijn assistent de échte attractie bij zich,' zei Bailey met een blik op de eerste verzorger, die nu gezelschap kreeg van een tweede, eveneens in het wit geklede man die op een soort vorkheftruck zat. Daarop stond een grote perspex doos, en in dat tijdelijke onderkomen zwiepte de haai een paar keer met zijn staart heen en weer, maar verder was hij veel rustiger dan Mae hem eerder had gezien.

Vanaf de ladder bracht Victor de perspex doos in positie, en juist toen Mae verwachtte dat de octopus en de zeepaardjes weg zouden schieten, bleef de haai roerloos in het water hangen.

'Moet je zien,' verwonderde Bailey zich.

Het aantal volgers bereikte een nieuw hoogtepunt, vijfenzeventig miljoen, en liep snel op, elke paar seconden met een half miljoen.

Ondertussen leek de inktvis zich niet bewust van de aanwezigheid van de haai of van de mogelijkheid dat die weldra bij hem in het aquarium zou komen. De haai leek wel bevroren en misschien konden de andere bewoners hem daardoor niet waarnemen. Ondertussen waren Victor en zijn assistent weer naar beneden geklauterd en kwam Victor terug met een grote emmer.

'Zoals jullie nu zien,' zei Bailey, 'gaat Victor allereerst het lievelingskostje van de haai in het water gooien. Dan is hij even afgeleid en tevreden terwijl zijn nieuwe buren aan hem wennen. Victor heeft de haai de hele dag gevoerd, dus honger zal hij niet hebben. Maar mocht hij toch nog iets willen eten, dan kunnen deze tonijnen als ontbijt, lunch en avondmaal dienen.'

Victor liet zes grote tonijnen van minstens vijf kilo per stuk in het water vallen, waar ze snel de omgeving begonnen te verkennen.

'Deze jongens hoeven niet geleidelijk aan het aquarium te wennen,' zei Bailey, 'want zij worden binnenkort opgegeten, dus hun welzijn is minder belangrijk dan dat van de haai. Ah, moet je ze zien zwemmen.' De tonijnen schoten diagonaal door het water en hun plotselinge komst verjoeg de inktvis en de zeepaardjes naar het koraal en de waterplanten onder in het aquarium. Maar de tonijnen kalmeerden al snel en begonnen rustig rondjes te zwemmen. Op de bodem onttrok vader zeepaard zich nog steeds aan het zicht, maar zijn vele kinderen waren nog wel te zien; ze hadden hun staartjes om de bladeren van de waterplanten en de tentakels van verschillende soorten zeeanemonen geslagen. Het was een vredig tafereeltje en Mae ging er even helemaal in op.

'Wat is dit prachtig,' zei Bailey. Hij keek naar het koraal en de citroengele, blauwe en donkerrode waterplanten. 'Kijk die tevreden diertjes nu eens. Een koninkrijk in vredestijd. Bijna zonde om het te verstoren,' ging hij verder. Mae keek snel opzij. Hij leek van zijn eigen woorden te schrikken; hij besefte dat die in tegenspraak waren met de geest van deze gebeurtenis. Hij wisselde een blik met Stenton en probeerde zich te herstellen.

'Maar we streven hier naar een realistisch, holistisch beeld van deze wereld,' zei hij, 'en dat betekent dat we niet één bewoner van dit ecosysteem mogen uitsluiten. Daarom krijg ik nu een seintje van Victor dat het moment is aangebroken om de haai in het aquarium uit te nodigen.'

Mae keek op en zag dat Victor moeite had met het luik van de perspex bak. De haai hield zich nog steeds doodstil – een wonder van zelfbeheersing. Toen gleed hij in de perspex bak omlaag. Mae verkeerde even in tweestrijd. Ze wist dat dit de natuurlijke gang van zaken was, dat hij nu bij de dieren kwam met wie hij ook zijn echte biotoop deelde. Ze wist dat het goed en onvermijdelijk was. Maar heel even dacht ze dat dit natuurlijk was op de manier waarop ook een neerstortend vliegtuig natuurlijk kan lijken. Pas daarna komt de schok.

'Nu is het laatste lid van deze onderwaterfamilie aan de beurt,' zei

Bailey. 'Zodra de haai los is, krijgen we voor het eerst in de geschiedenis een echt beeld van het leven op de bodem van de Marianentrog en de manier waarop deze dieren met elkaar omgaan. Klaar?' Bailey keek naar Stenton, die zwijgend naast hem stond. Hij knikte bruusk, alsof het onnodig was hem om een startsein te vragen.

Victor liet de haai los, en alsof die zijn prooi al door de perspex bodem in de gaten had gehouden, zich geestelijk op zijn maal had voorbereid en precies wist waar iedere hap zich bevond, schoot hij naar beneden, greep de grootste tonijn en verslond hem met twee snelle kaakbewegingen. Terwijl de eerste tonijn zichtbaar door het spijsverteringskanaal gleed, verslond de haai er nog twee vlak achter elkaar. Hij had de vierde nog tussen zijn kaken toen de korrelige resten van de eerste al als sneeuwvlokken naar de bodem van het aquarium dwarrelden.

Mae keek omlaag en zag dat de inktvis en de kleine zeepaardjes waren verdwenen. Ergens achter de gaatjes in het koraal was wel wat beweging waar te nemen en ze meende zelfs een tentakel te zien. Ze wist vrijwel zeker dat de haai geen jacht op hen zou maken – Stenton had deze beesten tenslotte in het wild vlak bij elkaar aangetroffen – maar toch waren ze weggekropen, alsof ze het grote dier en zijn intenties maar al te goed kenden. Ze keek naar boven en zag de haai bij de oppervlakte rondjes zwemmen. Verder was er geen beest meer te bekennen. In de paar seconden dat Mae naar de octopus en de zeepaardjes had gezocht, had de haai de resterende tonijnen naar binnen gewerkt. Hun resten warrelden als stof naar beneden.

Bailey lachte zenuwachtig. 'En nu vraag ik me af...' begon hij, maar hij ging niet verder. Mae zag dat Stenton zijn ogen tot spleetjes had geknepen en geen alternatief toestond. De procedure zou niet worden onderbroken. Ze keek naar Kalden, of Ty, die zijn blik niet van het aquarium had afgewend. Hij keek onbewogen naar alles wat zich daar afspeelde, alsof hij het vaker had gezien en alle mogelijke uitkomsten al kende.

'Goed,' zei Bailey. 'Onze haai is een hongerig baasje en als ik niet beter wist, zou ik me zorgen gaan maken over de andere bewoners van onze onderwaterwereld. Maar gelukkig weet ik beter. Ik sta tenslotte naast een van de grote verkenners van de diepzee en die weet wel wat hij doet.' Mae keek naar Bailey. Die keek op zijn beurt naar Stenton, op zoek naar een teken van toegeeflijkheid, iets wat erop wees dat hij bereid was dit af te blazen of anders een verklaring of geruststelling te geven. Maar Stenton staarde alleen maar bewonderend naar de haai.

Een snelle, bruuske beweging in het aquarium trok Mae's aandacht. De haai wroette nu met zijn neus diep in het koraal en viel er met brute kracht op aan.

'O nee,' zei Bailey.

Al snel spleet het koraal open en de haai stortte zich erop. Hij had de inktvis meteen te pakken, sleurde hem eruit alsof hij iedereen – Mae en de volgers en de Wijzen – goed wilde laten zien hoe hij het dier verscheurde.

'O god,' bracht Bailey uit, zachter nu.

Al dan niet bewust verzette de inktvis zich tegen zijn lot. De haai rukte hem een arm af, nam toen een hap uit de kop en merkte een paar seconden later dat de octopus nog levend en goeddeels intact achter hem zwom. Maar niet lang meer.

'O nee. O nee,' fluisterde Bailey.

De haai draaide zich om en rukte razendsnel een voor een de tentakels van zijn prooi af totdat de octopus dood was, een aan repen gescheurde massa melkachtig witte materie. In twee happen vrat de haai de resten op en de inktvis was verdwenen.

Een zacht gejammer ontsnapte aan Bailey en zonder haar schouders te bewegen zag Mae dat hij zich had afgewend en met zijn handen voor zijn ogen stond. Stenton daarentegen stond met een mengeling van fascinatie en trots naar de haai te kijken als een vader die zijn kind voor het eerst iets bijzonders ziet doen, iets waarop hij had gehoopt, wat hij wel had verwacht, maar wat tot zijn verrukking eerder gebeurde dan gedacht.

Boven het aquarium leek Victor te aarzelen; hij probeerde Stentons blik te vangen. Hij leek zich af te vragen wat Mae zich ook afvroeg: of ze het zeepaardje niet bij de haai weg moesten zien te houden voordat het ook werd opgegeten. Maar toen Mae naar Stenton keek, stond die nog met dezelfde uitdrukking op zijn gezicht te staren.

Na een paar seconden had de haai met een enkele ongeduldige stoot weer een boogje koraal afgebroken en het zeepaardje eruit getrokken, dat zich niet kon verdedigen en in twee happen verdwenen was, eerst het tere hoofdje en toen het gebogen, papier-maché-achtige lijfje en de staart.

Toen cirkelde de haai en stootte hij als een machine door totdat hij alle duizend kleintjes, het zeewier, het koraal en de anemonen had verzwolgen. Hij verslond alles en scheidde de resten snel uit, zodat de bodem van het lege aquarium weldra met een dun laagje witte as bedekt was.

'Ja,' zei Ty, 'dat is wel ongeveer wat ik had verwacht.' Hij leek onaangedaan, zelfs uitgelaten en schudde eerst Stentons hand en toen die van Bailey, en toen, terwijl zijn rechterhand die van Bailey nog omvatte, pakte hij die van Mae met zijn linker, alsof ze op het punt stonden met zijn drieën te gaan dansen. Mae voelde iets in haar handpalm en sloot er snel haar vingers omheen. Toen liet hij hen los en liep weg.

'Ik moest ook maar eens gaan,' fluisterde Bailey. Verdwaasd draaide hij zich om en liep de donkere gang in.

De haai was nu alleen in het aquarium en cirkelde rond, nog steeds uitgehongerd, onophoudelijk. Mae vroeg zich af hoelang ze nog moest blijven staan om haar volgers dit te laten zien. Maar ze besloot te blijven zolang Stenton er nog was. Hij bleef lang. Hij kon geen genoeg van de rusteloos rondcirkelende haai krijgen.

'Tot de volgende keer,' zei hij ten slotte. Hij knikte Mae en haar volgers toe – het waren er inmiddels honderd miljoen, van wie velen hevig geschrokken waren, maar nog veel meer vol ontzag en begerig naar meer van hetzelfde.

In het wc-hokje, met de lens op de deur gericht, bracht Mae het briefje van Ty dicht bij haar gezicht, zodat haar volgers het niet konden zien. Hij wilde haar zien, alleen, en gaf gedetailleerde aanwijzingen over het punt waar ze bij elkaar zouden komen. Als ze klaar was, schreef hij, hoefde ze alleen maar de toiletruimte uit te lopen en op haar live audio te zeggen: 'Ik moet even terug.' Dat suggereerde dat ze weer naar binnen moest om een niet nader omschreven hygiënisch spoedgeval af te handelen. Op dat moment zou hij haar feed en alle SeeChangecamera's die haar konden zien een halfuur stilleggen. Dat zou wel wat onrust geven, maar het kon niet anders. Haar leven stond op het spel, schreef hij, en dat van haar ouders en Annie ook. 'Alles en iedereen wankelt op de rand van de afgrond,' schreef hij.

Dit zou haar laatste vergissing zijn. Ze wist dat ze er verkeerd aan deed met hem af te spreken, en zeker zonder camera's erbij. Maar de haai had haar uit haar evenwicht gebracht, zodat ze eerder geneigd was verkeerde beslissingen te nemen. Was er maar iemand anders die zulke beslissingen voor haar kon nemen – die de twijfel en de kans op mislukking kon wegnemen. Aan de andere kant moest ze toch weten hoe Ty dit allemaal voor elkaar had gekregen. Misschien was dit zelfs allemaal een test? Dat leek wel logisch. Zouden ze haar niet aan een toets onderwerpen als ze haar op een grootse toekomst wilden voorbereiden? Dat moest wel.

Ze volgde daarom zijn aanwijzingen op. Ze liep de wc uit, zei tegen haar volgers dat ze terug moest, en toen haar feed stopte, legde ze de route af die hij had beschreven. Ze ging naar beneden, net als die vreemde nacht met Kalden, en volgde dezelfde weg als die eerste keer, toen hij haar had meegenomen naar de ondergrondse ruimte waar Stewart en alles wat hij had gezien met water werd gekoeld. Toen ze aankwam, stond Kalden, of Ty, al te wachten met zijn rug naar de rode doos toegekeerd. Hij had het wollen mutsje afgezet, zodat ze zijn grijswitte haar zag, maar hij had zijn hoody nog aan, en de combinatie van die twee personen, Ty en Kalden, boezemde haar weerzin in. Toen hij naar haar toe kwam, riep ze: 'Nee!'

Hij bleef staan.

'Blijf daar,' zei ze.

'Ik ben niet gevaarlijk, Mae.'

'Ik weet helemaal niets van je.'

'Het spijt me dat ik niet had gezegd wie ik was. Maar ik heb niet gelogen.'

'Je zei dat je Kalden heette! Was dat dan geen leugen?'

'Afgezien daarvan heb ik je nooit voorgelogen.'

'Afgezien daarvan? Afgezien van je identitéít?'

'Je snapt best dat dat niet anders kon.'

'Wat is dat trouwens voor een naam: Kalden? Heb je die van een site met babynamen of zo?'

'Inderdaad. Vind je hem leuk?'

Hij glimlachte – een verontrustende glimlach. Mae had het gevoel dat ze hier niet hoorde te zijn, dat ze meteen rechtsomkeert moest maken.

'Ik moet weg, geloof ik,' zei ze. Ze liep weer naar de trap. 'Volgens mij is dit allemaal een afschuwelijke grap.'

'Mae, denk even na. Hier, mijn rijbewijs.' Hij gaf het haar aan. Op de foto stond een man met een gladgeschoren gezicht, donker haar en een bril, iemand die veel weg had van de Ty die ze zich herinnerde, de Ty van de videofeeds, de oude foto's en het olieverfportret bij de bibliotheek van Bailey. Het rijbewijs stond op naam van Tyson Matthew Gospodinov. 'Kijk eens goed. Zie je geen gelijkenis?' Hij trok zich terug in de grot-binnen-de-grot en kwam terug met een bril. 'Zie je wel?' zei hij. 'Nu zie je het toch wel?' Alsof hij Mae's volgende vraag al voelde aankomen, vervolgde hij: 'Ik heb er altijd heel gewoon uitgezien. Dat weet je. Toen heb ik die bril en die hoody's afgezworen. Ik heb mijn uiterlijk en mijn motoriek veranderd. Maar de grootste verandering is dat mijn haar grijs is geworden. En hoe zou dat komen, denk je?'

'Geen idee,' zei Mae.

Ty maakte een breed armgebaar dat alles om hem heen omvatte, ook de uitgestrekte campus boven hun hoofd 'Dit alles. Die godvergeten haai die de hele wereld opvreet.'

'Weten Bailey en Stenton dat je onder een andere naam rondloopt?' vroeg Mae.

'Ja. Natuurlijk. Ze willen dat ik hier blijf. Officieel mag ik niet eens de campus af. Als ik maar hier blijf, zijn ze allang blij.'

'Weet Annie hiervan?'

'Nee.'

'Dus ik ben...'

'Jij bent een van de drie mensen die het weten.'

'Ga je me nog vertellen waarom?'

'Omdat je hier veel invloed hebt en omdat je me moet helpen. Jij bent de enige die dit kan tegenhouden.'

'Wat moet ik dan tegenhouden? Het bedrijf dat jij hebt opgericht?'

'Mae, dit heb ik allemaal nooit gewild. En het gaat veel te snel. Die Voltooiing gaat veel verder dan ik in gedachten had toen ik hiermee begon, het gaat veel te ver. Het moet weer een beetje in balans worden gebracht.'

'Om te beginnen ben ik het daar niet mee eens. En ik kan je ook niet helpen.'

'Mae, de Cirkel mag niet gesloten worden.'

'Waar heb je het over? Hoe kun je dat nu zeggen? Als jij echt Ty bent, dan was dit allemaal vooral jouw idee.'

'Nee. Nee. Ik wilde het internet alleen maar wat beschaafder maken. Ik streefde naar elegantie. Ik wilde de anonimiteit opheffen. Ik heb duizend losse deeltjes in één universeel systeem ondergebracht. Maar ik heb nooit een wereld gewild waarin iedereen verplicht lid van de Cirkel moest worden, waarin alle overheidsinstanties en het hele leven in één netwerk werden geperst...'

'Ik ga weg,' zei Mae. 'En ik zie niet in waarom jij dat ook niet doet. Gewoon alles achterlaten. Als je hier niet in gelooft, stap je toch gewoon uit. Trek je in de bossen terug.'

'Dat heeft Mercer niet geholpen, hè?'

'Pleur toch op.'

'Sorry. Het spijt me. Maar het is juist vanwege hem dat ik contact met jou heb opgenomen. Snap je dan niet dat dat maar één van de mogelijke gevolgen van dit alles is? Er komen nog meer Mercers. Veel meer. Allemaal mensen die niet gevonden willen worden, maar toch worden opgespoord. Allemaal mensen die hier niets mee te maken willen hebben. Dát is het nieuwe. Vroeger hoefde je niet mee te doen. Maar dat is nu afgelopen. De Voltooiing is het einde. We sluiten de cirkel om alle mensen heen – een totalitaire nachtmerrie.'

'En dat is mijn schuld?'

'Nee, nee. Helemaal niet. Maar jij bent nu wel de ambassadeur van dat systeem. Jij bent het gezicht. Het vriendelijke, welwillende gezicht van dat alles. En het sluiten van de Cirkel, dat hebben jij en je vriend Francis mogelijk gemaakt. Jouw idee van de verplichte Cirkelaccount en zijn chip. TruYouth? Mae, dat is ziek. Snap je dat dan niet? Alle kinderen krijgen als baby een chip geïmplanteerd, voor hun veiligheid. En ja, dat zal levens redden. Maar dacht je nu heus dat die chips er ineens uit werden gehaald als die kinderen achttien zijn? Natuurlijk niet. In het belang van onderwijs en veiligheid wordt alles wat ze doen vastgelegd, opgespoord, geregistreerd en geanalyseerd – en dat blijft zo. En als ze oud genoeg zijn om te stemmen, te participeren, dan is lidmaatschap verplicht. En dan is de Cirkel gesloten. Dan wordt alles van de wieg tot het graf geregistreerd en is er geen ontkomen meer aan.'

'Nu klink je net als Mercer. Dat soort paranoia...'

'Maar ik weet meer dan Mercer. Als iemand als ik al bang is, iemand die al die ellende grotendeels zelf heeft uitgevonden, zou jij dan ook niet bang moeten worden?'

'Nee. Ik denk dat je iets over het hoofd ziet.'

'Mae, heel veel van de dingen die ik heb bedacht, heb ik echt voor mijn plezier gemaakt, alleen uit een soort perverse behoefte om te kijken of ze werkten, of de mensen ze echt zouden gaan gebruiken. Ik bedoel, het was net zoiets als een guillotine op een plein neerzetten. Dan verwacht je toch ook niet dat er meteen duizenden mensen in de rij komen staan om er met hun hoofd onder te gaan liggen?'

'Dus zo zie jij dit?'

'Nee, sorry. Dat is geen goede vergelijking. Maar sommige dingen die wij hebben bedacht, die heb ik... die heb ik alleen gemaakt omdat ik benieuwd was of iemand ze echt ging gebruiken, of de mensen zich gewonnen gaven. En als dat gebeurde, kon ik het de helft van de tijd niet eens geloven. En toen was het te laat. Toen kwamen Bailey en Stenton en de IPO. En toen ging het gewoon te snel en was er ineens genoeg geld om alle belachelijke ideeën uit te voeren. Stel je nou eens voor waar dit allemaal naartoe gaat, Mae.'

'Ik wéét waar het naartoe gaat.'

'Mae, doe je ogen dicht.'

'Nee.'

'Mae, alsjeblieft. Doe je ogen dicht.'

Ze sloot haar ogen.

'En nu moet je de punten met elkaar verbinden en kijken of jij ziet wat ik zie. Zie het voor je. De Cirkel is al jaren bezig om alle concurrenten op te slokken. Ja? Daar wordt het bedrijf alleen maar sterker van. Nu al loopt negentig procent van alle zoekopdrachten ter wereld via de Cirkel. Zonder concurrentie zal dat alleen nog maar verder oplopen. Binnenkort is het bijna honderd procent. Jij en ik weten allebei dat je, als je de informatiestroom kunt beheersen, álles beheerst. Dan beheers je ook het grootste deel van alles wat de mensen zien en weten. Als je informatie voorgoed onvindbaar wilt maken, dan is dat een fluitje van een cent. Als je iemand wilt ruïneren, dan is dat iets moeilijker, maar het scheelt niet veel. Hoe kan iemand iets tegen de Cirkel beginnen als die alle informatie, en de toegang daartoe, in handen heeft? Iedereen moet een Cirkelaccount hebben en het scheelt nu al niet veel of dat is wettelijk verplicht. En dan? Als ze alle zoekopdrachten kunnen controleren en onbeperkte toegang hebben tot alles wat er over iedereen te weten valt? Als ze alles weten wat iedereen doet? Als alle financiële transacties, alle medische gegevens, alle DNA en alle details van ieders leven, goed of slecht, alles wat iedereen zegt of schrijft, via één kanaal loopt?'

'Maar er zijn massa's manieren om dat te voorkomen. Dat kán

niet eens. De overheid zorgt toch wel...'

'Een transparante overheid? Functionarissen die hun reputatie aan de Cirkel te danken hebben? En die je kunt ruïneren zodra ze in opstand komen? Wat zou er met Williamson gebeurd zijn, denk je? Weet je nog wie dat was? Ze bedreigde het monopolie van de Cirkel, en hup, ineens vindt de FBI allerlei verdacht materiaal op haar computer. Dacht je dat dat toeval was? En zij is nog maar een van de honderd bij wie Stenton dat heeft uitgehaald. Mae, als de Cirkel gesloten is, dan is het gebeurd. En daar heb jij dan aan bijgedragen. Die democratie of Doemocratie of wat het ook mag wezen, goeie god. Onder het motto "alle stemmen worden gehoord" creëer je een volksdictatuur, een ongefilterde samenleving waarin het een misdaad is geheimen te hebben. Briljant, Mae. Ik bedoel, jij bent briljant. Jij bent alles waar Stenton en Bailey al vanaf dag één van hebben gedroomd.'

'Maar Bailey...'

'Bailey gelooft dat alles beter wordt, dat het leven perfect wordt, als iedereen onbeperkt toegang heeft tot alles en iedereen die ze kennen. Hij gelooft oprecht dat alle antwoorden op alle levensvragen bij de anderen liggen. Hij gelooft werkelijk dat openheid, volledige, onafgebroken toegang van iedereen tot iedereen de wereld vooruit zal helpen. Dat de wereld daar altijd al op heeft gewacht, op het moment dat iedereen met iedereen verbonden is. Dat is zijn idee van de hemel, Mae! Snap je dan niet hoe extreem dat is? Een radicaal idee, en in een andere tijd zou dat iets marginaals zijn gebleven wat hoogstens ergens door een excentrieke, uitgerangeerde hoogleraar werd omarmd: alle informatie, persoonlijk of niet, moet voor iedereen toegankelijk zijn. Kennis is bezit en bezit is diefstal. Infocommunisme. Het is zijn goed recht om er zo over te denken. Maar als dat idee gekoppeld wordt aan nietsontziende kapitalistische ambitie...'

'En dat is Stenton?'

'Stenton heeft ons idealisme geprofessionaliseerd en ons Utopia te gelde gemaakt. Hij is degene die het verband tussen ons werk en de politiek heeft gezien, en tussen politiek en macht. De privatisering van de overheid leidt tot de privatisering van het privéleven, en voordat je het weet, controleert de Cirkel de meeste, of alle, overheidsdiensten met bedrijfsmatige efficiëntie en een onverzadigbare gulzigheid. Iedereen wordt onderdaan van de Cirkel.'

'Zou dat zo erg zijn? Als iedereen evenveel toegang tot dienstverlening en informatie heeft, kan er eindelijk gelijkheid ontstaan. Informatie hoort niets te kosten. Er zouden geen barrières mogen zijn om kennis te verwerven, geen beperkingen voor toegang tot alle...'

'En als alles wordt geregistreerd...'

'Dan verdwijnt de misdaad: geen moord, geen ontvoering of verkrachting meer. Nooit meer kindermishandeling. Geen vermisten. En dat alleen al...'

'Maar je hebt toch gezien wat er met je vriend Mercer is gebeurd? Hij is opgejaagd tot in de verste uithoeken en nu is hij dood.'

'Maar dit is alleen maar het keerpunt. Heb je het hier weleens met Bailey over gehad? Alle belangrijke keerpunten in de geschiedenis zijn met onrust gepaard gegaan. Sommigen kunnen het niet bijbenen en sommigen *willen* het niet bijhouden.'

'Dus volgens jou moet iedereen altijd vindbaar zijn en in de gaten worden gehouden.'

'Ik vind dat alles en iedereen zichtbaar moet zijn. En om zichtbaar te zijn, moet je in de gaten worden gehouden. Het een gaat niet zonder het ander.'

'Maar wie wil er nu voortdurend in de gaten worden gehouden?'

'Ik. Ik wil gezien worden. Ik wil dat er bewijs is dat ik heb bestaan.'

'Mae.'

'Dat willen de meeste mensen. De meeste mensen zouden er alles – en iedereen die ze kennen – voor overhebben om er zeker van te zijn dat ze gezien zijn, dat ze niet onopgemerkt zijn gebleven en misschien zelfs in de herinnering zullen voortleven. Iedereen beseft dat hij sterfelijk is. We weten allemaal dat de wereld zo groot is dat we niet allemaal iets kunnen betekenen. Onze enige hoop is dat we worden gezien of gehoord, al is het maar heel even.'

'Maar Mae. Wij hebben de dieren in dat aquarium toch gezien? We hebben gezien hoe ze werden verslonden door een beest dat ze binnen de kortste keren tot as reduceerde. Zie je dan niet dat alles wat in dat aquarium bij dat beest terechtkomt, dát beest, hetzelfde lot beschoren is?'

'Dus wat wil je nu eigenlijk dat ik doe?'

'Als je het maximale aantal volgers hebt dat je kunt krijgen, moet je deze verklaring voorlezen.' Hij gaf haar een vel papier waarop hij in slordige hoofdletters een reeks stellingen had geschreven onder de kop MENSENRECHTEN IN HET DIGITALE TIJDPERK. Mae keek de tekst vluchtig door en haar oog viel op passages als 'Iedereen heeft recht op anonimiteit', 'Niet iedere menselijke activiteit is meetbaar' en 'Het eindeloos najagen van data om de waarde van iedere inspanning te kwantificeren is desastreus voor elke vorm van werkelijk begrip'. Helemaal onderaan stond in rode inkt de zin 'Iedereen heeft het recht te verdwijnen'.

'Dus dit moet ik allemaal aan de volgers voorlezen?'

'Ja,' zei Kalden. Zijn ogen stonden wild.

'En dan?'

'Ik heb een stappenplan uitgedacht dat wij samen kunnen uitvoeren om dit allemaal te ontmantelen. Ik weet alles wat hier gebeurd is, en daar is genoeg bij om iedereen, hoe verblind ook, ervan te overtuigen dat de Cirkel ontmanteld moet worden. Ik weet dat ik dat kan. Ik ben de enige die het kan, maar niet zonder jouw hulp.'

'En dan?'

'Dan gaan wij samen weg, jij en ik. Ik heb allerlei ideeën. We verdwijnen samen. We kunnen een voettocht door Tibet maken. We kunnen over de Mongoolse steppen gaan fietsen. We kunnen een zeilboot bouwen en om de wereld zeilen.'

Mae probeerde het zich voor te stellen. Ze stelde zich voor dat de Cirkel werd ontmanteld, dat de diverse onderdelen met veel ophef en schandaal werden verkocht, dat dertienduizend banen verdwenen, dat de campus uiteen zou vallen en dat er een universiteit, een winkelcentrum of iets nog ergers werd gevestigd. En ten slotte stelde ze zich een leven met deze man voor op een boot waarmee ze de wereld rond zouden zeilen, los van alles, maar als ze dat probeerde, zag ze alleen de mensen op de boot voor zich die ze een paar maanden geleden in de baai had ontmoet. Ver van het vasteland, alleen, huizend onder een dekzeil, wijn drinkend uit kartonnen bekertjes, namen bedenkend voor zeehonden, herinneringen ophalend aan een brand op een eiland.

Op dat moment wist ze wat haar te doen stond.

'Kalden, weet je zeker dat we niet worden afgeluisterd?'

'Natuurlijk.'

'Mooi. Goed. Ja, het is me nu helemaal duidelijk.'

BOEK III

Dat ze zo dicht bij een apocalyps waren geweest – ze was er nog steeds van slag van. Ja, Mae had de ramp afgewend, ze was dapperder geweest dan ze voor mogelijk had gehouden, maar haar zenuwen waren nu, maanden later, nog steeds niet hersteld. Wat zou er gebeurd zijn als Kalden haar niet had ingeschakeld? Als hij haar niet had vertrouwd? Als hij het heft in eigen handen had genomen, of erger nog, zijn geheim aan iemand anders had toevertrouwd, iemand die niet zo integer was als zij? Niet zo sterk, vastberaden en loyaal?

Ze zat in de stille kliniek naast Annie en haar gedachten dwaalden af. Hier was het vredig: het ritmische ruisen van de beademing, af en toe het geluid van een deur die open- of dichtging, het zoemen van de machines die Annie in leven hielden. Ze was achter haar bureau in elkaar gezakt, in catatonische toestand op de vloer aangetroffen en ijlings hierheen gebracht, waar de zorg beter was dan waar ook. Inmiddels was ze stabiel en de prognose was gunstig. De oorzaak van haar coma stond nog ter discussie, had dokter Villalobos gezegd, maar waarschijnlijk kwam het door stress, shock of gewoon uitputting. De artsen van de Cirkel waren ervan overtuigd dat Annie er weer bovenop zou komen, net als de duizend andere artsen overal ter wereld die haar lichaamsfuncties in de gaten hielden en het veelvuldige trillen van haar wimpers en haar kleine vingerbewegingen bemoedigend vonden.

Naast de hartbewaking stond een scherm met een steeds langer wordende sliert beterschapswensen van mensen uit alle hoeken van de wereld, en de meesten van hen, misschien wel allemaal, zou Annie nooit ontmoeten, dacht Mae weemoedig.

Mae keek naar haar vriendin, naar haar onveranderlijke gezicht, haar glinsterende huid, het geribbelde buisje dat uit haar mond stak. Ze zag er wonderbaarlijk vredig uit, alsof ze heerlijk lag te slapen, en even voelde Mae een steek van jaloezie. Ze vroeg zich af wat Annie dacht. De artsen zeiden dat ze waarschijnlijk droomde, ze hadden in haar coma constante hersenactiviteit gemeten, maar wat er precies in haar hoofd gebeurde, wist niemand, en dat vond Mae onwillekeurig toch ergerlijk. Vanwaar ze zat, zag ze een scherm waarop in real time Annies hersenactiviteit werd weergegeven; af en toe verscheen een uitbarsting van kleur, wat erop wees dat daarbinnen allerlei bijzondere dingen gebeurden. Maar wat dácht ze?

Ze schrok op van een klopje. Ze keek naar de glazen wand achter Annies liggende gestalte en zag daar Francis staan. Hij hief aarzelend zijn hand en Mae zwaaide terug. Ze zou hem straks zien op een bijeenkomst voor de hele campus ter ere van de nieuwste mijlpaal in het Transparantieproject. Tien miljoen mensen overal ter wereld waren inmiddels transparant en de beweging was onomkeerbaar.

De rol die Annie daarbij had gespeeld was van onschatbare waarde geweest en Mae wilde dat ze er getuige van kon zijn. Ze had Annie zoveel te vertellen. Het voelde bijna als een heilige plicht om de hele wereld mee te delen dat Kalden in werkelijkheid Ty was en dat hij met bizarre beweringen en misplaatste acties de voltooiing van de Cirkel had willen tegenhouden. Achteraf leek het een soort nachtmerrie, dat avontuur met die gek diep onder de grond, gescheiden van haar volgers en de rest van de wereld. Maar ze had gedaan alsof ze meewerkte, ze was ontkomen en had alles onmiddellijk aan Bailey en Stenton verteld. Met hun gebruikelijke visie en compassie hadden ze goedgevonden dat Ty in een adviserende rol aanbleef op de campus, met een afgezonderde werkkamer en zonder specifieke taak. Mae had hem na hun ondergrondse ontmoeting niet meer gezien en had daar ook geen behoefte aan.

Ze had haar ouders al een paar maanden niet gezien, maar dat was alleen een kwestie van tijd. Ze zouden elkaar snel weer tegenkomen in een wereld waar iedereen elkaar echt kon leren kennen: zonder geheimen, zonder schaamte, zonder dingen die anderen niet mochten zien of weten, zonder het egoïsme waarmee sommigen hun leven voor zichzelf wilden houden – ieder hoekje, elk moment. Dat alles zou weldra plaatsmaken voor een nieuwe, prachtige openheid, een wereld van eeuwig licht. De Voltooiing was nabij en die zou vrede en eenheid brengen; de wanorde die de mensheid tot nu toe kenmerkte, alle onzekerheden die de wereld voor de komst van de Cirkel hadden aangekleefd, zouden alleen nog een herinnering zijn.

Er verscheen een nieuwe uitbarsting van kleur op het scherm dat de activiteit van Annies hersenen volgde. Mae stak een hand uit om haar voorhoofd aan te raken en verwonderde zich over de afstand die het lichaam tussen hen opwierp. Wat ging er toch in dat hoofd om? Ze kon het niet uitstaan dat ze dat niet wist. Het was een belediging dat die kennis haarzelf en de wereld werd onthouden. Dat zou ze bij de eerste de beste gelegenheid bij Stenton, Bailey en de Bende van Veertig aankaarten. Ze moesten het eens over Annie en haar gedachten hebben. Waarom zouden ze die niet kennen? Daar had de wereld recht op, dat leed geen uitstel.